Charles Dickens

*Gesammelte Werke in Einzelausgaben*
*Herausgegeben von Georg Seehase*

# Charles Dickens

# Klein Dorrit

*Zweiter Band*

Deutsch von M. Färber

Rütten & Loening · Berlin
1987

Titel der englischen Originalausgabe

LITTLE DORRIT

Mit 30 Illustrationen
von Hablot Knight Browne

4. Auflage 1987

Einbandgestaltung Gerhard Kruschel
Karl-Marx-Werk, Graphischer Großbetrieb, Pößneck V 15/30
Printed in the German Democratic Republic
Lizenznummer 220.415/39/87
Bestellnummer 617 864 8
I/II 01980

Dickens, Ges. Werke
ISBN 3-352-00141-3
Klein Dorrit 1–2
ISBN 3-352-00134-0

# ZWEITES BUCH

## *Reichtum*

# *1. Kapitel*

## Reisegefährten

Es war Herbst, und Nacht und Dunkelheit krochen zu den höchsten Gipfeln der Alpen empor.

In den Tälern auf der Schweizer Seite des Großen St.-Bernhard-Passes und an den Ufern des Genfer Sees hatte die Weinlese begonnen. Die Luft war erfüllt von dem Duft der eingesammelten Trauben. Körbe, Tröge und Fässer voller Trauben standen in den dunklen Türeingängen im Dorf, erfüllten die steilen und engen Dorfstraßen und waren den ganzen Tag über die Landstraßen und Seitenwege entlanggetragen worden. Zertretene Trauben lagen überall herum; das Kind, das die vollbeladene Bauersfrau auf dem Heimweg in einem Tragetuch schleppte, wurde mit aufgelesenen Weintrauben beruhigt; der Idiot, der seinen großen Kropf unter dem Dachvorsprung der Holzhütte auf dem Wege zum Wasserfall sonnte, kaute Trauben; der Atem der Kühe und Ziegen roch nach Reben; die Gäste in jeder kleinen Schenke aßen und tranken Trauben und sprachen von Trauben. Es war wirklich schade, daß sich nichts von dieser Fülle dem dünnen, herben, steinernen Wein mitteilte, der schließlich aus den Trauben gekeltert wurde.

Die Luft war während des ganzen sonnigen Tages warm und durchsichtig gewesen. Leuchtende Turmspitzen und Kirchendächer, die weit entfernt und selten zu sehen waren, lagen glänzend vor den Blicken, und die schneebedeckten Berge schimmerten, daß ungeübte Augen ihre Entfernung und Höhe unterschätzten und meinten, sie in wenigen Stunden erreichen zu können. Berühmte Gipfel, von denen man aus den Tälern manchmal monatelang keine Spur entdecken konnte, waren seit dem Vormittag im blauen Himmel deutlich und nahe sichtbar erschienen. Und jetzt, da es in der Tiefe dunkelte, waren sie noch in ihrer Einsamkeit über dem Nebel und dem Schatten wahrnehmbar, obwohl sie, wie entschwindende Gespenster, in dem Maße, wie der rote Schein des Sonnenunterganges von ihnen glitt und ein kaltes Weiß zurückblieb, feierlich zurückzuweichen schienen.

Von diesen einsamen Höhen und von dem Paß des Großen St. Bernhard, eines von ihnen, aus gesehen, wogte die Nacht wie eine steigende Flut gegen die Berge. Als sie schließlich die Mauern des Klosters vom Großen St. Bernhard erreicht hatte, schien es, als ob dieses verwitterte Gebäude eine zweite Arche Noahs wäre und auf den dunklen Wogen schwämme.

Die Dunkelheit hatte einige Reisende auf Maultieren überholt und die rauhen Klostermauern erreicht, als diese Reisenden noch den Berg hinanklommen. Wie die Hitze des glühenden Tages, in der sie öfter haltgemacht hatten, um aus den Schmelzwasserbächen zu trinken, sich in die durchdringende Kälte einer scharfen, dünnen Nachtluft in großer Höhe verwandelt hatte, so war an Stelle der frischen Schönheit der Landschaft während der Reise im Tageslicht jetzt auf ihren Weg trostlose Öde getreten. Die Maultiere kletterten eines in den Fußtapfen des anderen einen felsigen Pfad hinauf und stiegen von einem Steinblock zum andern, als erklömme man die zerbrochene Treppe einer riesigen Ruine. Kein Baum, keine Vegetation war zu sehen außer einem armseligen, braunen, unansehnlichen Moos, das in Felsritzen fror. Geschwärzte Skelette von hölzernen Wegweisern wiesen den Weg nach dem Kloster hinauf gleich Geistern einstiger Reisender, die im Schnee umgekommen waren, und eisbehangene Felsengrotten, die als Zufluchtsstätten vor plötzlich einsetzenden Stürmen angelegt waren, führten eine beredte Sprache von den Gefahren dieses Ortes; unaufhörlich jagten Nebelschwaden einher, vom heulenden Wind gescheucht; und Schnee, die immer lauernde Gefahr des Gebirges, gegen den es keinen Schutz gab, peitschte herab.

Die Maultiere, von dem langen Tagesmarsch ermüdet, krochen langsam die steile Anhöhe hinan; das vorderste wurde von einem Treiber zu Fuß mit breitkrempigem Hut und enganliegender Jacke geführt, der ein paar Bergstöcke über der Schulter trug und sich mit einem anderen Führer unterhielt. Aus der Reihe der Reiter sprach niemand. Die scharfe Kälte, die Ermüdung von der Reise und ein neuartiges Gefühl von Atembeklemmung, halb als ob sie soeben aus sehr kaltem, bewegtem Wasser aufgetaucht wären und halb als ob sie geschluchzt hätten, machten sie schweigsam.

Endlich schimmerte ein Licht am oberen Ende der Felsentreppe durch den Schnee und Nebel. Die Führer feuerten die Maultiere an, die Maultiere richteten ihre hängenden Köpfe in die Höhe, die Zungen der Reisenden lösten sich, und in einem plötzlichen Durcheinander von Gleiten, Klettern, Klingeln, Klirren und Sprechen erreichten sie das Klostertor.

Andere Maultiere waren kurz zuvor angekommen, etliche von Bauern geritten und andere mit Waren beladen, und hatten den Schnee um das Tor zu einem Schlammpfuhl zertreten. Reitsättel und Zügel, Packsättel und Leinen mit Glöckchen, Maultiere und Menschen, Laternen, Fackeln, Säcke, Proviant, Fäßchen, Käselaibe, Behälter mit Honig und Butter, Strohbündel und Pakete von vielerlei Gestalt lagen in diesem aufgetauten Sumpf vor den Treppenstufen wirr durcheinandergewürfelt. Hier oben zwischen den Wolken war alles nur durch Wolken zu sehen und schien alles sich in Wolken aufzulösen. Der Atem der Männer war eine Wolke, der Atem der Maultiere war eine Wolke, die Lichter waren von Wolken umgeben, Sprecher, die ganz in der Nähe waren, waren vor Wolken nicht zu erkennen, obwohl ihre Stimmen und alle anderen Laute überraschend deutlich zu hören waren. Unter der wolkigen Reihe der Maultiere, die rasch an Ringe in der Mauer angebunden worden waren, biß gelegentlich eines das andere oder schlug nach ihm aus, und dann gab es eine große Verwirrung in dem Nebel: Männer tauchten hinein, und Schreie von Menschen und Tieren klangen daraus hervor, und keiner der Umstehenden konnte ausmachen, was geschah. Mitten in dieses Getümmel quollen noch aus dem großen Stall im Erdgeschoß des Klosters Wolken hervor, als ob das ganze graue Gebäude mit nichts weiter angefüllt wäre und zusammenfallen müßte, sobald es sich geleert hätte, so daß der Schnee bald auf einen kahlen Berggipfel niederfallen würde.

Während diese lärmende Geschäftigkeit unter den lebenden Reisenden herrschte, befanden sich ein halbes Dutzend Schritte weiter, schweigend in einem vergitterten Haus versammelt, die auf dem Berg gefundenen toten Reisenden, die von derselben Wolke eingehüllt und von den gleichen Schneeflocken zugedeckt wurden. Dort lehnte die Mutter, die sich vor vielen Wintern im Sturm verirrt hatte, immer noch in einer Ecke, ihren Säugling an der Brust; der Mann, der erfroren war, während er seinen Arm aus Furcht oder Hunger zum Mund erhoben hatte, drückte immer noch nach soundso vielen Jahren seine ledernen Lippen darauf. Eine grauenhafte Gesellschaft, die sich geheimnisvoll hier zusammengefunden hatte! Wie hätte die Mutter ihr Schicksal voraussehen können: Von so vielen Gefährten umgeben, die ich niemals gesehen habe und niemals sehen werde, werden ich und mein Kind auf dem Großen St. Bernhard untrennbar zusammenbleiben, Generationen überdauernd, die kommen werden, um uns zu besichtigen, und niemals unseren Namen noch ein Wort von unserer Geschichte, außer dem Ende, erfahren werden.

Die lebenden Reisenden dachten im Augenblick wenig oder gar nicht an die toten, sie dachten vielmehr daran, an der Klostertür abzusteigen und sich am Klosterfeuer zu wärmen. Sie machten sich aus dem Wirrwarr frei, der sich bereits beruhigte, da die Maultiere in den Ställen untergebracht waren, und eilten fröstelnd die Treppe hinauf in das Kloster. Innerhalb des Gebäudes herrschte ein Geruch von Tieren und Stall, der aus dem Erdgeschoß drang, wie der Geruch einer Menagerie wilder Tiere. Im Inneren gab es starke und mächtige Gewölbe, ungeheure Steinpfeiler, breite Treppen und dicke Mauern, die von kleinen, tief eingelassenen Fenstern durchbrochen waren – Befestigungen gegen die Bergstürme, als ob es menschliche Feinde wären. Es gab finstere, gewölbte Schlafzimmer, in denen eine scharfe Kälte herrschte, die aber rein und gastfreundlich zum Empfang der Besucher hergerichtet waren. Schließlich gab es ein Zimmer, in dem die Gäste sich aufhalten und ihr Abendessen einnehmen sollten. Dort war der Tisch schon gedeckt, und ein Feuer loderte mit heller roter Flamme.

In diesem Zimmer versammelten sich die Reisenden bald um den Kamin, nachdem ihnen von zwei jungen Patern ihre Quartiere für die Nacht angewiesen waren. Es waren drei Reisegesellschaften, von denen die erste, welche die zahlreichste und bedeutendste, aber auch die langsamste gewesen war, von einer der beiden anderen auf dem Wege zum Berggipfel eingeholt worden war. Sie bestand aus einer älteren Dame, zwei grauhaarigen Herren, zwei jungen Damen und deren Bruder. Sie waren (von vier Führern abgesehen) von einem Reisediener, zwei Lakaien und zwei Zofen begleitet; dieses lästige Gefolge hatte man unter demselben Dach woanders untergebracht. Die Gesellschaft, welche die erste eingeholt hatte und hinter ihr hergekommen war, bestand bloß aus drei Personen: einer Dame und zwei Herren. Die dritte Gesellschaft, die von der italienischen Seite gekommen und zuerst eingetroffen war, bestand aus vier Personen: einem rotwangigen, hungrigen und schweigsamen, bebrillten deutschen Lehrer auf einer Tour mit drei jungen Leuten, seinen Schülern, alle rotwangig, hungrig, schweigsam und alle bebrillt.

Diese drei Gruppen saßen um das Feuer herum, betrachteten einander kühl und warteten auf das Abendessen. Nur einer von ihnen, einer der Herren aus der Dreiergruppe, suchte eine Unterhaltung anzuknüpfen. Er köderte die Aufmerksamkeit des Oberhauptes der bedeutendsten Gruppe, während er sich an seinen Gefährten wandte und mit einem Ton, der die ganze Gesellschaft mit einschloß, wenn diese es so wollte, bemerkte, es sei ein schwerer Tag gewesen und er habe Mitgefühl mit den Damen. Er befürchte, eine der jungen Damen habe sich den Anstrengungen der Reise nicht gewachsen gefühlt und sei schon vor zwei oder drei Stunden übermüdet gewesen. Er habe von seinem Platz hinter ihr bemerkt, wie sie auf ihrem Maultier saß, als wäre sie erschöpft. Er habe sich darauf zwei- oder dreimal die Ehre gegeben, bei einem der Führer, wenn dieser zurückblieb, nachzufragen, wie es der jungen Dame gehe. Er sei entzückt gewesen, zu erfahren, daß sie sich erholt habe und daß es bloß eine vorübergehende Schwäche gewesen sei. Er hoffe (er hatte mittlerweile das Auge des Oberhauptes auf sich gezogen und wandte sich an diesen), er dürfe der Hoffnung Ausdruck geben, daß sie sich jetzt nicht mehr unwohl fühle und daß sie es nicht bedauern werde, die Reise unternommen zu haben.

„Ich danke Ihnen, Sir", erwiderte das Oberhaupt, „meine Tochter ist völlig wiederhergestellt und hat den Weg sehr interessant gefunden."

„Vielleicht der Berge ungewohnt?" fragte der einschmeichelnde Reisende.

„Der Berge – ha – ungewohnt", sagte das Oberhaupt.

„Aber Sie sind an sie gewöhnt, Sir?" begann der einschmeichelnde Reisende wieder.

„Ich bin – hm – leidlich an sie gewöhnt. Nicht in den letzten Jahren. Nicht in den letzten Jahren", antwortete das Oberhaupt mit einer Handbewegung.

Der einschmeichelnde Reisende erwiderte die Handbewegung mit einer Verbeugung und wandte sich von dem Oberhaupt an die zweite junge Dame, von der noch nicht die Rede gewesen wer, höchstens als von einer der Damen, für die er so viel zartes Interesse bezeigte.

Er hoffe, die Strapazen des Tages hätten sie nicht gestört.

„Gestört allerdings", erwiderte die junge Dame, „aber nicht ermüdet."

Der einschmeichelnde Reisende machte ihr ein Kompliment über diese feine Unterscheidung. Es war das, was er hatte sagen wollen. Jede Dame müsse es zweifellos stören, wenn sie mit diesem sprichwörtlich starrsinnigen Tier, dem Maultier, zu tun bekomme.

„Wir mußten natürlich", sagte die junge Dame, die ziemlich zurückhaltend und stolz war, „unseren Reisewagen und den Gepäckwagen in Martigny lassen. Und daß man die Dinge, die man braucht, unmöglich an diesen unzugänglichen Ort bringen kann und notwendigerweise jede Bequemlichkeit zurücklassen muß, ist nicht gerade angenehm."

„Wirklich ein wilder Ort", sagte der einschmeichelnde Reisende.

Die ältere Dame, die ein Muster korrekter Kleidung und deren Benehmen, als Mechanismus betrachtet, vollkommen war, machte hier mit leiser Stimme eine Bemerkung.

„Aber wie andere unbequeme Orte", bemerkte sie, „muß man ihn gesehen haben. Als häufig erwähnten Ort muß man ihn notwendigerweise besichtigen."

„Oh! Ich habe nicht das geringste dagegen, ihn zu besichtigen, das versichere ich Ihnen, Mrs. General", erwiderte die junge Dame nachlässig.

„Sie, Madam", sagte der einschmeichelnde Reisende, „haben diesen Ort schon früher gesehen?"

„Ja", erwiderte Mrs. General, „ich bin bereits hier gewesen. Ich empfehle Ihnen, mein liebes Kind", zu der ersten jungen Dame, „Ihr Gesicht nach der Bergluft und dem Schnee vor dem heißen Holz zu schützen. Ihnen ebenfalls, mein liebes Kind", zu der zweiten und jüngeren Dame, die ihr sofort gehorchte, während die erste nur sagte: „Ich danke Ihnen, Mrs. General. Mir ist es so gerade recht, und ich ziehe es vor, zu bleiben, wie ich bin."

Der Bruder, der vom Stuhl aufgestanden war, um ein Klavier zu öffnen, das in dem Zimmer stand, und der hineingepfiffen und es wieder geschlossen hatte, kam jetzt mit dem Monokel im Auge wieder auf den Kamin zugeschlendert. Er trug den vollkommensten Reiseanzug, den man sich denken konnte. Die Welt schien ihm groß genug, um in ihr solche Reisen zu unternehmen, wie sie seiner Ausrüstung entsprachen.

„Die Leute hier säumen schrecklich lange mit dem Abendessen“, bemerkte er gedehnt. „Ich möchte wissen, was sie uns vorsetzen werden! Hat jemand eine Ahnung?“

„Keinen gebratenen Menschen, glaube ich“, erwiderte der zweite Herr aus der Gesellschaft der drei.

„Sicherlich nicht. Was wollen Sie damit sagen?“ fragte jener.

„Daß, da Sie nicht zu dem gemeinsamen Abendessen aufgetragen werden sollen, Sie uns vielleicht die Freundlichkeit erweisen wollen, sich nicht an dem gemeinsamen Feuer zu braten“, erwiderte der andere.

Der junge Herr, der, die Gesellschaft durch sein Monokel betrachtend, in lässiger Haltung neben dem Kamin lehnte, wobei er, den Rock hinter seinen Händen zurückgeschlagen, seinen Rücken dem Feuer zukehrte wie ein Stück Geflügel, das zum Braten aufgezäumt ist, geriet bei dieser Antwort außer Fassung. Er schien im Begriff zu sein, weitere Aufklärung zu verlangen, als bemerkt wurde – da sich jetzt aller Augen dem Sprecher zuwandten –, daß die Dame neben ihm, die jung und schön war, nicht gehört hatte, was vorgegangen war, da sie, mit dem Kopf auf seiner Schulter, ohnmächtig geworden war.

„Ich glaube“, sagte der Herr leise, „ich trage sie am besten auf ihr Zimmer. Wollen Sie jemand mit einem Licht rufen“, an seinen Gefährten gewandt, „der mir den Weg zeigt? Ich glaube nicht, daß ich mich sonst in diesem sonderbaren, weitverzweigten Gebäude zurechtfinden werde.“

„Bitte, darf ich mein Mädchen rufen“, fragte die größere der beiden jungen Damen.

„Bitte, darf ich dieses Glas Wasser an ihre Lippen führen“, sagte die kleinere, die bis jetzt noch nicht gesprochen hatte.

Da jede tat, was sie sagte, war kein Mangel an Hilfe. Als die beiden Zofen hereinkamen (von dem Reisediener begleitet, damit sie nicht in Verlegenheit kämen, wenn jemand sie in fremder Sprache anredete), bestand sogar die Aussicht auf zuviel Hilfe.

Als der Herr dies sah, richtete er etliche Worte in diesem Sinne an die kleinere der beiden Damen, legte den Arm seiner Frau um seine Schulter, hob sie empor und trug sie weg.

Sein Freund, der mit den anderen Reisenden zurückgeblieben war, schritt langsam im Zimmer auf und ab, ohne wieder an das Feuer zu kommen, und zupfte nachdenklich an seinem schwarzen Schnurrbart, als ob er sich für die Erwiderung seines Gefährten mit verantwortlich fühlte. Während der junge Mann, an den sie gerichtet worden war, beleidigt in einer Ecke saß, wandte sich das Oberhaupt mit stolzer Miene an diesen Herrn.

„Ihr Freund, Sir", sagte er, „ist – ha – ist ein wenig ungeduldig; und in seiner Ungeduld denkt er vielleicht nicht immer an die schuldige Rücksicht gegenüber einem – hm – einem . . . aber wir wollen das auf sich beruhen lassen, wir wollen das auf sich beruhen lassen. Ihr Freund ist ein wenig ungeduldig, Sir."

„Es mag sein, Sir", erwiderte der andere. „Aber ich habe die Ehre gehabt, die Bekanntschaft dieses Herrn in einem Hotel in Genf zu machen, wo wir beide uns in einer zahlreichen guten Gesellschaft vor einiger Zeit trafen, und ich habe die Ehre gehabt, auf verschiedenen Ausflügen, die darauf folgten, mit dem Herrn zu verkehren, und ich kann deshalb nicht dulden, daß jemand – selbst wenn es ein Herr von Ihrer Erscheinung und Ihrem Rang ist, Sir –, daß jemand etwas Herabsetzendes über diesen Herrn sagt."

„Es besteht keine Gefahr, Sir, daß Sie etwas Derartiges von mir zu hören bekommen. Wenn ich bemerke, daß Ihr Freund ungeduldig war, so meine ich nichts dergleichen. Ich machte diese Bemerkung, weil mein Sohn, der von Geburt und von – ha – Erziehung ein – hm –

ein Gentleman ist, zweifellos jedem höflich vorgebrachten Wunsch in bezug darauf, daß das Feuer gleichmäßig jedem Anwesenden zugute kommen sollte, Folge geleistet hätte. Was ich im Prinzip für richtig halte, denn – ha – alle sind – hm – bei derartigen Gelegenheiten gleichberechtigt."

„Gut", war die Antwort. „Und damit ist die Sache erledigt! Ich bin der gehorsame Diener Ihres Sohnes. Ich bitte Ihren Sohn, die Versicherung meiner Hochachtung zu empfangen. Und nun, Sir, kann ich offen zugeben, daß mein Freund bisweilen in sarkastischer Stimmung ist."

„Die Dame ist die Frau Ihres Freundes, Sir?"

„Die Dame ist die Frau meines Freundes, Sir."

„Sie ist sehr hübsch."

„Sir, sie ist unvergleichlich. Sie sind noch kein Jahr verheiratet. Sie sind noch halb auf einer Hochzeits- und halb auf einer Künstlerreise."

„Ihr Freund ist Künstler, Sir?"

Der Herr antwortete, indem er die Finger seiner rechten Hand küßte und die Hand mit ausgestrecktem Arm zum Himmel emporwarf, als wollte er sagen: Ich empfehle ihn den himmlischen Mächten als einen unsterblichen Künstler!

„Aber er ist ein Mann von Familie", fügte er hinzu. „Er hat die besten Verbindungen. Und er ist mehr als ein Künstler – er ist von vornehmer Familie. Er mag auch seine Verwandtschaft stolz, ungeduldig und sarkastisch (ich gebe zu, daß diese Worte zutreffen) vor den Kopf gestoßen haben, aber er gehört doch dazu. Funken, die während unseres Verkehrs aufsprühten, haben mir das gezeigt."

„Nun gut. Ich hoffe", sagte der stolze Herr, wie um das Gespräch zu beenden, „daß das Unwohlsein der Dame bald vorübergehen wird."

„Sir, ich hoffe es ebenfalls."

„Sicherlich bloße Ermüdung."

„Nicht allein bloße Ermüdung, Sir, denn ihr Maultier stolperte heute, und sie fiel aus dem Sattel. Es war ein leichter Fall, und sie stand ohne Hilfe wieder auf und ritt lachend weiter, aber gegen Abend klagte sie über eine leichte Prellung an der Seite. Sie sprach wiederholt davon, als wir hinter Ihrer Gesellschaft den Berg hinaufritten."

Das Oberhaupt der großen Gesellschaft, das freundlich, aber nicht vertraulich auftrat, schien nun zu denken, daß er genügend herablassend gewesen sei. Er sprach nicht mehr, und in der nächsten Viertelstunde, bis das Abendessen erschien, herrschte Schweigen im Zimmer.

Mit dem Abendessen kam einer der jungen Pater (es schien keine alten Pater zu geben), um den Vorsitz bei der Tafel zu führen. Es war wie das Abendessen in einem gewöhnlichen Schweizer Hotel, und es fehlte nicht an einem guten Rotwein, den das Kloster wohl in einem freundlicheren Klima zog. Der Künstler kam ruhig wieder herein und nahm seinen Platz an der Tafel ein, als die übrigen sich setzten, ohne anscheinend an sein kürzliches Geplänkel mit dem vollendet gekleideten Reisenden zu denken.

„Bitte", fragte er den Gastgeber bei der Suppe, „hat Ihr Kloster gegenwärtig viele seiner berühmten Hunde?"

„Es hat drei, Monsieur."

„Ich habe drei im Gang unten gesehen. Zweifellos sind es diese drei."

Der Gastgeber, ein schlanker, helläugiger, dunkelhaariger junger Mann mit höflichen Manieren, der eine schwarze Kutte mit zwei sich kreuzenden weißen Streifen trug und der ebensowenig den Bernhardinermönchen ähnlich war, wie er den Bernhardinerhunden ähnelte, antwortete, zweifellos seien es diese drei gewesen.

„Und ich glaube", sagte der Künstler, „ich habe einen von ihnen schon früher einmal gesehen."

Das sei möglich. Es sei ein sehr bekannter Hund. Monsieur könne ihn leicht unten im Tal oder irgendwo am See gesehen haben, wenn er (der Hund) mit einem Ordensvater hinuntergegangen sei, um Hilfe für das Kloster zu erbitten.

„Was regelmäßig zu bestimmter Zeit geschieht, wie ich glaube?"

Monsieur habe recht.

„Und niemals ohne den Hund. Der Hund ist sehr wichtig."

Wieder habe Monsieur recht, der Hund sei sehr wichtig. Die Leute nähmen mit Recht ein großes Interesse an dem Hund. Es sei doch einer von den Hunden, die überall berühmt seien, müsse Ma'amselle verstehen.

„Ma'amselle" war ein wenig langsam, es zu verstehen, gleich als ob sie mit der französischen Sprache noch nicht recht vertraut wäre. Mrs. General jedoch verstand für sie.

„Fragen Sie ihn, ob er vielen Menschen das Leben gerettet hat", sagte der junge Mann, der die Fassung verloren hatte, in seiner englischen Muttersprache.

Dem Gastgeber brauchte die Frage nicht übersetzt zu werden, er antwortete sogleich auf französisch. „Nein. Dieser nicht."

„Weshalb nicht?" fragte derselbe Herr.

„Verzeihung", erwiderte der Gastgeber ruhig, „geben Sie ihm die Gelegenheit dazu, und er wird es zweifellos tun. Zum Beispiel bin ich vollkommen überzeugt", er lächelte ruhig den jungen Mann an, der die Fassung verloren hatte, während er den Kalbsbraten zerlegte, damit er herumgereicht werden könnte, „daß, wenn Sie, Monsieur, ihm die Gelegenheit geben würden, er sich mit größtem Eifer beeilen würde, seine Pflicht zu erfüllen."

Der Künstler lachte. Der einschmeichelnde Reisende (der ein vorsorgliches Bestreben an den Tag legte, seinen vollen Anteil an dem Abendessen zu erhalten) wischte sich mit einem Stück Brot einige Tropfen Wein aus seinem Schnurrbart und mischte sich in die Unterhaltung.

„Es ist schon spät im Jahr für Vergnügungsreisende, ehrwürdiger Vater", fragte er, „nicht wahr?"

„Ja, es ist spät. Höchstens noch zwei oder drei Wochen, und wir werden dem Winterschnee überlassen sein."

„Und dann“, sagte der einschmeichelnde Reisende, „kommen die scharrenden Hunde und die eingeschneiten Kinder, wie man es auf den Bildern sieht!“

Der Künstler nahm wieder das Wort, bevor der andere antworten konnte.

„Wissen Sie nicht“, fragte er seinen Gefährten kalt über den Tisch hin, „daß nur Schmuggler im Winter über den Paß kommen oder irgendeinen Anlaß haben können, über den Paß zu gehen?“

„Beim Himmel, nein. Habe nie davon gehört.“

„So ist es, glaube ich, und da sie die Anzeichen für die Witterung ziemlich gut kennen, so geben sie den Hunden nicht viel zu tun – die infolgedessen so ziemlich ausgestorben sind –, obwohl dieses Gasthaus ihnen bequem liegt. Ihre kleinen Kinder lassen sie, wie ich gehört habe, gewöhnlich zu Hause. Aber es ist eine großartige Vorstellung!“ rief der Künstler, plötzlich in einem überschwenglichen Ton. „Es ist eine erhabene Vorstellung. Es ist die schönste Vorstellung auf der Welt und treibt einem Tränen in die Augen, beim Jupiter!“ Er aß darauf seinen Kalbsbraten mit großer Ruhe weiter.

Es lag genügend versteckter Spott auf dem Grunde dieser Rede, obwohl der Sprecher ein vollendetes Benehmen zeigte und gut aussah und obwohl die herabsetzenden Ausdrücke so verhüllt waren, daß es für jemand, der nicht vollkommen mit der englischen Sprache vertraut war, sehr schwierig war, sie zu verstehen und, selbst wenn er sie verstand, daran Anstoß zu nehmen – in so einfachem und ruhigem Ton waren sie vorgebracht. Nachdem er seinen Kalbsbraten unter allgemeinem Stillschweigen aufgegessen hatte, wandte sich der Künstler wieder an seinen Freund.

„Sehen Sie diesen Herrn, unseren Gastgeber, an“, sagte er in seinem vorigen Ton, „wie dieser junge Mann in so anmutiger Weise und mit solch höflichem, bescheidenem Benehmen den Vorsitz am Tisch führt! Manieren, die einem Fürsten anstehen würden! Essen Sie beim Lord Mayor von London (wenn Sie eine Einladung bekommen können) und bemerken Sie den Unterschied.

Dieser liebe Kerl mit dem feinstgeschnittenen Gesicht, das ich je gesehen habe, ein klassisch gezeichnetes Gesicht, verläßt irgendein fleißiges Leben und kommt hierherauf, ich weiß nicht, wieviel Fuß über dem Meeresspiegel, zu keinem anderen Zweck auf Erden (ausgenommen, daß er sich der Genüsse eines prachtvollen Refektoriums erfreut, hoffe ich), als ein Hotel für müßige arme Teufel wie Sie und ich zu halten und die Bezahlung unserem Gewissen zu überlassen! Nun, ist das nicht ein schönes Opfer? Was wollen Sie mehr, das uns rührt? Sollen wir den Ort herabsetzen, bloß weil sich nicht interessant aussehende gerettete Leute jährlich acht oder neun Monate lang an die Hälse der klügsten Hunde klammern, die hölzerne Fäßchen tragen? Nein! Des Himmels Segen auf diesen Ort. Es ist ein großer Ort, ein glorreicher Ort!"

Die Brust des grauhaarigen Herrn, der das Oberhaupt der zahlreichen Gruppe war, schwoll, als ob er dagegen Einspruch erheben wollte, daß er mit zu den armen Teufeln gerechnet würde. Kaum war der Künstler mit seiner Rede fertig, als er selbst mit großer Würde zu sprechen begann, als ob es ihm zukäme, die Führung bei den meisten Gelegenheiten zu übernehmen, und als ob er diese Pflicht für eine kleine Weile vernachlässigt hätte.

Er teilte dem Gastgeber gewichtig seine Meinung mit, wonach er wohl im Winter hier ein sehr trauriges Leben haben müsse.

Der Gastgeber räumte Monsieur ein, daß es ein wenig eintönig sei. Die Luft sei lange Zeit über schwer zu atmen, und die Kälte sei sehr streng. Man brauche Jugend und Kraft, um es zu ertragen. Jedoch wenn man diese und den Segen des Himmels habe . . .

Ja, das sei sehr richtig. „Aber das Eingeschlossensein?" fragte der grauhaarige Herr.

Es gebe viele Tage, selbst bei schlechtem Wetter, an denen es möglich sei, draußen umherzugehen. Sie pflegten einen kleinen Pfad auszuschaufeln und sich daselbst zu bewegen.

„Aber der Raum", beharrte der grauhaarige Herr. „So klein! So – ha – eng begrenzt?"

Monsieur müsse bedenken, daß die Zufluchtsorte abgesucht und daß auch zu ihnen Pfade geschaufelt werden müßten.

Monsieur blieb immer noch dabei, daß andererseits der Raum so – ha, hm –, so sehr eng sei. Und schlimmer als das, es sei immer derselbe.

Der Gastgeber zuckte mit einem bescheidenen Lächeln die Achseln. Das sei wohl wahr, bemerkte er, aber er erlaube sich, darauf hinzuweisen, daß jede Sache von verschiedenen Standpunkten aus betrachtet werden könne. Monsieur und er sähen dieses sein armes Leben nicht von demselben Standpunkt aus. Monsieur sei nicht an Eingesperrtsein gewöhnt.

„Ich – ha – ja, sehr richtig", sagte der grauhaarige Herr. Er schien von der Überzeugungskraft des Einwandes geradezu überwältigt zu sein.

Monsieur, als ein englischer Reisender, der von allen Möglichkeiten, sich die Reise angenehm zu machen, umgeben sei, der zweifellos Vermögen, Wagen und Diener besitze . . .

„Gewiß, gewiß. Zweifellos", sagte der Herr.

Monsieur könne sich nicht leicht in die Lage eines Menschen versetzen, dem es nicht freistünde, zu sagen, ich will morgen hierhin gehen oder an einem der nächsten Tage dorthin, ich will diese Grenzen überschreiten, ich will jene Gegend einmal aufsuchen. Monsieur habe vielleicht keinen rechten Begriff davon, wie sich der Geist in solchen Dingen der Macht der Notwendigkeit füge.

„Das ist wahr", sagte Monsieur. „Wir wollen – ha – nicht weiter davon reden. Sie haben – hm – zweifellos ganz recht. Wir wollen nichts mehr darüber sagen."

Da das Abendbrot beendet war, zog er, während er sprach, seinen Stuhl von der Tafel fort und setzte sich wieder an seinen früheren Platz neben dem Feuer. Da es an dem größeren Teil des Tisches sehr kalt war, nahmen die anderen Gäste ebenfalls ihre vorigen Sitze neben dem Feuer wieder ein, mit der Absicht, sich gut durchzuwärmen, bevor sie zu Bett gingen. Der Gastgeber machte allen Anwesenden eine Verbeugung, als sie vom Tisch aufstanden, wünschte ihnen gute Nacht und zog sich zurück. Aber vorher hatte ihn der einschmeichelnde Reisende gefragt, ob sie ein wenig Glühwein haben könnten, und da er mit Ja geantwortet und ihn gleich darauf hereingeschickt hatte, war dieser Reisende, der in der Mitte der Gruppe und in der vollen Wärme des Feuers saß, bald damit beschäftigt, den Wein für die übrigen auszuteilen.

Zu dieser Zeit verließ die jüngere der beiden jungen Damen, die in ihrer dunklen Ecke (das Kaminfeuer bildete die hauptsächliche Beleuchtung in dem dunklen Zimmer, da die Lampe rauchte und trübe brannte) schweigend auf das geachtet hatte, was über die abwesende Dame gesprochen worden war, still das Zimmer. Sie wußte nicht recht, wohin sie sich wenden sollte, als sie leise die Tür geschlossen hatte, aber nach einem kleinen Zögern zwischen den hallenden Korridoren und den vielen Gängen kam sie an ein Zimmer in einer Ecke der Hauptgalerie, wo die Dienerschaft ihr Abendessen einnahm. Von ihnen bekam sie eine Lampe und wurde nach dem Zimmer der Dame gewiesen.

Es lag im oberen Stockwerk, zu dem die große Treppe hinaufführte. Hier und da waren die kahlen weißen Mauern von einem Eisengitter unterbrochen, und sie fand, während sie hinaufging, daß der Ort einem Gefängnis ähnlich sah. Die Bogentür, die zu dem Zimmer oder der Zelle der Dame führte, war nicht ganz geschlossen. Nachdem sie auf zwei- oder dreimaliges Klopfen keine Antwort erhalten hatte, stieß sie die Tür vorsichtig auf und blickte hinein.

Die Dame lag mit geschlossenen Augen auf dem ungeöffneten Bett, gegen die Kälte geschützt mit Decken und Tüchern, in die sie eingehüllt worden war, als sie aus der Ohnmacht erwachte. Ein schwach brennendes Licht, das in der tiefen Fensternische stand, verbreitete in dem gewölbten Zimmer kaum etwas Helligkeit. Die

Besucherin trat schüchtern an das Bett und fragte mit einem leisen Flüstern: „Fühlen Sie sich besser?“

Die Dame war eingeschlummert, und das Flüstern war zu leise, um sie aufzuwecken. Ihre Besucherin stand ganz still neben ihr und blickte sie aufmerksam an.

„Sie ist sehr hübsch“, sagte sie zu sich selbst. „Ich habe noch niemals ein so schönes Gesicht gesehen. Ach, wie ganz anders als ich!“

Es war seltsam, daß sie etwas Derartiges sagte, aber es hatte einen geheimen Sinn, denn ihre Augen füllten sich mit Tränen.

„Ich weiß, daß ich richtig rate. Ich weiß, er sprach von ihr an jenem Abend. Ich könnte mich leicht über jede andere Sache täuschen, aber nicht darüber!“

Mit ruhiger und zärtlicher Hand strich sie eine herabhängende Haarsträhne der Schläferin beiseite und berührte dann die Hand, die auf der Decke lag.

„Ich sehe sie gern an“, sagte sie leise zu sich selbst. „Ich sehe gern, was ihn so gerührt hat.“

Sie hatte ihre Hand noch nicht zurückgezogen, als die Schläferin die Augen öffnete und emporfuhr.

„Bitte, haben Sie keine Angst. Ich bin von der Reisegesellschaft unten. Ich bin gekommen, um Sie zu fragen, ob Sie sich besser fühlen und ob ich etwas für Sie tun könnte.“

„Ich glaube, Sie sind bereits so freundlich gewesen, mir Ihre Dienerschaft zu Hilfe zu schicken?“

„Nein, ich nicht, das war meine Schwester. Fühlen Sie sich besser?“

„Viel besser. Es war nur eine leichte Prellung und ist jetzt fast schon wieder gut. Ich wurde für einen Augenblick schwach und schwindlig davon. Es hatte mir schon vorher weh getan, aber schließlich hat es mich auf einmal überwältigt.“

„Darf ich bei Ihnen bleiben, bis jemand kommt? Würde es Ihnen angenehm sein?“

„Es würde mir angenehm sein, denn es ist hier einsam, aber ich fürchte, es wird Ihnen hier zu kalt sein.“

„Die Kälte stört mich nicht. Ich bin nicht empfindlich, wenn ich auch so aussehe.“ Sie rückte rasch einen der beiden grobgezimmerten Stühle neben das Bett und setzte sich. Die andere schlang ebenso rasch einen Teil einer Reisedecke, in die sie selbst eingehüllt war, über sie, wobei ihr Arm auf ihrer Schulter ruhte, während sie das Tuch um sie hielt.

„Sie machen so ganz den Eindruck einer freundlichen Pflegerin“, sagte die Dame und lächelte ihr zu, „daß es mir scheint, als ob Sie von zu Hause zu mir gekommen wären.“

„Das freut mich sehr.“

„Ich habe von zu Hause geträumt, kurz bevor ich eben erwachte. Ich meine, von meinem früheren Heim, bevor ich verheiratet war.“

„Und bevor Sie so weit entfernt waren.“

„Ich bin schon viel weiter davon entfernt gewesen als jetzt; aber damals nahm ich das Beste davon mit mir und vermißte nichts. Ich fühlte mich einsam, als ich hier einschlief, und da ich es ein wenig vermißte, wanderte mein Geist wieder dahin zurück.“

In ihrer Stimme war ein Klang bekümmerter Liebe und Sehnsucht, der die Besucherin veranlaßte, sie für den Augenblick nicht anzusehen.

„Es ist ein seltsamer Zufall, der uns schließlich unter dieser Decke, in die Sie mich gehüllt haben, zusammenbringt“, sagte die Besucherin nach einer Pause. „Denn, wissen Sie, ich glaube, ich habe seit einiger Zeit nach Ihnen ausgeblickt.“

„Sie haben nach mir ausgeblickt?“

„Ich habe ein Briefchen hier, das ich, wie ich glaube, Ihnen geben sollte, wenn ich Sie fände. Das ist es. Wenn ich mich nicht sehr täusche, ist es an Sie gerichtet. Stimmt das?“

Die Dame nahm es, sagte „Ja“ und las es. Ihre Besucherin beobachtete sie beim Lesen. Der Brief war sehr kurz. Sie errötete ein wenig, als sie mit ihren Lippen die Wange ihrer Besucherin berührte, und drückte ihre Hand.

„Die liebe junge Freundin, die er mir hier empfiehlt,

könnte gelegentlich einmal ein Trost für mich sein, sagt er. Sie ist wirklich ein Trost für mich, gleich beim erstenmal, da ich sie sehe."

„Vielleicht", sagte die Besucherin zögernd, „vielleicht kennen Sie meine Lebensgeschichte nicht? Vielleicht hat er Ihnen niemals meine Lebensgeschichte erzählt?"

„Nein."

„O nein, weshalb hätte er es auch tun sollen! Ich habe kaum das Recht, sie jetzt selbst zu erzählen, da ich gebeten worden bin, es nicht zu tun. Es liegt nicht viel daran, aber es würde Ihnen verständlich machen, weshalb ich Sie bitte, hier nichts von dem Brief zu erwähnen. Sie sahen vielleicht meine Angehörigen? Einige von ihnen – ich sage Ihnen nur soviel – sind ein wenig stolz, ein wenig eingebildet."

„Sie sollen ihn zurückbekommen", sagte die andere, „und dann wird mein Mann nichts davon merken. Er könnte ihn sonst sehen und durch einen Zufall davon sprechen. Wollen Sie ihn der Sicherheit halber wieder an Ihrer Brust verstecken?"

Sie tat das mit großer Sorgfalt. Ihre kleine, zarte Hand lag noch auf dem Brief, als sie jemand in der Galerie draußen hörten.

„Ich habe versprochen", sagte die Besucherin und stand auf, „ihm zu schreiben, wenn ich Sie getroffen hätte (es konnte kaum ausbleiben, daß ich Sie früher oder später traf), und ihm mitzuteilen, ob Sie wohl und glücklich wären. Ich werde schreiben, daß es Ihnen gut geht und Sie glücklich sind."

„Ja! Sagen Sie, es gehe mir sehr gut und ich sei sehr glücklich. Und daß ich ihm herzlich danke und ihn niemals vergessen würde."

„Ich werde Sie morgen vormittag wiedersehen. Und sicherlich werden wir bald darauf wieder einmal zusammentreffen. Gute Nacht!"

„Gute Nacht. Ich danke Ihnen, ich danke Ihnen. Gute Nacht, meine Liebe."

Beide waren in Eile und erregt, als sie voneinander Abschied nahmen und die Besucherin das Zimmer verließ. Sie hatte erwartet, den Mann der Dame draußen zu treffen, aber die Person in der Galerie war nicht er – es war der Reisende, der die Weintropfen mit einem Stück Brot aus seinem Schnurrbart gewischt hatte. Als er die Schritte hinter sich hörte – er lief gerade auf das dunkle Ende der Galerie zu –, wandte er sich um.

In seiner außerordentlichen Höflichkeit wollte er es nicht zulassen, daß sie sich selbst die Treppe hinableuchtete oder allein hinunterging. Er nahm die Lampe, hielt sie so, daß das Licht gerade auf die Steinstufen fiel, und folgte ihr auf dem ganzen Weg zu dem Zimmer, in dem die Reisenden das Abendessen eingenommen hatten. Während sie hinabgingen, fiel es ihr schwer, zu verbergen, wie sehr sie geneigt war, zitternd vor ihm zurückzuweichen; denn das Aussehen dieses Reisenden war ihr überaus unangenehm. Sie hatte vor dem Abendessen in ihrem stillen Winkel gesessen und sich vorgestellt, wie er wohl an den Orten, die sie kannte, ausgesehen hätte, bis sie eine derartige Abneigung gegen ihn bekommen hatte, daß er ihr beinahe Furcht einflößte.

Er ging mit seiner lächelnden Höflichkeit hinter ihr die Treppe hinunter, trat hinter ihr ins Zimmer und nahm seinen Sitz auf dem besten Platz am Kamin wieder ein. Dort saß er, die Beine zum Kamin hin ausgestreckt, in dem dunklen Zimmer, während das Holzfeuer, das niedrig zu brennen begann, sein flackerndes Licht auf ihn warf, und trank den Glühwein bis auf die Neige, wobei ein ungeheurer Schatten auf der Wand und der Decke seine Bewegungen nachahmte.

Die ermüdeten Reisenden waren alle zu Bett gegangen, mit Ausnahme des Vaters der jungen Dame, der in seinem Stuhl neben dem Feuer eingeschlafen war. Der Reisende hatte sich die Mühe genommen, einen langen Weg die Treppe hinauf bis in sein Schlafzimmer zurückzulegen, um seine Reiseflasche mit Branntwein zu holen. Er berichtete das, während er ihren Inhalt in den Rest des Weines goß und das Gemisch mit vermehrtem Behagen trank.

„Darf ich fragen, Sir, ob Sie nach Italien reisen?“

Der grauhaarige Herr hatte sich aufgerafft und schickte sich an, das Zimmer zu verlassen. Er antwortete bejahend.

„Ich ebenfalls!“ sagte der Reisende. „Ich hoffe, ich werde die Ehre haben, Ihnen in einer schöneren Gegend und unter angenehmeren Verhältnissen als auf diesem traurigen Berg meine Empfehlungen darbieten zu können.“

Der Herr verbeugte sich ziemlich kühl und sagte, er danke ihm vielmals.

„Wir armen Leute, Sir“, sagte der Reisende und zog seinen Schnurrbart durch die Hand, denn er war damit in sein Getränk geraten, „wir armen Leute reisen nicht wie Fürsten. Aber wir haben für die Feinheiten und Annehmlichkeiten des Lebens Verständnis. Auf Ihr Wohl, Sir!“

„Sir, ich danke Ihnen.“

„Auf das Wohl Ihrer verehrten Familie – der schönen jungen Damen, Ihrer Töchter!“

„Sir, ich danke Ihnen nochmals. Ich wünsche Ihnen gute Nacht. Mein Kind, sind unsere – ha – Leute bereit?“

„Sie sind in der Nähe, Vater.“

„Erlauben Sie!“ sagte der Reisende, der aufstand und die Tür offenhielt, während der Herr, den Arm seiner Tochter in dem seinigen, durch das Zimmer auf die Tür zuschritt. „Wünsche, gut zu ruhen! Auf das Vergnügen, Sie wiederzusehen! Auf morgen!“

Während er mit seinen besten Manieren und seinem liebenswürdigsten Lächeln seine Hand küßte, schmiegte sich die junge Dame noch fester an ihren Vater und ging an ihm vorbei, ängstlich bestrebt, ihn nicht zu berühren.

„Uff!“ sagte der einschmeichelnde Reisende, dessen ganzes Wesen sich änderte, als er allein war. „Wenn sie alle zu Bett gehen, dann muß ich es eben auch tun. Sie haben es verteufelt eilig. Man sollte denken, die Nacht sei noch lang genug in dieser eisigen Stille und Einöde, wenn man zwei Stunden später zu Bett ginge.“

Als er beim Leeren seines Glases den Kopf zurückwarf, fielen seine Augen auf das Fremdenbuch, das geöffnet auf dem Klavier lag, mit Federn und Tinte daneben, als wären die Namen dieses Abends während seiner Abwesenheit eingeschrieben worden. Er nahm es auf und las die folgenden Eintragungen:

| | |
|---|---|
| *William Dorrit, Esquire* | |
| *Frederick Dorrit, Esquire* | |
| *Edward Dorrit, Esquire* | *mit Gefolge,* |
| *Miss Fanny Dorrit* | *von Frankreich nach Italien.* |
| *Miss Amy Dorrit* | |
| *Mrs. General* | |

*Mr. und Mrs. Henry Gowan, von Frankreich nach Italien.*

Wozu er in einer kleinen, verschnörkelten Schrift mit einer langen, dünnen Schleife am Ende, nicht unähnlich einem Lasso, das um alle anderen Namen geschlungen schien, hinzufügte:

*Blandois, Paris, von Frankreich nach Italien.*

Und dann, während seine Nase über den Schnurrbart herabfiel und sein Schnurrbart unter der Nase hochstieg, begab er sich in die ihm angewiesene Zelle.

## *2. Kapitel*

### Mrs. General

Es ist nötig, dem Leser die feingebildete Dame vorzustellen, die im Gefolge der Familie Dorrit von genügender Bedeutung war, um im Fremdenbuch auf einer besonderen Zeile aufgeführt zu werden.

Mrs. General war die Tochter eines kirchlichen Würdenträgers in einer Bischofsstadt, wo sie den Ton der Gesellschaft angegeben hatte, bis sie so nahe an die Fünfundvierzig heran war, wie eine unverheiratete Dame es sein kann. Ein steifer Intendanturkommissar von sechzig, als strenger Vorgesetzter verschrien, hatte sich dann in die gravitätische Art verliebt, mit der sie den Anstand vierspännig durch die Gesellschaft der Bischofsstadt fuhr, und hatte darum gebeten, neben ihr auf dem Bock dieser leidenschaftslosen Staatskarosse sitzen zu dürfen. Da sein Heiratsantrag von der Dame angenommen worden war, nahm der Kommissar seinen Sitz mit großer Würde ein, und Mrs. General lenkte den Wagen, bis der Kommissar starb. Im Laufe ihrer gemeinsamen Fahrt überfuhren sie mehrere Leute, die dem Anstand in den Weg kamen, aber immer auf vornehme Art und mit unerschütterlicher Ruhe.

Nachdem der Kommissar mit allen gebührenden Zeremonien bestattet worden war (das ganze Gespann des Anstandes war an seinen Leichenwagen geschirrt und trug Federn und schwarzsamtene Satteldecken mit seinem Wappen in den Ecken), erkundigte sich Mrs. General, wieviel Staub und Asche auf der Bank hinterblieben war. Da stellte es sich heraus, daß der Kommissar Mrs. General hintergangen hatte; er hatte sich einige Jahre vor seiner Verheiratung eine Jahresrente gekauft und diesen Umstand bei seinem Heiratsantrag verschwiegen, als er sagte, sein Einkommen bestehe aus den Zinsen seines Vermögens.

Mrs. General sah infolgedessen ihre Mittel so verringert, daß sie bei weniger tadelloser Denkungsart hätte geneigt sein können, die Richtigkeit jenes Teiles des Trauergottesdienstes zu bezweifeln, welcher darlegte, der Kommissar habe nichts mit sich nehmen können.

Bei diesem Stand der Dinge fiel es Mrs. General ein, daß sie die Aufgabe übernehmen könnte, den Geist und die Manieren einer jungen Dame von vornehmer Herkunft zu bilden, oder daß sie den Anstand an den Wagen einer reichen jungen Erbin oder Witwe spannen und zu gleicher Zeit Lenkerin und Hüterin eines solchen Vehikels durch die Irrgänge der Gesellschaft werden könnte. Als Mrs. General diese Idee ihrer kirchlichen und kommissarlichen Verwandtschaft mitteilte, wurde sie so warm aufgenommen, daß es, hätte die Dame nicht unzweifelhafte Verdienste besessen, fast den Anschein hatte, als ob man sie loszuwerden wünschte. Zeugnisse, die Mrs. General als Wunder an Frömmigkeit, Gelehrsamkeit, Tugend und Vornehmheit empfahlen, wurden von einflußreichen Leuten bereitwillig ausgestellt; und ein ehrwürdiger Archidiakon vergoß sogar Tränen, als er ein Zeugnis über ihre Vollkommenheiten (die ihm durch vertrauenswürdige Personen beschrieben worden waren) abfaßte, obwohl er niemals während seines ganzen Lebens die Ehre und Genugtuung gehabt hatte, Mrs. Generals ansichtig zu werden.

Auf diese Weise gewissermaßen von Kirche und Staat zu ihrer Mission entsandt, fühlte sich Mrs. General, die stets alles von einer höheren Warte betrachtete, in der Lage, ihre Stellung zu wahren, und bot sich zu einer sehr hohen Summe aus. Es verfloß eine beträchtliche Zeit, in der es kein Angebot für Mrs. General gab. Schließlich eröffnete ein verwitweter Gutsbesitzer, der eine Tochter von vierzehn Jahren hatte, Verhandlungen mit der Dame, und da es eine Eigenschaft entweder der angeborenen Würde oder der kunstvollen Politik von Mrs. General (zweifellos eins von beiden) war, sich so zu verhalten, als wäre sie viel mehr gesucht als selbst auf der Suche, verfolgte der Witwer Mrs. General so lange, bis er sie dazu bestimmte, den Geist und die Manieren seiner Tochter zu bilden.

Die Ausführung dieses Auftrages beschäftigte Mrs. General etwa sieben Jahre, in deren Verlauf sie die Reise durch den Kontinent machte und das meiste jener Unmenge von Dingen sah, die alle gebildeten Personen mit den Augen anderer Leute und niemals mit ihren eigenen sehen müssen. Als ihr Schützling schließlich gebildet war, wurde die Heirat nicht nur der jungen Dame, sondern auch ihres Vaters, des Witwers, beschlossen. Da der Witwer jetzt Mrs. General ebenso unbequem wie kostspielig fand, so wurde er plötzlich fast ebensosehr von ihren Verdiensten gerührt, wie es der Archidiakon gewesen war. Er ließ überall, wo sich seiner Ansicht nach eine Gelegenheit ergeben konnte, die segensreiche Dame an jemand anders loszuwerden, so hohe Lobsprüche über ihren Wert vernehmen, daß Mrs. Generals Name berühmter wurde denn je.

Der Phönix, der auf dieser hohen Stange saß, war zu vermieten, als Mr. Dorrit, der vor kurzem seine Erbschaft angetreten hatte, seinem Bankier gegenüber erwähnte, daß er eine Dame suche, die gut erzogen, gebildet, von guter Familie und mit der guten Gesellschaft vertraut sei und die sich dazu eigne, zugleich die Erziehung seiner beiden Töchter zu vollenden und ihre Anstandsdame zu sein. Mr. Dorrits Bankier, der auch der Bankier des verwitweten Gutsbesitzers war, sagte sofort: „Mrs. General."

Als er das Licht, das ihm so glücklich gezeigt worden war, verfolgte und fand, das übereinstimmende Zeugnis von allen Bekannten Mrs. Generals war von der bereits erwähnten rührenden Art, nahm sich Mr. Dorrit die Mühe, den Gutsbesitzer auf dem Lande aufzusuchen, um mit Mrs. General bekannt zu werden, in der er eine Dame mit Eigenschaften fand, die seine höchsten Erwartungen übertrafen.

„Dürfte ich mir gestatten", sagte Mr. Dorrit, „zu fragen – ha – welche Entschädi . . ."

„Das ist wirklich ein Gegenstand", erwiderte Mrs. General, die ihn das Wort nicht beenden ließ, „über den ich lieber nicht sprechen möchte. Ich habe mit meinen Freunden hier niemals darüber gesprochen; und ich kann den Widerwillen, den ich immer dagegen gehabt habe, nicht überwinden. Ich bin, wie Sie wohl verstehen werden, keine Gouvernante."

„Aber gewiß nicht!" sagte Mr. Dorrit. „Bitte, Madam, glauben Sie keinen Augenblick lang, daß ich so denke." Er errötete wirklich bei der Vorstellung, daß sie ihn in Verdacht haben könnte, so zu denken.

Mrs. General machte ihm eine gemessene Verbeugung. „Ich kann einen Preis für meine Dienste deshalb nicht nennen, weil ich sie mit Vergnügen leiste, wenn ich sie freiwillig leisten kann, sie aber niemals für ein bloßes Entgelt leisten könnte. Ich wüßte auch nicht, wie oder wo ich einen Fall finden sollte, der dem meinigen gleicht. Es ist ein Ausnahmefall."

„Zweifellos. Aber wie könnte man dann der Sache näherkommen?“ fragte Mr. Dorrit begreiflicherweise.

„Ich kann keinen Einspruch dagegen erheben“, sagte Mrs. General, „obwohl mir selbst das unangenehm ist, daß sich Mr. Dorrit vertraulich bei meinen Freunden hier erkundigt, welchen Betrag sie vierteljährlich auf mein Konto bei meinem Bankier einzuzahlen pflegten.“

Mr. Dorrit verneigte sich zustimmend.

„Erlauben Sie mir, hinzuzufügen“, sagte Mrs. General, „daß ich niemals mehr von dieser Sache reden kann. Auch daß ich keine zweitklassige oder untergeordnete Stellung annehmen kann. Wenn mir die Ehre zuteil würde, mit Mr. Dorrits Familie bekannt zu werden – ich glaube, es wurden zwei Töchter erwähnt?“

„Zwei Töchter.“

„– könnte ich nur unter der Bedingung vollkommener Gleichheit als Gefährtin, Beschützerin, Leiterin und Freundin darauf eingehen.“

Mr. Dorrit hatte trotz des Bewußtseins seiner Bedeutung das Gefühl, als ob es geradezu eine Freundlichkeit von ihr wäre, überhaupt zu irgendwelchen Bedingungen darauf einzugehen. Er äußerte sich fast in diesem Sinne.

„Ich glaube“, wiederholte Mrs. General, „zwei Töchter wurden erwähnt?“

„Zwei Töchter“, sagte Mr. Dorrit wiederum.

„Es wäre dann nötig, zu dem Betrag, den meine Freunde hier bei meinem Bankier einzuzahlen pflegten (wie hoch dieser sich auch herausstellen mag), noch ein Drittel hinzuzufügen.“

Mr. Dorrit legte unverzüglich dem verwitweten Gutsbesitzer die heikle Frage vor, und als er erfuhr, dieser habe dreihundert Pfund auf das Konto von Mrs. General gezahlt, so kam er, ohne seine arithmetischen Fähigkeiten übermäßig anstrengen zu müssen, zu dem Schluß, daß er vierhundert bezahlen müßte. Da Mrs. General ein Gegenstand von jenem glänzenden Aussehen war, der in dem Beschauer die Vorstellung erweckt, er sei jedes Geld wert, machte er ihr den förmlichen Vorschlag, sie möge ihm gestatten, die Ehre und das Vergnügen zu haben, sie als ein Glied seiner Familie zu betrachten. Mrs. General gewährte ihm dieses Vorrecht, und da war sie nun.

In ihrer persönlichen Erscheinung war Mrs. General mit Einschluß ihrer Röcke, die dabei eine große Rolle spielten, würdevoll und imponierend; breit, raschelnd, von gewichtigem Umfang; immer aufrecht hinter dem Anstand. Man hätte sie auf die Gipfel der Alpen und in die Tiefe von Herculaneum mitnehmen können – man hatte sie auch tatsächlich mitgenommen –, ohne daß eine Falte an ihrem Kleid in Unordnung kam oder sie eine Nadel verlor. Wenn ihr Gesicht und ihr Haar ziemlich mehlig aussahen, wie von einem Aufenthalt in einer ungeheuer vornehmen Mühle, so kam das eher daher, daß sie überhaupt ein kalkiges Wesen war, als daß sie ihren Teint mit Veilchenpuder verbesserte oder grau geworden war. Wenn ihre Augen ausdruckslos waren, so lag das vermutlich daran, daß sie nichts auszudrücken hatten. Wenn sie wenig Runzeln hatte, so lag es daran, daß ihre Seele niemals ihren Namen oder irgendeine andere Inschrift auf ihrem Gesicht hinterlassen hatte. Eine kalte, wächserne, verblühte Frau, die niemals recht in Blüte gestanden hatte.

Mrs. General hatte keine Meinung. Ihre Art, einen Geist zu bilden, bestand darin, ihn daran zu hindern, sich eine Meinung zu bilden. Sie besaß ein paar kleine, kreisrunde geistige Schienen, auf denen sie kleine Züge voller Meinungen anderer Leute in Bewegung setzte, die einander niemals einholten und niemals an irgendein Ziel gelangten. Sogar ihr Anstand konnte nicht abstreiten, daß es weniger Anständiges auf der Welt gab; aber Mrs. Generals Weise, damit fertig zu werden, war, es aus ihrem Gesichtskreis zu verbannen und sich zu stellen, als ob es nichts dergleichen gäbe.

Eine andere Methode, ihren Geist zu bilden, bestand bei ihr darin, alle schwierigen Dinge in Schränke zu stopfen, sie einzuschließen und zu sagen, sie existierten nicht. Es war die leichteste und unvergleichlich schicklichste Art.

Mrs. General durfte man nichts Unangenehmes erzählen. Von Elend, Unglück, Verbrechen durfte nie vor ihr gesprochen werden. Die Leidenschaft mußte sich in der Gegenwart Mrs. Generals schlafen legen und Blut sich in Milch und Wasser verwandeln. Das wenige zu übertünchen, das in der Welt übrigblieb, wenn all diese Abzüge gemacht waren, war nun Mrs. Generals Aufgabe. Bei dieser Methode, einen Geist zu bilden, tauchte sie die kleinste Bürste in den größten Topf und lackierte die Oberfläche eines jeden Dinges, das in Betracht kam. Je mehr Risse es hatte, desto mehr Lack strich Mrs. General darüber.

Es war Lack in Mrs. Generals Stimme, Lack in Mrs. Generals Berührung, eine Atmosphäre von Lack um Mrs. Generals Gestalt. Mrs. Generals Träume – wenn sie welche hatte – waren vermutlich lackiert, als sie in den Armen des guten St. Bernhard schlief, während der flockige Schnee auf sein Gebäude niederwirbelte.

## 3. *Kapitel*

### Auf dem Wege

Die helle Morgensonne blendete die Augen, der Schneefall hatte aufgehört, der Nebel war verschwunden, die Gebirgsluft war so rein und leicht, daß man beim Atmen das Gefühl hatte, neugeboren zu sein. Um die Illusion zu verstärken, schien selbst der feste Boden verschwunden und der Berg, eine schimmernde Wüste von ungeheuren weißen Massen, eine Wolkeninsel zwischen dem blauen Himmel oben und der Erde fern unten zu sein.

Dunkle Flecke im Schnee, wie Knoten auf einem Faden, der an der Klostertür begann und sich in noch unzusammenhängenden Absätzen den Abhang hinunterwand, zeigten, wo die Brüder an verschiedenen Stellen bei der Arbeit waren, einen Pfad zu schaufeln. Schon war der Schnee um die Tür herum wieder zertrampelt und aufgetaut. Maultiere wurden geschäftig herausgeführt, an die Ringe in den Mauern angebunden und beladen; Leinen mit Glöckchen wurden befestigt, die Lasten wurden festgeschnallt, die Stimmen der Treiber und Reiter klangen fröhlich ineinander. Einige Frühaufsteher hatten sich bereits wieder auf den Weg gemacht, und auf der Hochfläche neben dem dunklen See in der Nähe des Klosters und den Abhang hinunter bewegten sich kleine Gestalten von Menschen und Maultieren, die in der Unendlichkeit ringsherum wie Miniaturen erschienen, unter hellem Klingeln der Glöckchen und einem angenehmen Zusammenklang von Menschenstimmen.

In dem Zimmer, wo die Reisenden am Abend vorher das Abendessen eingenommen hatten, beschien ein neues Feuer, das auf der flockigen Asche des alten aufgehäuft war, ein einfaches Frühstück von Brot, Butter und Milch. Es beschien auch den Reisediener der Familie Dorrit, der von einem Vorrat, den er zusammen mit anderen kleinen Dingen heraufgebracht hatte, die hauptsächlich für den Bedarf des zahlreichen lästigen Gefolges bestimmt waren, für seine Gesellschaft Tee machte. Mr. Gowan und Blandois aus Paris hatten bereits gefrühstückt und gingen zigarrenrauchend am Seeufer spazieren.

„Gowan heißt er also“, murmelte Tip, sonst Edward Dorrit, Esquire, der im Fremdenbuch blätterte, als der Reisediener das Zimmer verlassen hatte. „Dann ist Gowan der Name eines Laffen, das ist alles, was ich darüber zu sagen habe! Wenn es mir der Mühe wert wäre, würde ich ihm einen Nasenstüber geben. Aber es ist mir nicht der Mühe wert – zu seinem Glück. Wie geht es seiner Frau, Amy? Ich nehme an, daß du es weißt. Du weißt derartige Dinge gewöhnlich.“

„Sie fühlt sich besser, Edward. Aber sie reisen heute noch nicht weiter.“

„Oh! Sie reisen heute nicht weiter! Da kann dieser Kerl von Glück sagen“, erklärte Tip, „sonst hätte es zwischen ihm und mir noch einen Zusammenstoß gegeben.“

„Man hält es hier für besser, daß sie heute ruhig liegenbleiben und sich erst morgen den Anstrengungen des Abstiegs aussetzen soll."

„Von mir aus. Aber du sprichst, als ob du sie gepflegt hättest. Du bist doch nicht etwa in (Mrs. General ist nicht hier) – in alte Gewohnheiten zurückgefallen, Amy?"

Während er die Frage stellte, warf er einen pfiffigen Seitenblick auf Miss Fanny und seinen Vater.

„Ich bin nur bei ihr gewesen, um sie zu fragen, ob ich etwas für sie tun könnte, Tip", sagte Klein Dorrit.

„Du brauchst mich nicht Tip zu nennen, Amy-Kind", erwiderte der junge Herr stirnrunzelnd; „das ist eine alte Gewohnheit, die du ebensogut ablegen könntest."

„Ich habe es ohne Absicht gesagt, lieber Edward. Ich vergaß. Es war einst so natürlich, daß es im Augenblick das richtige Wort zu sein schien."

„O ja!" fiel Miss Fanny ein. „Natürlich und das richtige Wort und einst und alles übrige! Dummes Zeug, du kleines Ding! Ich weiß ganz gut, weshalb du dich so für diese Mrs. Gowan interessiert hast. *Mich* kannst du nicht hinters Licht führen."

„Ich würde das nicht versuchen, Fanny, sei nicht böse."

„Ach böse!" erwiderte diese junge Dame gereizt. „Ich habe keine Geduld." (Was tatsächlich der Fall war.)

„Bitte, Fanny", sagte Mr. Dorrit und zog die Augenbrauen in die Höhe, „was meinst du damit? Erkläre dich deutlicher."

„Ach! Laß gut sein, Pa", erwiderte Miss Fanny, „es ist nicht der Rede wert. Amy wird mich verstehen. Sie kannte diese Mrs. Gowan oder wußte wenigstens von ihr schon vor dem gestrigen Tag, und sie kann ebensogut zugeben, daß dies tatsächlich der Fall ist."

„Mein Kind", sagte Mr. Dorrit und wandte sich an seine jüngere Tochter, „hat deine Schwester irgendeinen – ha – Grund für diese merkwürdige Behauptung?"

„So sanft wir auch sind", fiel Miss Fanny ein, bevor Amy antworten konnte, „so kriechen wir doch auf dem

Gipfel von kalten Bergen nicht den Leuten ins Zimmer, sitzen mit ihnen zusammen und sterben vor Kälte, wenn wir nicht schon länger etwas von ihnen wissen. Es ist nicht sehr schwer zu erraten, wessen Freundin Mrs. Gowan ist."

„Wessen Freundin sie ist?" fragte ihr Vater.

„Pa, ich muß dir leider sagen", erwiderte Miss Fanny, der es inzwischen gelungen war, sich in einen Zustand klagender Gereiztheit hineinzureden, in den sie sich oft mit der größten Anstrengung versetzte, „daß ich glaube, sie ist eine Freundin jenes unangenehmen Menschen, der mit dem vollkommenen Mangel jeden Feingefühls, das wir nach unserer Erfahrung von ihm hätten erwarten können, uns öffentlich beleidigte und absichtlich unsere Gefühle verletzte, und zwar bei einer Gelegenheit, von der wir, wie es zwischen uns ausgemacht ist, nicht deutlicher reden wollen."

„Amy, mein Kind", sagte Mr. Dorrit mit einer Mischung von freundlicher Strenge und würdevoller Zärtlichkeit, „ist dies der Fall?"

Klein Dorrit antwortete sanft, ja, es sei so.

„Ja, es ist so!" rief Miss Fanny. „Natürlich, ich habe es gesagt! Und nun, Pa, erkläre ich ein für allemal", die junge Dame hatte die Gewohnheit, an jedem Tag ihres Lebens und sogar mehrmals täglich dasselbe ein für allemal zu erklären, „daß das schändlich ist! Ich erkläre ein für allemal, daß dem ein Ende gemacht werden sollte. Ist es nicht genug, daß wir das durchgemacht haben, was nur uns selbst bekannt ist, soll es uns auch noch hartnäckig und systematisch von der Person, die unsere Gefühle am meisten schonen sollte, immer wieder ins Gesicht geworfen werden? Sollen wir in jedem Augenblick unseres Lebens diesem unnatürlichen Benehmen ausgesetzt sein? Soll es uns niemals gestattet sein zu vergessen? Ich sage nochmals, es ist geradezu schändlich!"

„Wirklich, Amy", bemerkte ihr Bruder, den Kopf schüttelnd, „du weißt, ich halte zu dir, sooft ich kann und bei den meisten Gelegenheiten. Aber ich muß sagen, es ist wirklich eine merkwürdige Art, deine schwesterliche Liebe zu zeigen, wenn du für einen Mann eintrittst, der mich in der unedelsten Weise behandelt hat. Und der", fügte er überzeugend hinzu, „ein ganz niedriggesinnter Schuft sein muß, sonst hätte er sich niemals so benehmen können, wie er es getan hat, weißt du."

„Und bedenkt", sagte Miss Fanny, „bedenkt, was dabei alles auf dem Spiel steht! Können wir jemals hoffen, von unseren Dienern respektiert zu werden? Niemals. Da sind unsere beiden Zofen und Pas Diener und ein Lakai und ein Reisediener und alles mögliche Personal, und dann läuft mitten unter ihnen eine von uns wie ein Dienstmädchen mit Wassergläsern umher! Wirklich", rief Miss Fanny, „kein Polizist würde so mit dem Glas herbeistürzen, wenn ein Bettler in der Straße ohnmächtig würde, wie es diese Amy in diesem Zimmer hier gestern abend vor unseren eigenen Augen getan hat!"

„Das stört mich nun weniger", bemerkte Mr. Edward; „aber dein Clennam, wie er sich zu nennen beliebt, ist eine andere Sache."

„Er ist ein Teil derselben Sache", erwiderte Miss Fanny, „und gehört zu allem übrigen. Erstens hat er sich uns aufgedrängt. Wir haben ihn niemals gebraucht. Ich für meine Person habe ihm stets gezeigt, daß ich mit dem größten Vergnügen auf seine Gesellschaft hätte verzichten können. Und dann verletzte er unsere Gefühle so grob, was er nie getan hätte, wenn es ihm nicht Freude gemacht hätte, uns bloßzustellen. Und dann sollen wir uns auch noch dazu erniedrigen, seinen Freunden Dienste zu leisten? Jetzt wundere ich mich nicht mehr über das Benehmen dieses Mr. Gowan dir gegenüber. Was war sonst zu erwarten, als daß er sich über unser vergangenes Unglück freute – sich in diesem Augenblick daran weidete!"

„Vater! Edward! Wirklich nicht!" wandte Klein Dorrit ein. „Weder Mr. noch Mrs. Gowan hatten jemals unseren Namen gehört. Sie wußten nichts von unserer Geschichte und wissen auch jetzt nichts davon."

„Desto schlimmer", erwiderte Fanny, die entschlossen war, keinen mildernden Umstand zuzubilligen, „denn dann hast du keinerlei Entschuldigung. Wenn sie etwas von uns gewußt hätten, dann hättest du dich berufen fühlen können, sie uns gegenüber freundlich zu stimmen. Das wäre ein jammervoller und lächerlicher Irrtum gewesen, aber ich kann einen Irrtum nachsehen, während ich es nicht nachsehen kann, wenn man diejenigen, die einem die Nächsten und Teuersten sein sollten, grundlos und absichtlich herabsetzt. Nein. Ich kann das nicht nachsehen. Ich kann das nur brandmarken."

„Ich kränke dich niemals absichtlich", sagte Klein Dorrit, „obwohl du so hart zu mir bist."

„Dann solltest du vorsichtiger sein, Amy", erwiderte ihre Schwester. „Wenn du derartige Dinge aus Versehen tust, so solltest du vorsichtiger sein. Wenn ich zufällig an einem ungewöhnlichen Ort und unter ungewöhnlichen Umständen, die meinen Sinn für Schicklichkeit abstumpften, geboren wäre, dann, glaube ich, würde ich mich verpflichtet fühlen, bei jedem Schritt zu überlegen: Werde ich etwa damit, ohne es zu beabsichtigen, meine lieben Verwandten kompromittieren? Das würde *ich* tun, glaube ich, wenn es mich beträfe."

Mr. Dorrit mischte sich hier ein, sowohl um dieser peinlichen Unterhaltung durch seine Autorität ein Ende zu machen als auch zugleich die Moral des Ganzen durch seine Weisheit aufzudecken.

„Liebes Kind", sagte er zu seiner jüngeren Tochter, „ich bitte dich, nichts – ha – nichts mehr zu sagen. Deine Schwester Fanny drückte sich sehr scharf aus, aber nicht ohne zum größten Teil recht zu haben. Du hast nun eine – hm – eine hohe Stellung zu behaupten. Diese hohe Stellung wird nicht von dir allein eingenommen, sondern von – ha – von mir und – ha, hm – von uns. Uns! Nun obliegt es allen Menschen in einer hohen Stellung, und aus Gründen, die ich – ha – nicht weiter erörtern will, unserer Familie besonders, sich Achtung zu verschaffen. Darauf zu sehen, sich Achtung zu verschaffen. Abhängige Leute müssen, um uns zu achten – ha – in gehöriger Entfernung und – hm – unten gehalten werden. Unten! Deshalb ist es – ha – sehr wichtig, daß du dich nicht Bemerkungen von seiten unserer Leute aussetzt, indem du zu irgendeiner Zeit auf ihre Dienste verzichtest und sie selbst ausführst."

„Wer kann das bestreiten?" rief Miss Fanny. „Das ist das wichtigste von allem."

„Fanny", erwiderte ihr Vater pathetisch, „laß mich weiterreden, mein liebes Kind. Wir kommen jetzt zu – ha – zu Mr. Clennam. Ich sage freimütig, Amy, daß ich die Gefühle deiner Schwester in bezug auf Mr. Clennam nicht teile – das heißt wenigstens – hm – wenigstens – nicht ganz und gar. Ich sehe in diesem Herrn – ha – im allgemeinen – eine Person, die sich anständig benommen hat. Hm. Eine Person, die sich anständig benommen hat. Ich will auch nicht die Frage stellen, ob sich Mr. Clennam mir jemals – ha – aufgedrängt hat. Er wußte, daß mein Umgang – hm – gesucht war, und als Entschuldigung für ihn mag gelten, daß er in mir einen Mann des öffentlichen Lebens sah. Aber es gab Umstände während meiner – ha – oberflächlichen Bekanntschaft mit Mr. Clennam (sie war sehr oberflächlich), welche", hier wurde Mr. Dorrit äußerst ernst und gewichtig, „welche es höchst ungehörig machen würden, wenn Mr. Clennam unter den jetzigen Verhältnissen neuerlich mit mir oder mit irgendeinem Glied meiner Familie in – ha – in Verbindung zu treten suchte. Wenn Mr. Clennam genügend Feingefühl hat, sich der Ungehörigkeit eines solchen Versuchs bewußt zu sein, so bin ich verpflichtet als ein Mann von Gewissen, dieses – ha – Feingefühl anzuerkennen. Wenn andererseits Mr. Clennam dieses Feingefühl nicht besitzt, so kann ich keinen Augenblick lang mit einem so – hm – unhöflichen Menschen – ha – verkehren. In jedem Fall ist es klar, daß Mr. Clennam gar nicht in Betracht kommt und daß wir nichts mit ihm und er nichts mit uns zu schaffen hat. Ha – Mrs. General!"

Der Eintritt der von ihm angekündigten Dame, die ihren Platz an der Frühstückstafel einnahm, machte der Diskussion ein Ende. Kurz darauf verkündete der Reisediener, daß der Diener und der Lakai, die beiden Zofen und die vier Führer und die vierzehn Maultiere bereit seien; sogleich begab sich die Familie aus dem Frühstückszimmer an die Klosterpforte, um sich dem Zuge anzuschließen.

Mr. Gowan stand mit Zigarre und Bleistift abseits, aber Mr. Blandois war zur Stelle, um den Damen seine Aufwartung zu machen. Als er galant seinen Schlapphut vor Klein Dorrit zog, dachte sie, wie er da in seinen Mantel gehüllt dunkel im Schnee stand, sehe er sogar noch unheimlicher aus als abends zuvor am Kaminfeuer. Da aber sowohl ihr Vater wie ihre Schwester seinen Gruß mit einem gewissen Maß von Freundlichkeit entgegennahmen, vermied sie es, irgendwelches Mißtrauen gegen ihn zu zeigen, damit es sich nicht als ein weiterer Makel herausstellte, der ihr von ihrer Geburt im Gefängnis anhaftete. Nichtsdestoweniger blickte sie bei ihrem Abstieg auf dem felsigen Weg, solange das Kloster noch in Sicht war, mehr als einmal zurück und sah Mr. Blandois, der immer noch auf einem vorspringenden Felsblock stand und immer noch hinter ihnen herblickte. Hinter ihm stieg der Rauch aus den Schornsteinen des Klosters in einem goldenen Nebel senkrecht hoch in die Luft. Lange, nachdem er nur noch ein schwarzer Punkt im Schnee war, hatte sie das Gefühl, als ob sie noch sein Lächeln, seine Hakennase und seine Augen, die zu nahe beieinanderlagen, sehen könnte. Und selbst als das Kloster verschwunden war und ein paar leichte Morgenwolken den Paß unterhalb davon verschleierten, schienen die unheimlichen Skelettarme am Weg alle zu ihm hinaufzuweisen.

Trügerischer als Schnee vielleicht, kälter und schwerer zu schmelzen, verschwand Blandois, Paris, allmählich aus ihrem Sinn, während sie in lieblichere Gegenden hinuntergelangten. Die Sonne war wieder warm, wieder war es erfrischend, aus den Bächen, die von Gletschern und Schneehöhlen herabkamen, zu trinken, sie begegneten wieder Fichten, Felsenbächlein, grünenden Hängen und Tälern und den Holzhütten und rauhen Zickzackgehegen der Schweizer Landschaft. Manchmal verbreiterte sich der Weg so, daß sie und ihr Vater nebeneinander reiten konnten, und dann genügte es ihr, ihn betrachten zu können, wie er vornehm, in Pelz und feines Tuch gekleidet, einherritt, reich, frei, von zahlreicher Dienerschaft gefolgt, während seine Augen über die schöne Landschaft schweiften und keine elende Mauer vor ihnen lag, um seine Miene zu verdunkeln und ihren Schatten auf ihn zu werfen.

Ihr Onkel war so weit jenen alten Schatten entrissen, daß er die Kleider trug, die man ihm gab, sich als Opfer für das Ansehen der Familie ab und zu wusch und dorthin ging, wohin man ihn führte, mit einer gewissen ruhigen und animalischen Freude, die zu zeigen schien, daß die Luft und der Wechsel ihm guttaten. In jeder anderen Hinsicht, mit einer einzigen Ausnahme, glänzte er nur mit dem Licht, das von seinem Bruder auf ihn fiel. Seines Bruders Größe und Reichtum, Freiheit und Vornehmheit freuten ihn ohne jede Beziehung auf sich selbst. Scheu und schweigsam, hatte er kein Bedürfnis zu sprechen, wenn er seinen Bruder sprechen hören konnte, und keinen Wunsch, bedient zu werden, so daß sich die Diener ganz seinem Bruder widmeten. Die einzige Veränderung, die an ihm zu bemerken war, schien ein Wechsel in seinem Benehmen seiner jüngeren Nichte gegenüber. Es entwickelte sich täglich mehr zu einer deutlichen Achtung, wie sie das Alter selten der Jugend erweist, und die noch seltener, könnte man sagen, einen so schönen Eindruck macht. In den Fällen, wo Miss Fanny wieder ein für allemal eine Erklärung abgegeben hatte, ergriff er die nächste Gelegenheit, sein graues Haupt vor seiner jüngeren Nichte zu entblößen und ihr beim Absteigen zu helfen oder sie an ihren Wagen zu führen oder ihr irgendeine andere Aufmerksamkeit zu erweisen, wobei er die tiefste Ehrerbietung zeigte. Und dabei wirkte sie niemals unangebracht oder gezwungen, da sie immer von Herzen kam und einfach und aufrichtig war. Auch wollte er sich niemals, selbst nicht auf Bitten seines Bruders, dazu bewegen lassen, sich irgendwo niederzulassen, bevor sie sich gesetzt hatte, oder in irgendeiner Sache den Vortritt vor ihr zu haben. So eifersüchtig wachte er darüber, daß sie ehrerbietig behandelt wurde, daß er bei diesem Abstieg vom Großen St. Bernhard plötzlich sehr böse wurde, weil der Lakai, obwohl er in der Nähe stand, als sie absaß, ihr nicht gleich den Steigbügel hielt. Zum größten Erstaunen des ganzen Gefolges ritt er auf seinem verständigen Maultier auf ihn zu, drängte ihn in eine Ecke und drohte, ihn totzutrampeln.

Sie bildeten eine stattliche Reisegesellschaft, und die Gastwirte beteten sie an. Überall, wo sie hinkamen, ritt ihre Vornehmheit vor ihnen her in der Person des Reisedieners, der sich überzeugte, daß die Prachtzimmer bereit seien. Er war der Herold der Familienprozession. Dann kam der große Reisewagen, in dessen Innerem Mr. Dorrit, Miss Fanny Dorrit, Miss Amy Dorrit und Mrs. General fuhren, während draußen einige von der Dienerschaft und (bei schönem Wetter) Edward Dorrit, Esquire, für den der Bock reserviert war, saßen. Dann kam die Kutsche, in der Frederick Dorrit, Esquire, saß und die einen leeren Platz enthielt, den Edward Dorrit, Esquire, bei Regenwetter einnahm. Dann kam der Gepäckwagen mit der übrigen Dienerschaft, dem schweren Gepäck und so viel Schlamm und Staub, wie die anderen Wagen hinter sich ließen und er mitnehmen konnte.

Diese Wagen schmückten den Hof des Hotels in Martigny, als die Familie von ihrem Ausflug auf den Berg zurückkehrte. Da viele Menschen reisten, standen noch andere Gefährte da, von der wackeligen italienischen Vettura – ähnlich einer englischen Jahrmarktsschaukel, die auf ein hölzernes Brett mit Rädern gesetzt ist und ein zweites hölzernes Brett ohne Räder als Decke hat – bis zu dem eleganten englischen Wagen. Aber das Hotel besaß noch eine Zierde, die Mr. Dorrit nicht bestellt hatte. Zwei fremde Reisende schmückten eines seiner Zimmer.

Der Wirt stand mit dem Hut in der Hand im Hof und beteuerte dem Reisediener, daß er vernichtet sei, daß er untröstlich sei, daß er tief unglücklich sei, daß er die elendste aller Kreaturen sei und daß er einen Schafskopf auf den Schultern trage. Er hätte niemals einwilligen sollen, sagte er, aber die sehr vornehme Dame habe ihn so sehr gebeten, ihr das Zimmer nur auf eine kleine halbe Stunde zu überlassen, damit sie darin ihr Mittagessen einnehmen könnte, daß er besiegt worden sei. Die kleine halbe Stunde sei vorüber, die Dame und der Herr seien beim Dessert und ihrer Tasse Kaffee, die Rechnung sei bezahlt, die Pferde bestellt, sie würden gleich abreisen; aber ein unglückliches Geschick und der Fluch des Himmels hätten es gefügt, daß sie noch nicht fort seien.

Mr. Dorrit wandte sich am Fuß der Treppe in höchster Empörung um, als er diese Entschuldigungen hörte. Er fühlte seine Familienehre von einem tödlichen Streich getroffen. Er besaß das empfindlichste Gefühl für seine Würde. Er konnte einen Anschlag auf seine Würde entdecken, wenn niemand sonst im geringsten etwas davon wahrnahm. Sein Leben wurde ihm zur Qual gemacht durch eine Unmenge feiner Dolche, von denen er beständig seine Würde durchbohrt fühlte.

„Ist es möglich, Herr“ sagte Mr. Dorrit, wobei er tief errötete, „daß Sie die – ha – Verwegenheit gehabt haben, eines meiner Zimmer jemand anderem zu überlassen?“

Tausend Entschuldigungen! Es sei des Wirtes größtes Unglück, daß er sich von jener überaus vornehmen Dame habe überreden lassen. Er bitte Monseigneur, nicht in Zorn zu geraten. Er überlasse sich der Gnade Monseigneurs. Wenn Monseigneur die Güte haben wolle, den anderen Salon, der besonders für ihn reserviert sei, nur fünf Minuten lang zu beziehen, so würde alles gut gehen.

„Nein, Herr“, sagte Mr. Dorrit. „Ich will gar keinen Salon beziehen. Ich werde Ihr Haus verlassen, ohne zu essen oder zu trinken oder einen Fuß darein zu setzen. Wie können Sie es wagen, mich derart zu behandeln? Wer bin ich, daß Sie – ha – zwischen mir und anderen Herren einen Unterschied machen?“

Ach! Der Wirt rief die ganze Welt zum Zeugen an, daß Monseigneur der liebenswürdigste, bedeutendste, schätzenswerteste, geehrteste Herr des ganzen Adels sei. Wenn er zwischen Monseigneur und anderen Herren einen Unterschied mache, so nur deshalb, weil er vornehmer, beliebter, großmütiger und berühmter sei.

„Erzählen Sie mir nichts, Herr", erwiderte Mr. Dorrit, außerordentlich erhitzt. „Sie sind mir zu nahe getreten. Sie haben Beleidigungen auf mich gehäuft. Wie können sie das wagen? Erklären Sie sich."

Ah, gerechter Himmel, wie konnte der Wirt sich erklären, wenn er nichts mehr zu erklären hatte; wenn er sich nur noch entschuldigen und sich der bekannten Großmut Monseigneurs überlassen konnte!

„Ich sage Ihnen, Herr", sagte Mr. Dorrit, vor Zorn schwer atmend, „daß Sie zwischen mir und anderen Herren Unterschiede machen; daß Sie mich anders behandeln als andere Herren von Vermögen und Rang. Ich frage Sie, weshalb? Ich wünsche zu wissen, was Ihnen – ha – die Berechtigung dazu gibt, wer Ihnen die Berechtigung dazu gibt. Antworten Sie, Herr! Erklären Sie! Antworten Sie, warum!"

Man möge ihm, dem Wirt erlauben, dem Herrn Reisediener untertänigst zu versichern, daß Monseigneur, sonst so gnädig, sich ohne Grund ereifere. Es gebe kein Warum. Der Herr Reisediener möge doch Monseigneur versichern, daß er sich täusche, wenn er vermute, daß es ein Warum gebe, außer dem Warum, das sein ergebener Diener bereits die Ehre gehabt habe, ihm zu nennen. Die sehr vornehme Dame . . .

„Still!" rief Mr. Dorrit. „Halten Sie den Mund! Ich will nichts mehr von der sehr vornehmen Dame hören! Ich will nichts mehr von Ihnen hören! Blicken Sie auf diese Familie – meine Familie –, eine Familie, die vornehmer ist als irgendeine Dame. Sie haben diese Familie mit Mißachtung behandelt. Sie sind gegen diese Familie unverschämt gewesen. Ich werde Sie ruinieren. Ha – schickt nach den Pferden, packt die Wagen, ich will meinen Fuß nicht wieder in das Haus dieses Mannes setzen!"

Niemand hatte sich in den Streit gemischt, der über die französischen Sprachkenntnisse Edward Dorrits, Esquire, hinausging und kaum innerhalb des Sprachbereichs der Damen lag. Miss Fanny jedoch unterstützte jetzt mit großer Bitterkeit ihren Vater, indem sie in ihrer Muttersprache erklärte, es sei ganz klar, daß hinter dieses Mannes Unverschämtheit etwas Besonderes stecke, und sie halte es für wichtig, daß man ihn zwingen sollte, zu erklären, weshalb er sich für berechtigt hielt, zwischen ihrer Familie und anderen reichen Familien Unterschiede zu machen. Sie könne nicht begreifen, welches die Gründe für seine Unverschämtheit seien, aber Gründe müsse er haben, und sie sollten ihm entrissen werden.

Alle Führer, Maultiertreiber und Müßiggänger im Hof hatten während der zornigen Debatte Partei ergriffen, und es machte einen großen Eindruck auf sie, als sich der Reisediener jetzt anschickte, die Wagen hinauszuführen. Mit Hilfe von etwa einem Dutzend Leuten für jedes Rad wurde dies mit großem Lärm vollführt, und hierauf wurde mit dem Aufladen begonnen, bis die Pferde vom Posthaus kämen.

Aber da der englische Wagen der sehr vornehmen Dame bereits angespannt vor der Tür des Gasthofes stand, war der Wirt die Treppen hinaufgeeilt, um der Dame seine Verlegenheit vorzustellen. Der Hof erhielt davon Kenntnis, als er jetzt im Gefolge der Dame und des Herrn die Treppe herunterkam und ihnen mit einer bezeichnenden Handbewegung die beleidigte Majestät Mr. Dorrits wies.

„Bitte um Verzeihung", sagte der Herr, während er die Dame verließ und vortrat. „Ich bin ein Mann von wenig Worten und ein schlechter Erklärer – aber die Dame hier wünscht sehr, daß es keinen Skandal geben soll. Die Dame – tatsächlich Mutter von mir – wünscht, daß ich sage, sie hoffe, es würde keinen Skandal geben."

Mr. Dorrit, der immer noch vor Zorn schwer atmete,

grüßte den Herrn und grüßte die Dame mit Abstand, entschlossen und unversöhnlich.

„Nein, aber wirklich – Sie hier, alter Junge!" Mit diesen Worten stürzte sich der Herr auf Edward Dorrit, Esquire, wie auf einen von der Vorsehung gesandten Rettungsengel. „Sie und ich, wir wollen das in Ordnung bringen. Die Dame wünscht so sehr keinen Skandal."

Edward Dorrit, Esquire, den der Herr am Knopfloch gefaßt und ein wenig beiseite geführt hatte, nahm einen diplomatischen Gesichtsausdruck an, als er antwortete: „Sie müssen zugeben, daß es kein Vergnügen ist, wenn man eine Menge Zimmer vorherbestellt und sie einem gehören, daß man andere Leute darin findet."

„Nein", sagte der andere, „ich weiß, es ist kein Vergnügen, ich gebe es zu. Jedoch wollen wir beide versuchen, die Sache in Ordnung zu bringen und Skandal zu vermeiden. Es ist gar nicht die Schuld dieses Mannes, sondern die Schuld meiner Mutter. Da Sie eine bemerkenswert hübsche Frau mit keinem Unsinn an sich ist – und dazu gut erzogen –, war ihr dieser Mann nicht gewachsen. Sie steckte ihn einfach in die Tasche."

„Wenn das der Fall ist . . .", begann Edward Dorrit, Esquire.

„Versichere Ihnen bei meiner Seele, es ist der Fall. Also", sagte der andere Herr, wieder auf sein Thema zurückkommend, „weshalb Skandal?"

„Edmund", sagte die Dame von der Schwelle aus, „ich hoffe, du hast zur Zufriedenheit dieses Herrn und seiner Familie erklärt oder bist dabei, zu erklären, daß der freundliche Wirt nicht schuld ist?"

„Ich versichere Ihnen, Madam", erwiderte Edmund, „ich reiße mich direkt in Stücke, um es zu tun." Er sah dann einige Augenblicke lang Edward Dorrit, Esquire, fest an und fügte plötzlich mit einem Ausbruch von Vertrauen hinzu: „Alter Junge! Ist es nun in Ordnung?"

„Ich weiß nach allem nicht", sagte die Dame, während sie anmutig ein paar Schritte auf Mr. Dorrit zutrat, „ob ich nicht am besten gleich selbst sagen soll, daß ich diesem braven Mann versichert habe, ich nähme alle Folgen auf mich, wenn ich eines von den Zimmern eines fremden Herrn während seiner Abwesenheit für so viel (oder so wenig) Zeit, als ich zum Mittagessen brauchte, okkupierte. Ich hatte keine Ahnung, daß der rechtmäßige Besitzer so bald zurückkommen würde, noch hatte ich eine Ahnung, daß er zurückgekommen war, sonst hätte ich mich beeilt, mein unrechtmäßig besetztes Zimmer gleich wieder zu räumen und eine Erklärung und Entschuldigung abzugeben. Ich hoffe, wenn ich das sage ..."

Für einen Augenblick stand die Dame, mit ihrer Lorgnette vor den Augen, erstarrt und sprachlos vor den beiden Misses Dorrit. Miß Fanny, im Vordergrund einer großen malerischen Gruppe, die von der Familie, den Familienwagen und allen Familiendienern gebildet war, faßte im selben Augenblick ihre Schwester am Arm, um sie an ihrem Platz festzuhalten, und fächelte sich vornehm mit dem anderen Arm Luft zu, während sie die Dame nachlässig von Kopf bis Fuß betrachtete.

Die Dame, die schnell ihre Haltung wiedergewonnen hatte – denn es war Mrs. Merdle, und sie war nicht leicht aus der Fassung zu bringen –, fuhr fort, daß sie hoffte, wenn sie das sagte, sich genügend für ihre Kühnheit zu entschuldigen und diesem braven Wirt das Wohlwollen wieder zu verschaffen, an dem ihm so viel gelegen sei. Mr. Dorrit, für den das alles Weihrauch auf dem Altar seiner Würde war, antwortete gnädig und sagte, seine Leute würden die Pferde – ha – wieder abbestellen und er – hm – wolle darüber hinwegsehen, was er erst für einen Affront gehalten hätte, aber jetzt als eine Ehre betrachte. Daraufhin verneigte sich der Busen vor ihm, und seine Eigentümerin richtete mit wunderbarer Beherrschung ihrer Gesichtszüge ein gewinnendes Abschiedslächeln an die beiden Schwestern als junge Damen von Rang, für die sie sehr eingenommen war und die zu sehen sie niemals früher das Vergnügen gehabt hatte.

Nicht so jedoch Mr. Sparkler. Dieser Herr, der im selben Augenblick wie seine vornehme Mutter erstarrt war, konnte sich auf keine Weise wieder lockern, sondern stand steif da und starrte das ganze Bild mit Miss Fanny im Vordergrund an. Als seine Mutter sagte: „Edmund, wir sind vollkommen fertig; willst du mir deinen Arm reichen", schien er, nach der Bewegung seiner Lippen zu urteilen, mit jener ihm geläufigsten Bemerkung zu antworten, aber seine Muskeln blieben starr. So steif war seine Gestalt, daß es schwierig gewesen wäre, ihn genügend zu biegen, um ihn durch die Wagentür zu bekommen, wenn ihm nicht rechtzeitig ein mütterliches Ziehen von innen zuteil geworden wäre. Er war kaum drinnen, als das Polster vor dem kleinen Fenster in der Rückwand des Wagens verschwand und sein Auge an dessen Stelle trat. Dort blieb es so lange, als ein so kleines Objekt noch unterscheidbar war, und wahrscheinlich noch länger und starrte (wie ein Kabeljau, dem eine ungeheure Überraschung zugestoßen war) gleich einem schlechtgemalten Auge auf einem großen Medaillon.

Dieses Zusammentreffen war Miss Fanny so angenehm und gab ihr so viel Stoff zu triumphierenden Gedanken für später, daß sie völlig besänftigt wurde. Als am nächsten Tag die Prozession wieder in Bewegung kam, nahm sie ihren Platz darin mit einer neuen Heiterkeit ein und zeigte sich bei so guter Laune, daß Mrs. General ziemlich überrascht dreinsah.

Klein Dorrit freute sich, daß man nichts an ihr auszusetzen hatte und daß Fanny bei guter Stimmung war; sie war während der Reise nachdenklich und still. Wenn sie ihrem Vater in dem Reisewagen gegenübersaß und an das alte Marshalsea-Zimmer dachte, so schien ihr ihr jetziges Leben wie ein Traum. Alles, was sie sah, war neu und wunderbar, aber es war nicht wirklich; es schien ihr, als ob diese Bilder von Bergen und malerischen Landschaften jeden Augenblick verschwinden könnten und der Wagen beim Umbiegen um eine scharfe Ecke mit einem Ruck an dem alten Marshalsea-Tor halten würde.

Nichts zu tun zu haben war seltsam, aber nicht halb so seltsam, wie in eine Lage gekommen zu sein, wo sie für niemand zu denken, nichts zu planen, nichts zu berechnen und keine Sorgen für andere auf sich zu nehmen hatte. So seltsam das war, so war es doch noch seltsamer, einen Zwischenraum zwischen sich und ihrem Vater zu sehen, in dem andere damit beschäftigt waren, für ihn zu sorgen, und den zu betreten niemand von ihr erwartete. Zuerst war ihr das ungewohnter als selbst die Berge vorgekommen, so daß sie es nicht fertigbrachte, sich damit abzufinden, und den Versuch machte, wieder den alten Platz bei ihm einzunehmen. Aber er hatte sie beiseite genommen und hatte ihr gesagt, daß Leute – ha – Leute in gehobener Stellung, mein Kind, streng darauf halten müßten, Respekt von ihren Dienern zu verlangen; und daß es mit diesem Respekt unvereinbar wäre, wenn sie, seine Tochter, Miss Amy Dorrit von dem einzigen noch bestehenden Zweig der Dorrits von Dorsetshire, sich – hm – sich damit abgab, die Funktionen eines – ha, hm – Dieners zu erfüllen. Deshalb ermahne er sie, sein Kind – ha – väterlich, daran zu denken, daß sie eine Dame sei, die sich nun mit – hm – gebührendem Stolz zu benehmen und die Würde einer Dame zu wahren habe; und deshalb bitte er sie, stets zu vermeiden, etwas zu tun, was – ha – unangenehme und herabsetzende Bemerkungen hervorrufen würde. – Sie hatte ohne Murren gehorcht. So war es gekommen, daß sie jetzt in ihrer Ecke in dem prächtigen Reisewagen saß, die geduldigen kleinen Hände gefaltet, völlig verdrängt selbst von dem letzten Punkt ihrer früheren Lebensgrundlage, auf dem ihre Füße geweilt hatten.

Von dieser Lage aus erschien ihr alles, was sie sah, unwirklich. Je schöner die Landschaft war, desto mehr erweckte sie in ihr das Gefühl der Unwirklichkeit ihres eigenen inneren Lebens, mit dessen verlassenen Stätten sie sich den ganzen Tag über beschäftigte. Die Schluchten des Simplon, seine ungeheuren Tiefen und donnernden Wasserfälle, die herrliche Straße, die gefahrvollen Stellen, wo ein loses Rad oder der Fehltritt eines Pferdes den Tod bedeutet hätten, der Abstieg nach Italien, der erste Anblick dieses schönen Landes, als die rauhe Bergschlucht sich öffnete und sie aus einem düsteren Eingeschlossensein herausließ – alles war ein Traum und nur das alte, elende Marshalsea Wirklichkeit. Ja sogar das alte, elende Marshalsea wankte in seinen Grundlagen, wenn sie es sich ohne ihren Vater vorstellte. Sie konnte kaum glauben, daß die Gefangenen noch in dem engen Hof umherstanden, daß die elenden Zimmer noch alle besetzt waren und daß der Schließer immer noch im Pförtnerhäuschen stand und die Leute hinein- und herausließ und alles noch ebenso war, wie sie es einst genau gekannt hatte.

Während die Erinnerung an das frühere Leben ihres Vaters im Gefängnis sie wie eine traurige Melodie festhielt, erwachte Klein Dorrit aus einem Traum von ihrer Geburtsstätte zu dem Traum eines neuen Tages. Dieser begann mit dem bemalten Zimmer, in dem sie erwachte, mitunter ein herabgekommener Prachtraum in einem verfallenen Palast. Wilde, rote herbstliche Weinblätter hingen über die Fensterscheiben, Orangenbäume standen auf der rissigen weißen Terrasse vor dem Fenster, eine Gruppe von Mönchen und Bauern befand sich in der engen Straße unten, auf jedem Fußbreit Boden ringsherum kämpften Elend und Pracht miteinander, und das Elend drückte die Pracht mit der Kraft des Verhängnisses nieder. Darauf folgte ein Labyrinth von nackten Korridoren und Pfeilergalerien, während sich die Familienprozession im Innenhof bereits zu bilden begann: Wagen und Gepäck wurden von der Dienerschaft für die Tagesreise zusammengeholt. Dann das Frühstück in einem anderen bemalten Zimmer, stockfleckig und unheimlich groß; und dann die Abfahrt, die für sie bei ihrer Schüchternheit und ihrem Gefühl, daß sie ihren Platz bei dieser Zeremonie nicht würdig ausfüllen könne, stets ein unangenehmer Augenblick war. Denn dann erschien der Reisediener (der im Marshalsea ein fremder Herr von hohem Rang gewesen wäre), um zu melden, daß alles bereit sei; und dann hüllte der Diener ihres Vaters diesen feierlich in den Reisemantel; und dann erschienen Fannys Zofe und ihre eigene Zofe (die für Klein Dorrits Gemüt eine drückende Last war – sie mußte einfach weinen, so wenig wußte sie, was sie mit ihr anfangen sollte); und dann legte ihres Bruders Diener die letzte Hand an die Ausrüstung seines Herrn; und dann reichte ihr Vater Mrs. General den Arm, und ihr Onkel reichte ihr den Arm, und so rauschten sie, von dem Wirt und der Dienerschaft des Gasthofes geleitet, die Treppe hinab. Draußen hatte sich eine Menge versammelt, um zuzusehen, wie sie in ihre Wagen stiegen, was unter vielem Verbeugen und Betteln und Aufbäumen der Pferde und Peitschenknallen und Hufgeklapper vor sich ging; und dann ratterten sie in rasender Fahrt durch die engen, übelriechenden Gassen und zum Stadttor hinaus.

Zu den Unwirklichkeiten des Tages gehörten Straßen, wo sich Girlanden leuchtender roter Weinranken meilenweit von Baum zu Baum zogen; Olivenhaine; weißschimmernde Dörfer und Städte, an Abhängen hingestreckt, die von fern einen lieblichen Anblick boten, aber in deren Innern Schmutz und Armut furchtbar hausten; Kruzifixe am Wege; tiefe, blaue Seen mit Märcheninseln und Schwärmen von Booten mit hellen bunten Zeltdächern und schöngeformten Segeln; ungeheure Gebäude, die zu Staub verfielen; hängende Gärten, in denen das Unkraut wucherte und mit seinen Stengeln wie mit eingerammten Keilen die Bogen gesprengt und die Mauern gespalten hatte; enge Gassen mit Steinterrassen, durch deren Ritzen Eidechsen aus- und einschlüpften; überall Bettler: erbärmliche, malerische, hungrige, fröhliche – bettelnde Kinder und bettelnde Greise. Oft schienen ihr an Poststationen und anderen Halteplätzen diese elenden Wesen die einzige Wirklichkeit des Tages zu sein; und manches Mal, wenn das Geld, das sie für sie mitgenommen hatte, verteilt war, saß sie mit gefalteten Händen da und schaute hinter einem winzigen Mädchen her, das seinen grauen Vater führte, als ob der Anblick sie an vergangene Tage gemahnte.

Dann gab es wieder Orte, wo sie in prächtigen Zimmern eine ganze Woche blieben, jeden Tag an Banketten teilnahmen, ausfuhren, um zahllose Wunder zu besichtigen, meilenweit durch Paläste wanderten und in dunklen Winkeln großer Kirchen ausruhten; in denen es schwach schimmernde goldene und silberne Lampen zwischen Pfeilern und Bogen und kniende Gestalten in Beichtstühlen und auf dem Boden gab; in denen Weihrauch mit seinem Duft den Raum erfüllte; wo es Gemälde, phantastische Statuen, prunkvolle Altäre und große, gewaltige Höhen und Weiten gab und das Licht durch bunte Scheiben und schwere Vorhänge in den Gängen gedämpft war. Von diesen Städten setzten sie ihren Weg auf den Straßen mit den Weinranken und Olivenbäumen weiter fort, durch schmutzige Dörfer hindurch, wo es keine Hütte ohne ein Loch in den schmutzigen Mauern gab, kein Fenster, in dem das Glas oder das Papier heil gewesen wäre, wo es nichts zu geben schien, was zum Leben nötig war, nichts zu essen, nichts zu arbeiten, nichts zu pflanzen, nichts zu hoffen und nichts zu tun, als zu sterben.

Dann gelangten sie wieder an ganze Städte von Palästen, deren ursprüngliche Bewohner alle verbannt und die alle in Kasernen verwandelt waren. Gruppen von müßigen Soldaten sahen aus den Prachtfenstern heraus, wo ihre Kleider zum Trocknen auf den Marmorskulpturen aufgehängt waren, und erschienen dem Beobachter wie Scharen von Ratten, welche (zum Glück) die Stützen der Gebäude, in denen sie wohnten, abnagten und bald mit diesen den anderen Schwärmen von Soldaten und den Schwärmen von Priestern und von Spionen, welche die ganze häßliche Bevölkerung ausmachten, die in den Straßen übriggeblieben war, auf den Kopf stürzen mußten.

Durch solche Szenen zog die Familienprozession weiter bis nach Venedig, und hier löste sie sich für eine Weile auf, da sie einige Monate in einem Palast (der sechsmal so groß war wie das ganze Marshalsea) am Canale Grande bleiben wollte.

In dieser vollendeten Unwirklichkeit, wo alle Straßen mit Wasser gepflastert waren und wo kein Laut die Totenstille von Tag und Nacht unterbrach als das gedämpfte Läuten der Kirchenglocken, das Plätschern des Wassers und die Rufe der Gondolieri, die um die Ecken der fließenden Straßen bogen, setzte sich Klein Dorrit hin und sann nach. Die Familie begann ein Leben voller Vergnügungen, ging hierhin und dorthin und machte die Nacht zum Tage; aber sie selbst fand kein Gefallen daran, an ihren Zerstreuungen teilzunehmen, und bat nur darum, allein gelassen zu werden.

Bisweilen – wenn sie sich von der bedrückenden Zofe, die ihre Herrin und eine sehr harte Herrin war, frei machen konnte – bestieg sie eine der Gondeln, die immer an bemalten Pfosten vor der Tür bereitlagen, und ließ sich durch die ganze wunderbare Stadt fahren. Gesellschaften in anderen Gondeln begannen sich zu fragen, wer das einsame junge Mädchen sei, das mit gefalteten Händen in seinem Boot saß und so nachdenklich und verwundert umherblickte. Ohne je daran zu denken, daß es jemand der Mühe wert hielte, sich um sie zu kümmern, fuhr Klein Dorrit in ihrer stillen, heimlichen, selbstverlorenen Art durch die Stadt. Aber ihr Lieblingsplatz war der Balkon ihres Zimmers, der auf den Kanal hinausging, mit anderen Balkonen darunter und Palmen darüber. Er war von massivem, von Jahrhunderten geschwärztem Stein, in einem wildphantastischen Stil gebaut, der in diese Stadt der wildphantastischen Bauten aus dem Osten gekommen war, und Klein Dorrit erschien wirklich klein, wenn sie sich auf die breite gepolsterte Brüstung lehnte und hinabblickte. Da sie sich des Abends an keinem anderen Ort so gern aufhielt wie an diesem, begann man bald auf sie aufmerksam zu werden, und viele Augen in den Gondeln, die unten vorbeifuhren, hoben sich zu ihr empor, und viele Leute sagten, das sei die kleine junge Engländerin, die immer allein sei.

Diese Menschen waren nicht vorhanden für die junge Engländerin; diese Menschen bemerkte sie nicht. Sie beobachtete den Untergang der Sonne mit den langen, purpurnen Streifen tief unten und der brennenden Röte hoch oben am Himmel, die die Gebäude in solch glühendes Licht tauchte, daß es schien, als ob die starken Mauern durchsichtig wurden und von innen leuchteten. Sie beobachtete, wie die prachtvollen Farben dahinschwanden, und dann, nach einem Blick auf die schwarzen Gondeln unten, die Gäste zu Musik und Tanz führten, erhob sie ihre Augen zu den leuchtenden Sternen. War sie nicht selbst einmal bei einer Gesellschaft gewesen, zu der die Sterne geleuchtet hatten? Wenn sie jetzt an jenes alte Tor zurückdachte!

Sie dachte an jenes alte Tor und wie sie in der Stille der Nacht, Maggys Kopf an ihrer Brust, davor gesessen hatte und an andere Orte und an andere Bilder, die zu jenen Zeiten gehörten. Und dann lehnte sie sich über die Brüstung ihres Balkons und blickte ins Wasser hinunter, als ob das alles da unten in der Tiefe läge. Dann betrachtete sie gewöhnlich, in Gedanken versunken, das strömende Wasser, als ob es plötzlich versiegen und ihr wiederum das Gefängnis und sie selbst und das alte Zimmer und die alten Bewohner und die alten Besucher zeigen könnte – alles das als die bleibende Wirklichkeit, die sich niemals verändert hatte.

## *4. Kapitel*

### Ein Brief von Klein Dorrit

Lieber Mr. Clennam!

Ich schreibe Ihnen aus meinem Zimmer in Venedig, da ich annehme, Sie werden sich freuen, von mir zu hören. Aber ich weiß, Sie können sich nicht so sehr freuen, von mir zu hören, wie ich mich freue, Ihnen zu schreiben; denn alles um Sie herum ist so, wie Sie gewohnt sind, es zu sehen, und Sie vermissen nichts – wenn Sie nicht etwa mich vermissen, was aber immer nur für eine kurze Zeit und nur sehr selten sein kann –, während alles in meinem Leben so seltsam ist und ich so vieles vermisse.

Als wir in der Schweiz waren, was Jahre her zu sein scheint, obwohl es erst vor einigen Wochen war, traf ich die junge Mrs. Gowan, die gleich uns in einem Ausflug ins Gebirge begriffen war. Sie sagte mir, es gehe ihr sehr gut und sie sei sehr glücklich. Sie schickt Ihnen durch mich die Botschaft, daß sie Ihnen herzlich danke und Sie nie vergessen werde. Sie war ganz vertraut mit mir, und ich gewann sie beinahe im selben Augenblick lieb, wo ich mit ihr sprach. Aber daran ist nichts Besonderes; wer sollte ein so schönes und gewinnendes Wesen nicht liebhaben! Ich könnte mich nicht darüber wundern, daß jemand sie liebte. Wirklich nicht.

Ich hoffe, es wird Sie um Mrs. Gowans willen nicht beunruhigen – denn ich erinnere mich, daß Sie erklärten, Sie hegten das Interesse eines treuen Freundes für sie –, wenn ich Ihnen sage, daß ich wünschte, sie hätte jemand geheiratet, der besser zu ihr gepaßt hätte. Mr. Gowan scheint sie sehr liebzuhaben, und natürlich hat sie ihn sehr lieb, aber es kam mir vor, als ob er nicht ernsthaft genug wäre – ich meine, nicht in dieser Hinsicht, ich meine, in allem. Ich konnte mich des Gedankens nicht erwehren, daß ich mich ziemlich einsam und verloren fühlen würde, wenn ich Mrs. Gowan wäre (was für ein Wechsel das sein würde, und wie sehr müßte ich mich verändern, um ihr gleich zu werden!), weil mir jemand fehlen würde, der aufrichtig und fest im Leben steht. Mir kam es sogar vor, als ob sie diesen Mangel ein wenig fühlte, fast ohne es zu wissen. Aber bitte, machen Sie sich deshalb keine Sorgen, denn es ging ihr „sehr gut“, und sie war „sehr glücklich“, und sie sah wunderschön aus.

Ich werde sie in Kürze wiedersehen und habe sie schon seit einigen Tagen hier erwartet. Ich will ihr um Ihretwillen eine so gute Freundin sein, als ich vermag.

Lieber Mr. Clennam, Sie denken sicherlich wenig daran, daß Sie mir ein Freund waren, als ich keinen anderen hatte (nicht daß ich jetzt einen anderen hätte, denn ich habe keine neuen Freundschaften geschlossen), aber ich denke viel daran und kann es nie vergessen.

Ich wüßte gar zu gern – aber es ist am besten, wenn mir niemand schreibt –, wie das Geschäft von Mr. und Mrs. Plornish blüht, das mein lieber Vater für sie kaufte, und ob der alte Mr. Nandy mit ihnen und seinen beiden Enkelkindern glücklich zusammen lebt und alle seine Lieder immer und immer wieder singt. Ich kann mich nicht ganz der Tränen erwehren, wenn ich an meine arme Maggy denke und wie sie ihr Mütterchen anfangs vermißt haben muß, so freundlich sie auch alle zu ihr sind. Wollen Sie hingehen und ihr mit meinem liebevollen Gruß ganz im Vertrauen sagen, daß ihr unsere Trennung niemals mehr leid getan haben kann, als sie mir leid getan hat? Und wollen Sie ihnen allen sagen, daß ich jeden Tag an sie gedacht habe und daß mein Herz ihnen treu bleibt, wo ich auch bin? Oh, wenn Sie wissen könnten, wie treu, so würden Sie mich fast bemitleiden, daß ich so weit fort und so vornehm bin!

Sie werden sicherlich mit Freude erfahren, daß mein Vater bei bestem Befinden ist und daß ihm alle diese Veränderungen sehr guttun und daß er wirklich ein ganz anderer ist, als er zu der Zeit war, wo Sie ihn zu besuchen pflegten. Auch meinem Onkel geht es besser, glaube ich, obwohl er sich früher nie beklagt hat und jetzt niemals übermütig ist. Fanny ist sehr anmutig, lebhaft und gescheit. Es liegt in ihrer Natur, eine Dame zu sein, und sie hat sich unseren neuen Verhältnissen mit wunderbarer Leichtigkeit angepaßt.

Das erinnert mich daran, daß ich nicht imstande war, das zu tun, und daß ich bisweilen fast darüber verzweifle, ob ich jemals dazu imstande sein werde. Ich finde, daß ich es nicht lernen kann. Mrs. General ist immer mit uns zusammen, und wir sprechen Französisch und Italienisch, und sie bemüht sich, uns in vieler Art zu bilden. Wenn ich sage, wir sprechen Französisch und Italienisch, so meine ich damit, sie tun es. Was mich angeht, so lerne ich so langsam, daß ich kaum vorwärtskomme. Sobald ich Pläne zu schmieden und nachzudenken beginne, geht all mein Planen und Nachdenken wieder in die alte Richtung, und ich fange wieder an, mir

Sorgen über die täglichen Ausgaben und über meinen lieben Vater und über meine Arbeit zu machen, und dann erinnere ich mich auf einmal, daß es keine solchen Sorgen mehr gibt, und das ist schon an sich so neu und unwahrscheinlich, daß es mich wiederum verwirrt. Ich würde nicht den Mut haben, das jemand anderem zu erzählen als Ihnen.

Ebenso ergeht es mir mit all diesen neuen Ländern und wunderbaren Sehenswürdigkeiten. Sie sind sehr schön, und ich staune über sie, aber ich bin nicht gesammelt genug – nicht mit mir selbst genug vertraut, falls Sie ganz verstehen können, was ich damit meine –, so viel Genuß an ihnen zu haben, wie ich haben könnte. Auch mischen sich meine früheren Erfahrungen so seltsam mit allem Neuen, was ich sehe. Zum Beispiel, als wir im Gebirge waren, hatte ich oft das Gefühl (ich zögere, solche Lächerlichkeiten selbst Ihnen, lieber Mr. Clennam, mitzuteilen), als ob das Marshalsea dort hinter jenem großen Felsen wäre oder als ob Mrs. Clennams Zimmer, wo ich so manchen Tag gearbeitet habe und wo ich Sie zuerst sah, gerade dort hinter jenem Schneefeld sein müßte. Erinnern Sie sich an den Abend, als ich mit Maggy in Ihre Wohnung in Covent Garden kam? Ich habe mir oft und oft eingebildet, dieses Zimmer vor mir zu sehen, wie es unseren Wagen meilenweit begleitete, wenn ich in der Dunkelheit aus dem Wagenfenster blickte. Wir waren in jener Nacht ausgesperrt und saßen vor dem eisernen Tor und gingen bis zum Morgen umher.

Ich blicke oft zu den Sternen empor, gerade von dem Balkon dieses Zimmers, und glaube, daß ich wieder auf der Straße mit Maggy ausgesperrt bin. So geht es mir auch mit den Menschen, die in England zurückgeblieben sind.

Wenn ich hier in einer Gondel umherfahre, so überrasche ich mich selbst dabei, wie ich in andere Gondeln blicke, als hoffte ich, sie zu sehen. Ich wäre außer mir vor Freude, sie zu sehen, aber ich glaube nicht, daß es mich anfangs sehr überraschen würde. In den Zeiten, wo meine Phantasie rege ist, bilde ich mir ein, daß sie überall sein könnten; und ich erwarte fast, ihre teuren Gesichter auf den Brücken oder den Uferkais zu sehen.

Eine weitere Schwierigkeit, mit der ich mich abquäle, wird Ihnen sehr seltsam erscheinen. Sie muß jedem, außer mir, sehr seltsam erscheinen und erscheint mir sogar selbst so: Ich fühle oft das einstige traurige Mitleid für – ich brauche den Namen nicht hinzuschreiben –, für ihn. So verändert er auch ist und so unaussprechlich glücklich und dankbar ich stets bin, dies zu wissen, so kommt doch bisweilen das alte kummervolle Gefühl des Mitleids mit solcher Gewalt über mich, daß ich meine Arme um seinen Hals schlingen und ihm sagen möchte, wie sehr ich ihn liebe, und ein wenig an seiner Brust weinen möchte. Ich würde danach fröhlich und stolz und glücklich sein. Aber ich weiß, daß ich das nicht tun darf; daß es ihm mißfallen würde, daß Fanny darüber böse und Mrs. General erstaunt wäre; und so beherrsche ich mich. Aber wenn ich das tue, so kämpfe ich mit dem Gefühl, daß ich mich von ihm entfernt habe und daß er mitten unter allen Dienern und Begleitern verlassen ist und mich braucht.

Lieber Mr. Clennam, ich habe viel über mich selbst geschrieben, aber ich muß noch ein wenig mehr schreiben, sonst würde in diesem ungeschickten Brief gerade das fehlen, was ich am meisten zu sagen wünschte. Unter all diesen törichten Gedanken, die ich Ihnen so offen gestanden habe, weil ich weiß, daß Sie mich am besten von allen Menschen verstehen und am meisten Nachsicht für mich haben werden, auch wenn Sie mich nicht verstehen können – unter all diesen Gedanken gibt es einen, der mich kaum jemals, ja niemals verläßt, und der ist, daß ich hoffe, Sie hätten manchmal in einem ruhigen Augenblick einen Gedanken für mich übrig. Ich muß Ihnen sagen, daß ich deshalb seit meiner Abreise eine Sorge mit mir trage, die ich um alles in der Welt gern los sein möchte. Ich fürchte, daß Sie mich in einem neuen Licht sehen oder für eine andere halten könnten. Tun Sie das nicht, ich könnte das nicht ertragen – es würde mich unglücklicher machen, als Sie denken. Es würde mir das Herz brechen, zu glauben, daß Sie in einer Weise an mich dächten, die mich Ihnen fremder erscheinen ließe als zu der Zeit, da Sie so gut zu mir waren. Ich bitte Sie inständigst darum, daß Sie niemals an mich als an die Tochter eines reichen Mannes denken; daß Sie niemals an mich denken als an ein Mädchen, das sich besser kleidet und besser lebt als damals, da Sie mich kennenlernten; daß Sie mich immer nur als das schäbige kleine Mädchen vor sich sehen, das Sie mit so viel Zärtlichkeit beschützten, von dessen fadenscheinigem Kleid Sie den Regen abhielten und dessen nasse Füße Sie an Ihrem Feuer getrocknet haben. Daß Sie an mich denken (wenn Sie überhaupt an mich denken) als an Ihr Ihnen unverändert treuergebenes und dankbares armes Kind Klein Dorrit.

PS: Denken Sie besonders daran, daß Sie sich wegen Mrs. Gowan keine Sorgen machen sollen. Ihre Worte waren: „Sehr gut und sehr glücklich." Und sie sah wunderschön aus.

## *5. Kapitel*

### Irgendwo ist etwas nicht in Ordnung

Die Familie war seit einem oder zwei Monaten in Venedig, als Mr. Dorrit, der viel mit Grafen und Marquis zusammen war und nur wenig freie Zeit hatte, an einem bestimmten Tag eine Stunde zu einer Besprechung mit Mrs. General festsetzte.

Als die Zeit, die er sich dafür genommen hatte, gekommen war, schickte er Mr. Tinkler, seinen Diener, in Mrs. Generals Zimmer (das etwa ein Drittel der Fläche des Marshalsea eingenommen hätte), um dieser Dame seine Komplimente überbringen und ihr mitteilen zu lassen, daß er sie um die Gunst einer Unterredung bitte. Da dies um die Vormittagszeit geschah, wo die verschiedenen Mitglieder der Familie auf ihren Zimmern Kaffee tranken, etwa zwei Stunden bevor sie sich zum Frühstück in einem verblichenen, einst prachtvollen, aber jetzt von Feuchtigkeit und tiefer Melancholie heimgesuchten Saal versammelten, war Mrs. General für den Diener zu sprechen. Dieser Sendbote fand sie auf einem kleinen quadratischen Teppich, der im Verhältnis zu der Größe des marmornen Fußbodens so winzig war, daß es aussah, als ob sie ihn hätte ausbreiten lassen, um darauf ein Paar Schuhe zu probieren; oder als ob sie in den Besitz jenes Zauberteppichs gelangt wäre, den einer der drei Prinzen aus Tausendundeiner Nacht für vierzig Geldbeutel gekauft hatte, und in diesem Augenblick auf einen Wunsch hin mit ihm in den Salon eines Palastes versetzt worden wäre, mit dem er in keinerlei Zusammenhang stand.

Mrs. General erwiderte dem Sendboten, während sie ihre Kaffeetasse niedersetzte, sie sei willens, sich sogleich in Mr. Dorrits Zimmer zu begeben, um ihm die Mühe zu ersparen, zu ihr zu kommen (was er ihr galant vorgeschlagen hatte), und der Sendbote öffnete daraufhin die Tür und geleitete Mrs. General zur Audienz. Es war eine förmliche Reise über geheimnisvolle Treppen und Korridore von Mrs. Generals Zimmer bis zu Mr. Dorrits Zimmer. Das ihre ging auf eine enge Seitenstraße hinaus, mit einer niedrigen, finsteren Brücke darin und kerkerähnlichen Gebäuden gegenüber, deren Mauern mit tausend nach unten laufenden Schmutzstreifen verschmiert waren, als ob sie aus jeder geborstenen Öffnung jahrhundertelang rostige Tränen in die Adria geweint hätten. Das seine besaß ein Fenster, das so groß war wie die ganze Front eines englischen Hauses und einen Ausblick auf prächtige Dome gewährte, die sich direkt aus dem Wasser, das sie widerspiegelte, in den blauen Himmel erhoben, und durch das man das leise Plätschern des Canale Grande hörte, der unten an die Stufen schlug, wo seine Gondeln und Gondolieri, seines Befehls gewärtig, schläfrig in einem kleinen Wald von Pfählen hin und her schaukelten.

Mr. Dorrit, in einem glänzenden Schlafrock und

Käppchen – die schlafende Raupe, die so lange unter den Kollegen ihre Zeit abgewartet hatte, war zu einem wunderbaren Schmetterling geworden –, erhob sich, um Mrs. General zu empfangen. „Einen Sessel für Mrs. General. Einen bequemen Sessel, Sir. Was tun Sie da, was machen Sie bloß, was fällt Ihnen ein? Verlassen Sie uns jetzt!"

„Mrs. General", sagte Mr. Dorrit, „ich habe mir die Freiheit genommen . . ."

„Durchaus nicht", fiel Mrs. General ein. „Ich stand ganz zu Ihrer Verfügung. Ich war mit meinem Kaffee fertig."

„Ich habe mir die Freiheit genommen", sagte Mr. Dorrit wieder mit der erhabenen Ruhe eines Mannes, der über jeder Zurechtweisung steht, „Sie um die Gunst einer kleinen privaten Unterredung zu bitten, weil ich wegen meiner – ha – meiner jüngeren Tochter in Sorge bin. Sie werden einen großen Temperamentsunterschied zwischen meinen beiden Töchtern bemerkt haben, Madam?"

Mrs. General antwortete, während sie ihre behandschuhten Hände übereinanderlegte (sie war niemals ohne Handschuhe, und diese warfen niemals Falten und saßen stets wie angegossen): „Es besteht ein großer Unterschied."

„Darf ich Sie bitten, mir gütigst Ihre Ansicht darüber mitzuteilen?" sagte Mr. Dorrit mit einer Ehrerbietung, die mit majestätischer Ruhe nicht unvereinbar war.

„Fanny", erwiderte Mrs. General, „besitzt Charakterstärke und Selbstvertrauen, Amy nicht."

Nicht? Oh, Mrs. General, fragen Sie die Steine und Gitter des Marshalsea-Gefängnisses. Oh, Mrs. General, fragen Sie die Putzmacherin, die sie nähen lehrte, und den Tanzmeister, der ihre Schwester tanzen lehrte. Oh, Mrs. General, fragen Sie mich, ihren Vater, was ich ihr verdanke; und hören Sie mein Zeugnis über das Leben dieses geringgeschätzten kleinen Wesens von ihrer Kindheit an!

Keine derartige Beschwörung kam Mr. Dorrit in den

Sinn. Er blickte Mrs. General an, die in ihrer gewohnten aufrechten Haltung auf ihrem Kutschbock hinter dem Anstand saß, und sagte nachdenklich: „Es stimmt, Madam."

„Ich möchte, wohlgemerkt, nicht dahingehend verstanden werden", sagte Mrs. General, „daß es an Fanny nichts zu vervollkommnen gäbe. Aber es ist Material da – ja, vielleicht ein klein wenig zuviel."

„Wollen Sie so freundlich sein, Madam", sagte Mr. Dorrit, „sich – ha – deutlicher auszudrücken? Ich verstehe nicht ganz, wieso meine ältere Tochter zuviel – hm – Material hat. Was für Material?"

„Fanny", erwiderte Mrs. General, „bildet sich selbst zu viele Meinungen. Vollkommene Erziehung hat keine Meinung und tritt niemals hervor."

Damit er selbst nicht etwa als mangelhaft erzogen befunden würde, beeilte sich Mr. Dorrit zu antworten: „Fraglos, Madam, Sie haben recht."

Mrs. General erwiderte in ihrer unbeweglichen, ausdruckslosen Art: „Ich glaube wohl."

„Aber Sie müssen bedenken, Madam", sagte Mr. Dorrit, „daß meine Töchter das Unglück hatten, ihre Mutter zu verlieren, als sie noch sehr jung waren, und daß sie, da ich erst vor einiger Zeit als Erbe meines Besitzes anerkannt worden bin, mit mir als einem verhältnismäßig armen, aber immer stolzen Gentleman in – ha, hm – Zurückgezogenheit gelebt haben!"

„Ich verliere diesen Umstand nicht aus den Augen", sagte Mrs. General.

„Madam", fuhr Mr. Dorrit fort, „wegen meiner Tochter Fanny hege ich unter Ihrer gegenwärtigen Leitung und mit einem solchen Beispiel stets vor Augen . . ."

Mrs. General schloß die Augen.

„. . . keine Befürchtungen. Fanny besitzt Anpassungsvermögen. Aber meine jüngere Tochter, Mrs. General, macht mir Sorgen. Ich muß Ihnen sagen, daß sie immer mein Lieblingskind war."

„Solche Bevorzugungen lassen sich nicht erklären", sagte Mrs. General.

„Ha – nein", stimmte Mr. Dorrit zu. „Nein. Nun, Madam, ich bemerke mit Sorge, daß Amy sozusagen nicht zu uns gehört. Sie macht sich nichts daraus, mit uns auszugehen; sie findet sich nicht zurecht in der Gesellschaft, die wir hier bei uns sehen; unsere Neigungen sind offenbar nicht ihre Neigungen. Was in anderen Worten heißt", sagte Mr. Dorrit, mit ritterlicher Würde den Schluß aus dem Ganzen ziehend, „daß etwas mit – ha – Amy nicht in Ordnung ist."

„Dürften wir uns die Annahme erlauben", sagte Mrs. General, indem sie etwas Lack auftrug, „daß die Neuheit der Verhältnisse ein wenig schuld daran ist?"

„Entschuldigen Sie, Madam", bemerkte Mr. Dorrit ziemlich rasch. „Die Tochter eines Gentleman, wenn dieser selbst auch eine Zeitlang verhältnismäßig wenig – ha – wohlhabend war – verhältnismäßig – und sie selbst in – hm – Zurückgezogenheit aufgewachsen ist, muß notwendigerweise die Verhältnisse nicht so sehr neu finden.'

„Sicherlich", sagte Mrs. General, „sicherlich."

„Deshalb, Madam", sagte Mr. Dorrit, „habe ich mir die Freiheit genommen" (er legte einen besonderen Ton auf diesen Ausdruck und wiederholte ihn, als ob er sich mit höflicher Festigkeit ausbedinge, daß man ihm nicht noch einmal widerspreche), „habe ich mir die Freiheit genommen, um diese Unterredung zu bitten, damit ich den Gegenstand mit Ihnen erörtern und Ihren Rat einholen könnte"

„Mr. Dorrit", erwiderte Mrs. General, „ich habe mehrere Male, seit wir hier leben, mit Amy über das Thema, wie man sich ein Benehmen zu bilden habe, gesprochen. Sie hat mir gesagt, daß sie Venedig im höchsten Grade bewundere. Ich habe ihr vorgehalten, daß es besser ist, nichts zu bewundern. Ich habe sie darauf hingewiesen, daß der berühmte Mr. Eustace, der klassische Reisende, nicht viel davon hielt und daß er den Rialto sehr zu dessen Nachteil mit der Westminster- und der Blackfriarsbrücke verglich. Ich brauche nach dem, was Sie gesagt haben, nicht hinzuzufügen, daß meine Hinweise bisher auf keinen fruchtbaren Boden gefallen sind. Sie tun mir die Ehre an, mich um einen Rat zu bitten. Es ist mir stets so vorgekommen – wenn dies eine grundlose Annahme sein sollte, so wird man es mir verzeihen –, als ob Mr. Dorrit gewohnt ist, auf andere Menschen Einfluß zu haben."

„Hm – Madam", sagte Mr. Dorrit, „ich habe an der Spitze einer – ha – einer bedeutenden Körperschaft gestanden. Sie nehmen mit Recht an, daß eine – einflußreiche Stellung mir nichts Ungewohntes ist."

„Ich bin glücklich", erwiderte Mrs. General, „meine Meinung bestätigt zu finden. Ich möchte deshalb um so zuversichtlicher empfehlen, daß Mr. Dorrit selbst mit Amy spricht und ihr seine Beobachtungen und Wünsche mitteilt. Da sie außerdem sein Lieblingskind und ihm ohne Zweifel ergeben ist, so ist es um so wahrscheinlicher, daß sie sich von ihm beeinflussen lassen wird."

„Ich hatte diesen Rat von Ihnen erwartet, Madam", sagte Mr. Dorrit, „aber – ha – ich war nicht sicher, daß ich nicht – hm – damit einen Übergriff beginge auf ..."

„Auf mein Gebiet, Mr. Dorrit?" sagte Mrs. General gnädig. „Aber bitte."

„Dann, mit Ihrer Erlaubnis, Madam", begann Mr. Dorrit wieder, während er nach seinem Diener läutete, „will ich sie sogleich herkommen lassen."

„Wünscht Mr. Dorrit, daß ich zugegen bleibe?"

„Vielleicht, wenn Sie nichts anderes vorhaben, würden Sie so freundlich sein, ein paar Minuten ..."

„Sehr gern."

So erhielt der Diener Tinkler den Auftrag, Miss Amys Zofe aufzusuchen und diese zu bitten, Miss Amy mitzuteilen, daß Mr. Dorrit sie auf seinem Zimmer sprechen wolle. Während er Tinkler diesen Auftrag erteilte, sah Mr. Dorrit ihn streng an und behielt ihn auch nachher, bis er zur Tür hinaus war, scharf im Auge, voller Mißtrauen, daß er etwas der Familienwürde Abträgliches in seinem Innern bewegen könnte; daß er etwa von irgendeinem Scherz der Kollegen Kenntnis bekommen hätte, bevor er in den Dienst trat, und sich im jetzigen Augenblick höhnend daran erinnerte. Wenn Tinkler zufällig, und wenn auch noch so schwach und unschuldig, gelächelt hätte, so hätte sich Mr. Dorrit bis zur Stunde seines Todes die Überzeugung nicht nehmen lassen, daß dies der Fall war. Da Tinkler aber zu seinem Glück ein ernstes und ruhiges Gesicht bewahrte, entrann er der geheimen Gefahr, die ihm drohte. Und da er bei seiner Rückkehr – als Mr. Dorrit ihn wieder beobachtete – Miss Amy meldete, als wäre sie zu einem Begräbnis gekommen, so hinterließ er bei Mr. Dorrit den Eindruck eines rechtschaffenen jungen Menschen, der von einer verwitweten Mutter im Studium seines Katechismus erzogen worden war.

„Amy", sagte Mr. Dorrit, „ich habe eben mit Mrs. General über dich gesprochen. Wir sind beide der Ansicht, daß du dich hier nicht recht heimisch zu fühlen scheinst. Woher – ha – kommt das?"

Eine Pause.

„Ich glaube, Vater, ich brauche ein wenig Zeit."

„Papa ist als Anrede vorzuziehen", bemerkte Mrs. General. „Vater klingt etwas gewöhnlich, meine Liebe. Das Wort Papa verleiht außerdem den Lippen eine schöne Form. Papa, Porree, Pute, Prünellen und Prisma sind alles sehr gute Worte für die Lippen; besonders Prünellen und Prisma. Sie werden es zur Bildung Ihres Benehmens dienlich finden, wenn Sie mitunter in Gesellschaft vor sich hinsagen – etwa wenn Sie ein Zimmer betreten: Papa, Porree, Pute, Prünellen und Prisma, Prünellen und Prisma."

„Bitte, mein Kind", sagte Mr. Dorrit, „beherzige die – hm – Lehren Mrs. Generals."

Die arme Klein Dorrit sah diese hervorragende Lackiererin mit einem ziemlich hilflosen Blick an und versprach, es zu versuchen.

„Du sagtest, Amy", fuhr Mr. Dorrit fort, „daß du glaubst, du brauchtest Zeit. Zeit wofür?"

Wieder eine Pause.

„Mich an mein neues Leben zu gewöhnen, das war alles, was ich damit sagen wollte", sprach Klein Dorrit, während sie ihren Vater mit liebevollen Augen anblickte. Sie hätte ihn fast mit Pute und sogar mit Prünellen und Prisma dazu angeredet, so sehr wünschte sie, sich ihm zuliebe Mrs. General zu fügen.

Mr. Dorrit runzelte die Brauen und sah wenig befriedigt aus. „Amy", erwiderte er, „es scheint mir, das muß ich sagen, als ob du Zeit genug dafür gehabt hast. Ha – du überraschst mich. Du enttäuschst mich. Fanny hat all diese kleinen Schwierigkeiten längst überwunden, und – hm – und weshalb du nicht?"

„Ich hoffe, es wird mir bald besser gelingen", sagte Klein Dorrit.

„Ich hoffe es", erwiderte ihr Vater. „Ich – ha – hoffe es stark, Amy. Ich habe dich kommen lassen, um dir zu sagen – hm – mit Nachdruck in Gegenwart Mrs. Generals, der wir alle soviel Dank schulden, weil sie uns bei – ha – dieser oder jeder anderen Gelegenheit ihre Anwesenheit schenkt", Mrs. General schloß die Augen, „um dir zu sagen, daß ich – ha, hm – nicht zufrieden mit dir bin. Du machst Mrs. Generals Aufgabe zu einer undankbaren. Du bereitest mir große – ha – Sorgen. Du bist immer (wie ich Mrs. General gesagt habe) mein Lieblingskind gewesen; ich habe dich immer als hm – Freundin und Gefährtin behandelt; dafür bitte ich dich – ha – bitte ich dich dringend, daß du dich den – hm – Umständen besser anpassen und dich pflichtgetreu so benehmen sollst, wie es deiner – deiner Stellung zukommt."

Mr. Dorrit sprach stockender als gewöhnlich, da ihn der Gegenstand erregte und er den Wunsch hatte, seinen Worten besonderen Nachdruck zu verleihen.

„Ich bitte dich", sagte er, „daß du dir dies alles zu Herzen nimmst und daß du dir ernsthaft Mühe gibst, dich so zu benehmen, daß du deiner Stellung als – ha – Miss Amy Dorrit Ehre machst und dir meine und Mrs. Generals Zufriedenheit verdienst."

Diese Dame schloß wieder die Augen, als von ihr die

Rede war; und dann fügte sie, während sie sie langsam öffnete und sich erhob, die folgenden Worte hinzu: „Wenn Miss Amy Dorrit selbst ihre Aufmerksamkeit darauf richten und meine bescheidene Hilfe annehmen will, um sich eine tadellose Oberfläche zu bilden, so wird Mr. Dorrit keinen Anlaß zur Sorge mehr haben. Kann ich bei dieser Gelegenheit als einen Umstand, der hierherpaßt, erwähnen, daß es kaum schicklich ist, Vagabunden mit der Aufmerksamkeit zu betrachten, die ihnen nach meinen Beobachtungen eine sehr gute junge Freundin von mir zugewendet hat? Man sollte derartige Leute gar nicht sehen. Man sollte niemals etwas Unangenehmes sehen. Abgesehen davon, daß solch eine Gewohnheit jenem anmutigen Gleichmaß der Oberfläche, das ein so deutliches Zeichen guter Erziehung ist, abträglich ist, scheint es auch kaum mit geistiger Verfeinerung vereinbar. Ein wirklich feingebildeter Geist wird stets alles ignorieren, was nicht vollkommen schicklich, schön und angenehm ist."

Nachdem sie diese erhabene Weisheit von sich gegeben hatte, machte Mrs. General eine tiefe Verbeugung und zog sich mit einer Mundhaltung zurück, die Prünellen und Prisma andeutete.

Klein Dorrit hatte im Sprechen und Schweigen ihren ruhigen Ernst und ihren liebevollen Blick bewahrt. Bis jetzt hatte, ausgenommen während eines vorübergehenden Augenblicks, keine Wolke auf ihrem Gesicht gelegen, aber nun sie allein mit ihm war, zitterten die Finger ihrer leicht gefalteten Hände, und in ihrem Gesicht zuckte eine unterdrückte Gemütsbewegung.

Nicht um ihrer selbst willen. Sie mochte ein wenig verletzt sein, aber ihre Sorge galt nicht ihr selbst. Ihre Gedanken wandten sich von neuem, wie sie es stets getan hatten, ihm zu. Eine leise Bangigkeit, die sie, seit sie reich geworden waren, stets umschwebt hatte, daß sie ihn selbst jetzt nie so sehen könnte, wie er vor der Gefängniszeit gewesen war, hatte allmählich in ihrem Geist Wurzel gefaßt. Sie fühlte, daß über den Worten, die er eben zu ihr gesprochen hatte, und in seinem ganzen Benehmen ihr gegenüber der wohlbekannte Schatten der Marshalsea-Mauer lag. Er hatte eine neue Gestalt angenommen, aber es war der alte trübe Schatten.

Sie begann sich mit kummervollem Widerstreben zu gestehen, sie könne die Furcht nicht bannen, kein Zeitraum im Leben eines Menschen könne ein Vierteljahrhundert hinter Gefängnisgittern auslöschen. Sie empfand deshalb keinen Tadel für ihn, nichts, was ihm zum Vorwurf gereichte, sie hegte in ihrem treuen Herzen kein anderes Gefühl als großes Mitleid und grenzenlose Liebe.

Deshalb sah sie ihn in diesem Augenblick, wie er vor ihr auf seinem Sofa saß, in dem blendenden Licht eines sonnigen italienischen Tages, die wunderbare Stadt draußen und der Glanz eines alten Palastes drinnen, wieder in der gewohnten Dunkelheit seines Marshalsea-Zimmers und wünschte, ihren Sitz neben ihm einzunehmen und ihn zu trösten und wieder seine vertraute Helferin zu sein. Wenn er ihre Gedanken erriet, so waren die seinigen nicht damit in Übereinstimmung. Nachdem er unbehaglich auf seinem Sessel ein wenig hin und her gerückt war, stand er auf und ging im Zimmer auf und ab, wobei er ein sehr unzufriedenes Gesicht machte.

„Gibt es sonst noch etwas, was du mir zu sagen wünschst, lieber Vater?“

„Nein, nein, nichts weiter.“

„Es tut mir leid, daß du nicht mit mir zufrieden bist, lieber Vater. Ich hoffe, du bist mir nicht mehr böse. Ich werde mehr als bisher versuchen, mich meiner Umgebung anzupassen – ich habe es ja bereits die ganze Zeit über versucht, obwohl es mir nicht gelungen ist, wie ich wohl weiß.“

„Amy“, erwiderte er und wandte sich ihr rasch zu, „du – ha – verletzt mich unaufhörlich.“

„Ich dich verletzen, Vater?“

„Es gibt ein – hm – ein Thema“, sagte Mr. Dorrit, den Blick beständig auf die Zimmerdecke und niemals auf das aufmerksame, klaglose, erschrockene Gesicht seiner Tocher gerichtet, „ein schmerzliches Thema, eine

Reihe von Ereignissen, die ich – ha – vollkommen aus unserem Gedächtnis zu streichen wünsche. Deine Schwester, die dir bereits in meiner Gegenwart Vorhaltungen darüber machte, hat Verständnis dafür; jedermann, der – ha, hm – Feingefühl besitzt, hat Verständnis dafür, nur du nicht – ha – es tut mir leid, daß ich das sagen muß, nur du nicht. Du, Amy – hm – du allein – und nur du – kommst immer wieder auf das Thema zurück, wenn auch nicht in Worten."

Sie legte ihre Hand auf seinen Arm. Das war alles, was sie tat. Sie berührte ihn leise. Ihre zitternde Hand mag ausdrucksvoll gesagt haben: Denke an mich, denke zurück, wie ich gearbeitet habe, denke an meine vielen Sorgen! Aber sie selbst sagte keine Silbe.

In ihrer Berührung lag ein Vorwurf, den sie nicht vorhergesehen hatte, sonst hätte sie ihre Hand zurückgehalten. Er begann sich in einer hitzigen, polternden, zornigen Art zu rechtfertigen und diesen Vorwurf zu entkräften.

„Ich war die ganzen Jahre dort, ich war – ha – allgemein anerkannt als das Haupt des Ortes. Ich – hm – ich habe dir dort Respekt verschafft, Amy, ich – ha, hm – habe meiner Familie dort eine Stellung gegeben. Ich verdiene einen Dank. Ich verlange einen Dank! Ich sage, fege es vom Erdboden hinweg und beginne von neuem! Ist das viel? Ich frage, ist *das* viel verlangt?"

Er blickte sie nicht ein einziges Mal an, während er sich in diesen Reden erging, sondern gestikulierte und sprach in die Luft.

„Ich habe zu leiden gehabt, ich weiß wohl besser als irgend jemand, was ich gelitten habe – ha – ich sage, besser als irgend jemand! Wenn *ich* das außer acht lassen kann, wenn *ich* die Spuren meiner Leiden auslöschen und vor der Welt als ein – ha – fleckenloser Gentleman erscheinen kann, ist es dann viel verlangt – ich frage wiederum, ist es zuviel verlangt –, daß meine Kinder dasselbe tun und diese verfluchte Erinnerung von der Erde hinwegtilgen sollen?"

Trotz seiner Aufregung sprach er mit vorsichtig gedämpfter Stimme, damit nicht zufällig der Diener etwas hörte.

„Sie richten sich auch danach. Deine Schwester tut es, dein Bruder tut es. Du allein, meine Lieblingstochter, die ich zur Freundin und Gefährtin meines Lebens machte, als du noch ein bloßes – hm – Kind warst, tust es nicht. Du allein sagst, du könntest das nicht. Ich lasse dir die beste Hilfe zuteil werden, damit du es vermagst. Ich stelle dir eine gebildete und ausgezeichnet erzogene Dame – ha – Mrs. General, an die Seite, damit du es lernst. Ist es da zu verwundern, wenn ich unzufrieden bin? Ist es nötig, daß ich mich rechtfertige, weil ich meiner Unzufriedenheit Ausdruck gegeben habe? Nein!"

Trotzdem fuhr er fort, sich zu rechtfertigen, ohne daß seine Aufregung nachließ.

„Ich hole mit Vorbedacht erst die Bestätigung dieser Dame ein, bevor ich überhaupt etwas von Unzufriedenheit äußere. Ich – hm – ich drücke mein Verlangen notgedrungen so aus, daß es sich in engen Grenzen hält, sonst würde ich – ha – dieser Dame zu erkennen geben, was ich ausgelöscht zu sehen wünsche. Bin ich deshalb egoistisch? Beklage ich mich meinetwegen? Nein. Nein. Es geschieht hauptsächlich – ha, hm – um deinetwillen, Amy."

Dieser letzte Gedanke war ihm erst in diesem Augenblick in den Kopf gekommen, was aus der Art erhellte, wie er ihn verfolgte.

„Ich sagte, ich sei verletzt. Das bin ich auch wirklich. Das bin ich auch wirklich. Dazu bin ich – ha – entschlossen, was auch immer dagegen vorgebracht wird. Ich bin verletzt, daß meine Tochter mitten im – hm – Schoße des Glücks melancholisch ist und sich zurückzieht und zeigt, daß sie ihrem Schicksal nicht gewachsen ist. Ich bin verletzt, daß sie das – ha – wieder zum Vorschein kommen läßt, was wir übrigen auslöschen, und daß sie – hm – ich hätte fast gesagt, direkt darum bemüht scheint – die reiche und vornehme Gesellschaft merken zu lassen, daß sie an einem – ha, hm – Ort geboren und erzogen wurde, einem Ort, den ich selbst nicht nennen will. Aber es ist kein Widerspruch darin – ha – nicht im geringsten, daß ich mich verletzt fühle und mich doch hauptsächlich um deinetwillen beklage. Das tue ich; ich sage wiederum, das tue ich. Ich wünsche um deinetwillen, daß du dir unter der Leitung Mrs. Generals eine – hm – eine Oberfläche bildest. Ich wünsche um deinetwillen, daß du wirklich feingebildeten Geist bekommst und (wie Mrs. General sich treffend ausdrückte) alles ignorierst, was nicht durchaus schicklich, schön und angenehm ist."

Er hatte die letzte Rede ruckweise hervorgestoßen wie ein schlecht funktionierendes Läutewerk. Ihre Hand lag noch auf seinem Arm. Er schwieg, und nachdem er noch eine kleine Weile die Decke betrachtet hatte, blickte er auf sie herab. Sie hielt den Kopf gesenkt, so daß er ihr Gesicht nicht sehen konnte, aber ihr Händedruck war zärtlich und ruhig, und in der niedergeschlagenen Haltung ihrer Gestalt lag kein Tadel – nichts als Liebe. Er begann zu jammern, ganz wie an jenem Abend im Gefängnis, als sie bis zum Morgen danach an seinem Bett gesessen hatte; rief, daß er eine traurige Ruine und ein elender Mensch sei mitten in seinem Reichtum, und schlang die Arme um sie. „Still, still, liebster Vater! Küsse mich!" war alles, was sie ihm erwiderte. Seine Tränen waren bald getrocknet, viel eher als das vorige Mal; und er zeigte sich bald darauf sehr streng gegen seinen Diener, als eine Art Vergeltung dafür, daß er überhaupt welche vergossen hatte.

Dies war mit einer einzigen Ausnahme, die an anderer Stelle berichtet werden soll, das einzige Mal während der ganzen Zeit, in der er frei und vermögend war, daß er zu seiner Tochter Amy von der Vergangenheit sprach.

Aber nun kam die Frühstücksstunde, und mit ihr kamen Miss Fanny aus ihrem Zimmer und Mr. Edward aus seinem Zimmer. Diese vornehmen jungen Personen litten beide etwas unter Übernächtigung. Was Miss Fanny betraf, so war sie das Opfer einer unersättlichen Leidenschaft geworden, „in Gesellschaft zu gehen", wie sie es nannte; und sie hätte sich zwischen Sonnenuntergang und -aufgang fünfzigmal in die Gesellschaft gestürzt, wenn ihr so viele Gelegenheiten geboten worden wären. Was Mr. Edward angeht, so hatte er ebenfalls sehr viele Bekannte und hielt sich gewöhnlich den größten Teil der Nacht in Spielklubs und an ähnlichen Orten auf. Denn dieser Herr hatte bei dem Wechsel seines Glückes den großen Vorzug gehabt, daß er bereits für die feinste Gesellschaft vorbereitet war und wenig zu lernen brauchte – und dies verdankte er den glücklichen Zufällen, die ihn zum Pferdeverkäufer und Billardmarqueur gemacht hatten.

Beim Frühstück erschien auch Mr. Frederick Dorrit. Da der alte Herr das höchste Stockwerk im Palast bewohnte, wo er sich ohne Gefahr, von den übrigen Bewohnern entdeckt zu werden, im Pistolenschießen hätte üben können, hatte sich seine jüngere Nichte ein Herz gefaßt und den Vorschlag gemacht, daß ihm seine Klarinette wiedergegeben würde. Mr. Dorrit hatte zwar bestimmt, daß diese konfisziert würde, aber sie hatte gewagt, sie aufzubewahren. Trotz einiger Einwände von seiten Miss Fannys, daß es ein ordinäres Instrument sei und daß sie seinen Klang verabscheue, war ihr Vorschlag gebilligt worden. Aber da stellte es sich heraus, daß der Onkel genug davon hatte und sie jetzt, wo er sie nicht mehr zum Broterwerb brauchte, niemals spielte. Er hatte allmählich eine neue Gewohnheit angenommen: in Gemäldegalerien zu wandern und stundenlang die Bildnisse berühmter Venezianer zu betrachten. Dabei hielt er immer eine Tüte mit Schnupftabak in der Hand, sehr zur Empörung Miss Fannys, die eine goldene Dose für ihn vorgeschlagen hatte, damit er der Familie keine Schande machte; nachdem sie gekauft worden war, weigerte er sich jedoch, sie zu benutzen. Man konnte niemals feststellen, was seine trüben Augen an den Bildern sahen: ob sie ihn als bloße Gemälde interessierten oder ob sie ihn unklar an glänzende Zeiten erinnerten, die wie seine Geistesstärke für immer dahin waren. Aber er besuchte diese Bilder mit großem Fleiß und hatte einen sichtlichen Genuß daran. Nach seinen ersten Ausflügen war Klein Dorrit zufällig einmal zugegen gewesen. Sein Vergnügen wurde durch ihre Anwesenheit so sichtlich erhöht, daß sie ihn später oft begleitete, und der größte Genuß, für den der alte Mann sich seit seinem Ruin empfänglich gezeigt hatte, ergab sich für ihn aus diesen Besichtigungen, wenn er einen Stuhl für sie von einem Bild zum anderen trug und trotz all ihrer Einwendungen hinter ihr stehen blieb und ihr schweigend die edlen Venezianer präsentierte.

Es fügte sich, daß er bei diesem Familienfrühstück erwähnte, sie hätten am Tage zuvor in einer Bildergalerie die Dame und den Herrn gesehen, mit denen sie auf dem Großen St. Bernhard zusammen gewesen wären. „Ich habe den Namen vergessen", sagte er. „Du erinnerst dich doch an sie, William, und auch du, Edward?"

„*Ich* erinnere mich gut genug dran", sagte der letzte.

„Das glaube ich wohl", bemerkte Miss Fanny mit einem Zurückwerfen ihres Kopfes und einem Blick auf ihre Schwester. „Aber ich denke, sie wären uns nicht wieder in Erinnerung gebracht worden, wenn Onkel nicht auf einmal mit diesem Thema ins Haus gefallen wäre."

„Welch sonderbarer Ausdruck, meine Liebe", sagte Mrs. General. „Wäre nicht ‚unbeabsichtigt darauf zu sprechen gekommen wäre' oder ‚zufällig darauf angespielt hätte besser?"

„Ich danke Ihnen sehr, Mrs. General", erwiderte die junge Dame, „nein, ich glaube, nicht besser; im ganzen ziehe ich meinen eigenen Ausdruck vor."

Dies war immer Miss Fannys Art, einen Rat von Mrs. General entgegenzunehmen. Aber sie merkte ihn sich stets gut und folgte ihm in Zukunft.

„Ich hätte davon gesprochen, daß wir Mr. und Mrs. Gowan getroffen haben", sagte Klein Dorrit, „selbst wenn Onkel es nicht getan hätte. Du weißt, ich habe dich seitdem kaum gesehen. Ich hatte die Absicht, beim Frühstück davon zu sprechen, weil ich Mrs. Gowan gern einen Besuch abstatten und mit ihr besser bekannt werden möchte, falls Papa und Mrs. General nichts dagegen haben."

„Nun, Amy", sagte Fanny, „ich freue mich wirklich, daß du endlich einen Wunsch äußerst, mit jemand in Venedig besser bekannt zu werden. Obwohl es noch unentschieden bleibt, ob Mr. und Mrs. Gowan für dich eine wünschenswerte Bekanntschaft sind."

„Ich sprach von Mrs. Gowan, liebe Fanny."

„Zweifellos", sagte Fanny. „Aber ich glaube, du kannst sie nicht ohne eine Parlamentsakte von ihrem Gatten trennen."

„Glaubst du, Papa", fragte Klein Dorrit unsicher und zögernd, „daß etwas gegen diesen Besuch einzuwenden wäre?"

„Nun", antwortete er, „ich – ha – was ist Mrs. Generals Meinung?"

Mrs. Generals Meinung war, daß, da sie nicht die Ehre einer Bekanntschaft mit dem fraglichen Ehepaar hätte, sie nicht in der Lage wäre, den vorliegenden Artikel zu lackieren. Sie konnte nur als ein allgemeines Prinzip, das beim Lackieren beachtet wurde, bemerken, daß viel davon abhänge, festzustellen, aus welchen Kreisen die betreffende Dame stamme, bevor eine im Tempel der Gesellschaft an so hervorragendem Platz stehende Familie wie die Familie Dorrit sich mit ihr einlassen könne.

Bei dieser Bemerkung verfinsterte sich das Gesicht Mr. Dorrits beträchtlich. Er war im Begriff (da er die Kreise der Dame mit einem gewissen lästigen Menschen namens Clennam in Verbindung brachte, an den er sich aus irgendeiner vorigen Existenz schwach erinnerte), den Namen Gowan endgültig in Acht und Bann zu tun, als sich Edward Dorrit, Esquire, mit dem Monokel im Auge und der vorherigen Bemerkung: „Geht hinaus, ihr da!" in die Unterhaltung mischte. Dies galt zwei Dienern, welche die Schüsseln herumreichten, und war eine höfliche Andeutung, daß ihre Dienste zur Zeit nicht gebraucht würden.

Als die Diener dem Befehl gefolgt waren, fuhr Edward Dorrit, Esquire, fort:

„Vielleicht ist es richtig, euch alle wissen zu lassen, daß diese Gowans – für die man, wenigstens soweit der Herr in Frage kommt, wirklich keine große Vorliebe von mir erwarten kann – mit sehr vornehmen Leuten bekannt sind, wenn das etwas ausmacht."

„Das, muß ich wohl sagen", bemerkte die schöne Lackiererin, „macht sehr viel aus. Wenn die fraglichen Bekanntschaften wirklich Leute von Bedeutung und Ansehen sind . . ."

„Was das betrifft", sagte Edward, Esquire, „so sollt ihr euch selbst ein Urteil darüber bilden. Ihr kennt vielleicht den berühmten Namen Merdle?"

„Der große Merdle?!" rief Mrs. General aus.

„Eben der Merdle", sagte Edward Dorrit, Esquire. „Sie sind mit ihm bekannt. Mrs. Gowan – ich meine die Witwe, die Mutter meines höflichen Freundes – ist mit Mrs. Merdle intim, und ich weiß, daß diese beiden auf ihrer Besucherliste stehen."

„Wenn es sich so verhält, so könnte eine bessere Garantie nicht gegeben werden", sagte Mrs. General zu Mr. Dorrit, während sie ihre Handschuhe in die Höhe hob und ihr Haupt neigte, als ob sie einem sichtbaren geschnitzten Bildnis ihre Verehrung darbrächte.

„Ich möchte meinen Sohn aus – ha – Neugierde fragen", bemerkte Mr. Dorrit mit einer entschiedenen Änderung in seiner Haltung, „wie er zu dieser – hm – sehr erwünschten Information kommt?"

„Das ist keine lange Geschichte", erwiderte Edward Dorrit, Esquire, „und du sollst sie sofort hören. Fürs erste, Mrs. Merdle ist die Dame, mit der du die Debatte hattest – in Dingskirchen."

„Martigny", fiel Miss Fanny mit einer Miene unendlicher Gleichgültigkeit ein.

„Martigny", stimmte ihr Bruder ein, wobei er ihr ein wenig zunickte und zublinzelte, worauf Miss Fanny ein überraschtes Gesicht machte und lachte und rot wurde.

„Wie kann das sein, Edward?" fragte Mr. Dorrit. „Du sagtest mir, der Name des Herrn, mit dem du verhandelt hast – ha – sei Sparkler gewesen. Du hast mir sogar eine Karte gezeigt. Hm. Sparkler."

„Zweifellos, Vater; aber daraus folgt noch nicht, daß seine Mutter denselben Namen haben muß. Mrs. Merdle war früher schon einmal verheiratet, und dies ist ihr Sohn aus erster Ehe. Sie ist jetzt in Rom, wo wir wahrscheinlich mehr von ihr zu sehen bekommen werden, da du beschlossen hast, den Winter über dort zu bleiben. Sparkler ist soeben hier angekommen. Ich war gestern abend mit ihm zusammen. Sparkler ist im ganzen ein recht guter Kerl und nur in einer Beziehung ziemlich langweilig, weil er sich in eine bestimmte junge Dame bis über die Ohren verliebt hat." Bei diesen Worten blickte er durch sein Monokel über den Tisch hinweg Miss Fanny an. „Wir sprachen gestern abend zufällig von unseren Reisen, und ich habe meine Informationen aus Sparklers eigenem Mund." Damit schwieg er; er fuhr aber fort, Miss Fanny durch sein Monokel zu betrachten, wobei er teils infolge der Bemühungen, sein Glas im Auge festzuhalten, und teils infolge seines Lächelns, das sehr fein sein sollte, sein Gesicht in nicht besonders schöner Weise verzog.

„Unter diesen Umständen", sagte Mr. Dorrit, „glaube ich, daß ich – ha – Mrs. Generals Gefühlen ebenso wie meinen eigenen Ausdruck gebe, wenn ich sage, daß nichts dagegen spricht, sondern – ha, hm – ganz im Gegenteil, daß du deinem Wunsche folgst, Amy. Ich glaube, ich kann diesen Wunsch als ein gutes Zeichen – ha – begrüßen", sagte Mr. Dorrit in einer ermutigenden und verzeihenden Art. „Es ist ganz recht, diese Leute zu kennen. Es schickt sich sehr wohl. Der Name Mr. Merdles hat – ha – in der ganzen Welt einen guten Klang. Mr. Merdles Unternehmungen sind ungeheuer. Sie bringen ihm so kolossale Einkünfte, daß man sie als – hm – einen nationalen Segen betrachtet. Mr. Merdle ist der Mann unserer Zeit. Merdle ist der Name unseres Jahrhunderts. Ich bitte dich, um meinetwillen so höflich wie möglich gegen Mr. und Mrs. Gowan zu sein, denn wir wollen – ha – gern mit ihnen verkehren."

Diese gnädige Anmerkung Mr. Dorrits beschloß die Angelegenheit. Es blieb unbemerkt, daß Onkel seinen Teller weggeschoben und sein Frühstück vergessen hatte; aber es wurde niemals viel Notiz von ihm genommen, außer von seiten Klein Dorrits. Die Diener wurden wieder hereingerufen und das Mahl beendet. Mrs. General stand auf und verließ die Tafel. Klein Dorrit stand auf und verließ die Tafel. Als Edward und Fanny, die dageblieben waren, sich flüsternd über den Tisch hin unterhielten und als Mr. Dorrit, der ebenfalls dageblieben war, Feigen aß und eine französische Zeitung las, erregte Onkel auf einmal die Aufmerksamkeit aller drei, indem er von seinem Stuhl aufstand, mit der Hand auf den Tisch schlug und sagte: „Bruder! Ich verwahre mich dagegen!" Wenn er eine Erklärung in einer unbekannten Sprache abgegeben und unmittelbar darauf seinen Geist aufgegeben hätte, so hätte er seine Zuhörer nicht mehr in Erstaunen setzen können. Mr. Dorrit fiel die Zeitung aus der Hand, und er saß wie erstarrt, wobei er noch eine Feige auf halbem Wege zu seinem Mund in der Hand hielt.

„Bruder!" sagte der alte Mann, während er seiner zitternden Stimme eine überraschende Energie verlieh. „Ich verwahre mich dagegen! Ich liebe dich; du weißt, ich liebe dich innig. Während dieser vielen Jahre bin ich dir niemals mit einem einzigen Gedanken untreu gewesen. Schwach wie ich bin, würde ich jeden niedergeschlagen haben, der schlecht von dir geredet hätte. Aber, Bruder, Bruder, Bruder, ich verwahre mich dagegen!"

Es war erstaunlich, zu sehen, zu welch energischem Ausbruch dieser hinfällige Mann imstande war. Seine Augen begannen zu glänzen, sein graues Haar sträubte sich, sein Gesicht nahm wieder einen energischen Ausdruck an, der seit fünfundzwanzig Jahren daraus verschwunden war, und in seiner Hand lag eine Kraft, die seinen Bewegungen ungewohnten Nachdruck verlieh.

„Mein lieber Frederick!" rief Mr. Dorrit mit schwacher Stimme. „Wer hat dir etwas getan? Was gibt es?"

„Wie kannst du es wagen?" sagte der alte Mann und

wandte sich plötzlich gegen Fanny. „Wie kannst du es wagen, so zu handeln? Hast du kein Gedächtnis? Hast du kein Herz?"

„Onkel!" rief Fanny erschrocken und brach in Tränen aus. „Weshalb bist du so böse auf mich? Was habe ich getan?"

„Getan?" erwiderte der alte Mann, während er auf den Platz ihrer Schwester wies. „Wo ist deine liebevolle, unschätzbare Freundin? Wo ist deine aufopferungsvolle Beschützerin? Wo ist sie, die dir mehr als Mutter war? Wie wagst du es, gegen alle diese Eigenschaften, die in deiner Schwester vereint sind, dich als die Überlegene hinzustellen? Schäme dich, du falsches Mädchen, schäme dich!"

„Ich liebe Amy", rief Miss Fanny schluchzend und weinend, „ebensosehr wie mein Leben – mehr als mein Leben. Ich verdiene diese Behandlung nicht. Ich bin Amy so dankbar und liebe sie so, wie es ein Mensch nur kann. Ich wünschte, ich wäre tot. Mir ist niemals ein solches Unrecht geschehen. Und nur, weil ich um das Ansehen der Familie besorgt bin."

„Zum Kuckuck mit dem Ansehen der Familie!" rief der alte Mann, aufs äußerste erzürnt und entrüstet. „Bruder, ich verwahre mich gegen den Stolz. Ich verwahre mich gegen die Undankbarkeit. Ich verwahre mich dagegen, daß einer von uns hier, die wir durchgemacht haben und gesehen haben, was wir gesehen haben, Ansprüche erhebt, die Amy auch nur einen Augenblick herabsetzen oder ihr einen Augenblick lang Schmerz verursachen. Wir können erkennen, daß es ein niedriger Anspruch ist, wenn er diese Wirkung hat. Es sollte uns die Strafe des Himmels zuziehen. Bruder, ich verwahre mich dagegen vor Gott!"

Als er seine Hand über den Kopf erhob und damit auf den Tisch schlug, hätte es die Hand eines Schmiedes sein können. Nachdem einige Augenblicke Schweigen geherrscht hatte, war sie wieder so schwach wie gewöhnlich. Er ging mit seinem gewöhnlichen schlurfenden Schritt zu seinem Bruder hin, legte ihm die Hand auf die Schulter und sagte mit besänftigender Stimme: „Mein lieber William, ich fühle mich verpflichtet, das zu sagen; verzeih mir, aber ich fühle mich verpflichtet, es zu sagen!“ und ging dann in seiner gebückten Haltung aus dem Saal des Palastes hinaus, genauso wie er aus dem Zimmer des Marshalsea hätte hinausgehen können.

Während dieser ganzen Zeit hatte Fanny geschluchzt und geweint und war auch jetzt noch nicht beruhigt. Edward hatte seinen Mund vor Erstaunen geöffnet, aber kein Wort herausgebracht und starr vor Verblüffung dagesessen. Auch Mr. Dorrit war gänzlich fassungslos und völlig unfähig gewesen, irgendwie seine Würde zu behaupten. Fanny war jetzt die erste, die sprach.

Ich bin niemals, niemals, niemals so behandelt worden!“ schluchzte sie. „Es war so hart und ungerecht, so verletzend und schlecht! Die gute, ruhige, freundliche, stille kleine Amy, was würde sie fühlen, wenn sie wüßte, daß sie unschuldigerweise der Anlaß war, daß ich so behandelt wurde! Aber ich werde es ihr niemals sagen. Nein, ich werde es ihr niemals sagen, meinem lieben guten Mädchen!“

Mr. Dorrit gewann hierdurch seine Sprache wieder.

„Mein Kind“, sagte er, „ich – ha – billige deinen Entschluß. Es ist – ha, hm – viel besser, Amy nichts davon zu erzählen. Es könnte – hm – ihr Kummer machen. Ha. Zweifellos würde es ihr großen Kummer machen. Es ist rücksichtsvoll und richtig gehandelt, das zu vermeiden. Wir wollen – ha – den Vorfall für uns behalten.“

„Aber welche Schlechtigkeit von Onkel!“ rief Miss Fanny. „Oh, ich kann Onkel diese Schlechtigkeit niemals vergeben!“

„Liebes Kind“, sagte Mr. Dorrit, der seinen gewöhnlichen Ton wiedergewann, obwohl er ungewöhnlich blaß blieb, „ich muß dich bitten, nicht so zu reden. Du mußt daran denken, daß dein Onkel nicht das ist, was er – ha – früher war. Du mußt daran denken, daß der Zustand deines Onkels große – hm – Nachsicht von uns verlangt, große Nachsicht.“

„Es ist sicherlich nur barmherzig“, sagte Fanny gnädig, „anzunehmen, daß irgendwo etwas mit ihm nicht in Ordnung ist. Sonst hätte er nicht ausgerechnet über mich so herfallen können.“

„Fanny“, erwiderte Mr. Dorrit mit einem Ton der tiefsten brüderlichen Liebe, „du weißt, wie sehr bei seinen zahllosen guten Eigenschaften dein Onkel – hm – gebrochen ist; und ich bitte dich, bei der Liebe, die ich zu ihm hege, und bei der Treue, die ich ihm, wie du weißt, stets erwiesen habe, dir selbst – ha – das Nötige zu denken und meine brüderlichen Gefühle zu schonen.“

Damit war die Szene zu Ende. Edward Dorrit, Esquire, hatte die ganze Zeit über nichts gesagt, aber er hatte bis zuletzt einen bekümmerten und verblüfften Gesichtsausdruck. Miss Fanny erweckte an diesem Tag im Gemüt ihrer Schwester viel zärtliche Sorge, weil sie den größten Teil der Zeit damit zubrachte, sie immer wieder heftig zu umarmen, ihr abwechselnd Broschen zu schenken und sich tot zu wünschen.

## *6. Kapitel*

### Irgendwo ist etwas in Ordnung

In der schwankenden Stellung Mr. Henry Gowans sein – die eine von zwei Mächten voller Ekel verlassen zu haben, der nötigen Befähigung zu ermangeln, sich bei der anderen in Gunst zu setzen, und übellaunig auf neutralem Boden, beide verfluchend, umherzuschlendern – heißt in einer ungesunden Geistesverfassung sein, die auch die Zeit nicht bessern kann. Die schlimmste Rechnung in der Alltagswelt ist jene der kranken Rechenmeister, die sich immer mit der Subtraktion der Verdienste und Erfolge anderer und niemals mit der Addition ihrer eigenen beschäftigen.

Auch die Gewohnheit, eine Art Entschädigung darin zu suchen, daß man sich unzufrieden brüstet, ein enttäuschter Mensch zu sein, ist gefährlich. Eine gewisse träge Gleichgültigkeit und Unordentlichkeit ist bald die Folge. Wertvolle Dinge dadurch herabzusetzen, daß man wertlose Dinge erhebt, ist einer ihrer widernatürlichen Genüsse; und man darf auf keinem Gebiet mit der Wahrheit spielen, ohne daß es einem schlecht bekommt.

In seinen Aussprüchen über alle Leistungen auf dem Gebiet der Malerei, die gänzlich jedes Verdienstes bar waren, war Gowan der liberalste Mensch der Erde. Er pflegte zu erklären, daß der und der mehr Fähigkeiten in seinem kleinen Finger habe (vorausgesetzt, daß er keine besaß) als ein gewisser Jemand in seinem ganzen Körper und Geist (vorausgesetzt, daß er viele besaß). Wenn man einwandte, daß das gelobte Werk Schund sei, so pflegte er zu antworten: „Mein Bester, was verfertigen wir alle denn anderes als Schund? *Ich* verfertige nichts anderes und mache Ihnen dieses Geständnis zum Geschenk."

Sich seiner Armut zu rühmen war eine andere Eigentümlichkeit seines launenhaften Zustandes, obwohl er damit die Absicht haben mochte, zu betonen, daß er von Rechts wegen reich sein sollte; ebenso wie er die Barnacles öffentlich zu loben und herabzusetzen pflegte, damit man nicht vergaß, daß er zu der Familie gehörte. Auf jeden Fall waren diese beiden Tatsachen oft auf seinen Lippen, und er operierte so geschickt mit ihnen, daß er sich monatelang hätte rühmen und damit doch nicht als halb so bedeutend hätte hinstellen können, wie er es durch diese spöttische Herabsetzung seiner Ansprüche, geachtet zu werden, erreichte.

Überall, wo er und seine Frau verkehrten, gab er bald in derselben nachlässigen Weise zu verstehen, daß er gegen den Wunsch seiner vornehmen Verwandtschaft geheiratet und daß es ihn viel Mühe gekostet habe, seine Verwandten zur Anerkennung seiner Frau zu bewegen. Er sprach niemals direkt davon, sondern schien im Gegenteil den Gedanken zu verlachen; aber es ergab sich, daß er bei aller Bemühung, sich herabzusetzen, doch immer als der Vornehmere erschien. Von ihren Flitterwochen an war sich Minnie Gowan bewußt, daß sie gewöhnlich als die Frau eines Mannes angesehen wurde, der bei seiner Heirat herabgestiegen war, der aber in seiner ritterlichen Liebe zu ihr über diese Ungleichheit hinweggesehen hatte.

Monsieur Blandois aus Paris hatte sie nach Venedig begleitet, und in Venedig war Monsieur Blandois viel mit Gowan zusammen. Als sie diesem Herrn zum erstenmal in Genf begegneten, war Gowan unentschlossen gewesen, ob er ihn ermutigen oder ihm einen Fußtritt geben solle, und es hatte ihm vierundzwanzig Stunden lang so viel Unruhe bereitet, die Sache zu seiner Zufriedenheit zu entscheiden, daß er daran gedacht hatte, ein Fünffrankenstück in die Höhe zu werfen, festzusetzen: „Kopf ermutigen, Schrift Fußtritt" und sich nach diesem Orakel zu richten. Es geschah jedoch, daß seine Frau ihre Abneigung gegen den liebenswürdigen Blandois erklärte und daß die Gefühle der Hotelgäste gegen ihn waren. Daraufhin beschloß Gowan, ihn zu ermutigen.

Weshalb diese Verkehrtheit, wenn sie nicht aus Großmut geschah – was nicht der Fall war? Weshalb wollte Gowan, der weit über Blandois aus Paris stand und sehr wohl imstande war, diesen liebenswürdigen Herrn in Stücke zu zerlegen und herauszufinden, aus welchem Material er gemacht war, mit solch einem Mann verkehren? Erstens stellte er sich damit dem ersten selbständigen Wunsch entgegen, den er von seiner Frau hörte, denn ihr Vater hatte seine Schulden bezahlt, und es war wünschenswert, seine Unabhängigkeit von vornherein zu behaupten. Zweitens wandte er sich damit gegen die allgemein vorherrschende Auffassung, weil er trotz vieler Anlagen, anders zu sein, ein boshafter Charakter war. Er fand Vergnügen daran, zu erklären, daß ein Weltmann mit den verfeinerten Manieren Blandois' in jedem zivilisierten Lande eigentlich zu höchsten Ehren gelangen müßte. Er fand Vergnügen daran, ihn als ein Muster von Eleganz hinzustellen und ihn zu einer Satire auf andere zu machen, die sich etwas auf persönliche Vorzüge einbildeten. Er beteuerte ernsthaft, daß die Verbeugung Blandois' vollkommen, daß die Haltung Blandois' unwiderstehlich und daß die malerische Gewandtheit Blandois' mit hunderttausend Franken billig bezahlt sei (wenn sie nicht eine Gabe wäre und deshalb für Geld nicht zu haben sei). Gerade das übertriebene Benehmen Blandois', das so notwendig zu ihm und einem jeden Mann von solcher Herkunft gehörte wie die Sonne zu unserem Weltsystem, war Gowan als Karikatur willkommen, und er benutzte es gern, um damit eine Menge Leute, die notwendigerweise mehr oder weniger von dem taten, was Blandois übertrieb, zu verspotten. So hatte er sich zu ihm gesellt, indem er sich nachlässig mehr und mehr an ihn gewöhnte und ein etwas müßiges Vergnügen an seiner Unterhaltung fand, und so war es dahin gekommen, daß er ihn zum Gefährten hatte. Und zwar, obwohl er vermutete, daß er sich mit Hilfe von Spielhöllen und ähnlichen Orten schlecht und recht durchschlug; obwohl er ihn im Verdacht hatte, ein Feigling zu sein, wogegen er selbst verwegen und mutig war; obwohl er wußte, daß ihn Minnie gründlich verabscheute; und obwohl er sich nach allem so wenig aus ihm machte, daß er nicht die geringsten Skrupel empfunden hätte, ihn aus dem höchsten Fenster von Venedig in den tiefsten Kanal hinunterzuwerfen, wenn er ihm irgendeinen greifbaren persönlichen Anlaß gegeben hätte, ihn mit Abneigung zu betrachten.

Klein Dorrit hätte sich gefreut, wenn sie allein zu Mrs. Gowan hätte gehen können; aber da Fanny, die sich noch nicht von dem Protest ihres Onkels erholt hatte, obwohl seitdem vierundzwanzig Stunden vergangen waren, dringend ihre Begleitung anbot, bestiegen die beiden Schwestern zusammen eine der Gondeln unter Mr. Dorrits Fenster und begaben sich mit dem Reisediener im Gefolge in feierlichem Aufzug nach Mrs. Gowans Wohnung. In Wahrheit war ihr Aufzug eher zu feierlich für die Wohnung, die, wie Fanny sich beklagte, „furchtbar abgelegen" war und zu der sie sich durch ein Wirrsal von Wasserstraßen begeben mußten, die dieselbe Dame als „elende Gossen" bezeichnete.

Das Haus, das auf einer kleinen verlassenen Insel

stand, machte den Eindruck, als hätte es sich irgendwo losgerissen und wäre zufällig hierhergeschwemmt worden, zusammen mit einem Weinstock, der fast ebensosehr der Pflege bedurfte wie die elenden Gestalten, die unter seinen Blättern lagen. Auf dem Bild, das die Umgebung bot, war eine Kirche mit einem Bauzaun und einem Gerüst; sie wurde schon so lange angeblich repariert, daß die Hilfsmittel für die Reparatur fast hundertjährig aussahen und bereits in Verfall gerieten; gewaschene Wäsche, die zum Trocknen in der Sonne ausgebreitet lag; eine Anzahl Häuser, die nicht zusammenpaßten und auf groteske Weise aus dem Gleichgewicht gekommen waren wie uralte verfaulte Käse voller Maden, die in phantastisch aussehende Stücke geschnitten waren; und eine wüste Wirrnis von Fenstern mit schiefhängenden Jalousien, aus denen meist etwas Schmutziges und Schlampiges heraushing.

Im ersten Stockwerk des Hauses lag eine Bank – eine überraschende Erfahrung für einen britischen Geschäftsmann, der seinen heimatlichen Maßstab an die Einrichtungen der ganzen Menschheit zu legen gewohnt ist –, wo zwei magere, bärtige Angestellte wie ausgetrocknete Dragoner in grünen Samtkappen mit goldenen Quasten hinter einem kleinen Ladentisch in einem kleinen Zimmer standen, in dem keine anderen Gegenstände waren als ein leerer, offenstehender Geldschrank, ein Wasserkrug und eine Tapete mit einem Muster von Rosengirlanden; aber auf gebührend beglaubigte Aufforderung hin konnten die beiden Angestellten ihre Hände ins Unsichtbare tauchen und unerschöpfliche Haufen von Fünffrankenstücken hervorzaubern. Unterhalb der Bank befand sich eine Reihe von drei oder vier Zimmern mit Fenstern, die wie ein Gefängnis für verbrecherische Ratten aussahen. Über der Bank lag Mrs. Gowans Wohnung.

Obwohl die Wände gefleckt waren, als ob Missionarskarten aus ihnen hervordrängten, um geographische Kenntnisse mitzuteilen; obwohl die gebrechlichen Möbel unrettbar verschossen und abgenützt waren und obwohl der Venedig eigentümliche Geruch von fauligem Seewasser sehr stark vorherrschte, sah es im Haus besser aus, als man nach dem äußerlichen Eindruck hätte erwarten können. Die Tür wurde von einem lächelnden Mann, der wie ein bekehrter Räuber aussah – einem zeitweiligen Diener –, geöffnet, und dieser geleitete sie in das Zimmer, in dem sich Mrs. Gowan aufhielt; er meldete, daß zwei schöne englische Damen gekommen seien, um die Herrin zu besuchen.

Mrs. Gowan, die mit einer Handarbeit beschäftigt war, legte die Arbeit ein wenig hastig in ein Körbchen mit einem Deckel und erhob sich. Miss Fanny war außerordentlich höflich zu ihr und brachte die gewöhnlichen Nichtigkeiten mit der Geläufigkeit einer erfahrenen Weltdame vor.

„Papa hat sehr bedauert", schloß Fanny, „daß er heute in Anspruch genommen ist (er ist hier sehr in Anspruch genommen, da wir eine so schrecklich große Bekanntschaft haben!), und trug mir besonders auf, seine Karte für Mr. Gowan zu überreichen. Damit ich mich meines Auftrages entledigen kann, den er mir mindestens ein dutzendmal einschärfte, gestatten Sie mir, mein Gewissen zu erleichtern, indem ich sie gleich auf den Tisch lege." Was sie mit der Leichtigkeit der erfahrenen Weltdame tat. „Wir waren entzückt davon, zu erfahren", begann Fanny von neuem, „daß Sie mit den Merdles bekannt sind. Wir hoffen, daß dies ein weiterer Anlaß sein wird, uns einander näherzubringen."

„Die Merdles sind mit der Familie Gowan befreundet", sagte Mrs. Gowan. „Ich habe noch nicht das Vergnügen gehabt, Mrs. Merdle persönlich vorgestellt zu werden, aber ich denke, ich werde in Rom ihre Bekanntschaft machen."

„Wirklich?" erwiderte Fanny, während sie sich den Anschein gab, ihre eigene Überlegenheit höflicherweise zu unterdrücken. „Ich denke, sie wird Ihnen gefallen."

„Sie kennen sie sehr gut?"

„Nun, sehen Sie", sagte Fanny mit einer nachlässigen Bewegung ihrer hübschen Schultern, „in London kennt sich alle Welt. Wir trafen sie auf unserer Reise hierher, und um die Wahrheit zu gestehen, Papa war erst ziemlich böse auf sie, weil sie eines der Zimmer benutzt hatte, das unsere Leute für uns bestellt hatten, aber das ging natürlich schnell vorüber, und wir waren alle bald wieder gute Freunde."

Obwohl Klein Dorrit bis jetzt keine Gelegenheit gehabt hatte, mit Mrs. Gowan zu sprechen, herrschte ein stilles Einverständnis zwischen ihnen, das so gut wie Worte war. Sie blickte Mrs. Gowan mit starkem und unvermindertem Interesse an; der Ton ihrer Stimme drang ihr ins Herz; nichts, was um sie herum war oder sie irgendwie betraf, entging Klein Dorrits Aufmerksamkeit. Sie nahm hier den geringsten Umstand viel rascher wahr als anderswo – mit einer einzigen Ausnahme.

„Ist es Ihnen seit jenem Abend gut gegangen?" fragte sie nun.

„Vollkommen. Und Ihnen?"

„Oh! Mir geht es immer gut", sagte Klein Dorrit schüchtern. „Ich . . . ja, danke."

Es gab keinen anderen Grund dafür, daß sie verwirrt wurde und abbrach, als daß Mrs. Gowan, während sie zu ihr sprach, ihre Hand berührt hatte und ihre Augen sich begegnet waren. Ein nachdenklicher, verständnisvoller Ausdruck in den großen sanften Augen hatte Klein Dorrit im Augenblick verstummen lassen.

„Sie wissen nicht, daß mein Mann große Stücke auf Sie hält und daß ich fast auf Sie eifersüchtig sein sollte?" fragte Mrs. Gowan.

Klein Dorrit schüttelte errötend den Kopf.

„Er wird Ihnen sagen, wenn er Ihnen dasselbe sagt, was er mir gesagt hat, daß Sie zuverlässiger und hilfsbereiter sind als irgendein Mensch, den er je gesehen hat."

„Er spricht viel zu gut von mir", sagte Klein Dorrit.

„Das bezweifle ich; aber ich zweifle gar nicht, daß ich ihm sagen muß, daß Sie hier sind. Er würde es mir nie verzeihen, wenn ich Sie – und Miss Dorrit – wieder gehen ließe, ohne das zu tun. Darf ich? Sie werden wohl die Unordnung und Unbequemlichkeit eines Malerateliers entschuldigen?“

Diese Fragen waren an Miss Fanny gerichtet, die gnädig antwortete, daß sie unendlich interessiert und entzückt sein werde. Mrs. Gowan öffnete eine Tür, steckte den Kopf in das andere Zimmer hinein und kam zurück.

„Machen Sie Henry das Vergnügen einzutreten“, sagte sie. „Ich wußte, daß er sich freuen würde!“

Das erste, worauf Klein Dorrit stieß, die zuerst eintrat, war Blandois aus Paris, der, in einem großen Mantel und mit einem in die Stirn gedrückten Schlapphut, auf einem Podest in einer Ecke stand, so wie er auf dem Großen St. Bernhard gestanden hatte, als die warnenden Wegweiser alle auf ihn gerichtet schienen. Sie wich vor ihm zurück, während er sie anlächelte.

„Haben Sie keine Angst“, sagte Gowan, der von seiner Staffelei hinter der Tür auf sie zukam. „Es ist nur Blandois, er hat heute Dienst als Modell. Ich mache eine Studie von ihm; ich spare Geld, wenn ich ihn nützlich verwende. Wir armen Maler haben keins übrig.“

Blandois aus Paris zog seinen Schlapphut und grüßte die Damen, ohne aus seiner Ecke herauszukommen.

„Bitte tausendmal um Verzeihung!“ sagte er. „Der Professor hier ist so streng zu mir, daß ich Angst habe, mich zu bewegen.“

„Bewegen Sie sich also nicht“, sagte Gowan kühl, während die Schwestern auf die Staffelei zutraten. „Lassen Sie die Damen wenigstens das Original der Kleckserei sehen, damit sie wissen, was sie bedeuten soll. Dort steht er, sehen Sie. Ein Bravo, der auf sein Opfer wartet, ein Edelmann, der sich anschickt, sein Vaterland zu retten, der Erzfeind, der darauf lauert, jemand etwas Böses zu tun, oder ein himmlischer Bote, der im Begriff ist, jemand etwas Gutes zu tun – wem sieht er Ihrer Meinung nach am ähnlichsten?“

„Sagen Sie, professore mio, ein armer Kavalier, der darauf brennt, der Eleganz und der Schönheit seine Huldigungen darzubringen“, bemerkte Blandois.

„Oder sagen Sie, cattivo soggetto mio“, erwiderte Gowan, während er an dem gemalten Gesicht dort, wo das wirkliche sich bewegt hatte, einen Pinselstrich tat, „ein Mörder nach der Tat. Zeigen Sie Ihre weiße Hand, Blandois. Strecken Sie sie aus dem Mantel hervor. Halten Sie sie still."

Blandois' Hand war unruhig; aber er lachte, und das mußte sie natürlich in Bewegung versetzen.

„Er hatte vorher ein Handgemenge mit einem anderen Mörder oder mit einem Opfer, wie Sie sehen", sagte Gowan, während er die Narben der Hand mit einem raschen, ungeduldigen, ungeschickten Pinselstrich auftrug, „und dies sind die Zeichen davon. Die Hand aus dem Mantel, Mann! Corpo di San Marco, wo haben Sie Ihre Gedanken!"

Blandois aus Paris lachte wieder, so daß seine Hand noch mehr zitterte; dann hob er sie, um damit seinen Schnurrbart zu streichen, der feucht zu sein schien; und endlich stand er mit ein wenig mehr Prahlerei als vorher in der gewünschten Haltung.

Er hatte sein Gesicht so gewandt, daß er Klein Dorrit, die neben der Staffelei stand, gerade anblicken mußte. Da sie erst einmal durch seine sonderbaren Augen fasziniert war, konnte sie ihre eigenen nicht abwenden, und sie hatten einander die ganze Zeit über angeblickt. Sie zitterte jetzt; Gowan, der es merkte und glaubte, daß sie vor dem großen Hund neben ihm, dessen Kopf sie mit ihrer Hand liebkoste und der gerade ein leises Knurren hatte vernehmen lassen, Angst hätte, blickte sie an und sagte:

„Er tut Ihnen nichts, Miss Dorrit."

„Ich fürchte mich nicht vor ihm", erwiderte sie sofort. „Aber wollen Sie nicht einmal nach ihm schauen?"

Im selben Augenblick hatte Gowan seinen Pinsel hingeworfen und den Hund mit beiden Händen am Halsband gepackt.

„Blandois! Wie können Sie so wahnsinnig sein, ihn zu reizen! Beim Himmel und dem anderen Ort, er wird Sie in Stücke reißen! Nieder, Lion! Hörst du mich, du Räuber!"

Der große Hund drängte, unbekümmert darum, daß ihn sein Halsband fast erstickte, mit dem ganzen Körper gegen seinen Herrn, entschlossen, an die andere Seite des Zimmers zu gelangen. Er hatte sich in dem Augenblick, als sein Herr ihn packte, zum Sprung niedergeduckt.

„Lion! Lion!“ Der Hund stand auf den Hinterbeinen, und Herr und Hund kämpften miteinander. „Gehen Sie hinaus! Nieder, Lion! Gehen Sie ihm aus den Augen! Was zum Teufel haben Sie in den Hund hineingehext?“

„Ich habe ihm nichts getan.“

„Gehen Sie ihm aus den Augen, sonst kann ich die Bestie nicht halten! Gehen Sie aus dem Zimmer! Bei meiner Seele, er wird Sie töten!“

Der Hund machte mit einem wütenden Gekläff nochmals eine Anstrengung, als Blandois verschwand; doch im Augenblick, als der Hund sich beruhigte, streckte ihn sein Herr, fast ebenso in Wut wie das Tier, mit einem Schlag auf den Kopf zu Boden, und als er nun über ihm stand, trat er ihn mehrmals heftig mit dem Absatz, so daß sein Maul bald blutig schäumte.

„Jetzt in die Ecke mit dir und leg dich“, schrie Gowan, „oder ich jage dich hinaus und schieße dich nieder.“

Lion tat, wie ihm geheißen war, und legte sich nieder, wobei er sich Maul und Brust leckte. Lions Herr hielt einen Augenblick inne, um Atem zu holen; dann wandte er sich wieder in seiner gewöhnlichen ruhigen Art an seine erschrockene Frau und ihre Besucher. Der ganze Vorgang hatte wohl kaum zwei Minuten gedauert.

„Komm, komm, Minnie! Du weißt, er ist immer gutmütig und fügsam. Blandois muß ihn gereizt haben – ihm Gesichter geschnitten haben. Der Hund hat seine Zuneigungen und Abneigungen, und für Blandois hat er nicht viel übrig; aber du wirst ihm das Zeugnis ausstellen, Minnie, daß er niemals vorher so gewesen ist wie eben jetzt.“

Minnie war zu verstört, um eine zusammenhängende Antwort zu geben; Klein Dorrit war bereits bemüht, sie

zu beruhigen; Fanny, die zwei- oder dreimal aufgeschrien hatte, hielt sich an Gowans Arm fest; Lion, tief beschämt, daß er ihnen diese Angst verursacht hatte, schleppte sich auf dem Boden entlang bis zu den Füßen seiner Herrin.

„Du wütende Bestie", schrie Gowan und trat ihn wieder mit dem Fuß, „du sollst das büßen", und trat ihn wieder und wieder.

„Oh, bitte, bestrafen Sie ihn nicht mehr!" rief Klein Dorrit. „Tun Sie ihm nicht weh. Sehen Sie, wie folgsam er ist!" Auf ihre Bitte hin ließ Gowan von ihm ab; und er verdiente ihre Fürsprache, denn er war wirklich so unterwürfig und reuig und elend, wie ein Hund nur sein konnte.

Es war nicht leicht, sich von diesem Schreck zu erholen und wieder einen unbefangenen Ton anzuschlagen, auch wenn Fanny selbst unter günstigeren Umständen nicht hinderlich gewesen wäre. Während der weiteren Unterhaltung, bevor die Schwestern sich verabschiedeten, glaubte Klein Dorrit zu beobachten, daß Mr. Gowan, so zärtlich er auch mit seiner Frau umging, sie zu sehr wie ein schönes Kind behandelte. Er schien die tiefen Gefühle, die, wie sie wußte, bei ihr unter der Oberfläche liegen mußten, so wenig zu ahnen, daß sie zweifelte, ob er selbst so tief fühlte. Sie fragte sich, ob sein Mangel an Ernst die natürliche Folge eines Mangels an Gefühl wäre und ob es mit den Menschen wie mit den Schiffen wäre, daß sie in zu seichten und felsigen Gewässern keinen Halt für ihre Anker finden und überallhin getrieben würden.

Er begleitete sie die Treppe hinunter, wobei er sich scherzhaft wegen des dürftigen Quartiers, auf das so arme Kerle wie er angewiesen seien, entschuldigte und bemerkte, daß, wenn die hochgestellten und mächtigen Barnacles, seine Verwandten, die sich dieses Quartiers sehr schämen würden, ihn mit einem besseren beschenkten, er ihnen zuliebe in einem besseren wohnen würde. Am Kanalufer trat ihnen Blandois entgegen, der nach seinem kürzlichen Abenteuer weiß genug aussah, aber nichtsdestoweniger darüber scherzte und bei der Erwähnung Lions lachte.

Während die beiden unter den dürftigen Weinranken an der Anlegestelle zurückblieben, Gowan Blätter in das Wasser streute und Blandois sich eine Zigarette anzündete, wurden die Schwestern in feierlichem Aufzug, wie sie gekommen waren, hinweggerudert. Sie waren noch nicht lange dahingeglitten, als Klein Dorrit gewahr wurde, daß Fanny ein auffälligeres Wesen zur Schau trug, als die Gelegenheit zu verlangen schien. Sie sah sich durch das Fenster und die offene Tür nach der Ursache dafür um und bemerkte eine andere Gondel, die ihnen offenbar folgte.

Da diese Gondel sich durch verschiedene geschickte Manöver in ihrer Nähe hielt, manchmal ihnen vorausfuhr und dann haltmachte, um sie vorbeizulassen, manchmal, wenn der Kanal breit genug war, an ihrer Seite entlangglitt und manchmal ihnen dicht hinterher folgte und da Fanny immer weniger verbarg, daß sie mit jemand, der darin saß, kokettierte, während sie sich zu gleicher Zeit den Anschein gab, als ob sie nichts von seiner Existenz wüßte, fragte Klein Dorrit schließlich, wer das sei.

Worauf Fanny kurz antwortete: „Dieser Dummkopf."

„Wer?" fragte Klein Dorrit.

„Mein liebes Kind", erwiderte Fanny (in einem Ton, aus dem herauszuhören war, daß sie vor dem Protest Ihres Onkels statt dessen „du kleine Närrin" gesagt hätte), „wie langsam du begreifst! Der junge Sparkler."

Sie ließ das Fenster an ihrer Seite herab, stützte nachlässig ihren Ellbogen darauf und lehnte sich zurück, während sie sich mit einem reichen, schwarzgoldenen spanischen Fächer fächelte. Da die andere Gondel wieder vorüberschoß, wobei für kurze Zeit ein Auge an dem Fenster sichtbar wurde, lachte Fanny kokett und sagte:

„Hast du schon je einen solchen Narren gesehen, mein Liebling?"

„Glaubst du, er beabsichtigt, dir auf dem ganzen Weg zu folgen?“ fragte Klein Dorrit.

„Mein gutes Kind“, erwiderte Fanny, „ich kann wirklich nicht dafür einstehen, wessen ein Idiot im Verzweiflungszustand fähig ist, aber ich halte es für höchstwahrscheinlich. Es ist ja nicht so weit. Ganz Venedig wäre ihm kaum zu weit, denke ich, wenn er mich um sein Leben gern sehen möchte.“

„Und möchte er das?“ fragte Klein Dorrit in aller Unschuld.

„Nun, mein Liebling, das ist wirklich eine Frage, die *ich* dir schwer beantworten kann“, sagte ihre Schwester, „ich glaube, er möchte es. Frage einmal Edward. Er hat vor Edward, soviel ich weiß, etwas davon verlauten lassen. Ich höre, daß er im Kasino und an derartigen Orten den Leuten geradezu ein Schauspiel bietet, weil er in einem fort von mir schwärmt. Aber frage lieber Edward, wenn du etwas erfahren willst.“

„Es wundert mich, daß er uns keinen Besuch macht“, sagte Klein Dorrit, nachdem sie einen Augenblick nachgedacht hatte.

„Meine liebe Amy, du wirst dich bald nicht mehr wundern, wenn ich richtig informiert bin. Es würde mich durchaus nicht überraschen, wenn er uns heute einen Besuch machte. Der arme Kerl hat nur so lange gezögert, bis er seinen Mut zusammengenommen hatte, denke ich.“

„Wirst du ihn empfangen?“

„Wirklich, mein Liebling“, sagte Fanny, „das wird sich nachher zeigen. Hier ist er wieder. Sieh ihn dir an. O du Einfaltspinsel!“

Mr. Sparkler bot allerdings einen kläglichen Anblick; sein Auge im Fenster wirkte wie ein Fehler im Glas, und seine Gondel plötzlich halten zu lassen, gab es auf Erden keinen Grund außer dem wirklichen.

„Wenn du mich fragst, ob ich ihn empfangen will, mein liebes Kind“, sagte Fanny, der die anmutig-nachlässige Haltung fast ebensogut gelang wie Mrs. Merdle, „was denkst du darüber?“

„Ich denke“, sagte Klein Dorrit, „ich denke, ich meine ... was denkst du selbst, liebe Fanny?“

Fanny lachte wieder in einer gleichzeitig herablassenden, freundlichen und koketten Weise und sagte, während sie mit scherzender Zärtlichkeit den Arm um ihre Schwester schlang:

„Nun sage mir, mein kleiner Liebling, als wir dieses Weib in Martigny trafen, wie, glaubst du, hat sie sich aus der Affäre gezogen? Sahst du, was sie im Augenblick bei sich beschloß?“

„Nein, Fanny!“

„Dann will ich es dir sagen, Amy. Sie nahm sich vor, ich will niemals auf jenes Zusammentreffen unter jenen ganz anderen Umständen zurückkommen, und ich will mir niemals anmerken lassen, daß ich eine Ahnung davon habe, daß dies dieselben Mädchen sind. Das ist *ihre* Art, sich aus der schwierigen Lage zu ziehen. Was sagte ich dir damals, als wir aus der Harley Street nach Hause gingen? Sie ist so unverschämt und falsch wie nur irgendeine Frau in der Welt. Aber was die erste Eigenschaft angeht, mein Liebling, so kann sie Leute treffen, die ihr gewachsen sind.“

Eine bezeichnende Bewegung des spanischen Fächers gegen Fannys Brust gab höchst ausdrucksvoll zu verstehen, wo eine solche Person zu finden sei.

„Und nicht nur das“, fuhr Fanny fort, „sie schärft auch dem jungen Sparkler ein, sich ebenso zu verhalten, und läßt ihn mir nicht folgen, bis sie es in diese lächerlichste aller lächerlichen Hohltrommeln (denn man kann es wirklich nicht einen Kopf nennen) eingehämmert hat, daß er sich den Anschein zu geben habe, er habe mich in jenem Gasthof zum erstenmal erblickt.“

„Weshalb?“ fragte Klein Dorrit.

„Weshalb? Du lieber Himmel, mein Liebling!“ (Wieder sehr in einem Ton, als ob sie „du dummes kleines Ding“ sagen wollte.) „Wie kannst du so fragen? Verstehst du nicht, daß ich jetzt eine wünschenswerte Partie für ihren Dummkopf geworden bin? Und verstehst du nicht, daß, während sie die Sache von ihren Schultern abwälzt (sehr schöne Schultern übrigens, das muß ich sagen)", bemerkte Miss Fanny, während sie wohlgefällig ihre eigene Gestalt betrachtete, „sie sich gleichzeitig uns gegenüber den Anschein gibt, als ob sie unsere Gefühle schonte?"

„Aber wir können immer zur Wahrheit zurückkehren."

„Ja, aber mit deiner Erlaubnis werden wir das nicht tun", sagte Fanny. „Nein, das will ich nicht dulden, Amy. Es ist nicht unsere Vorspiegelung, es ist ihre, und sie soll davon haben, soviel sie will."

In dem triumphierenden Jubel ihrer Gefühle drückte Miss Fanny, während sie mit der einen Hand ihren spanischen Fächer handhabte, mit der anderen ihre Schwester an sich, als ob sie Mrs. Merdle zerquetschte.

„Nein", wiederholte Fanny. „Sie soll mich auf ihrem Weg finden. Sie hat ihn eingeschlagen, und ich will ihr darauf folgen. Und wenn das Glück mir günstig ist, will ich mit diesem Weib so nahe bekannt werden, bis ich ihrem Mädchen vor ihren Augen Sachen von meiner Schneiderin schenken werde, die zehnmal so schön und kostbar sind wie diejenigen, die sie mir einst von ihrer Schneiderin gab!"

Klein Dorrit schwieg; sie fühlte, daß sie in bezug auf jede Frage hinsichtlich der Familienwürde nicht gehört werden würde, und sie wollte auch nicht die erst vor kurzem und unerwartet wiedergewonnene Gunst ihrer Schwester verlieren. Sie konnte ihr nicht zustimmen, aber sie wollte auch nichts sagen. Fanny wußte ganz gut, woran sie dachte, so gut, daß sie sie bald fragte.

Ihre Antwort war: „Beabsichtigst du, Mr. Sparkler zu ermutigen, Fanny?"

„Ihn ermutigen, mein liebes Kind?" sagte ihre Schwester mit einem verächtlichen Lächeln. „Das hängt davon ab, was du ermutigen nennst. Nein, ich beabsichtige nicht, ihn zu ermutigen. Aber ich will ihn zu meinem Sklaven machen."

Klein Dorrit blickte ihr ernsthaft und sorgenvoll ins Gesicht, aber Fanny war dadurch nicht zu erschüttern.

Sie faltete ihren schwarzgoldenen Fächer zusammen, um damit ihre Schwester auf die Nase zu tippen, mit der Miene einer stolzen Schönheit und klugen Weltdame, die sich scherzend mit einer bescheidenen Gefährtin einläßt und ihr Lehren erteilt.

„Ich werde ihn springen und laufen lassen und werde ihn mir unterwerfen. Und wenn ich mir nicht auch seine Mutter unterwerfe, so soll das nicht meine Schuld sein."

„Glaubst du – liebe Fanny, sei nicht böse, wir sind jetzt so vertraut miteinander –, daß du auch voraussehen kannst, wie die Sache enden wird?"

„Ich kann nicht sagen, daß ich bis jetzt an das Ende gedacht habe, mein liebes Kind", antwortete Fanny mit erhabener Gleichgültigkeit. „Alles zu seiner Zeit. Dies sind meine Absichten. Und wirklich, ich habe so lange gebraucht, sie zu entwickeln, daß wir bereits zu Hause angelangt sind. Und da ist auch der junge Sparkler an der Tür und fragt, ob jemand zu Hause ist. Durch bloßen Zufall natürlich!"

Tatsächlich stand der verliebte Jüngling mit dem Visitenkartentäschchen in der Hand in seiner Gondel und gab sich den Anschein, eine Frage an einen Diener zu richten. Dies Zusammentreffen von Umständen führte dazu, daß er sich unmittelbar darauf vor den Damen in einer Stellung präsentierte, die in alten Zeiten als unglückliche Vorbedeutung für seine Werbung erschienen wäre. Die Gondelführer der jungen Damen, die durch das Wettfahren etwas aus der Ruhe gekommen waren, brachten nämlich ihr Boot ein wenig in Kollision mit dem von Mr. Sparkler, so daß dieser Herr wie ein großer Kegel umgestoßen wurde und dem Gegenstand seiner sehnlichsten Wünsche den Anblick seiner Schuhsohlen darbot, während der edlere Teil seiner Glieder auf dem Boden der Gondel in den Armen eines seiner Diener zappelte.

Da sich jedoch Miss Fanny voller Besorgnis erkundigte, ob der Herr verletzt sei, erhob sich Mr. Sparkler, schneller wiederhergestellt, als man hätte erwarten können, und stammelte errötend: „Durchaus nicht." Miss

Fanny erinnerte sich nicht daran, ihn je gesehen zu haben, und ging mit einem kühlen Kopfnicken weiter, als er seinen Namen nannte. Selbst dann war sie nicht imstande, sich an ihn zu erinnern, bis er erklärte, daß er die Ehre gehabt habe, sie in Martigny zu sehen. Da erst erinnerte sie sich seiner und hoffte, daß es seiner Frau Mutter gut gehe.

„Danke sehr", stammelte Mr. Sparkler, „es geht ihr ungewöhnlich gut – das heißt so einigermaßen."

„In Venedig?" fragte Miss Fanny.

„In Rom", antwortete Mr. Sparkler. „Ich bin allein hier, allein. Ich bin gekommen, um Mr. Edward Dorrit zu besuchen und auch Mr. Dorrit, in Wirklichkeit die ganze Familie."

Miss Fanny wandte sich gnädig den Dienern zu und fragte, ob ihr Papa oder ihr Bruder zu Hause seien. Da ihr geantwortet wurde, beide Herren seien zu Hause, bot ihr Mr. Sparkler unterwürfig den Arm. Miss Fanny nahm ihn und wurde von Mr. Sparkler die große Treppe hinaufgeleitet, der sich, wenn er noch glaubte (woran nicht zu zweifeln ist), daß sie keinen Unsinn an sich habe, stark im Irrtum befand.

Als sie in einem muffigen Empfangszimmer angekommen waren, wo die verschossenen dunkelgrünen Tapeten so abgenutzt waren, daß sie wie Verwandte des Seetangs aussahen, der unten am Fenster vorbeigetrieben wurde oder an den Mauern hing und um seine eingeschlossenen Verwandten weinte, schickte Miss Fanny Boten nach ihrem Vater und ihrem Bruder aus. Bis diese kamen, saß sie in der anmutigsten Haltung auf einem Sofa und eroberte Sparkler vollends mit einigen Bemerkungen über Dante – der diesem Gentleman als ein exzentrischer alter Herr, irgendein Schlaufuchs, bekannt war, der Blätter um seinen Kopf wand und zu irgendeinem unerfindlichen Zweck vor dem Dom in Florenz auf einem Stuhl saß.

Mr. Dorrit hieß den Besucher mit der größten Höflichkeit und seinen besten Manieren willkommen. Er erkundigte sich nach Mr. und Mrs. Merdle. Mr. Sparkler sagte oder vielmehr preßte aus sich heraus, wobei er sich an den Hemdkragen faßte, daß Mrs. Merdle, die ihren Landsitz und ebenso ihr Haus in Brighton vollkommen satt bekommen hatte und natürlich, verstehen Sie, nicht in London bleiben konnte, wenn keine Seele mehr dort war, und die sich dieses Jahr nicht ganz dazu aufgelegt fühlte, sich von Leuten einladen zu lassen, beschlossen habe, einmal nach Rom zu gehen, wo eine Frau wie sie, mit einer sprichwörtlich schönen Erscheinung und keinem Unsinn an sich, nicht verfehlen konnte, eine große Errungenschaft für die Gesellschaft zu sein. Was Mr. Merdle anging, so wurde er von den Leuten in der City und an anderen derartigen Orten so sehr gebraucht und war ein so außerordentliches Phänomen von einem Geschäftsmann, daß Mr. Sparkler zweifelte, ob das Finanzsystem des Landes ihn zeitweise entbehren könnte; obwohl Mr. Sparkler kein Hehl daraus machte, daß seine Arbeit ihm gelegentlich über den Kopf wachse und daß es ihm guttun würde, einmal in einer ganz neuen Gegend und einem ganz anderen Klima auszuspannen. Was ihn selbst anging, so ließ Mr. Sparkler die Familie Dorrit wissen, daß er in einer ziemlich wichtigen Angelegenheit überall hinreiste, wo sie hinreisten.

Diese ungeheure Redeleistung brauchte Zeit, aber sie wurde vollbracht. Nachdem sie vollbracht war, gab Mr. Dorrit seiner Hoffnung Ausdruck, daß Mr. Sparkler in Kürze zum Diner wiedererscheinen werde. Mr. Sparkler nahm den Vorschlag so freudig an, daß Mr. Dorrit ihn fragte, was er zum Beispiel an diesem Tage vorhabe. Da er nichts vorhatte (seine gewöhnliche Beschäftigung, für die er besonders befähigt war), wurde er unverzüglich mit Beschlag belegt, wobei er sich außerdem verpflichten mußte, die Damen abends in die Oper zu begleiten.

Zur Dinerzeit tauchte Mr. Sparkler wie der Sohn der Venus auf den Spuren seiner Mutter aus dem Wasser empor und stieg in vollem Wichs die große Treppe hinauf. Wenn Fanny am Vormittag bezaubernd gewesen war, erschien sie jetzt dreifach bezaubernd, sehr anmutig in die Farben gekleidet, die ihr am besten standen, und mit einer nachlässig graziösen Haltung, die Mr. Sparklers Fesseln verdoppelte und sie festnietete.

„Ich höre, Mr. Sparkler“, sagte sein Gastgeber beim Diner, „Sie sind mit – ha – Mr. Gowan bekannt. Mr. Henry Gowan.“

„Ganz richtig, Sir“, erwiderte Mr. Sparkler. „Seine Mutter und meine Mutter sind Busenfreundinnen, tatsächlich.“

„Wenn ich daran gedacht hätte, Amy“, sagte Mr. Dorrit mit einer Miene so erhabener Gönnerschaft wie Lord Decimus selbst, „so hättest du ihnen einen Brief schikken und sie zum Diner einladen können. Ein paar unserer Leute hätten sie – abholen und wieder nach Hause bringen können. Wir hätten eine – hm – Gondel für diesen Zweck entbehren können. Es tut mir leid, daß ich es vergessen habe. Bitte erinnere mich morgen daran.“

Klein Dorrit war nicht ohne Bedenken, wie Mr. Henry Gowan ihre Gönnerschaft aufnehmen würde; aber sie versprach, nicht zu versäumen, ihren Vater daran zu erinnern.

„Bitte, malt Mr. Henry Gowan – ha – Porträts?“ fragte Mr. Dorrit.

Mr. Sparkler meinte, daß er alles male, was man ihm auftrug.

„Er hat kein besonderes Feld?“ fragte Mr. Dorrit.

Mr. Sparkler, den die Liebe geistreich machte, erwiderte, daß ein Mann für ein besonderes Feld ein Paar besondere Schuhe haben müsse, zum Beispiel beim Schießen Schießschuhe, beim Kricket Kricketschuhe. Wohingegen er glaube, daß Henry Gowan kein besonderes Paar Schuhe habe.

„Keine Spezialität?“ fragte Mr. Dorrit.

Da dies ein langes Wort für Mr. Sparkler war und sein Geist von der gehabten Anstrengung erschöpft war, antwortete er: „Nein, danke, ich nehme nur selten davon.“

„Nun“, sagte Mr. Dorrit, „es würde mir sehr angenehm sein, einem Herrn mit solchen Verbindungen meinen – ha – Wunsch zu bezeigen, seine Interessen zu fördern und die Keime seines Talentes zu entwickeln. Ich denke, ich sollte Mr. Gowan auffordern, ein Bild von mir zu malen. Wenn das Ergebnis – ha – beiderseits zufriedenstellend ausfällt, so könnte ich ihn später auffordern, seine Hand an meiner ganzen Familie zu versuchen."

Mr. Sparkler kam der hervorragend kühne und originelle Gedanke, daß hier eine passende Gelegenheit wäre, zu bemerken, es gebe einige Mitglieder der Familie (mit besonderem Nachdruck auf „einige"), denen kein Maler Gerechtigkeit widerfahren lassen könnte. Aber aus Mangel an Worten, diesem Gedanken Ausdruck zu geben, ließ er denselben in den Himmel zurückfahren.

Das war um so bedauerlicher, als Miss Fanny den Gedanken des Porträts sehr beifällig aufnahm und ihren Papa drängte, ihn in die Tat umzusetzen. Sie vermute, sagte sie, daß Mr. Gowan bessere und vornehmere Möglichkeiten verloren habe, als er seine hübsche Frau heiratete; und Liebe in einer Hütte, die um des lieben Brotes willen Bilder malt, sei so wunderbar interessant, daß sie ihren Papa bitte, ihm den Auftrag zu geben, ob er nun ein Bild ähnlich malen könne oder nicht; obwohl sie und Amy wohl wüßten, daß er es könne, da sie am heutigen Tage ein sprechend ähnliches Bildnis auf seiner Staffelei gesehen und Gelegenheit gehabt hätten, es mit dem Original zu vergleichen. Diese Bemerkungen brachten Mr. Sparkler (wie sie es vielleicht auch tun sollten) fast um den Verstand; denn während sie einerseits bewiesen, daß Miss Fanny Verständnis für die zarten Gefühle des Herzens hatte, zeigte sie sich selbst in aller Unschuld seiner Bewunderung so wenig bewußt, daß ihm die Augen vor Eifersucht auf einen unbekannten Nebenbuhler aus dem Kopf traten.

Nach dem Diner stiegen sie wieder zum Wasser nieder, an der Opernhaustreppe wieder daraus hervor, wobei einer ihrer Gondolieri mit einer großen Laterne wie ein dienender Triton vor ihnen her ging, und betraten ihre Loge. Für Mr. Sparkler brach ein Abend der Todesqual an. Da das Theater dunkel und die Loge erleuchtet war, kamen verschiedene Besucher während der Vorstellung herein. Fanny hatte so viel Interesse für diese Besucher und war so reizend anzusehen, während sie sich vertraulich ein wenig mit ihnen unterhielt oder darum stritt, wer die Leute in den gegenüberliegenden Logen seien, daß der unglückselige Sparkler die ganze Menschheit zu hassen begann. Aber am Ende der Vorstellung wurde ihm ein zweifacher Trost zuteil. Sie gab ihm ihren Fächer zu halten, während sie sich in ihren Mantel hüllte, und es war sein glückseliges Vorrecht, sie an seinem Arm wieder die Treppe hinabzuführen. Diese Brosamen von Ermutigung, dachte Mr. Sparkler, würden ihn ausharren lassen; und es ist nicht ausgeschlossen, daß Miss Dorrit dasselbe dachte.

Der Triton mit der Laterne wartete an der Logentür, und andere Tritonen mit anderen Laternen warteten an anderen Türen. Der Dorrit-Triton senkte seine Laterne tief, um die Stufen zu beleuchten, und Mr. Sparkler fügte eine neue schwere Kette zu seinen vorigen hinzu, als er ihre Füßchen neben sich die Stufen hinuntertrippeln sah. Unter den Müßiggängern vor der Tür war Blandois aus Paris. Er trat neben Fanny und sprach sie an.

Klein Dorrit war mit ihrem Bruder und Mrs. General vorausgegangen (Mr. Dorrit war zu Hause geblieben), aber am Uferkai kamen sie alle zusammen. Sie fuhr auf, als sie Blandois dicht neben sich entdeckte, wie er Fanny ins Boot half.

„Gowan hat einen Verlust erlitten“, sagte er, „seitdem er heute das Glück eines Besuches schöner Damen gehabt hat.“

„Einen Verlust?“ wiederholte Fanny, während sie, von dem nun einsamen Sparkler allein gelassen, ihren Sitz einnahm.

„Einen Verlust“, sagte Blandois. „Sein Hund Lion.“

Klein Dorrits Hand lag in der seinigen, als er fortfuhr.

„Er ist tot“, sagte Blandois.

„Tot?, echote Klein Dorrit. „Das edle Tier?“

„In der Tat, meine verehrten Damen!“ sagte Blandois, lächelnd seine Achseln zuckend. „Jemand hat dieses edle Tier vergiftet, er ist so tot wie die Dogen.“

## *7. Kapitel*

### Meistens Prünellen und Prisma

Mrs. General, die immer auf ihrem Kutschbock saß und den Anstand gehörig zusammenhielt, bemühte sich, ihrer sehr teuren jungen Freundin eine Oberfläche beizubringen, und Mrs. Generals sehr teure junge Freundin gab sich die größte Mühe, sie anzunehmen. Soviel Mühe sie sich auch in ihrem arbeitsamen Leben gegeben hatte, um mancherlei Ziele zu erreichen, noch niemals hatte sie sich eifriger angestrengt als jetzt, von Mrs. General lackiert zu werden. Es machte sie zwar ängstlich und unsicher, von dieser glättenden Hand bearbeitet zu werden, aber sie unterwarf sich den Ansprüchen der Familie im Glück ebenso, wie sie sich den Ansprüchen der Familie im Unglück unterworfen hatte, und gab in der Sache ebensowenig ihren eigenen Neigungen nach, wie sie in früheren Tagen ihrem Hunger nachgegeben hatte, als sie ihr Mittagessen aufbewahrte, damit ihr Vater sein Abendbrot erhielt.

Ein Trost, den sie während dieser ganzen Zeit hatte, war für sie ermutigender und machte sie dankbarer, als einem weniger aufopferungsreichen und liebevollen Gemüt, das nicht an ihre Kämpfe und ihre Opfer gewöhnt war, vernünftig erschienen wäre; und man kann in der Tat oft im Leben beobachten, daß Charaktere wie Klein Dorrit nicht halb so sorgfältig auf Vernunftgründe zu achten pflegen wie jene Leute, die damit fertig werden. Die anhaltende Freundlichkeit ihrer Schwester war dieser Trost für Klein Dorrit. Sie nahm keinen Anstoß daran, daß diese Freundlichkeit die Form nachsichtiger

Gönnerschaft bekam; daran war sie gewöhnt. Sie nahm auch keinen Anstoß daran, daß sie dadurch in einer abhängigen Stellung gehalten wurde, wobei sie als Dienerin dem glänzenden Wagen folgte, auf dem Miss Fanny auf erhabenem Sitz anbetungheischend saß. Sie wünschte sich keinen besseren Platz. Stets voller Bewunderung für Fannys Schönheit und Anmut und Gewandtheit, gab sie ihr alle schwesterliche Zärtlichkeit, die ihr großes Herz hatte, ohne sich dabei zu fragen, wieviel von ihrer herzlichen Zuneigung für Fanny ihrem eigenen Herzen und wieviel Fannys Herzen zuzuschreiben war.

Die beträchtliche Menge Prünellen und Prisma, mit der Mrs. General das Familienleben füllte, zusammen mit Fannys Neigung, fortwährend in Gesellschaft zu gehen, ließ nur einen sehr kleinen Rest natürlichen Bodensatzes in der Mischung. Das machte vertrauliche Unterhaltungen mit Fanny für Klein Dorrit doppelt wertvoll und erhöhte die Freude, die sie ihr gewährten.

„Amy“, sagte Fanny eines Abends zu ihr, als sie allein waren, nach einem so angestrengten Tag, daß Klein Dorrit ganz erschöpft war, obwohl Fanny mit dem größten Vergnügen noch einmal in einer Gesellschaft untergetaucht wäre, „ich will dir etwas in dein Köpfchen zu bringen suchen. Du wirst nicht erraten, was es ist, glaube ich.“

„Voraussichtlich nicht, liebe Fanny“, sagte Klein Dorrit.

„Hör zu, ich will dir einen Anhaltspunkt geben, Kind“, sagte Fanny. „Mrs. General.“

Da es Prünellen und Prisma in tausenderlei Kombinationen den ganzen Tag bis zum Überdruß gegeben hatte – alles war nur Oberfläche und Lack und inhaltsleerer Schein gewesen –, machte Klein Dorrit ein Gesicht, als ob sie gehofft hätte, daß Mrs. General schon seit einigen Stunden sicher im Bett läge.

„Kannst du es jetzt erraten, Amy?“ fragte Fanny.

„Nein, liebe Fanny. Wenn ich vielleicht nicht etwas begangen habe“, sagte Klein Dorrit beunruhigt, womit sie etwas meinte, was geeignet gewesen wäre, einen Riß im Lack oder eine Rauheit an der Oberfläche hervorzurufen.

Fanny amüsierte sich so herzlich über diese Befürchtung, daß sie ihren Lieblingsfächer in die Hand nahm (sie saß gerade vor ihrem Toilettentisch mit einem ganzen Arsenal von grausamen Instrumenten um sich herum, an denen zum größten Teil das Herzblut Sparklers klebte) und ihre Schwester mehrmals damit auf die Nase tippte, wobei sie anhaltend lachte.

„Oh, unsere Amy!" rief Fanny. „Was für ein schüchternes kleines Gänschen unsere Amy ist! Aber dabei gibt es nichts zu lachen. Im Gegenteil, ich bin sehr ärgerlich, mein liebes Kind."

„Da du es nicht meinetwegen bist, Fanny, macht es mir keine Sorge", erwiderte ihre Schwester lächelnd.

„Ah! Aber mir macht es Sorge", sagte Fanny, „und es wird dir ebenso ergehen, Liebling, wenn ich es dir erkläre. Amy, ist es dir niemals aufgefallen, daß jemand kolossal höflich zu Mrs. General ist?"

„Jedermann ist höflich zu Mrs. General", sagte Klein Dorrit. „Weil . . ."

„Weil sie einen durch ihr eisiges Wesen dazu zwingt?" unterbrach Fanny. „Das meine ich nicht; ganz im Gegenteil. Sprich, Amy, ist es dir niemals aufgefallen, daß Pa kolossal höflich zu Mrs. General ist?"

Amy murmelte ganz fassungslos: „Nein."

„Nein; natürlich nicht. Aber er ist es", sagte Fanny. „Er ist es, Amy. Und denke an meine Worte. Mrs. General hat Absichten auf Pa."

„Liebe Fanny, hältst du es für möglich, daß Mrs. General Absichten auf irgend jemand hat?"

„Ob ich es für möglich halte?" erwiderte Fanny. „Mein Liebling, ich weiß es. Ich sage dir, sie hat Absichten auf Pa. Und mehr als das, ich sage dir, Pa sieht in ihr solch ein Wunder, solch ein Muster an Vollkommenheit und einen so wertvollen Erwerb für unsere Familie, daß er bereit ist, sich jeden Augenblick vollkommen in sie zu vernarren. Und das eröffnet uns liebliche Aussichten! Stelle dir mich vor mit Mrs. General als Mama!"

Klein Dorrit erwiderte nicht: Stelle dir mich vor mit Mrs. General als Mama; aber sie sah besorgt aus und fragte ernsthaft, wie Fanny zu dieser Annahme gekommen sei.

„Du lieber Gott, mein Kind“, sagte Fanny scharf, „du könntest mich ebensogut fragen, woher ich es weiß, wenn ich einem Mann gefalle! Aber doch weiß ich es. Es geschieht ziemlich häufig; aber ich weiß es stets. Ich weiß das hier ungefähr auf dieselbe Art, glaube ich. Auf jeden Fall weiß ich es.“

„Hast du denn Papa etwas sagen hören?“

„Etwas sagen hören?“ wiederholte Fanny. „Mein liebstes, teuerstes Kind, weshalb hätte er denn bisher etwas sagen sollen?“

„Und hast du denn Mrs. General etwas sagen hören?“

„Du lieber Gott, Amy“, erwiderte Fanny, „ist sie denn die Frau dazu, etwas zu sagen? Ist es nicht vollkommen klar, daß sie im Augenblick nichts zu tun hat, als sich geradezuhalten, stets ihre unausstehlichen Handschuhe anzuhaben und großartig umherzurauschen? Etwas sagen! Wenn sie das Trumpf-As beim Whist in der Hand hätte, würde sie auch nichts sagen, Kind. Es würde sich zeigen, wenn sie es ausspielte.“

„Immerhin kannst du dich täuschen, Fanny. Wäre das nicht möglich?“

„O ja, es wäre möglich“, sagte Fanny, „aber es ist nicht der Fall. Jedoch freut es mich, daß du an einen solchen Ausweg denken kannst, mein liebes Kind, und es freut mich, daß du es im Augenblick mit genug Ruhe nehmen kannst, um an eine solche Möglichkeit zu denken. Es läßt mich hoffen, daß du imstande sein wirst, diese Verwandtschaft zu ertragen. Ich wäre nicht imstande, sie zu ertragen, und ich würde es gar nicht erst versuchen. Ich würde eher den jungen Sparkler heiraten.“

„Oh, du würdest ihn niemals heiraten, Fanny, unter keinen Umständen.“

„Auf Ehrenwort, mein liebes Kind“, erwiderte die junge Dame mit der größten Gleichgültigkeit, „ich könnte mich selbst dafür nicht mit Sicherheit verbürgen. Man kann nicht wissen, was geschehen kann. Besonders, da ich nachher Gelegenheit genug hätte, dieses Weib, seine Mutter, in ihrer eigenen Weise zu behandeln. Was ich mir sicherlich nicht entgehen lassen würde, Amy."

Es wurde an jenem Abend nichts weiter zwischen den Schwestern gesprochen; aber das, was gesprochen worden war, bewirkte, daß Mrs. General und Mr. Sparkler für Klein Dorrit sehr wichtige Personen wurden, und sie dachte von nun an sehr viel an die beiden.

Da Mrs. General schon vor langer Zeit ihre eigene Oberfläche so vollkommen gebildet hatte, daß sie alles verbarg, was sich darunter bewegte (vorausgesetzt, daß etwas darunter war), so konnte man aus dieser Richtung nichts wahrnehmen. Mr. Dorrit war zweifellos sehr höflich gegen sie und hatte eine hohe Meinung von ihr; aber Fanny, die bei den meisten Begebenheiten impulsiv war, konnte sich deshalb doch leicht getäuscht haben. Wohingegen zum Unterschied zu der Angelegenheit mit Sparkler jeder sehen konnte, was da vorging, und Klein Dorrit sah es und dachte mit viel Verwunderung und Sorge darüber nach.

Mr. Sparkler war ebensosehr verliebt, wie die Herrin seines Herzens launisch und grausam war. Bisweilen zeichnete sie ihn durch solche Aufmerksamkeit aus, daß er vor Freude laut kicherte; am nächsten Tag oder in der nächsten Stunde übersah sie ihn so vollständig und ließ ihn in einen Abgrund von Dunkelheit sinken, daß er unter der schwachen Vorspiegelung, zu husten, aufstöhnte. Seine Treue und Beständigkeit rührten Fanny niemals, obgleich er dabei so unzertrennlich an Edward hing, daß dieser Herr sich, wenn er einmal andere Gesellschaft wünschte, wie ein Verschwörer in verdeckten Booten und durch die Geheimpforten und auf Seitenkanälen davonstehlen mußte; obgleich er so eifrig besorgt war, zu erfahren, wie es Mr. Dorrit ging, daß er jeden zweiten Tag nach ihm fragte, als ob Mr. Dorrit am Wechselfieber litte; obgleich er sich so unablässig vor ihren Vorderfenstern auf und ab rudern ließ, daß man denken konnte, er hätte eine hohe Wette abgeschlossen, tausend Meilen in tausend Stunden zu fahren; obgleich stets, wenn die Gondel seiner Herrin von der Tür abstieß, die Gondel Mr. Sparklers aus irgendeinem wäßrigen Hinterhalt hervorschoß und Fannys Gondel verfolgte, als ob sie eine schöne Schmugglerin und er ein Zollbeamter wäre. Wahrscheinlich war es eine Folge von so viel Aufenthalt in der frischen Seeluft, daß sich Mr. Sparklers Konstitution kräftigte und er sich körperlich nicht abzehrte; aber was auch immer der Grund dafür war, er hatte wenig Aussicht, seine Herrin durch ein schmachtendes Aussehen zu rühren, da er jeden Tag schwerfälliger wurde, und diese Eigentümlichkeit seines Aussehens, die ihn eher wie einen geschwollenen Knaben denn als einen jungen Mann erscheinen ließ, entwickelte sich zu einem außerordentlichen Grad rötlicher Aufgeblasenheit.

Als Blandois vorsprach, um seine Aufwartung zu machen, empfing ihn Mr. Dorrit als einen Freund Mr. Gowans mit Freundlichkeit und erwähnte ihm gegenüber, sich von Mr. Gowan der Nachwelt überliefern zu lassen. Da Blandois diesen Plan sehr lobte, kam Mr. Dorrit auf den Gedanken, daß Blandois vielleicht so freundlich sein könnte, seinem Freund das große Glück mitzuteilen, das ihm bevorstand. Blandois nahm den Auftrag mit der ihm eigenen Liebenswürdigkeit an und schwor, er werde ihn ausführen, bevor er eine Stunde älter geworden sei. Als er Gowan die Neuigkeit mitteilte, wünschte dieser Meister mit der größten Freigebigkeit Mr. Dorrit etwa ein dutzendmal zum Teufel (denn er nahm Gönnerschaft fast ebenso übel, wie er den Mangel daran übelnahm) und war geneigt, sich mit seinem Freund zu streiten, weil er ihm die Botschaft überbracht hatte.

„Es mag an meinem Mangel an geistigem Scharfblick liegen, Blandois“, sagte er, „aber ich will sterben, wenn ich merke, was Sie damit zu tun haben.“

„Der Teufel hole mich“, erwiderte Blandois, „ich

auch, wenn ich nicht gedacht habe, meinem Freund einen Dienst damit zu erweisen."

„Indem Sie den Sold eines Emporkömmlings in seine Tasche leiten!" rief Gowan stirnrunzelnd. „Meinen Sie das? Sagen Sie Ihrem anderen Freund, daß er seinen Kopf für das Schild eines Gasthauses malen lassen und sich einen Schildermaler dafür nehmen soll. Wer bin ich, und wer ist er?"

„Professore", erwiderte der Abgesandte, „und wer ist Blandois?"

Ohne für die letzte Frage irgendein Interesse an den Tag zu legen, pfiff Gowan übellaunig auf Mr. Dorrit. Aber am nächsten Tag nahm er die Sache wieder auf, indem er in seiner leichten Art und mit einem spöttischen Lächeln sagte: „Nun, Blandois, wann sollen wir zu diesem Ihrem Maecenas gehen? Wir Tagelöhner müssen die Arbeit annehmen, wenn wir sie bekommen können. Wann sollen wir uns an diese Arbeit machen?"

„Wann Sie wollen", sagte der beleidigte Blandois, „wie es Ihnen beliebt. Was habe ich damit zu tun? Was gilt das mir?"

„Ich kann Ihnen sagen, was es mir gilt", sagte Gowan. „Brot und Butter. Man muß essen! Also kommen Sie mit, mein Blandois."

Mr. Dorrit empfing sie in Anwesenheit seiner Töchter und Mr. Sparklers, der durch einen merkwürdigen Zufall gerade zu Besuch war. „Wie geht es Ihnen, Sparkler?" fragte Gowan nachlässig. „Wenn Sie sich mit Ihrem Mutterwitz durchschlagen müssen, alter Junge, so hoffe ich, daß es Ihnen besser geht als mir."

Mr. Dorrit kam dann auf seinen Vorschlag zu sprechen. „Sir", sagte Gowan lachend, nachdem er ihn gnädig genug aufgenommen hatte, „ich bin ein Neuling im Geschäft und nicht in seinen Schlichen bewandert. Ich glaube, ich sollte Sie jetzt von verschiedenen Seiten aus betrachten, sollte Ihnen dann sagen, Sie seien ein prachtvolles Sujet, und hierauf überlegen, wann ich genügend Zeit hätte, mich mit der nötigen Begeisterung dem schönen Gemälde zu widmen, das ich von Ihnen zu machen gedenke. Ich versichere Ihnen", und er lachte wieder, „ich komme mir geradezu wie ein Verräter in dem Lager dieser lieben, begabten, guten, edlen Kerle, meiner Künstlerkollegen, vor, weil ich den Hokuspokus nicht besser treibe. Aber ich bin nicht dazu erzogen worden, und es ist zu spät, ihn noch zu lernen. Nun, die Wahrheit ist, ich bin ein sehr schlechter Maler, aber nicht viel schlechter als die große Masse. Wenn Sie hundert Guineen oder so etwas wegwerfen wollen, so bin ich so arm, wie ein armer Verwandter vornehmer Leute gewöhnlich ist, und ich werde Ihnen sehr dankbar sein, wenn Sie sie an mich wegwerfen wollen. Ich werde mein Bestes für das Geld tun; und wenn das Beste schlecht sein sollte, so werden Sie dann immerhin wahrscheinlich ein schlechtes Bild mit einem kleinen Namen darunter an Stelle eines schlechten Bildes mit einem großen Namen darunter haben."

Dieser Ton paßte Mr. Dorrit im ganzen sehr gut, obwohl er nicht das war, was er erwartet hatte. Er zeigte, daß der Herr, der von vornehmer Familie und nicht ein gewöhnlicher Arbeiter war, sich ihm verpflichtet fühlen würde. Er drückte seine Befriedigung darüber aus, daß er von Mr. Gowans Hand gemalt werden sollte, und hoffte, daß er das Vergnügen haben würde, ihm von Mensch zu Mensch näherzukommen.

„Sie sind sehr gütig", sagte Gowan. „Ich habe der Gesellschaft nicht abgeschworen, seit ich mich der Brüderschaft vom Pinsel (den prächtigsten Kerlen im Angesicht der Erde) angeschlossen habe, und ich freue mich sehr, ab und zu das alte schöne Schießpulver zu riechen, obwohl es mich in die Luft und in meinen gegenwärtigen Beruf gesprengt hat. Sie werden von mir nicht glauben, Mr. Dorrit", und hier lachte er wieder in der ungezwungensten Weise, „daß ich in Freimaurerei meines Gewerbes verfalle – dem ist nicht so; bei meinem Leben, ich kann nicht anders als ihm untreu sein, wo ich auch immer bin, obwohl ich, beim Jupiter, mein Gewerbe aus ganzer Seele liebe und ehre –, wenn ich vorschlage, Zeit und Ort zu bestimmen?"

Ha! Mr. Dorrit konnte keinen – hm – Verdacht dieser Art Mr. Gowans Freimut gegenüber hegen.

„Sie sind abermals sehr gütig", sagte Gowan, „Mr. Dorrit, ich höre, Sie wollen nach Rom gehen. Ich gehe ebenfalls nach Rom, da dort Freunde von mir sind. Lassen Sie mich mit der Versündigung, die ich an Ihnen begehen will, dort, nicht hier, beginnen. Wir werden alle während der kurzen Zeit, die wir noch hier sind, in Eile sein; und obwohl es in Venedig keinen ärmeren Mann mit heilen Ellenbogen gibt als mich, so bin ich doch noch nicht ganz den Amateur losgeworden – Sie sehen, ich kompromittiere schon wieder das Gewerbe! – und kann nicht auf Befehl, bloß wegen der Groschen, in aller Hast über die Arbeit herfallen."

Diese Bemerkungen wurden von Mr. Dorrit nicht weniger günstig aufgenommen als das Vorangegangene. Sie waren das Vorspiel für die erste Einladung Mr. und Mrs. Gowans zum Diner, und sie brachten Gowan bei seinen neuen Bekannten geschickt auf den Platz, den er gewöhnlich einnahm.

Auch seine Frau brachten sie auf den Platz, den sie gewöhnlich einnahm. Miss Fanny verstand es besonders gut, daß Mrs. Gowans Schönheit ihrem Gatten teuer zu stehen gekommen war; daß es ihretwegen in der Familie Barnacle eine große Verwirrung gegeben und daß die verwitwete Mrs. Gowan, deren Herz fast gebrochen wäre, sich entschieden gegen die Heirat wehrte, bis ihre mütterlichen Gefühle sie überwältigt hatten. Mrs. General begriff gleichfalls deutlich, daß Gowans Liebe viel Kummer und Zwietracht in seiner Familie hervorgerufen hatte. Von dem ehrlichen Mr. Meagles war nicht die Rede; nur daß es ganz natürlich war, wenn ein Mann dieser Art den Wunsch hatte, seine Tochter aus seiner eigenen Dunkelheit herauszuheben, und daß niemand ihn tadeln konnte, weil er sein Äußerstes getan hatte, um das zu erreichen.

Klein Dorrits Interesse an dem schönen Gegenstand dieses leichtfertigen Glaubens war zu stark, um es an genauer Beobachtung fehlen zu lassen. Sie konnte sehen, daß dies zu dem leichten Schatten beitrug, unter dem Mrs. Gowan lebte, und sie wußte sogar instinktiv, daß nicht die geringste Wahrheit daran war. Aber er legte ihrem Verkehr mit Mrs. Gowan Hindernisse in den Weg, da die Prünellen-und-Prisma-Schule seinetwegen außerordentlich höflich, aber nicht besonders intim mit ihr war; und Klein Dorrit war als gezwungene Schülerin dieser Anstalt genötigt, sich demütig ihren Verordnungen zu unterwerfen.

Dennoch gab es zwischen den beiden bereits ein stilles Einverständnis, das ihnen über größere Schwierigkeiten hinweggeholfen und selbst einen noch beschränkteren Umgang zu einer Freundschaft gemacht hätte. Als ob der Zufall ihnen günstig gesinnt wäre, fanden sie einen neuen Beweis ihrer Übereinstimmung in der Abneigung, die jede an der anderen Blandois aus Paris gegenüber wahrnahm; eine Abneigung, die dem Ekel und Entsetzen vor einem widerwärtigen Reptil gleichkam.

Und außer dieser aktiven gab es auch eine passive Übereinstimmung zwischen ihnen. Gegen jede von ihnen benahm sich Blandois in genau derselben Weise; und gegen jede von ihnen hatte sein Benehmen stets etwas an sich, das, wie sie wohl wußten, anders war als sein Benehmen gegen andere. Der Unterschied war zu gering, um von anderen wahrgenommen zu werden, aber sie spürten ihn. Irgendein besonderer Blick seiner bösen Augen, eine Bewegung seiner glatten weißen Hand, ein geringes Mehr bei jener häufigsten Bewegung seines Gesichts, bei der seine Nase herabkam und sein Schnurrbart in die Höhe stieg, gaben seinem prahlerischen Benehmen ihnen gegenüber seine besondere Färbung. Es war, als ob er sagte: Ich habe an dieser Stelle eine geheime Macht. Ich weiß, was ich weiß.

Das hatten beide niemals deutlicher gefühlt, und die eine hatte niemals besser gewußt, was im Innern der anderen vorging, als an dem Tag, da Blandois Mr. Dorrit besuchte, um sich vor seiner Abreise von Venedig zu verabschieden. Mrs. Gowan war mit derselben Absicht gekommen, und er traf die beiden Damen allein, da die übrigen Mitglieder der Familie ausgegangen waren. Sie waren vorher kaum fünf Minuten zusammen gewesen, und sein eigentümliches Benehmen schien ihnen zu sagen: Sie wollten von mir zu reden anfangen. Ha! Hier bin ich, um es zu verhindern!

„Kommt Gowan auch hierher?" fragte Blandois mit seinem Lächeln.

Mrs. Gowan erwiderte, daß er nicht kommen werde.

„Er kommt nicht!" sagte Blandois. „Gestatten Sie Ihrem ergebenen Diener, Sie nach Hause zu begleiten, wenn Sie von hier weggehen."

„Ich danke Ihnen; ich gehe nicht nach Hause."

„Sie gehen nicht nach Hause!" sagte Blandois. „Dann bin ich verloren."

Das mochte sein; aber er war nicht so verloren, daß er sich davongemacht und sie allein gelassen hätte. Er blieb sitzen und unterhielt sie mit seinen schönsten Komplimenten und seiner gewähltesten Konversation; aber während der ganzen Zeit ließ er sie fühlen: Nein, nein, nein, meine verehrten Damen. Sie sehen mich hier, um es zu verhindern!

Er ließ es sie so deutlich und mit so teuflischer Hartnäckigkeit fühlen, daß Mrs. Gowan schließlich aufstand, um zu gehen. Als er Mrs. Gowan die Hand bot, um sie die Treppe hinabzugeleiten, behielt sie Klein Dorrits Hand mit einem vorsichtigen Druck in der ihrigen und sagte:

„Nein, ich danke Ihnen. Aber wenn Sie so freundlich sein wollen, nachzusehen, ob mein Bootsführer da ist, so werde ich Ihnen dankbar sein."

Es blieb ihm nichts anderes übrig, als vor ihnen die Treppe hinabzugehen. Während er das mit dem Hut in der Hand tat, flüsterte Mrs. Gowan:

„Er hat den Hund getötet."

„Weiß es Mr. Gowan?" flüsterte Klein Dorrit.

„Niemand weiß es. Sehen Sie mich nicht an; sehen Sie ihn an. Er wird uns im nächsten Augenblick sein Gesicht zuwenden. Niemand weiß es; aber ich bin sicher, daß er es tat. Sind Sie es nicht auch?"

„Ich – ich glaube", antwortete Klein Dorrit.

„Henry mag ihn gut leiden und will nichts Schlechtes von ihm denken; er ist selbst so edel und offenherzig. Aber Sie und ich denken ganz gewiß so von ihm, wie er es verdient. Er behauptet Henry gegenüber, daß der Hund schon vergiftet gewesen sei, als er sich plötzlich so veränderte und ihn anfallen wollte. Henry glaubt es, aber wir glauben es nicht. Ich sehe, er lauscht, aber er kann nichts hören. Leben Sie wohl, mein Liebling! Leben Sie wohl!"

Die letzten Worte wurden laut gesprochen, während der mißtrauische Blandois stehenblieb, den Kopf wandte und sie von der Treppe aus anblickte. Bestimmt sah er in diesem Augenblick, obgleich er seine höflichste Haltung angenommen hatte, so aus, daß jeder wirkliche Menschenfreund sich keine bessere Beschäftigung hätte wünschen können, als ihm einen großen Stein um den Hals zu binden und ihn in das Wasser zu werfen, das jenseits des dunklen gewölbten Torwegs floß, in dem er stand. Da kein solcher Wohltäter der Menschheit zur Stelle war, geleitete er Mrs. Gowan an ihr Boot und blieb stehen, bis es aus dem engen Kanalarm heraus war; worauf er sich in sein eigenes Boot begab und folgte.

Klein Dorrit hatte manchmal gedacht und dachte jetzt wieder, als sie die Treppe hinaufstieg, daß er zu leicht in ihres Vaters Haus Eingang gefunden hatte, aber da Mr. Dorrit die Manie seiner älteren Tochter, in Gesellschaft zu gehen, teilte, kamen so viele und so verschiedene Leute in ähnlicher Weise, daß er kaum eine Ausnahme bildete. Eine wahre Wut, Bekanntschaften zu schließen, auf die sie mit ihrem Reichtum und ihrer Vornehmheit Eindruck machen könnten, hatte das Haus Dorrit ergriffen.

Klein Dorrit kam es am Ende so vor, als ob diese Gesellschaft, in der sie lebten, eine höhere Art Marshalsea sei. Viele Leute schienen etwa auf dieselbe Weise ins Ausland zu kommen, wie andere ins Gefängnis gekommen waren: als Folge von Schulden, von Müßiggang, Verwandtschaft, Neugierde und allgemeiner Unfähigkeit, sich zu Hause zurechtzufinden. Sie wurden unter der Obhut von Reisedienern und örtlichen Gefolgsleuten in diese fremden Städte gebracht, geradeso wie die Schuldner ins Gefängnis gebracht worden waren. Sie schlenderten in der alten traurigen Weise durch die Kirchen und Bildergalerien, wie sie ähnlich durch den Gefängnishof geschlendert waren. Sie standen gewöhnlich im Begriff, morgen oder nächste Woche wieder fortzugehen, und wußten selten, was sie wollten, und taten selten das, was sie wollten, noch gingen sie dorthin, wohin sie zu gehen beabsichtigten; in all diesen Beziehungen waren sie wiederum den gefangenen Schuldnern sehr ähnlich. Sie bezahlten einen hohen Preis für schlechte Unterkunft und verabscheuten einen Ort, während sie vorgaben, Gefallen daran zu finden – was genau die Gewohnheit des Marshalsea war. Sie wurden, wenn sie weggingen, von den Zurückbleibenden beneidet, die so taten, als ob sie nicht fortwollten – und auch das war wiederum die Regel im Marshalsea. Eine bestimmte Anzahl Redewendungen, den Reisenden ebenso eigentümlich wie das Kollegium und die „Klause" dem Gefängnis, führten sie ständig im Munde. Sie besaßen dieselbe Unfähigkeit, sich etwas Bestimmtes vorzunehmen und auszuführen, wie die Gefangenen; sie demoralisierten einander, ganz wie die Gefangenen, und sie trugen unordentliche Kleider und verschlampten in ihrer Lebensweise – genau wie die Leute im Marshalsea.

Die Zeit des Aufenthalts der Familie in Venedig war abgelaufen, und sie begaben sich mit ihrem Gefolge nach Rom. Durch die sich ständig wiederholenden italienischen Landschaftsbilder, die immer schmutziger und elender wurden, je weiter sie zogen, und sie schließlich dort hinbrachten, wo sogar die Luft verpestet war, gelangten sie an ihr Ziel. Ein schönes Haus war auf dem Corso für sie gemietet worden, und dort ließen sie sich nieder, in einer Stadt, wo alles zu versuchen schien, für immer auf den Ruinen von etwas anderem stillzustehen – ausgenommen das Wasser, das, ewigen Gesetzen folgend, aus den vielen prächtigen Fontänen sprudelte und fortrauschte.

Hier änderte sich, wie es Klein Dorrit schien, der Marshalsea-Geist ihrer Gesellschaft, und Prünellen und Prisma gewannen die Oberhand. Jeder ging auf irgendeines anderen Menschen Korkbeinen durch St. Peter und den Vatikan und preßte jeden sichtbaren Gegenstand durch anderer Leute Sieb. Niemand sagte, was etwas wirklich war, sondern jeder sagte, was die Mrs. Generals, Mr. Eustaces oder sonst jemand darüber sagten. Die ganze Körperschaft der Reisenden schien eine Gesellschaft freiwilliger Opfer zu sein, die an Händen und Füßen gefesselt und Mr. Eustace und seinen Dienern ausgeliefert waren, damit die Eingeweide ihres Intellekts nach dem Geschmack dieser heiligen Priesterschaft geordnet würden. Durch die zerklüfteten Ruinen von Tempeln, Gräbern, Palästen, Senatshallen, Theatern und Amphitheatern aus alten Zeiten tasteten sich ganze Scharen von modernen Menschen mit verbundenen Augen und gelähmten Zungen vorsichtig dahin, während sie in dem Bemühen, ihren Lippen die gebotene Form zu geben, unaufhörlich Prünellen und Prisma wiederholten. Mrs. General war in ihrem Element. Niemand hatte eine Meinung. Rings um sie herum wurden in erstaunlichem Maß Oberflächen gebildet, und nicht die geringste Spur von mutiger, offener Rede war zu entdekken.

Eine andere Art Prünellen und Prisma kam sehr bald nach ihrer Ankunft Klein Dorrit vor Augen. Sie empfingen schon in den ersten Tagen einen Besuch von Mrs. Merdle, die in jenem Winter diesen umfangreichen Teil des Lebens in der Ewigen Stadt anführte; und die geschickte Art, in der sie und Fanny bei der Gelegenheit miteinander fochten, ließ die stille Schwester mit den Augen blinzeln wie das Glitzern blanker Florette.

„Sehr erfreut", sagte Mrs. Merdle, „eine Bekanntschaft fortzusetzen, die unter ein wenig unglücklichen Umständen in Martigny begonnen hat."

„In Martigny natürlich, jaja", sagte Fanny. „Ich freue mich außerordentlich!"

„Ich höre von meinem Sohn, Edmund Sparkler",

sagte Mrs. Merdle, „daß er sich diesen Zufall bereits zunutze gemacht hat. Bei seiner Rückkehr war er ganz begeistert von Venedig."

„Wirklich?" erwiderte Fanny gleichgültig. „War er lange dort?"

„Ich möchte mich wegen dieser Frage an Mr. Dorrit wenden", sagte Mrs. Merdle, wobei sie den Busen diesem Herrn zuwandte; „dem Edmund so viel Dank schuldig ist, weil er ihm den Aufenthalt so angenehm gemacht hat."

„Oh, bitte, reden Sie nicht davon", erwiderte Fanny. „Ich glaube, Papa hatte das Vergnügen, Mr. Sparkler zwei- oder dreimal einzuladen, aber das macht nichts aus. Wir hatten so viele Leute um uns herum und hielten ein so offenes Haus, daß es wirklich nicht der Rede wert ist, wenn er sich das Vergnügen gab."

„Ausgenommen, mein liebes Kind", sagte Mr. Dorrit, „ausgenommen – ha – daß es mir ungewöhnliche Genugtuung bereitet hat – hm – auf jede Art, wenn sie auch noch so geringfügig und wertlos war, die – ha, hm – hohe Achtung zu zeigen, die ich in – ha – Übereinstimmung mit der ganzen übrigen Welt für einen so hervorragenden Mann wie Mr. Merdle hege."

Der Busen nahm diese Huldigung äußerst liebenswürdig entgegen. „Mr. Merdle", bemerkte Fanny mit der Absicht, Mr. Sparkler in den Hintergrund treten zu lassen, „ist ein Lieblingsthema Papas, müssen Sie wissen, Mrs. Merdle."

„Ich war – ha – enttäuscht, Madam", sagte Mr. Dorrit, „als ich von Mr. Sparkler hörte, es bestehe keine große – hm – Wahrscheinlichkeit, daß Mr. Merdle auf Reisen geht."

„Wirklich", sagte Mrs. Merdle, „er ist so stark beschäftigt und so sehr in Anspruch genommen, daß ich fürchte, nein. Er hat seit Jahren keine Zeit gefunden, auf Reisen zu gehen. Sie, Miss Dorrit, sind wohl fast ständig auf Reisen?"

„Lieber Himmel, ja", sagte Fanny nachlässig mit der größten Keckheit. „Seit einer Reihe von Jahren."

„Das habe ich mir denken können", sagte Mrs. Merdle.

„Ganz richtig", sagte Fanny.

„Ich hoffe jedoch", begann Mr. Dorrit wieder, „daß, wenn ich nicht das – hm – große Vergnügen habe, Mr. Merdle diesseits der Alpen oder des Mittelmeeres kennenzulernen, ich diese Ehre haben werde, wenn ich nach England zurückkehre. Es ist eine Ehre, nach der ich besonders strebe und die ich besonders schätzen werde."

„Mr. Merdle", sagte Mrs. Merdle, die Fanny bewundernd durch ihre Lorgnette betrachtet hatte, „wird sie sicherlich nicht geringer schätzen."

Klein Dorrit, die immer noch wie gewöhnlich nachdenklich und einsam war, obschon nicht mehr allein, glaubte erst, daß alles dies nur Prünellen und Prisma sei. Aber da ihr Vater, nachdem sie an einem glänzenden Empfang bei Mrs. Merdle teilgenommen hatten, am Familienfrühstückstisch beständig von seinem Wunsch sprach, Mr. Merdle kennenzulernen, mit der eventuellen Absicht, sich den Rat dieses wunderbaren Mannes bei der Anlage seines Vermögens zunutze zu machen, begann sie zu glauben, daß es Ernst sei, und wurde ihrerseits neugierig, diese Leuchte der Zeit zu Gesicht zu bekommen.

## *8. Kapitel*

### Die Witwe Gowan wird daran erinnert, daß es niemals gut geht

Während die Gewässer Venedigs und die Ruinen Roms sich zum Vergnügen der Familie Dorrit sonnten und von zahllosen Reisebleistiften aus jeder irdischen Proportion und Ähnlichkeit herausgezeichnet wurden, hämmerte die Firma Doyce & Clennam im Herzbluthof darauflos, und während der Arbeitsstunden erklang dort das mächtige Klirren von Eisen auf Eisen.

Der jüngere Partner hatte unterdessen das Geschäft

ordentlich in Gang gebracht, und der ältere, der nun frei war, um seine erfinderischen Gedanken auszuführen, hatte viel getan, die Werkstatt zu verbessern. Als schöpferischer Mensch mußte er notwendigerweise überall auf Schwierigkeiten stoßen, wie die Machthaber sie während langer Zeit Verbrechern dieser Art in den Weg zu legen imstande gewesen sind; aber das war nur vernünftige Selbstverteidigung der Machthaber, da Wie-man-etwas-machen-müsse offenbar als der unnatürliche Todfeind des Wie-man-etwas-nicht-machen-müsse anzusehen ist. Das weise System, welches die Umstandsbehörde mit Händen und Füßen aufrechterhielt, um jeden erfindungsreichen britischen Untertan zu warnen, auf eigene Gefahr schöpferisch zu sein, bestand ja darin, ihn zu plagen, ihm Hindernisse in den Weg zu legen, Räuber aufzufordern, ihn auszuplündern (indem sie einen Rechtsweg langsam, unsicher und teuer machte), und im besten Falle seinen Besitz, nachdem er ihn kurze Zeit benutzt hatte, zu beschlagnahmen, als ob Erfinden auf derselben Stufe wie Hochverrat stünde. Dieses System hatte stets großen Beifall bei den Barnacles gefunden, und das war ebenfalls nur vernünftig; denn jemand, der eine brauchbare Erfindung macht, muß etwas Ernstes vorhaben, und die Barnacles verabscheuten und fürchteten nichts halb so sehr. Das war wiederum sehr vernünftig, da in einem Land, das von einem großen Maße an Ernsthaftigkeit heimgesucht wurde, vermutlich in ganz kurzer Zeit kein einziger Barnacle mehr auf seinem Posten gewesen wäre.

Daniel Doyce trug sein Los mit allen daran geknüpften Mühen und Demütigungen, ohne zu klagen, und arbeitete um der Arbeit willen ruhig weiter. Clennam, der ihm mit tatkräftiger Mitarbeit zur Hand ging, bot ihm über seine Dienste in geschäftlicher Beziehung hinaus auch eine moralische Stütze. Die Firma blühte, und die Partner waren die besten Freunde.

Aber Daniel konnte sein einstiges, jahrelanges Projekt nicht vergessen. Es war vernünftigerweise nicht zu erwarten, daß er es vergaß; wenn er es leicht hätte vergessen können, hätte er es niemals entwerfen oder die Geduld und Ausdauer haben können, es auszuarbeiten.

Das waren Clennams Gedanken, wenn er ihn bisweilen am Abend beobachtete, wie er sich die Modelle und Zeichnungen wieder einmal ansah und, während er sie wieder beiseite legte, zu seinem eigenen Trost seufzend murmelte, daß das Ding so richtig sei wie je.

Kein Mitgefühl mit so viel Fleiß und so viel Enttäuschung empfinden hätte bedeutet, es an dem fehlen zu lassen, was Clennam zu den Pflichten seiner Teilhaberschaft rechnete. Aus diesem Gefühl heraus lebte das Interesse an der Sache, das vorübergehend an der Tür der Umstandsbehörde in ihm erweckt worden war, wieder auf. Er bat seinen Partner, ihm die Erfindung zu erklären, „wobei Sie nachsichtig in Betracht ziehen wollen", bedingte er sich aus, „daß ich kein Fachmann bin, Doyce".

„Kein Fachmann?" sagte Doyce. „Sie wären ein guter Fachmann geworden, wenn Sie sich darauf verlegt hätten. Sie haben einen so guten Kopf, solche Dinge zu verstehen, wie mir nur je einer begegnet ist."

„Einen gänzlich unausgebildeten, muß ich leider hinzufügen", sagte Clennam.

„Das weiß ich nicht", erwiderte Doyce, „und ich möchte nicht, daß Sie das sagen. Kein Mann von Verstand, der eine allgemeine Erziehung genossen und sich selbst weitergebildet hat, kann in bezug auf irgend etwas als ganz unausgebildet gelten. Ich liebe die Geheimniskrämerei nicht besonders. Mir ist es ebenso recht, nach einer klaren und deutlichen Erklärung von der einen Klasse Menschen beurteilt zu werden wie von der anderen, vorausgesetzt, daß sie die genannte Qualifikation hat."

„Auf jeden Fall – dies klingt", sagte Clennam, „als ob wir Komplimente austauschten, aber wir wissen, daß wir dies nicht tun – werde ich den Vorzug einer Erklärung genießen, wie sie klarer nicht gegeben werden kann."

„Nun", sagte Daniel in seiner ruhigen, gelassenen Art, „ich will es versuchen."

Er besaß die Fähigkeit, die man oft an solchen Charakteren findet, das, was er selbst wahrnahm und meinte, mit der unmittelbaren Gewalt und Deutlichkeit auseinanderzusetzen, mit der es ihm selbst aufging. Seine Art der Darlegung war so geordnet und deutlich und klar, daß man ihn nicht mißverstehen konnte. Es wirkte fast komisch, wie unvereinbar die Meinung über ihn, er müsse ein Phantast sein, mit der Art schien, wie sein Auge und sein Daumen exakt und scharfsinnig über die Pläne wanderten, an besonderen Punkten geduldig verweilten, bedächtig an andere Punkte zurückkehrten, von denen her kleine Kanäle der Erklärung flossen, und wie er ruhig und bedächtig an jedem wichtigen Absatz seinen Hörer nicht um eines Haares Breite weiterführte, bevor alles Vorige vollkommen klar und in Ordnung war. Daß er seine eigene Person bei der Beschreibung gänzlich aus dem Spiel ließ, war kaum weniger bemerkenswert. Er sagte niemals: Ich entdeckte diese Anordnung oder erfand jene Kombination, sondern zeigte die ganze Sache, als ob der himmlische Schöpfer sie gemacht und er sie zufällig gefunden hätte – so bescheiden war er dabei, solch ein schöner Zug von Respekt mischte sich in seine ruhige Bewunderung der Sache, und so fest war er davon überzeugt, daß sie auf unumstößlichen Gesetzen beruhe.

Nicht nur an jenem, sondern auch an mehreren folgenden Abenden war Clennam von diesen Forschungsergebnissen ganz begeistert. Je länger er zuhörte und je mehr er auf den grauen Kopf blickte, der sich darüber beugte, und auf das kluge Auge, in dem das Vergnügen daran und die Liebe dazu leuchteten – obwohl es zwölf Jahre hindurch ein Herzeleid für ihn gewesen war –, desto weniger konnte sich seine jugendlichere Energie damit abfinden, nicht noch einmal einen Versuch zu machen. Schließlich sagte er:

„Doyce, so war es denn schließlich dahin gekommen, daß die Sache zu Gott weiß wieviel anderen nicht ausgeführten Projekten gelegt oder ganz von neuem begonnen werden mußte?“

„Ja", erwiderte Doyce, „so weit haben es die hohen und edlen Herren nach einem Dutzend Jahren gebracht."

„Wahrhaftig, eine feine Gesellschaft!" sagte Clennam bitter.

„Die herkömmliche Erfahrung!" bemerkte Doyce. „Ich darf mich nicht als Märtyrer hinstellen, wenn ich nur einer unter vielen bin."

„Es aufgeben oder es ganz von neuem beginnen?" fragte Clennam nachdenklich.

„Das ist genau das, worauf es hinauskommt", sagte Doyce.

„Dann, mein Freund", rief Clennam, erhob sich und ergriff seine arbeitsrauhe Hand, „dann soll es ganz von neuem begonnen werden."

Doyce machte ein bestürztes Gesicht und antwortete in einer für ihn raschen Weise: „Nein, nein. Wir wollen es besser beiseite legen. Es ist viel besser, es beiseite zu legen. Man wird schon eines Tages davon hören. Ich kann es beiseite legen. Sie vergessen, mein guter Clennam: Ich *habe* es beiseite gelegt. Es ist alles zu Ende."

„Ja, Doyce", erwiderte Clennam, „zu Ende, soweit *Ihre* Bemühungen und Enttäuschungen in Betracht kommen, das gebe ich zu, aber nicht die meinigen. Ich bin jünger als Sie, ich habe nur einmal meinen Fuß in diese kostbare Behörde gesetzt, und mit mir können sie das Spiel ganz von neuem beginnen. Sie sollen sehen, ich will es mit ihnen versuchen. Sie selbst, Doyce, sollen genauso weiterarbeiten, wie Sie gearbeitet haben, seit wir zusammen sind. Ich will (was ich leicht kann) zu dem, was ich getan habe, den Versuch hinzufügen, Ihnen öffentliche Gerechtigkeit zu verschaffen; und wenn ich von keinem Erfolg zu berichten habe, sollen Sie nichts mehr davon zu hören bekommen."

Daniel Doyce hatte immer noch keine Lust einzuwilligen und brachte wieder und wieder vor, daß sie besser daran täten, es beiseite zu legen. Aber es war natürlich, daß er sich nach und nach von Clennam überreden ließ und nachgab. So nahm Arthur die lange und hoffnungslose Mühe auf sich, bei der Umstandsbehörde voranzukommen.

Die Wartezimmer dieses Amtes wurden bald mit seiner Person vertraut, und die Türhüter geleiteten ihn gewöhnlich hinein, ungefähr in der Art wie einen Taschendieb in eine Wachtstube; nur mit dem Unterschied, daß das Ziel der Polizei ist, den Taschendieb festzuhalten, während das Ziel der Umstandsbehörde war, Clennam loszuwerden. Jedoch war er entschlossen, dem großen Amt treu zu bleiben; und so wurde von neuem damit begonnen, Formulare auszufüllen, zu korrespondieren, Protokolle aufzunehmen, Notizen zu machen, zu unterzeichnen, gegenzuzeichnen, rückwärts und vorwärts dagegen gegenzuzeichnen und die Sache nach allen Seiten hin kreuz und quer und im Zickzack zu überweisen.

Hier tritt eine Eigentümlichkeit der Umstandsbehörde zutage, von der bis jetzt in unserer Erzählung noch nicht die Rede war. Wenn dieses wunderbare Amt in Schwierigkeiten geriet und von einem wütenden Abgeordneten, von dem die kleineren Barnacles fast glaubten, er sei vom Teufel besessen, nicht wegen eines einzelnen Falles, sondern als eine im ganzen abscheuliche und tollhäuslerische Einrichtung angegriffen wurde, dann pflegte der edle oder sehr ehrenwerte Barnacle, der es im Parlament vertrat, diesen Abgeordneten durch die Feststellung niederzuschmettern, wieviel Arbeit (zum Zweck der Verhinderung der Arbeit) von der Umstandsbehörde geleistet worden sei. Dann hatte der edle oder sehr ehrenwerte Barnacle gewöhnlich ein Papier mit einigen wenigen Zahlen in der Hand, auf die er mit der Erlaubnis des Hauses dessen Aufmerksamkeit lenkte. Dann riefen die niederen Barnacles, wie ihnen aufgetragen war, gewöhnlich aus: „Hört, hört, hört!" und „Vorlesen!" Dann entnahm der edle oder sehr ehrenwerte Barnacle gewöhnlich diesem kleinen Dokument, das, wie er dächte, selbst den verschrobensten Geist überzeugen würde (höhnisches Lachen und Beifall von seiten des Barnacle-Schwarms), daß innerhalb der kurzen Zeit des letzten Finanzhalbjahres diese viel verlästerte Behörde (Beifall) fünfzehntausend Briefe geschrieben und empfangen habe (lebhafter Beifall) und vierundzwanzigtausend Protokolle (lebhafterer Beifall) und zweiunddreißigtausendfünfhundertsiebzehn Berichte verfaßt habe (stürmischer Beifall). Ja, ein geistreicher Herr, der mit dem Amt in Verbindung stehe und selbst ein schätzenswerter Staatsbeamter sei, habe ihm die Gunst erwiesen, eine interessante Berechnung anzustellen, wieviel Papier während derselben Zeit verbraucht worden sei. Diese Berechnung bilde einen Teil dieses selben kurzen Dokumentes, und er entnehme daraus die bemerkenswerte Tatsache, daß die Stempelpapierbogen, die das Amt für den öffentlichen Dienst verwendet habe, die Bürgersteige auf beiden Seiten der Oxford Street von einem Ende zum anderen bedecken würden, wobei noch eine Viertelmeile für den Park übrigbleiben würde (ungeheurer Beifall und Gelächter); während es an Aktenschnüren – roten – genug verbraucht hätte, um die Strecke vom Hyde Park Corner bis zum Hauptpostamt mit Girlanden zu versehen. Dann setzte sich unter allgemeinem Jubel der edle oder sehr ehrenwerte Barnacle wieder hin und ließ die zerstückelten Glieder des Abgeordneten auf dem Kampfplatz liegen. Niemand hätte nach dieser beispielhaften Vernichtung des Abgeordneten den Mut gehabt, darauf hinzuweisen, je mehr die Umstandsbehörde tue, desto weniger werde ausgeführt, und die größte Wohltat, die es einem unglücklichen Publikum antun könne, sei die, nichts zu tun.

Genügend beschäftigt jetzt, da er diese zusätzliche Aufgabe hatte – an einer solchen Aufgabe war manch tüchtiger Mann vor seiner Zeit gestorben –, führte Arthur Clennam ein wenig abwechslungsreiches Leben. Regelmäßige Besuche in dem düsteren Krankenzimmer seiner Mutter und kaum weniger regelmäßige Besuche bei Mr. Meagles in Twickenham waren monatelang die einzige Abwechslung, die er hatte.

Er vermißte Klein Dorrit schwer und schmerzlich. Er war darauf vorbereitet gewesen, sie sehr zu vermissen, aber nicht so sehr. Erst die Erfahrung zeigte ihm, welch große Lücke in seinem Leben blieb, als ihre vertraute kleine Gestalt daraus verschwand. Er fühlte auch, daß er keine Hoffnung auf ihre Rückkehr haben könnte, da er den Charakter der Familie gut genug kannte, um sicher zu sein, daß er und sie durch einen tiefen Abgrund voneinander getrennt waren. Das frühere Interesse, das er für sie empfunden hatte, und ihr früheres Vertrauen zu ihm waren in seiner Erinnerung von Melancholie umwölkt – so schnell war der Wechsel über sie gekommen, und so bald waren sie mit anderen geheimen, zärtlichen Gefühlen in die Vergangenheit geglitten.

Als er ihren Brief empfing, war er sehr gerührt, aber er fühlte deshalb nicht weniger deutlich, daß sie durch mehr als räumlichen Abstand weit von ihm getrennt war. Er half ihm, besser zu verstehen, welchen Platz ihm die Familie angewiesen hatte. Er sah, daß sie ihn heimlich in dankbarer Erinnerung hielt und daß die Familie ihm grollte, wie sie dem Gefängnis und allem, was dazugehörte, grollte.

Trotz all dieser Gedanken, mit denen er sich Tag für Tag beschäftigte, dachte er doch im übrigen in der alten Art und Weise an sie. Sie war seine unschuldige Freundin, sein zartes Kind, seine liebe Klein Dorrit. Dieser Wechsel der Umstände paßte gut zu der Gewohnheit, die er seit jenem Abend, als die Rosen hinwegschwammen, angenommen hatte, sich als einen viel älteren Mann zu betrachten, als er seinen Jahren nach wirklich war. Er betrachtete sie bei aller Zärtlichkeit aus einer Entfernung, die ihr, ohne daß er es ahnte, unsäglichen Schmerz verursacht hätte. Er dachte an ihre Zukunft und an den Gatten, den sie haben würde, mit einer zärtlichen Sorge für sie, die ihrem Herzen seine teuerste Hoffnung genommen und es gebrochen hätte.

Alles um ihn herum trug dazu bei, ihn in der Gewohnheit zu bestärken, sich als einen älteren Mann zu betrachten, der auf all solches Trachten, wie er es im Falle Minnie Gowan bekämpft hatte (obwohl das der Zeit nach gar nicht so lange her war), endgültig verzichtete. Seine Beziehungen zu ihren Eltern glichen denen eines verwitweten Schwiegersohnes. Wenn die verstorbene Zwillingsschwester in der Blüte ihrer Frauenjahre dahingegangen und er ihr Gatte gewesen wäre, so wäre die Art seines Umgangs mit Mr. und Mrs. Meagles wahrscheinlich geradeso gewesen, wie sie war. Dies trug unmerklich dazu bei, in ihm den Eindruck zu festigen, daß er mit diesem Teil des Lebens abgeschlossenhatte.

Er hörte durch sie stets von Minnie; sie berichtete in ihren Briefen, wie glücklich sie sei und wie sie ihren Gatten liebe; aber untrennbar davon sah er auch stets die alte Wolke auf Mr. Meagles' Gesicht. Mr. Meagles war seit der Heirat niemals wieder ganz so glücklich gewesen wie früher. Er hatte die Trennung von Pet niemals ganz verwunden. Er war derselbe gutmütige, offenherzige Mensch; aber als wenn sein Gesicht, das oft dem Bild seiner einander so ähnlichen Kinder zugewandt war, unwillkürlich eine charakteristische Prägung davon angenommen hätte, war jetzt bei allem Wechsel des Ausdrucks ein Zug darin, als ob er einen Verlust erlitten hätte.

An einem winterlichen Sonnabend, als Clennam in ihrem Landhaus weilte, fuhr die verwitwete Mrs. Gowan in dem Hampton-Court-Wagen vor, der angeblich das ausschließliche Eigentum von so vielen Besitzern war. Sie stieg, hinter ihrem grünen Fächer verborgen, ab, um Mr. und Mrs. Meagles mit einem Besuch zu beehren.

„Und wie geht es Ihnen beiden, Papa und Mama Meagles?" fragte sie, ihre bescheidenen Verwandten freundlich ermutigend. „Und wann haben Sie zuletzt Nachricht von oder über meinen armen Jungen gehabt?"

Mein armer Junge war ihr Sohn; und durch diese Art, von ihm zu sprechen, wurde ohne die geringste Unhöflichkeit die Fiktion aufrechterhalten, daß er den Listen der Meagles zum Opfer gefallen sei.

„Und das liebe schöne Kind?" fragte Mrs. Gowan. „Haben Sie eine jüngere Nachricht von ihr als ich?"

Was ebenfalls eine zarte Andeutung war, daß ihr

Sohn durch bloße Schönheit fasziniert worden war und deshalb alle möglichen weltlichen Vorteile hatte fahrenlassen.

„Es ist wirklich ein unsagbarer Trost für mich", sagte Mrs. Gowan, ohne ihre Aufmerksamkeit an die Antworten zu verschwenden, die sie erhielt, „zu wissen, daß sie unverändert glücklich miteinander sind. Mein armer Junge ist ein so unruhiger Geist und so sehr daran gewöhnt, umherzustreifen und unter allerhand Leuten unbeständig und beliebt zu sein, daß es der größte Trost für mich ist. Vermutlich sind sie so arm wie Kirchenmäuse, Papa Meagles, nicht wahr?"

Mr. Meagles, den die Frage ein wenig unruhig machte, erwiderte: „Ich hoffe nicht, Madam. Ich hoffe, sie werden mit ihrem kleinen Einkommen zu wirtschaften wissen."

„Oh, mein bester Meagles!" erwiderte die Dame, während sie ihn mit dem grünen Fächer auf den Arm schlug und diesen dann geschickt zwischen ein Gähnen und die Gesellschaft hielt. „Wie können Sie als ein Mann von Welt und einer der praktischsten Geschäftsmänner, die es gibt – denn Sie wissen, Sie sind ein praktischer Geschäftsmann, und Sie sind es sogar viel zu sehr für uns, die wir es nicht sind" (was wieder den Zweck hatte, Mr. Meagles als listigen Ränkeschmied hinzustellen), „wie können Sie davon reden, daß sie mit ihren bescheidenen Mitteln zu wirtschaften wissen werden? Mein armer guter Junge! Sich ihn vorzustellen, wie er mit Hunderten wirtschaftet! Und das liebe schöne Kind ebenfalls. Sich vorzustellen, wie sie wirtschaftet! Papa Meagles! Sagen Sie das nicht!"

„Nun, Madam", sagte Mr. Meagles ernst, „es tut mir leid, zugeben zu müssen, daß Henry wirklich sein Einkommen überschreitet."

„Mein lieber guter Mann – ich rede ganz unzeremoniell mit Ihnen, weil wir ja eine Art Verwandte sind; wirklich, Mama Meagles", rief Mrs. Gowan heiter aus, als ob ihr diese sonderbare Tatsache in diesem Augenblick zum erstenmal einfiel, „eine Art Verwandte! Mein lieber guter Mann, in dieser Welt kann keiner von uns *alles* so haben, wie er es haben möchte."

Das zielte wieder auf denselben Punkt und zeigte Mr. Meagles mit aller Höflichkeit, daß er insofern mit seinen tiefen Plänen glänzenden Erfolg gehabt hatte. Mrs. Gowan hielt ihren Einfall für so gut, daß sie dabei verweilte; sie wiederholte: „Nicht *alles*. Nein, nein; in dieser Welt dürfen wir wirklich nicht *alles* erwarten, Papa Meagles."

„Und darf ich Sie fragen, Madam", erwiderte Mr. Meagles, ein wenig rot im Gesicht, „wer alles erwartet?"

„Oh, niemand, niemand!" sagte Mrs. Gowan. „Ich wollte sagen – aber Sie haben mich aus dem Konzept gebracht. Sie störender Papa, was wollte ich sagen?"

Während sie ihren großen grünen Fächer sinken ließ, blickte sie Mr. Meagles sinnend an; was nicht dazu beitrug, diesen erhitzten Herrn abzukühlen.

„Ah! Ganz recht", sagte Mrs. Gowan. „Sie müssen daran denken, daß mein armer Junge immer voller großer Erwartungen war. Sie mögen verwirklicht worden sein, oder sie mögen nicht verwirklicht worden sein . . ."

„Lassen Sie uns also sagen, sie mögen nicht verwirklicht worden sein", bemerkte Mr. Meagles.

Die Witwe sah ihn einen Augenblick zornig an, aber schüttelte es dann mit ihrem Kopf und ihrem Fächer ab und fuhr in derselben Weise wie früher fort: „Es macht keinen Unterschied. Mein armer Junge ist daran gewöhnt gewesen, und Sie wußten das natürlich und waren auf die Folgen vorbereitet. Ich habe selbst die Folgen stets vorausgesehen und bin nicht im geringsten überrascht. Auch Sie dürfen nicht überrascht sein. Können tatsächlich nicht überrascht sein. Müssen darauf vorbereitet gewesen sein."

Mr. Meagles blickte erst seine Frau und dann Clennam an, biß sich auf die Lippen und hustete.

„Und da ist nun mein armer Junge", fuhr Mrs. Gowan fort, „dem mitgeteilt wird, daß ein Kind kommen wird und daß er sich auf die Ausgaben für einen solchen Familienzuwachs gefaßt machen muß! Armer Henry!

Aber man kann es jetzt nicht mehr ändern; es ist zu spät, es jetzt zu ändern. Nur sprechen Sie nicht von Einkommensüberschreitung als von einer Entdeckung, Papa Meagles; weil das zuviel wäre."

„Zuviel, Madam?" fragte Mr. Meagles, als ob er eine Erklärung für diese Worte suchte.

„Nun nun", sagte Mrs. Gowan, während sie ihn mit einer ausdrucksvollen Handbewegung auf seinen untergeordneten Platz verwies. „Zuviel für die Mutter meines armen Jungen, um es zu dieser Tageszeit zu ertragen. Sie sind fest verheiratet und können nicht mehr getrennt werden. Nun, nun! Ich weiß das! Sie brauchen mir das nicht zu sagen, Papa Meagles. Ich weiß es sehr gut. Was war es, was ich eben sagte? Daß es ein großer Trost war, daß sie immer glücklich miteinander waren. Es ist zu hoffen, daß sie auch fernerhin glücklich sein werden. Es ist zu hoffen, das schöne Kind wird alles tun, was sie kann, um meinen armen Jungen glücklich zu machen und stets zufrieden zu erhalten. Papa und Mama Meagles, wir wollen lieber nicht mehr darüber sprechen. Wir haben diese Sache niemals von demselben Gesichtspunkt angesehen, und wir werden es niemals tun. Nun, nun! Jetzt bin ich wieder gut."

Wirklich, da sie jetzt alles gesagt hatte, was sie zur Aufrechterhaltung ihrer wunderbar sagenhaften Stellung und zur Ermahnung für Mr. Meagles sagen konnte, daß er nämlich nicht erwarten dürfte, die Ehre seiner vornehmen Verwandtschaft zu billig zu bekommen, war Mrs. Gowan geneigt, auf den Rest zu verzichten. Wenn Mr. Meagles einem bittenden Blick von seiten Mrs. Meagles und einer ausdrucksvollen Bewegung von seiten Clennams gefolgt wäre, hätte er sie im ungestörten Genuß dieses Seelenzustandes gelassen.

Aber Pet war der Liebling und der Stolz seines Herzens; und wenn er jemals stärker für sie hätte eintreten und sie mehr hätte lieben können als in jenen Tagen, wo sie der Sonnenschein seines Hauses war, dann wäre es jetzt gewesen, wo sie es nicht mehr mit ihrer Anmut zierte.

„Madam“, sagte Mr. Meagles, „ich bin während meines ganzen Lebens ein einfacher Mann gewesen. Wenn ich es versuchen wollte – gleichgültig, ob vor mir selbst oder vor jemand anders oder vor beiden zugleich –, mir einen vornehmen Anstrich zu geben, so würde mir das wahrscheinlich nicht gelingen.“

„Nein, Papa Meagles“, erwiderte die Witwe mit einem liebenswürdigen Lächeln, während jedoch die blühende Röte ihrer Wangen ein wenig deutlicher als gewöhnlich hervortrat, da die benachbarte Haut blasser wurde, „wahrscheinlich nicht.“

„Deshalb, meine gute Madam“, sagte Mr. Meagles, während er sich die größte Mühe gab, sich zu beherrschen, „hoffe ich, ich darf, ohne unhöflich zu sein, darum bitten, daß auch mir kein derartiger Anschein vorgespiegelt wird.“

„Mama Meagles“, bemerkte Mrs. Gowan, „Ihr guter Mann ist unverständlich.“

Daß sie sich an diese würdige Dame wandte, war eine List, sie mit in die Debatte zu ziehen, mit ihr zu streiten und ihr eine Niederlage zu bereiten. Mr. Meagles griff ein, um das zu vereiteln.

„Mutter“, sagte er, „du bist unerfahren, und es ist ein ungleicher Kampf. Ich möchte dich bitten, still zu bleiben. Kommen Sie, Mrs. Gowan! Wir wollen versuchen, vernünftig zu sein; wir wollen versuchen, gerecht zu sein; wir wollen versuchen, ehrlich zu sein. Bemitleiden Sie Henry nicht, und ich will Pet nicht bemitleiden, und seien Sie nicht einseitig, meine liebe Madam; das ist nicht rücksichtsvoll, nicht menschenfreundlich. Wir wollen nicht sagen, hoffentlich wird Pet Henry glücklich machen, auch nicht, hoffentlich wird Henry Pet glücklich machen“ (Mr. Meagles sah selbst nicht glücklich aus, als er diese Worte sprach), „sondern wir wollen hoffen, daß sie einander glücklich machen.“

„Ja, ganz richtig, und dabei laß es bewenden, Vater“, sagte die gutherzige und freundliche Mrs. Meagles.

„Nun, Mutter, nein“, erwiderte Mr. Meagles, „nicht ganz. Ich kann es dabei nicht ganz bewenden lassen; ich muß ein halbes Dutzend Worte mehr sagen. Mrs. Gowan, ich hoffe, ich bin nicht überempfindlich. Ich glaube, ich sehe nicht danach aus."

„Nein, wirklich nicht", sagte Mrs. Gowan, während sie des größeren Nachdrucks halber ihren Kopf und den großen grünen Fächer zugleich schüttelte.

„Ich danke Ihnen, Madam; so ist es recht. Trotzdem fühle ich mich ein wenig – ich will keinen starken Ausdruck gebrauchen –, nun, soll ich sagen verletzt?" fragte Mr. Meagles zugleich mit Freimut und Mäßigung und einem versöhnlichen Klang in der Stimme.

„Sagen sie, was Sie wollen", erwiderte Mrs. Gowan. „Es ist mir vollkommen gleichgültig."

„Nein, nein, sagen Sie das nicht", bat Mr. Meagles dringend, „weil das keine freundliche Antwort ist. Ich fühle mich ein wenig verletzt, wenn ich Anspielungen darauf zu hören bekomme, daß Folgen hätten vorhergesehen werden können und daß es jetzt zu spät ist und so weiter."

„So, Papa Meagles?" sagte Mrs. Gowan. „Das überrascht mich nicht."

„Nun, Madam", wandte Mr. Meagles ein, „ich hoffte, es würde Sie wenigstens überraschen, weil es sicher nicht edel ist, mich in einem so zarten Punkt zu verletzen."

„Ich bin nicht für Ihr Gewissen verantwortlich, wissen Sie", sagte Mrs. Gowan.

Der arme Mr. Meagles war vor Entsetzen ganz fassungslos.

„Wenn ich unglücklicherweise genötigt bin, eine Jacke zu tragen, die Ihnen gehört und Ihnen paßt", fuhr Mrs. Gowan fort, „so tadeln Sie bitte nicht mich wegen Ihres Musters, Papa Meagles!"

„Nun, beim Himmel, Madam", brach Mr. Meagles los, „das heißt ja soviel, daß . . ."

„Aber Papa Meagles, Papa Meagles", sagte Mrs. Gowan, die äußerst bedacht und liebenswürdig in ihrem Benehmen war, sooft dieser Herr sich erhitzte, „vielleicht, um Verwirrung zu vermeiden, ist es besser, daß ich selbst spreche, anstatt Sie bemühe, für mich zu sprechen. Das heißt soviel, daß, begannen Sie. Wenn Sie erlauben, will ich den Satz beenden. Es heißt soviel – nicht daß ich dies besonders hervorzuheben oder auch nur daran zu erinnern wünsche, denn das hat jetzt keinen Zweck, und mein einziger Wunsch ist, mich mit den bestehenden Umständen so gut wie möglich abzufinden –, daß ich von Anfang an stets gegen diesen Ihren Eheplan gewesen bin und erst sehr spät höchst widerwillig meine Zustimmung dazu gegeben habe."

„Mutter!" rief Mr. Meagles. „Hörst du das? Arthur! Hören Sie das?"

„Da dieses Zimmer von passender Größe und in jeder Beziehung für den Zweck der Konversation ganz reizend eingerichtet ist", sagte Mrs. Gowan, die sich fächelnd umsah, „so sollte ich meinen, daß ich überall hörbar bin."

Einige Augenblicke vergingen unter Stillschweigen, bevor Mr. Meagles sich mit genügender Sicherheit in seinem Stuhl festhalten konnte, um nicht beim nächsten Worte, das er sprach, daraus emporzufahren. Schließlich sagte er: „Madam, ich erinnere sehr ungern daran, aber ich muß Ihnen ins Gedächtnis zurückrufen, wie meine Ansichten und mein Verhalten die ganze Zeit über in bezug auf diese unglückliche Angelegenheit waren."

„Oh, mein lieber Herr", sagte Mrs. Gowan, während sie mit anklagendem Verständnis lächelnd den Kopf schüttelte, „ich habe das ganz gut verstanden, das versichere ich Ihnen."

„Ich habe niemals, Madam", sagte Mr. Meagles, „bis zu dieser Zeit gewußt, was es heißt, unglücklich zu sein; ich habe niemals bis zu dieser Zeit gewußt, was es heißt, in Angst zu leben. Es war eine Zeit von solcher Qual für mich, daß ..." – daß Mr. Meagles einfach nichts mehr darüber sagen konnte, sondern sich mit dem Taschentuch über das Gesicht fuhr.

„Ich habe die ganze Sache richtig durchschaut", sagte Mrs. Gowan gelassen über ihren Fächer hinweg. „Da Sie sich an Mr. Clennam gewandt haben, kann ich mich ebenfalls an Mr. Clennam wenden. Er weiß, ob ich Sie durchschaut habe oder nicht"

„Es ist sehr wider meinen Wunsch", sagte Clennam, auf den alle blickten, „irgendeinen Anteil an dieser Unterredung zu nehmen, um so mehr, da ich das beste Einverständnis und die aufrichtigsten Beziehungen mit Mr. Henry Gowan zu erhalten wünsche. Ich habe wirklich sehr triftige Gründe, diesen Wunsch zu hegen. Mrs. Gowan schrieb bei einer Unterhaltung mit mir vor der Heirat meinem Freunde hier gewisse Absichten zu, die Heirat zu fördern, und ich bemühte mich, ihr klarzumachen, daß sie sich täusche. Ich stellte ihr vor, ich wüßte (wie ich es damals wußte und jetzt weiß), daß er in Wort und Tat entschieden gegen die Heirat sei."

„Sehen Sie?" sagte Mrs. Gowan und hielt Mr. Meagles ihre offenen Handflächen hin, als ob sie die Gerechtigkeit selbst wäre, die ihm bedeutete, er solle lieber alles gestehen, denn er sei in der Klemme. „Sehen Sie? Sehr gut! Nun, Papa und Mama Meagles", hier stand sie auf, „gestatten Sie mir beide, daß ich mir die Freiheit nehme, diesem ziemlich unangenehmen Streit ein Ende zu machen. Ich will kein Wort mehr über seinen Nutzen sagen, ich will nur sagen, daß es ein weiterer Beweis dafür ist, was man längst aus Erfahrung weiß, daß derartige Dinge niemals etwas einbringen – wie mein armer Junge selbst sagen würde, daß es sich niemals lohnt –, mit einem Wort, daß es niemals gut geht."

Mr. Meagles fragte: „Was für Dinge?"

„Es ist vergeblich", sagte Mrs. Gowan, „daß Leute versuchen, miteinander auszukommen, die aus so gänzlich verschiedenen Sphären kommen, die auf eine so zufällige Weise durch eine Heirat zusammengeschüttelt worden sind und die den unwillkommenen Umstand, der sie zusammengebracht hat, nicht in dem gleichen Licht sehen können. Das geht niemals gut."

Mr. Meagles begann: „Gestatten Sie mir zu bemerken, Madam . . ."

„Nein, lassen Sie das", erwiderte Mrs. Gowan. „Weshalb sollten Sie? Das ist eine feststehende Tatsache. Es geht niemals gut. Ich will deshalb, wenn Sie erlauben, meinen Weg gehen und Sie den Ihrigen gehen lassen. Ich werde stets glücklich sein, die hübsche Frau meines armen Jungen bei mir zu sehen, und ich werde mich stets bemühen, die herzlichsten Beziehungen zu ihr zu unterhalten. Aber was unsere Beziehungen angeht, halb Familie und halb fremd, halb so und halb anders, so ist das ein Zustand, der unmöglich und geradezu lächerlich ist. Ich versichere Ihnen, es geht niemals gut."

Die Dame verneigte sich hier lächelnd, mehr vor dem Zimmer als vor irgendeinem der Anwesenden, und damit nahm sie für immer von Papa und Mama Meagles Abschied. Clennam trat vor, um sie zu der Pillenschachtel zu geleiten, die allen Bewohnern des Hampton Court Palace zur Verfügung stand, und sie bestieg mit vornehmer Ruhe den Wagen und fuhr davon.

Von dieser Zeit an erzählte die Dame oft ihren intimen Bekannten mit leichtem und lässigem Humor, wie sie trotz der größten Anstrengungen es unmöglich gefunden habe, mit diesen Leuten umzugehen, die zu Henrys Frau gehörten und die sich so verzweifelt bemüht hatten, ihn einzufangen. Ob sie schon vorher zu der Einsicht gekommen war, daß dieses Sichlossagen ihrer Lieblingsvorstellung einen besseren Anschein geben, ihr gelegentlich eine Schwierigkeit ersparen und dabei nichts schaden könne (da das hübsche Mädchen fest verheiratet war und ihr Vater an ihr hing), das wußte sie nur selbst am besten, obwohl auch diese Erzählung ihre Meinung darüber hat, und zwar ganz entschieden eine bejahende.

## *9. Kapitel*

### Erscheinen und Verschwinden

„Arthur, mein lieber Junge", sagte Mr. Meagles am Abend des folgenden Tages, „Mutter und ich haben über diese Sache gesprochen, und wir fühlen uns nicht ruhig, wenn alles so bleibt, wie es ist. Jene elegante Verwandtschaft von uns – jene teure Dame, die gestern hier war ..."

„Ich verstehe", sagte Arthur.

„Sogar dieses liebenswürdige und herablassende Schmuckstück der Gesellschaft", fuhr Mr. Meagles fort, „kann uns in falschem Licht erscheinen lassen, fürchten wir. Wir könnten viel ertragen um ihretwillen; aber wir denken, wir wollen das lieber nicht ertragen, da es ihr ja doch einerlei ist."

„Gut", sagte Arthur. „Weiter."

„Sehen Sie", fuhr Mr. Meagles fort, „es könnte uns unserem Schwiegersohn gegenüber in eine schiefe Stellung bringen, es könnte uns sogar unserer Tochter gegenüber in eine schiefe Stellung bringen, und es könnte Unruhe und Unfrieden in unser Familienleben tragen. Sie sehen das ein, nicht wahr?"

„Ja, wirklich", erwiderte Arthur, „es ist viel Richtiges an dem, was Sie sagen." Er hatte Mrs. Meagles angeblickt, die stets auf der Seite der Vernunft und der Güte stand, und hatte in ihrem ehrlichen Gesicht die Bitte gelesen, daß er Mr. Meagles in seinem augenblicklichen Vorhaben unterstützen möchte.

„Deshalb sind wir sehr geneigt, Mutter und ich", sagte Mr. Meagles, „unsere Siebensachen zu packen und wieder einmal unter die Allonser und Marchonser zu gehen. Ich meine, wir sind sehr geneigt, auf und davon zu gehen, geradewegs durch Frankreich nach Italien zu reisen und unsere liebe Pet aufzusuchen."

„Ich glaube", erwiderte Arthur, von der mütterlichen Erwartung in dem strahlenden Gesicht von Mrs. Meagles gerührt (sie mußte ihrer Tochter einstmals sehr ähnlich gewesen sein), „daß Sie nichts Besseres tun könnten. Und wenn Sie mich um einen Rat fragen, dann gebe ich den, daß Sie sich morgen auf den Weg machen sollten."

„Wirklich?" fragte Mr. Meagles. „Mutter, das heißt in einem Vorhaben unterstützt werden, wie?"

Mutter Meagles warf Clennam einen dankbaren Blick

zu, der ihn sehr angenehm berührte, und antwortete, daß es das wirklich heiße.

„Außerdem ist es Tatsache, Arthur", sagte Mr. Meagles, während die alte Wolke über sein Gesicht zog, „daß mein Schwiegersohn schon wieder in Schulden steckt und daß ich glaube, ich muß wieder für ihn bezahlen. Schon deshalb ist es gut, daß ich mal rüberschaue und in freundlicher Weise nach dem Rechten sehe. Dann ist Mutter hier närrischerweise ängstlich (und doch ist das ganz natürlich) wegen Pets Gesundheitszustand und daß sie sich jetzt nicht vereinsamt fühlen soll. Sie ist wirklich weit weg, Arthur, und es ist auf jeden Fall ein fremdes Land für das arme liebe Kind. Mag sie auch so gut versorgt werden wie irgendeine Dame in dem Land dort, es ist doch weit weg."

„Alles vollkommen richtig", bemerkte Arthur, „und alles triftige Gründe, um zu reisen."

„Es freut mich, daß Sie so denken; das gibt bei mir den Ausschlag. Mutter, meine Liebe, du kannst dich fertigmachen. Wir haben unsere hübsche Dolmetscherin verloren (sie sprach drei Fremdsprachen wunderschön, Arthur; Sie haben sie oft gehört), nun mußt du mich herausreißen, Mutter, so gut du kannst. Man muß mich oft herausreißen, Arthur", sagte Mr. Meagles, den Kopf schüttelnd. „Ich bleibe bei allem hängen, was über ein Substantiv hinausgeht – und ich bleibe sogar *daran* hängen, wenn es ein einigermaßen schwieriges ist."

„Da fällt mir ein", sagte Clennam, „wir haben ja Cavalletto. Er soll mit Ihnen gehen, wenn Sie wollen. Ich misse ihn ungern, aber Sie werden ihn sicher zurückbringen."

„Nun, ich bin Ihnen sehr verbunden, mein Junge", sagte Mr. Meagles, darüber nachdenkend, „aber ich denke, lieber nicht. Nein, ich denke, ich werde mich von Mutter herausreißen lassen. Cavallure (ich bleibe schon bei seinem Namen stecken, und es klingt wie der Refrain eines komischen Liedes) ist Ihnen so nötig, daß ich ihn nicht gern fortnehmen möchte. Mehr als das, wir können nicht sagen, wann wir wieder nach Hause kommen werden; und es würde nicht angehen, ihn für eine unbestimmt lange Zeit zu behalten. Unser Haus ist nicht, was es war. Es sind nur zwei kleine Personen weniger drin als früher – Pet und ihr armes unglückliches Mädchen Tattycoram –, aber es scheint nun leer zu sein. Wenn wir einmal fort sind, können wir nicht wissen, wann wir wieder nach Hause kommen werden. Nein, Arthur, Mutter soll mich herausreißen."

‚Sie werden sich nach allem vielleicht am besten allein durchhelfen', dachte Clennam; deshalb drängte er sie nicht weiter, seinen Vorschlag anzunehmen.

„Wenn Sie hierherkommen und zur Abwechslung einmal hierbleiben wollten, falls es Ihnen keine Umstände macht", begann Mr. Meagles wieder, „so würde ich mich freuen – und Mutter ebenfalls, wie ich weiß –, daß Sie dem alten Ort wieder etwas von dem Leben verleihen, an das er gewöhnt war, als er voller Menschen war, und daß auf den Kindern dort an der Mauer ab und zu ein freundliches Auge ruht. Sie gehören so zu dem Ort und zu Ihnen, Arthur, und wir wären alle miteinander so glücklich gewesen, wenn es sich gefügt hätte ... Aber wir wollen einmal sehen – wie ist jetzt das Wetter für die Reise?" Mr. Meagles brach ab, räusperte sich und stand auf, um durchs Fenster hinauszusehen.

Sie kamen überein, daß das Wetter vielversprechend sei, und Clennam hielt das Gespräch in dieser sicheren Richtung, bis es wieder unbefangen geworden war. Allmählich lenkte er es auf Henry Gowan und seine Klugheit und seine angenehmen Eigenschaften, wenn man ihn zu behandeln verstünde; er sprach auch von der Liebe, die er unbestreitbar für seine Frau empfinde. Clennam verfehlte seine Wirkung auf den guten Mr. Meagles nicht, den diese Lobsprüche sehr froh machten und der Mutter zur Zeugin dafür anrief, daß es der einzige und aufrichtige Wunsch seines Herzens in bezug auf den Gatten ihrer Tochter sei, im besten Einvernehmen Freundschaft gegen Freundschaft und Vertrauen gegen Vertrauen auszutauschen. Innerhalb weniger Stunden begann man die Möbel des Landhauses zur

Schonung während der Abwesenheit der Familie in Dekken zu hüllen – oder, wie Mr. Meagles sich ausdrückte, das Haus begann sich das Haar einzurollen –, und in wenigen Tagen waren Vater und Mutter abgereist. Mrs. Tickit und Dr. Buchan bezogen wie früher ihren Posten am Fenster des Wohnzimmers, und Arthurs einsamer Schritt raschelte zwischen den dürren Blättern auf den Gartenwegen.

Da er eine Vorliebe für diesen Ort hatte, ließ er selten eine Woche vergehen, ohne ihm einen Besuch abzustatten. Bisweilen kam er allein und blieb von Sonntag bis Montag; bisweilen begleitete ihn sein Teilhaber; bisweilen wanderte er nur eine Stunde oder zwei durch das Haus und den Garten, sah, daß alles in Ordnung war, und kehrte nach London zurück. Zu jeder Zeit und unter allen Umständen saß Mrs. Tickit mit ihren dunklen Locken und Dr. Buchan am Fenster und wartete auf die Rückkehr der Familie.

Bei einem seiner Besuche empfing ihn Mrs. Tickit mit den Worten: „Ich habe Ihnen etwas mitzuteilen, Mr. Clennam, was Sie überraschen wird." Das fragliche Etwas war so überraschend, daß es Mrs. Tickit tatsächlich vom Wohnzimmerfenster auf den Gartenweg getrieben hatte, als Clennam zur Gartentür hereintrat, die für ihn geöffnet worden war.

„Was gibt es, Mrs. Tickit?" fragte er.

„Sir", erwiderte die treue Wirtschafterin, als sie ihn ins Wohnzimmer geführt und die Tür geschlossen hatte, „wenn ich jemals in meinem Leben das irregeleitete Kind gesehen habe, dann sah ich sie persönlich gestern abend in der Dunkelheit."

„Sie meinen doch nicht Tatty . . ."

„. . . Coram, ja, die meine ich!" schoß Mrs. Tickit sofort mit ihrer Eröffnung heraus.

„Wo?"

„Mr. Clennam", erwiderte Mrs. Tickit, „ich hatte ein wenig schwere Augen, da ich länger als gewöhnlich auf meine Tasse Tee wartete, die Mary Jane gerade zubereitete. Ich war nicht gerade eingeschlafen, noch was man richtig duselnd nennt. Ich war mehr das, was man ganz genau mit geschlossenen Augen wach nennen könnte."

Ohne in eine Untersuchung über diesen interessanten abnormen Zustand einzutreten, sagte Clennam:

„Ganz recht. Und weiter?"

„Nun, Sir", fuhr Mrs. Tickit fort, „ich dachte an dies und dachte an das. Genauso, wie Sie selbst das wohl getan hätten. Genauso, wie jeder das wohl getan hätte."

„Ganz recht", sagte Clennam. „Und weiter?"

„Und wenn ich an dies und an das denke", fuhr Mrs. Tickit fort, „so brauche ich Ihnen kaum zu sagen, Mr. Clennam, daß ich an die Familie denke. Weil, du lieber Himmel!, die Gedanken eines Menschen", Mrs. Tickit sagte dies mit einer nachdenklichen und philosophischen Miene, „so weit sie auch umherwandern mögen, mehr oder weniger immer auf das hinausgehen werden, was in seinem Geist zuoberst ist. Das ist so, Sir, und kein Mensch kann sie daran hindern."

Arthur schloß sich dieser Entdeckung mit einem Kopfnicken an.

„Sie finden das selbst auch, Sir, das kann ich mich unterfangen zu sagen", sagte Mrs. Tickit, „und wir alle finden es so. Die Stellung im Leben macht dabei keinen Unterschied, Mr. Clennam; die Gedanken sind frei! – Wie ich sagte, dachte ich an dies und dachte an das und dachte sehr viel an die Familie. Nicht nur an die Familie in der Gegenwart, sondern auch in der Vergangenheit. Denn wenn ein Mensch so an dies und an das zu denken beginnt, wenn es dunkel wird, dann, sage ich, scheinen ihm alle Zeiten gegenwärtig zu sein, und der Mensch muß aus diesem Zustand erst wieder herauskommen und sich besinnen, bevor er sagen kann, was rechts und was links ist."

Clennam nickte wieder bloß, da er sich fürchtete, ein Wort zu sagen, damit es nicht neue Möglichkeiten für Mrs. Tickits Unterhaltungsgabe eröffnete.

„Als ich infolgedessen", sagte Mrs. Tickit, „mit den Augen blinzelte und ihre leibhaftige Gestalt zum Gartentor hereinschauen sah, schloß ich sie wieder, ohne auch nur aufzufahren, denn diese leibhaftige Gestalt paßte so gut zu der Zeit, als sie ebensogut wie ich zum Hause gehörte, daß ich im Augenblick durchaus nicht daran dachte, sie könnte weggegangen sein. Aber, Sir, als ich wieder mit den Augen blinzelte und sah, daß sie nicht mehr da war, da kam alles mit einem Schrecken so plötzlich über mich, daß ich aufsprang."

„Liefen Sie sofort hinaus?" fragte Clennam.

„Ich lief hinaus", stimmte Mrs. Tickit zu, „so schnell mich meine Füße tragen konnten; und wenn Sie es glauben wollen, Mr. Clennam, am ganzen leuchtenden Himmel war nicht soviel wie ein Finger von diesem jungen Mädchen zu sehen."

Arthur ging über das Fehlen dieses neuen Gestirnes am Firmament hinweg und fragte Mrs. Tickit, ob sie vor die Gartentür gegangen sei.

„Ich lief hin und her und auf und ab", erwiderte Mrs. Tickit, „und sah keine Spur von ihr!"

Er fragte Mrs. Tickit dann, wieviel Zeit ihrer Vermutung nach zwischen dem zweimaligen Augenblinzeln vergangen sei. Obwohl Mrs. Tickit diese Frage mit der größten Umständlichkeit beantwortete, so schwankte ihre Ansicht doch zwischen fünf Sekunden und zehn Minuten. Sie tappte in bezug auf diesen Teil der Angelegenheit so offenbar im dunkeln, und es war so offenbar, daß sie aus dem Schlummer aufgeweckt worden war, daß Clennam sehr dazu neigte, die ganze Erscheinung für einen Traum anzusehen. Ohne Mrs. Tickits Gefühle mit dieser Lösung ihres Geheimnisses zu verletzen, nahm er sie aus dem Landhaus mit und hätte wahrscheinlich auch stets in Zukunft an ihr festgehalten, wenn nicht bald ein Umstand eingetreten wäre, der seine Ansicht änderte.

Er wanderte bei einbrechendem Abend den Strand entlang. Vor ihm her ging der Lampenanzünder, unter dessen Hand die Straßenlaternen, im Nebel nur undeutlich sichtbar, eine nach der anderen aufflammten, gleich leuchtenden Sonnenblumen, die sich alle auf einmal entfalteten. Plötzlich wurde der Weg durch einen Zug

Kohlenwagen, die von den Landeplätzen am Flußufer heraufführen, versperrt. Er war schnell gegangen und hatte sich mit seinen Gedanken beschäftigt, und die plötzliche Unterbrechung beider Tätigkeiten veranlaßte ihn, um sich zu blicken, wie es Menschen unter solchen Verhältnissen gewöhnlich tun.

In diesem Augenblick sah er, durch einige Menschen von ihm getrennt, aber doch so nahe, daß er sie hätte berühren können, wenn er seinen Arm ausgestreckt hätte, Tattycoram und einen fremden Mann von auffallendem Aussehen vor sich: einen prahlerischen Mann mit einer Hakennase und einem schwarzen Schnurrbart, dessen Farbe so falsch war wie der Ausdruck seiner Augen, der einen schweren Mantel mit dem Gebaren eines Fremden trug. Seine Kleidung und sein allgemeines Äußere waren das eines Reisenden, und er schien das Mädchen erst vor ganz kurzer Zeit getroffen zu haben. Wenn er sich niederbeugte (er war viel größer als sie), um auf ihre Worte zu lauschen, sah er mit dem mißtrauischen Blick eines Menschen über seine Schulter, dem es nicht ungewöhnlich war, den Verdacht zu hegen, er werde verfolgt. Bei einer solchen Gelegenheit, als er einen finsteren Blick auf die angesammelte Menschenmenge hinter sich warf, ohne auf Clennams Gesicht oder auf dem irgendeines anderen Menschen zu verweilen, sah Clennam sein Gesicht. Er hatte kaum seinen Kopf wieder herumgewandt und hielt ihn noch gesenkt, während er dem Mädchen zuhörte, als der versperrte Weg frei wurde und der Strom der Menschen weiterfloß. Der Mann schritt an der Seite des Mädchens weiter, wobei er immer noch den Kopf gesenkt hielt und auf ihre Worte lauschte, und Clennam, entschlossen, dieses unerwartete Spiel zu Ende zu spielen und zu sehen, wohin sie gingen, folgte ihnen.

Er hatte kaum den Entschluß gefaßt (obwohl er nicht lange Zeit dazu brauchte), als er ebenso plötzlich wieder zum Stillstand gebracht wurde wie vorher durch das Verkehrshindernis. Sie wandten sich auf einmal zum Adelphi – wobei das Mädchen offenbar führte – und gingen geradeaus weiter, als ob sie nach der Terrasse wollten, die hier auf den Fluß hinausragt.

Bis auf den heutigen Tag verstummt an diesem Ort auf einmal der Straßenlärm. Die vielen Geräusche ersterben so plötzlich, daß der Wechsel wirkt, als ob man sich Watte in die Ohren stopft oder den Kopf dick mit Tüchern umhüllt. Zu jener Zeit war der Gegensatz noch weit größer, da es damals noch keine kleinen Dampfboote auf dem Fluß gab, keine Landungsplätze außer schlüpfrigen hölzernen Stufen und Fußwegen, keine Eisenbahn auf dem gegenüberliegenden Ufer, keine Hängebrücke und keinen Fischmarkt in der Nähe, keinen Verkehr auf der nächstgelegenen Steinbrücke, nichts auf dem Strom als Fährboote und Kohlenleichter. Lange und breite schwarze Reihen von diesen, im Schlamm fest verankert, als ob sie sich niemals wieder bewegen sollten, machten nach Eintritt der Dunkelheit das Ufer düster und schweigsam und hielten die Bewegung des Wassers, soviel davon vorhanden war, weit draußen in der Mitte des Stromes. Zu jeder Stunde nach Sonnenuntergang und nicht am wenigsten zu der Stunde, da die meisten Menschen, die zu Hause etwas zu essen haben, nach Hause gehen, um zu essen, und da die meisten von denen, die nichts haben, noch kaum hervorgeschlichen sind, um zu betteln oder zu stehlen, war es ein verlassener Ort und blickte auf eine verlassene Gegend.

Es war um diese Zeit, als Clennam an der Ecke stehenblieb und das Mädchen und den fremden Mann beobachtete, wie sie die Straße hinabgingen. Die Schritte des Mannes erklangen so laut auf den Pflastersteinen, daß er nicht noch den Klang seiner eigenen hinzufügen wollte. Aber als sie um die Ecke gebogen waren und in der Dunkelheit auf die Terrasse zuschritten, folgte er ihnen, indem er, so gut es ging, tat, als ob er zufällig hier vorbeikäme.

Als er um die dunkle Ecke bog, gingen sie die Terrasse entlang auf eine Gestalt zu, die ihrerseits auf sie zuschritt. Wenn er die Gestalt für sich allein bei dem Gaslicht, dem Nebel und in dieser Entfernung gesehen hätte, würde er sie zuerst nicht erkannt haben, aber da die Gestalt des Mädchens sein Erinnerungsvermögen anregte, erkannte er Miss Wade.

Er blieb an der Ecke stehen und blickte scheinbar erwartungsvoll die Straße entlang, als ob er eine Verabredung hätte, sich dort mit jemand zu treffen, aber er behielt die drei sorgfältig im Auge. Als sie zusammenkamen, nahm der Mann seinen Hut ab und machte Miss Wade eine Verbeugung. Das Mädchen schien einige Worte zu sprechen, als ob sie ihn vorstellte oder Rechenschaft darüber ablegte, daß er zu spät oder zu früh gekommen sei, oder irgend etwas Derartiges, und dann blieb sie allein um einen Schritt oder zwei zurück. Miss Wade und der Mann begannen auf und ab zu gehen; der Mann schien äußerst höflich zu ihr zu sein und ihr Komplimente zu machen; Miss Wade schien äußerst hochmütig zu sein.

Als sie an die Ecke kamen, sagte sie:

„Wenn ich mich dabei einschränken muß, Sir, so ist das meine Angelegenheit. Beschränken Sie sich auf die Ihrige und stellen Sie mir keine Fragen."

„Beim Himmel, Madam", erwiderte er und machte wieder eine Verbeugung, „es war meine tiefe Achtung vor Ihrer Charakterstärke und meine Bewunderung für Ihre Schönheit."

„Ich brauche weder das eine noch das andere von irgend jemand", sagte sie, „und von Ihnen am allerwenigsten. Fahren Sie mit Ihrem Bericht fort."

„Verzeiht man mir?" fragte er mit einer Miene halb beschämter Galanterie.

„Man bezahlt Sie", sagte sie, „und das ist alles, was Sie brauchen."

Ob das Mädchen zurückblieb, weil es nichts von der Sache hören sollte oder weil es bereits genug davon wußte, konnte Clennam nicht entscheiden. Die beiden machten kehrt, und das Mädchen machte ebenfalls kehrt. Es schaute auf den Fluß, während es mit zusammengepreßten Händen dahinschritt; das war alles, was er von ihm sehen konnte, ohne sein Gesicht zu zeigen.

Zum Glück war zufällig ein Mann da, der wirklich auf jemand wartete, und dieser blickte bisweilen über das Geländer ins Wasser und kam bisweilen an die dunkle Ecke und blickte die Straße entlang, wodurch Arthur weniger auffiel.

Als Miss Wade und der Mann wieder vorüberkamen, sagte sie gerade:

„Sie müssen bis morgen warten."

„Bitte tausendmal um Verzeihung!" erwiderte er. „Heute abend paßt es Ihnen also nicht?"

„Nein. Ich sage Ihnen ja, ich muß es erst beschaffen, bevor ich es Ihnen geben kann."

Sie blieb auf der Straße stehen, wie um der Unterredung ein Ende zu machen. Er blieb natürlich gleichfalls stehen und ebenso das Mädchen.

„Es ist ein wenig unbequem", sagte der Mann. „Ein wenig. Aber, beim Himmel!, das bedeutet nichts bei einem solchen Dienst. Ich bin heute abend zufällig ohne Geld. Ich habe zwar einen guten Bankier in dieser Stadt, aber ich möchte dort nicht eher Geld erheben, bis ich mir eine runde Summe auszahlen lassen kann."

„Harriet", sagte Miss Wade, „vereinbare mit ihm – mit diesem Herrn hier –, daß du ihm morgen ein wenig Geld schicken wirst." Sie sprach dies mit einer Dehnung des Wortes „Herrn", die verächtlicher als jede Betonung war, und ging langsam weiter.

Der Mann beugte wieder den Kopf, und das Mädchen sprach zu ihm, während sie beide hinter ihr hergingen. Clennam warf einen vorsichtigen Blick auf das Mädchen, als sie weitergingen. Er konnte bemerken, daß ihre glänzenden schwarzen Augen mit einem forschenden Ausdruck auf den Mann geheftet waren und daß sie einen kleinen Abstand zwischen sich und ihm bewahrte, während sie nebeneinander auf das andere Ende der Terrasse zuschritten.

Ein lauter und veränderter Klang auf dem Pflaster warnte ihn, bevor er unterscheiden konnte, was dort vorging, daß der Mann allein zurückkam. Clennam trat auf das Geländer zu, und der Mann ging rasch an ihm vorüber. Er hatte das Ende seines Mantels über die Schulter geworfen und sang ein französisches Liedchen.

Es war jetzt niemand mehr auf der Straße als Clennam. Der wartende Mann war weggegangen, und Miss Wade und Tattycoram waren verschwunden. Da er mehr denn je zu wissen wünschte, was aus ihnen geworden war, um seinem guten Freund Mr. Meagles darüber Nachricht geben zu können, ging er auf das andere Ende der Terrasse zu und schaute sich vorsichtig um. Er nahm mit Recht an, daß sie, wenigstens zunächst, eine andere Richtung einschlagen würden als der Mann, mit dem sie soeben zusammengewesen waren. Er sah sie bald in einer benachbarten Seitenstraße, die eine Sackgasse war, wo sie offenbar einige Zeit warteten, bis der Mann sich inzwischen weit genug entfernt hatte. Sie schritten langsam Arm in Arm die eine Seite der Straße hinunter und kamen auf der anderen Seite zurück. Als sie wieder an die Straßenecke gelangt waren, änderten sie ihren Gang wie Menschen, die ein Ziel und eine gewisse Entfernung vor sich haben, und gingen mit gleichmäßigem Schritt davon. Clennam behielt sie scharf im Auge.

Sie gingen über den Strand, dann über den Covent Garden (unter den Fenstern seiner früheren Wohnung vorbei, wohin die teure Klein Dorrit an jenem Abend gekommen war) und dann schräg in nordöstlicher Richtung, bis sie an dem großen Gebäude vorbeikamen, in dem Tattycoram ihren Namen erhalten hatte, und in die Gray's Inn Road einbogen. Clennam war hier durch Flora, von dem Patriarchen und Pancks nicht zu reden, vollkommen zu Hause und behielt sie mit Leichtigkeit im Auge. Er begann sich staunend zu fragen, wohin sie weitergehen würden, als dieses Staunen sich über dem größeren Staunen verlor, sie in die Patriarchen-Straße einbiegen zu sehen. Dieses Erstaunen wurde wiederum von dem noch größeren Staunen verschlungen, mit dem er sie an der Patriarchen-Tür stehenbleiben sah. Ein leiser Doppelschlag mit dem glänzenden Messingklopfer, ein Lichtschimmer, der aus der geöffneten Tür auf die

Straße fiel, ein kurzer Austausch von Frage und Antwort, und die Tür wurde hinter ihnen geschlossen.

Nachdem er seine Umgebung gemustert hatte, um sich zu vergewissern, daß er nicht in einem wunderlichen Traum befangen war, und nachdem er eine kleine Weile vor dem Haus auf und ab gegangen war, klopfte Arthur an die Tür. Diese wurde von dem wohlbekannten Dienstmädchen geöffnet, das ihn mit seiner gewohnten Freundlichkeit sogleich in Floras Zimmer führte.

Es war niemand bei Flora als Mr. F.s Tante, und diese achtunggebietende Dame saß in einer duftenden Atmosphäre von Tee und gerösteten Brotschnitten in einem Lehnstuhl neben dem Kamin, mit einem kleinen Tisch neben sich und einem reinen weißen Tuch über den Knien, auf dem zwei geröstete Brotschnitten bereits darauf warteten, verzehrt zu werden. Sie beugte sich über ein dampfendes Teegefäß und blickte durch den Dampf hindurch und blies ihn fort wie eine chinesische Zauberin, die ruchlose Riten vollführt, während sie ihre große Teetasse niedersetzte, und rief aus: „Der Teufel hole ihn, wenn er da nicht wieder zurückgekommen ist!"

Es gewann nach diesem Ausruf den Anschein, daß diese so unversöhnliche Verwandte des Mr. F. die Zeit nach der Intensität ihrer Gefühle und nicht nach der Uhr maß und der Ansicht war, Clennam sei erst vor kurzem weggegangen; wogegen in Wirklichkeit mindestens ein Vierteljahr verstrichen war, seit jener die Verwegenheit besessen hatte, ihr vor Augen zu kommen.

„Lieber Himmel Arthur!" rief Flora, während sie aufstand, um ihn herzlich zu empfangen. „Doyce und Clennam welche Überraschung obwohl nicht weit von der Gießereiwerkstatt und könnte wirklich bisweilen aufgesucht werden wenn schon zu keiner anderen Zeit dann zum Mittag wenn ein Glas Sherry und ein Butterbrot mit kaltem Fleisch aus der Speisekammer nicht unerwünscht sein mag oder schlechter schmeckt weil es von Herzen kommt denn Sie wissen Sie kaufen es irgendwo und wo etwas gekauft wird muß ein Profit dabei sein, sonst würden sie niemals den Laden halten das läßt sich denken wenn sie keinen Anlaß hätten doch habe ich Sie niemals gesehen und habe nun verstanden daß es nicht anders zu erwarten ist, denn Mr. F. selbst sagte wenn Sehen Glauben ist so ist Nichtsehen auch Glauben und wenn Sie nichts sehen dann können Sie getrost glauben man denkt nicht an Sie nicht daß ich erwarte daß Sie Arthur, Doyce und Clennam, an mich denken weshalb sollte ich, denn die Zeiten sind dahin aber Ihnen sogleich noch eine Teetasse bringen und frisches Röstbrot bestellen und bitte nehmen Sie neben dem Feuer Platz."

Arthur hatte den dringendsten Wunsch, den Anlaß seines Besuches zu erklären, aber im Augenblick wurde er wider seinen Willen durch den Vorwurf abgelenkt, der in ihren Worten lag, soviel er von ihnen verstand, und durch die aufrichtige Freude, die sie bei seinem Anblick zeigte.

„Und jetzt sagen Sie mir bitte alles was Sie wissen", sagte Flora, während sie ihren Stuhl neben den seinen rückte, „über das liebe gute stille kleine Wesen und ihr neues Glück jetzt haben sie sicher einen Wagen und Pferde ohne Zahl höchst romantisch, ein Wappen natürlich mit wilden Tieren auf den Hinterbeinen die es zeigen als ob es ein Bild wäre das sie gemacht haben mit Mäulern von einem Ohr zum anderen du lieber Himmel, und sie ist bei Gesundheit was nach allem das wichtigste ist denn was ist Reichtum ohne Gesundheit. Mr. F. selbst sagte oft wenn die Gicht ihn zwackte daß Sixpence pro Tag und keine Gicht das beste Auskommen wäre, nicht daß er von sowenig hätte leben können er wäre der letzte auf Erden oder daß das liebe kleine Wesen obwohl jetzt ein viel zu familiärer Ausdruck irgendeine derartige Neigung hatte, viel zu schwach und klein aber sah sie so gebrechlich aus der Himmel segne sie!"

Mr. F.s Tante, die eine geröstete Brotschnitte bis auf die Kruste aufgegessen hatte, händigte hier feierlich Flora die Kruste aus, die sie, als ob sich das von selbst verstünde, für sie aufaß. Mr. F.s Tante befeuchtete dann ihre zehn Finger langsam nacheinander an ihren Lippen und wischte sie in genau derselben Reihenfolge an dem weißen Tuch ab; dann nahm sie die zweite geröstete Brotschnitte und machte sich über sie her. Während sie diese gewohnheitsmäßige Tätigkeit verrichtete, sah sie Clennam mit einem so finsteren Ausdruck an, daß er sich genötigt fühlte, sie gegen seine persönliche Neigung wieder anzublicken.

„Sie ist mit ihrer Familie in Italien, Flora“, sagte er, als die furchtbare Dame wieder beschäftigt war.

„Ist sie wirklich in Italien“, sagte Flora, „wo die Weintrauben und Feigen überall wachsen und dazu Halsketten und Armbänder aus Lava dieses poetische Land mit brennenden Bergen überaus malerisch obwohl wenn die Leierkastenjungens von dort weglaufen um nicht verbrannt zu werden so kann sich niemand darüber wundern da sie so jung sind und dabei bringen sie ihre weißen Mäuse mit was sehr menschenfreundlich ist, und ist sie wirklich in diesem begnadeten Lande mit nichts als Blau um sich herum mit sterbenden Gladiatoren und Belvederes obwohl Mr. F. es nicht glaubte denn sein Einwand in guter Laune war, daß die Statuen nicht richtig sein könnten da es zwischen einer Menge schlecht hergerichteten und faltigen weißen Leinens und gar nichts keinen Übergang gäbe, was sicherlich nicht wahrscheinlich ist obwohl vielleicht infolge der Extreme von reich und arm was die Erklärung dafür sein mag.“

Arthur versuchte ein Wort einzufügen, aber Flora eilte weiter. „Und auch das alte Venedig“, sagte sie, „ich glaube Sie sind dort gewesen ist es gut oder schlecht erhalten denn die Leute sind so verschiedener Meinung darüber und Makkaroni wenn sie sie wirklich wie ein Taschenspieler essen weshalb schneiden sie sie nicht kürzer, Sie kennen, Arthur – lieber Doyce und Clennam vielleicht nicht lieber und sicherlich nicht Doyce denn ich habe nicht das Vergnügen aber bitte entschuldigen Sie mich – kennen glaube ich Pisa was hat es eigentlich mit piesacken zu tun das habe ich nie begreifen können?“

„Ich glaube, es besteht kein Zusammenhang zwischen

diesen beiden, Flora", begann Arthur, doch sie fiel ihm wieder ins Wort.

„Ist da wirklich kein Zusammenhang das habe ich nie verstanden aber das sieht mir ähnlich ich verfalle auf eine Idee und da ich keine andere habe behalte ich sie ach es gab eine Zeit lieber Arthur das heißt sicherlich weder lieber Arthur aber Sie verstehen mich als eine schöne Idee den Horizont von Dingsda und so weiter vergoldete aber er ist jetzt dunkel umwölkt und es ist alles vorüber."

Arthurs immer brennender werdender Wunsch, von etwas anderem zu sprechen, war jetzt so deutlich auf seinem Gesicht zu lesen, daß Flora mit einem zärtlichen Blick innehielt und ihn fragte, was er auf dem Herzen habe.

„Ich habe den lebhaftesten Wunsch, Flora, mit einer Person zu sprechen, die jetzt in diesem Hause weilt – zweifellos bei Mr. Casby. Eine Person, die ich hereingehen sah und die sich bedauerlicherweise hat dazu verleiten lassen, aus dem Haus eines meiner Freunde wegzugehen."

„Papa empfängt so viele und so merkwürdige Leute", sagte Flora, sich erhebend, „daß ich es nicht wagen würde für irgend jemand anders als für Sie hinunterzugehen aber für Sie würde ich gern in eine Taucherglocke hinabsteigen um so eher in ein Speisezimmer und ich werde sogleich zurückkommen wenn Sie inzwischen mit Mr. F.s Tante vorliebnehmen wollen."

Mit diesen Worten und einem Abschiedsblick lief Flora geschäftig hinaus und ließ Clennam in schrecklicher Furcht vor der fürchterlichen Hinterlassenschaft zurück.

Die erste Änderung, die sich im Benehmen von Mr. F.s Tante bemerkbar machte, als sie mit ihrer gerösteten Brotschnitte fertig war, war ein lautes und langes Schnauben. Da er nicht umhinkonnte, diese Gefühlskundgebung, deren finsterer Sinn nicht mißzuverstehen war, als eine persönliche Herausforderung aufzufassen, blickte Clennam die ausgezeichnete, aber voreingenommene Dame, von der dieselbe ausging, kläglich an, in der Hoffnung, sie durch sanfte Unterwürfigkeit zu entwaffnen.

„Machen Sie mir keine solche Augen", sagte Mr. F.s Tante, vor Feindseligkeit schaudernd. „Nehmen Sie das."

„Das" war die Kruste der gerösteten Brotschnitte, Clennam nahm die Gabe mit einem dankbaren Blick an und hielt sie ein wenig verlegen in der Hand. Seine Lage wurde nicht besser, als Mr. F.s Tante mit einem lauten Aufschrei ausrief: „Er hat einen stolzen Magen, dieser Kerl! Der Kerl ist zu stolz, um es zu essen!" Sie verließ ihren Stuhl und fuhr ihm mit ihrer ehrwürdigen Faust so dicht unter der Nase hin und her, daß sie schon seine Nasenspitze berührte. Wäre nicht Flora in dieser schwierigen Lage zur rechten Zeit zurückgekommen, so hätte sich noch mehr ereignen können. Flora zeigte sich nicht im geringsten verwirrt oder überrascht, sondern beglückwünschte die alte Dame dazu, daß sie „heute abend so munter" sei, und führte sie zu ihrem Stuhl zurück.

„Er hat einen stolzen Magen, dieser Kerl", sagte Mr. F.s Tante, als sie ihren Sitz wieder eingenommen hatte. „Setze ihm eine Portion Häcksel vor!"

„Oh! Ich glaube nicht, daß er das mag, Tante", erwiderte Flora.

„Setze ihm eine Portion Häcksel vor, sage ich dir", sprach Mr. F.s Tante, während sie hinter Floras Rücken ihren Feind anstarrte. „Das ist das einzige für einen stolzen Magen. Laß ihn jedes Krümchen davon aufessen. Der Teufel hole ihn, setze ihm eine Portion Häcksel vor!"

Unter dem Vorwand, ihm zu dieser Erfrischung zu verhelfen, führte Flora ihn auf die Treppe hinaus; während Mr. F.s Tante selbst jetzt noch mit unaussprechlicher Bitterkeit wiederholte, daß er „ein Kerl" sei und einen „stolzen Magen" habe, und wieder und wieder darauf bestand, daß ihm die Pferdenahrung vorgesetzt würde, die sie bereits so dringend empfohlen hatte.

„So unbequem, diese Wendeltreppe", flüsterte Flora,

„möchten Sie nicht unter meiner Pelerine Ihren Arm um mich legen?“

Mit dem Gefühl, in einer höchst lächerlichen Lage zu sein, ging Clennam in der erbetenen Haltung die Treppe hinunter und ließ seine schöne Last an der Tür des Speisezimmers los; ja selbst da war es nicht so einfach, sie loszuwerden, weil sie in seiner Umarmung verharrte und murmelte: „Arthur, Barmherzigkeit, sagen Sie kein Wort davon zu Papa!“

Sie geleitete Arthur ins Zimmer, in dem der Patriarch saß, die Hausschuhe auf dem Kamingitter, und seine Daumen drehte, als ob er niemals damit aufgehört hätte. Der jugendliche Patriarch im Alter von zehn Jahren blickte aus seinem Bilderrahmen über ihm, ebenso ruhig wie er selbst, herunter. Die beiden glatten Köpfe sahen gleichermaßen strahlend, tölpelhaft und verbeult aus.

„Mr. Clennam, ich freue mich, Sie zu sehen. Ich hoffe, es geht Ihnen gut, Sir, ich hoffe, es geht Ihnen gut. Nehmen Sie bitte Platz – nehmen Sie bitte Platz.“

„Sir“, sagte Clennam, während er dies tat und mit sehr enttäuschtem Gesicht umherblickte, „ich hatte gehofft, Sie nicht allein zu finden.“

„Ah, wirklich?“ sagte der Patriarch freundlich. „Ah, wirklich?“

„Ich habe es dir doch gesagt, Papa“, rief Flora.

„Ah, richtig“, erwiderte der Patriarch. „Ja, so ist es. Ah, richtig!“

„Bitte, Sir“, fragte Clennam eifrig, „ist Miss Wade bereits weggegangen?“

„Miss . . .? Oh, Sie nennen sie Wade“, entgegnete Mr. Casby. „Höchst richtig.“

Arthur erwiderte rasch: „Wie nennen Sie sie denn?“

„Wade“, sagte Mr. Casby. „Oh, immer Wade.“

Arthur betrachtete das menschenfreundliche Gesicht und das lange, seidige weiße Haar einige Augenblicke lang, während Mr. Casby die Daumen drehte und das Feuer anlächelte, als ob er gütig wünschte, daß es ihn verbrennen solle, damit er ihm verzeihen könne, und Clennam begann dann:

„Ich bitte Sie um Verzeihung, Mr. Casby . . .“

„Durchaus nicht, durchaus nicht“, sagte der Patriarch, „durchaus nicht.“

„Aber Miss Wade hatte eine Begleiterin bei sich – ein junges Mädchen, das von Freunden von mir erzogen worden ist, auf das sie einen Einfluß hat, der als nicht sehr heilsam angesehen wird. Ich würde mich freuen, diesem jungen Mädchen bei Gelegenheit versichern zu können, daß es das Wohlwollen dieser Gönner noch nicht verloren hat.“

„Wirklich, wirklich?“ erwiderte der Patriarch.

„Wollen Sie deshalb die Freundlichkeit haben, mir die Adresse von Miss Wade zu geben?“

„Jejeje!“ sagte der Patriarch. „Wenn Sie mich nur benachrichtigt hätten, als sie noch hier waren! Ich habe das junge Mädchen gesehen, Mr. Clennam. Ein schönes, vollblütiges junges Mädchen, Mr. Clennam, mit sehr schwarzen Haaren und sehr schwarzen Augen, wenn ich nicht im Irrtum bin, im Irrtum bin?“

Arthur stimmte zu und sagte noch einmal: „Wenn Sie so freundlich sein wollten, mir die Adresse zu geben.“

„Jejeje!“ rief der Patriarch mit freundlichem Bedauern aus. „Sasasa! Wie schade, wie schade! Ich habe keine Adresse, Sir. Miss Wade lebt meistenteils im Ausland, Mr. Clennam. Sie hat das jahrelang getan, und sie ist (wenn ich von einem Mitmenschen und einer Dame so sprechen darf) launenhaft und unbeständig, mehr als recht ist, Mr. Clennam. Vielleicht werde ich sie sehr, sehr lange nicht wiedersehen. Vielleicht werde ich sie niemals wiedersehen. Wie schade, wie schade!“

Clennam sah jetzt ein, daß ebensoviel Aussicht bestand, von dem Porträt Hilfe zu erhalten wie von dem Patriarchen; aber er sagte trotzdem:

„Mr. Casby, könnten Sie mir für die Freunde, die ich erwähnte, und unter jeder Verpflichtung zur Schweigsamkeit, die Sie mir ganz nach Ihrem Ermessen auferlegen wollen, irgendeine Information über Miss Wade geben? Ich habe sie im Ausland und hier bei uns gesehen, aber ich weiß nichts von ihr. Können Sie mir irgend etwas über sie mitteilen?"

„Nichts", erwiderte der Patriarch, während er seinen großen Kopf mit dem äußersten Wohlwollen schüttelte, „gar nichts. Jejeje! Wie schade, daß sie so kurz blieb und Sie nicht rechtzeitig kamen! In einer vertraulichen Geschäftsangelegenheit, Geschäftsangelegenheit habe ich dieser Dame gelegentlich Geld ausgezahlt. Aber was haben Sie davon, wenn Sie das wissen?"

„Sicherlich gar nichts", sagte Clennam.

„Sicherlich", stimmte der Patriarch mit strahlendem Gesicht zu, während er menschenfreundlich das Feuer anlächelte, „gar nichts, Sir. Das ist die richtige Antwort, Mr. Clennam. Sicherlich nichts, Sir."

Seine Art, dazusitzen und seine glatten Daumen zu drehen, war für Clennam ein so deutliches Sinnbild dafür, wie er die ganze Angelegenheit, wenn er sie weiter verfolgte, drehen würde, ohne jemals eine neue Seite davon zu zeigen oder sie den geringsten Fortschritt machen zu lassen, daß ihn dies vollends davon überzeugte, daß seine Mühe umsonst gewesen war. Er hätte beliebig lange darüber nachdenken können, denn Mr. Casby, der daran gewöhnt war, überall voranzukommen, indem er alles seinem beuligen Kopf und seinem weißen Haar überließ, wußte, daß seine Stärke im Schweigen lag. So saß er da, wirbelte und wirbelte die Daumen, und sein glänzender Kopf und seine Stirn strahlten aus allen Beulen vor Menschenliebe.

Dies Bild vor Augen, war Arthur eben aufgestanden, um zu gehen, als von dem inneren Dock, wo das Schiff Pancks vor Anker lag, wenn es nicht in irgendeinem Gewässer kreuzte, das Geräusch dieses Dampfers hörbar wurde, der sich auf sie zuarbeitete.

Es fiel Arthur auf, daß das Geräusch deutlich in weiter Ferne begann, als ob Mr. Pancks jedem, den es anging, zu verstehen geben wollte, daß er von Außerhörweite herannahte.

Mr. Pancks tauschte einen Händedruck mit ihm und übergab seinem Chef einige Briefe zum Unterzeichnen.

Während Mr. Pancks ihm die Hand schüttelte, strich er sich mit dem linken Zeigefinger über die Augenbrauen und gab ein einmaliges Schnaufen von sich, woraus Clennam, der ihn jetzt besser verstand als früher, entnahm, daß er für diesen Abend mit seiner Arbeit fast fertig sei und draußen mit ihm ein Wort zu sprechen wünsche. Deshalb machte er sich, nachdem er von Mr. Casby und (was ein schwierigeres Unterfangen war) von Flora Abschied genommen hatte, auf den Weg, den Mr. Pancks einschlagen mußte.

Er hatte erst kurze Zeit gewartet, als Mr. Pancks erschien. Da Pancks ihm wieder mit einem bedeutungsvollen Schnauben die Hand schüttelte und seinen Hut abnahm, um sich die Haare zurückzustreichen, dachte Arthur, daß dies eine Aufforderung sei, mit ihm als mit jemand, der ganz gut wußte, was eben vorgefallen war, zu sprechen. Deshalb sagte er ohne jede Vorrede:

„Ich vermute, sie waren wirklich schon fortgegangen, Pancks?"

„Ja", erwiderte Pancks, „sie waren wirklich schon fortgegangen."

„Weiß er, wo diese Dame zu finden ist?"

„Kann ich nicht sagen. Ich glaube indessen, ja."

Mr. Pancks wisse es nicht? – Nein, Mr. Pancks wußte es nicht. – Wisse Mr. Pancks etwas von ihr?

„Ich glaube", erwiderte dieser würdige Herr, „ich weiß ebensoviel über sie, wie sie selbst über sich weiß. Sie ist das Kind irgend jemandes – niemandes. Bringen Sie sie in einem Zimmer hier in London mit beliebigen sechs Leuten, die alt genug sind, um ihre Eltern zu sein, zusammen, und ihre Eltern, soviel ich davon weiß, können darunter sein. Sie können in jedem Haus wohnen, das sie betritt, sie können auf jedem Kirchhof liegen, an dem sie vorüberkommt, sie kann in jeder Straße auf sie stoßen, sie kann jederzeit zufällig mit ihnen bekannt werden, ohne es zu ahnen. Sie weiß nichts von ihnen. Sie weiß nichts über irgendeinen Verwandten. Hat niemals etwas gewußt, wird niemals etwas wissen."

„Mr. Casby könnte sie vielleicht aufklären?"

„Vielleicht“, sagte Pancks, „ich vermute es wenigstens, aber ich weiß es nicht. Er hat eine Zeitlang Geld, nicht allzuviel, soviel ich weiß, in Verwahrung gehabt, um es ihr auszuhändigen, wenn sie es dringend benötigte. Manchmal ist sie stolz und rührt es eine Zeitlang nicht an; manchmal ist sie so arm, daß sie es haben muß. Sie leidet an ihrem Leben. Ein Mädchen von reizbarerem, leidenschaftlicherem, rücksichtsloserem und rachsüchtigerem Charakter als sie hat es nie gegeben. Heute abend kam sie um Geld. Sagte, sie hätte einen besonderen Anlaß dafür.“

„Ich glaube“, sagte Clennam nachdenklich, „ich weiß zufällig, was für einen Anlaß – ich meine, in wessen Tasche das Geld fließen soll.“

„Wirklich?“ sagte Pancks. „Wenn es sich um einen Vertrag handelt, dann empfehle ich der anderen Partei, ihn genau auszuführen. Ich würde mich nicht in die Nähe dieses Mädchens wagen, so jung und hübsch sie ist, wenn ich ihr ein Unrecht angetan hätte; nein, nicht für doppelt soviel Geld, wie mein Eigentümer hat! Wenn ich nicht etwa“, fügte Pancks einschränkend hinzu, „an einer langwierigen Krankheit zu leiden hätte und mir ein baldiges Ende herbeiwünschte.“

Arthur, der seine eigenen Beobachtungen über sie rasch im Geist an sich vorüberziehen ließ, fand, daß sie ziemlich genau mit denen von Mr. Pancks übereinstimmten.

„Es wundert mich nur“, fuhr Pancks fort, „daß sie meinem Eigentümer noch nicht den Rest gegeben hat als dem einzigen mit ihrer Geschichte in Verbindung stehenden Menschen, dessen sie habhaft werden kann. Da gerade davon die Rede ist, kann ich Ihnen unter uns sagen, daß ich selbst mich bisweilen versucht fühle, ihm den Rest zu geben.“

Arthur fuhr auf und sagte: „Lieber Gott, Pancks, sagen Sie so was nicht!“

„Verstehen Sie mich recht“, sagte Pancks und legte fünf abgenagte kohlschwarze Fingernägel auf Arthurs Arm, „ich meine nicht, ihm die Gurgel abschneiden, aber bei allem, was mir teuer ist, wenn er zu weit geht, werde ich ihm das Haar abschneiden!"

Nachdem er sich durch das Aussprechen dieser fürchterlichen Drohung in einem ganz neuen Licht gezeigt hatte, schnaufte Mr. Pancks mit bedeutungsvoller Miene mehrmals hintereinander und dampfte davon.

## *10. Kapitel*

### Mrs. Flintwinchs Träume werden häufiger

Die finsteren Wartezimmer der Umstandsbehörde, wo Arthur Clennam lange Stunden zubrachte in Gesellschaft von verschiedenen lästigen Sträflingen, die dazu verurteilt waren, auf diesem Rad bei lebendigem Leibe zerstückelt zu werden, hatten ihm genügend Muße gewährt, an drei oder vier aufeinanderfolgenden Tagen seine kürzlichen Beobachtungen über Miss Wade und Tattycoram erschöpfend zu durchdenken. Er war nicht imstande gewesen, etwas herauszufinden, und in diesem unbefriedigten Zustand mußte er die Angelegenheit auf sich beruhen lassen.

Er war während dieser Zeit nicht in dem dunklen alten Hause seiner Mutter gewesen. Da jetzt einer der Abende gekommen war, an denen er gewöhnlich dort hinging, verließ er seine Wohnung und seinen Partner kurz vor neun und wanderte langsam in der Richtung auf das finstere Haus seiner Jugend.

Das Haus erschien in seiner Phantasie stets böse, geheimnisvoll und traurig; und seine Phantasie war so rege, daß er die ganze Umgebung unter dem Einfluß des dunklen Schattens dieses Hauses sah. Während er an dem unfreundlichen Abend seinen Weg verfolgte, schienen ihm all die dunklen Straßen, durch die er ging, bedrückende Geheimnisse zu bergen. Die verlassenen Kontore mit ihren Geheimnissen in Büchern und Papieren, die in Kästen und Geldschränken verschlossen waren; die Bankhäuser mit ihren Geheimnissen in feuer-

und einbruchsicheren Räumen und Kellern, zu denen die Schlüssel in den geheimen Taschen und in der geheimen Brust ganz weniger Menschen ruhten; die Geheimnisse aller jetzt zerstreuten Arbeiter in der großen Fabrik, unter denen es zweifellos Diebe, Betrüger und Gauner vielerlei Art gab, die das Licht eines jeden Tages, der heraufzog, entlarven konnte – es schien ihm, daß diese Dinge in ihrer Verborgenheit die Luft schwer machten. Während die Dunkelheit immer mehr zunahm, je mehr er sich ihrem Ursprung näherte, dachte er an die Geheimnisse der einsamen Grabgewölbe, wo die Menschen, die in eiserne Truhen gesammelt hatten, ihrerseits ebenfalls auf ähnliche Weise eingesammelt lagen, von ihren Übeltaten noch nicht zur Ruhe gekommen; und an die Geheimnisse des Flusses, der seine trüben Wassermassen zwischen zwei finsteren Wildnissen von Geheimnissen dahinrollte, die sich fest und undurchdringlich meilenweit erstreckten und die freie Luft und das freie Land versperrten, über dem die Winde dahinfegten und die Vögel flogen.

Während die Schatten immer mehr zunahmen, als er sich dem Haus näherte, erstand vor seinem Innern das melancholische Zimmer, das sein Vater einst bewohnt hatte, mit dem mahnenden Gesicht, das er einst in seiner Sterbestunde mit ihm dahinschwinden gesehen hatte, als niemand anders am Bett gewacht hatte. Seine dumpfe Luft war geheimnisvoll. Das ganze dunkle, dumpfe und staubige Gebäude war geheimnisvoll. Mitten darin saß seine Mutter mit unbeugsamem Gesicht, mit unbezähmbarem Willen, alle Geheimnisse ihres eigenen Lebens und des Lebens seines Vaters fest in den Händen, und bot den letzten Geheimnissen des Daseins finster die Stirn.

Er war in die enge und abschüssige Straße eingebogen, auf die der Hof mündete, in dem das Haus stand, als eine andere Person so dicht hinter ihm in die Straße einbog, daß er gegen die Mauer gedrängt wurde. Da er im Innern mit diesen Gedanken beschäftigt war, traf ihn die Begegnung vollkommen unvorbereitet, so daß der andere Zeit hatte, mit überlauter Stimme zu sagen: „Verzeihung! Nicht meine Schuld!“ und weiterzugehen, bevor der Augenblick vorüber war, den er brauchte, um sich seiner Umgebung deutlich bewußt zu werden.

Als dieser Augenblick vorüber war, sah er, daß der Mann, der vor ihm her ging, jener Mann war, der ihn so oft während der letzten paar Tage in Gedanken beschäftigt hatte. Es war keine zufällige Ähnlichkeit, die der Eindruck, den der Mann auf ihn gemacht hatte, als Identität erscheinen ließ. Es war wirklich der Mann; derselbe Mann, hinter dem er hergegangen war, als er jenes Mädchen begleitete, und den er mit Miss Wade hatte reden hören.

Die Straße führte steil abwärts und war dazu winklig, und der Mann (der, obwohl nicht betrunken, so doch aussah, als ob er von irgendeinem starken Getränk erregt wäre) lief sie so schnell entlang, daß Clennam ihn bald aus den Augen verlor. Mit keiner bestimmten Absicht, hinter ihm herzugehen, aber mit einem Antrieb, die Gestalt ein wenig länger im Auge zu behalten, beschleunigte Clennam seinen Schritt, um die Straßenbiegung hinter sich zu bringen, die ihn vor seinen Augen verbarg. Als er um die Ecke bog, sah er den Mann nicht mehr.

Er blieb neben dem Tor des mütterlichen Hauses stehen und blickte die Straße hinab, aber sie war leer. Es war kein vorspringender Schatten in der Straße, der groß genug war, um den Mann verschwinden zu lassen; es war keine Ecke in der Nähe, um die er gebogen sein konnte; noch war etwas davon zu hören gewesen, daß eine Tür geöffnet und geschlossen worden wäre. Trotzdem kam er zu dem Schluß, daß der Mann einen Schlüssel in der Hand gehabt, eine der vielen Türen geöffnet haben und eingetreten sein mußte.

Nachdenklich über dieses sonderbare Geschehnis, bog er in den Hof ein. Während er rein gewohnheitsmäßig nach den schwach erleuchteten Fenstern seiner Mutter blickte, trafen seine Augen auf die Gestalt, die er soeben verloren hatte. Der Mann stand gegen das eiserne Gitter des kleinen verwahrlosten Hofes gelehnt, blickte zu den Fenstern empor und lachte in sich hinein. Einige der vielen Katzen, die des Abends dort umherzustreichen pflegten und Furcht vor ihm bekommen hatten, schienen stehengeblieben zu sein, als er stehengeblieben war, und funkelten von Mauern und Torbögen und anderen sicheren Orten mit Augen, die den seinigen durchaus nicht unähnlich waren, auf ihn herab. Er war nur einen Augenblick stehengeblieben, um sich an diesem Anblick zu weiden; dann schritt er auf das Haus zu, wobei er im Gehen den Zipfel seines Mantels von der Schulter warf, stieg die unebenen, eingesunkenen Stufen empor und klopfte laut an die Tür.

Clennams Überraschung lähmte ihn nicht so sehr, daß er nicht ohne Zögern seinen Entschluß gefaßt hätte. Er ging ebenfalls auf die Tür zu und stieg ebenfalls die Stufen empor. Sein Freund blickte ihn mit prahlerischer Miene an und sang vor sich hin:

„Wer kommt so spät des Wegs daher?
Compagnon de la Marjolaine!
Wer kommt so spät des Wegs daher,
so wohlgemut und froh?"

Worauf er wiederum klopfte.

„Sie sind ungeduldig, Sir", sagte Arthur.

„Das bin ich, Sir. Zum Teufel, Sir", erwiderte der Fremde, „es entspricht meinem Charakter, ungeduldig zu sein!"

Das Geräusch, das Mrs. Affery verursachte, als sie vorsichtig die Kette vorlegte, bevor sie die Tür öffnete, ließ sie beide nach der Tür blicken. Affery, mit einer flackernden Kerze in der Hand, öffnete sie nur ein wenig und fragte, wer das sei, zu dieser Nachtzeit, mit einem solchen Klopfen! „Wie denn, Arthur?" fügte sie erstaunt hinzu, da sie seiner zuerst ansichtig wurde. „Sie sind es doch nicht etwa? Ach, der Herr sei uns gnädig! Nein", rief sie aus, als sie den anderen erblickte. „Wieder er!"

„Das stimmt! Wieder er, teure Mrs. Flintwinch", rief

der Fremde. „Öffnen Sie die Tür und lassen Sie mich meinen teuren Freund Jeremiah in die Arme schließen! Öffnen Sie die Tür und lassen Sie mich eilen, meinen Flintwinch zu umarmen!"

„Er ist nicht zu Hause", sagte Affery.

„Holen Sie ihn!" rief der Fremde. „Holen Sie meinen Flintwinch! Sagen Sie ihm, es sei sein alter Blandois, der soeben in England angekommen ist; sagen Sie ihm, daß sein lieber Junge hier ist, sein Kohlkopf, sein geliebtes Herz! Öffnen Sie die Tür, schöne Mrs. Flintwinch, und, bis er kommt, lassen Sie mich die Treppen hinaufgehen, um der gnädigen Frau meine Komplimente – die Huldigung Blandois' – zu Füßen zu legen! Die gnädige Frau ist immer noch am Leben? Das ist recht. Öffnen Sie also!"

Zu Arthurs größtem Erstaunen zog Mrs. Affery, mit einem Blick aus weitgeöffneten Augen auf ihn, als ob sie ihn vor diesem Mann warnen wollte, die Kette zurück und öffnete die Tür. Der Fremde trat ohne Umstände in den Hausflur, und Arthur folgte ihm.

„Machen Sie also schnell! Tummeln Sie sich also! Holen Sie meinen Flintwinch! Melden Sie mich der gnädigen Frau!" rief der Fremde, der klirrend auf dem Steinfußboden umherging.

„Bitte sagen Sie mir, Affery", sagte Arthur laut und streng, während er ihn mit Empörung von Kopf bis Fuß betrachtete, „wer ist dieser Herr?"

„Bitte sagen Sie mir, Affery", wiederholte der Fremde seinerseits, „wer – hahaha! – wer ist dieser Herr?"

In diesem Augenblick rief Mrs. Clennam von ihrem Zimmer oben: „Affery, laß sie beide heraufkommen. Arthur, komm direkt zu mir!"

„Arthur?" rief Blandois, der seinen Hut mit ausgestrecktem Arm abnahm, die Hacken zusammenschlug und ihm eine großartige Verbeugung machte. „Der Sohn der gnädigen Frau? Ich bin der ergebenste Diener des Sohnes der gnädigen Frau!"

Arthur blickte ihn nicht schmeichelhafter als vorher an, drehte sich ohne Gruß auf dem Absatz herum und ging die Treppe hinauf. Der Besucher folgte ihm. Mrs. Affery langte den Schlüssel hinter der Tür hervor und glitt flink hinaus, um ihren Gebieter zu holen.

Ein Anwesender, der von dem vorigen Erscheinen Monsieur Blandois' in diesem Zimmer Kenntnis hatte, hätte einen Unterschied in der Art bemerkt, wie Mrs. Clennam ihn jetzt empfing. Ihr Gesicht war nicht geneigt, etwas zu verraten; und ihr ruhiges Benehmen und ihre beherrschte Stimme standen ebenfalls unter ihrer Gewalt. Die Änderung in ihrem Wesen zeigte sich darin, daß sie von dem Augenblick seines Eintritts an beständig die Augen auf sein Gesicht gerichtet hielt und daß sie sich zwei- oder dreimal, als er laut wurde, in ihrem Stuhl, wo sie, die Hände unbeweglich auf die Lehnen gestützt, saß, ein ganz klein wenig vorwärts beugte, als ob sie ihm die Versicherung geben wollte, daß er jetzt angehört werden würde, solange es ihm beliebte.

Arthur verfehlte nicht, dies zu beobachten, obgleich er zwischen dem vorigen Empfang und dem jetzigen keine Vergleiche anstellen konnte.

„Madame", sagte Blandois, „tun Sie mir die Ehre an, mich Monsieur, Ihrem Sohn, vorzustellen. Es scheint, Madame, daß Monsieur, Ihr Sohn, geneigt ist, sich über mich zu beklagen. Er ist nicht höflich."

„Sir", fiel Arthur schnell ein, „wer Sie auch sind und wie Sie auch immer dazu kommen, hierzusein, wenn ich der Herr dieses Hauses wäre, würde ich Sie unverzüglich vor die Tür setzen."

„Aber du bist es nicht", sagte seine Mutter, ohne ihn anzublicken. „Zum Unglück für die Befriedigung deiner unvernünftigen Heftigkeit bist du nicht der Herr, Arthur."

„Ich erhebe keinen Anspruch, es zu sein, Mutter. Wenn ich gegen die Art, wie dieser Mann sich hier benimmt, Einspruch erhebe und so sehr dagegen Einspruch erhebe, daß ich, wenn ich hier irgendwelche Autorität hätte, es bestimmt nicht dulden würde, daß er noch eine Minute länger hier verweilt, so erhebe ich Ihretwegen dagegen Einspruch."

„Falls ein Einspruch nötig wäre", erwiderte sie, „könnte ich ihn selbst erheben. Und ich würde es selbstverständlich tun."

Der Gegenstand ihrer Auseinandersetzung, der sich gesetzt hatte, lachte laut und schlug sich mit der Hand auf die Schenkel.

„Du hast kein Recht", sagte Mrs. Clennam, die immer unverwandt Blandois anblickte, auch wenn sie zu ihrem Sohn sprach, „schlecht von einem Herrn zu sprechen (am allerwenigsten von einem Herrn aus einem fremden Land), weil er sich nicht nach deinem Maßstab richtet und sein Benehmen nicht deinen Regeln unterwirft. Es ist möglich, daß der Herr aus ähnlichen Gründen etwas gegen dich einzuwenden hat."

„Das hoffe ich", erwiderte Arthur.

„Der Herr", fuhr Mrs. Clennam fort, „überbrachte uns bei einem früheren Besuch einen Empfehlungsbrief von höchst geachteten und vertrauenswürdigen Geschäftsfreunden. Es ist mir vollständig unbekannt, welchen Zweck der Herr bei seinem heutigen Besuch verfolgt. Ich kenne ihn keineswegs, und man kann von mir nicht vermuten, daß ich imstande bin, ihn irgendwie zu erraten"; der gewohnte finstere Ausdruck ihres Gesichts verstärkte sich noch, als sie sehr langsam und mit Nachdruck diese Worte sprach; „aber wenn der Herr seinen Zweck erklären wird, was ich ihn bitten werde, gütigst mir und Flintwinch gegenüber zu tun, wenn Flintwinch zurückkehrt, so wird es sich zweifellos erweisen, daß er sich im Rahmen unserer gewöhnlichen geschäftlichen Angelegenheiten halten wird, und es soll sowohl unsere Pflicht wie unser Vergnügen sein, diesen Zweck zu fördern. So und nicht anders."

„Wir werden sehen, Madame!" sagte der Geschäftsmann.

„Wir werden sehen", stimmte sie zu. „Der Herr ist mit Flintwinch bekannt; und als der Herr voriges Mal in London war, erinnere ich mich, davon gehört zu haben, daß er und Flintwinch ins Wirtshaus gegangen sind. Ich bin nicht in der Lage, viel von dem zu erfahren, was außerhalb dieses Zimmers vor sich geht, und das Lärmen der kleinen weltlichen Dinge interessiert mich nicht sehr; aber ich erinnere mich, davon gehört zu haben."

„Ganz recht, Madame. So ist es." Er lachte wieder und pfiff den Refrain des Liedes, das er an der Tür gesungen hatte.

„Deshalb, Arthur", sagte seine Mutter, „kommt der Herr als ein Bekannter und nicht als Fremder hierher; und es ist sehr bedauerlich, daß deine unvernünftige Heftigkeit etwas an ihm auszusetzen fand. Ich bedauere das. Das sage ich dem Herrn gegenüber. Du wirst das nicht sagen, das weiß ich; deshalb sage ich es in meinem und in Flintwinchs Namen, da die Angelegenheit des Herrn uns beide betrifft."

Man hörte jetzt, wie unten der Türschlüssel in das Schloß gesteckt wurde und wie die Tür sich öffnete und wieder zuklappte. Bald darauf erschien Mr. Flintwinch, bei dessen Eintritt der Besucher laut lachend vom Stuhl aufstand und ihn fest umarmte.

„Wie geht es, mein geliebter Freund?" fragte er. „Wie steht es in der Welt, mein Flintwinch? Rosarot? Um so besser! Um so besser! Ah, aber Sie sehen prächtig aus! Ah, aber Sie sehen jung und frisch aus wie eine Frühlingsblume. Ah, guter Junge! Braves Kind, braves Kind!"

Während er Mr. Flintwinch mit diesen Komplimenten überhäufte, drehte er ihn, beide Hände auf seinen Schultern, hin und her, bis dieser Herr, der unter solchen Umständen trockener und verdrehter als je aussah, taumelnd einem fast ausgelaufenen Kreisel glich.

„Ich hatte voriges Mal ein Vorgefühl, daß wir besser und inniger miteinander bekannt werden müssen. Kommt es über Sie, Flintwinch? Kommt es bereits?"

„Nein, Sir", erwiderte Mr. Flintwinch, „nicht in ungewöhnlicher Weise. Wäre es nicht besser, wenn Sie Platz nähmen? Sie haben sich noch ein wenig mehr von jenem Portwein bestellt, Sir, vermute ich?"

„Ah! Kleiner Schäker! Kleiner Spötter!" rief der Besu-

cher. „Haha, haha!“ Und während er Mr. Flintwinch, als Schlußstück des Spaßes, von sich stieß, setzte er sich wieder hin.

Arthur sah dies alles mit solchem Erstaunen, Groll und Schamgefühl, daß es ihm die Sprache benahm. Mr. Flintwinch, der durch den Stoß einige Schritte zurückgetaumelt war, kam wieder nach vorn mit demselben Ausdruck unerschütterlicher Ruhe wie immer, abgesehen davon, daß er etwas nach Atem rang, und blickte Arthur fest an. Er war äußerlich nicht weniger schweigsam und hölzern als unter gewöhnlichen Umständen: der einzige wahrnehmbare Unterschied gegen sonst war, daß der Knoten seines Halstuches, der gewöhnlich unter seinem Ohr hing, unter seinen Hinterkopf gewandert war, wo er, einem Haarbeutel nicht unähnlich, ein zierliches Anhängsel bildete, was ihm fast den Anschein eines Hofkavaliers gab.

Wie Mrs. Clennam ihre Augen niemals von Blandois abwandte (auf den sie eine gewisse Wirkung ausübten, ähnlich einem festen Blick auf einen Hund von niederer Rasse), so wandte Jeremiah die seinigen niemals von Arthur ab. Es war, als ob sie schweigend übereingekommen wären, sich jeder ein Gebiet auszusuchen. So stand während des folgenden Schweigens Jeremiah da, kratzte sein Kinn und starrte Arthur an, als ob er versuchen wollte, dessen Gedanken mit einem Instrument aus ihm herauszuziehen.

Nach einer kleinen Weile stand der Besucher auf, als würde ihm das Schweigen lästig, und stellte sich ungeduldig mit dem Rücken an das heilige Feuer, das so viele Jahre hindurch gebrannt hatte. Daraufhin sagte Mrs. Clennam, wobei sie zum erstenmal eine Handbewegung, eine Bewegung des Verabschiedens, machte:

„Bitte, überlasse uns unseren Angelegenheiten, Arthur.“

„Mutter, ich tue es mit Widerstreben.“

„Es ist ganz gleich, womit“, erwiderte sie, „oder womit nicht. Bitte, verlasse uns. Komm zu irgendeiner anderen Zeit wieder, wann immer du es als eine Pflicht betrachtest, hier eine halbe Stunde bei uns mit Langeweile totzuschlagen. Gute Nacht."

Sie hielt ihre behandschuhten Finger in die Höhe, damit er sie nach der zwischen ihnen üblichen Gepflogenheit mit den seinigen berühren könnte, und er beugte sich über ihren Rollstuhl, um ihr Gesicht mit seinen Lippen zu berühren. Er dachte dabei, daß ihre Wange straffer gespannt war als sonst und daß sie kälter war als gewöhnlich. Als er sich wieder aufrichtete und der Richtung ihrer Augen bis zu Mr. Flintwinchs gutem Freund, Mr. Blandois, folgte, schnippte Mr. Blandois laut und verächtlich mit den Fingern.

„Ich lasse Ihren – Geschäftsfreund, Mr. Flintwinch", sagte Clennam, „mit großem Befremden und großem Widerstreben im Zimmer meiner Mutter."

Der Mann, von dem die Rede war, schnippte wieder mit den Fingern.

„Gute Nacht, Mutter."

„Gute Nacht."

„Ich hatte einst einen Freund, mein teurer Kamerad Flintwinch", sagte Blandois, während er mit gespreizten Beinen vor dem Feuer stand, und er sagte es so offenbar, um Clennam, der im Begriff war zu gehen, festzuhalten, daß dieser an der Tür stehenblieb; „ich hatte einst einen Freund, der so viel von der dunklen Seite dieser Stadt und ihren Vorkommnissen gehört hatte, daß er es nicht gewagt hätte, des Nachts mit zwei Menschen, die ein Interesse daran hatten, ihn unter die Erde zu bringen, allein zu sein – wahrhaftig! nicht einmal in einem so ehrbaren Haus wie diesem, mein Flintwinch –, wenn er nicht körperlich stärker als sie beide gewesen wäre. Pah, was für ein Feigling, mein Flintwinch! Wie?"

„Ein Hundsfott, Sir."

„Zugegeben! Ein Hundsfott. Aber er hätte es nicht getan, mein Flintwinch, wenn er nicht gewußt hätte, daß sie den Willen hatten, ihn zum Schweigen zu bringen, ohne die Macht dazu zu haben. Er hätte unter solchen Umständen kein Glas Wasser an die Lippen geführt – nicht einmal in einem so ehrbaren Haus wie diesem, mein Flintwinch –, wenn er nicht einen von ihnen vorher davon trinken und es hinunterschlucken gesehen hätte!“

Clennam verschmähte es, zu sprechen, und war auch kaum dazu imstande, denn er erstickte fast vor Zorn; so warf er dem Besucher nur einen Blick zu, als er hinausging. Der Besucher verabschiedete sich mit einem nochmaligen Fingerschnippen von ihm, und seine Nase fiel über seinen Schnurrbart hinab, und sein Schnurrbart stieg unter seine Nase mit einem unheilverkündenden und häßlichen Lächeln.

„Um Himmels willen, Affery“, flüsterte Clennam, als sie ihm in der dunklen Halle die Tür öffnete und er sich auf die nächtliche Straße hinaustastete, „was geht hier vor?“

Ihre eigene Erscheinung war schaudererregend genug, wie sie mit der Schürze über dem Kopf im Dunkeln stand und mit leiser dumpfer Stimme darunter hervorsprach.

„Fragen Sie mich nichts, Arthur. Ich bin schon seit langer Zeit in einem Traum. Gehen Sie fort!“

Er ging hinaus, und die schloß die Tür hinter ihm. Er blickte zu den Fenstern des Zimmers seiner Mutter empor, und das trübe Licht, das durch die gelben Vorhänge noch dunkler wirkte, schien Afferys Worte zu wiederholen und zu murmeln: Frage mich nichts. Geh fort!

## *11. Kapitel*

### Ein Brief von Klein Dorrit

Lieber Mr. Clennam!

Da ich in meinem letzten Brief gesagt habe, daß es am besten ist, wenn mir niemand schreibt, und da ich Ihnen deshalb mit einem zweiten Briefchen keine andere Mühe machen kann als die Mühe, ihn zu lesen (vielleicht werden Sie sogar dazu keine Zeit finden, obwohl ich hoffe, daß es eines Tages doch der Fall sein wird), will ich jetzt eine Stunde damit verbringen, Ihnen wiederum zu schreiben. Dieses Mal schreibe ich aus Rom.

Wir verließen Venedig vor Mr. und Mrs. Gowan, aber diese waren nicht so lange auf der Reise wie wir und hatten eine andere Route gewählt, so daß wir sie bereits hier antrafen. Sie wohnen in der Via Gregoriana, die Sie wahrscheinlich kennen.

Ich will Ihnen nun alles über sie sagen, was ich vermag, weil ich weiß, daß Sie das am meisten zu hören wünschen. Ihre Wohnung ist nicht sehr behaglich, aber vielleicht erschien sie mir beim ersten Anblick weniger behaglich, als sie Ihnen erschienen wäre, weil Sie in vielen verschiedenen Ländern gewesen sind und viele verschiedene Sitten kennengelernt haben. Natürlich ist es ein viel, viel besserer Ort – millionenmal besser – als jener, an den ich bis vor kurzem gewöhnt war; und ich glaube, ich betrachte ihn nicht mit meinen eigenen Augen, sondern mit denen Mrs. Gowans. Denn es ist leicht zu sehen, daß sie stets in einem zärtlichen und glücklichen Heim gelebt hat, selbst wenn sie nicht zu mir mit großer Liebe von ihrem Heim gesprochen hätte.

Nun also, es ist eine ziemlich kahle Wohnung, zu der man auf einer ziemlich dunklen, gewöhnlichen Treppe hinaufsteigt; und sie besteht fast nur aus einem unfreundlichen großen Raum, in dem Mr. Gowan malt. Die Aussicht aus den Fenstern ist versperrt, und die Wände sind über und über mit Kreide und Kohle bemalt, noch von den früheren Bewohnern, und befinden sich wohl schon seit Jahren in diesem Zustand. Der Raum wird von einem Vorhang abgeteilt, der mehr staubfarben als rot ist, und der Teil hinter dem Vorhang dient als Wohnzimmer. Als ich sie zum erstenmal dort sah, war sie allein; ihre Arbeit war ihr aus den Händen geglitten, und sie blickte zum Himmel empor, der durch den oberen Teil der Fenster hereinsah. Bitte, seien Sie nicht unruhig, wenn ich Ihnen sage, daß sie nicht ganz den sorglosen, glücklichen, fröhlichen und jugendlichen Eindruck machte, den ich gern gesehen hätte.

Mr. Gowan malt jetzt Papas Bild (ich bin nicht ganz

überzeugt, daß ich es nach der Ähnlichkeit erkannt hätte, wenn ich ihn nicht damit beschäftigt gesehen hätte), und infolgedessen habe ich seitdem mehr Gelegenheit gehabt, mit ihr zusammen zu sein, als es ohne diesen glücklichen Zufall geschehen wäre. Sie ist sehr viel allein. Wirklich sehr viel allein.

Soll ich Ihnen von meinem zweiten Zusammentreffen mit ihr erzählen? Ich besuchte sie eines Tages um vier oder fünf Uhr nachmittags, als ich zufällig ohne Begleitung gehen konnte. Sie aß gerade allein; ihr einsames Essen war von irgendwoher auf einer Art Kohlenpfanne voll glühender Kohlen gebracht worden, und sie hatte keine Gesellschaft oder Aussicht auf Gesellschaft, soviel ich sehen konnte, außer dem alten Mann, der es gebracht hatte. Er erzählte ihr eine lange Geschichte (von Räubern vor den Mauern, die von der steinernen Statue eines Heiligen gefangengenommen worden waren), um sie zu unterhalten – weil er, wie er zu mir sagte, als ich das Zimmer verließ, „selbst eine Tochter habe, obwohl die nicht so hübsch sei".

Ich sollte nun von Mr. Gowan reden, bevor ich das wenige hinzufüge, was ich noch über sie zu sagen habe. Er muß wohl ihre Schönheit bewundern, und er muß wohl stolz auf sie sein, denn jeder preist ihre Schönheit, und er muß sie wohl lieben, und ich zweifle nicht, daß er es wirklich tut – aber auf seine Art. Sie kennen seine Art, und wenn sie in Ihren Augen ebenso gleichgültig und unzufrieden erscheint wie in den meinigen, so glaube ich wohl nicht mit Unrecht, daß eine andere Art besser für sie passen würde. Wenn sie Ihnen nicht so erscheint, so bin ich ganz sicher, daß ich mich gründlich täusche; denn Ihr unverändertes armes Kind vertraut auf Ihr Wissen und Ihre Güte mehr, als sie Ihnen je sagen könnte, wenn sie es auch versuchte. Aber fürchten Sie nichts, ich habe nicht die Absicht, es zu versuchen.

Infolge seiner unruhigen und unzufriedenen Art (wie ich annehme, wenn Sie das ebenfalls annehmen) gibt Mr. Gowan sich sehr wenig mit seiner Kunst ab. Er tut nichts beständig oder mit Ausdauer, sondern er fängt

Sachen an und wirft sie wieder weg, er tut etwas und läßt es unvollendet, ohne Wert darauf zu legen. Als ich während einer Sitzung für das Porträt zuhörte, wie er sich mit Papa unterhielt, habe ich mich gefragt, ob er wohl deshalb keinen Glauben an irgend jemand hat, weil er keinen Glauben an sich selbst hat. Kann das sein? Ich möchte gern wissen, was Sie sagen werden, wenn Sie diese Stelle lesen! Ich weiß, was Sie für ein Gesicht machen werden, und ich kann fast die Stimme hören, mit der Sie mich auf der Iron Bridge darüber belehren würden.

Mr. Gowan geht oft zu den Leuten, die hier als die beste Gesellschaft gelten – obwohl er nicht so aussieht, als ob er Freude daran hätte, wenn er in Gesellschaft ist –, und sie begleitet ihn manchmal, aber in letzter Zeit ist sie nur sehr wenig ausgegangen. Ich glaube bemerkt zu haben, daß die Leute auf unberechtigte Weise davon reden, als ob sie bei der Heirat mit Mr. Gowan ein großes einseitiges Glück gemacht hätte, obwohl zur selben Zeit ebendieselben Leute nicht im Traum daran denken würden, ihn für sich selbst oder ihre Töchter zu nehmen. Mitunter geht er aufs Land, um Vorwürfe für Skizzen zu suchen; und an allen Orten, wo es Besucher gibt, hat er viele Bekannte. Nebenbei hat er einen Freund, der sowohl zu Hause wie draußen viel mit ihm zusammen ist, obwohl er diesen Freund recht kühl behandelt und in seinem Benehmen ihm gegenüber sehr wechselnd ist. Ich bin ganz sicher (weil sie es mir gesagt hat), daß sie diesen Freund nicht leiden kann. Er ist auch mir so widerwärtig, daß seine augenblickliche Abwesenheit geradezu eine Erleichterung für mich ist. Um wieviel mehr für sie!

Aber was ich ganz besonders Ihnen mitzuteilen wünsche und weshalb ich mich entschlossen habe, Ihnen soviel zu sagen, obwohl ich fürchte, daß es Sie grundlos ein wenig beunruhigen könnte, das ist folgendes: Sie ist so treu und so ergeben und ist sich so sehr bewußt, daß ihre ganze Liebe und Ergebenheit für immer ihm gehört, daß Sie sicher sein können, sie wird ihn lieben, bewundern, loben und alle seine Fehler verbergen, bis zu ihrem Tode. Ich glaube, sie verbirgt sie und wird sie stets verbergen, sogar vor sich selbst. Sie hat ihm ein Herz gegeben, das niemals zurückgenommen werden kann; und was er ihr auch antun mag, er wird niemals die Liebe dieses Herzens erschöpfen. Sie wissen die Wahrheit darüber, wie Sie alles wissen, viel, viel besser als ich; aber ich kann nicht umhin, Ihnen zu sagen, was für einen Charakter sie zeigt und daß Sie niemals zu gut von ihr denken können.

Ich habe sie in diesem Brief noch nicht bei ihrem Namen genannt, aber wir sind jetzt so gute Freundinnen, daß ich es tue, wenn wir still beisammen sind, und daß sie mich bei meinem Namen nennt – ich meine nicht meinen Vornamen, sondern den Namen, den Sie mir gaben. Als sie anfing, mich Amy zu nennen, habe ich ihr meine kurze Lebensgeschichte erzählt und daß Sie mich stets Klein Dorrit nannten. Ich habe ihr gesagt, daß mir der Name viel lieber sei als irgendein anderer, und so nennt sie mich ebenfalls Klein Dorrit.

Vielleicht haben Sie noch keine Nachricht von ihrem Vater oder ihrer Mutter und wissen nicht, daß sie einen kleinen Jungen hat. Er ist erst vor zwei Tagen, und gerade eine Woche nachdem sie hier angekommen waren, geboren worden. Er hat sie alle sehr glücklich gemacht, und doch muß ich Ihnen sagen, da ich Ihnen alles sagen soll, daß ich den Eindruck habe, als ob sie mit Mr. Gowan ein wenig gezwungen verkehrten und das Gefühl hätten, daß seine spöttische Art, mit ihnen umzugehen, bisweilen eine Herabsetzung ihrer Liebe für ihre Tochter sei. Erst gestern, als ich dort war, sah ich Mr. Meagles die Farbe wechseln und aufstehen und hinausgehen, als ob er befürchtete, daß er das aussprechen würde, wenn er sich nicht auf diese Weise daran hinderte. Und doch sind sie beide zweifellos so rücksichtsvoll, gutmütig und vernünftig, daß er sie wirklich schonen könnte. Es ist hart von ihm, nicht ein wenig mehr an sie zu denken.

Ich habe beim letzten Punkt innegehalten, um das alles zu überlesen. Es sah zuerst so aus, daß ich halb geneigt war, den Brief nicht abzuschicken, aber als ich ein wenig darüber nachgedacht hatte, fühlte ich zuversichtlich, daß Sie sofort verstehen würden, wie ich nur für Sie aufmerksam gewesen bin und das, was ich beobachtet zu haben glaube, nur deshalb beobachtet habe, weil ich von Ihrem Interesse dafür angeregt war. Sie können wirklich sicher sein, daß dies die Wahrheit ist.

Aber nun habe ich diesen Gegenstand in dem vorliegenden Brief erschöpft, und es bleibt mir nur noch wenig zu sagen.

Uns geht es allen sehr gut, und Fanny macht jeden Tag Fortschritte. Sie können sich kaum vorstellen, wie freundlich sie zu mir ist und welche Mühe sie sich mit mir gibt. Sie hat einen Anbeter, der ihr zuerst auf dem ganzen Weg von der Schweiz und dann auf dem ganzen Weg von Venedig gefolgt ist und der mir soeben anvertraut hat, daß er ihr überallhin zu folgen beabsichtigt. Ich war ganz verlegen, als er mir davon sprach, aber er tat es trotzdem. Ich wußte nicht, was sagen, aber schließlich sagte ich ihm, daß ich dächte, er solle das lieber nicht tun. Denn Fanny (aber das habe ich ihm nicht gesagt) ist viel zu lebhaft und klug, um zu ihm zu passen. Jedoch er sagte, er würde es trotzdem tun. Ich habe natürlich keinen Anbeter.

Wenn Sie jemals in diesem langen Brief bis an diese Stelle kommen, so werden Sie vielleicht sagen, Klein Dorrit wird sicherlich nicht schließen, ohne mir etwas über ihre Reise zu erzählen, und es ist sicherlich Zeit, daß sie das tut. Ich glaube, es ist wirklich Zeit, aber ich weiß nicht, was ich Ihnen sagen soll. Seit wir Venedig verlassen haben, sind wir an sehr vielen wunderbaren Orten gewesen, darunter in Genua und Florenz, und haben so viele wunderbare Dinge gesehen, daß ich fast schwindlig werde, wenn ich an die große Menge denke. Aber Sie könnten soviel besser darüber berichten, als ich es Ihnen sagen kann. Weshalb sollte ich Sie dann mit meinen Berichten und Beschreibungen langweilen?

Lieber Mr. Clennam, da ich den Mut hatte, Ihnen mitzuteilen, was früher auf der Reise meinem Geist zu schaffen gemacht hat, so will ich auch jetzt nicht feige sein. Einer meiner häufigen Gedanken ist folgender: So alt diese Städte auch sind, so kommt mir ihr Alter selbst kaum so merkwürdig vor wie die Tatsache, daß sie während der ganzen Zeit, als ich nicht einmal von der Existenz von mehr als zweien oder dreien von ihnen etwas wußte und als ich kaum irgend etwas außerhalb unserer alten Mauern kannte, bereits an ihrem Platz gestanden haben. Es ist etwas Melancholisches in diesem Gedanken, ohne daß ich weiß, warum. Als wir den berühmten Schiefen Turm von Pisa besichtigten, war ein schöner und sonniger Tag, und der Turm und die Gebäude in der Nähe sahen so alt aus, und die Erde und der Himmel sahen so jung aus, und der Schatten des Turmes zeichnete sich auf dem Boden so schön ab! Ich konnte zuerst nicht denken, wie schön das war oder wie merkwürdig, sondern ich dachte: ‚Oh, wenn der Schatten der Mauer auf unser Zimmer fiel und wenn die müden Fußtritte unten im Hof erklangen – wie oft, oh, wie oft war dieser Ort ebenso ruhig und lieblich, wie er heute ist!' – Es überwältigte mich vollständig. Mein Herz war so voll, daß mir die Tränen aus den Augen schossen, obwohl ich tat, was ich konnte, um sie zurückzuhalten. Ich habe dasselbe Gefühl oft – oft.

Wissen Sie, daß ich seit dem Wechsel in unseren Verhältnissen, obwohl es mir scheint, daß ich mehr träume als vorher, mich im Traum immer nur ganz jung gesehen habe? Sie werden vielleicht sagen, ich sei nicht sehr alt. Aber das meine ich nicht. Ich habe oft geträumt, daß ich ein Kind wäre, das nähen lernt. Ich habe oft geträumt, daß ich wieder dort wäre, und habe fast unbekannte Gesichter im Hof gesehen, von denen ich gedacht hätte, daß ich sie gänzlich vergessen habe; aber ich bin auch ebensooft hier im Ausland gewesen – in der Schweiz oder in Frankreich oder in Italien, irgendwo, wo wir gewesen sind –, aber immer als kleines Kind. Ich habe geträumt, daß ich mit den Flicken auf den Kleidern, in denen ich mich zuerst an mich selbst erinnern kann, zu Mrs. General hinunterging. Ich habe wieder und wieder geträumt, daß ich meinen Platz an der Speisetafel in Venedig einnahm mitten unter unseren zahlreichen Gästen, angetan mit dem Trauerkleid um meine liebe Mutter, das ich trug, als ich acht Jahre alt war und noch viel später, nachdem es schon fadenscheinig war und nicht mehr ausgebessert werden konnte. Dabei war es ein großer Kummer für mich, wenn ich daran dachte, wie unvereinbar die Gesellschaft mein Kleid mit dem Reichtum meines Vaters finden würde und wie ich ihm und Fanny und Edward mißfallen und sie bloßstellen würde, wenn ich so deutlich offenbarte, was sie geheimzuhalten wünschten. Aber indem ich daran dachte, blieb ich doch immer das kleine Kind; und im selben Augenblick träumte ich, daß ich mit schwerem Herzen an der Tafel saß und die Kosten des Diners berechnete, wobei mich der Gedanke, wie es jemals bezahlt werden könnte, fast von Sinnen brachte. Ich habe niemals von dem Wechsel unserer Verhältnisse geträumt; ich habe niemals davon geträumt, wie Sie mit mir an jenem denkwürdigen Morgen zurückkamen, um es meinem Vater zu eröffnen; selbst von Ihnen habe ich kein einziges Mal geträumt.

Lieber Mr. Clennam, es ist möglich, daß ich tagsüber so viel an Sie – und andere – gedacht habe, daß ich keine Gedanken übrig hatte, die sich nachts mit Ihnen beschäftigen konnten. Denn ich muß Ihnen nun gestehen, daß ich an Heimweh leide – und daß ich mich so sehr nach der Heimat zurücksehne, daß ich bisweilen, wenn mich niemand sieht, Tränen darüber vergieße. Ich kann es nicht ertragen, mein Gesicht noch weiter von der Heimat abzuwenden. Mein Herz ist ein wenig erleichtert, wenn wir ihr auch nur einige Meilen näher kommen, selbst wenn ich weiß, daß wir uns bald wieder weiter von ihr entfernen werden. So innig liebe ich den Schauplatz meiner Armut und Ihrer Güte. Oh, so innig, oh, so innig!

Der Himmel weiß, wann Ihr armes Kind England wiedersehen wird. Wir lieben das Leben hier alle (ausgenommen ich), und wir haben noch keine Pläne für unsere Rückkehr. Mein lieber Vater spricht davon, daß er gegen Ende des kommenden Frühlings in finanziellen Angelegenheiten vorübergehend nach London zurückkehren will, aber ich habe keine Hoffnung, daß er mich mitnehmen wird.

Ich habe versucht, unter Mrs. Generals Leitung einige Fortschritte zu machen, und ich hoffe, ich bin nicht mehr ganz so ungewandt, wie ich zu sein pflegte. Ich habe begonnen, die schweren Sprachen, von denen ich Ihnen schrieb, fast leicht zu verstehen und zu sprechen. Als ich Ihnen zuletzt schrieb, dachte ich nicht daran, daß Sie beide verstehen; aber später fiel es mir ein, und das half mir weiter. Gott segne Sie, lieber Mr. Clennam.

Vergessen Sie nicht Ihre stets dankbare und herzlich an Sie denkende Klein Dorrit.

PS: Denken Sie besonders daran, daß Minnie Gowan es verdient, von Ihnen im besten Gedenken gehalten zu werden. Sie können nicht zu gut oder zu hoch von ihr denken. Ich vergaß beim letztenmal Mr. Pancks. Bitte richten Sie ihm, wenn Sie ihn sehen sollten, recht freundliche Grüße von Ihrer Klein Dorrit aus. Er war sehr gut zu Klein D.

## *12. Kapitel*

In dem eine große patriotische Konferenz abgehalten wird

Der berühmte Name Merdle wurde tagtäglich berühmter im Lande. Niemand wußte davon, ob dieser vielgerühmte Merdle irgendeinem Lebenden oder Toten oder irgendeinem irdischen Wesen jemals etwas Gutes getan hatte; niemand wußte davon, ob er irgendeine Fähigkeit oder Kraft besaß, die jemals irgendeinem Wesen auf irgendeinem Pfad der Pflicht oder der Erholung, des Schmerzes oder des Genusses, der Arbeit oder der Ruhe, der Wirklichkeit oder der Phantasie unter den vielen labyrinthischen Pfaden, die von den Söhnen Adams betreten werden, auch nur den Lichtstrahl einer Pfennigkerze geworfen hätte; niemand hatte den geringsten Anlaß, anzunehmen, daß der Lehm, aus dem dieser Gegenstand der Verehrung geknetet war, etwas anderes als der gewöhnliche Lehm war, in welchem ein so grober Docht schwelte, als je einer eine menschliche Gestalt davor bewahrt hatte, in Stücke auseinanderzufallen. Alle Welt wußte (oder glaubte zu wissen), daß er es zu kolossalem Reichtum gebracht hätte; und aus diesem Grund allein warfen sich die Menschen vor ihm nieder, gemeiner und weniger entschuldbar als der roheste Wilde, der aus seinem Erdloch herauskriecht, um irgendeinen Holzklotz oder ein Reptil als Gottheit seiner nachtumhüllten Seele zu verehren.

Ja, die Hohenpriester dieses Kultes brauchten den Mann vor sich als Protest gegen ihre Niedrigkeit. Die große Menge betete auf Treu und Glauben an – obwohl sie stets genau wußte, weshalb –, aber die den Altardienst versahen, hatten den Mann gewöhnlich vor Augen. Sie saßen an seinen Festtafeln, und er saß an den ihren. Ihm folgte stets ein Gespenst, das zu diesen Hohenpriestern sprach: „Sind dies die Zeichen, denen ihr vertraut und die ihr zu ehren liebt; dieser Kopf, diese Augen, diese Art zu sprechen, der Ton und das Benehmen dieses Mannes? Ihr seid die Hebel der Umstandsbehörde und die Regierenden des Landes. Wenn ein halbes Dutzend von euch dahinfährt, so sollte man denken, daß die Mutter Erde keine neuen Regierenden hervorbringen kann. Besteht eure Fähigkeit in der überlegenen Menschenkenntnis, mit der ihr diesen Mann aufnehmt, ihm schmeichelt und ihn erhebt? Oder, wenn ihr imstande seid, die Zeichen, die ich euch niemals zu zeigen verfehle, wenn er unter euch erscheint, richtig zu beurteilen, besteht dann eure Tüchtigkeit in eurer größeren Ehrlichkeit?“

Das waren zwei ziemlich lästige Fragen, die stets mit Mr. Merdle in Gesellschaft gingen, und es bestand ein schweigendes Übereinkommen, daß sie unbedingt zum Verstummen gebracht werden müßten.

Während Mrs. Merdles Abwesenheit auf Reisen hielt Mr. Merdle immer das große Haus offen, damit ein Strom von Besuchern hindurchfluten konnte. Einzelne von diesen nahmen liebenswürdigerweise von seinem Hause Besitz. Drei oder vier vornehme lebenslustige Damen pflegten zueinander zu sagen: „Wir wollen nächsten Donnerstag im Haus unseres lieben Merdle speisen. Wen wollen wir einladen?“ Unser lieber Merdle empfing hierauf seine Instruktionen und saß dann unbeholfen inmitten der Tischgesellschaft und wanderte nach dem Essen schwerfällig durch seine Salons, nur dadurch bemerkenswert, daß er nichts mit der Festlichkeit zu tun zu haben schien, außer im Wege zu sein.

Der Oberbutler, der rächende Geist im Leben dieses großen Mannes, ließ in nichts von seiner Strenge nach. Er beobachtete diese Diners, wenn der Busen abwesend war, wie er andere Diners beobachtete, wenn der Busen anwesend war; und sein Auge war für Mr. Merdle ein Basilisk.

Er war ein harter Mann und pflegte das Essen niemals um eine Unze von einem Gericht oder eine Flasche Wein zu schmälern. Er ließ es nicht zu, daß ein Diner gegeben wurde, das seiner nicht würdig gewesen wäre. Er deckte den Tisch für seine eigene Würde. Wenn es den Gästen beliebte, von den aufgetragenen Gerichten zu kosten, so hatte er nichts dagegen; aber das Diner wurde für die Aufrechterhaltung seiner Stellung serviert. Wie er neben dem Büfett stand, schien er zu verkünden: Ich habe das Amt angenommen, nach dem, was hier vor sich geht, zu sehen und nichts Geringerem. – Wenn er den Busen, der sonst den Vorsitz führte, vermißte, so vermißte er ihn als einen Teil seines eigenen Prunkes, dessen er durch unvermeidbare Umstände zeitweilig beraubt war. Geradeso wie er einen Tafelaufsatz oder einen auserlesenen Weinkühler vermißt hätte, die in den Tresor gesandt worden waren.

Mr. Merdle ließ Einladungen zu einem Diner der

Barnacles ausgehen. Lord Decimus sollte kommen, der liebenswürdige junge Barnacle sollte kommen; und der Chor der Parlaments-Barnacles, die in den Provinzen umherzogen, wenn das Haus nicht tagte, und Loblieder auf ihren Chef sangen, sollte vertreten sein. Man wußte allgemein, daß es ein sehr wichtiges Diner werden sollte. Mr. Merdle war im Begriff, sich mit den Barnacles einzulassen. Diskrete Verhandlungen hatten zwischen ihm und dem edlen Decimus stattgefunden – wobei der junge Barnacle mit den liebenswürdigen Manieren als Vermittler gedient hatte –, und Mr. Merdle hatte sich entschlossen, das Gewicht seiner großen Rechtschaffenheit und seines großen Reichtums in die Waagschale der Barnacles zu werfen. Übelgesinnte Menschen vermuteten Korruption; vielleicht weil es unbestreitbar war, daß, wenn es nötig gewesen wäre, die Anhängerschaft des unsterblichen Feindes der Menschheit durch Korruption zu gewinnen, die Barnacles ihn gewonnen hätten – zum Besten des Landes, natürlich zum Besten des Landes.

Mrs. Merdle hatte diesem ihrem prächtigen Gemahl geschrieben, den nur ein Ketzer geringer achten konnte als alle britischen Kaufleute seit den Tagen Whittingtons, zu einem einzigen zusammengeknetet und drei Fuß dick vergoldet – hatte diesem ihrem Gemahl in rascher Folge verschiedene Briefe aus Rom geschrieben, in denen sie ihm dringend vorstellte, daß jetzt oder niemals die Zeit wäre, Edmund Sparkler zu versorgen. Mrs. Merdle hatte ihm dargelegt, daß Edmunds Fall dringlich sei und daß zahllose Vorteile sich daraus ergeben würden, wenn er rasch zu etwas Gutem käme. In der Konjugation von Mrs. Merdles Verben gab es bei diesem wichtigen Anlaß nur einen Modus, den Imperativ; und dieser Modus hatte nur ein Tempus, das Präsens. Und Mrs. Merdles Verben wurden Mr. Merdle so dringend zur Konjugation aufgegeben, daß sein träges Blut und seine langen Rockärmel völlig in Erregung gerieten.

In diesem aufgeregten Zustand hatte Mr. Merdle seine Augen behutsam um die Schuhe des Oberbutlers schweifen lassen, ohne zu wagen, sie bis zum Gedankenthron dieses erstaunlichen Mannes zu erheben, und ihm seine Absicht kundgetan, ein besonderes Diner zu veranstalten: kein sehr großes Diner, aber ein ganz besonderes Diner. Der Oberbutler hatte als Antwort zu verstehen gegeben, daß er nichts dagegen einzuwenden habe, die kostspieligste Veranstaltung in dieser Art zu überwachen, die durchgeführt werden könnte. Und der Tag des Diners war nun gekommen.

Mr. Merdle stand in einem seiner Salons mit dem Rücken zum Feuer und wartete auf die Ankunft seiner hervorragenden Gäste. Er nahm sich selten oder niemals die Freiheit heraus, mit dem Rücken zum Feuer dazustehen, wenn er nicht ganz allein war. In Gegenwart des Oberbutlers hätte er etwas Derartiges nicht gewagt. Er hätte sich in seiner Polizistenart an den Handgelenken gepackt, wäre auf dem Teppich vor dem Kamin auf und ab gegangen oder hätte sich zwischen den prachtvollen Möbeln herumgedrückt, wenn sein tyrannischer Diener in diesem Augenblick im Zimmer erschienen wäre. Die neugierigen Schatten, die aus einem Versteck hervorzuschießen schienen, wenn das Feuer aufflackerte, und sich wieder dahin zu begeben schienen, wenn das Feuer zusammensank, waren ihm genug Zeugen dafür, daß er es sich so bequem machte. Sie waren ihm sogar mehr als genug, wenn die unbehaglichen Blicke, die er ihnen zuwarf, etwas zu bedeuten hatten.

Mr. Merdles rechte Hand war voll von der Abendzeitung, und die Abendzeitung war voll von Mr. Merdle. Seine wunderbaren Unternehmungen, sein wunderbarer Reichtum, seine wunderbare Bank waren an diesem Abend das, wovon sich die Zeitung nährte. Die wunderbare Bank, die er hauptsächlich geplant und eingerichtet hatte und deren Hauptleiter er war, war das letzte der vielen Wunder, die er vollbracht hatte. So bescheiden war Mr. Merdle bei allen diesen glänzenden Taten, daß er vielmehr den Eindruck eines Mannes machte, dessen Haus gepfändet ist, als den eines Handelskolosses, der stolz auf seinem eigenen Teppich steht, während die kleinen Schiffe zum Diner hereinsegelten.

Seht doch, wie die Schiffe in den Hafen einlaufen! Der liebenswürdige junge Barnacle war der erste, der ankam; aber Gerichtsbarkeit holte ihn auf der Treppe ein. Gerichtsbarkeit, wie gewöhnlich von seinem Kneifer und seiner kleinen Verbeugung für die Geschworenen unterstützt, war hocherfreut, den liebenswürdigen jungen Barnacle zu sehen, und vermutete, daß wir beide in banco zu sitzen beabsichtigen, wie wir Juristen das nennen, um eine besondere Angelegenheit zu beraten.

„Wirklich?" sagte der lebhafte junge Barnacle, dessen Name Ferdinand war. „Wieso?"

„Aber", lächelte Gerichtsbarkeit, „wenn *Sie* es nicht wissen, wie kann ich es wissen? *Sie* sind im innersten Heiligtum des Tempels; *ich* bin einer aus der bewundernden Menge auf dem Platz davor."

Gerichtsbarkeit konnte scherzhaft oder ernsthaft sein, je nachdem, mit wem er es zu tun hatte. Ferdinand Barnacle gegenüber war er von glänzendster Laune. Gerichtsbarkeit war überdies stets bescheiden und selbstherabsetzend – auf seine Art. Gerichtsbarkeit war ein vielseitiger Mann, aber ein Faden lief durch all seine Muster; jeder, mit dem er es zu tun hatte, war in seinen Augen ein Geschworener; und er mußte diesen Geschworenen, wenn möglich, herumkriegen.

„Unser hervorragender Gastgeber und Freund", sagte Gerichtsbarkeit; „unser glänzender Stern am Finanzhimmel – tritt in die Politik ein?"

„Tritt ein? Er sitzt seit einiger Zeit im Parlament, wie Sie wissen", erwiderte der liebenswürdige junge Barnacle.

„Richtig", sagte Gerichtsbarkeit mit seinem Salonkomödienlachen für eine besondere Geschworenenkörperschaft. Dieses Lachen klang ganz anders als sein Possenlachen für Geschworene, die sich aus gewöhnlichen Handwerkern und derartigen Leuten zusammensetzten. „Er sitzt seit einiger Zeit im Parlament. Aber bisher ist unser Stern nur ein flackernder Stern gewesen? Hm?"

Ein Durchschnittszeuge würde durch dieses „Hm?" zu einer bejahenden Antwort verleitet worden sein. Aber

Ferdinand Barnacle blickte Gerichtsbarkeit nur bedeutungsvoll an, während sie beide lässig die Treppe hinaufschritten, und gab ihm überhaupt keine Antwort.

„Ganz recht, ganz recht“, sagte Gerichtsbarkeit kopfnickend, denn er ließ sich auf diese Weise nicht abspeisen, „und deshalb sprach ich davon, daß wir in banco sitzen würden, um eine besondere Sache zu beraten – womit ich meine, daß dies eine ganz besondere und feierliche Gelegenheit ist, eine, bei welcher der Hauptmann Macheath sagte: ‚Versammelt sind die Richter all', ein Anblick schauerlich!‘ Wir Juristen sind freidenkend genug, wie Sie sehen, um den Hauptmann zu zitieren, obwohl wir schlecht bei ihm wegkommen. Trotzdem, denke ich, könnte ich ein Zugeständnis des Hauptmanns als Zeugnis anführen“, sagte Gerichtsbarkeit mit einem kleinen scherzhaften Rollen seines Kopfes; denn wenn er einen juristischen Ausdruck gebrauchte, gab er sich immer den Anschein, sich selbst mit der besten Grazie von der Welt zu verspotten; „ein Zugeständnis des Hauptmanns, daß das Gesetz im großen und ganzen wenigstens darauf abzielt, unparteiisch zu sein. Denn, was sagt der Hauptmann, wenn ich ihn richtig zitiere – und wenn nicht“, hier berührte er seinen Begleiter mit seinem Kneifer leicht an der Schulter, wie in einer Salonkomödie, „so wird mich mein gelehrter Freund korrigieren:

Da das Gesetz für jedermann,
ob vornehm, ob gering sein Stand,
wie kommt's, daß an dem Galgen dann
man nicht schon beßre Leute fand?“

Bei diesen Worten kamen sie in den Salon, wo Mr. Merdle vor dem Feuer stand. So ungeheuer erstaunt war Mr. Merdle, als Gerichtsbarkeit mit einem solchen Zitat ins Zimmer trat, daß Gerichtsbarkeit erklärte, er habe Gay zitiert. „Zwar keine unserer juristischen Autoritäten, aber doch für einen Mann, der die große Weltkenntnis Mr. Merdles besitzt, kein zu verachtender Geist.“ Mr. Merdle machte ein Gesicht, als ob er etwas zu sagen beabsichtigte, machte dann aber ein Gesicht, als ob er dächte, er wollte es lieber nicht tun. In der Zwischenzeit wurde Bischof gemeldet.

Bischof trat in bescheidener Haltung, doch mit einem festen und raschen Schritt ein, als ob er den Wunsch hätte, seine Siebenmeilen-Gesellschaftsschuhe anzuziehen und über die ganze Erde zu gehen, um zu sehen, ob jedermann in einem befriedigenden Zustand lebte. Bischof hatte keine Ahnung davon, daß irgend etwas Besonderes in der Luft lag. Das war der bemerkenswerteste Zug in seiner Haltung. Er war frisch, munter, fröhlich, liebenswürdig, freundlich, aber so überraschend ahnungslos.

Gerichtsbarkeit ging auf ihn zu, um sich mit größter Höflichkeit nach der Gesundheit von Mrs. Bischof zu erkundigen. Mrs. Bischof hatte das kleine Malheur gehabt, sich bei einer Konfirmation zu erkälten, aber sonst befand sie sich wohl. Der junge Mr. Bischof befand sich ebenfalls wohl. Er war mit seiner jungen Frau und seinen kleinen Kindern auf einer ländlichen Pfarre.

Die Vertreter des Barnacle-Chores waren die nächsten Ankömmlinge, und darauf erschien Mr. Merdles Arzt. Gerichtsbarkeit, der ein Stückchen Auge und ein Stückchen Kneifer für jeden übrig hatte, der zur Tür hereintrat, ganz gleich, mit wem er gerade oder worüber er gerade sprach, brachte es auf geschickte Weise fertig, sich an jeden heranzumachen, ohne daß es seine Absicht zu sein schien, und nahm jeden einzelnen Geschworenen bei seiner Lieblingsseite. Mit einigen Mitgliedern des Chores lachte er über den verschlafenen Abgeordneten, der neulich nacht auf der verkehrten Seite in die Vorhalle hinausgegangen und abgestimmt hatte; mit anderen beklagte er diesen neuerungssüchtigen Geist der Zeit, der nicht einmal daran gehindert werden konnte, ein unnatürliches Interesse an der öffentlichen Verwaltung und an den öffentlichen Finanzen zu bekunden; mit Arzt hatte er ein Wort über den öffentlichen Gesundheitszustand zu wechseln; er hatte ihn auch um eine kleine Auskunft über einen Kollegen zu bitten, einen

Mann von unzweifelhafter Gelehrsamkeit und vollendeten Manieren – aber diese Eigenschaften, glaubte er, würden in höchster Vollkommenheit auch bei anderen Ausübenden der Heilkunst angetroffen (Verbeugung für die Geschworenen) –, den er zufällig auf der Zeugenbank gehabt und aus dem er im Kreuzverhör herausbekommen habe, daß er ein Anhänger dieser neuen Behandlungsmethode sei, die, wie es Gerichtsbarkeit schien – wie? – nun, Gerichtsbarkeit habe sich das gedacht; Gerichtsbarkeit habe gedacht und gehofft, daß Arzt ihm das sagen würde. Ohne sich anzumaßen, zu entscheiden, wo die Ärzte uneinig seien, schien es Gerichtsbarkeit, wenn man es als eine Frage des gesunden Menschenverstandes und nicht des sogenannten juristischen Scharfsinns betrachtete, dieses neue System sei – dürfe er in Gegenwart einer so großen Autorität so sagen – Humbug? Ah! Durch Zustimmung von solcher Seite bestärkt, könnte er es wagen, Humbug zu sagen, und nun war Gerichtsbarkeits Gemüt beruhigt.

Mr. Tite Barnacle, der, wie der berühmte Bekannte Dr. Johnsons, nur einen Gedanken, und dazu einen falschen, im Kopf hatte, war unterdessen erschienen. Dieser hervorragende Herr und Mr. Merdle, die im Licht des Feuers nachdenklichen Gesichts jeder in einer Ecke einer gelben Ottomane saßen, ohne miteinander zu sprechen, hatten im allgemeinen große Ähnlichkeit mit den beiden Kühen auf dem Cuyp-Gemälde, das gegenüber an der Wand hing.

Aber jetzt traf Lord Decimus ein. Der Oberbutler, der sich bis zu dieser Zeit auf einen Teil seiner gewöhnlichen Funktion beschränkt hatte, nämlich die Gäste anzublicken, während sie ankamen (und das mit mehr Geringschätzung als Gunst), ließ sich sogar so weit herab, mit ihm die Treppe heraufzukommen und ihn zu melden. Da Lord Decimus ein überwältigender Peer war, schloß ein schüchterner junger Abgeordneter des Unterhauses, der der vorletzte Fisch war, den die Barnacles gefangen hatten, und der bei dieser Gelegenheit geladen worden war, um seine Gefangennahme zu feiern, beim

Eintritt Seiner Lordschaft die Augen. Lord Decimus war nichtsdestoweniger erfreut, den Abgeordneten zu sehen. Er war auch erfreut, Mr. Merdle zu sehen, erfreut, Bischof zu sehen, erfreut, Gerichtsbarkeit zu sehen, erfreut, Arzt zu sehen, erfreut Tite Barnacle zu sehen, erfreut, den Chor zu sehen, erfreut, Ferdinand, seinen Privatsekretär, zu sehen. Lord Decimus, obwohl einer der Größten der Erde, besaß kein hervorragend einschmeichelndes Benehmen, doch Ferdinand hatte ihn so weit gebracht, alle Leute, die er antreffen würde, zu begrüßen und ihnen zu sagen, er sei erfreut, sie zu sehen. Nachdem er diese Leistung mit Lebhaftigkeit und Herablassung vollbracht hatte, nahm Seine Lordschaft in dem Gemälde nach Cuyp Platz und bildete eine dritte Kuh in der Gruppe.

Gerichtsbarkeit, der fühlte, daß er alle übrigen Geschworenen gewonnen hatte und nun des Obmannes habhaft werden mußte, kam bald mit dem Kneifer in der Hand herangeglitten. Gerichtsbarkeit begann mit dem Obmann vom Wetter zu reden, als von einem Gegenstand, bei dessen Erörterung es keiner amtlichen Zurückhaltung bedurfte. Gerichtsbarkeit sagte, er habe gehört (wie jeder stets hört, obwohl es immer ein Geheimnis bleiben wird, wer es sie hören läßt und weshalb), es werde in diesem Jahr kein Spalierobst geben. Lord Decimus hatte nichts Ungünstiges über seine Pfirsiche gehört, aber er glaubte, er werde keine Äpfel haben, wenn ihn seine Leute recht unterrichtet hätten. Keine Äpfel? Gerichtsbarkeit war ganz Bedauern und Teilnahme. Es wäre ihm in Wirklichkeit ganz gleich gewesen, wenn es auf der ganzen Erdoberfläche keinen Apfelkern gegeben hätte, aber er zeigte ein solches Interesse für diese Apfelfrage, daß es geradezu erschütternd war. Nun, welchen Umständen, Lord Decimus – denn wir lästigen Juristen liebten es, Informationen zu sammeln, da wir niemals zu sagen vermöchten, wie nützlich sie sich uns erweisen könnten –, welchen Umständen, Lord Decimus, sei dies zuzuschreiben? Lord Decimus konnte sich nicht unterfangen, eine Theorie darüber aufzustellen. Das hätte

wohl jeden anderen veranlaßt, das Gespräch aufzugeben; aber Gerichtsbarkeit hielt stand und fragte lebhaft wie je: „Wie wird es wohl mit Birnen?“

Noch zu der Zeit, als Gerichtsbarkeit längst Generalstaatsanwalt geworden war, wurde dies als ein Meisterstreich von ihm erzählt. Lord Decimus erinnerte sich an einen Birnbaum in einem Garten an der Rückseite des Hauses seiner Wirtin in Eton, und auf diesem Birnbaum blühte der einzige Witz seines Lebens ewig. Es war ein kompakter und handgreiflicher Witz, der auf dem Unterschied zwischen Eton-Birnen und Parlaments-Peers beruhte; aber es war ein Witz, den man, wie es Lord Decimus' Ansicht zu sein schien, ohne vorherige gründliche Vertrautheit mit jenem Baum nicht voll genießen konnte. Deshalb hatte die Geschichte zuerst keine Ahnung von einem derartigen Baum, dann traf sie auf einmal im Winter auf ihn, verfolgte ihn durch die wechselnden Jahreszeiten hindurch, sah ihn knospen, sah ihn blühen, sah ihn Frucht tragen, sah die Frucht reifen, kurz, die Geschichte kultivierte den Baum so sorgsam und umständlich, bevor sie aus dem Schlafzimmerfenster stieg, um die Früchte zu stehlen, daß Zuhörer, deren Zeit knapp war, Gott dankten, daß der Baum vor Lord Decimus' Zeit gepflanzt und okuliert worden war. Gerichtsbarkeits Interesse an Äpfeln wurde so sehr von der Verzückung übertroffen, mit der er dem Entwicklungsgang dieser Birnen von dem Augenblick an folgte, als Lord Decimus feierlich begann: „Da Sie gerade von Birnen reden, fällt mir ein Birnbaum ein“, bis zu dem glänzenden Schluß: „Und so kommen wir durch die verschiedenen Wechselfälle des Lebens hindurch von Eton-Birnen bis zu Parlaments-Peers“, daß er mit Lord Decimus die Treppe hinuntergehen und sich sogar noch an der Tafel an seine Seite setzen mußte, damit er die Anekdote zu Ende hören konnte.

Als es soweit war, fühlte Gerichtsbarkeit, daß er den Obmann gewonnen hatte und sich mit gutem Appetit an das Diner machen konnte.

Es war ein Diner, das Appetit erweckte, auch wenn

man keinen gehabt hätte. Es setzte sich zusammen aus den ausgesuchtesten Gerichten, herrlich gekocht und herrlich serviert, den erlesensten Früchten, den feinsten Weinen, wunderbaren Kunstwerken von Gold und Silber, Porzellan und Glas, zahllosen Dingen, die für den Geschmack, den Geruch und das Auge köstlich waren. Oh, was für ein wunderbarer Mann, dieser Merdle, was für ein großer Mann, was für ein gewaltiger Mann, wie herrlich und beneidenswert begabt – mit einem Wort, was für ein reicher Mann!

Er nahm seine gewöhnliche Menge Nahrung für achtzehn Pence in seiner gewöhnlichen magenkranken Weise ein und wußte sowenig zu sagen wie nur je ein wunderbarer Mann. Glücklicherweise war Lord Decimus eine jener erhabenen Naturen, die wenig Anlaß geben, daß man mit ihnen spricht, denn sie können sich jederzeit genügend mit der Betrachtung ihrer eigenen Größe beschäftigen. Dies ermöglichte es dem schüchternen jungen Abgeordneten, seine Augen jedesmal lange genug offenzuhalten, um sein Diner zu sehen. Aber sooft Lord Decimus sprach, schloß er sie wieder.

Der liebenswürdige junge Barnacle und Gerichtsbarkeit führten die Unterhaltung in der Gesellschaft. Auch Bischof wäre außerordentlich liebenswürdig gewesen, wenn dem nicht seine Unschuld entgegengestanden hätte. Er mußte daher bald zurückbleiben. Wenn irgendeine Andeutung gemacht wurde, daß etwas Besonderes in der Luft läge, so war er sofort verloren. Weltlichen Angelegenheiten war er nicht gewachsen; er konnte sie durchaus nicht begreifen.

Dies zeigte sich, als Gerichtsbarkeit nebenbei bemerkte, er freue sich, gehört zu haben, daß wir bald den Vorzug genießen würden, den gesunden und klaren Verstand – nicht demonstrativ und prunkend, aber vollkommen gesund und praktisch – unseres Freundes Mr. Sparkler auf der guten Seite zu sehen.

Ferdinand Barnacle lachte und sagte, er glaube, ja. Eine Stimme sei eine Stimme und immer annehmbar.

Gerichtsbarkeit bedauerte, unseren guten Freund Mr. Sparkler heute nicht hier zu sehen, Mr. Merdle.

„Er ist mit Mrs. Merdle auf Reisen“, erwiderte dieser Herr, der langsam aus einer langen Geistesabwesenheit zu sich kam, während deren er einen Eßlöffel in seinen Ärmel geschoben hatte. „Es ist nicht unbedingt erforderlich, daß er an Ort und Stelle weilt.“

„Der magische Name Merdle“, sagte Gerichtsbarkeit mit der Verbeugung für die Geschworenen, „wird zweifellos allein hinreichen.“

„Nun – ja – ich denke wohl“, stimmte Mr. Merdle zu, legte den Löffel beiseite und verbarg schwerfällig die eine Hand in dem Ärmelaufschlag der anderen. „Ich denke, meine Leute dort unten werden keine Schwierigkeiten machen.“

„Musterhafte Leute!“ sagte Gerichtsbarkeit.

„Es freut mich, daß sie Ihren Beifall haben“, sagte Mr. Merdle.

„Nun, und die Leute in den beiden anderen Orten“, fuhr Gerichtsbarkeit mit einem verständnisinnigen Zwinkern seiner scharfen Augen fort, während er sich ein wenig seinem erhabenen Nachbarn zuwandte; „wir Juristen sind immer neugierig, haben immer zu fragen, wir lesen immer Fetzen und Lappen für unseren Flickwerkgeist zusammen, da man nicht wissen kann, wann und wo sie in irgendeine Ecke hineinpassen können; nun also, die Leute in jenen beiden anderen Orten, unterwerfen sie sich so löblich dem Einfluß solchen Unternehmungsgeistes und solchen Ruhmes, ergießen sich diese kleinen Bächlein so ruhig und leicht und gewissermaßen unter dem Einfluß von Naturgesetzen schön in den Lauf des mächtigen Stromes, der seinen wunderbaren Weg dahinfließt und das umliegende Land befruchtet, daß ihre Haltung genau berechnet und bestimmt vorausgesagt werden kann?“

Mr. Merdle, der von Gerichtsbarkeits Beredsamkeit ein wenig verwirrt war, betrachtete einige Augenblicke lang in Gedanken verloren das zunächst stehende Salzfäßchen und sagte dann zögernd: „Die Leute kennen ihre Pflicht der Gesellschaft gegenüber vollkommen, Sir. Sie werden jeden wählen, den ich zu diesem Zweck hinschicke."

„Erfreulich, zu wissen", sagte Gerichtsbarkeit. „Erfreulich, zu wissen."

Die drei fraglichen Orte waren drei kleine verkommene Nester auf dieser Insel mit drei kleinen, unwissenden, trunksüchtigen, schmutzigen, rückständigen Wählerschaften, die in Mr. Merdles Tasche getaumelt waren. Ferdinand Barnacle lachte in seiner liebenswürdigen Art und sagte leichthin, es sei eine nette Gesellschaft.

Bischof, der im Geiste auf friedvollen Pfaden wandelte, war ganz und gar in Gedanken versunken.

„Bitte", fragte Lord Decimus, während er sein Auge über die Tafel schweifen ließ, „was hat es mit dieser Geschichte für eine Bewandtnis, die mir zu Ohren gekommen ist; sie handelt von einem Herrn, der lange in einem Schuldgefängnis war, sich dann als Angehöriger einer reichen Familie erwies und die Erbschaft einer großen Summe Geldes antrat? Ich habe verschiedene Darstellungen darüber gehört. Wissen Sie etwas darüber, Ferdinand?"

„Ich weiß nur so viel", sagte Ferdinand, „daß er dem Amt, an welchem tätig zu sein ich die Ehre hatte"; der glänzende junge Barnacle warf diese Redensart so spielerisch hin, als ob er sagte: wir wissen, was diese Redensarten zu bedeuten haben, aber wir müssen die Spielregeln einhalten; „eine Unmenge Mühe gemacht und uns in zahllose Klemmen gebracht hat."

„Klemmen?" wiederholte Lord Decimus mit einem majestätischen Verweilen und Nachsinnen bei dem Wort, was den schüchternen Abgeordneten seine Augen ganz fest schließen ließ. „Klemmen?"

„Eine sehr unangenehme Angelegenheit in der Tat", bemerkte Mr. Tite Barnacle mit einer Miene des tiefsten Unmutes.

„Worin", fragte Lord Decimus, „bestand seine Angelegenheit? Welcher Art waren diese – äh – Klemmen, Ferdinand?"

„Oh, als Geschichte ist es eine schöne Geschichte", erwiderte dieser Herr; „so nett in ihrer Art wie nur möglich. Dieser Mr. Dorrit (sein Name ist Dorrit) war, unendlich lange bevor die gute Fee aus der Bank herauskam und ihm sein Vermögen übergab, uns gegenüber eine Verpflichtung eingegangen, indem er eine Schuldverschreibung unterzeichnet hatte zur Ausführung eines Kontraktes, der nicht im mindesten ausgeführt wurde. Er war Teilhaber eines großen Handelshauses – in Spirituosen oder Knöpfen oder Wein oder Schuhwichse oder Hafermehl oder Schweinefleisch oder Haken und Ösen oder Eisenwaren oder Sirup oder Schuhen oder irgend etwas, das für Soldaten oder Matrosen oder sonst jemand gebraucht wurde –, und das Haus machte Bankrott, und da wir zu den Gläubigern gehörten, erging von Staats wegen ein Haftbefehl mit allen Schikanen und was sonst alles dazugehört. Als die gute Fee erschienen war und er uns bezahlen wollte, waren wir wahrhaftig in einen solch musterhaften Zustand von Verrechnen und Gegenverrechnen, Zeichnen und Gegenzeichnen geraten, daß es sechs Monate dauerte, bevor wir wußten, wie wir das Geld annehmen oder eine Quittung dafür ausstellen sollten. Es war ein Triumph behördlicher Tätigkeit", sagte dieser hübsche junge Barnacle, herzlich lachend. „Man hat noch nie im Leben eine solche Menge Formulare gesehen. ‚Wahrhaftig', sagte der Anwalt eines Tages zu mir, ‚wenn ich von diesem Amt verlangte, daß es mir zwei- oder dreitausend Pfund geben sollte, anstatt sie zu nehmen, könnte ich nicht mehr Mühe damit haben.' – ‚Da haben Sie recht, mein Freund', sagte ich zu ihm, ‚und in Zukunft werden Sie wissen, daß wir hier etwas zu tun haben.'" Der liebenswürdige junge Barnacle beendete seine Geschichte, indem er wieder herzlich lachte. Er war wirklich ein sehr gewandter, liebenswürdiger junger Mann, und seine Manieren waren außerordentlich gewinnend.

Mr. Tite Barnacles Ansicht über die Sache war weniger leicht. Er nahm es übel, daß Mr. Dorrit die Behörde dadurch beunruhigt hatte, daß er die Schuld zu bezahlen wünschte, und betrachtete es als eine höchst ungehörige Sache, dies nach so vielen Jahren zu tun. Aber Mr. Tite Barnacle war ein zugeknöpfter und infolgedessen ein gewichtiger Mann. Alle zugeknöpften Männer sind gewichtig, allen zugeknöpften Männern wird Glauben geschenkt. Ob nun die vorbehaltene, niemals ausgeübte Fähigkeit, sich aufzuknöpfen, die Menschen fasziniert; ob die Meinung herrscht, daß Weisheit sich verdichtet und vermehrt, wenn sie zugeknöpft ist, und verdampft, wenn sie aufgeknöpft wird – sicher ist, daß der Mann, dem Bedeutung zugestanden wird, der zugeknöpfte Mann ist. Mr. Tite Barnacle hätte nicht seinen halben Kurswert gehabt, wenn nicht sein Rock stets bis zu seiner weißen Krawatte hinauf zugeknöpft gewesen wäre.

„Darf ich fragen", erkundigte sich Lord Decimus, „ob Mr. Darrit – oder Dorrit – Familie hat?"

Da niemand sonst antwortete, sagte der Gastgeber: „Er hat zwei Töchter, Mylord."

„Oh! Sie sind mit ihm bekannt?" fragte Lord Decimus.

„Mrs. Merdle ist mit ihm bekannt. Und auch Mr. Sparkler. Ich glaube sogar", sagte Mr. Merdle, „daß eine der jungen Damen auf Edmund Sparkler Eindruck gemacht hat. Er ist empfänglich, und – ich glaube – die Eroberung . . ." Mr. Merdle hielt inne und blickte auf das Tischtuch, was er gewöhnlich tat, wenn er bemerkte, daß man ihn beobachtete oder ihm zuhörte.

Gerichtsbarkeit freute sich außerordentlich, daß die Familie Merdle und diese Familie bereits miteinander in Berührung gekommen waren. Er teilte mit leiser Stimme über den Tisch hin Bischof seine Ansicht mit, daß hier eine Art Analogie zu jenen physikalischen Gesetzen bestehe, kraft deren Gleiches zu Gleichem strebt. Er betrachtete diese Anziehungskraft des Reichtums für den Reichtum als etwas besonders Interessantes und Merkwürdiges – etwas, was irgendwie mit dem Magnetstein und der Schwerkraft verwandt sei. Bischof, der auf die Erde zurückgetänzelt war, als das gegenwärtige Thema angeschlagen wurde, stimmte zu. Er sagte, es sei allerdings von größter Wichtigkeit für die Gesellschaft, daß ein Mann in jener schwierigen Lage, wo ihm unerwartet die Macht, in der Gesellschaft Gutes oder Böses zu tun, übertragen wurde, gewissermaßen der überlegenen Macht eines legitimeren und größeren Besitzes einverleibt würde, dessen Einfluß (wie im Falle unseres Freundes, an dessen Tisch wir sitzen) gewöhnlich in Harmonie mit den besten Interessen der Gesellschaft ausgeübt werde. Auf diese Weise erhielten wir anstelle von zwei rivalisierenden Flammen, einer größeren und einer kleineren, die jede trübe und flackernd brenne, ein einziges und sanftes Licht, dessen freundlicher Strahl eine gleichmäßige Wärme über das ganze Land verbreite. Bischof schien an seiner Art, die Sache darzustellen, sehr großen Gefallen zu finden und verweilte ziemlich lange dabei; während sich Gerichtsbarkeit unterdessen (um sich nicht einen Geschworenen entgehen zu lassen) den Anschein gab, als sitze er zu seinen Füßen und lausche auf seine Lehren.

Da das Diner zusammen mit dem Dessert drei Stunden dauerte, kühlte sich der schüchterne Abgeordnete im Schatten von Lord Decimus schneller ab, als er sich durch Essen und Trinken erwärmte, und fühlte sich im ganzen ziemlich frostig. Lord Decimus schien sich gleich einem hochragenden Turm auf flachem Lande über das Tischtuch zu projizieren, um dem ehrenwerten Abgeordneten das Licht zu nehmen, das Mark des ehrenwerten Abgeordneten zu kühlen und in ihm eine schmerzliche Vorstellung von Distanz zu erwecken. Als er diesen unglücklichen Mann aufforderte, sich Wein einzuschenken, umgab er seine unsicheren Schritte mit dem finstersten Schatten, und als er sagte: „Auf Ihr Wohl, Sir!“, war alles um ihn her Öde und Trostlosigkeit.

Schließlich begann Lord Decimus, mit einer Kaffeetasse in der Hand, zwischen den Gemälden umherzuwandern, wodurch er bei den Anwesenden interessante Überlegungen darüber hervorrief, wann er wohl aufhören würde umherzuwandern und die kleineren Vögel in den

Stand setzen würde, die Treppe hinaufzuflattern; was nicht eher geschehen konnte, bis er seine edlen Fittiche in dieser Richtung geschwungen hatte. Nach einigem Zögern und verschiedenem Strecken seiner Flügel, aus dem nichts wurde, schwebte er zu den Salons empor.

Und hier erhob sich eine Schwierigkeit, die sich immer erhebt, wenn zwei Leute bei einem Diner besonders deshalb zusammengebracht werden, um sich miteinander zu besprechen. Jeder Anwesende (ausgenommen Bischof, der keine Ahnung davon hatte) wußte ganz gut, daß dieses Diner nur zu dem Zweck gegessen und getrunken worden war, damit Lord Decimus und Mr. Merdle sich fünf Minuten lang miteinander unterhalten konnten. Die Gelegenheit, die mit solcher Mühe vorbereitet worden war, war jetzt gekommen, aber von diesem Augenblick an schien es, als ob kein menschlicher Scharfsinn vermöchte, die beiden Hauptpersonen in dasselbe Zimmer zu bringen. Mr. Merdle und sein edler Gast blieben hartnäckig dabei, an den entgegengesetzten Enden der Szenerie umherzuwandern. Vergebens brachte der liebenswürdige Ferdinand Lord Decimus dazu, sich die Bronzepferde in der Nähe von Mr. Merdle anzusehen. Schon entwich Mr. Merdle und wanderte hinweg. Es war vergeblich, daß er Mr. Merdle zu Lord Decimus führte, damit der ihm die Geschichte der einzigartigen Meißner Vasen erzählen sollte. Nun entwich Lord Decimus und wanderte hinweg, während er seinen Mann noch an das gewünschte Ziel heranführte.

„Haben Sie jemals etwas Derartiges gesehen?“ fragte Ferdinand Gerichtsbarkeit, als es ihm zwanzigmal mißglückt war.

„Oft“, erwiderte Gerichtsbarkeit.

„Wenn ich nicht einen von ihnen in eine bestimmte Ecke stoße und Sie den anderen hineinstoßen“, sagte Ferdinand, „wird es am Ende überhaupt nicht zustande kommen.“

„Sehr gut“, sagte Gerichtsbarkeit. „Ich will Merdle stoßen, wenn es Ihnen recht ist, aber nicht Mylord.“

Ferdinand lachte mitten in seinem Ärger. „Der Teufel hole sie beide!“ sagte er, während er auf die Uhr sah. „Ich möchte gehen. Weshalb, zum Kuckuck, können sie nicht zusammenkommen? Sie wissen beide, was sie wünschen und wollen. Sehen Sie sie an!“

Man sah sie immer noch an den entgegengesetzten Enden der Szenerie, wobei sich jeder von beiden absurderweise den Anschein gab, als ob er gar nicht an den anderen dächte, was nicht durchsichtiger und lächerlicher hätte sein können, wenn die wirklichen Gedanken der beiden mit Kreide auf ihren Rücken gezeichnet gewesen wären. Bischof, der eben noch mit Gerichtsbarkeit und Ferdinand zusammengestanden, aber dessen Unschuld ihn wiederum daran gehindert hatte, das Gespräch zu verstehen, und ihn in reinem Öl gebadet hatte, näherte sich jetzt Lord Decimus und kam mit ihm in ein Gespräch.

„Ich glaube, ich muß Merdles Doktor so weit bringen, ihn einzufangen und ihn festzuhalten“, sagte Ferdinand; „und dann muß ich meines illustren Verwandten habhaft werden und ihn zu der Konferenz verführen, wenn ich das kann – wenn nicht, ihn dazu zerren.“

„Da Sie mir die Ehre erweisen“, sagte Gerichtsbarkeit mit seinem schlauesten Lächeln, „mich um meine bescheidene Hilfe anzugehen, will ich sie Ihnen mit dem größten Vergnügen zuteil werden lassen. Ich glaube nicht, daß die Sache von einem einzelnen vollführt werden kann. Aber wenn Sie es auf sich nehmen wollen, Mylord in jenem letzten Salon dort hinten, wo er jetzt so ins Gespräch vertieft ist, festzuhalten, so will ich es auf mich nehmen, unseren lieben Merdle dorthin zu bringen, ohne daß er die Möglichkeit hat auszubrechen.“

„Abgemacht!“ sagte Ferdinand.

„Abgemacht!“ sagte Gerichtsbarkeit.

Gerichtsbarkeit bot einen wunderbaren Anblick, erfüllt von der Aufgabe, als er, munter seinen Kneifer am Band hin und her schwingend und munter einer Welt von Geschworenen zunickend, sich plötzlich ganz zufällig neben Mr. Merdle befand und diese Gelegenheit ergriff, ihm gegenüber einen kleinen Punkt zu erwähnen, in bezug auf den er besonders wünschte, von dem Licht seines praktischen Wissens geleitet zu werden. (Hier ergriff er Mr. Merdles Arm und führte ihn sanft hinweg.) Ein Bankier, den wir A. B. nennen wollen, leiht eine beträchtliche Summe Geldes, sagen wir fünfzehntausend Pfund, einem von Gerichtsbarkeits Klienten, den wir P. Q. nennen wollen. (Hier hielt er, da sie jetzt auf Lord Decimus zukamen, Mr. Merdle fest am Arm.) Als Sicherheit für dieses Darlehen an P. Q., die wir eine verwitwete Dame nennen wollen, wurde A. B. die Besitzakte eines Landgutes übergeben, welches wir Blinkiter Doddles nennen wollen. Nun ist der strittige Punkt folgender: Ein beschränktes Recht, in den Wäldern von Blinkiter Doddles Holz zu fällen, stand dem Sohn der P. Q. zu, der damals volljährig war und den wir X. Y. nennen wollen – aber das sei wirklich zu arg! In Gegenwart von Lord Decimus den Gastgeber mit dem Dreschen unseres trockenen juristischen Strohs aufzuhalten sei wirklich zu arg! Ein andermal! Gerichtsbarkeit war aufrichtig reuevoll und wollte keine Silbe mehr sagen. Wolle Bischof ihm ein halbes Dutzend Worte gestatten? (Er hatte jetzt Mr. Merdle Seite an Seite mit Lord Decimus auf ein Sofa niedergesetzt, und jetzt oder niemals mußten sie an die Sache herangehen.)

Und nun bildete die übrige Gesellschaft, in hohem Grade aufgeregt und interessiert, immer mit Ausnahme von Bischof, der nicht die geringste Ahnung hatte, daß etwas vor sich ging, im nächsten Salon eine Gruppe um den Kamin und gab sich den Anschein, behaglich über alle möglichen unbedeutenden Gegenstände zu plaudern, während jedermanns Gedanken und Augen heimlich zu dem abgesonderten Paar hinüberwanderten. Der Chor war außerordentlich nervös, vielleicht weil er unter der entsetzlichen Befürchtung litt, daß ihm irgendeine gute Sache entgehen würde. Nur Bischof sprach beständig und gleichmäßig. Er unterhielt sich mit dem großen Arzt über die Stimmbändererschlaffung, von der junge Geistliche nur zu oft befallen wurden, und über die Mittel und Wege, das häufige Auftreten dieses Übels in der Kirche zu bekämpfen. Arzt gab als allgemeine Regel seiner Meinung Ausdruck, daß der beste Weg, dies zu vermeiden, sei, lesen zu können, bevor man aus dem Lesen einen Beruf machte. Bischof fragte zweifelnd, ob er wirklich so denke. Und Arzt sagte, sicher, das tue er.

Ferdinand war unterdessen der einzige aus der Gesellschaft, der sich außerhalb des Kreises bewegte; er hielt sich ungefähr in der Mitte zwischen diesem und den beiden, als ob Lord Decimus eine Art Operation an Mr. Merdle oder Mr. Merdle an Lord Decimus ausführte und er jeden Augenblick gebraucht werden könnte, um einen Verband anzulegen. Tatsächlich rief nach einer Viertelstunde Lord Decimus „Ferdinand!", und er ging und nahm auf weitere fünf Minuten seinen Platz bei der Konferenz ein. Dann ging ein halb unterdrücktes Aufatmen durch den Chor; denn Lord Decimus erhob sich, um sich zu verabschieden. Von Ferdinand wieder so weit gebracht, sich leutselig zu zeigen, drückte er jedem einzelnen Gast glanzvoll die Hand und sagte sogar zu Gerichtsbarkeit: „Ich hoffe, ich habe Sie mit meinen Birnen nicht gelangweilt?", worauf Gerichtsbarkeit erwiderte: „Eton, Mylord, oder parlamentarisch?", wodurch er geschickt zeigte, daß er den Witz völlig verstanden hatte, und zart andeutete, daß er ihn sein ganzes Leben lang niemals vergessen könnte.

Die ganze ernste Wichtigkeit, die in Mr. Tite Barnacle zugeknöpft war, brach hiernach auf, und Ferdinand brach ebenfalls auf in die Oper. Von den übrigen blieben einige noch ein wenig, wobei sie Gläschen goldenen Likörs durch klebrige Ringe an Tischchen mit Einlegearbeit vermählten, auf die verzweifelte Hoffnung hin, daß Mr. Merdle etwas sagen würde, aber Merdle schlich wie gewöhnlich finster und schwerfällig durch seinen Salon und sprach kein Wort.

Nach ein paar Tagen wurde es der ganzen Stadt verkündet, daß Edmund Sparkler, Esquire, Stiefsohn des hervorragenden, weltberühmten Mr. Merdle, zu einem der Lords der Umstandsbehörde ernannt worden war; und eine Proklamation erging an alle Rechtgläubigen, daß diese Ernennung als eine huldreiche und gnädige Anerkennung anzusehen sei, dargebracht von dem huldreichen und gnädigen Decimus für jene kommerziellen Interessen, die stets in einem großen kommerziellen Land ... und so weiter und so weiter mit Trompetenstoß. So entwickelten sich, von dieser Anerkennung von Regierungsseite unterstützt, die wunderbare Bank und alle die wunderbaren Unternehmungen weiter und in die Höhe; und Neugierige kamen in die Harley Street am Cavendish Square, bloß um das Haus zu betrachten, wo das goldene Wunder wohnte.

Und wenn sie des Oberbutlers ansichtig wurden, der in einem Augenblick der Herablassung zur Haustür hinausblickte, so sagten die Neugierigen, wie prächtig er aussehe, und hätten gern gewußt, wieviel Geld er wohl in der wunderbaren Bank habe, aber wenn sie diesen geschätzten Rachegott besser gekannt hätten, so hätten sie keine Vermutungen anzustellen brauchen, sondern hätten den Betrag mit der größten Genauigkeit angeben können.

## *13. Kapitel*

### Eine Epidemie grassiert

Daß es mindestens ebenso schwierig ist, eine geistige Infektion wie eine körperliche aufzuhalten; daß eine solche Krankheit sich so schnell und bösartig wie die Pest verbreitet; daß die Ansteckung, wenn sie einmal um sich gegriffen hat, keinen Beruf und keinen Stand verschont, sondern die gesündesten Menschen überfällt und sich in den kräftigsten Konstitutionen entwickelt, ist eine Tatsache, die die Erfahrung ebenso lehrt, wie daß wir Menschen Luft atmen. Der Menschheit würde eine unschätzbare Wohltat erwiesen werden, wenn die Befallenen, in deren Schwäche oder Schlechtigkeit diese giftigen Keime entstehen, sofort ergriffen und sicher abgeschlossen (um nicht zu sagen, kurzerhand erstickt) werden könnten, bevor sich das Gift verbreiten kann.

Wie ein mächtiges Feuer die Luft auf eine große Strecke hin mit seinem Brausen erfüllt, so ließ die heilige Flamme, welche die mächtigen Barnacles angefacht hatten, die Luft immer mehr von dem Namen Merdle erklingen. Er war in aller Munde und drang in jedes Ohr. Solch einen Menschen wie Mr. Merdle gab es nicht wieder, hatte es nie gegeben, würde es niemals wieder geben. Wie schon gesagt, wußte niemand, was er getan hatte; aber jedermann wußte, daß er der größte Mann war, der je erschienen.

Drunten im Herzbluthof, wo niemand einen Penny übrig hatte, herrschte ein ebenso lebhaftes Interesse für dieses Musterbild der Menschheit wie an der Börse. Mrs. Plornish, die jetzt einen hübschen kleinen Laden hatte mit Material- und Gemischtwaren an dem vornehmen Ende des Hofes, von wo die Stufen herabgingen, in dem ihr kleiner alter Vater und Maggy als Hilfskräfte fungierten, ließ sich gewöhnlich über ihn aus, wenn sie sich über den Ladentisch mit ihren Kunden unterhielt. Mr. Plornish, der einen kleinen Anteil an einem kleinen Bauunternehmen in der Nachbarschaft hatte, sagte mit der Kelle in der Hand auf Baugerüsten und auf Hausdächern, er hätte von den Leuten, Mr. Merdle wäre *der* Mann, verstehen Sie, um uns alle Herzenswünsche zu erfüllen und uns alle dahin zu bringen, verstehen Sie, wo es am besten ist. Von Mr. Baptist, dem einzigen Untermieter bei Mr. und Mrs. Plornish, ging das leise Gerücht, daß er die Ersparnisse, die er bei seinem einfachen und mäßigen Leben machte, ansammelte, um sie in einer der sicheren Unternehmungen Mr. Merdles anzulegen. Die weiblichen Herzbluter gaben Mrs. Plornish zu verstehen, wenn sie um einige Lot Tee und ebenso viele Zentner Unterhaltung in den Laden kamen, daß sie von ihrer Cousine Mary Anne, die in der Branche tätig sei, gehört hätten, Madam, daß die Kleidung seiner Frau drei Waggons füllen würde. Daß sie eine wunderschöne Dame sei, Madam, und eine Büste wie Marmor habe. Daß nach dem, was sie gehört hätten, Madam, der Sohn ihres ersten Mannes in die Regierung eingetreten sei; und er sei General gewesen und gegen Armeen marschiert und sieggekrönt, wenn man alles glauben könne, was man hörte. Daß Mr. Merdle gesagt haben sollte, er hätte, wenn es ihm der Mühe wert erschienen wäre, die ganze Regierung ohne jeden Verdienst übernommen, aber könne sie nicht mit Verlust übernehmen. Daß man nicht erwarten könnte, Madam, daß er dadurch Verlust erleiden sollte, da seine Straße, wie man wohl mit Recht sagen dürfte, mit Gold gepflastert sei; aber daß es sehr zu bedauern wäre, daß man es ihm nicht der Mühe wert hätte machen können; denn gerade so einer wüßte, zu welcher Höhe die Preise für Brot und Fleisch gestiegen seien, und so einer, nur so einer könnte und würde sie von dieser Höhe wieder herunterbringen.

So mächtig und weitverbreitet war das Fieber im Herzbluthof, daß selbst jene Tage, an denen Mr. Pancks die Miete einsammelte, die Krankheit nicht unterbrachen. Bei diesen Gelegenheiten nahm sie die merkwürdige Form an, daß die angesteckten Patienten unermeßliche Entschuldigungen und Trost in der Erwähnung des magischen Namens fanden.

„Also los!" pflegte Mr. Pancks einem säumigen Mieter zu sagen. „Bezahlen Sie! Her damit!"

„Ich habe es nicht, Mr. Pancks", pflegte der Säumige zu erwidern. „Ich sage Ihnen die Wahrheit, Sir, wenn ich sage, daß ich mich nicht zu einem einzigen Sixpence davon beglückwünschen kann."

„Das geht nicht gut, wie Sie wissen", erwiderte dann Mr. Pancks. „Sie erwarten doch nicht, daß dies gut geht, nicht wahr?"

Der Säumige gab dann mit einem kleinlauten „Nein, Sir" zu, daß er keine derartigen Erwartungen hegte.

„Mein Eigentümer wird das nicht dulden, verstehen Sie", fuhr dann Mr. Pancks fort. „Er schickt mich nicht dazu hierher. Bezahlen Sie! Los!"

Der Säumige pflegte dann zu erwidern: „Ach,

Mr. Pancks. Wenn ich der reiche Herr wäre, dessen Name in jedermanns Munde ist – wenn mein Name Merdle wäre, Sir –, würde ich sofort bezahlen und es gern tun."

Dialoge über die Mietsfrage fanden gewöhnlich vor den Haustüren oder in den Hausfluren und in Gegenwart von mehreren höchst interessierten Herzblutern statt. Sie nahmen immer eine Anspielung dieser Art mit einem leisen beifälligen Gemurmel auf, als ob sie überzeugend wäre; und der Säumige, so finster und niedergeschlagen er vorher sein mochte, ermunterte sich immer ein wenig, wenn er sie machte.

„Wenn ich Mr. Merdle wäre, Sir, dann hätten Sie keinen Grund, sich über mich zu beklagen. Nein, glauben Sie mir!" pflegte der Säumige mit einem Kopfschütteln fortzufahren. „Ich würde dann so schnell bezahlen, Mr. Pancks, daß Sie es gar nicht erst zu verlangen brauchten."

Das beifällige Gemurmel ließ sich an dieser Stelle wieder vernehmen, als ob die Umstehenden damit sagen wollten, daß man unmöglich etwas Besseres vorbringen könnte und daß das beinahe ebensogut wäre wie Bezahlen.

Mr. Pancks mußte sich darauf beschränken, während er den Fall in sein Buch eintrug, zu sagen: „Schön! Sie werden den Gerichtsvollzieher ins Haus geschickt bekommen und an die frische Luft gesetzt werden; dahin wird es kommen. Es hat keinen Zweck, mir von Mr. Merdle zu erzählen. Sie sind nicht Mr. Merdle, ebensowenig wie ich es bin."

„Nein, Sir", pflegte der Säumige zu erwidern. „Ich wünsche nur, Sie wären es, Sir."

Der Chor der Umstehenden pflegte das rasch aufzunehmen und mit viel Gefühl zu wiederholen: „Wir wünschen nur, Sie wären es, Sir."

„Sie würden besser mit uns umgehen, wenn Sie Mr. Merdle wären, Sir", pflegte der Säumige immer mutiger zu antworten, „und das würde für alle Teile besser sein. Besser für uns und auch besser für Sie. Sie würden dann niemand zu plagen brauchen, Sir. Sie würden uns nicht zu plagen brauchen, und Sie würden sich selbst nicht zu plagen brauchen. Es würde Ihnen selbst wohler sein, Sir, und Sie würden es anderen wohler sein lassen, wenn Sie Mr. Merdle wären."

Mr. Pancks, den diese indirekten Komplimente unwiderstehlich hilflos machten, kam nach einem solchen Angriff nicht wieder zu sich. Er konnte nur seine Nägel beißen und auf den nächsten Säumigen zudampfen. Die umstehenden Herzbluter versammelten sich dann alle um den Säumigen, den er gerade verlassen hatte, und die außerordentlichsten Gerüchte über den Betrag von Mr. Merdles Bargeld zirkulierten zu ihrem großen Trost unter ihnen.

Von einer von vielen solcher Niederlagen an einem von vielen Mietzahlungstagen begab sich Mr. Pancks, nachdem er mit dem Einsammeln für diesen Tag fertig war, mit seinem Notizbuch unter dem Arm nach Mrs. Plornishs Ecke. Er verfolgte damit keine beruflichen, sondern gesellige Absichten. Er hatte einen schweren Tag hinter sich und brauchte eine kleine Aufmunterung. Er stand jetzt mit der Familie Plornish auf freundschaftlichem Fuß, da er bei ähnlichen Gelegenheiten öfter zu ihnen hereinkam und sich an dem Austausch von Erinnerungen an Miss Dorrit beteiligte.

Mrs. Plornishs Zimmer hinter dem Laden war unter ihrer eigenen Aufsicht ausgeschmückt worden und wies an der Ladenseite eine kleine Allegorie auf, an der Mrs. Plornish unsagbare Freude hatte. Diese poetische Ausschmückung des Zimmers bestand darin, daß das Äußere einer strohgedeckten Hütte auf die Wand gemalt war; der Künstler hatte dabei (so wirkungsvoll, als er dies bei den gänzlich unproportionierten Dimensionen vermocht hatte) die wirkliche Tür und das Fenster mit einbezogen. Eine üppige Menge bescheidener Sonnenblumen und Stockrosen war um dieses Landhaus herum gemalt, während der dichte Rauch aus dem Schornstein anzeigte, daß drinnen gut gekocht wurde, oder vielleicht auch, daß er lange nicht gefegt worden war. Ein treuer Hund war dargestellt, wie er den freundschaftlichen Besuchern von der Schwelle her an die Beine fuhr, und ein runder Taubenschlag, von einer Wolke von Tauben umgeben, ragte hinter dem Gartenzaun in die Höhe. Auf der Tür (wenn sie geschlossen war) leuchtete das Abbild eines Messingschildes mit der Inschrift „Glückshütte, T. & M. Plornish“, wobei die Partnerschaft Mann und Frau bezeichnete. Keine Poesie und keine Kunst hatten je die Phantasie eines Menschen mehr entzückt, als die Vereinigung der beiden in dieser gemalten Hütte Mrs. Plornish entzückte. Es störte sie nicht, daß Plornish die Gewohnheit hatte, sich daran zu lehnen, während er nach der Arbeit seine Pfeife rauchte, wobei sein Hut den Taubenschlag und alle Tauben auslöschte, wobei sein Rücken das Haus verschluckte, wobei seine Hände in den Taschen die Blumen in dem blühenden Garten entwurzelten und das angrenzende Land verwüsteten. Für Mrs. Plornish war es immer noch ein wunderschönes Landhaus, eine herrliche Illusion; und es machte ihr nichts aus, daß Mr. Plornishs Auge einige Zoll über dem Dachschlafzimmer war. In den Laden hinauszutreten, nachdem er geschlossen war, und ihren Vater in dieser Hütte ein Lied singen zu hören war für Mrs. Plornish eine richtige Schäferidylle, das wiedererstandene Goldene Zeitalter. Und wahrhaftig, wenn diese berühmte Zeit wiedererstanden wäre oder überhaupt jemals gewesen war, so kann man bezweifeln, ob sie viele mehr aus ganzem Herzen bewundernde Töchter hervorgebracht hätte als diese arme Frau.

Da die Glocke an der Ladentür einen Besucher ankündigte, kam Mrs. Plornish aus der Glückshütte heraus, um zu sehen, wer es wohl sein mochte. „Ich dachte mir, daß Sie es wären, Mr. Pancks“, sagte sie, „denn heute ist doch Ihr Abend. Da ist Vater, sehen Sie, der auf die Glocke hin hereingekommen ist wie ein flinker junger Ladendiener, um die Kundschaft zu bedienen. Sieht er nicht gut aus? Vater freut sich mehr über Sie als über einen Kunden, denn er liebt ein Schwätzchen sehr;

und wenn es von Miss Dorrit handelt, liebt er es um so mehr. Vater war noch niemals so bei Stimme wie jetzt", sagte Mrs. Plornish, während ihre eigene Stimme vor Stolz und Freude zitterte. „Er hat uns gestern abend Strephon so schön gesungen, daß Plornish aufstand und über den Tisch hin diese Rede an ihn richtete: ‚John Edward Nandy', sagte Plornish zu Vater, ‚ich habe Sie noch niemals die Triller so herausbringen hören, wie ich Sie heute abend habe die Triller herausbringen hören.' Ist das nicht herrlich, Mr. Pancks? Wie?"

Mr. Pancks, der den alten Mann in seiner freundlichsten Weise angeschnaubt hatte, antwortete bejahend und fragte nebenbei, ob der lebhafte Altro-Bursche schon nach Hause gekommen sei. Mrs. Plornish antwortete, nein, noch nicht, obwohl er mit einer Arbeit nach Westend gegangen sei und gesagt habe, er werde zur Teezeit zurück sein. Mr. Pancks wurde dann gastfreundlich genötigt, in die Glückshütte einzutreten, wo er den älteren Master Plornish traf, der gerade von der Schule nach Hause gekommen war. Als er diesen jungen Studienbeflissenen einer oberflächlichen Prüfung über den Unterricht des Tages unterzog, erfuhr er, daß die fortgeschritteneren Schüler, die schon bei den großen Buchstaben und bei M waren, die Worte „Merdle, Millionen" als Schreibübung aufbekommen hatten.

„Und wie geht es *Ihnen,* Mrs. Plornish", fragte Pancks, „da wir gerade von Millionen reden?"

„Sehr gut, sehr gut, Sir", erwiderte Mrs. Plornish. „Lieber Vater, möchtest du nicht in den Laden gehen und das Schaufenster vor dem Tee noch ein wenig in Ordnung bringen, da du einen so schönen Geschmack hast?"

John Edward Nandy trottete höchst geschmeichelt davon, um der Bitte seiner Tochter zu willfahren. Mrs. Plornish, die immer eine tödliche Angst davor hatte, vor dem alten Herrn von pekuniären Angelegenheiten zu reden, damit nicht irgendeine Eröffnung, die sie machte, ihn dazu veranlassen könnte, sich wieder nach dem Altersheim auf und davon zu machen, verschaffte sich auf diese Weise die Möglichkeit, offen mit Mr. Pancks zu reden.

„Es ist vollkommen richtig, daß das Geschäft sehr gut geht", sagte Mrs. Plornish mit gesenkter Stimme, „und eine ausgezeichnete Kundschaft hat. Das einzige, was im Wege steht, Sir, ist der Kredit."

Diese Schwierigkeit, die den meisten Leuten, die sich mit den Bewohnern vom Herzbluthof in geschäftliche Beziehungen einließen, ziemlich zu schaffen machte, war in Mrs. Plornishs Geschäft ein großer Stein des Anstoßes. Als Mr. Dorrit ihr den Laden eingerichtet hatte, hatten die Herzbluter so viel Anteilnahme und so viel Entschlossenheit gezeigt, sie dabei zu unterstützen, daß es der menschlichen Natur Ehre antat. Sie erkannten Mrs. Plornishs Anspruch auf Edelmut an, da sie so lange zu ihnen gehört hatte, und verpflichteten sich mit großem Edelmut, komme, was da wolle, bei ihr zu kaufen und ihre Gönnerschaft keinem anderen Laden zuzuwenden. Aus dieser edlen Gesinnung waren sie sogar dahin gekommen, sich hin und wieder einen kleinen Luxus in der Materialwaren- und Butterbranche zu leisten, den sie sonst nicht gewohnt waren; wobei sie einander erklärten, daß, wenn sie einmal ein übriges täten, sie es doch für eine Nachbarin oder Freundin täten, und für wen sollte man denn ein übriges tun, wenn nicht für eine solche? So angeregt, florierte das Geschäft außerordentlich, und die Vorräte gingen mit der größten Schnelligkeit weg. Kurz, wenn die Herzbluter nur bezahlt hätten, so wäre das Unternehmen ein glänzender Erfolg gewesen, wogegen durch den Umstand, daß sie sich ganz und gar aufs Borgen beschränkten, noch kein wirklicher Gewinn in den Büchern erschienen war.

Mr. Pancks machte ein wahres Stachelschwein aus sich selbst, als er sich bei der Betrachtung dieser Lage der geschäftlichen Angelegenheiten mit den Fingern durch die Haare fuhr; da erschien Mr. Nandy auf einmal mit geheimnisvoller Miene wieder in der Hütte und bat sie, herauszukommen und das seltsame Benehmen Mr. Baptists zu beobachten, dem etwas begegnet zu sein schien, was ihn in Schrecken versetzt hatte. Als alle drei darauf in den Laden gingen und durch das Fenster blickten, sahen sie Mr. Baptist blaß und erregt die folgenden außergewöhnlichen Handlungen vornehmen: Zuerst sah man, wie er sich oben auf den Stufen, die in den Hof hinunterführten, verbarg und die Straße hinauf- und hinabblickte, während er vorsichtig seinen Kopf ganz dicht neben der Ladentür vorstreckte. Nachdem er so ängstlich Umschau gehalten hatte, kam er aus seinem Versteck hervor und ging flink die Straße hinunter, als ob er ganz und gar weggehen wollte; dann machte er wieder kehrt und lief mit demselben Schritt und mit demselben Anschein wieder die Straße hinauf. Er war kein größeres Stück hinauf- als hinabgegangen, als er auf einmal die Straße überquerte und verschwand. Der Zweck dieses letzten Manövers wurde erst klar, als er wieder von den Stufen aus den Laden mit einer raschen Bewegung betrat. Er hatte offenbar in der Dunkelheit einen weiten Umweg nach dem anderen, dem Doyce-&-Clennam-Ende des Hofes gemacht, war durch den Hof geeilt und kam jetzt hereingeschossen. Er war ganz außer Atem, wie es wohl begreiflich war, und sein Herz schien rascher zu schlagen als die kleine Ladenglocke, die noch lange nach seinem hastigen Schließen der Tür klingelte.

„Hallo, alter Freund!“ sagte Mr. Pancks. „Altro, alter Junge! Was gibt es?“

Mr. Baptist oder Signor Cavalletto verstand jetzt fast ebenso gut Englisch wie Mr. Pancks selbst und konnte es auch sehr gut sprechen. Nichtsdestoweniger sprang Mrs. Plornish mit einer verzeihlichen Eitelkeit auf ihre Fähigkeit, die sie fast zur Italienerin machte, als Dolmetscherin ein.

„Er wissen möchte“, sagte Mrs. Plornish, „was Schlimmes passiert sein?“

„Kommen Sie in die glückliche kleine Hütte, Padrona“, erwiderte Mr. Baptist, der mit dem ängstlichen Schütteln seines rechten Zeigefingers große Heimlichkeit andeutete. „Kommen Sie dort hinein!“

Mrs. Plornish war stolz auf den Titel Padrona, der nach ihrer Ansicht nicht so sehr Herrin des Hauses als Herrin der italienischen Sprache bedeutete. Sie folgte Mr. Baptists Bitte sofort, und sie traten alle zusammen in die Hütte.

„Er hoffen, Sie keine Angst haben", sagte Mrs. Plornish darauf, indem sie Mr. Pancks mit ihrer gewöhnlichen Gewandtheit neu übersetzte. „Was passiert sein? Sagen zu Padrona!"

„Ich habe jemand gesehen", erwiderte Baptist. „Ich bin rincontrato ihm."

„Ihm? Wen ihm?" fragte Mrs. Plornish.

„Ein schlechter Mensch. Ein allerschlechtester Mensch. Ich hatte gehofft, daß ich ihn niemals in meinem Leben wiedersehen würde."

„Wie Sie wissen, er sein schlecht?" fragte Mrs. Plornish.

„Das tut nichts zur Sache, Padrona. Ich weiß es zu gut."

„Er Sie sehen?" fragte Mrs. Plornish.

„Nein. Ich hoffe nicht. Ich glaube nicht."

„Er sagt", dolmetschte dann Mrs. Plornish mit milder Herablassung ihrem Vater und Pancks, „daß er einen schlechten Menschen getroffen hat, aber er hofft, daß der schlechte Mensch ihn nicht gesehen hat. – Weshalb", fragte Mrs. Plornish, wieder zum Italienischen zurückkehrend, „weshalb hoffen, schlechter Mensch Sie nicht sehen?"

„Beste Padrona", erwiderte der kleine Fremde, den sie so besonnen unter ihren Schutz nahm, „fragen Sie mich bitte nicht. Ich sage noch einmal, es tut nichts zur Sache. Ich habe Furcht vor diesem Mann. Ich möchte ihn nicht sehen, ich möchte nicht von ihm erkannt werden – niemals wieder! Genug, meine Allerschönste. Lassen Sie das."

Das Thema war ihm so unangenehm und brachte ihn so ganz um seine gewohnte Lebhaftigkeit, daß Mrs. Plornish davon abstand, weiter in ihn zu dringen; um so mehr, als der Tee schon seit einiger Zeit auf der Kaminplatte zog. Aber sie war nicht weniger verwundert und neugierig, wenn sie ihm auch keine Fragen mehr stellte; und ebenso Mr. Pancks, dessen Atem seit dem Eintritt des kleinen Mannes bedeutungsvoll schwer gegangen war wie das Pusten einer Lokomotive, die eine große Last eine steile Anhöhe hinaufzuschleppen hat. Maggy, die jetzt besser gekleidet war als früher, obwohl sie immer noch ihrer ungeheuren Haube treu war, hatte von Anfang an, Mund und Augen weit aufgerissen, im Hintergrund der Szene beigewohnt, und das Starren verlor sich auch nicht aus ihrem Gesicht, als man das Thema vorzeitig abbrach. Jedoch wurde nicht mehr von der Sache gesprochen, obwohl allerseits viel daran gedacht wurde – mit Einschluß der beiden kleinen Plornishs, die an der Abendmahlzeit teilnahmen und ihr Butterbrot aßen, als würde das fast durch die schreckliche Wahrscheinlichkeit überflüssig gemacht, daß der schlimmste der Menschen in Kürze hier eintreten würde, um sie selbst aufzuessen. Mr. Baptist begann nach und nach ein wenig aufzuleben; aber er rührte sich nicht von seinem Sitz hinter der Tür, nahe beim Fenster, den er eingenommen hatte, obwohl es nicht sein gewöhnlicher Platz war. Sooft die kleine Glocke erklang, fuhr er auf und schaute vorsichtig mit dem Zipfel des kleinen Vorhangs in der Hand und dem Rest vor seinem Gesicht hinaus, offenbar immer noch in Unruhe, daß der Mann, den er fürchtete, ihm mit der Sicherheit eines furchtbaren Bluthundes auf all seinen Wendungen gefolgt war.

Der aufeinanderfolgende Eintritt von zwei oder drei Kunden und Mr. Plornish gab Mr. Baptist gerade genug zu tun, daß die Aufmerksamkeit der Gesellschaft stets auf ihn gerichtet blieb. Der Abendtee war vorüber, und die Kinder waren zu Bett, und Mrs. Plornish begann mit töchterlicher Ehrerbietung vorsichtige Fühler auszustrecken, ob ihr Vater sie nicht mit Chloe erfreuen würde, als die Glocke wiederum erklang und Mr. Clennam eintrat.

Clennam hatte noch spät über seinen Büchern und Briefen gesessen; denn die Wartezimmer der Umstandsbehörde stellten harte Ansprüche an seine Zeit. Dazu kam, daß er durch die kürzliche Begegnung im Hause seiner Mutter bedrückt und unruhig war. Er sah müde und verlassen aus. Er fühlte sich auch so, aber er nahm dennoch seinen Heimweg aus seinem Kontor durch den anderen Ausgang des Hofes, um ihnen mitzuteilen, daß er wieder einen Brief von Miss Dorrit erhalten habe.

Die Neuigkeit rief in der Hütte ein Aufsehen hervor, das die allgemeine Aufmerksamkeit von Mr. Baptist ablenkte. Maggy, die sich sofort in den Vordergrund drängte, schien die Nachricht von ihrem Mütterchen mit Ohren, Nase, Mund und Augen zugleich einzusaugen, nur daß diese durch Tränen getrübt waren. Sie war besonders entzückt, als Clennam ihr versicherte, daß es sehr gut geleitete Hospitäler in Rom gebe. Mr. Pancks gewann neues Ansehen, weil er besonders in dem Brief erwähnt worden war. Jedermann war erfreut und interessiert, und Clennam war für seine Mühe reich belohnt.

„Aber Sie sind müde, Sir, lassen Sie mich eine Tasse Tee für Sie machen“, sagte Mrs. Plornish, „wenn Sie sich herbeilassen wollen, etwas Derartiges in der Hütte zu sich zu nehmen; und haben Sie vielen Dank, daß Sie so freundlich an uns gedacht haben.“

Da sich Mr. Plornish als Hausherr verpflichtet fühlte, seinen persönlichen Dank hinzuzufügen, stattete er ihn in der Form ab, die immer sein höchstes Ideal einer Verbindung von Feierlichkeit mit Aufrichtigkeit darstellte.

„John Edward Nandy“, sagte Mr. Plornish und wandte sich an den alten Herrn, „Sir. Es geschieht nicht oft, daß Sie aufrichtige Handlungen ohne einen Funken Stolz sehen, und deshalb, wenn Sie sie sehen, dann geben Sie ihnen dankbar die Ehre, denn wenn Sie das nicht tun und sie später einmal brauchen, so geschieht es Ihnen recht.“

Worauf Mr. Nandy antwortete: „Ich bin ganz deiner Meinung, Thomas, und deine Meinung ist dieselbe wie meine, und deshalb keine Worte mehr darüber, und, um nicht mit meiner Meinung zurückzuhalten, so ist meine Meinung, ja, Thomas. Das ist die Meinung, worin uns alle zustimmen müssen, und wo es keine Meinungsverschiedenheit gibt, kann es doch bloß eine Meinung geben, Thomas!"

Arthur drückte mit weniger Förmlichkeit seine Freude darüber aus, daß sie eine so kleine Aufmerksamkeit seinerseits so hoch schätzten, und erklärte, was den Tee betreffe, so habe er noch nicht gegessen und gehe nach einer langen Tagesarbeit geradeswegs nach Hause, um sich zu erfrischen, sonst hätte er das gastfreundliche Anerbieten gern angenommen. Da Mr. Pancks ein wenig geräuschvoll Dampf zur Abfahrt anließ, schloß er damit, daß er diesen Herrn fragte, ob er mit ihm gehen wollte. Mr. Pancks sagte, er wünsche sich nichts Besseres, und die beiden nahmen Abschied von der Glückshütte.

„Wenn Sie mit mir nach Hause kommen wollen, Pancks", sagte Arthur, als sie auf die Straße traten, „und meine Mahlzeit, wie sie ist, teilen wollen, wird es fast eine Tat der Barmherzigkeit sein, denn ich bin heute abend müde und niedergeschlagen."

„Sie können auch mehr von mir verlangen als das", sagte Pancks, „und ich werde es tun."

Zwischen dieser exzentrischen Persönlichkeit und Clennam hatte sich seit der Zeit, als Mr. Pancks im Marshalsea-Hof über Mr. Ruggs Rücken gesprungen war, ein schweigendes Einverständnis gebildet und immer mehr gefestigt. Als der Wagen an jenem denkwürdigen Tage der Abreise der Familie davonfuhr, hatten diese beiden zusammen hinter ihm hergeblickt und waren zusammen langsam davongegangen. Als der erste Brief von Klein Dorrit kam, hatte niemand mehr Interesse gezeigt, von ihr zu hören, als Mr. Pancks. Der zweite Brief, der in diesem Augenblick in Clennams Brusttasche steckte, erwähnte ihn ausdrücklich mit Namen. Obwohl er niemals zuvor Clennam gegenüber irgendeine Beteuerung gemacht hatte und obwohl das, was er eben gesagt hatte, nur nach den Worten beurteilt, mit denen es ausgedrückt war, wenig genug war, befestigte sich bei Clennam schon lange immer mehr der Glaube, daß Mr. Pancks in seiner wunderlichen Weise eine Anhänglichkeit für ihn empfinde. All diese sich verstrickenden Fäden machten Pancks an diesem Abend zu einem wahren Ankertau.

„Ich bin ganz allein", erklärte Arthur, als sie weitergingen. „Mein Partner ist geschäftlich verreist, und Sie können es sich bequem machen."

„Ich danke Ihnen. Sie haben eben nicht besonders auf den kleinen Altro geachtet, nicht wahr?" fragte Pancks.

„Nein, weshalb?"

„Er ist ein munterer Bursche, und ich kann ihn gut leiden", sagte Pancks. „Aber heute ist ihm irgend etwas Unangenehmes passiert. Haben Sie eine Ahnung, was ihn aus der Fassung gebracht haben könnte?"

„Sie überraschen mich! Nicht die geringste."

Mr. Pancks gab seine Gründe für die Frage an. Arthur war ganz und gar nicht auf sie vorbereitet und ganz außerstande, eine Erklärung für sie zu geben.

„Vielleicht fragen Sie ihn", sagte Pancks, „da er doch fremd hier ist."

„Ihn was fragen?" erwiderte Clennam.

„Was er auf dem Herzen hat."

„Ich müßte mich erst einmal selbst überzeugen, daß er etwas auf dem Herzen hat", sagte Clennam, „ich habe ihn stets so fleißig, so dankbar (für wenig genug) und so vertrauenswürdig gefunden, daß es aussehen könnte, als ob ich ihn verdächtigte. Und das wäre sehr ungerecht."

„Das stimmt", sagte Pancks. „Aber wirklich, Sie sollten niemandes Chef sein, Mr. Clennam, Sie sind viel zu feinfühlig."

„Was das angeht", erwiderte Clennam lachend, „so bin ich eigentlich gar nicht richtig Cavallettos Chef. Er lebt von seiner Schnitzarbeit. Er hat die Schlüssel zur Werkstatt, bewacht sie jede zweite Nacht und ist überhaupt eine Art Hausmeister dort; aber wir haben wenig zu tun für ihn in der Arbeit, für die er Talent hat, obwohl wir ihm geben, was bei uns anfällt. Nein! Ich bin eher sein Ratgeber als sein Chef. Es würde den Tatsachen besser entsprechen, mich seinen ständigen Berater und seinen Bankier zu nennen. Da ich gerade davon sprache, daß ich sein Bankier bin, ist es nicht merkwürdig, daß die Spekulationen, die gerade jetzt in den Köpfen so vieler Leute spuken, sogar in dem des kleinen Cavalletto spuken?"

„Spekulationen?" erwiderte Pancks mit einem Schnauben. „Was für Spekulationen?"

„Diese Merdleschen Unternehmen."

„Oh! Anlagen", sagte Pancks. „Ja, freilich, ich wußte nicht, daß Sie von Kapitalanlagen sprachen." Die Schnelligkeit, mit der er antwortete, veranlaßte Clennam, ihn anzublicken, wobei er sich fragte, ob er mehr meinte, als er sagte. Da er seine Rede jedoch mit einem beschleunigten Schritt und einem entsprechend vermehrten Arbeiten seiner Maschinerie begleitete, verfolgte Arthur die Sache nicht weiter, und sie kamen bald an seinem Haus an.

Eine Mahlzeit aus Suppe und einer Taubenpastete, die an einem kleinen runden Tisch vor dem Fenster serviert wurde und mit einer Flasche guten Weines gewürzt war, ölte Mr. Pancks' Maschinerie höchst wirksam. So daß, als Mr. Clennam seine türkische Pfeife hervorzog und Mr. Pancks eine zweite türkische Pfeife aushändigte, der zuletzt genannte Herr sich vollkommen behaglich fühlte.

Sie pafften eine Zeitlang schweigend, Mr. Pancks wie ein Dampfschiff, dem Wind und Wasser und alle anderen Bedingungen der Schiffahrt günstig waren. Er war der erste, der sprach, und er sprach folgendermaßen: „Ja, Kapitalanlagen ist das treffende Wort."

Clennam sagte mit seinem vorigen Blick: „Ach!"

„Ich komme darauf zurück, wie Sie sehen", sagte Pancks.

„Ja, ich sehe, daß Sie darauf zurückkommen", erwiderte Clennam und hätte gern gewußt, weshalb.

„Ist es nicht merkwürdig, daß sie im Kopf des kleinen Altro spuken? Wie?" sagte Pancks rauchend. „War das nicht so, wie Sie sich ausdrückten?"

„Das waren meine Worte."

„Richtig! Aber stellen Sie sich vor, daß der ganze Hof

davon angesteckt ist. Stellen Sie sich vor, daß mir das alle an den Tagen, an denen ich die Mieten einsammle, hier und dort und überall entgegenhalten. Ob sie nun bezahlen oder ob sie nicht bezahlen. Merdle, Merdle, Merdle. Immer Merdle."

„Merkwürdig, wie eine derartige Besessenheit sich ausbreitet", sagte Arthur.

„Nicht wahr?" erwiderte Pancks. Als er einige Minuten trockener, als mit seiner kürzlichen Ölung vereinbar, weitergeraucht hatte, fügte er hinzu: „Weil diese Leute nichts von der Sache verstehen, sehen Sie."

„Nicht das geringste", stimmte Clennam zu.

„Nicht das geringste", rief Pancks. „Wissen nichts von Zahlen. Wissen nichts von Geldfragen. Stellen niemals eine Berechnung an. Haben sich niemals damit beschäftigt, Sir!"

„Wenn Sie es getan hätten ...", fuhr Clennam fort, als Mr. Pancks, ohne seinen Gesichtsausdruck zu verändern, einen Laut hervorbrachte, der so weit über alle seine gewöhnlichen nasalen oder bronchialen Leistungen hinausging, daß er innehielt.

„Wenn sie es getan hätten ...?" wiederholte Pancks in fragendem Ton.

„Ich dachte, Sie – äußerten etwas", sagte Arthur, im Zweifel, welchen Namen er der Unterbrechung geben sollte.

„Durchaus nicht", sagte Pancks. „Noch nicht. Ich werde vielleicht in einer Minute reden. Wenn sie es getan hätten ...?"

„Wenn sie es getan hätten", bemerkte Clennam, der nicht recht wußte, wie er seinen Freund verstehen sollte, „nun, dann, denke ich, hätten sie sich eines Besseren besonnen."

„Wie das, Mr. Clennam?" fragte Pancks rasch und mit dem sonderbaren Anschein, als ob er vom Beginn der Unterhaltung an mit der schweren Munition geladen war, die er nun abfeuerte. „Die Leute haben recht, müssen Sie wissen. Die Leute wissen es selbst nicht, aber sie haben recht."

„Sie haben recht, wenn sie Cavallettos Neigung teilen, mit Mr. Merdle zu spekulieren?“

„Voll-kom-men, Sir“, sagte Pancks. „Ich habe mich in die Sache vertieft. Ich habe Berechnungen angestellt. Ich habe mich damit beschäftigt. Alles ist korrekt und sicher.“ Erleichtert, weil er so weit gekommen war, nahm Mr. Pancks einen so tiefen Zug aus der türkischen Pfeife, wie seine Lungen gestatteten, und sah, während er den Rauch einsog und wieder ausstieß, Clennam klug und fest an. In diesem Augenblick begann Mr. Pancks den gefährlichen Ansteckungsstoff, mit dem er geladen war, von sich zu geben. Dies ist die Art, diese Krankheiten anderen zu übertragen; die unmerkliche Weise, in der sie sich verbreiten.

„Wollen Sie damit sagen, mein guter Pancks“, fragte Clennam mit Nachdruck, „daß Sie zum Beispiel die tausend Pfund, die Sie besitzen, in diese Unternehmungen stecken würden?“

„Sicher“, sagte Pancks. „Ist schon geschehen, Sir.“

Mr. Pancks sog wieder tief Rauch ein, stieß ihn wieder langsam hervor und warf einen langen, klugen Blick auf Clennam.

„Ich sage Ihnen, Mr. Clennam, ich habe die Sache geprüft“, sagte Pancks. „Er ist ein Mann von kolossalen Mitteln – riesigem Kapital –, Verbindungen mit der Regierung. Es sind die besten Pläne, die es gibt. Sie sind sicher, sie sind gewiß.“

„Wahrhaftig!“ erwiderte Clennam, blickte zuerst ihn ernst an und dann das Feuer. „Sie überraschen mich!“

„Pah!“ erwiderte Pancks. „Sagen Sie das nicht, Sir. Sie sollten ebenso handeln. Weshalb machen Sie es nicht ebenso wie ich?“

Von wem Mr. Pancks die herrschende Krankheit bekommen hatte, hätte er ebensowenig sagen können, wie wenn er unwissentlich ein Fieber bekommen hätte. Diese Epidemie, die zuerst, wie viele körperlichen Krankheiten, durch die Schlechtigkeiten der Menschen entsteht und durch ihre Unwissenheit weiterverbreitet wird, wird nach einiger Zeit auf viele übertragen, die weder unwissend noch schlecht sind. Mochte Mr. Pancks selbst nun die Krankheit von einem Menschen jener Art bekommen haben oder nicht, auf jeden Fall erschien er vor Clennam als ein Angehöriger dieser Kategorie, und der Ansteckungsstoff, den er auswarf, war um so giftiger.

„Und Sie haben wirklich Ihre tausend Pfund angelegt?“ Clennam war jetzt bereits zu diesem Wort übergegangen.

„Gewiß, Sir“, erwiderte Pancks kühn, eine Rauchwolke ausstoßend. „Und ich wünschte bloß, es wären zehn!“

Nun hatte Clennam zwei Sorgen, die an diesem Abend sein einsames Gemüt schwer bedrückten; die eine war die lange aufgeschobene Hoffnung seines Partners, die andere war das, was er im Hause seiner Mutter gesehen und gehört hatte. Erleichtert, diesen Gefährten zu haben, und im Gefühl, daß er ihm vertrauen könnte, ging er zu beiden Themen über, und beides brachte ihn mit verstärkter Kraft auf seinen Ausgangspunkt zurück.

Es kam auf die einfachste Art und Weise dazu. Er verließ das Thema der Kapitalanlage und erzählte Pancks, nachdem er eine Weile schweigend durch den Rauch seiner Pfeife in das Feuer geblickt hatte, wie und weshalb er mit der großen Nationalbehörde zu tun hatte. „Es ist hart gewesen, und es ist noch sehr hart für Doyce“, schloß er seine Rede mit dem aufrichtigen Mitgefühl, das dieser Gegenstand bei ihm hervorrief.

„Sehr hart“, stimmte Pancks zu. „Aber Sie führen das Geschäft für ihn, Mr. Clennam?“

„Wie meinen Sie das?“

„Sie führen den finanziellen Teil des Geschäfts?“

„Ja. So gut ich kann.“

„Führen Sie es besser, Sir“, sagte Pancks. „Belohnen Sie ihn für seine Mühen und Enttäuschungen. Geben Sie ihm die Chancen der Zeit. Er versteht das selbst nicht auszunützen als geduldiger und mit seinen Plänen beschäftigter Arbeitsmann, der er ist. Er braucht Sie, Sir.“

„Ich tue mein Bestes, Pancks“, erwiderte Clennam unbehaglich. „Was diese neuen Unternehmungen betrifft, zu denen mir die Erfahrungen fehlen, gebührend abzuwägen und zu beurteilen, so zweifle ich, ob ich dazu imstande bin; ich werde alt."

„Sie werden alt?" rief Pancks. „Haha!"

Es war etwas so zweifellos Echtes in dem verwunderten Lachen und dem Schnauben und Blasen, das Pancks in seinem Erstaunen über diese Äußerung und in seiner unbedingten Zurückweisung derselben vernehmen ließ, daß es ihm ohne Frage vollkommen Ernst damit war.

„Sie werden alt?" rief Pancks. „Hört, hört, hört! Alt? Hört ihn, hört ihn!"

Die ausdrückliche Weigerung, die in Mr. Pancks' fortgesetztem Schnauben nicht weniger als in diesen Ausrufen lag, jene Äußerung auch nur einen Augenblick lang gelten zu lassen, veranlaßte Arthur, den Gegenstand fallenzulassen. Er hatte einfach Angst, daß Mr. Pancks in dem heftigen Konflikt zwischen dem Atem, den er hervorstieß, und dem Rauch, den er einsog, etwas geschehen könnte. So kam er von dem zweiten Thema auf das dritte.

„Jung, alt oder von mittlerem Alter, Pancks", sagte er, als eine Pause eintrat, die der Wiederaufnahme des Gesprächs günstig war, „bin ich doch in einer sehr sorgenvollen und unsicheren Verfassung; in einer Verfassung, die mich sogar dazu veranlaßt, zu zweifeln, ob irgend etwas von dem, was jetzt anscheinend mir gehört, wirklich mein ist. Soll ich Ihnen erzählen, wie sich das verhält? Darf ich Ihnen ein so großes Vertrauen schenken?"

„Sie dürfen es", sagte Pancks, „wenn Sie mich dessen für wert halten."

„Das tue ich."

„Das können Sie!" Mr. Pancks' kurze und scharfe Erwiderung, die durch das plötzliche Ausstrecken seiner kohlschwarzen Hand bekräftigt wurde, war höchst ausdrucksvoll und überzeugend. Arthur drückte ihm warm die Hand.

Darauf vertraute er Mr. Pancks in großen Umrissen die Befürchtungen an, die er seit langem hegte, und erzählte ihm von jener Zusammenkunft, deren Zeuge er gewesen war. Dabei milderte er die Tatsachen, soweit das mit dem Bestreben vereinbar war, sie verständlich zu machen, nannte niemals seine Mutter mit Namen, sondern sprach im allgemeinen von einer Verwandten. Mr. Pancks lauschte mit solchem Interesse, daß er, unbekümmert um die Reize der türkischen Pfeife, diese zwischen die Schüreisen ans Kamingitter stellte und seine Hände während der ganzen Erzählung damit beschäftigte, sein Haar derart in Form von Schlingen und Haken in die Höhe zu richten, daß er am Schluß wie ein Hilfshamlet aussah, der in Unterhaltung mit dem Geist seines Vaters begriffen ist.

„Das bringt mich wieder", rief er dann aus, während er Clennams Knie plötzlich berührte, „bringt mich wieder auf die Kapitalanlagen zurück, Sir! Ich rede nicht davon, daß Sie sich selbst arm machen sollen, um ein Unrecht wiedergutzumachen, das Sie nie begangen haben. Das sieht Ihnen ähnlich. Jeder muß seiner Natur folgen. Aber ich sage soviel: In der Sorge, daß Sie Geld brauchen könnten, um Ihr eigenes Fleisch und Blut vor Schande und Bloßstellung zu bewahren, müssen Sie sich soviel wie möglich zu verschaffen suchen!"

Arthur schüttelte den Kopf, sah ihn aber dabei gedankenvoll an.

„Trachten Sie, so reich zu werden, wie Sie können, Sir", beschwor ihn Pancks und konzentrierte all seine Energie auf diesen Rat. „Suchen Sie so reich zu werden, wie Sie anständigerweise können. Es ist Ihre Pflicht. Nicht für Sie selbst, sondern für andere. Ergreifen Sie die Gelegenheit beim Schopfe. Der arme Mr. Doyce (der wirklich alt wird) hängt von Ihnen ab. Ihre Verwandte hängt von Ihnen ab. Sie wissen nicht, was von Ihnen abhängt."

„Schön, schön!" erwiderte Arthur. „Genug davon für heute abend."

„Noch ein Wort, Mr. Clennam", erwiderte Pancks, „und dann genug davon für heute abend. Weshalb sollen Sie alle Gewinne den Schlemmern, Schurken und

Betrügern überlassen? Weshalb sollten Sie alle Gewinne, die gemacht werden können, meinem Eigentümer und seinesgleichen überlassen? Und doch tun Sie das immer. Wenn ich sage: Sie, so meine ich solche Leute wie Sie. Sie wissen, daß Sie das tun. Ich sehe das tagtäglich mit an. Ich sehe nichts anderes als das. Es ist meine Beschäftigung, das zu sehen. Deshalb sage ich", drängte Pancks, „wagen und gewinnen!"

„Aber wenn es nun bedeutet wagen und verlieren?" sagte Arthur.

„Das ist unmöglich, Sir", erwiderte Pancks. „Ich habe die Sache geprüft. Der Name in aller Leute Mund – kolossale Mittel – riesiges Kapital – großartige Stellung – hohe Verbindungen – Unterstützung von der Regierung. Das ist unmöglich!"

Nach dieser abschließenden Darlegung beruhigte sich Mr. Pancks allmählich; er ließ sein Haar sich so weit niederlegen, wie es sich jemals auf die dringendste Überredung hin niederlegen wollte, holte die Pfeife zwischen den Schüreisen hervor, stopfte sie von neuem und rauchte sie zu Ende. Sie sprachen nur noch wenig, leisteten sich aber schweigend mit denselben Gedanken Gesellschaft und blieben bis Mitternacht beisammen. Beim Abschied arbeitete sich Mr. Pancks, nachdem er Clennam die Hand geschüttelt hatte, noch einmal ganz um Clennam herum, bevor er zur Tür hinausging. Arthur verstand das als eine Versicherung, daß er sich blindlings auf Pancks verlassen könnte, wenn er jemals in die Lage käme, Hilfe zu brauchen; sei es in einer Angelegenheit, von der sie an diesem Abend gesprochen hatten, oder in irgendeiner anderen Angelegenheit, die ihn irgendwie betreffen könnte.

Den ganzen nächsten Tag über dachte er gelegentlich immer wieder, sogar während seine Aufmerksamkeit auf andere Dinge gerichtet war, daran, wie Mr. Pancks seine tausend Pfund angelegt hatte und daß er „die Sache geprüft habe". Er dachte daran, daß Mr. Pancks in dieser Angelegenheit so zuversichtlich war und daß er doch sonst nicht von zuversichtlichem Wesen sei. Er dachte an die große Nationalbehörde und welche Freude es ihr bereiten würde, Doyce in besseren Verhältnissen zu sehen. Er dachte an den finster drohenden Ort, der in seiner Erinnerung den Namen „zu Hause“ führte, und an die sich verdichtenden Schatten ringsum, die ihn noch finsterer erscheinen ließen als früher. Er bemerkte von neuem, daß er, wo er hinging, den berühmten Namen Merdle sah, hörte oder auf ihn stieß; er fand es sogar schwierig, auch nur zwei Stunden lang an seinem Arbeitspult zu bleiben, ohne daß er ihm auf die eine oder andere Weise begegnete – wie merkwürdig, daß dieser Name überall war! – und daß ihn niemand außer ihm selbst mißtraute. Dabei begann er sich sogar zu erinnern, als es so weit gekommen war, daß selbst er ihm nicht mißtraut hatte; er hatte sich nur zufällig davon ferngehalten.

Solche Symptome sind gewöhnlich, wenn eine derartige Epidemie herrscht, das Zeichen für die Erkrankung.

## *14. Kapitel*

### Beratung

Als es unter den Briten, die sich an den Ufern des gelben Tibers aufhielten, bekannt wurde, daß ihr intelligenter Landsmann, Mr. Sparkler, zu einem der Lords der Umstandsbehörde ernannt worden war, nahmen sie es als eine Neuigkeit auf, die sie nicht mehr betraf als irgendeine andere Neuigkeit – irgendein anderer Unfall oder ein anderes Vergehen – in den englischen Zeitungen. Einige lachten; einige sagten zur Entschuldigung, daß der Posten in Wirklichkeit eine Sinekure sei und daß jeder Dummkopf, der seinen Namen schreiben könnte, gut genug dafür sei; einige, und dies waren die feierlichen politischen Orakel, sagten, daß Decimus weise daran tue, seine Position zu stärken, und daß der einzige konstitutionelle Zweck aller Posten, die Decimus zu vergeben habe, der sei, Decimus in seiner Position zu stärken. Einige wenige gallige Briten gab es, die diesen Glaubensartikel nicht unterschreiben wollten; aber ihr Einwand war rein theoretisch. In praktischer Hinsicht ließen sie die Sache gleichgültig auf sich beruhen, als eine Angelegenheit irgendwelcher anderer unbekannter Briten, die irgendwo und nirgendwo waren. Gleicherweise behaupteten in der Heimat eine große Anzahl Briten in den vierundzwanzig Stunden danach, daß diese unsichtbaren und namenlosen Briten sich das nicht bieten lassen sollten und daß sie es verdienten, wenn sie es ruhig hinnahmen. Aber welcher Klasse diese trägen Briten angehörten und wo die unglücklichen Geschöpfe sich verbargen und weshalb sie sich verbargen und woher es kam, daß sie stets ihre Interessen vernachlässigten, wenn so viele andere Briten es gar nicht verstehen konnten, weshalb sie diese Interessen nicht wahrnahmen, das war weder an den Ufern des gelben Tibers noch an den Ufern der schwarzen Themse für irgend jemanden ersichtlich.

Mrs. Merdle sprach über die Angelegenheit, während sie Gratulationen dazu entgegennahm, mit einer nachlässigen Grazie, welche die Sache vorteilhaft zur Geltung kommen ließ, so wie die Fassung den Edelstein zur Geltung kommen läßt. Ja, sagte sie, Edmund habe den Posten angenommen. Mr. Merdle wünschte, daß er ihn annehme, und er habe ihn angenommen. Sie hoffe, daß er Edmund zusagen werde, aber sie wisse es wirklich nicht bestimmt. Er würde ihn während eines großen Teiles seiner Zeit in der Stadt festhalten, und Edmund ziehe das Land vor. Jedoch sei es kein unangenehmer Posten – und es sei ein Posten. Es sei nicht zu leugnen, daß die Sache ein Kompliment für Mr. Merdle und für Edmund, wenn er daran Gefallen fände, gar nicht übel wäre. Es sei ganz gut, daß er etwas zu tun bekomme, und es sei ganz gut, daß er etwas dafür haben solle. Ob es für Edmund angenehmer sei als die Armee, müsse sich noch zeigen.

So der Busen, mit vollendeter Gewandtheit in der Kunst, den Wert der Dinge scheinbar herabzusetzen und ihn dabei in Wirklichkeit zu erhöhen. Während Henry Gowan, den Decimus hatte links liegenlassen, unter allen seinen Bekannten zwischen der Porta del Popolo und Albano umherging und fast (aber nicht ganz) mit Tränen in den Augen beteuerte, daß Sparkler der gutmütigste, aufrichtigste, in jeder Beziehung liebenswürdigste Esel sei, der je auf einer Gemeindewiese graste; und daß nur ein Umstand ihn (Gowan) mehr gefreut hätte, als daß er (der geliebte Esel) diesen Posten bekam, und das wäre gewesen, wenn er (Gowan) ihn selbst bekommen hätte. Er sagte, er sei durchaus passend für Sparkler. Es gäbe dabei nichts zu tun, und er würde das mit Grazie tun; es sei ein hübsches Einkommen herauszuholen, und er würde es mit Grazie herausholen; es sei eine prachtvolle, passende, ausgezeichnete Ernennung; und er verzeihe fast dem Schenker, daß er ihn selbst übergangen habe, vor Freude, daß der teure Esel, zu dem er eine große Zuneigung empfinde, so prächtig untergebracht sei. Seine Menschenfreundlichkeit machte nicht dabei halt. Er bemühte sich überall, wo sich in der Gesellschaft eine Gelegenheit dazu bot, Mr. Sparkler in den Vordergrund zu stellen und die Anwesenden auf ihn aufmerksam zu machen, und obwohl diese freundliche Handlungsweise stets zur Folge hatte, daß der junge Herr ein trauriges Bild geistiger Unzulänglichkeit bot, so war die gute Absicht doch nicht zu bezweifeln.

Wenn nicht etwa der Gegenstand von Mr. Sparklers Zuneigung sie bezweifelte. Miss Fanny befand sich jetzt in der schwierigen Lage, daß sie allgemein in dieser Eigenschaft bekannt war und daß sie Mr. Sparkler, so launisch sie sich auch ihm gegenüber verhielt, nicht von sich entfernt hatte. Daher war sie genügend mit dem jungen Herrn in Verbindung gebracht, um sich mit getroffen zu fühlen, wenn er mehr als gewöhnlich lächerlich war; und daher kam sie ihm, da es ihr keineswegs an Schlagfertigkeit fehlte, bisweilen gegen Gowan zu Hilfe und erwies ihm sehr gute Dienste. Aber während sie das tat, schämte sie sich seiner, wußte nicht, ob sie ihn loswerden oder entschiedener ermutigen sollte, wurde von Befürchtungen geplagt, jeden Tag mehr und mehr in Schwierigkeiten hineinzugeraten, und von dem Gedanken gequält, Mrs. Merdle könnte über ihre Not triumphieren. Bei diesem Aufruhr im Gemüt war es nicht zu verwundern, daß Miss Fanny eines Abends in größter Aufregung von einem Konzert mit anschließendem Ball bei Mrs. Merdle nach Hause kam. Als ihre Schwester sie liebevoll zu beruhigen suchte, stieß sie sie von dem Toilettentisch fort, an dem sie saß, wobei sie zornig zu weinen versuchte, und erklärte keuchend, daß sie alle Menschen hasse und wünsche, sie wäre tot.

„Liebe Fanny, was gibt es? Sage es mir!"

„Was es gibt, du kleiner Maulwurf", sagte Fanny. „Wenn du nicht die Blindeste der Blinden wärst, so hättest du keinen Anlaß, mich zu fragen. Wie kannst du es wagen, zu behaupten, daß du Augen im Kopf hast, und mich dabei fragen, was los ist!

„Ist etwas mit Mr. Sparkler, Liebste?"

„Mi-ster Spark-ler!" wiederholte Fanny mit grenzenloser Verachtung, als ob er der letzte Gegenstand im ganzen Sonnensystem wäre, der sie möglicherweise beschäftigen könnte. „Nein, Fräulein Fledermaus, der ist es nicht."

Gleich darauf aber bekam sie Gewissensbisse, daß sie ihre Schwester mit Schimpfnamen belegt hatte, und sie erklärte schluchzend, sie wisse, daß sie sich häßlich aufführe, aber alle Welt treibe sie dazu.

„Ich glaube, dir ist heute abend nicht recht wohl, liebe Fanny."

„Dummes Zeug!" erwiderte die junge Dame und wurde wieder zornig. „Mir ist so wohl wie dir. Vielleicht könnte ich sogar sagen, besser, ohne deshalb in Prahlerei zu verfallen."

Die arme Klein Dorrit, die nicht wußte, auf welche Weise sie besänftigende Worte anbringen könnte, ohne zurückgewiesen zu werden, hielt es für das beste, still zu bleiben. Zuerst nahm Fanny auch das übel; sie beteuerte ihrem Spiegel, daß ihrer Ansicht nach von allen unangenehmen Schwestern, die ein Mädchen haben könnte, eine gleichgültige Schwester die unangenehmste sei. Daß sie wisse, sie sei bisweilen in unausstehlicher Laune; daß sie wisse, sie führe sich häßlich auf; daß, wenn sie sich häßlich aufführte, ihr nichts halb so wohltun würde, als wenn man ihr das sagte; aber daß sie zu ihrem Unglück eine gleichgültige Schwester habe, so daß ihr das niemals gesagt würde, und daß sie deshalb in jeder Beziehung dazu verleitet und angestachelt werde, sich unbeliebt zu machen. Außerdem (so teilte sie zornig ihrem Spiegel mit) wolle sie nicht, daß man ihr verzeihe. Es sei unrecht, daß sie sich beständig demütigen sollte, damit ihr eine jüngere Schwester verzeihe. Und das sei die Hinterlist dabei – daß sie immer in die Lage gebracht werde, daß man ihr verzieh, ob ihr das nun gefalle oder nicht. Schließlich brach sie in heftiges Weinen aus, und als ihre Schwester sich dicht an ihre Seite setzte, um sie zu trösten, sagte sie: „Amy, du bist ein Engel!"

„Aber ich will dir etwas sagen, mein Liebling", sagte Fanny, als die Sanftmut ihrer Schwester sie beruhigt hatte, „es ist jetzt dazu gekommen, daß die Dinge nicht so weitergehen können und dürfen wie bisher und daß auf die eine oder andere Weise ein Ende gemacht werden muß."

Da diese Ankündigung, obwohl sie sehr entschieden vorgetragen wurde, ganz unbestimmt war, erwiderte Klein Dorrit: „Wir wollen uns darüber unterhalten."

„Ganz recht, mein Liebling", stimmte Fanny zu, während sie sich ihre Augen trocknete. „Ich bin jetzt wieder vernünftig, und du sollst mir raten. Willst du mir raten, mein süßes Kind?"

Sogar Amy mußte bei dieser Vorstellung lächeln, aber sie sagte: „Ich will es tun, Fanny, so gut ich kann."

„Ich danke dir, liebste Amy", erwiderte Fanny und küßte sie. „Du bist mein Anker."

Nachdem sie ihren Anker mit großer Herzlichkeit umarmt hatte, nahm Fanny eine Flasche mit duftender Toilettenessenz vom Tisch und verlangte von ihrer Zofe ein feines Tuch. Sie schickte dann das Mädchen zu Bett uns ließ sich weiter beraten, wobei sie von Zeit zu Zeit ihre Augen und ihre Stirn mit dem Tuch betupfte, um sich zu erfrischen.

„Mein Liebling", begann Fanny, „unsere Charaktere und Ansichten gehen weit genug auseinander (küsse mich nochmals, mein Liebling), und deshalb wird dich das, was ich dir sagen will, wahrscheinlich sehr überraschen. Was ich dir sagen will, mein Liebling, ist, daß wir trotz unseres Vermögens in bezug auf gesellschaftliche Stellung Schwierigkeiten haben. Du verstehst nicht ganz, was ich meine, Amy?"

„Ich zweifle nicht, daß ich es verstehen werde", sagte Amy sanft, „wenn du noch ein paar Worte sprichst."

„Nun, mein liebes Kind, ich meine damit, daß wir schließlich noch Neulinge in der vornehmen Welt sind."

„Ich bin sicher, Fanny", fiel Klein Dorrit in ihrer eifrigen Bewunderung ein, „daß dir das niemand anmerken wird."

„Nun, mein liebes Kind, vielleicht wirklich nicht", sagte Fanny, „obwohl es sehr freundlich und sehr lieb von dir ist, du gutes Mädchen, das zu sagen." Hier betupfte sie die Stirn ihrer Schwester und blies ein wenig darauf. „Aber du bist", fuhr Fanny fort, „anerkanntermaßen das beste kleine Wesen, das je existierte! Nun wieder zur Sache, mein Kind. Pa ist äußerst vornehm und äußerst gebildet, aber er ist in einigen Kleinigkeiten ein wenig anders als andere Herren seines Standes, teils infolge all dessen, was er durchgemacht hat, unser armer guter Vater, teils wohl, weil es ihm oft in den Sinn kommt, daß andere Leute daran denken, während er sich mit ihnen unterhält. Onkel, mein Liebling, ist ganz und gar unpräsentabel. Obwohl er der beste Mensch ist und ich zärtlich an ihm hänge, ist er doch vom gesellschaftlichen Gesichtspunkt aus entsetzlich. Edward ist schrecklich verschwenderisch und leichtsinnig und genußsüchtig. Ich will damit nicht sagen, daß darin schon etwas Unvornehmes liegt – weit davon entfernt –, aber ich sage, daß er sich nicht richtig dabei benimmt, und er kommt, wenn ich mich so ausdrücken darf, bei dem liederlichen Ruf, der ihm anhaftet, für das viele Geld, das er ausgibt, gewissermaßen nicht auf seine Kosten."

„Armer Edward!" seufzte Klein Dorrit mit der ganzen Familiengeschichte in diesem Seufzer.

„Ja. Und du Arme und ich Arme, ebenfalls", erwiderte Fanny scharf. „Sehr richtig! Dann, mein liebes Kind, haben wir keine Mutter, und wir haben eine Mrs. General. Und ich sage dir wieder, mein Herzchen, daß Mrs. General, wenn ich ein Sprichwort umkehren und auf sie anwenden darf, eine Katze mit Handschuhen ist, die Mäuse fangen *will*. Dieses Weib wird, dessen bin ich ganz sicher, unsere Stiefmutter werden."

„Ich kann es kaum glauben, Fanny . . ." Fanny ließ sie nicht weiterreden.

„Nun streite nicht mit mir darüber, Amy", sagte sie, „weil ich es besser weiß." Da sie fühlte, daß sie wiederum zu scharf gesprochen hatte, betupfte sie erneut die Stirn ihrer Schwester und blies darauf. „Um wieder zur Sache zu kommen, mein Kind. Dann entsteht für mich das Problem (ich bin stolz und selbstbewußt, Amy, wie du wohl weißt, vielleicht sogar zu sehr), ob ich es auf mich nehmen soll, das Ansehen der Familie zu wahren."

„Auf welche Weise?" fragte ihre Schwester ängstlich.

„Ich will mich nicht darein fügen", sagte Fanny, ohne die Frage zu beantworten, „von Mrs. General bestiefmuttert zu werden; und ich will mich nicht darein fügen, in irgendeiner Hinsicht von Mrs. General begönnert oder gequält zu werden."

Klein Dorrit legte mit einem noch ängstlicheren Blick ihre Hand auf die Hand, welche die Flasche mit der Toilettenessenz hielt. Fanny schlug geradezu auf ihre eigene Stirn los, so heftig betupfte sie sie jetzt in einem fort, und sprach aufgeregt weiter.

„Daß er jetzt auf die eine oder andere Weise, ganz gleich wie, einen sehr guten Posten bekommen hat, kann niemand leugnen. Daß es eine sehr gute Verbindung ist, kann niemand leugnen. Und was das angeht, ob er gescheit oder nicht gescheit ist, so bezweifle ich sehr, ob ein gescheiter Mann für mich der richtige wäre. Ich kann mich nicht unterwerfen, ich würde nicht imstande sein, mich ihm genügend zu fügen."

„Oh, meine liebe Fanny!" wandte Klein Dorrit ein, über die eine Art Schrecken gekommen war, als sie zu begreifen begann, was ihre Schwester meinte. „Wenn du jemand liebtest, würden sich alle diese Gefühle ändern. Wenn du jemand liebtest, würdest du nicht mehr du selbst sein, sondern du würdest dich ganz in der Liebe zu ihm verlieren und vergessen. Wenn du ihn liebtest ..." Fanny hatte im Betupfen innegehalten und blickte sie starr an.

„Oh, wirklich?" rief Fanny. „Tatsächlich? Du lieber Gott, wieviel wissen gewisse Leute von gewissen Dingen! Man sagt, jeder hat sein Thema, und ich scheine wirklich auf deines gestoßen zu sein, Amy. Nun, nun, du kleines Wesen, ich habe nur im Scherz gesprochen", während sie die Stirn ihrer Schwester betupfte, „aber sei kein albernes Kätzchen und phantasiere dir keine Unmöglichkeiten zusammen. So, jetzt will ich wieder von mir reden."

„Liebe Fanny, laß mich zuerst sagen, daß ich viel lieber wünschte, wir arbeiteten wieder für einen dürftigen Lebensunterhalt, als daß ich dich reich und mit Mr. Sparkler verheiratet sähe."

„Dich sagen lassen, mein liebes Kind?" erwiderte Fanny. „Aber selbstverständlich, ich will dich alles sagen lassen. Ich denke, du brauchst dir keinen Zwang anzutun. Wir sind zusammen, um uns zu besprechen, und was das angeht, Mr. Sparkler zu heiraten, so habe ich nicht die geringste Absicht, es heute abend zu tun, mein liebes Kind, und ebensowenig morgen früh."

„Aber irgendwann einmal?"

„Niemals, soviel ich jetzt weiß", antwortete Fanny gleichgültig. Dann fügte sie, plötzlich aus ihrer Gleichgültigkeit in eine brennende Unruhe übergehend, hinzu: „Du sprichst von gescheiten Männern, du kleines Wesen! Es ist sehr schön und leicht, von gescheiten Männern zu reden. Aber wo sind sie? Ich sehe sie nirgends um mich herum!"

„Meine liebe Fanny, in so kurzer Zeit . . .“

„Kurze Zeit oder lange Zeit“, unterbrach Fanny. „Ich habe keine Geduld mehr mit unserer Lage. Mir gefällt unsere Lage nicht, und ein ganz geringfügiger Umstand könnte mich veranlassen, sie zu ändern. Andere Mädchen, die anders erzogen sind und in ganz anderen Verhältnissen leben, könnten sich über das, was ich sagen oder tun werde, wundern – mögen sie. Sie werden von ihrem Leben und Charakter getrieben; ich von dem meinigen.“

„Fanny, meine liebe Fanny, du weißt, daß du Eigenschaften hast, um die Frau eines viel besseren Mannes als Mr. Sparkler zu werden.“

„Amy, meine liebe Amy“, erwiderte Fanny, ihre Worte parodierend, „ich weiß, daß ich eine sichere Stellung in der Gesellschaft haben will, in der ich mich besser gegen dieses unverschämte Weib durchsetzen kann.“

„Möchtest du deshalb – verzeihe mir die Frage – ihren Sohn heiraten?“

„Nun, vielleicht“, sagte Fanny mit einem triumphierenden Lächeln. „Es mag viele weniger angenehme Wege geben, um ein Ziel zu erreichen, als auf diese Weise, mein liebes Kind. Dieses unverschämte Weib denkt jetzt vielleicht, daß es ein großer Erfolg wäre, ihren Sohn an mich loszuwerden und mich beiseite zu schieben. Aber vielleicht ahnt sie wenig davon, wie ich ihr antworten würde, wenn ich ihren Sohn heiratete. Ich würde mich ihr in allem widersetzen und mit ihr wetteifern. Ich würde das zur Aufgabe meines Lebens machen.“

Fanny setzte die Flasche hin, als sie an diesen Punkt gekommen war, und ging im Zimmer umher; sie hielt inne und blieb stehen, wenn sie sprach.

„Eines könnte ich sicherlich, mein Kind, ich könnte sie älter machen, und ich würde das tun!“

Sie machte wieder eine Runde.

„Ich würde von ihr reden als von einer alten Frau. Ich würde vorgeben, ihr Alter zu kennen, falls ich es nicht wüßte, aber ich würde es von ihrem Sohn erfahren, und sie würde von mir zu hören bekommen, Amy, herzlich, ganz pflichtgemäß und herzlich, wie gut sie in Anbetracht ihres Alters aussehe. Ich könnte sie schon dadurch älter erscheinen lassen, daß ich um so viel jünger bin. Ich bin vielleicht nicht so hübsch wie sie; für diese Frage bin ich wohl nicht die geeignete Instanz; aber ich weiß, ich bin hübsch genug, um ihr ein Dorn im Auge zu sein, und ich würde das sein!"

„Meine liebe Schwester, möchtest du dich deshalb zu einem unglücklichen Leben verdammen?"

„Es würde kein unglückliches Leben sein, Amy. Es würde das Leben sein, für das ich passe. Ob von Natur oder durch die Umstände, spielt keine Rolle; ich passe besser für solch ein Leben als für fast jedes andere."

Es war etwas wie ein trostloser Ton in diesen Worten; aber mit einem kurzen, stolzen Lachen machte sie wieder eine Runde, und nachdem sie an einem großen Spiegel vorbeigekommen war, blieb sie wieder stehen.

„Figur! Figur, Amy! Nun ja. Das Weib hat eine gute Figur. Ich will zugestehen, was ihr gebührt, und nichts leugnen. Aber übertrifft sie darin alle anderen so sehr, daß man gar nicht daran denken könnte, sich mit ihr zu messen? Auf mein Wort, ich bin dessen nicht so sicher. Gib einigen viel jüngeren Frauen die Möglichkeit, sich so anzuziehen wie sie, dann wollen wir weitersehen, mein liebes Kind!"

Etwas, was ihr an dieser Vorstellung angenehm und schmeichelhaft war, veranlaßte sie, sich in besserer Laune wieder auf ihren Platz zu setzen. Sie nahm die Hände ihrer Schwester in die ihrigen und schlug die vier Hände über ihrem Kopf zusammen, während sie lachend in das Gesicht ihrer Schwester blickte. „Und die Tänzerin, Amy, die sie ganz vergessen hat – die Tänzerin, die mir in keiner Weise ähnlich war und an die ich sie unter keinen Umständen erinnere –, würde durch ihr Leben tanzen und ihr in den Weg tanzen zu einer Melodie, die ihre unverschämte Ruhe ein wenig stören würde. Ein ganz klein wenig, meine liebe Amy, ein ganz klein wenig!"

Da sie einem ernsten und bittenden Blick in Amys Gesicht begegnete, nahm sie die vier Hände herunter und legte nur eine auf Amys Lippen.

„Mach mir keine Einwände, Kind", sagte sie, „weil das keinen Zweck hat. Ich verstehe diese Dinge viel besser als du. Ich habe noch lange keinen Entschluß gefaßt, aber das kann noch kommen. Jetzt haben wir dies in aller Ruhe besprochen und können schlafen gehen. Gute Nacht, du beste und liebste kleine Maus!" Mit diesen Worten lichtete Fanny ihren Anker, und nachdem sie sich soviel Rats geholt hatte, ließ sie es für diesmal damit bewenden.

Von jetzt an beobachtete Amy die Art, wie Mr. Sparkler von seiner Herrin behandelt wurde, aus einem anderen Blickwinkel, der allem, was zwischen ihnen vorging, Wichtigkeit beimaß. Manchmal schien Fanny ganz außerstande, seine Albernheit zu ertragen, und wurde so ungeduldig, daß sie nahe daran war, ihn für immer laufenzulassen. Manchmal kam sie viel besser mit ihm aus; dann amüsierte er sie, und das Gefühl ihrer Überlegenheit schien dann die andere Seite der Sache aufzuwiegen. Wenn Mr. Sparkler nicht der treueste und unterwürfigste Anbeter gewesen wäre, wäre er wohl genügend dazu gedrängt worden, von dem Schauplatz seiner Qual zu fliehen und mindestens die Entfernung von Rom bis London zwischen sich und die Herrin seines Herzens zu bringen. Aber er hatte ebensowenig einen eigenen Willen wie ein Boot, das von einem Dampfschiff geschleppt wird; und er folgte seiner grausamen Herrin, von stets gleich starken Kräften getrieben, durch dick und dünn.

Mrs. Merdle sprach währenddessen wenig mit Fanny, sondern sprach mehr über sie. Sie war gewissermaßen gezwungen, sie durch ihre Lorgnette anzublicken und sich in der Unterhaltung Lobsprüche auf ihre Schönheit abringen zu lassen, weil sie unwiderstehlich danach verlangte. Der höhnische Ausdruck, den diese Schönheit annahm, wenn Fanny die Lobsprüche hörte (wie es gewöhnlich der Fall war), drückte keinerlei Erkenntlichkeit gegen den unparteiischen Busen aus, aber die äußerste

Rache, die der Busen nahm, war, vernehmlich zu sagen: „Eine verzogene Schönheit – aber mit diesem Gesicht und dieser Gestalt, ist es da zu verwundern?“

Es mochte etwa einen Monat oder sechs Wochen nach dem Abend der Beratung sein, als es Klein Dorrit schien, sie begänne ein neues Einvernehmen zwischen Mr. Sparkler und Fanny wahrzunehmen. Als ob zwischen ihnen eine Vereinbarung bestünde, nahm Mr. Sparkler kaum jemals das Wort, ohne erst Fanny um Erlaubnis anzublicken. Die junge Dame war zu vorsichtig, seinen Blick jemals zu erwidern; aber wenn Mr. Sparkler die Erlaubnis hatte zu sprechen, blieb sie still; wenn er sie nicht hatte, sprach sie selbst. Außerdem zeigte es sich, daß, wenn Henry Gowan den freundlichen Versuch machte, ihn an die Öffentlichkeit zu ziehen, er sich nicht ziehen ließ. Und nicht nur das, sondern Fanny pflegte gleichzeitig, zufällig und ohne irgendeine bestimmte Absicht, etwas zu sagen, was einen solchen Stachel hatte, daß Gowan sich zurückzog, als ob er seine Hand in einen Bienenkorb gesteckt hätte.

Es gab noch einen anderen Umstand, der viel dazu beitrug, Klein Dorrit in ihren Befürchtungen zu bestärken, obwohl es an sich kein bedeutender Umstand war. Mr. Sparklers Benehmen gegen sie änderte sich. Es wurde brüderlich. Manchmal, wenn sie irgendwo in Gesellschaft abseits saß – in ihrem eigenen Zuhause, bei Mrs. Merdle oder sonstwo –, fand sie sich heimlich von Mr. Sparklers Arm umfangen. Mr. Sparkler versuchte niemals die geringste Erklärung für diese Aufmerksamkeit, sondern lächelte nur mit einer Miene täppischer, zufriedener und gutmütiger Eigentümerschaft, die bei einem so schwerfälligen Herrn von besonderer Bedeutung war.

Klein Dorrit saß eines Tages zu Hause und dachte mit schwerem Herzen an Fanny. Die Schwestern hatten am Ende der Flucht ihrer Wohnräume ein Zimmer, das völlig von einem unregelmäßigen Erkerfenster beherrscht wurde, das über die Straße hinausragte und von dem aus man das ganze malerische Leben und Treiben auf dem Korso, sowohl abwärts wie aufwärts, beobachten konnte. Gegen drei oder vier Uhr nachmittags war die Aussicht von diesem Fenster besonders schön und interessant, und Klein Dorrit pflegte dort zu sitzen und ihren Gedanken nachzuhängen, wie sie es auf ihrem Balkon in Venedig getan hatte. Als sie an diesem Tag so dasaß, fühlte sie sich sanft an der Schulter berührt, und Fanny sagte: „Nun, liebste Amy“ und setzte sich neben sie. Die Bank, auf der sie saßen, war ein Teil des Fensters; sooft eine Prozession vor sich ging, pflegten sie bunte Teppiche zum Fenster hinauszuhängen und auf dieser Bank zu sitzen oder zu knien und, auf die schönen Farben gestützt, hinauszublicken. Aber an diesem Tag gab es keine Prozession, und Klein Dorrit war ziemlich überrascht, daß Fanny um diese Stunde zu Hause war, da sie sonst gewöhnlich zu dieser Zeit einen Spazierritt zu machen pflegte.

„Nun, Amy“, sagte Fanny, „woran denkst du, Kleine?“

„Ich dachte an dich, Fanny.“

„Wirklich? Wie sich das trifft. Hier ist noch jemand anders. Hast du nicht auch an diesen anderen gedacht, Amy?“

Amy hatte sehr wohl an diesen anderen gedacht; denn es war Mr. Sparkler. Sie sagte das aber nicht, während sie ihm die Hand reichte. Mr. Sparkler kam und setzte sich an ihre andere Seite, und sie fühlte hinten die brüderliche Umzäunung kommen und sich anscheinend weiter erstrecken und Fanny mit einschließen.

„Nun, kleine Schwester“, sagte Fanny mit einem Seufzer, „ich glaube, du weißt, was das bedeutet.“

„Sie ist ebenso schön, wie ich in sie verliebt bin“, stammelte Mr. Sparkler, „und sie hat keinen Unsinn an sich – es ist abgemacht ...“

„Du brauchst keine Erklärung zu geben, Edmund“, sagte Fanny.

„Nein, mein Liebling“, sagte Mr. Sparkler.

„Kurz, Herzchen“, fuhr Fanny fort, „wir sind so ziemlich verlobt. Wir müssen es heute abend oder morgen, je nachdem, wie es paßt, Papa sagen. Dann ist es geschehen, und es braucht nur noch sehr wenig gesagt zu werden."

„Meine liebe Fanny", sagte Mr. Sparkler unterwürfig, „ich möchte gern Amy ein paar Worte sagen."

„Gut, gut! Sage sie um Himmels willen", erwiderte die junge Dame.

„Ich bin überzeugt, meine liebe Amy", sagte Mr. Sparkler, „daß, wenn es nächst Ihrer hochbegabten und schönen Schwester je ein Mädchen gegeben hat mit keinem Unsinn an sich . . ."

„Wir wissen das alles, Edmund", fiel ihm Miss Fanny ins Wort. „Laß das auf sich beruhen. Bitte, komm auf etwas anderes zu sprechen, als daß wir keinen Unsinn an uns haben."

„Ja, mein Liebling", sagte Mr. Sparkler. „Und ich versichere Ihnen, Amy, daß nichts ein größeres Glück für mich sein kann – nächst dem Glück, daß ich die hohe Ehre habe, von einem prächtigen Mädchen ausersehen worden zu sein, die kein Atom von . . ."

„Bitte, Edmund, bitte!" unterbrach ihn Fanny, wobei sie mit ihrem hübschen Fuß leicht aufstampfte.

„Mein Liebling, du hast ganz recht", sagte Mr. Sparkler, „und ich weiß, es ist eine schlechte Angewohnheit von mir. Was ich erklären wollte, war, daß nichts ein größeres Glück für mich sein kann – nächst dem Glück, mit dem allerprächtigsten Mädchen vereint zu sein –, als das Glück zu haben, den teuren Umgang Amys zu pflegen. Ich weißt vielleicht", sagte Mr. Sparkler männlich, „in bezug auf manche andere Dinge nicht Bescheid, wenn plötzlich die Rede darauf kommt, und ich bin mir bewußt, daß, wenn man die Gesellschaft befragt, die allgemeine Ansicht dahin gehen würde; aber in bezug auf Amy weiß ich Bescheid!"

Mr. Sparkler küßte sie zum Zeugnis dafür.

„Ein Messer und eine Gabel und ein Zimmer", fuhr Mr. Sparkler fort, während er im Vergleich zu seinen sonstigen oratorischen Leistungen ganz redselig wurde, „wird Amy stets zur Verfügung stehen. Mein Alter, dessen bin ich sicher, wird immer stolz sein, einen Gast bei sich zu sehen, den ich so sehr schätze. Und was meine Mutter angeht“, sagte Mr. Sparkler, „die eine bemerkenswert schöne Frau mit ...“

„Edmund, Edmund!“ rief Miss Fanny wie vorher.

„Ich bitte dich unterwürfigst, meine Seele“, wandte Mr. Sparkler ein, „ich weiß, es ist eine Gewohnheit von mir, und ich danke dir sehr, mein reizendes Mädchen, daß du dir die Mühe nimmst, sie zu korrigieren; aber meine Mutter ist allgemein anerkannt als eine bemerkenswert schöne Frau, und sie hat wirklich keinen.“

„Das mag sein oder nicht“, erwiderte Fanny, „aber sprich nicht mehr darüber.“

„Ich werde es nicht mehr tun, mein Liebling“, sagte Mr. Sparkler.

„Dann hast du also nichts mehr zu sagen, Edmund?“

„So weit davon entfernt, mein reizendes Mädchen“, erwiderte Mr. Sparkler, „daß ich um Entschuldigung bitte, so viel gesagt zu haben.“

Mr. Sparkler spürte in einer Art Eingebung, daß diese Frage bedeutete, ob er nicht lieber gehen wollte. Er zog deshalb die brüderliche Umzäunung zurück und sagte artig, er denke, daß er sich mit gütiger Erlaubnis verabschieden wolle. Er ging nicht, ohne daß ihm Amy ihren Glückwunsch ausgesprochen hatte, so gut sie das bei ihrem aufgeregten und bekümmerten Gemüt vermochte.

Als er gegangen war, rief sie: „Oh, Fanny, Fanny!“ und wandte sich zu ihrer Schwester, die im Fenster saß, ließ den Kopf auf ihre Brust sinken und weinte. Fanny lachte zuerst; aber dann schmiegte sie ihr Gesicht an das ihrer Schwester und weinte ebenfalls – ein wenig. Es war das letztemal, daß Fanny sich je anmerken ließ, daß irgendein mit der Sache zusammenhängendes verborgenes, unterdrücktes oder überwundenes Gefühl in ihr ruhte. Von dieser Stunde an lag der Weg, den sie gewählt hatte, vor ihr, und sie ging ihn mit dem ihr eigenen herrschsüchtigen, eigensinnigen Schritt.

## *15. Kapitel*

### Kein Grund oder Hindernis, weshalb diese beiden nicht vereinigt werden sollten

Als Fanny Mr. Dorrit mitteilte, daß Mr. Sparkler ihr einen Heiratsantrag gemacht und sie sich mit ihm verlobt habe, nahm er die Nachricht mit ebenso großer Würde wie väterlichem Stolz entgegen. Seine Würde blähte sich auf bei der Aussicht, weiteren Boden zu haben, um Bekanntschaften zu schließen, und sein väterlicher Stolz schwoll, weil Miss Fanny so bereitwillig Sympathie für dieses große Ziel seines Daseins zeigte. Er gab ihr zu verstehen, daß ihr edler Ehrgeiz einen Widerhall in seinem Herzen fände, und erteilte ihr seinen Segen als einem Kinde, das voller Pflichtgefühl und guter Gesinnung war und sich aufopferte, dem Namen der Familie Glanz zu verschaffen.

Als Miss Fanny Mr. Sparkler die Erlaubnis gegeben hatte zu erscheinen, sagte Mr. Dorrit zu ihm, er wolle nicht verheimlichen, daß die Verbindung, die Mr. Sparkler ihm die Ehre erweise vorzuschlagen, ihm höchst angenehm sei, da sie sowohl den Neigungen seiner Tochter Fanny entspreche als auch ihm die höchst erwünschte Gelegenheit biete, mit Mr. Merdle, dem hervorragendsten Geist der Zeit, in verwandtschaftliche Beziehungen zu treten. Auch von Mrs. Merdle sprach er in sehr lobenden Ausdrücken als von einer führenden Dame, die reich an Vornehmheit, Eleganz, Grazie und Schönheit sei. Er hielt es für seine Pflicht, zu bemerken (er sei sicher, ein Herr von Mr. Sparklers Feingefühl werde ihn richtig verstehen), daß er die Angelegenheit nicht als beschlossene Sache ansehen könne, bis er nicht den Vorzug gehabt habe, mit Mr. Merdle darüber zu korrespondieren. Es müsse erst festgestellt werden, ob die Sache so weit mit den Ansichten dieses hervorragenden Mannes übereinstimmte, daß seine (Mr. Dorrits) Tochter so aufgenommen würde, wie sie es ihrer Stellung im Leben, ihrer Mitgift und ihren Erwartungen nach vor dem Auge der großen Welt, wie er es glaube nennen zu dürfen, ohne eigennützig zu erscheinen, fordern dürfe. Indem er dies ausspreche, was er als Gentleman in kleiner Position und als Vater gleichermaßen sagen müßte, wolle er nicht so diplomatisch sein, zu verheimlichen, daß der Vorschlag hoffnungsvolle Aussichten habe und unter gewissen Bedingungen als angenommen zu betrachten sei und daß er Mr. Sparkler für das Kompliment danke, das er ihm und seiner Familie gemacht habe. Er schloß mit einigen weiteren und allgemeineren Bemerkungen über die – ha – Stellung eines unabhängigen Gentleman und die – hm – Stellung eines vielleicht zu eingenommenen und liebevollen Vaters. Kurz gesagt, er nahm Mr. Sparklers Antrag ziemlich in derselben Weise entgegen, wie er einst in vergangenen Tagen drei oder vier Halbkronen von ihm angenommen hätte.

Mr. Sparkler, der von all den Worten, die auf sein unschuldiges Haupt gehäuft wurden, ganz betäubt war, machte eine kurze, aber passende Erwiderung. Sie bestand in nichts mehr oder weniger, als daß er schon lange gemerkt habe, Miss Fanny habe keinen Unsinn an sich, und daß er nicht bezweifele, die Sache mit seinem Alten werde schon in Ordnung kommen. An diesem Punkt klappte ihn der Gegenstand seiner zärtlichen Neigungen zu wie eine Dose mit einem Sprungdeckel und schickte ihn fort.

Als Mr. Dorrit kurz darauf dem Busen seinen Besuch abstattete, wurde er von ihm mit großer Freundlichkeit empfangen. Mrs. Merdle hatte durch Edmund von dieser Angelegenheit gehört. Sie sei zuerst überrascht gewesen, weil sie Edmund nicht für heiratslustig gehalten hätte. Die Gesellschaft habe Edmund nicht für heiratslustig gehalten. Jedoch sie habe natürlich als Frau gesehen (wir Frauen sehen diese Dinge instinktiv, Mr. Dorrit!), daß Edmund von Miss Dorrit ganz und gar eingenommen sei, und sie habe offen gesagt, daß Mr. Dorrit eine große Verantwortung habe, wenn er ein so reizendes Mädchen auf Reisen führe, um seinen Landsleuten die Köpfe zu verdrehen.

„Darf ich mir den Schluß erlauben, Madam", sagte Mr. Dorrit, „daß die Richtung, die Mr. Sparklers Gefühle genommen haben, von Ihnen – ha – gebilligt wird?"

„Ich versichere Ihnen, Mr. Dorrit, daß ich persönlich entzückt bin."

Das war Mr. Dorrit sehr angenehm.

„Persönlich", wiederholte Mrs. Merdle, „entzückt."

Diese zufällige Wiederholung des Wortes „persönlich" veranlaßte Mr. Dorrit, seiner Hoffnung Ausdruck zu geben, daß Mr. Merdles Zustimmung nicht fehlen würde.

„Ich kann mich nicht unterfangen", sagte Mrs. Merdle, „mich bestimmt für Mr. Merdle zu verbürgen, da Männer, und besonders Männer, die das sind, was die Gesellschaft Kapitalisten nennt, ihre eigenen Gedanken darüber haben. Aber ich glaube, womit ich lediglich meiner Meinung Ausdruck gebe, Mr. Dorrit – ich glaube, Mr. Merdle wird im ganzen", hier besah sie sich erst von oben bis unten, bevor sie lässig hinzufügte, „entzückt sein."

Bei der Erwähnung der Männer, die die Gesellschaft Kapitalisten nennt, hatte Mr. Dorrit gehustet, als ob ein innerer Zweifel sich bei ihm hervordrängte. Mrs. Merdle hatte das bemerkt und ging sogleich darauf ein.

„Obwohl ich es wirklich kaum nötig habe, diese Bemerkung zu machen, Mr. Dorrit, außer um zu einem Mann, den ich so hochschätze und zu dem ich hoffentlich noch in angenehmere Beziehungen treten werde, ganz offen zu sein. Denn man kann nicht übersehen, daß Sie höchstwahrscheinlich diese Dinge von Mr. Merdles eigenem Gesichtspunkt aus betrachten, außer daß die Umstände es zufällig zu Mr. Merdles Glück oder Unglück so gefügt haben, daß er sich mit geschäftlichen Angelegenheiten abgibt und daß diese, so bedeutend sie auch sind, seinen Horizont ein wenig einengen. Ich bin ein Kind in bezug auf das Verständnis geschäftlicher Dinge", sagte Mrs. Merdle, „aber ich fürchte, Mr. Dorrit, daß die Beschäftigung mit derartigen Dingen diese Wirkung hat."

Dieses geschickte Wippen von Mr. Dorrit und Mrs. Merdle, wobei abwechselnd jeder den anderen in die Höhe hob und jeder den anderen herunterdrückte, so daß keiner im Vorteil war, wirkte auf Mr. Dorrits Husten beruhigend. Er bemerkte mit äußerster Höflichkeit, er müsse ergebenst dagegen Einspruch erheben, wenn selbst Mrs. Merdle, die vollendete und anmutige (auf welches Kompliment sie sich verbeugte), annehme, daß solche Unternehmungen wie die Mr. Merdles, die so weit von den kleinlichen Unternehmungen anderer Menschen entfernt wären, irgendeine niedrigere Tendenz hätten, als den Geist, in dem sie entstanden, zu weiten und zu erhöhen.

„Sie sind die Großmut selbst", sagte Mrs. Merdle zur Erwiderung, während sie ihr freundliches Lächeln lächelte; „wir wollen es hoffen. Aber ich gestehe, ich bin fast abergläubisch in meinen Vorstellungen über geschäftliche Dinge."

Mr. Dorrit warf hier wieder ein Kompliment ein, des Inhalts, daß geschäftliche Dinge wie die Zeit, die dabei so kostbar sei, für Sklaven gemacht seien; und daß es nichts für Mrs. Merdle sei, die alle Herzen nach ihrem Belieben beherrschte, etwas damit zu tun zu haben. Mrs. Merdle lachte und rief in Mr. Dorrit die Vorstellung hervor, als ob der Busen errötete – was eines ihrer besten Kunststücke war.

„Ich sage das nur deshalb", erklärte sie darauf, „weil Mr. Merdle stets das größte Interesse für Edmund gehabt und stets so lebhaft den Wunsch ausgedrückt hat, sein Fortkommen zu fördern. Edmunds öffentliche Stellung, denke ich, kennen Sie wohl. Seine private Stellung hängt gänzlich von Mr. Merdle ab. Bei meiner törichten Unfähigkeit für geschäftliche Dinge versichere ich Ihnen, daß ich nicht mehr weiß."

Mr. Dorrit gab wieder in seiner Weise der Ansicht Ausdruck, daß geschäftliche Dinge außerhalb des Gesichtskreises bezaubernder Frauen lägen. Er sprach dann von seiner Absicht, an Mr. Merdle zu schreiben. Mrs. Merdle stimmte von ganzem Herzen zu und sandte selbst mit der nächsten Post dem Achten Weltwunder einen vorbereitenden Brief.

In seinem Brief wie in seinen Gesprächen über die große Frage, um die es sich handelte, umgab Mr. Dorrit die Sache mit Schnörkeln, so wie Schreiblehrer Schreib- und Rechenhefte zu verschönern pflegen: wo die Überschriften über den Grundregeln der Arithmetik zu Schwänen, Adlern, Greifen und anderen kalligraphischen Neuschöpfungen auseinanderlaufen und wo die großen Buchstaben ganz außer sich und in wahre Ekstasen über Feder und Tinte geraten. Dennoch machte er den Sinn seines Briefes genügend klar, um Mr. Merdle in den Stand zu setzen, sich so zu stellen, als ob er es aus dieser Quelle erfahren hätte. Mr. Merdle antwortete dementsprechend darauf. Mr. Dorrit antwortete Mr. Merdle; Mr. Merdle antwortete Mr. Dorrit; und es wurde bald angekündigt, daß die korrespondierenden Mächte zu einer befriedigenden Verständigung gekommen seien.

Jetzt und nicht früher betrat Miss Fanny die Bühne, volkommen für ihre neue Rolle ausgerüstet. Jetzt und nicht früher absorbierte sie Mr. Sparkler ganz in ihrem Licht und glänzte für beide und für weitere zwanzig. Da es nicht länger den Mangel einer begrenzten Stellung fühlte, der ihm so große Sorgen gemacht hatte, begann dieses schöne Schiff gleichmäßig seinen vorbestimmten Kurs zu steuern und mit einer Sicherheit und Leichtigkeit zu schwimmen, die seine Seetüchtigkeit im hellsten Licht zeigte.

„Da die Präliminarien nun zufriedenstellend erledigt sind, so denke ich, mein liebes Kind", sagte Mr. Dorrit, „ich will jetzt Mrs. General – ha – förmlich anzeigen . . ."

„Papa", unterbrach ihn Fanny, „ich sehe nicht, was Mrs. General damit zu tun hat."

„Liebes Kind", sagte Mr. Dorrit, „es ist ein Akt der Höflichkeit einer – hm – Dame gegenüber, die gut erzogen und gebildet . . ."

„Oh! Ich bin Mrs. Generals guter Erziehung und Bildung überdrüssig, Papa", sagte Fanny.

„Ich habe genug von Mrs. General!"

„Genug", erwiderte Mr. Dorrit mit vorwurfsvollem Erstaunen, „von – ha – Mrs. General?"

„Sie widert mich an, Papa", sagte Fanny. „Ich sehe wirklich nicht, was sie mit meiner Heirat zu schaffen hat. Mag sie sich an ihre eigenen Heiratspläne halten – wenn sie welche hat."

„Fanny", erwiderte Mr. Dorrit mit ernster und gewichtiger Ruhe, die stark von der Art seiner Tochter abstach, „ich bitte dich darum, mir zu erklären, was – ha – du damit meinst."

„Ich meine, Papa", sagte Fanny, „daß, wenn Mrs. General etwa irgendwelche eigenen Heiratspläne haben sollte, diese sicherlich genügen, ihre freie Zeit auszufüllen, und daß es um so besser ist, wenn sie keine hat; aber immerhin wünsche ich nicht die Ehre zu haben, ihr Anzeigen zu machen."

„Erlaube mir, dich zu fragen", erwiderte Mr. Dorrit, „weshalb nicht?"

„Weil sie meine Verlobung selbst herausfinden kann, Papa", erwiderte Fanny. „Sie paßt doch wohl genug auf. Ich glaube, ich habe gesehen, daß sie aufpaßt. Mag sie es selbst herausfinden. Wenn sie es nicht selbst herausfindet, so wird sie es erfahren, wenn ich heirate. Und ich hoffe, du wirst es nicht als Mangel an Zuneigung zu dir, Papa, ansehen, wenn ich sage, daß es dann meiner Ansicht nach früh genug für Mrs. General sein wird."

„Fanny", erwiderte Mr. Dorrit, „diese – hm – diese launenhafte und unverständliche Feindschaft gegen – ha – Mrs. General versetzt mich in Erstaunen und mißfällt mir."

„Bitte, Papa", sagte Fanny, „nenne es nicht Feindschaft, weil ich, das versichere ich dir, Mrs. General meiner Feindschaft nicht für wert halte."

Bei diesen Worten erhob sich Mr. Dorrit mit einem starren Blick strengen Vorwurfs aus seinem Stuhl und blieb würdevoll vor seiner Tochter stehen. Seine Tochter, die das Armband an ihrer Hand hin und her drehte und ihn bald ansah, bald von ihm wegsah, sagte: „Nun wohl, Papa. Es tut mir aufrichtig leid, wenn es dir mißfällt; aber ich kann es nicht ändern. Ich bin kein Kind, und ich bin nicht Amy, ich muß sprechen."

„Fanny", sagte Mr. Dorrit nach einer majestätischen Pause schwer atmend, „wenn ich bitte, daß du hierbleibst, während ich Mrs. General als einer vorbildlichen Dame, welche – hm – ein vertrautes Mitglied dieser Familie ist, die – ha – Veränderung anzeige, die unter uns geplant wird; wenn ich – ha – nicht nur darum bitte, sondern – hm – darauf bestehe ..."

„Oh, Papa", fiel Fanny in bedeutungsvollem Ton ein, „wenn du eine so große Sache daraus machst, dann habe ich als folgsame Tochter zu gehorchen. Ich hoffe jedoch, daß ich meine eigenen Gedanken über die Sache haben darf, denn ich kann mich ihrer unter diesen Umständen wirklich nicht enthalten."

So setzte sich Fanny mit einer Folgsamkeit hin, die in der Berührung der Extreme zum Trotz wurde; und ihr Vater, der es entweder für unter seiner Würde fand, zu antworten, oder nicht wußte, was er antworten sollte, ließ Mr. Tinkler kommen.

„Mrs. General."

Mr. Tinkler, der es nicht gewohnt war, so kurze Befehle in bezug auf die schöne Lackiererin zu erhalten, zögerte. Mr. Dorrit, der das ganze Marshalsea und alle seine Ehrengaben in diesem Zögern sah, fuhr ihn augenblicklich an:

„Wie können Sie es wagen, Sir?"

„Ich bitte um Verzeihung, Sir", sagte Mr. Tinkler demütig, „ich wollte nur wissen ..."

„Sie wollten gar nichts wissen, Sir", rief Mr. Dorrit höchst erregt, „sagen Sie mir nicht, daß Sie das wollten. Ha, Sie wollten nicht. Sie machen sich über mich lustig, Sir."

„Ich versichere Ihnen, Sir ...", begann Mr. Tinkler.

„Versichern Sie mir nichts!" sagte Mr. Dorrit. „Ich lasse mir von einem Dienstboten nichts versichern. Sie machen sich über mich lustig. Ich werde Sie entlassen –

hm – ich werde die ganze Dienerschaft entlassen. Worauf warten Sie?"

„Nur auf meine Befehle, Sir."

„Das ist nicht wahr", entgegnete Mr. Dorrit. „Sie haben Ihre Befehle. Ha – hm. Meine Komplimente an Mrs. General, und ich bitte sie, falls es ihr paßt, auf einige Minuten zu mir zu kommen. Dieses sind Ihre Befehle."

Mr. Tinkler führte seinen Auftrag aus und gab dabei vielleicht zu verstehen, daß Mr. Dorrit in rasender Wut sei. Wie dem auch war, Mrs. Generals Röcke waren sehr bald draußen zu hören, wie sie mit ungewohnter Eilfertigkeit herbeikamen – man hätte fast sagen können, herbeisprangen. Immerhin beruhigten sie sich an der Tür und rauschten mit ihrer gewöhnlichen Ruhe in den Raum.

„Mrs. General", sagte Mr. Dorrit, „ich bitte Sie, Platz zu nehmen."

Mrs. General ließ sich, nachdem sie ihm mit einer anmutigen Verbeugung gedankt hatte, in den Stuhl nieder, den Mr. Dorrit ihr anbot.

„Madam", fuhr dieser Herr fort, „da Sie die Freundlichkeit gehabt haben, die – hm – Ausbildung meiner Töchter zu übernehmen, und da ich überzeugt bin, daß nichts, was diese näher betrifft, Ihnen – ha – gleichgültig sein kann ..."

„Ganz unmöglich", sagte Mrs. General in der ruhigsten Art von der Welt.

„... deshalb möchte ich Ihnen ankündigen, daß meine hier anwesende Tochter ..."

Mrs. General neigte leicht den Kopf vor Fanny. Diese neigte ihren Kopf sehr tief vor Mrs. General und erhob ihn dann hochmütig wieder.

„... daß meine Tochter Fanny mit Mr. Sparkler, den Sie kennen – ha – verlobt ist. Auf diese Weise, Madam, werden Sie der Hälfte ihrer schwierigen Aufgabe – ha – schwierigen Aufgabe ledig sein." Mr. Dorrit wiederholte es mit einem zornigen Blick auf Fanny. „Aber ich hoffe, daß damit die – ha – Stellung, die Sie augenblicklich so gütig sind, in meiner Familie einzunehmen, in keiner Weise sonst beeinträchtigt wird."

„Mr. Dorrit", erwiderte Mrs. General, während sie ihre behandschuhten Hände in vorbildlicher Ruhe übereinandergelegt hielt, „ist immer rücksichtsvoll und schätzt meine freundlichen Dienste stets nur zu hoch." (Miss Fanny hustete, als ob sie sagen wollte: Sie haben recht.) „Miss Dorrit hat zweifellos die größte Besonnenheit an den Tag gelegt, soweit es die Umstände nur erlaubten, und ich hoffe, sie wird mir gestatten, ihr meinen aufrichtigsten Glückwunsch darzubringen. Wenn solche Ereignisse frei von den Fesseln der Leidenschaft", Mrs. General schloß bei diesen Worten die Augen, als könnte sie es nicht aussprechen und dabei jemand ansehen; „und mit der Zustimmung der nächsten Verwandten zur Befestigung des stolzen Gebäudes eines Familienhauses eintreten, sind sie gewöhnlich glückverheißend. Ich hoffe, Miss Dorrit wird mir erlauben, ihr meinen besten Glückwunsch darzubringen."

Hier hielt Mrs. General inne und fügte innerlich zur Formung ihres Gesichtsausdruckes hinzu: Papa, Porree, Pute, Prünellen und Prisma.

„Mr. Dorrit", fuhr sie laut fort, „ist immer höchst liebenswürdig; und für die Aufmerksamkeit und, ich will hinzufügen, Auszeichnung, daß mir diese vertrauliche Nachricht durch ihn selbst und Miss Dorrit zu diesem frühen Zeitpunkt mitgeteilt wird, gestatte ich mir, meinen Dank darzubringen. Mein Dank und mein Glückwunsch gebühren sowohl Mr. Dorrit wie Miss Dorrit."

„Für mich", bemerkte Miss Fanny, „ist dies außerordentlich angenehm – unaussprechlich angenehm. Mir fällt geradezu ein Stein vom Herzen, wenn ich sehe, daß Sie keinen Einwand zu machen haben, Mrs. General. Ich weiß kaum, was ich getan hätte", sagte Fanny, „wäre von Ihnen irgendein Einspruch gekommen, Mrs. General."

Mrs. General wechselte ihre Handschuhe, so daß jetzt der rechte oben und der linke unten lag, mit einem Prünellen-und-Prisma-Lächeln.

„Mir stets Ihren Beifall zu erhalten, Mrs. General", erwiderte Fanny ihrerseits mit einem Lächeln, in dem keine Spur jener Bestandteile war, „wird natürlich das höchste Ziel meines ehelichen Lebens sein; ihn zu verlieren würde natürlich der tiefste Schmerz für mich sein. Sie werden jedoch sicherlich in Ihrer großen Freundlichkeit nichts dagegen haben, und ich hoffe, Papa wird nichts dagegen haben, daß ich einen kleinen Irrtum richtigstelle, den Sie begangen haben. Die besten Menschen täuschen sich so leicht, daß selbst Sie, Mrs. General, in einen kleinen Irrtum verfallen sind. Die Aufmerksamkeit und Auszeichnung, die, wie Sie, Mrs. General, so nachdrücklich sagen, mit dieser vertraulichen Mitteilung für Sie verbunden sind, sind zweifellos höchst angenehmer Art; aber sie gehen keineswegs von mir aus. Mein Verdienst, wenn ich Sie über die Sache befragt hätte, wäre so groß, daß ich fühle, ich darf keinen Anspruch darauf erheben, da dem wirklich nicht so ist. Es ist gänzlich Papas Verdienst. Ich bin Ihnen für Ihre Ermutigung und Gönnerschaft verpflichtet, aber es war Papa, der sie verlangte. Ich habe Ihnen zu danken, Mrs. General, daß Sie mir eine große Sorge genommen haben, indem Sie so freundlich Ihre Zustimmung zu meiner Verlobung gaben, aber Sie haben mir wirklich für nichts zu danken. Ich hoffe, daß Sie meine Handlungen stets billigen werden, wenn ich das Vaterhaus verlassen habe, und daß meine Schwester sich ebenfalls lange Ihrer Herablassung erfreuen möge."

Nach dieser Rede, die sie in ihrer höflichen Art hervorbrachte, verließ Fanny das Zimmer mit beherrschter und freundlicher Miene – sobald sie aber außer Hörweite war, lief sie mit gerötetem Gesicht die Treppe hinauf, fiel über ihre Schwester her, schüttelte sie, um ihr die Augen noch mehr zu öffnen, erzählte ihr, was unten vorgegangen war, und fragte sie, was sie jetzt von Pa denke.

Mrs. Merdle gegenüber benahm sich die junge Dame mit größter Selbständigkeit und Selbstbeherrschung, ohne jedoch die Feindseligkeiten bereits entschiedener zu eröffnen. Gelegentlich hatten sie ein kleines Scharmützel miteinander, wenn etwa Fanny sich von dieser Dame herablassend behandelt fühlte oder wenn Mrs. Merdle etwa besonders jung und hübsch aussah; aber Mrs. Merdle beendete diese Waffengänge stets damit, daß sie mit der anmutigsten Gleichgültigkeit in ihre Kissen sank und ihre Aufmerksamkeit anderweitig in Anspruch genommen fand. Die Gesellschaft (denn dieses geheimnisvolle Wesen saß auch auf den sieben Hügeln) fand, daß Miss Fanny seit ihrer Verlobung bedeutend gewonnen habe. Sie sei viel leichter zugänglich, viel freier und liebenswürdiger, viel weniger anspruchsvoll; so daß sie nun ein Heer von Anbetern und Bewunderern hatte, was die größte Empörung bei den Damen mit heiratsfähigen Töchtern hervorrief, die sich gegen die Gesellschaft wegen des Miss-Dorrit-Kummers geradezu als Rebellen aufspielten. Miss Dorrit genoß die Aufregung, die sie verursachte, und bewegte sich nicht nur selbst hochmütig durch alle hindurch, sondern führte auch Mr. Sparkler hochmütig, ja sogar herausfordernd hindurch. Sie schien allen zu sagen: Wenn ich es für richtig halte, in triumphierender Prozession zwischen euch einherzuschreiten, mit diesem schwachen Sklaven in Fesseln hinter mir und nicht mit einem stärkeren, so ist das meine Sache. Genug, wenn es mir beliebt, so zu handeln! – Mr. Sparkler seinerseits erhob keine Fragen, sondern ging mit, wohin er mitgenommen wurde, tat, was ihm gesagt wurde, fühlte, daß es für ihn die leichtest zu erringende Auszeichnung war, wegen seiner Brautwahl ausgezeichnet zu werden, und war aufrichtig dankbar dafür, daß er so offen anerkannt wurde.

Bei dieser Lage der Dinge verging der Winter, und der Frühling kam heran, und jetzt wurde es für Mr. Sparkler nötig, sich nach England zu begeben und den für ihn bestimmten Platz zur Repräsentation und Leitung des Genius, der Wissenschaft, des Handels und der Vernunft der Nation einzunehmen. Das Land Shakespeares, Miltons, Bacons, Newtons, Watts, das Land einer Unzahl von Philosophen, Naturforschern und Bezwingern von Natur und Kunst in ihren Myriaden Formen in Vergangenheit und Gegenwart rief Mr. Sparkler zu, er solle kommen und es in seine Obhut nehmen, damit es nicht zugrunde ginge. Mr. Sparkler, unfähig, dem dringenden Ruf aus der Tiefe der Seele seines Vaterlandes zu widerstehen, erklärte, daß er gehen müsse.

Die Folge war die dringende Frage, wann, wo und wie Mr. Sparkler das hervorragendste Mädchen der Welt, das keinen Unsinn an sich hatte, heiraten sollte. Die Lösung zeigte Miss Fanny nach einigen Geheimnistuereien ihrer Schwester selbst an.

„Nun, mein Kind“, sagte sie eines Tages zu ihr, „ich will dir etwas mitteilen. Die Sache ist eben erst aufs Tapet gekommen; und natürlich eile ich zu dir im selben Augenblick, wo sie aufs Tapet gekommen ist.“

„Deine Heirat, Fanny?“

„Mein liebes Kind“, sagte Fanny, „komme mir nicht zuvor. Laß dir auf meine Weise sagen, was ich dir anvertrauen will, du aufgeregtes kleines Ding. Auf deine Vermutungen sollte ich eigentlich, wenn ich sie genau beantwortete, mit Nein antworten. Denn es ist in Wirklichkeit nicht halb so sehr meine Heirat, um die es sich handelt, als Edmunds.“

Klein Dorrit schien es, und vielleicht nicht ganz ohne Grund, schwerzufallen, diese feine Unterscheidung zu begreifen.

„Ich bin in keiner schwierigen Lage“, rief Fanny aus, „und habe keine Eile. Ich werde in keinem öffentlichen Amt gebraucht, um irgendeine Stimme abzugeben, aber Edmund. Und Edmund ist ganz unglücklich bei dem Gedanken, allein zu reisen, und mir ist es auch nicht lieb, daß er sich selbst überlassen sein soll. Denn wenn es möglich ist – und es ist leicht möglich –, etwas Dummes zu machen, dann wird er es sicher tun.“

Nachdem sie dieses bündige und unparteiische Urteil über die Verläßlichkeit ihres zukünftigen Gatten abgegeben hatte, nahm sie mit geschäftiger Miene ihren Hut ab und schwang ihn an den Bändern hin und her.

„Es ist also viel mehr Edmunds Angelegenheit als

meine. Jedoch wir brauchen darüber nichts weiter zu sagen. Das sieht doch jeder auf den ersten Blick. Nun gut, meine liebste Amy! Da sich die Frage erhebt, soll er allein gehen oder soll er nicht allein gehen, so erhebt sich eine andere Frage, sollen wir hier und in Kürze heiraten, oder sollen wir zu Hause in einigen Monaten heiraten?"

„Ich sehe, ich werde dich verlieren, Fanny."

„Was für ein kleines Ding du bist", rief Fanny halb nachsichtig und halb ungeduldig, „einem immer zuvorzukommen! Bitte, mein Liebling, hör mich zu Ende an. Dieses Weib", sie sprach natürlich von Mrs. Merdle, „bleibt hier bis nach Ostern; also würde ich im Falle, daß ich hier heirate und mit Edmund nach London gehe, früher als sie dort sein. Das ist etwas. Ferner, Amy. Da dieses Weib dann nicht im Wege ist, so habe ich nicht viel gegen Mr. Merdles Vorschlag an Pa einzuwenden, daß Edmund und ich in jenem Haus wohnen sollen – du weißt –, wohin du einst mit einer Tänzerin gegangen bist, mein liebes Kind, bis ein eigenes Haus für uns ausgesucht und eingerichtet ist. Und weiter, Amy. Da Papa stets die Absicht gehabt hat, sich im Frühling selbst nach London zu begeben, so können Edmund und ich, wenn wir hier heiraten, nach Florenz gehen, wo Papa uns treffen und mit uns zusammen nach Hause reisen könnte. Mr. Merdle hat Pa gebeten, bei ihm in demselben Haus, von dem ich gesprochen habe, zu wohnen, und ich denke, er wird es tun. Aber er ist Herr seiner Handlungen, und über diesen Punkt (der durchaus nicht wichtig ist) kann ich nichts Bestimmtes sagen."

Der Unterschied, daß Papa Herr seiner Handlungen war, während Mr. Sparkler nichts dergleichen war, kam bei Fannys Art, den Fall darzustellen, deutlich zum Ausdruck. Nicht daß ihre Schwester es bemerkt hätte, denn deren Gefühle waren zwischen dem Kummer über die kommende Trennung und dem heimlichen Wunsch geteilt, daß sie in die Pläne, England zu besuchen, mit eingeschlossen wäre.

„Und ist dies also beschlossen, liebe Fanny?"

„Beschlossen!" wiederholte Fanny. „Wirklich, mein

Kind, du stellst meine Geduld ein wenig auf die Probe. Du weißt, ich habe mich besonders davor gehütet, daß meine Worte so ausgelegt werden könnten. Was ich sagte, war, daß gewisse Fragen sich ergeben – und dies sind die Fragen."

Klein Dorrits gedankenvolle Augen begegneten zärtlich und ruhig denen ihrer Schwester.

„Nun, mein süßes Mädchen", sagte Fanny und schwang ihren Hut an den Bändern ungeduldig hin und her, „es hat keinen Zweck zu starren. Das könnte eine kleine Eule auch. Aber ich erwarte einen Rat von dir, Amy. Was rätst du mir zu tun?"

„Glaubst du nicht", fragte Klein Dorrit nach einem kurzen Zögern schmeichelnd, „glaubst du nicht, Fanny, daß es schließlich in Anbetracht aller Umstände am besten wäre, wenn du es noch ein paar Monate aufschieben würdest?"

„Nein, du kleine Schildkröte", erwiderte Fanny mit außerordentlicher Schärfe. „Dergleichen glaube ich nicht."

Hier warf sie ihren Hut ganz und gar von sich und ließ sich heftig auf einen Stuhl fallen. Gleich darauf aber wurde sie zärtlich, fuhr von ihrem Stuhl wieder empor und kniete auf dem Boden nieder, um ihre Schwester samt dem Stuhl in ihre Arme zu schließen.

„Glaube nicht, daß ich heftig oder lieblos bin, Herzchen, weil ich es wirklich nicht bin. Aber du bist ein so sonderbares kleines Wesen! Du bringst einen dazu, daß man dir den Kopf abreißen möchte, wenn man sich eben erst stark vorgenommen hat, gut zu sein. Sagte ich dir nicht, liebstes Kindchen, daß Edmund sich nicht selbst überlassen sein darf? Und weißt du nicht, daß er das wirklich nicht kann?"

„Jaja, Fanny, ich weiß, du sagtest das."

„Und ich weiß, du weißt es selbst", erwiderte Fanny. „Nun, mein liebes Kind! Wenn er sich nicht selbst überlassen bleiben darf, so folgt doch wohl, denke ich, daß ich mit ihm gehen müßte?"

„Es – scheint so, Liebling", sagte Klein Dorrit.

„Also, da du nun gehört hast, was in dieser Sache zu tun ist, habe ich dich recht verstanden, liebste Amy, daß du mir im ganzen rätst, danach zu handeln?"

„Es – scheint so, Liebling", sagte Klein Dorrit wieder.

„Nun gut!" rief Fanny resignierend. „Dann muß es, denke ich, ausgeführt werden! Ich kam zu dir, mein süßes Kind, als ich die Schwierigkeit und die Notwendigkeit sah, eine Entscheidung zu treffen. Ich habe jetzt entschieden. Mag es also geschehen."

Nachdem sie sich in dieser musterhaften Weise dem schwesterlichen Rat und der Macht der Verhältnisse gefügt hatte, wurde Fanny ganz liebreich – wie ein Mädchen, das seine persönlichen Neigungen der liebsten Freundin zum Opfer gebracht hat und nun die tiefste Rührung über die Selbstüberwindung verspürt. „Nach allem, meine Amy", sagte sie zu ihrer Schwester, „bist du das beste kleine Wesen und so vernünftig; und ich weiß nicht, wie ich jemals ohne dich auskommen werde!"

Mit diesen Worten schloß sie sie fester und mit wirklicher Zärtlichkeit in die Arme.

„Nicht, daß ich daran dächte, ohne dich auszukommen, Amy, denn ich hoffe, wir werden stets unzertrennlich sein. Doch jetzt, mein Liebling, will ich dir ein paar Ratschläge geben. Wenn du hier mit Mrs. General allein sein wirst . . ."

„Ich soll mit Mrs. General allein hier bleiben?" fragte Klein Dorrit.

„Aber selbstverständlich, mein liebes Kind, bis Papa zurückkommt! Wenn du nicht etwa Edward als Gesellschaft betrachtest, was er sicherlich nicht ist, selbst wenn er hier bleibt, und was er noch viel weniger wäre, wenn er in Neapel oder auf Sizilien ist. Ich wollte sagen – aber du bist ein lieber kleiner Störenfried, der einen immer unterbricht –, wenn du hier mit Mrs. General allein bist, Amy, so lasse sie nicht auf hinterlistige Weise zu einem Einverständnis mit dir gelangen, daß sie es auf Pa abgesehen hat oder daß Pa es auf sie abgesehen hat. Sie wird es tun, wenn sie kann. Ich kenne ihre geschickte Art, sich mit ihren Handschuhen vorwärts zu tasten.

Aber verstehe du sie auf keinen Fall. Und wenn dir Pa bei seiner Rückkunft sagen sollte, daß er im Sinn hat, dir Mrs. General zur Mama zu geben (was durch meinen Weggang nicht weniger wahrscheinlich wird), dann rate ich dir, daß du sogleich sagst: ‚Papa, ich möchte den stärksten Einspruch dagegen erheben. Fanny hat es mir vorhergesagt, und sie war dagegen, und ich bin dagegen.' Ich will damit nicht sagen, es sei wahrscheinlich, daß ein Einwand von dir, Amy, die geringste Wirkung haben wird oder daß du ihn mit der geringsten Festigkeit vorbringen wirst. Aber es hängt mit einem Prinzip zusammen – einem kindlichen Prinzip –, und ich bitte dich, dir nicht gefallen zu lassen, von Mrs. General bestiefmuttert zu werden, ohne dabei jedermann in deiner Umgebung das Leben so schwer wie möglich zu machen. Ich erwarte nicht, daß du es durchführen wirst – ja ich bin überzeugt, du wirst es nicht tun, da es auch Pa betrifft –, aber ich möchte das Pflichtbewußtsein in dir aufrütteln. Von mir sollst du in Hinsicht auf Hilfe und Widerstand gegen eine solche Heirat nicht im Stich gelassen werden, mein liebes Kind. Soviel Macht mir meine Stellung als verheiratete Tochter, die nicht ohne Reize ist, verleiht – wenn diese Stellung auch stets dazu dienen soll, diesem Weib Widerstand zu leisten –, will ich, dessen kannst du sicher sein, sie stets gegen den Kopf und das falsche Haar Mrs. Generals benutzen – denn ich bin sicher, es ist nicht echt, so häßlich es auch ist und sowenig glaubhaft es auch scheint, daß jemand, der bei Vernunft ist, Geld dafür ausgegeben haben sollte."

Klein Dorrit empfing diesen Rat, ohne eine Widerrede zu wagen, jedoch auch ohne Fanny irgendeinen Anlaß zu geben, zu glauben, daß sie die Absicht hätte, danach zu handeln.

Nachdem Fanny jetzt gewissermaßen in aller Form ihr Mädchenleben abgeschlossen und ihre weltlichen Angelegenheiten geordnet hatte, machte sie sich mit dem ihr eigenen Eifer daran, den ernsten Wechsel in ihren Lebensverhältnissen vorzubereiten. Die Vorbereitung bestand darin, daß sie ihre Zofe unter dem Schutz des Reisedieners nach Paris schickte, um eine Brautausstattung einzukaufen, der einen anderen Namen als einen französischen zu geben unwürdig gewesen wäre. Die prächtige und schwere Garderobe, die diese beiden Abgesandten kauften, nahm im Laufe weniger Wochen ihren Weg durch das dazwischenliegende Land, das mit Zollhäusern dicht besetzt war und wo ein unendliches Heer schäbiger Bettler in Uniform beständig seine diesbezügliche Petition wiederholte, als ob jeder von ihnen der Belisarius des Altertums wäre, und es waren so viele Legionen, daß sie, hätte der Reisediener nicht genau anderthalb Scheffel Silbergeld zur Behebung ihrer Not ausgegeben, durch ihr Hinundherwenden die Garderobe noch vor Rom völlig abgenutzt hätten. Doch durch all diese Gefahren wurde sie Zoll für Zoll triumphierend hindurchgebracht und kam im besten Zustand am Ziel der Reise an.

Dort wurde sie ausgewählten weiblichen Besuchern zur Besichtigung gezeigt, in deren sanften Busen sie unversöhnliche Gefühle erweckte. Zu gleicher Zeit wurden eifrig Vorbereitungen für den Tag getroffen, an dem einige dieser Schätze öffentlich gezeigt werden sollten. Einladungskarten zum Hochzeitsfrühstück wurden an die Hälfte der Engländer gesandt, die in der Stadt des Romulus anwesend waren; die andere Hälfte machte sich bereit, als kritisierende Freiwillige in verschiedenen äußeren Positionen der Festlichkeit unter Waffen zu stehen. Der sehr hohe und erlauchte englische Signor Edgardo Dorrit kam mit Extrapost durch die tiefen schlammigen Wagenspuren (von seiner Beschäftigung, sich im Umgang mit dem neapolitanischen Adel eine Oberfläche zu bilden), um die Feier zu zieren. Das beste Hotel und all seine kulinarischen Myrmidonen waren in Anspruch genommen, um den Schmaus vorzubereiten. Die Schecks Mr. Dorrits verursachten fast einen Sturm auf die Torlonia-Bank. Der britische Konsul hatte während der ganzen Zeit seiner Tätigkeit noch keine solche Hochzeit gesehen.

Der Tag kam, und die Wölfin auf dem Kapitol hätte

vor Neid die Zähne fletschen können, wenn sie sah, wie die Inselnachbarn heutzutage derartige Dinge anstellten. Die Bildsäulen der verruchten Soldatenkaiser mit ihren Mörderköpfen, denen die Bildhauer nicht so weit hatten schmeicheln können, daß ihre schurkische Häßlichkeit verborgen blieb, hätten ihre Postamente verlassen können, um die Braut zu entführen. Der zugeschüttete alte Brunnen, an dem sich einst die Gladiatoren wuschen, hätte wieder emporstrudeln können, um der Feier Ehre anzutun. Der Tempel der Vesta hätte wieder aus den Ruinen erstehen können, um dem Ereignis Glanz zu verleihen. Sie hätten es tun können, aber sie taten es nicht. Genauso wie gefühlsbegabte Wesen – wie die Herren und Damen der Schöpfung bisweilen sogar – viel hätten tun können, aber nichts taten. Die Feier ging mit herrlichem Prunk vor sich, Mönche in schwarzen Kutten, weißen Kutten und braunen Kutten blieben stehen, um dem Wagen nachzublicken. Umherwandernde Bauern in Schaffellen bettelten und pfiffen unter den Fenstern; die englischen Freiwilligen zogen vorüber; die Stunde des Vesperläutens nahte heran; das Fest ging seinem Ende entgegen; die tausend Kirchen läuteten ihre Glocken, ohne sich darum zu kümmern; St. Peter weigerte sich, etwas damit zu tun zu haben.

Aber zu dieser Zeit hatte die Braut fast die erste Tagesreise gegen Florenz zurückgelegt. Es war die Besonderheit der Hochzeit, daß sie ganz und gar Braut war. Niemand nahm von dem Bräutigam Notiz. Niemand nahm von der ersten Brautjungfer Notiz. Wenige hätten Klein Dorrit (die diese Stellung innehatte) vor all dem Glanz sehen können, selbst wenn man annahm, daß viele sie gesucht hätten. So hatte die Braut ihren eleganten Wagen bestiegen, zufällig von dem Bräutigam begleitet; und nachdem sie einige Minuten lang glatt über eine ebene Straße gerollt waren, holperten sie bald durch einen Sumpf der Verzweiflung und über eine lange, lange Straße von Öde und Trostlosigkeit. Man sagt, daß viele Hochzeitswagen früher und später dieselbe Straße gefahren sind.

Wenn Klein Dorrit sich an diesem Abend ein wenig einsam und bedrückt fühlte, so hätte ihr nichts so wohlgetan, als wenn sie wieder einmal wie in alter Zeit mit ihrer Arbeit neben ihrem Vater sitzen, ihm das Abendbrot auftragen und ihn zur Ruhe hätte geleiten können. Aber daran war jetzt nicht zu denken, wo sie in der Staatsequipage, mit Mrs. General auf dem Kutschbock, saßen. Und erst das Abendbrot! Wenn Mr. Dorrit Abendbrot verlangt hätte, so war da ein italienischer Koch und ein Schweizer Konditor, die erst Mützen, so hoch wie die Mitra des Papstes, hätten aufsetzen und alchimistische Mysterien unten in einem Laboratorium voller Kupferpfannen hätten ausführen müssen, bevor er es erhalten hätte.

Er redete an diesem Abend gedankenreich und lehrhaft. Wenn er einfach liebevoll gewesen wäre, hätte er Klein Dorrit mehr Gutes getan; aber sie nahm ihn hin, wie er war – wann hatte sie ihn nicht hingenommen, wie er war! –, und fand alles gut und schön an ihm. Mrs. General zog sich schließlich zurück. Ihre Verabschiedung für die Nacht war immer ihre frostigste Zeremonie, als ob sie für nötig gehalten hätte, daß die menschliche Phantasie zu Eis erstarren sollte, damit sie ihr nicht folge. Als sie gegangen war, legte Klein Dorrit ihren Arm um den Hals ihres Vaters, um ihm gute Nacht zu wünschen.

„Amy, mein liebes Kind", sagte Mr. Dorrit und nahm ihre Hand, „das ist der Abschluß eines Tages, der mir viel – ha – Freude bereitet hat."

„Hat er dich nicht auch ein wenig ermüdet?"

„Nein", sagte Mr. Dorrit, „nein. Ich fühle die Ermüdung nicht, wenn sie von einem Ereignis herkommt, das so – hm – voll der reinsten Freude ist."

Klein Dorrit freute sich, daß sein Herz so gestimmt war, und lächelte selbst aus ganzem Herzen.

„Mein liebes Kind", fuhr er fort, „dies ist ein Ereignis, das – ha – ein gutes Beispiel ist. Ein gutes Beispiel, mein liebstes treues Kind, für – hm – dich."

Klein Dorrit, durch seine Worte in Verlegenheit gebracht, wußte nicht, was sie sagen sollte, obwohl er innehielt, als ob er eine Äußerung von ihr erwartete.

„Amy", begann er wieder, „deine liebe Schwester, unsere Fanny, hat eine – ha, hm – Heirat gemacht, die hervorragend geeignet ist, unsere – ha – Verbindungen zu erweitern und unsere – hm – gesellschaftliche Stellung zu festigen. Mein liebes Kind, ich hoffe, die Zeit ist nicht fern, wo ein – ha – ein passender Gatte für dich gefunden worden ist."

„O nein! Laß mich bei dir bleiben. Ich bitte dich herzlich darum, daß ich bei dir bleiben darf! Ich wünsche nichts, als bei dir zu bleiben und für dich zu sorgen!"

Sie sagte das wie jemand, den plötzliche Furcht befallen hat.

„Nein, Amy, Amy", sagte Mr. Dorrit. „Das ist schwach und kindisch. Du hast eine – ha – Verantwortung, die dir durch deine Stellung auferlegt ist. Sie besteht darin, diese Stellung zu festigen und – hm – dieser Stellung würdig zu sein. Was das betrifft, daß du für mich sorgen willst, so kann ich – ha – für mich selbst sorgen. Oder", fügte er nach einem Augenblick hinzu, „wenn ich es nötig haben sollte, daß man für mich sorgt, kann ich – hm – mit dem – ha – Segen der Vorsehung versorgt werden. Ich – ha, hm – ich kann nicht daran denken, mein liebes Kind, dich ganz für mich in Anspruch zu nehmen und dich – ha – gewissermaßen zu opfern."

Oh, welch ein Zeitpunkt, um dieses Bekenntnis der Selbstverleugnung zu machen; um es mit einer Miene der Selbstgefälligkeit zu machen; um es zu glauben, wenn derartiges möglich war!

„Sprich nicht, Amy. Ich sage mit Entschiedenheit, daß ich das nicht zulassen kann. Ich – ha – darf das nicht zulassen. Mein – hm – Gewissen würde es nicht gestatten. Ich ergreife deshalb die Gelegenheit, die das heutige freudige Ereignis bietet, mein Liebling, feierlich – ha – zu bemerken, daß es jetzt ein Lieblingswunsch von mir ist, dich – ha – passend (ich wiederhole: passend) verheiratet zu sehen."

„O nein, liebster Vater! Ich bitte dich!"

„Amy", sagte Mr. Dorrit, „ich bin vollkommen überzeugt, wenn die Sache einer Persönlichkeit von hervorragender gesellschaftlicher Gewandtheit, Vernunft und von hervorragendem Feingefühl – sagen wir zum Beispiel – ha – Mrs. General – vorgelegt würde, könnte es keine Meinungsverschiedenheit darüber geben, daß meine Absichten die – hm – liebevollsten und schicklichsten sind. Aber da ich deinen liebreichen und pflichteifrigen Charakter aus – hm – Erfahrung kenne, so weiß ich bestimmt, daß nichts mehr zu sagen nötig ist. Ich habe dir im Augenblick keinen – hm – Gatten vorzuschlagen, mein liebes Kind. Ich habe nicht einmal einen im Auge. Ich möchte nur, daß wir – ha – einander verstehen mögen. Hm – gute Nacht, meine liebe und einzige mir noch gebliebene Tochter. Gute Nacht. Gott segne dich!"

Wenn Klein Dorrit an diesem Abend jemals der Gedanke kam, daß er sie jetzt, wo er glücklich war und die Absicht hatte, sie durch eine zweite Frau zu ersetzen, leicht aufgab, so verscheuchte sie ihn. Ihm immer noch treu wie in den schlimmsten Zeiten, durch die sie ihm allein hindurchgeholfen hatte, verscheuchte sie den Gedanken und dachte nichts Schlimmeres von ihm in ihrer tränenvollen Schlaflosigkeit, als daß er jetzt alles im Spiegel ihres Reichtums und der Sorge sähe, die er immer hatte, reich zu bleiben und noch reicher zu werden.

Sie saßen noch drei Wochen lang in ihrer Staatsequipage mit Mrs. General auf dem Kutschbock, und dann reiste er nach Florenz ab, um Fanny dort zu treffen. Klein Dorrit wäre glücklich gewesen, ihm so weit Gesellschaft zu leisten, nur um noch länger mit ihrem geliebten Vater zusammen zu sein und dann allein zurückzukehren mit dem Gedanken an das teure England. Aber obwohl der Reisediener mit der Braut gegangen war, war ein anderer Diener für ihn eingesprungen; und die Nachfolge wäre, solange jemand für Geld zu haben war, nicht an sie gefallen.

Mrs. General nahm das Leben leicht – das heißt, so

leicht sie irgend etwas nehmen konnte –, während das Haus in Rom ihnen beiden überlassen war; und Klein Dorrit fuhr oft in einem Mietswagen aus, der ihnen geblieben war, und stieg allein ab und wanderte zwischen den Ruinen des alten Roms umher. Die Ruinen des alten großen Amphitheaters, der alten Tempel, der alten Triumphbogen, der alten Straßen, der alten Gräber waren außer dem, was sie an sich waren, für sie die Ruinen des alten Marshalsea – die Ruinen ihres eigenen Lebens, die Ruinen der Gesichter und Gestalten, die früher dazugehörten, die Ruinen ihrer Zuneigungen, Hoffnungen, Sorgen und Freuden. Zwei ruinierte Lebenssphären der Tätigkeit und des Leidens standen vor den Augen des einsamen Mädchens, wenn sie unter dem blauen Himmel auf einem geborstenen Säulenstumpf in Gedanken versunken dasaß.

Aber da erschien Mrs. General auf dem Plan, raubte den Dingen alle Farbe, wie Natur und Kunst sie ihr selbst geraubt hatten, schrieb überall, wo sie mit der Hand hinreichen konnte, Prünellen und Prisma nach Mr. Eustaces Text hin, blickte überall nach Mr. Eustace und Genossen aus und sah sonst nichts, kratzte die vertrockneten Knöchelchen des Altertums hervor und schlang sie ohne eine menschliche Anwandlung ganz hinunter – wie ein Ghul in Handschuhen.

## *16. Kapitel*

### Fortschritte

Das junge Paar wurde bei seiner Ankunft in der Harley Street am Cavendish Square, London, vom Oberbutler empfangen. Dieser große Mann hatte kein Interesse für sie, aber schließlich duldete er sie. Die Menschen müssen fortfahren, zu heiraten und verheiratet zu werden, sonst würden keine Oberbutler mehr gebraucht werden. Wie die Völker dazu geschaffen sind, besteuert zu werden, so sind die Familien dazu geschaffen, bebutlert zu werden. Der Oberbutler dachte zweifellos, der Lauf der Natur verlange, daß die Klasse der reichen Leute seinetwegen erhalten bliebe.

Er ließ sich deshalb dazu herbei, von der Haustür aus den Wagen zu betrachten, ohne die Stirn zu runzeln, und sagte sehr großmütig zu einem seiner Leute: „Thomas, nehmen Sie das Gepäck." Er geleitete sogar die junge Frau bis vor Mr. Merdle; aber das muß als ein Huldigungsakt für das schöne Geschlecht betrachtet werden (das er bewunderte, da er, wie man wußte, von den Reizen einer gewissen Herzogin in Bann geschlagen war) und nicht, als ob er sich persönlich mit der Familie einlassen wollte.

Mr. Merdle schlich um den Kamin herum, während er darauf wartete, Mrs. Sparkler zu begrüßen. Seine Hand schien sich in seine Manschette zurückzuziehen, als er dazu vortrat, und er gab ihr so viel von seinem Ärmel mit, als ob sie von der populären Darstellung des Guy Fawkes empfangen würde. Nachdem er außerdem seine Lippen auf die ihrigen gedrückt hatte, nahm er sich selbst bei den Handgelenken in Gewahrsam und führte sich durch die Sofas und Stühle und Tische nach hinten ab, als ob er sein eigener Schutzmann wäre und zu sich sagte: Machen Sie keine Geschichten! Kommen Sie! Ich habe Sie fest am Kragen, und jetzt gehen Sie ruhig mit mir mit!

Mrs. Sparkler, die in den Prachtzimmern – dem innersten Heiligtum von Daunen, Seide, Zitz und feinem Linnen – untergebracht war, empfand, daß bisher ihr Triumph vollkommen und ihr Weg Schritt für Schritt gemacht sei. Am Tag vor ihrer Hochzeit hatte sie Mrs. Merdles Mädchen mit einer Miene gnädiger Gleichgültigkeit in Mrs. Merdles Gegenwart ein kleines Andenken (ein Armband, einen Hut und zwei Kleider, alles neu) geschenkt, was etwa viermal wertvoller war als das Geschenk, das Mrs. Merdle früher ihr gemacht hatte. Sie wohnte jetzt in Mrs. Merdles Zimmern, in denen noch einige kleine Verschönerungen vorgenommen wurden, um sie ihrer neuen Bewohnerin würdig zu machen. Während sie lässig drin ausgestreckt lag, umgeben von jedem erdenklichen Luxus, den Reichtum sich leisten konnte, sah sie vor ihrem geistigen Auge den schönen Busen, der im Einklang mit dem Jubel ihrer Gedanken schlug, sich mit dem Busen, der so lange seinen Ruhm behauptet hatte, messen, ihn überglänzen und in den Hintergrund drängen. Glücklich? Fanny muß glücklich gewesen sein. Sie wünschte sich jetzt nicht mehr tot.

Der Reisediener war nicht damit einverstanden gewesen, daß Mr. Dorrit im Haus eines Freundes wohnte, und hatte es vorgezogen, ihn in ein Hotel in der Brook Street am Grosvenor Square zu bringen. Mr. Merdle gab Befehl, daß sein Wagen früh am Vormittag bereit sein sollte, damit er Mr. Dorrit gleich nach dem Frühstück einen Besuch abstatten könnte.

Glänzend sah dieser Wagen aus, glatt sahen die Pferde aus, schimmernd das Geschirr, schön und dauerhaft die Livreen. Ein prächtiges, imponierendes Gefährt, eine Equipage für einen Merdle. Die Leute sahen ihr nach, wenn sie durch die Straßen rollte, und sagten mit Ehrfurcht in der Stimme: „Dort fährt er!"

So fuhr er dahin, bis der Wagen in der Brook Street hielt. Dann stieg der Edelstein aus seiner prächtigen Fassung; nicht strahlend, sondern das ganze Gegenteil.

Bewegung im Büro des Hotels. Merdle! Der Besitzer, obwohl ein Herr von hochmütiger Gesinnung, der eben erst mit einem Paar Vollblutpferden in die Stadt gefahren war, kam selbst heraus, um ihn die Treppe hinaufzugeleiten. Die Angestellten und die Kellner liefen über Hintertreppen voraus und standen dann zufällig in Türen und Ecken herum, damit sie ihn sehen könnten. Merdle! O du Sonne, du Mond und ihr Sterne, der große Mann! Der reiche Mann, der gewissermaßen das Neue Testament revidiert hatte und bereits ins Himmelreich eingegangen war. Der Mann, der jeden Gast, den er sich wünschte, zum Diner haben konnte und der das viele Geld gemacht hatte! Als er die Treppe hinaufging, standen bereits Leute auf den unteren Treppen, damit sein Schatten auf sie fallen könnte, wenn er wieder herunterkäme. Genauso wurden die Kranken herausgebracht und auf den Weg des Apostels gelegt – der *nicht* zur guten Gesellschaft gehörte und kein Geld gemacht hatte.

Mr. Dorrit saß im Schlafrock und mit der Zeitung in der Hand beim Frühstück. Der Reisediener meldete mit aufgeregter Stimme: „Misser Märdehl!" Mr. Dorrit klopfte das Herz vor Aufregung, als er in die Höhe sprang.

„Mr. Merdle, das ist – ha – wirklich eine Ehre. Erlauben Sie mir, Ihnen zu sagen, wie sehr ich diese – ha, hm – höchst liebenswürdige Aufmerksamkeit zu – hm – schätzen weiß. Ich weiß wohl, Sir, wie stark Ihre Zeit in Anspruch genommen ist und welch – ha – enormen Wert sie hat." Mr. Dorrit konnte das „enormen" gar nicht genug betonen. „Daß Sie – ha – zu dieser frühen Stunde etwas von Ihrer unschätzbaren Zeit für mich übrig haben, ist – ha – ein Kompliment, das ich mit der größten Dankbarkeit würdige." Mr. Dorrit zitterte geradezu, während er zu dem großen Mann sprach.

Mr. Merdle brachte mit seiner leisen, dumpfen, zögernden Stimme einige Laute hervor, aus denen sich kein Sinn entnehmen ließ, und sagte schließlich:

„Ich bin erfreut, Sie zu sehen, Sir."

„Sie sind sehr liebenswürdig", sagte Mr. Dorrit. „Wirklich liebenswürdig." Der Besucher hatte sich inzwischen gesetzt und fuhr sich mit seiner großen Hand über die sorgenzerwühlte Stirn. „Es geht Ihnen hoffentlich gut, Mr. Merdle?"

„Es geht mir so gut, wie es mir . . . ja, es geht mir so gut, wie es mir gewöhnlich geht", sagte Mr. Merdle.

„Sie müssen ungeheuer viel zu tun haben."

„Ziemlich. Aber – lieber Gott, nein, *mir* fehlt nichts Besonderes", sagte Mr. Merdle, im Zimmer umherblikkend.

„Ein kleines Magenleiden?" fragte Mr. Dorrit.

„Sehr wahrscheinlich. Aber ich – oh, mir geht es gut genug", sagte Mr. Merdle.

Es lagen schwarze Striche an der Stelle, wo seine Lippen sich trafen, als ob etwas Pulver darauf abgefeuert worden wäre; und wenn er von lebhafterem Temperament gewesen wäre, hätte er wie ein Mann ausgesehen, der an diesem Vormittag starkes Fieber hatte. Dies und die Art, wie er sich schwer mit der Hand über die Stirn fuhr, hatten Mr. Dorrits besorgte Fragen veranlaßt.

„Mrs. Merdle“, fuhr Mr. Dorrit liebenswürdig fort, „verließ ich, wie Sie zu hören erwarten werden, als die – ha – von allen Beobachtern Beobachtete, die – hm – von allen Bewunderern Bewunderte, als die reizendste Frau der Gesellschaft in Rom. Sie sah erstaunlich gut aus, als ich abreiste.“

„Mrs. Merdle“, sagte Mr. Merdle, „gilt allgemein als eine sehr anziehende Frau. Und sie ist es zweifellos. Ich bin mir bewußt, daß sie es ist.“

„Wer wüßte das nicht?“ antwortete Mr. Dorrit.

Mr. Merdle drehte die Zunge in seinem geschlossenen Mund hin und her – es schien eine ziemlich steife und unbewegliche Zunge zu sein –, befeuchtete seine Lippen, fuhr sich wieder mit der Hand über die Stirn und blickte wieder im ganzen Zimmer umher, besonders unter die Stühle.

„Aber“, sagte er, während er Mr. Dorrit zum erstenmal ins Gesicht sah und gleich darauf seine Augen auf die Knöpfe von Mr. Dorrits Weste senkte, „wenn wir von anziehend sprechen, sollte Ihre Tochter der Gegenstand unserer Unterhaltung sein. Sie ist sehr schön. Sowohl in bezug auf Gesicht wie auf Gesalt ist sie ganz ungewöhnlich. Als die jungen Leute gestern abend ankamen, war ich wirklich überrascht, solche Reize zu sehen.“

Mr. Dorrits Genugtuung war so groß, daß er sagte – ha – er könne nicht umhin, Mr. Merdle mündlich zu sagen, wie er es schon schriftlich getan habe, welche Ehre und welches Glück die Vereinigung für ihn sei. Und er streckte die Hand aus. Mr. Merdle blickte die Hand eine Zeitlang an, legte sie für einen Moment auf die seinige, als ob die seinige ein gelber Präsentierteller oder ein Fischmesser wäre, und gab sie Mr. Dorrit zurück.

„Ich dachte, ich wollte sogleich bei Ihnen vorfahren", sagte Mr. Merdle, „um Ihnen meine Dienste anzubieten für den Fall, daß ich etwas für Sie tun kann, und Ihnen zu sagen, daß ich hoffe, Sie werden mir wenigstens die Ehre antun, heute und an jedem Tag Ihres Aufenthaltes in der Stadt, an dem Sie nichts Besseres vorhaben, bei mir zu speisen."

Mr. Dorrit war von diesen Aufmerksamkeiten entzückt.

„Bleiben Sie lange, Sir?"

„Ich habe zunächst nicht die Absicht", sagte Mr. Dorrit, „länger als – ha – vierzehn Tage zu bleiben."

„Das ist ein sehr kurzer Aufenthalt nach einer so langen Reise", erwiderte Mr. Merdle.

„Hm. Ja", sagte Mr. Dorrit. „Aber die Wahrheit ist – ha – mein lieber Mr. Merdle, ich finde, das Leben im Ausland bekommt mir so gut und ist so nach meinem Geschmack, daß ich – hm – mit meinem gegenwärtigen Besuch in London nur zwei Ziele im Auge habe. Erstens das – ha – hervorragende Glück und – ha – Vorrecht, das ich jetzt genieße und schätze; zweitens die Ordnung – hm – das heißt die bestmögliche Anlegung meines – ha, hm – Vermögens."

„Nun, Sir", sagte Mr. Merdle, nachdem er wieder seine Zunge hin und her gedreht hatte, „wenn ich Ihnen darin irgendwie von Nutzen sein kann, können Sie über mich verfügen."

In Mr. Dorrits Rede war mehr Zögern als gewöhnlich gewesen, während er sich dem heiklen Gegenstand näherte, denn er war nicht sicher, wie ein so erhabener Potentat ihn aufnehmen würde. Er hegte Befürchtungen, daß die Erwähnung eines einzelnen Privatkapitals oder Vermögens einen so bedeutenden und großen Geschäftsmann als elender Kleinkram erscheinen könne. Durch Mr. Merdles liebenswürdiges Anerbieten, ihm zu helfen, bedeutend erleichtert, griff er sofort danach und überhäufte ihn mit Dankesbezeigungen.

„Ich habe kaum – ha – gewagt“, sagte Mr. Dorrit, „das versichere ich Ihnen, auf einen so – hm – großen Vorteil zu hoffen wie Ihren persönlichen Rat und Ihre Hilfe. Obwohl ich selbstverständlich unter allen Umständen, wie die – ha, hm – ganze zivilisierte Menschheit, mich in Mr. Merdles Gefolgschaft begeben hätte.“

„Sie wissen, Sie können wohl sagen, daß wir verwandt sind“, sagte Mr. Merdle, der das Teppichmuster äußerst interessiert betrachtete, „und deshalb können Sie mich ganz zu Ihrer Verfügung stehend ansehen.“

„Ha! Sehr hübsch, wirklich“, rief Mr. Dorrit. „Ha! sehr hübsch!“

„Es würde im gegenwärtigen Augenblick“, sagte Mr. Merdle, „für jemand, den ich wohl einen bloßen Außenseiter nennen darf, nicht leicht sein, etwas von den guten Sachen zu erlangen – natürlich spreche ich von meinen eigenen guten Sachen ...“

„Natürlich, natürlich!“ rief Mr. Dorrit mit einem Ton, in dem ausgedrückt lag, daß es keine anderen guten Sachen gebe.

„... außer zu einem hohen Preis. Zu etwas, was wir gewohnt sind, eine sehr lange Zahl zu nennen.“

Mr. Dorrit lachte in der heiteren Stimmung, in der er sich befand. Hahaha! Eine lange Zahl. Sehr gut. Ha. Wahrhaftig sehr bezeichnend!

„Jedoch“, sagte Mr. Merdle, „behalte ich gewöhnlich in meinen Händen die Möglichkeit, einen Vorzug – die große Masse würde es im allgemeinen Begünstigung nennen – auszuüben, als eine Art Anerkennung für meine Sorge und Mühe.“

„Und Gemeinsinn und Genie“, fügte Mr. Dorrit hinzu.

Mr. Merdle schien diese Eigenschaft mit einer Bewegung wie eine trockene Pille hinunterzuschlucken; dann fuhr er fort: „Als eine Art Belohnung dafür. Ich will sehen, wie ich diesen begrenzten Vorteil (denn die Menschen sind neidisch, und er ist begrenzt) zu Ihren Gunsten gebrauchen kann.“

„Sie sind sehr gütig", erwiderte Mr. Dorrit. „Sie sind ungemein gütig."

„Selbstverständlich", sagte Mr. Merdle, „muß in diesen Angelegenheiten die strengste Ehrlichkeit und Redlichkeit herrschen; es muß die reinste Aufrichtigkeit von Mensch zu Mensch bestehen und unangefochtenes und unanfechtbares Vertrauen herrschen, sonst wäre das Geschäft unmöglich."

Mr. Dorrit begrüßte diese edlen Anschauungen mit größtem Beifall.

„Deshalb", sagte Mr. Merdle, „kann ich Ihnen nur bis zu einem gewissen Grade einen Vorzug gewähren."

„Ich verstehe. Bis zu einem bestimmten Grade", bemerkte Mr. Dorrit.

„Einem bestimmten Grade. Und in aller Offenheit. Was jedoch meinen Rat betrifft", sagte Mr. Merdle, „so ist das eine andere Sache. Diesen, soviel er nun wert ist ..."

Oh! Soviel er wert sei! (Mr. Dorrit konnte nicht ertragen, daß dieser Rat auch scheinbar noch so wenig herabgesetzt wurde, nicht einmal von Mr. Merdle selbst.)

„... diesen kann ich geben, sooft ich will, ohne daß mich etwas hindert, soweit es nicht an die fleckenlose Ehre zwischen mir und meinen Mitmenschen rührt. Und dieser", sagte Mr. Merdle, jetzt ganz auf einen Müllwagen konzentriert, der am Fenster vorbeifuhr, „soll Ihnen zur Verfügung stehen, sooft Sie ihn wünschen."

Neue Dankesbezeigungen von seiten Mr. Dorrits. Neue Bewegungen von Mr. Merdles Hand über seine Stirn. Stille und Schweigen. Versunkenheit Mr. Merdles in Mr. Dorrits Westenknöpfe.

„Da meine Zeit ziemlich kostbar ist", sagte Mr. Merdle und stand plötzlich auf, als ob er in der Zwischenzeit auf seine Beine gewartet hätte und diese soeben eingetroffen wären, „muß ich jetzt in die City fahren. Kann ich Sie irgendwohin mitnehmen, Sir? Ich werde mich glücklich schätzen, Sie irgendwo abzusetzen oder weiterfahren zu lassen. Mein Wagen steht Ihnen zur Verfügung."

Mr. Dorrit besann sich, daß er bei seinem Bankier zu tun habe. Sein Bankier war in der City. Das paßte gut; Mr. Merdle wollte ihn in die City mitnehmen. Aber er dürfe doch wohl Mr. Merdle nicht warten lassen, während er sich den Rock anzog. Ja, er dürfe und müsse es; Mr. Merdle bestand darauf. So zog sich Mr. Dorrit in das anstoßende Zimmer zurück, begab sich in die Hände seines Dieners und kam nach fünf Minuten in Gala zurück.

Dann sagte Mr. Merdle: „Erlauben Sie, Sir. Nehmen Sie meinen Arm.“ Dann stieg Mr. Dorrit, auf Mr. Merdles Arm gestützt, die Treppe hinunter, und während er die Anbeter auf den Stufen sah, fühlte er, daß der Widerschein von Mr. Merdles Licht auch ihn zum Leuchten brachte. Dann der Wagen und die Fahrt in die City; und die Menschen, die sie anblickten; und die Hüte, die von grauen Köpfen flogen; und das allgemeine Sichneigen und Kriechen vor diesem wunderbaren Sterblichen, eine Anbetung im Geiste, wie man dergleichen in der Westminsterabtei und der St.-Pauls-Kathedrale zusammen an keinem Sonntag im Jahre zu sehen bekam – nein, beim Himmel, nein, daran sollen die Schmeichler aller Gattungen nur denken. Es war ein entzückender Traum für Mr. Dorrit, hoch auf diesem öffentlichen Triumphwagen zu sitzen und in prachtvoller Fahrt dem so angemessenen Ziel, der goldenen Lombard Street, entgegenzurollen.

Hier bestand Mr. Merdle darauf, abzusteigen und seinen Weg zu Fuß fortzusetzen und seine bescheidene Equipage Mr. Dorrit zu überlassen. So nahm der Traum an Entzücken zu, als Mr. Dorrit allein aus der Bank herauskam und die Leute in Ermangelung Mr. Merdles ihn ansahen und als er im Geiste, während er eilig dahinrollte, den huldigenden Ausruf hörte: „Ein wunderbarer Mann muß das sein, wenn er Mr. Merdles Freund ist!“

Beim Diner an diesem Tage gab eine glänzende Gesellschaft derer, die nicht aus dem Staub der Erde gemacht sind, sondern aus irgendeinem besseren Stoff, der augenblicklich noch unerforscht ist, der Heirat von

Mr. Dorrits Tochter ihren Segen, obwohl das Ereignis nicht vorausgesehen war und keine förmlichen Veranstaltungen dazu getroffen waren. Und Mr. Dorrits Tochter begann an diesem Tage im Ernst ihren Wettstreit mit jenem Weib, das nicht anwesend war; und sie begann ihn so gut, daß Mr. Dorrit, wäre es von ihm verlangt worden, fast darauf hätte schwören können, daß Mrs. Sparkler während ihres ganzen Lebens lang ausgestreckt im Schoße des Luxus gelegen und in ihrer Muttersprache niemals ein solch rauhes Wort wie Marshalsea gehört hatte.

Am nächsten Tage und am übernächsten Tage und an jedem Tage, die alle durch Tafelgesellschaften verschönert waren, fielen Visitenkarten wie Theaterschnee auf Mr. Dorrit nieder. Als mit einem Freund und durch Heirat Verwandten des berühmten Mr. Merdle wünschten Gerichtsbarkeit, Bischof, Schatzamt, Chor und jedermann Mr. Dorrits Bekanntschaft zu machen oder zu befestigen. In Mr. Merdles unzähligen Büros in der City war der Name Dorrit, wenn Mr. Dorrit in Geschäften in einem der Büros erschien (was häufig vorkam, denn seine Geschäfte blühten erstaunlich), immer ein Freipaß, um bei dem großen Merdle vorgelassen zu werden. So nahm der Traum stündlich an Entzücken zu, je mehr Mr. Dorrit fühlte, daß diese Verbindung ihn wirklich vorwärtsgebracht hatte.

Nur eine Sache lag Mr. Dorrit nicht goldhaltig und zugleich leicht auf der Seele. Das war der Oberbutler. Diese erhabene Persönlichkeit sah ihn, während sie den Diners offiziell zusah, in einer Weise an, die Mr. Dorrit zweifelhaft erschien. Er sah ihn, wenn er durch die Vorhalle und die Treppe hinaufging, um sich zum Diner zu begeben, mit einer glasigen Starrheit an, die Mr. Dorrit nicht gefiel. Während er bei Tisch saß und trank, sah ihn Mr. Dorrit immer noch durch sein Weinglas, wie er ihn mit seinen kalten und geisterhaften Augen betrachtete. Ihm kam die Befürchtung, der Oberbutler könne mit einem Kollegen bekannt gewesen sein und ihn im Gefängnis gesehen haben – vielleicht ihm vorgestellt worden sein. Er besah sich den Oberbutler so eingehend, wie man sich einen solchen Menschen nur besehen konnte, und doch erinnerte er sich nicht, ihn jemals an einem anderen Ort getroffen zu haben. Schließlich neigte er zu der Meinung, daß dieser Mann keine Ehrerbietung kannte und trotz seiner bedeutenden Persönlichkeit kein Gefühl besaß. Aber er war dadurch nicht erleichtert; denn er mochte denken, was er wollte, der Oberbutler behielt ihn in seinem stolzen Auge, selbst wenn dieses Auge auf dem Geschirr oder dem sonstigen Tafelschmuck ruhte, und ließ ihn niemals heraus. Ihm zu verstehen zu geben, daß diese Gefangenschaft in seinem Auge unangenehm sei, oder ihn zu fragen, was er wollte, wäre ein zu großes Wagnis gewesen, denn die Strenge des Oberbutlers seinem Herrn und dessen Besuchern gegenüber war furchtbar, und er gestattete niemals, daß man sich die geringste Freiheit gegen ihn herausnahm.

## *17. Kapitel*

### Vermißt

Mr. Dorrits Aufenthalt in London sollte nur noch zwei Tage dauern, und er war im Begriff, sich für eine weitere Besichtigung durch den Oberbutler anzukleiden (dessen Opfer sich stets eigens für ihn ankleideten), als einer der Hotelbedienten eintrat und ihm eine Visitenkarte überreichte. Mr. Dorrit nahm sie und las: „Mrs. Finching".

Der Bedienstete wartete in stummer Ehrerbietung.

„Mann, Mann", fuhr Mr. Dorrit mit schmerzlicher Epörung auf ihn los, „erklären Sie, wozu Sie mir diesen lächerlichen Namen bringen. Er ist mir gänzlich unbekannt. Finching, Sir?" fragte Mr. Dorrit, der sich vielleicht in diesem Ersatzmann an dem Oberbutler rächte. „Ha! Was meinen Sie mit Finching?"

Der Mann wich vor Mr. Dorrits strengem Blick zurück, während er antwortete: „Eine Dame, Sir."

„Ich kenne keine derartige Dame, Sir", sagte Mr. Dorrit. „Nehmen Sie diese Karte zurück. Ich kenne weder einen männlichen noch einen weiblichen Finching."

„Bitte um Verzeihung, Sir. Die Dame sagte, sie wisse, daß ihr Name vielleicht unbekannt sei, aber sie bat mich, zu sagen, Sir, daß Sie früher die Ehre gehabt habe, mit Miss Dorrit bekannt gewesen zu sein. Die Dame sagte, Sir, mit der jüngeren Miss Dorrit."

Mr. Dorrit zog die Brauen zusammen und erwiderte nach einigen Augenblicken: „Sagen Sie Mrs. Finching, Sir", er betonte den Namen, als ob einzig der unschuldige Mann dafür verantwortlich wäre, „daß sie heraufkommen kann."

Er hatte sich während der kurzen Pause überlegt, daß sie, wenn man sie nicht vorließe, irgendeine Botschaft hinterlassen oder unten etwas sagen könnte, was vielleicht unangenehm auf seine frühere Existenz anspielte. Daher gab er nach, und daher erschien Flora, von dem „Mann, Mann" hereingeleitet.

„Ich habe nicht das Vergnügen", sagte Mr. Dorrit, mit der Karte in der Hand und mit einer Miene, die zu verstehen gab, daß es kaum ein erstklassiges Vergnügen gewesen wäre, wenn er es gehabt hätte, „diesen Namen oder Sie selbst zu kennen, Madam. Geben Sie der Dame einen Stuhl, Sir."

Der Mann fuhr zusammen, gehorchte und schlich auf Zehenspitzen hinaus. Flora schlug mit schüchterner Verlegenheit ihren Schleier zurück und ging daran, sich vorzustellen. Zu gleicher Zeit breitete sich eine sonderbare Mischung von Düften im Zimmer aus, als ob ein wenig Branntwein aus Versehen in eine Flasche Lavendelwasser geschüttet worden wäre.

„Ich bitte Mr. Dorrit tausendmal um Verzeihung und das ist eigentlich noch viel zuwenig für solch ein Eindringen das wie ich weiß äußerst keck von einer Dame und noch dazu allein erscheinen muß, aber ich hielt es ganz für das beste wenn auch überaus schwierig und selbst anscheinend ungehörig obwohl Mr. F.s Tante mich gern begleitet hätte und als eine Persönlichkeit von großer Charakterstärke und Geist sicherlich einem Mann gefallen hätte der eine solche Lebenskenntnis besitzt wie sie zweifellos bei so vielen Wechselfällen erworben worden sein mußte denn Mr. F. sagte selbst oft daß obwohl gut erzogen in einem Institut in der Nähe von Blackheath für einen so hohen Preis wie achtzig Guineen das Jahr was für Eltern allerhand bedeutet und das Geschirr außerdem noch zurückbehalten als er abging aber das ist mehr eine Gemeinheit als wegen des Wertes daß er mehr in seinem ersten Jahr als Geschäftsreisender auf einen Artikel von dem niemand etwas hören geschweige denn ihn kaufen wollte was lange vor dem Weinhandel war gelernt hätte als in den ganzen sechs Jahren auf dieser Lehranstalt, die von einem Ackerdemiker geleitet war, obwohl ich nicht einsehe und niemals eingesehen habe weshalb ein Mensch mit einem Acker im Leben besser sein soll als einer ohne, aber bitte entschuldigen Sie mich, das kommt jetzt nicht in Betracht."

Mr. Dorrit stand wie angewurzelt auf dem Teppich, eine Bildsäule der Irreführung.

„Ich muß offen gestehen, daß ich keinen Anspruch habe", sagte Flora, „aber da ich das liebe kleine Wesen gekannt habe was unter den veränderten Umständen als eine Unziemlichkeit erscheint, aber nicht so gemeint ist und Gott weiß eine Halbkrone den Tag für eine solche Nadel wie die ihrige war keine übermäßig gute Bezahlung, sondern ganz im Gegenteil und was etwas Herabsetzendes dabei betrifft weit davon entfernt, der Arbeiter ist seinen Lohn wert und ich wünsche gewiß nur daß er ihn öfter bekäme und mehr zu essen und weniger Rheumatismus in den Rücken und in den Beinen arme Menschen."

„Madam", sagte Mr. Dorrit, der mit großer Mühe wieder zu Atem kam, als die Hinterlassenschaft des verstorbenen Mr. Finching innehielt, um ihrerseits Atem zu holen; „Madam", sagte Mr. Dorrit, sehr rot im Gesicht, „wenn ich verstehe, daß Sie auf – ha – auf etwas in dem früheren Leben einer – hm – meiner Töchter anspielen, was mit – ha, hm – Tagelohn verbunden war, Madam, dann möchte ich bemerken, daß diese – ha – Tatsache, vorausgesetzt, daß es – ha – eine Tatsache ist, mir niemals bekannt war. Hm. Ich hätte es nicht erlaubt. Niemals! Niemals!"

„Unnötig diesen Gegenstand zu verfolgen", erwiderte Flora, „und würde es unter keinen Umständen erwähnt haben nur weil ich es für einen günstigen Empfehlungsbrief gehalten habe aber was die Tatsache angeht so besteht kein Zweifel und Sie können darüber beruhigt sein denn sogar das Kleid das ich jetzt anhabe kann es beweisen, und reizend gemacht obwohl nicht zu leugnen ist, daß es sich auf einer schöneren Gestalt besser ausnehmen würde, denn meine ist viel zu dick obwohl ich nicht weiß wie loswerden bitte entschuldigen Sie mich ich schweife schon wieder ab."

Mr. Dorrit zog sich mit steinernem Gesichtsausdruck zu seinem Stuhl zurück und setzte sich, während Flora ihm einen besänftigenden Blick zuwarf und mit ihrem Sonnenschirm spielte.

„Das liebe kleine Wesen", sagte Flora, „fiel ganz schlapp und kalt in meinem Haus oder wenigstens in Papas Haus denn wenn auch kein Freibesitz so doch nur ein ganz geringer Pachtzins an dem Morgen in Ohnmacht als Arthur – törichte Gewohnheit aus unserer Jugendzeit und Mr. Clennam viel mehr den Umständen angepaßt besonders vor einem Fremden und dieser Fremde ein Herr von hoher Stellung – die freudige Nachricht mitteilte die eine Person namens Pancks überbracht hatte und das gibt mir den Mut."

Bei der Erwähnung dieser beiden Namen zog Mr. Dorrit die Brauen zusammen, blickte starr geradeaus, zog wieder die Brauen zusammen, zögerte, mit den Fingern an seinen Lippen, wie er vor langer Zeit gezögert hatte, und sagte: „Erweisen Sie mir die Gunst, zu – ha – sagen, was Sie wünschen, Madam."

„Mr. Dorrit", sagte Flora, „Sie sind sehr freundlich mir die Erlaubnis zu geben und es scheint mir höchst natürlich daß Sie freundlich sind denn obwohl stattlicher bemerke ich eine Ähnlichkeit viel voller, natürlich doch aber eine Ähnlichkeit, der Zweck meines Eindringens ist mein eigner ohne geringste Beratung mit einem menschlichen Wesen und ganz entschieden nicht mit Arthur – bitte entschuldigen Sie mich Doyce und Clennam ich weiß nicht was ich rede Mr. Clennam allein – denn diesen Mann der mit einer goldenen Kette an eine rosige Zeit gebunden ist als alles ätherisch war von einer Sorge zu befreien wäre mir das Lösegeld eines Monarchen wert, nicht daß ich die geringste Vorstellung hätte wieviel das sein würde sondern um damit zu sagen alles was ich in der Welt besitze und mehr."

Mr. Dorrit wiederholte, ohne sich viel um die Ernsthaftigkeit der letzten Worte zu kümmern: „Sagen sie, was Sie wünschen, Madam."

„Es ist nicht wahrscheinlich ich weiß wohl", sagte Flora, „aber es ist möglich und da es möglich ist als ich das Vergnügen hatte in der Zeitung zu lesen daß Sie von Italien gekommen wären und wieder dahin zurückreisten so entschloß ich mich es zu versuchen denn Sie würden ihn vielleicht treffen oder etwas von ihm hören und wenn ja was für ein Segen und Erleichterung für alle!"

„Erlauben Sie mir, zu fragen, Madam", sagte Mr. Dorrit, mit seinen Gedanken in wilder Verwirrung, „von wem – ha – von wem", wiederholte er mit erhobener Stimme in heller Verzweiflung, „Sie jetzt sprechen?"

„Von dem Fremden aus Italien, der in der City verschwunden ist wie Sie zweifellos ebenso wie ich in der Zeitung gelesen haben", sagte Flora, „ohne private Quellen namens Pancks zu erwähnen, aus denen man erfährt was für furchtbare schlechte Dinge manche Leute boshaft genug sind zu flüstern höchstwahrscheinlich andere nach sich selbst beurteilend und in welcher Unruhe und Empörung Arthur – ganz außerstande es mir abzugewöhnen – Doyce und Clennam sicherlich ist."

Es fügte sich, glücklicherweise für die Aufklärung eines verständlichen Sachverhalts, daß Mr. Dorrit nichts über die Sache gehört oder gelesen hatte. Dies veranlaßte Mrs. Finching mit einer Entschuldigung, daß es ihr sehr schwerfiele, zwischen den Streifen ihres Kleides den Weg zu der Tasche zu finden, schließlich, einen Handzettel der Polizei hervorzuziehen, auf dem stand, daß ein fremder Herr namens Blandois, der von Venedig gekommen war, an dem und dem Abend in dem und dem Teil der City von London unerklärlicherweise verschwunden sei; daß man von ihm wisse, er habe zu der und der Stunde ein bestimmtes Haus betreten; daß die Einwohner dieses Hauses sagten, er habe es soundso viel Minuten vor Mitternacht verlassen; und daß er seitdem niemals wieder gesehen worden sei. Dies alles bekam Mr. Dorrit mit genauen Zeit- und Ortsangaben und mit einer ins einzelne gehenden Beschreibung des fremden Herrn, der so geheimnisvoll verschwunden war, ausführlich zu lesen.

„Blandois", sagte Mr. Dorrit, „Venedig! Und diese Beschreibung! Ich kenne diesen Herrn. Er ist in meinem Haus gewesen. Er ist intim mit einem Herrn aus guter Familie (aber in mittelmäßigen Verhältnissen) bekannt, dessen – hm – Gönner ich bin."

„Dann habe ich um so mehr die demütige und dringende Bitte", sagte Flora, „daß Sie auf der Rückreise die Güte haben wollen auf allen Straßen und an allen Ecken hinauf und hinab nach diesem fremden Herrn auszublicken und in allen Hotels und an allen Orangenbäumen und Weinbergen und Vulkanen und sonstigen Orten nach ihm zu fragen denn er muß irgendwo sein und weshalb tritt er nicht hervor und sagt er ist da und klärt alles auf?"

„Bitte, Madam", sagte Mr. Dorrit und blickte wieder auf den Zettel, „wer ist Clennam & Co.? Ha. Ich sehe den Namen hier erwähnt in Verbindung mit dem Haus, in das man Monsieur Blandois hat eintreten sehen; wer ist Clennam & Co.? Ist es der Herr, mit dem ich – hm – früher vorübergehend bekannt war und den Sie, wie ich glaube, erwähnt haben? Ist es – ha – diese Person?"

„Es ist eine ganz andere Person", erwiderte Flora, „ohne Glieder und statt dessen Räder und die grimmigste aller alten Frauen obwohl seine Mutter."

„Clennam & Co. eine – hm – eine Mutter!“ rief Mr. Dorrit aus.

„Und ein alter Mann außerdem“, sagte Flora.

Mr. Dorrit machte ein Gesicht, als ob ihn dieser Bericht sogleich um den Verstand bringen würde. Und dieser Bericht wurde auch für seinen geistigen Zustand nicht günstiger, als Flora sich rasch in eine Analyse von Mr. Flintwinchs Krawatte hineinstürzte und, ohne die geringste Grenzlinie zwischen seiner Person und Mrs. Clennam zu ziehen, ihn als eine rostige Schraube in Gamaschen beschrieb. Diese Zusammensetzung von Mann und Frau, keinen Gliedern, Rädern rostiger Schraube, Grimmigkeit und Gamaschen verblüffte Mr. Dorrit so ganz und gar, daß er einen bemitleidenswerten Anblick bot.

„Aber ich möchte Sie nicht einen Augenblick länger aufhalten“, sagte Flora, auf die sein Zustand Eindruck machte, obwohl sie keine Ahnung davon hatte, daß sie die Ursache war, „wenn Sie die Güte haben wollten mir Ihr Wort als Ehrenmann zu geben daß Sie sowohl auf Ihrer Reise nach Italien als in Italien selbst überall nach diesem Mr. Blandois ausblicken und wenn Sie ihn finden oder von ihm hören ihn veranlassen werden sich zu stellen und alles aufzuklären.“

Unterdessen hatte sich Mr. Dorrit so weit von seiner Verwirrung erholt, daß er imstande war, in leidlich zusammenhängender Weise zu erwidern, er werde das als seine Pflicht betrachten. Flora war entzückt über ihren Erfolg und erhob sich, um Abschied zu nehmen.

„Mit millionenfachem Dank“, sagte sie, „und meine Adresse ist auf meiner Karte falls etwas persönlich mitzuteilen ist, ich will dem lieben kleinen Wesen keinen Gruß senden denn es ist vielleicht nicht angenehm, und es ist wohl auch kein liebes kleines Wesen geblieben nach dieser Veränderung weshalb es dann tun aber sowohl ich wie Mr. F.s Tante wünschen ihr stets das Beste und erheben von unserer Seite keinen Anspruch auf Begünstigung. Sie können dessen sicher sein ganz im Gegenteil, denn was sie unternahm das führte sie aus und das ist mehr als viele von uns tun, nicht davon zu reden, daß sie es so gut machte wie es nur gemacht werden konnte und ich selbst bin eine von diesen denn ich habe stets gesagt seit ich mich von dem Schlag von Mr. F.s Tod zu erholen begann daß ich Harmonium spielen lernen wollte was mir sehr gefällt aber ich kenne wie ich zu meiner Schande gestehen muß noch keine Note, guten Abend!"

Nachdem Mr. Dorrit, der sie bis zur Zimmertür geleitete, ein wenig Zeit gehabt hatte, seine fünf Sinne zu sammeln, fand er, daß der Besuch längst begrabene Erinnerungen hatte wiederaufleben lassen, die schlecht zu der Merdleschen Tischgesellschaft paßten. Er schickte einen kurzen Brief, in dem er sich für diesen Tag entschuldigte, und bestellte sogleich sein Diner auf seine Hotelzimmer. Er hatte noch einen anderen Grund dafür. Seine Zeit in London war fast zu Ende und durch Verpflichtungen bereits jetzt völlig in Anspruch genommen. Seine Pläne für die Rückkehr waren gefaßt; und er dachte, es käme seiner Bedeutung zu, sich persönlich um das Verschwinden Blandois' zu kümmern und in der Lage zu sein, Mr. Henry Gowan das Ergebnis seiner persönlichen Nachforschungen zu überbringen. Er beschloß deshalb, daß er den freien Abend dazu verwenden wollte, das Haus von Clennam & Co. aufzusuchen, das nach den Angaben auf dem Zettel leicht zu finden war, die Örtlichkeiten zu sehen und dort selbst einige Nachforschungen anzustellen.

Als er so einfach diniert hatte, wie es das Hotel und der Reisediener zuließen, und er ein kurzes Schläfchen am Kamin gemacht hatte, um sich besser von Mrs. Finching zu erholen, machte er sich allein in einer Mietskutsche auf den Weg. Die tiefe Glocke der St.-Pauls-Kathedrale schlug neun, als er durch den Schatten des Temple-Bar-Tores fuhr.

Während er sich durch die Nebenstraßen und Uferwege seinem Ziele näherte, erschien ihm dieser Teil von London zu ebendieser Stunde häßlicher, als er es jemals erwartet hatte. Viele lange Jahre waren vergangen, seit er ihn zuletzt gesehen hatte, er hatte ihn niemals richtig kennengelernt; und jetzt hatte er in seinen Augen ein geheimnisvolles und finsteres Aussehen. Der Eindruck auf seine Phantasie war so mächtig, daß Mr. Dorrit, als der Kutscher haltmachte, nachdem er sich mehr als einmal nach dem Weg erkundigt hatte, und sagte, soviel er glaube, sei das der Torweg, wo sie hinwollten, erschrokken über das finstere Aussehen dieses Ortes, die Kutschentür in der Hand behielt und zögerte.

Das Haus sah an diesem Abend wahrscheinlich auch finsterer aus denn je. Zwei von den Zetteln waren an der Vordermauer, einer an jeder Seite, befestigt, und wie die Straßenlampe in der Nachtluft flackerte, gingen Schatten über sie hin, nicht unähnlich den Schatten von Fingern, die die Zeilen verfolgten. Offenbar wurde der Ort bewacht. Als Mr. Dorrit stehenblieb, ging ein Mann von der gegenüberliegenden Seite der Straße hinein, und ein anderer Mann kam aus irgendeiner dunklen Ecke drinnen heraus; beide sahen ihn im Vorübergehen an und blieben in der Nähe stehen.

Da nur ein Haus innerhalb dieser Einfriedung stand, gab es keine Möglichkeit, im ungewissen zu sein, und so schritt er denn die Stufen zu diesem Haus empor und klopfte. In zwei Fenstern des ersten Stockes war ein schwaches Licht. Auf sein Klopfen gab die Tür einen so düsteren, hohlen Klang von sich, als ob das Haus unbewohnt wäre; aber das war nicht der Fall, denn fast gleich darauf wurde ein Licht sichtbar und ein Schritt hörbar. Beides näherte sich der Tür, eine Kette klirrte, und eine Frau, die Schürze über Gesicht und Kopf geschlagen, stand in der Öffnung.

„Wer ist da?“ fragte die Frau.

Mr. Dorrit, sehr erstaunt über diese Erscheinung, antwortete, daß er aus Italien komme und daß er eine Frage über die vermißte Person, die er kenne, zu stellen wünsche.

„He!“ rief die Frau, ihre mißtönige Stimme erhebend. „Jeremiah!“

Daraufhin erschien ein vertrockneter alter Mann, den Mr. Dorrit an seinen Gamaschen als die rostige

Schraube identifizieren zu können glaubte. Die Frau hatte offenbar Angst vor dem vertrockneten alten Mann, denn sie zog ihre Schürze rasch herunter, als er sich näherte, und enthüllte ein bleiches, erschrockenes Gesicht. „Öffne die Tür, du Närrin", sagte der alte Mann, „und laß den Herrn herein."

Mr. Dorrit trat, nicht ohne einen Blick über die Schulter nach dem Kutscher im Wagen, in die finstere Vorhalle.

„Nun, Sir", sagte Mr. Flintwinch, „Sie können hier alles fragen, was Ihnen beliebt; hier gibt es keine Geheimnisse, Sir."

Bevor eine Antwort möglich war, rief eine laute, strenge Stimme, obwohl die einer Frau, von oben: „Wer ist da?"

„Wer da ist?" erwiderte Jeremiah. „Wieder Nachfragen. Ein Herr aus Italien."

„Führen Sie ihn hierherauf!"

Mr. Flintwinch murmelte etwas, als ob er das für unnütz hielte; aber, sich an Mr. Dorrit wendend, sagte er: „Mrs. Clennam, sie setzt stets ihren Willen durch. Ich will Ihnen den Weg zeigen." Dann stieg er vor Mr. Dorrit die altersschwarze Treppe empor. Als dieser Herr, was nicht zu verwundern war, sich auf dem Weg umwandte, sah er, wie die Frau ihnen folgte, die Schürze wieder in unheimlicher Weise über den Kopf geschlagen.

Mrs. Clennam hatte ihre Bücher offen auf ihrem Tischchen vor sich liegen. „Oh!" sagte sie unvermittelt, während sie ihren Besucher mit festem Blick betrachtete. „Sie kommen aus Italien, Sir? Nun?"

Mr. Dorrit fand im Augenblick keine bessere Antwort als: „Ha – nun?"

„Wo ist der vermißte Mann? Kommen Sie, um uns Nachricht zu geben, wo er ist? Ich hoffe, daß dies der Fall ist!"

„Weit davon entfernt, ich – hm – komme, um Nachrichten einzuholen."

„Zum Unglück für uns sind hier keine zu bekommen.

Flintwinch, zeigen Sie dem Herrn den Handzettel. Geben Sie ihm einige mit. Halten Sie ihm das Licht, damit er sie besser lesen kann."

Mr. Flintwinch tat, wie ihm geheißen, und Mr. Dorrit las ihn durch, als ob er ihn vorher nicht gesehen hätte; er war froh genug, eine Gelegenheit zu haben, seine Geistesgegenwart wiederzuerlangen, die durch das Aussehen des Hauses und der Leute darin ein wenig erschüttert war. Während seine Augen auf dem Papier ruhten, fühlte er, daß die Augen Mr. Flintwinchs und Mrs. Clennams auf ihm ruhten. Und als er aufblickte, merkte er, daß dieses Gefühl nicht nur eingebildet war.

„Nun wissen Sie ebensoviel", sagte Mrs. Clennam, „wie wir wissen. Ist Mr. Blandois ein Freund von Ihnen?"

„Nein – ein – hm – ein Bekannter", antwortete Mr. Dorrit.

„Sie haben nicht etwa einen Auftrag von ihm?"

„Ich? Ha. Gewiß nicht."

Der forschende Blick senkte sich allmählich auf den Fußboden, nachdem er unterwegs Mr. Flintwinchs Gesicht berührt hatte.

Mr. Dorrit, der zu seinem Unbehagen fand, daß er der Gefragte anstatt der Fragende war, bemühte sich, diesen unerwarteten Gang der Dinge umzukehren.

„Ich bin – ha – ein Herr von Vermögen und halte mich gegenwärtig mit meiner Familie, meiner Dienerschaft und meinem – hm – ziemlich großen Haushalt in Italien auf. Auf kurze Zeit in Geschäften, die – ha – mein Vermögen betreffen, in London anwesend, hörte ich von diesem sonderbaren Verschwinden und wünschte die Umstände aus erster Hand zu erfahren, weil es in Italien – ha, hm – einen englischen Herrn gibt, den ich zweifellos bei meiner Rückkehr sehen werde und der mit Monsieur Blandois in täglichem intimem Verkehr gestanden hat. Mr. Henry Gowan. Der Name ist Ihnen vielleicht bekannt?"

„Habe ihn nie gehört."

Mrs. Clennam sagte das, und Mr. Flintwinch sprach es ihr nach.

„Da ich diesem – ha – alles im Zusammenhang und in gehöriger Folge erzählen möchte“, sagte Mr. Dorrit, „darf ich – drei Fragen stellen?“

„Dreißig, wenn Sie wollen.“

„Kennen sie Monsieur Blandois seit langen?“

„Seit kaum einem Jahr. Mr. Flintwinch hier wird in den Büchern nachsehen und Ihnen sagen, wann und mit wessen Empfehlung aus Paris er bei uns erschien. Wenn dieser Umstand“, fügte Mrs. Clennam hinzu, „Ihnen irgendwie bedeutungsvoll erscheinen sollte. Für uns ist er wenig bedeutend.“

„Haben Sie ihn oft gesehen?“

„Nein, nur zweimal. Einmal früher und . . .“

„Jenes Mal“, fiel Flintwinch ein.

„Und jenes Mal.“

„Bitte, Madam“, sagte Mr. Dorrit, der, während er seine Sicherheit zurückgewann, in zunehmendem Maß unter der eingebildeten Vorstellung litt, eine Art höherer Friedensrichter zu sein, „bitte, Madam, lassen Sie mich für die genauere Benachrichtigung des Herrn, den ich die Ehre habe, zu – ha – unterstützen oder protegieren, oder lassen Sie mich sagen – hm – zu kennen – zu kennen – fragen: War Monsieur Blandois an dem Abend, der in diesem gedruckten Blatt angegeben ist, in einer geschäftlichen Angelegenheit hier?“

„In einer Angelegenheit, die er eine geschäftliche nannte“, erwiderte Mrs. Clennam.

„Ist sie – ha – verzeihen Sie – ist sie derart, daß sie mitgeteilt werden kann?“

„Nein.“

Es war offenbar unmöglich, die Schranke dieser Antwort zu überschreiten.

„Diese Frage ist schon früher gestellt worden“, sagte Mrs. Clennam, „und die Antwort war Nein. Es beliebt uns nicht, unsere Geschäfte, so unbedeutend sie auch sein mögen, der ganzen Stadt bekanntzumachen. Wir sagen nein.“

„Ich meine, nahm er nicht etwa zum Beispiel Geld mit?" fragte Mr. Dorrit.

„Er nahm von uns keins mit, Sir, und bekam hier keins."

„Ich nehme an", bemerkte Mr. Dorrit und blickte von Mrs. Clennam zu Mr. Flintwinch und von Mr. Flintwinch zu Mrs. Clennam, „daß Sie selbst sich dieses Rätsel auch nicht erklären können?"

„Weshalb nehmen Sie das an?" erwiderte Mrs. Clennam.

Durch den kalten und scharfen Ton der Frage außer Fassung gebracht, war Mr. Dorrit nicht imstande, einen Grund für seine Annahme anzugeben.

„Ich habe es mir so erklärt, Sir", fuhr sie nach einem verlegenen Schweigen von seiten Mr. Dorrits fort, „daß er zweifellos irgendwo auf Reisen ist oder sich irgendwo verbirgt."

„Wissen Sie – ha – weshalb er sich irgendwo verbergen sollte?"

„Nein."

Es war genau dasselbe Nein wie vorher und richtete eine neue Schranke auf.

„Sie fragten mich, ob ich mir selbst sein Verschwinden erklären könnte", erinnerte ihn Mrs. Clennam ernst, „nicht, ob ich es Ihnen erklären könnte. Ich maßte mir nicht an, es Ihnen zu erklären. Meiner Ansicht nach ist es ebensowenig meine Sache, das zu tun, wie die Ihre, das zu verlangen."

Mr. Dorrit antwortete mit einem entschuldigenden Kopfnicken. Während er, im Begriff, zu sagen, daß er nichts mehr zu fragen hätte, einen Schritt zurücktrat, konnte er nicht umhin, zu bemerken, wie finster und starr sie mit gesenkten Augen und einem gewissen Ausdruck entschlossenen Abwartens dasaß; ferner, wie genau sich derselbe Ausdruck in Mr. Flintwinch widerspiegelte, der in einiger Entfernung von ihrem Stuhl stand, die Augen ebenfalls gesenkt, und mit der rechten Hand bedächtig sein Kinn streichelte.

Im selben Augenblick ließ Mrs. Affery (die Frau mit

der Schürze natürlich) den Leuchter aus der Hand fallen und schrie auf: „Da! Oh, du guter Gott! Da ist es wieder. Horch, Jeremiah! Jetzt!"

Wenn überhaupt ein Geräusch ertönte, so war es so gering, daß sie nur aus ihrer beständigen Gewohnheit, auf Geräusche zu lauschen, darauf verfallen sein konnte; aber Mr. Dorrit glaubte, er hörte wirklich etwas wie das Fallen von dürren Blättern. Der Schrecken der Frau schien für kurze Zeit die drei anderen anzustecken; sie lauschten alle.

Mr. Flintwinch war der erste, der sich rührte. „Affery, Weib", sagte er, während er sich mit geballten Fäusten und mit Ellenbogen, die vor Ungeduld zitterten, sie durchzuschütteln, von der Seite an sie heranmachte, „kommst du schon wieder mit deinen alten Geschichten? Willst du demnächst schlafwandeln, meine Gute, und alle deine verrückten Mätzchen zum besten geben? Du brauchst eine Medizin. Wenn ich diesen Herrn hinausgeleitet habe, so will ich dir eine angenehme Dosis zurechtmachen, meine Beste, eine recht angenehme Dosis!"

Mrs. Affery schien sie nicht gerade als angenehm zu erwarten; aber Jeremiah nahm, ohne seine heilende Medizin weiter zu erwähnen, eine zweite Kerze von Mrs. Clennams Tisch und sagte: „Nun, Sir, soll ich Ihnen hinableuchten?"

Mr. Dorrit stattete seinen Dank ab und ging hinunter. Mr. Flintwinch schloß und kettete hinter ihm zu, ohne einen Augenblick Zeit zu verlieren. Er traf wieder auf die beiden Männer, von denen der eine hinaus- und der andere hineinging, bestieg den Wagen, den er hatte warten lassen, und fuhr davon.

Bevor er noch weit gefahren war, hielt der Kutscher an, um ihm mitzuteilen, daß er den beiden Männern auf ihr vereintes Verlangen seinen Namen, Nummer und Adresse angegeben habe und ebenso den Ort, wo er Mr. Dorrit aufgenommen habe, die Zeit, zu der er von seinem Stand gerufen worden sei, und den Weg, durch den er gekommen sei. Dies trug nicht dazu bei, das

Abenteuer des Abends weniger aufregend für Mr. Dorrit zu machen, weder als er sich wieder an seinen Kamin setzte noch auch beim Schlafengehen. Die ganze Nacht über weilte er in dem unheimlichen Haus, sah die beiden Menschen entschlossen vor sich hin warten, hörte die Frau mit der Schürze über dem Gesicht wegen der Geräusche aufschreien und fand den Körper des vermißten Blandois bald in einem Keller vergraben und bald in eine Wand eingemauert.

## *18. Kapitel*

### Ein Luftschloß

Mannigfach sind die Sorgen des Reichtums. Mr. Dorrits Genugtuung darüber, daß es nicht nötig gewesen war, bei Clennam & Co. seinen Namen zu nennen oder eine Anspielung darauf zu machen, daß er jemals mit der lästigen Person dieses Namens irgendwie bekannt war, war am Abend vorher, während sie noch frisch war, durch die sich in seinem Innern erhebende Streitfrage gedämpft worden, ob er das Marshalsea auf seinem Rückwege mitnehmen und einen Blick auf das alte Tor werfen sollte. Er hatte sich entschieden, es nicht zu tun, und hatte den Kutscher mit seiner ärgerlichen Erwiderung in Erstaunen gesetzt, als dieser vorgeschlagen hatte, über die London Bridge zu fahren und über die Waterloo Bridge den Fluß wieder zu kreuzen – ein Weg, der ihn fast in Gesichtsweite seiner alten Behausung gebracht hätte. Immerhin hatte diese Frage doch einen Streit in seiner Brust hervorgerufen, und aus irgendeinem sonderbaren Grund oder auch aus keinem Grund empfand er eine unbestimmte Unzufriedenheit. Selbst an Merdles Speisetafel am nächsten Tag war er deswegen noch so übel gelaunt, daß er immer wieder darüber nachdachte, was denkbar schlecht zu der guten Gesellschaft paßte, die ihn umgab. Es wurde ihm heiß, wenn er sich vorstellte, was der Oberbutler von ihm gedacht hätte, wenn diese hervorragende Persönlichkeit mit ihrem abgründigen Blick den Strom seiner Gedanken hätte erforschen können.

Das Abschiedsbankett war prachtvoll und schloß seinen Aufenthalt in glanzvollster Weise ab. Fanny verband mit den Reizen ihrer Jugend und Schönheit eine gewisse würdevolle Selbständigkeit, als ob sie schon seit zwanzig Jahren verheiratet gewesen wäre. Er fühlte, daß er sie mit ruhigem Gemüt sich selbst überlassen könnte, den Pfad der Vornehmheit zu wandeln, und wünschte – aber ohne sein Gönnergefühl zu vermindern und die stillen Tugenden seines Lieblingskindes zu unterschätzen –, daß er eine zweite solche Tochter hätte.

„Mein liebes Kind", sagte er ihr beim Abschied, „unsere Familie erwartet von dir, ihre Würde zu – ha – behaupten und ihr Ansehen – hm – aufrechtzuerhalten. Ich weiß, du wirst sie niemals enttäuschen."

„Nein, Papa", sagte Fanny, „du kannst dich darauf verlassen, denke ich. Meine besten Grüße an unsere liebe Amy, und ich werde sehr bald an sie schreiben."

„Soll ich – ha – sonst jemand eine Botschaft überbringen?" fragte Mr. Dorrit einschmeichelnd.

„Papa", sagte Fanny, die sofort Mrs. General vor sich sah, „nein, danke schön. Du bist sehr freundlich, Pa. Aber ich muß mich entschuldigen. Ich habe sonst keine Botschaft zu senden, danke, lieber Papa, die zu überbringen dir angenehm sein könnte."

Sie nahmen in einem äußeren Salon Abschied, wo nur noch Mr. Sparkler im Dienst seiner Herrin anwesend war und bescheiden die Zeit abwartete, Mr. Dorrit die Hand zu schütteln. Als Mr. Sparkler zum Abschiednehmen zugelassen war, kam Mr. Merdle mit scheinbar ebensowenig Arm im Ärmel hereingeschlichen, als wenn er der Zwillingsbruder von Miss Biffin gewesen wäre, und bestand darauf, Mr. Dorrit die Treppe hinabzugeleiten. Da alle Einwände Mr. Dorrits vergebens waren, genoß er die Ehre, bis an die Haustür geleitet zu werden von diesem hervorragenden Mann, der ihn (wie

Mr. Dorrit sagte, als er ihm auf der Schwelle die Hand schüttelte) wirklich mit Aufmerksamkeiten und Gefälligkeiten während dieses Aufenthaltes überhäuft hatte. So schieden sie; Mr. Dorrit bestieg darauf seinen Wagen mit schwellender Brust, durchaus nicht böse darüber, daß sein Reisediener, der gekommen war, um in den unteren Regionen Abschied zu nehmen, auch Gelegenheit hatte, die Großartigkeit seines Abganges mit anzusehen.

Die besagte Großartigkeit lag noch voll über Mr. Dorrit, als er in seinem Hotel abstieg. Von dem Reisediener und einem halben Dutzend Hotelbediensteten am Wagenschlag empfangen und ins Haus geleitet, schritt er mit gelassener Erhabenheit durch die Hotelhalle, als sich ihm auf einmal ein Anblick bot, der ihm Sprache und Bewegung raubte. John Chivery in seinen besten Kleidern, mit seinem hohen Hut unter dem Arm, von seinem vornehmen Stock mit dem elfenbeinernen Griff ein wenig geniert und ein Bündel Zigarren in der Hand.

„Nun, junger Mann", sagte der Portier. „Dies ist der Herr. Dieser junge Mann hat darauf bestanden, Sie zu erwarten, Sir, und er sagte, Sie würden erfreut sein, ihn zu sehen."

Mr. Dorrit starrte den jungen Mann an, rang nach Atem und sagte in mildestem Ton: „Ah! Der junge John! Es ist der junge John, glaube ich, nicht war?"

„Ja, Sir", erwiderte der junge John.

„Ich – ha – dachte mir, es sei der junge John! Der junge Mann kann heraufkommen", wandte er sich an die Dienerschaft, während er weiterging, „o ja, er mag nur heraufkommen. Lassen Sie den jungen John nachkommen. Ich will ihn oben sprechen."

Der junge John folgte ihm lächelnd und sehr geschmeichelt. Sie langten in Mr. Dorrits Zimmer an, Kerzen wurden angezündet. Die Dienerschaft zog sich zurück.

„Nun, Sir", sagte Mr. Dorrit, wandte sich ihm plötzlich zu und faßte ihn am Kragen, sobald sie ungestört allein waren. „Was soll das bedeuten?"

Das Erstaunen und der Schreck, die sich auf dem Gesicht des unglücklichen jungen John Chivery abzeichneten – denn er hatte viel eher erwartet, umarmt zu werden –, waren so ausdrucksvoll, daß Mr. Dorrit seine Hand zurückzog und ihn nur anstarrte.

„Wie können Sie es wagen?“ sagte Mr. Dorrit. „Wie können Sie sich unterfangen, hierherzukommen? Wie es wagen, mich zu beleidigen?“

„Ich Sie beleidigen, Sir?“ rief der junge John. „Oh!“

„Ja, Sir“, ewiderte Mr. Dorrit, „mich beleidigen. Ihr Erscheinen hier ist eine Beleidigung, eine Unverschämtheit, eine Keckheit. Sie werden hier nicht gebraucht. Wer hat Sie hiergeschickt? Was – ha – zum Teufel machen Sie hier?“

„Ich dachte, Sir“, sagte der junge John mit einem so blassen und erschrockenen Gesicht, wie Mr. Dorrit noch nie eines in seinem Leben – selbst nicht in seinem Leben im Gefängnis – gesehen hatte, „ich dachte, Sir, Sie würden nichts dagegen haben, so freundlich zu sein, ein Bündel . . .“

„Der Teufel hole Ihr Bündel, Sir“, rief Mr. Dorrit in unbezähmbarer Wut. „Ich – hm – rauche nicht.“

„Ich bitte demütig um Verzeihung, Sir, Sie pflegten es doch zu tun.“

„Sagen Sie das noch einmal“, rief Mr. Dorrit gänzlich außer sich, „und ich greife Ihretwegen zum Schüreisen!“

John Chivery zog sich rückwärts zur Tür zurück.

„Halt, Sir“, rief Mr. Dorrit. „Halt! Setzen Sie sich. Zum Teufel, setzen Sie sich!“

John Chivery ließ sich auf den Stuhl fallen, welcher der Tür zunächst stand, und Mr. Dorrit ging im Zimmer auf und ab; zuerst rasch, dann langsamer. Einmal ging er ans Fenster und stand dort, die Stirn gegen die Scheiben gepreßt. Plötzlich wandte er sich um und sagte:

„Was haben Sie sonst für einen Anlaß für Ihr Kommen, Sir?“

„Keinen Anlaß sonst auf der Welt, Sir. O lieber Gott! Ich wollte nur sagen, daß ich hoffte, Sir, Sie seien wohlauf, und fragen, ob Miss Dorrit wohlauf ist.“

„Was geht das Sie an, Sir?“ erwiderte Mr. Dorrit.

„Es geht mich von Rechts wegen nichts an, Sir. Ich habe gewiß niemals daran gedacht, den Abstand zwischen uns zu vermindern. Ich weiß, ich habe mir eine Freiheit herausgenommen, Sir, aber ich dachte niemals, Sie würden es übel vermerken. Bei meinem Ehrenwort, Sir“, sagte der junge John mit Gefühl, „so arm ich bin, ich wäre zu stolz gewesen, hierherzukommen, das versichere ich Ihnen, wenn ich das gedacht hätte.“

Mr. Dorrit war beschämt. Er ging ans Fenster zurück und preßte seine Stirn eine Zeitlang gegen das Glas. Als er sich umwandte, hielt er sein Taschentuch in der Hand, er hatte sich die Augen damit gewischt und sah müde und schlecht aus.

„John, es tut mir sehr leid, daß ich heftig zu Ihnen war, aber – ha – manche Erinnerungen sind nicht angenehm, und – hm – Sie hätten nicht kommen sollen.“

„Ich fühle das jetzt“, erwiderte John Chivery, „aber ich habe es vorher nicht gefühlt, und der Himmel weiß, ich hatte keine böse Absicht, Sir.“

„Nein, nein“, sagte Mr. Dorrit. „Ich bin dessen – hm – sicher. Ha. Geben Sie mir Ihre Hand, John, geben Sie mir Ihre Hand.“

Der junge John gab sie ihm; aber Mr. Dorrit hatte sein Herz daraus vertrieben, und nichts konnte jetzt den blassen und erschreckten Ausdruck aus seinem Gesicht vertreiben.

„Nun, nun“, sagte Mr. Dorrit und schüttelte ihm bedächtig die Hand. „Setzen Sie sich wieder hin, John.“

„Ich danke Ihnen, Sir – aber ich möchte lieber stehen.“

Mr. Dorrit setzte sich an seiner Statt. Nachdem er eine kleine Weile seinen Kopf schmerzlich in beiden Händen gehalten hatte, wandte er ihn seinem Besucher zu und sagte mit aller Mühe, ungezwungen zu erscheinen:

„Und wie geht es Ihrem Vater, John? Wie – ha - wie geht es den anderen allen, John?“

„Ich danke Ihnen, Sir, es geht ihnen allen ziemlich gut, Sir. Sie haben über nichts zu klagen.“

„Hm. Sie sind in Ihrem – ha – alten Geschäft, wie ich sehe, John?“ sagte Mr. Dorrit mit einem Blick auf das anstößige Bündel, das er verwünscht hatte.

„Zum Teil, Sir. Ich habe meines“, John zitterte ein wenig, „Vaters Beruf gleichfalls.“

„Wirklich?“ fragte Mr. Dorrit. „Sie sind – ha, hm – am – ha ...“

„Tor, Sir? Ja, Sir.“

„Viel zu tun, John?“

„Ja, Sir; wir sind jetzt ziemlich voll. Ich weiß nicht, wie es kommt, aber wir sind gewöhnlich ziemlich voll.“

„Zu dieser Jahreszeit, John?“

„Meistens zu allen Zeiten des Jahres, Sir. Ich kenne keine Zeit, die viel Unterschied für uns ausmachte. Ich wünsche Ihnen guten Abend, Sir.“

„Warten Sie einen Augenblick, John – ha – warten Sie einen Augenblick. Hm. Lassen Sie mir die Zigarren, John. Ich – ha – bitte Sie darum.“

„Aber gewiß, Sir.“ John legte sie mit zitternder Hand auf den Tisch.

„Warten Sie einen Augenblick, John; warten Sie noch einen Augenblick. Es würde mir – ha – Freude machen, eine kleine – hm – Ehrengabe durch solch einen vertrauenswürdigen Boten zu übersenden, damit sie unter – ha, hm – sie – *sie* – je nach Bedürfnis verteilt würde. Hätten Sie etwas dagegen, dies zu übernehmen, John?“

„Durchaus nicht, Sir. Es gibt sicherlich viele unter ihnen, denen das sehr zustatten käme.“

„Ich danke Ihnen, John. Ich – ha – ich will es gleich schreiben.“

Seine Hand bebte so, daß er eine lange Zeit dazu brauchte und es schließlich nur zitternd und undeutlich hinschrieb. Es war ein Scheck über einhundert Pfund. Er faltete ihn zusammen, legte ihn in die Hand des jungen John und drückte die Hand in der seinigen.

„Ich hoffe, Sie werden – ha – über das, hm – was vorgefallen ist, hinwegsehen, John.“

„Sprechen Sie nicht davon, Sir. Ich trage Ihnen gewiß nichts nach.“

Aber nichts konnte, solange er anwesend war, die natürliche Farbe und den natürlichen Ausdruck auf Johns Gesicht zurückrufen oder Johns natürliches Wesen wiederherstellen.

„Und, John", sagte Mr. Dorrit, während er seine Hand zum letztenmal drückte und sie dann losließ, „ich hoffe, wir – ha – sind uns darüber einig, daß wir vertraulich miteinander gesprochen haben; und daß Sie es beim Verlassen des Hotels vermeiden werden, zu irgend jemand etwas zu sagen, was – hm – darauf anspielt, daß – ha – ich einstmals . . ."

„Oh! Ich versichere Ihnen, Sir", erwiderte John Chivery, „daß ich in meiner armen bescheidenen Weise zu stolz und ehrenhaft bin, um das zu tun, Sir."

Mr. Dorrit war nicht zu stolz und ehrenhaft, um an der Tür zu lauschen, damit er selbst feststellen konnte, ob John wirklich geradewegs davonging oder verweilte, um mit jemand zu sprechen. Es war nicht zu bezweifeln, daß er direkt zur Tür hinaus- und mit raschem Schritt die Straße hinabging. Nachdem er eine Stunde lang allein geblieben war, klingelte Mr. Dorrit nach dem Reisediener, der ihn in seinem Stuhl am Kamin mit dem Rükken zu ihm und mit dem Gesicht zum Feuer fand. „Sie können dieses Bündel Zigarren an sich nehmen, um sie auf der Reise zu rauchen, wenn Sie wollen", sagte Mr. Dorrit mit einer nachlässigen Handbewegung. „Ha – dargebracht, hm – ein kleines Geschenk von dem – ha – Sohn eines alten Dieners."

Die Sonne des nächsten Morgens sah Mr. Dorrits Equipage auf der Fahrt nach Dover, wo jeder rotröckige Postillion das Schild eines grausamen Hauses war, das für die unbarmherzige Plünderung der Reisenden eingerichtet schien. Da die einzige Beschäftigung des Menschengeschlechts zwischen London und Dover im Plündern bestand, wurde Mr. Dorrit in Dartfort überfallen, in Gravesend bestohlen, in Rochester ausgebeutelt, in Sittingbourne geschunden und in Canterbury ausgeraubt. Da es jedoch zur Obliegenheit des Reisedieners gehörte, ihn aus den Händen der Banditen zu befreien, kaufte der ihn an jeder Station los; und so bewegten sich die schimmernden Rotjacken fröhlich durch die Frühlingslandschaft, während sie sich in regelmäßigem Rhythmus zwischen Mr. Dorrit in seiner behaglichen Ecke und der nächsten kreidigen Erhebung auf der staubigen Landstraße hoben und senkten.

Die Sonne des folgenden Tages sah ihn in Calais. Und da er nun den Kanal zwischen sich und John Chivery hatte, begann er sich sicher zu fühlen und zu finden, daß die Luft im Ausland leichter zu atmen sei als die Luft Englands.

Weiter auf den schlechten französischen Straßen nach Paris. Da er nun seinen Gleichmut gänzlich wiedergewonnen hatte, begann Mr. Dorrit in seiner behaglichen Ecke während der Fahrt Luftschlösser zu bauen. Es war offensichtlich, daß er ein sehr großes Schloß in Arbeit hatte. Den ganzen Tag über baute er Türme auf, riß Türme ein, fügte hier einen Flügel hinzu, setzte dort eine Brustwehr an, sah nach den Mauern, befestigte die Verteidigungsanlagen, schmückte das Innere aus und machte es in jeder Beziehung zu einem prächtigen Schloß. Sein gedankenvolles Gesicht zeigte so klar, womit er beschäftigt war, daß jeder nicht blinde Krüppel an den Häusern, der seine kleine beulige Zinnbüchse zum Wagenfenster hereinstreckte und Barmherzigkeit im Namen des Himmels, Barmherzigkeit im Namen Unserer Lieben Frau, Barmherzigkeit im Namen aller Heiligen erflehte, ebensogut wußte, womit er beschäftigt war, wie ihr Landsmann le Brun selbst es gewußt hätte, wenn er diesen englischen Reisenden zum Gegenstand einer speziellen physiognomischen Abhandlung gemacht hätte.

In Paris angekommen, wo er sich drei Tage ausruhte, spazierte Mr. Dorrit viel allein in den Straßen umher und sah sich die Schaufenster, besonders diejenigen der Juweliere, an. Schließlich betrat er den Laden des berühmtesten Juweliers und sagte, er wünsche irgendein kleines Geschenk für eine Dame zu kaufen.

Es war eine reizende kleine Frau, zu der er das sagte –

eine lebhafte, mit vollkommener Eleganz gekleidete Frau, die aus einem mit grünem Samt ausgeschlagenen Zimmerchen herauskam, um ihn zu bedienen, wo sie an einem zierlichen, glänzenden kleinen Pult, das selbst wie ein Bonbon aussah, einige zierliche kleine Geschäftsbücher geführt hatte, die für die Eintragung von nichts Geschäftlicherem als Küssen bestimmt zu sein schienen.

Was für eine Art Geschenk wünsche Monsieur zu kaufen, ein Liebesgeschenk?

Mr. Dorrit lächelte und sagte: Nun wohl! Vielleicht. Was wüßte er? Es wäre immerhin möglich, da das weibliche Geschlecht so reizend sei. Würde sie ihm einige zeigen?

Sehr gern, sagte die kleine Frau. Sie sei entzückt, ihm viele zeigen zu können. Aber Verzeihung! Er möchte doch die Güte haben, zu bedenken, daß es Liebesgeschenke und Hochzeitsgeschenke gebe. Zum Beispiel diese entzückenden Ohrringe und dieses so prachtvoll dazu passende Halsband seien das, was man ein Liebesgeschenk nenne. Diese Brosche und diese Ringe von einer so graziösen und himmlischen Schönheit seien dagegen das, was man mit der Erlaubnis Monsieurs Hochzeitsgeschenke nenne.

Vielleicht würde es gut sein, meinte Mr. Dorrit lächelnd, beides zu kaufen und erst das Liebesgeschenk zu überreichen und dann das Hochzeitsgeschenk folgen zu lassen?

Ah, beim Himmel! sagte die kleine Frau, die Fingerspitzen ihrer beiden kleinen Hände gegeneinanderlegend, das wäre allerdings freigebig, das wäre eine besondere Galanterie! Und zweifellos würde die so mit Geschenken überhäufte Dame sie unwiderstehlich finden.

Mr. Dorrit war dessen nicht sicher. Aber die lebhafte kleine Frau war dessen ganz sicher, wie sie sagte. So kaufte Mr. Dorrit eine Gabe von jeder Gattung und zahlte einen sehr hübschen Preis dafür. Während er darauf zu seinem Hotel zurückspazierte, trug er den Kopf hoch; er hatte jetzt offenbar sein Schloß bis zu einer viel größeren Höhe aufgeführt als die beiden quadratischen Türme von Notre Dame.

Er baute mit aller Macht darauf los, bewahrte aber die Pläne seines Schlosses ausschließlich für sein eigenes Auge; so setzte Mr. Dorrit seine Reise mit der Post nach Marseille fort. Er baute, baute weiter, unablässig, unablässig, von früh bis spät. Er schlief ein und ließ große Blöcke Baumaterialien in der Luft hängen. Er wachte auf, um sich wieder an die Arbeit zu machen und die Blöcke an Ort und Stelle zu bringen. Währenddessen rauchte der Reisediener auf dem Bedientensitz die besten Zigarren des jungen John und ließ einen dünnen Faden leichten Rauches hinter sich – wobei vielleicht auch er mit verirrten Stücken von Mr. Dorrits Geld einige Luftschlösser baute.

Keine befestigte Stadt, die sie auf ihrer ganzen Reise passierten, war so stark, kein Kathedralengewölbe war so hoch wie Mr. Dorrits Schloß. Weder die Saône noch die Rhône eilte mit derselben Schnelligkeit dahin, mit der dieses unvergleichliche Gebäude in die Höhe schoß; noch war das Mittelmeer tiefer als seine Fundamente; noch waren die Landschaften der Riviera oder die Hügel und der Golf des prächtigen Genua schöner. Mr. Dorrit und sein unvergleichliches Schloß wurden zwischen den schmutzigen weißen Häusern und dem noch schmutzigeren Gesindel von Civitavecchia ausgeschifft und arbeiteten sich durch den Kot, der die Straßen bedeckte, so gut sie konnten, bis Rom hindurch.

## *19. Kapitel*

### Die Erstürmung des Luftschlosses

Die Sonne war schon seit vollen vier Stunden untergegangen, und es war später, als den meisten Reisenden angenehm gewesen wäre, sich außerhalb der Mauern Roms zu befinden, als Mr. Dorrits Wagen immer noch auf der letzten mühseligen Etappe der Reise über die einsame Campagna dahinrasselte. Die wilden Hirten und die verwegen aussehenden Bauern, die den Weg gesäumt hatten, solange es hell war, schienen alle mit der Sonne gegangen zu sein und hatten die Wildnis einsam gelassen. Bei einigen Wendungen der Straße zeigte ein blasser Schimmer am Horizont wie eine Ausdünstung des ruinenübersäten Landes die noch weit entfernte Stadt an; aber dieser dürftige Trost war selten und kurz. Der Wagen versank gleich darauf wieder in einer Vertiefung des schwarzen trockenen Meeres, und lange Zeit war nichts sichtbar als versteinerte Wellen und der finstere Himmel.

Obwohl Mr. Dorrit den Bau seines Luftschlosses hatte, um seinen Geist zu beschäftigen, konnte er doch an diesem öden Ort nicht ganz ruhig sein. Er achtete viel genauer auf jedes Schwanken des Wagens und jeden Ruf des Postillons, als er es die ganze Zeit über seit seiner Abreise von London getan hatte. Der Diener auf dem Kutschbock zitterte offenbar. Dem Reisediener auf seinem Bedientensitz war auch nicht ganz behaglich zumute. Sooft Mr. Dorrit das Fenster herabließ und zu ihm zurückschaute (was sehr häufig geschah), sah er ihn zwar John Chivery rauchen, aber dabei doch gewöhnlich aufrecht stehen und umherblicken wie einen Mann, der seinen Verdacht hatte und auf der Hut war. Dann pflegte Mr. Dorrit, während er das Fenster wieder hochschob, zu überlegen, daß diese Postillone wie Halsabschneider aussahen und daß er besser daran getan hätte, in Civitavecchia zu schlafen und früh am Morgen aufzubrechen. Aber bei alledem arbeitete er in den Zwischenzeiten an seinem Schloß.

Und nun zeigten Bruchstücke von verfallenen Umfassungsmauern, gähnende Fensterhöhlen und geborstene Mauern, verlassene Häuser, tröpfelnde Brunnen, verfallene Zisternen, gespenstische Zypressen, Stellen mit verwitterten Weinranken und der Übergang der Straße in eine lange, unregelmäßige, unordentliche Gasse, wo alles allmählich zerbröckelte, von den unansehnlichen Häusern bis zu dem holperigen Pflaster – nun zeigte all dies an, daß sie sich Rom näherten. Als der Wagen plötzlich auswich und dann hielt, packte Mr. Dorrit die Furcht, daß jetzt der räuberische Augenblick gekommen sei, ihn in einen Graben zu werfen und auszuplündern; bis er wieder das Fenster herabließ und im Hinausschauen wahrnahm, daß er von nichts Schlimmerem überfallen worden war als von einem Leichenzug, der, mechanisch Litaneien singend, vorüberzog, wobei schmutzige Gewänder, düster brennende Fackeln, schwingende Weihrauchfäßchen und ein großes, vor einem Priester her getragenes Kreuz undeutlich sichtbar wurden. Im Fackellicht sah er einen häßlichen Priester von finsterem Aussehen mit buschigen Brauen, und als seine Augen den Mr. Dorrits begegneten, der barhäuptig zum Wagen hinaussah, schienen seine Lippen diesen hervorragenden Reisenden zu bedrohen, während sie sich singend bewegten; auch die Bewegung seiner Hand, mit der er in Wirklichkeit den Gruß des Reisenden erwiderte, schien diese Drohung zu unterstützen. So schien es Mr. Dorrit, dessen Phantasie durch die Ermüdung des Bauens und Reisens angeregt war, während der Priester an ihm vorüberschritt und die Prozession mit ihrem Toten weiterzog. Mr. Dorrits Reisegesellschaft zog auf ihrem so ganz anderen Weg ebenfalls weiter. Und bald pochte sie mit ihrer Wagenladung von Luxusgegenständen aus den beiden großen Hauptstädten Europas (wie die Goten, nur genau umgekehrt) an die Tore Roms.

Mr. Dorrit wurde an diesem Abend von seinen Angehörigen nicht mehr erwartet. Sie hatten anfangs mit ihm gerechnet, aber dann hatten sie ihn bis zum nächsten Tag aufgegeben, da sie überzeugt waren, daß er sich in diesen Gegenden so spät nicht mehr draußen aufhalten würde. Als daher seine Equipage am Tor seines Hauses hielt, schien niemand als der Portier dazusein, um ihn zu empfangen. Ob Miss Dorrit ausgegangen sei? fragte er. Nein. Sie sei zu Hause. Gut, sagte Mr. Dorrit zu der sich versammelnden Dienerschaft, sie könnten bleiben, wo sie seien; sie sollten beim Abladen des Wagens helfen; er würde Miss Dorrit selbst finden.

So ging er langsam und müde die großartige Treppe hinauf und blickte in verschiedene Zimmer, die leer waren, bis er Licht in einem kleinen Vorzimmer sah. Es war ein durch Vorhänge abgeteilter Winkel, wie ein Zelt, zwischen zwei anderen Zimmern, und es sah warm und hell aus, während er in der Dunkelheit darauf zuschritt.

Es war eine Türöffnung mit Vorhängen, aber keine Tür; und wie er dort stehenblieb und ungesehen hineinblickte, durchfuhr ihn ein Schmerz. Doch nicht etwa von Eifersucht? Denn weshalb Eifersucht? Es war niemand darin als seine Tochter und sein Bruder: er hatte sich den Stuhl an den Kamin gerückt und genoß die Wärme des abendlichen Holzfeuers, sie war an einem Tischchen mit einer Stickerei beschäftigt. Wenn man von dem großen Unterschied in der Dekoration des Gemäldes absah, waren die Gestalten fast dieselben wie früher, weil sein Bruder ihm genügend ähnlich sah, um ihn einen Augenblick lang auf dem Bild darzustellen. So hatte er einst in weiter Ferne manchen Abend an einem Kohlenfeuer gesessen; so hatte sie voller Zärtlichkeit bei ihm gesessen. Aber es gab doch in seiner einstigen Armut sicher nichts, worauf er hätte eifersüchtig sein können. Woher dann der Schmerz in seinem Herzen?

„Weißt du, Onkel, ich glaube, du wirst wieder jung."

Ihr Onkel schüttelte den Kopf und sagte: „Seit wann denn, mein liebes Kind, seit wann?"

„Ich glaube", erwiderte Klein Dorrit, die ihre Nadel fleißig handhabte, „daß du seit einigen Wochen immer jünger geworden bist, so fröhlich, Onkel, und so lebendig und so interessiert!"

„Mein liebes Kind – alles du."

„Alles ich, Onkel?"

„Jaja. Du hast unendlich viel Gutes getan. Du bist so rücksichtsvoll gegen mich und so zärtlich zu mir gewesen und hast so feinfühlig deine Sorge vor mir verborgen, daß ich – nun ja, nun ja! – ich habe es wohl aufbewahrt, mein Liebling, es ist wohl aufbewahrt."

„Das ist nur deine eigene lebhafte Einbildung, Onkel“, sagte Klein Dorrit fröhlich.

„Jaja!“ murmelte der alte Mann. „Gott sei Dank.“

Sie hielt einen Augenblick in ihrer Arbeit inne, um ihn anzublicken, und ihr Blick rief wieder den vorigen Schmerz in der Brust ihres Vaters hervor, in seiner armen schwachen Brust, so voll von Widersprüchen, Schwankungen, Gegensätzen, kleinen Ungereimtheiten dieses törichten Lebens, Nebeln, die nur der allerletzte Morgen zerstreuen kann.

„Ich habe mich freier mit dir gefühlt, siehst du, meine Taube“, sagte der alte Mann, „seit wir allein waren. Ich meine, allein, weil ich Mrs. General nicht zähle; ich kümmere mich nicht um sie; sie hat nichts mit mir zu schaffen. Aber ich weiß, Fanny war meinetwegen ungeduldig. Und ich wundere mich nicht oder beklage mich darüber, denn ich weiß, daß ich bestimmt oft im Wege stehe, obwohl ich mich bemühe, soviel ich kann, aus dem Wege zu gehen. Ich weiß, ich bin keine passende Gesellschaft für unsere Gesellschaft. Mein Bruder William“, sagte der alte Mann bewundernd, „ist eine passende Gesellschaft für Monarchen, aber dein Onkel nicht, mein liebes Kind. Frederick Dorrit macht William Dorrit keine Ehre, und er weiß es ganz gut. Ah! Da ist ja dein Vater, Amy! Mein lieber William, willkommen zu Hause! Mein geliebter Bruder, ich freue mich, dich zu sehen!“

(Als er beim Sprechen den Kopf herumgedreht hatte, war er des Bruders ansichtig geworden, wie er auf der Schwelle stand.)

Klein Dorrit warf mit einem Freudenschrei die Arme um den Hals ihres Vaters und küßte ihn wieder und wieder. Ihr Vater war ein wenig ungeduldig und ein wenig mißmutig.

„Ich freue mich, daß ich dich endlich gefunden habe, Amy“, sagte er. „Ha. Ich freue mich wirklich – hm – jemand zu finden, der mich endlich empfängt. Es scheint, daß man mich – ha – so wenig erwartet hat, daß ich wahrhaftig – ha, hm – zu denken anfing, es möchte nötig sein, mich zu entschuldigen, daß ich – ha – mir die Freiheit genommen habe, überhaupt zurückzukommen."

„Es war so spät, mein lieber William", sagte sein Bruder, „daß wir dich für heute abend aufgegeben hatten."

„Ich bin kräftiger als du, mein lieber Frederick", erwiderte sein Bruder mit einer brüderlichen Liebe, die nicht ohne Strenge war; „und ich hoffe, ich kann ohne Schaden zu – ha – jeder beliebigen Stunde reisen."

„Gewiß, gewiß", erwiderte der andere mit einer leisen Befürchtung, den Bruder verletzt zu haben. „Gewiß, William."

„Ich danke dir, Amy", fuhr Mr. Dorrit fort, als diese ihm half, seine Überkleider abzulegen. „Ich kann das ohne Hilfe tun. Ich – ha – brauche dich nicht zu bemühen, Amy. Könnte ich einen Bissen Brot und ein Glas Wein bekommen, oder – hm – oder würde es zuviel Umstände machen?"

„Lieber Vater, du sollst in ganz wenigen Minuten dein Abendbrot haben."

„Ich danke dir, mein Liebling", sagte Mr. Dorrit mit vorwurfsvoller Kälte; „ich – ha – fürchte, ich mache Umstände. Hm. Mrs. General geht es gut?"

„Mrs. General klagte über Kopfschmerzen und Müdigkeit, und so ging sie zu Bett, als wir dich aufgaben, lieber Vater."

Vielleicht dachte Mr. Dorrit, Mrs. General habe gut daran getan, von der Enttäuschung, daß er nicht gekommen war, überwältigt zu werden. Jedenfalls entspannte sich sein Gesicht, und er sagte mit offener Befriedigung: „Tut mir sehr leid, daß Mrs. General nicht wohl ist."

Während dieses kurzen Gespräches hatte ihn seine Tochter mit zunehmender Aufmerksamkeit beobachtet. Es schien, als ob er in ihren Augen ein verändertes und ermüdetes Aussehen hatte, und er bemerkte das und nahm es übel; denn er sagte, wieder übellaunig, als er seinen Reisemantel abgelegt hatte und ans Feuer gegangen war:

„Amy, was siehst du mich denn so an? Was siehst du an mir, das dich veranlaßt, deine Aufmerksamkeit in dieser – hm – ganz besonderen Art auf mich – ha – zu konzentrieren?“

„Ich habe es nicht mit Absicht getan, Vater, ich bitte dich um Verzeihung. Es macht meinen Augen Freude, dich wiederzusehen, das ist alles.“

„Sage nicht, das ist alles, weil – ha – das nicht alles ist. Du – hm – denkst“, sagte Mr. Dorrit mit anklagendem Nachdruck, „daß ich nicht gut aussehe.“

„Ich dachte, du sähest ein wenig müde aus, liebster Vater.“

„Dann bist du im Irrtum“, sagte Mr. Dorrit. „Ha, ich bin *nicht* müde. Ha, hm. Ich bin viel frischer, als ich es vor meiner Abreise von hier war.“

Er war so darauf aus, zornig zu werden, daß sie nichts mehr zur Rechtfertigung sagte, sondern ruhig neben ihm stehenblieb und seinen Arm umfing. Während er so, mit seinem Bruder an der anderen Seite, dastand, verfiel er in einen tiefen Schlummer von kaum einer Minute Dauer, aus dem er plötzlich auffuhr.

„Frederick“, wandte er sich an seinen Bruder, „ich empfehle dir, unverzüglich zu Bett zu gehen.“

„Nein, William. Ich will warten und dich zu Abend essen sehen.“

„Frederick“, erwiderte er, „ich bitte dich, zu Bett zu gehen. Ich – ha – ersuche dich inständig, daß du zu Bett gehst. Du solltest schon lange im Bett sein. Du bist sehr schwach.“

„Ha!“ sagte der alte Mann, der nichts anderes wünschte, als ihm gefällig zu sein. „Jaja! Ich bin wirklich schwach.“

„Mein lieber Frederick“, erwiderte Mr. Dorrit, erstaunlich erhaben über die verfallenden Kräfte seines Bruders, „daran kann kein Zweifel sein. Es ist mir schmerzlich, dich so schwach zu sehen. Ha. Es tut mir weh. Hm. Ich finde, du siehst nicht gut aus. Du bist an derartiges nicht gewöhnt. Du solltest vorsichtiger sein, du solltest sehr vorsichtig sein.“

„Soll ich zu Bett gehen?“ fragte Frederick.

„Lieber Frederick“, sagte Mr. Dorrit, „tue das, ich beschwöre dich! Gute Nacht, Bruder. Ich hoffe, du wirst morgen kräftiger sein. Mir gefällt dein Aussehen gar nicht. Gute Nacht, mein Teuerster." Nachdem er seinen Bruder so außerordentlich gnädig weggeschickt hatte, verfiel er wieder in einen Schlummer, noch bevor der alte Mann ganz aus dem Zimmer war, und er wäre nach vorn auf die Holzscheite gestürzt, wenn seine Tochter ihn nicht gehalten hätte.

„Dein Onkel ist sehr oft geistesabwesend, Amy", sagte er, als er daraufhin wieder zu sich gekommen war. „Er ist wenig – ha – klar, und seine Unterhaltung ist – hm – unzusammenhängender, als ich es je – ha – hm – an ihm beobachtet habe. Ist er etwa in meiner Abwesenheit krank gewesen?"

„Nein, Vater."

„Siehst du – ha – die große Veränderung an ihm?"

„Ich hatte es nicht bemerkt, Vater."

„Sehr verfallen", sagte Mr. Dorrit. „Sehr verfallen. Mein armer, liebevoller, schwächlicher Frederick. Ha! Selbst wenn man bedenkt, was er früher war, ist er überaus verfallen!"

Sein Abendbrot, das ihm gebracht und auf dem kleinen Tisch aufgetragen wurde, an dem er sie hatte arbeiten sehen, lenkte seine Aufmerksamkeit ab. Sie saß an seiner Seite wie in den Tagen, die dahin waren, zum erstenmal seit dem Ende dieser Tage. Sie waren allein, und sie legte ihm seine Speise vor und schenkte ihm sein Getränk ein, wie sie es im Gefängnis zu tun pflegte. All das geschah jetzt zum erstenmal wieder, seit sie reich geworden waren. Sie fürchtete sich, ihn oft anzusehen, da er darüber böse geworden war; aber sie bemerkte, daß er sie zweimal im Laufe der Mahlzeit ansah und um sich blickte, als ob die Erinnerung so stark wäre, daß er sich durch den Augenschein vergewissern mußte, nicht mit ihr in dem alten Gefängniszimmer zu sein. Beide Male führte er die Hand an den Kopf, als ob er sein altes schwarzes Käppchen vermißte – obschon dies im Marshalsea schnöderweise weggegeben und bis zu dieser Stunde noch nicht frei geworden war, sondern immer noch auf dem Kopf seines Nachfolgers im Hofe umherwanderte.

Er aß sehr wenig zum Abendbrot, brauchte aber sehr lange dazu und kam oft wieder auf den Verfall seines Bruders zu sprechen. Obwohl er seinem größten Mitleid für ihn Ausdruck gab, sprach er fast mit Bitterkeit von ihm. Er sagte, daß der arme Frederick – ha, hm – fasele. Es gebe kein anderes Wort dafür, fasele. Armer Kerl! Es sei traurig, zu denken, was Amy unter der Langweiligkeit seiner Gesellschaft hätte leiden müssen – schwatzend und lallend, armer, lieber, guter Kerl, schwatzend und lallend –, wenn sie nicht Mrs. General zum Trost gehabt hätte. Tue ihm sehr leid, wiederholte er dann mit derselben Genugtuung wie vorher, daß diese – ha – ausgezeichnete Frau unpäßlich sei.

Klein Dorrit hätte in ihrer wachsamen Liebe das Geringste, was er an diesem Abend sagte oder tat, im Gedächtnis behalten, selbst wenn sie später keinen Anlaß gehabt hätte, dieses Abends zu gedenken. Sie erinnerte sich stets, wie er unter dem starken Einfluß der Erinnerungen um sich blickte und doch versuchte, es vor ihr und vielleicht vor sich selbst zu verbergen, indem er unmittelbar darauf von dem großen Luxus und der großartigen Gesellschaft erzählte, die ihn während seiner Abwesenheit umgeben, und von der hohen Stellung, die seine Familie aufrechtzuerhalten hatte. Auch erinnerte sie sich, daß in seinen Reden und in seinem Benehmen zwei Unterströmungen nebeneinanderher liefen; eine, die ihr zeigte, wie gut er ohne sie ausgekommen und wie unabhängig er von ihr sei, und eine zweite, in der er sich in einer launischen und unverständlichen Weise fast über sie beklagte, als ob es möglich gewesen wäre, daß sie ihn während seiner Abwesenheit vernachlässigt hätte.

Seine Erzählungen von dem herrlichen Staat, den Mr. Merdle hielt, und von den Würdenträgern, die sich vor ihm beugten, brachten ihn ganz natürlich auf Mrs. Merdle zu sprechen. So natürlich in der Tat, daß, obwohl der größte Teil seiner Bemerkungen ungewöhnlich verworren war, er sogleich auf sie überging und fragte, wie es ihr gehe.

„Ihr geht es sehr gut. Sie will nächste Woche abreisen.“

„Nach Hause?“ fragte Mr. Dorrit.

„Nachdem sie sich unterwegs einige Wochen aufgehalten hat.“

„Sie wird hier ein großer Verlust sein“, sagte Mr. Dorrit. „Ein großer – ha – Gewinn zu Hause. Für Fanny – hm – und die übrige – ha – große Welt.“

Klein Dorrit dachte an den Wettstreit, der beginnen sollte, und stimmte sehr leise zu.

„Mrs. Merdle wird eine große Abschiedsgesellschaft mit einem Diner geben. Sie hat lebhaft den Wunsch geäußert, daß du zur rechten Zeit zurück sein möchtest. Sie hat sowohl dich wie mich zum Diner eingeladen.“

„Sie ist – ha – sehr liebenswürdig. Wann soll es stattfinden?“

„Übermorgen.“

„Schreibe ihr morgen früh und teile ihr mit, daß ich zurück bin und – hm – sehr erfreut sein werde.“

„Darf ich mit dir die Treppe zu deinem Zimmer hinaufgehen, lieber Vater?“

„Nein!“ antwortete er und wandte sich mit einem zornigen Blick um, denn er war im Begriff, aus dem Zimmer zu gehen und zu vergessen, gute Nacht zu sagen. „Das darfst du nicht, Amy. Ich brauche keine Hilfe. Ich bin dein Vater, nicht dein schwacher Onkel!“ Er hielt ebenso plötzlich, wie er diese Antwort hervorgestoßen hatte, inne und sagte: „Du hast mir keinen Kuß gegeben, Amy. Gute Nacht, mein liebes Kind! Jetzt müssen wir – ha – müssen wir dich verheiraten.“ Damit stieg er noch langsamer und müder die Treppe zu seinen Zimmern hinauf und schickte, sobald er oben angekommen war, seinen Diener fort. Seine nächste Sorge war, sich nach seinen Pariser Einkäufen umzusehen und, nachdem er die Etuis geöffnet und sie sorgfältig geprüft hatte, dieselben sicher einzuschließen. Darauf blieb er, teils schlummernd und teils Luftschlösser bauend, eine lange Zeit sitzen, so daß am östlichen Rande der öden Campagna schon ein schwacher Schimmer des Morgens lag, als er ins Bett kroch.

Mrs. General sandte am nächsten Tag frühzeitig ihr Kompliment hinauf und hoffte, daß er nach seiner ermüdenden Reise gut geruht habe. Er sandte seine Komplimente hinunter und teilte Mrs. General mit, daß er in der Tat gut geruht habe und es ihm glänzend gehe.

Trotzdem kam er erst spät am Nachmittag aus seinen Zimmern heraus, und obwohl er sich dann für eine Fahrt mit Mrs. General und seiner Tochter prachtvoll anziehen ließ, entsprach seine Erscheinung kaum seinen Angaben über sich selbst.

Da die Familie an diesem Tage keine Besucher hatte, speisten ihre vier Mitglieder allein zusammen. Er geleitete Mrs. General mit größter Förmlichkeit zu dem Sitz an seiner Rechten, und Klein Dorrit, die mit ihrem Onkel hinterherging, konnte nicht umhin, zu bemerken, daß er wieder mit besonderer Sorgfalt gekleidet und gegen Mrs. General von ausnehmender Höflichkeit war. Die vollkommene Oberfläche dieser hervorragenden Dame machte es schwierig, auch nur ein Atom ihrer vornehmen Glasur aus seiner Lage zu bringen, aber Klein Dorrit dachte, sie nehme einen kleinen Hauch des Triumphes in einem Winkel ihres frostigen Auges wahr.

Ungeachtet dessen, was in diesen Zeilen der „Prünellen-und-Prisma-Charakter" des Familienbanketts genannt werden kann, schlief Mr. Dorrit während des Diners ein. Sein Schlummer war ebenso plötzlich wie am Abend vorher und ebenso kurz und tief. Als ihn der Schlummer zum erstenmal überfiel, sah Mrs. General fast erstaunt drein, aber bei jeder Wiederkehr der Symptome betete sie ihren höflichen Rosenkranz – Papa, Porree, Pute, Prünellen und Prisma – herunter, und während sie diese unfehlbare Handlung sehr langsam vollführte, schien sie ihren Rosenkranz ungefähr um dieselbe Zeit zu beenden, zu der Mr. Dorrit aus seinem Schlaf emporfuhr.

Er bemerkte wieder mit Kummer eine Neigung zur

Schläfrigkeit an Frederick (die außerhalb seiner Einbildung nicht existierte), und nach dem Diner, als Frederick sich zurückgezogen hatte, entschuldigte er den armen Mann vertraulich bei Mrs. General.

„Der beste und liebste aller Brüder", sagte er, „aber – ha, hm – gänzlich gebrochen. Leider rasch verfallend."

„Mr. Frederick, Sir", sagte Mrs. General, „ist gewöhnlich geistesabwesend und kopfhängerisch, aber wir wollen hoffen, daß es noch nicht ganz so schlimm mit ihm steht."

Mr. Dorrit jedoch war entschlossen, ihn nicht loszulassen. „Verfällt rasch, Madam. Ein Wrack, eine Ruine. Schwindet vor unseren Augen dahin. Hm. Armer guter Frederick!"

„Sie verließen Mrs. Sparkler ganz wohl und glücklich, hoffe ich?" sagte Mrs. General, nachdem sie einen kühlen Seufzer für Frederick von sich gegeben hatte.

„Von allem – ha – umgeben, was den Sinnen angenehm sein und den Geist – hm – erheben kann. Glücklich, meine liebe Madam, mit einem – hm – Gatten."

Mrs. General war ein wenig verlegen; sie schien das Wort mit ihren Handschuhen sanft beiseite zu schieben, als ob man nicht wissen könnte, wozu es noch führen möchte.

„Fanny", fuhr Mr. Dorrit fort, „Fanny, Mrs. General, hat hohe Eigenschaften. Ha. Ehrgeiz – hm – Streben, Bewußtsein einer – ha – Stellung, Entschlossenheit, diese Stellung zu bewahren – ha, hm – Anmut, Schönheit und angeborene Vornehmheit."

„Zweifellos", sagte Mrs. General (noch etwas steifer als gewöhnlich).

„Bei all diesen guten Eigenschaften, Madam", sagte Mr. Dorrit, „hat Fanny einen Fehler – ha – gezeigt, der mich – hm – unruhig und – ha – ich muß hinzufügen, zornig gemacht hat; aber der jetzt, wie ich hoffe, als beseitigt angesehen werden kann, sogar was sie selbst angeht, und der zweifellos beseitigt ist, was – ha – andere angeht."

„Worauf, Mr. Dorrit", erwiderte Mrs. General, deren

Handschuhe wieder etwas erregt waren, „können Sie anspielen? Ich kann es mir gar nicht ..."

„Sagen sie das nicht, meine teure Madam", unterbrach Mr. Dorrit.

Mrs. Generals ersterbende Stimme brachte die Worte hervor: „... gar nicht denken."

Darauf verfiel Mr. Dorrit in einen Schlaf von etwa einer Minute, aus dem er krampfhaft schnell emporfuhr.

„Ich meine, Mrs. General, jenen – ha – starken Oppositionsgeist, oder – hm – ich könnte sagen, jene Eifersucht bei Fanny, die sich gelegentlich gegen – ha – gegen meine Hochschätzung der – hm – Verdienste der – ha – Dame, mit der ich augenblicklich die Ehre habe zu sprechen, erhoben hat."

„Mr. Dorrit", erwiderte Mrs. General, „ist stets nur zu liebenswürdig, nur zu achtungsvoll. Wenn es Augenblicke gegeben hat, wo es mir schien, daß Miss Dorrit tatsächlich die Schätzung, die Mr. Dorrit meinen Diensten zuteil werden ließ, übelnahm, so habe ich in dieser nur zu hohen Meinung meinen Trost und meine Belohnung gefunden."

„Schätzung Ihrer Dienste, Madam?" fragte Mr. Dorrit.

„Meiner Dienste", wiederholte Mrs. General in elegant eindrucksvoller Weise.

„Nur Ihrer Dienste, meine liebe Madam?" fragte Mr. Dorrit.

„Ich nehme an", erwiderte Mrs. General in ihrer vorigen eindrucksvollen Art, „nur meiner Dienste. Denn welchen Umständen sonst", fragte Mrs. General mit einer schwach fragenden Bewegung ihrer Handschuhe, „könnte ich sie zuschreiben?"

„Ihnen selbst, Mrs. General, Ihnen selbst. Ha, hm – Ihnen selbst und Ihren Vorzügen", war Mr. Dorrits Erwiderung.

„Mr. Dorrit wird mir verzeihen", sagte Mrs. General, „wenn ich bemerke, daß dies nicht die Zeit und der Ort ist, die gegenwärtige Unterhaltung fortzuführen. Mr. Dorrit wird mich entschuldigen, wenn ich ihn daran erinnere, daß Miss Dorrit sich im Zimmer nebenan befindet und von mir aus sichtbar ist, während ich ihren Namen ausspreche. Mr. Dorrit wird mir vergeben, wenn ich bemerke, daß ich erregt bin und daß ich erfahre, es gibt Augenblicke, wo Schwächen, die ich längst überwunden zu haben glaubte, mit verdoppelter Macht zurückkehren. Mr. Dorrit wird mir erlauben, mich zurückzuziehen."

„Hm. Vielleicht können wir diese – ha – interessante Unterhaltung ein andermal fortsetzen", sagte Mr. Dorrit; „wenn sie nicht etwa, was ich nicht hoffen will – ha – Mrs. General, irgendwie – hm – unangenehm ist."

„Mr. Dorrit", sagte Mrs. General mit niedergeschlagenen Augen, während sie mit einer Verbeugung aufstand, „darf stets auf meine Ehrerbietung und meinen Gehorsam rechnen."

Mrs. General ging hierauf majestätisch von dannen, ohne soviel Aufregung zu zeigen, wie man von einer weniger hervorragenden Frau erwartet hätte. Mr. Dorrit, der seinen Teil der Unterhaltung mit einer gewissen stolzen und bewundernden Herablassung geführt hatte – ungefähr so, wie manche Leute sich in der Kirche benehmen und ihren Teil des Gottesdienstes zelebrieren –, schien im ganzen mit sich selbst und auch mit Mrs. General sehr zufrieden zu sein. Als diese Dame zum Tee wieder erschien, hatte sie ihr Äußeres mit ein wenig Puder und Pomade verbessert und war auch nicht ohne moralische Verschönerung; sie zeigte ein äußerst freundliches und gönnerhaftes Benehmen gegenüber Miss Dorrit, und in ihrer Miene lag ein so zärtliches Interesse für Mr. Dorrit, als mit strenger Schicklichkeit nur vereinbar war. Als sie zur Schlafenszeit aufstand, um sich zurückzuziehen, faßte Mr. Dorrit sie bei der Hand, als ob er beabsichtigte, sie auf die Piazza del Popolo hinauszuführen, um im Mondlicht ein Menuett zu tanzen, und geleitete sie mit großer Feierlichkeit an die Zimmertür, wo er ihre Knöchel an seine Lippen hob. Nachdem er sich von ihr mit einem vermutlich recht knochigen Kuß mit kosmetischem Geschmack getrennt hatte, gab er seiner Tochter gnädig den Segen. Und nachdem er so angedeutet hatte, daß etwas Besonderes in der Luft liege, ging er wieder zu Bett.

Er blieb am nächsten Morgen in der Abgeschlossenheit seines Zimmers; aber früh am Nachmittag sandte er Mrs. General durch Mr. Tinkler seine besten Komplimente hinunter und bat sie, Miss Dorrit ohne ihn auf einer Spazierfahrt zu begleiten. Seine Tochter war bereits, für Mrs. Merdles Diner angekleidet, bevor er sich sehen ließ. Er erschien dann in blendender Verfassung, was seinen Anzug anging, sah aber irgendwie zusammengeschrumpft und alt aus. Jedoch, da er offenbar entschlossen war, auf sie böse zu werden, wenn sie ihn nur fragte, wie es ihm gehe, wagte sie nur, ihm die Wange zu küssen, bevor sie ihn mit angstvollem Herzen zu Mrs. Merdle begleitete.

Die Entfernung war sehr kurz, aber er war bereits wieder mit seiner Bauarbeit beschäftigt, bevor der Wagen den Weg halb zurückgelegt hatte. Mrs. Merdle empfing ihn mit großer Auszeichnung; der Busen war in prachtvoller Verfassung und in bestem Einklang mit sich selbst; das Diner war köstlich; und die Gesellschaft war sehr gewählt.

Sie war hauptsächlich englisch; abgesehen davon, daß sie den gewohnten französischen Comte und den gewohnten italienischen Marchese einschloß – dekorative gesellschaftliche Meilensteine, die immer an gewissen Orten zu finden sind und sich sehr wenig in ihrem Äußeren voneinander unterscheiden. Die Tafel war lang, und das Diner war lang, und Klein Dorrit, von einem großen schwarzen Backenbart und einer großen Schleife überschattet, verlor ihren Vater ganz und gar aus den Augen, bis ihr ein Diener ein Stückchen Papier in die Hand drückte mit einer geflüsterten Bitte von Mrs. Merdle, daß sie es gleich lesen sollte. Mrs. Merdle hatte mit Bleistift darauf geschrieben: „Bitte kommen Sie und sprechen Sie mit Mr. Dorrit, er scheint mir nicht wohl zu sein."

Sie war im Begriff, unbemerkt zu ihm zu eilen, als er

aus seinem Stuhl aufstand und, über die Tafel gelehnt, ihr zurief, da er sie noch an ihrem Platz wähnte: „Amy, Amy, mein Kind!“

Diese Handlung war so ungewöhnlich, abgesehen von seinem seltsam erregten Aussehen und seiner seltsam erregten Stimme, daß im Augenblick ein tiefes Schweigen eintrat.

„Amy, mein liebes Kind“, wiederholte er, „willst du gehen und nachsehen, ob Bob heute Dienst hat?“

Sie war an seiner Seite und berührte ihn, aber er glaubte sie auch jetzt noch an ihrem Platz und rief, immer noch über den Tisch gelehnt: „Amy, Amy. Ich fühle mich nicht ganz wie immer. Ha. Ich weiß nicht, wie mir ist. Ich möchte vor allem Bob sehen. Ha. Er ist vor allen anderen Schließern mein Freund, ebenso wie der deine. Sieh nach, ob Bob im Pförtnerhäuschen ist, und bitte ihn, zu mir zu kommen.“

Alle Gäste waren jetzt bestürzt, und jeder erhob sich.

„Lieber Vater. Ich bin nicht dort; ich bin hier, neben dir.“

„Oh! Du bist hier, Amy! Gut. Hm. Gut. Rufe Bob. Wenn er abgelöst worden ist und nicht am Tor ist, so sage Mrs. Bangham, daß sie ihn holen soll.“

Sie versuchte sanft, ihn wegzuführen, aber er widerstand und wollte nicht gehen.

„Ich sage dir, Kind“, sagte er heftig, „ich kann die enge Treppe nicht ohne Bob hinaufgebracht werden. Ha. Schicke nach Bob. Hm. Schicke nach Bob – dem besten aller Schließer –, schicke nach Bob!“

Er blickte wirr um sich, und als er sich der Menge Gesichter bewußt wurde, von denen er umgeben war, sprach er sie an: „Meine Damen und Herren, es fällt mir – ha – die Pflicht zu, Sie im Marshalsea – hm – willkommen zu heißen. Willkommen im Marshalsea! Der Raum ist – ha – begrenzt, hm – begrenzt – die Promenade könnte länger sein; aber Sie werden feststellen, daß sie nach einiger Zeit, meine Damen und meine Herren – scheinbar größer wird, und die Luft ist, alles in allem genommen, sehr gut. Sie kommt von den – ha – von den Surreyer Anhöhen – kommt von den Surreyer Anhöhen. Dies ist die ‚Klause'. Hm. Durch kleine Beiträge der – ha – Kollegen unterhalten. Als Leistung dafür – heißes Wasser – Küche für jeden – und kleine häusliche Annehmlichkeiten. Diejenigen, die im – hm – Marshalsea zu Hause sind, nennen mich freundlicherweise seinen Vater. Ich bin gewohnt, von Fremden als der – ha – Vater des Marshalsea angesehen zu werden. Sicherlich, wenn jahrelanger Aufenthalt einen Anspruch auf einen so – ha – ehrenvollen Titel gibt, so kann ich die – hm – mir widerfahrene Auszeichnung annehmen. Dies mein Kind, meine Damen und Herren. Meine Tochter. Hier geboren!"

Sie schämte sich dessen nicht, noch schämte sie sich seiner. Sie war blaß und erschrocken; aber sie hatte keine andere Sorge, als ihn um seiner selbst willen zu beruhigen und ihn hinwegzuführen. Sie lag an seiner Brust zwischen ihm und den verwunderten Gesichtern und hatte ihr Gesicht zu dem seinigen erhoben. Er hielt sie mit seinem linken Arm umschlungen, und bisweilen hörte man ihre leise Stimme, die ihn zärtlich beschwor, mit ihr wegzugehen.

„Hier geboren", wiederholte er unter Tränen. „Hier aufgewachsen. Meine Damen und Herren, meine Tochter. Kind eines unglücklichen Vaters, der immer – ha – ein Gentleman war. Arm ohne Zweifel, aber – hm – stolz. Immer stolz. Es ist kein – hm – seltener Brauch unter meinen – ha – persönlichen Bewunderern – lediglich persönlichen Bewunderern geworden, ihrem Wunsch, meine halbamtliche Stellung anzuerkennen, dadurch Ausdruck zu geben, daß sie mir – ha – kleine Geschenke anbieten, gewöhnlich in der Form von – ha – Ehrengaben, Ehrengaben in Geld. Wenn ich diese – ha – freiwillige Anerkennung meiner bescheidenen Bemühungen annehme, einen – hm – einen Ton hier aufrechtzuerhalten – einen Ton – bitte ich, zu verstehen, daß ich mich nicht herabgesetzt fühle. Ha. Nicht herabgesetzt. Ha. Kein Bettler. Nein; ich weise diese Bezeichnung zurück! Zugleich sei es mir fern, die – hm – schö-

nen Gefühle, die meine guten Freunde bewegen, geringzuschätzen – ich gebe also bedenkenlos zu, daß diese Geschenke – hm – sehr willkommen sind. Ja, sie sind höchst willkommen. Im Namen meines Kindes, wenn nicht in meinem eigenen, gebe ich das im vollen Umfang zu, zugleich mit allem Vorbehalt – ha – soll ich sagen, meiner persönlichen Würde? Meine Damen und Herren, Gott segne Sie alle!"

Inzwischen hatte der außerordentliche Ärger, den der Busen empfand, bewirkt, daß sich der größere Teil der Gesellschaft in andere Zimmer zurückzog. Die wenigen, die noch solange geblieben waren, folgten jetzt den übrigen, und Klein Dorrit und ihr Vater blieben den Dienern und sich selbst überlassen. Liebster und teuerster Vater, er würde doch jetzt mit ihr kommen, nicht wahr? Er erwiderte auf ihre heißen Bitten, daß er niemals imstande sein würde, die enge Treppe ohne Bob hinaufzukommen. Wo wäre Bob, wollte niemand Bob holen? Unter dem Vorwand, sich nach Bob umzusehen, führte sie ihn gegen den Strom der fröhlichen Gesellschaft, die zur Abendunterhaltung geladen war und jetzt eintraf, hinaus, bestieg mit ihm eine Droschke, die gerade ihre Fahrgäste abgesetzt hatte, und brachte ihn nach Hause.

Die breiten Treppen seines römischen Palastes waren in seinen geschwächten Augen zu den engen Treppen seines Londoner Gefängnisses zusammengeschrumpft; und er wollte sich von niemand anderem als ihr anrühren lassen, mit Ausnahme seines Bruders. Sie brachten ihn ohne Hilfe in sein Zimmer hinauf und legten ihn auf sein Bett nieder.

Und von dieser Stunde an erlosch in seinem armen gelähmten Geist, der sich nur noch an den Ort erinnerte, wo seine Schwingen gebrochen waren, der Traum, durch den er sich seitdem hindurchgetappt hatte, und er kannte nichts mehr außer dem Marshalsea.

Wenn er Fußtritte auf der Straße hörte, nahm er sie für die alten müden Schritte im Hof. Wenn die Stunde des Torschlusses kam, glaubte er, daß alle Fremden das

Gefängnis verlassen müßten. Sobald die Zeit des Öffnens kam, wünschte er so sehr, Bob zu sehen, daß sie genötigt waren, eine Erzählung zurechtzumachen, wonach Bob – damals schon einige Jahre tot, der brave Schließer – sich erkältet hatte, aber hoffte, morgen oder übermorgen oder spätestens an dem darauffolgenden Tag wieder ausgehen zu können.

Er verfiel in eine solche Schwäche, daß er die Hand nicht mehr heben konnte. Aber er begönnerte immer noch, nach seinem langjährigen Brauch, seinen Bruder und pflegte mit einem gewissen Selbstgefallen fünfzigmal am Tage, wenn er ihn neben seinem Bett stehen sah, zu sagen: „Mein guter Frederick, setz dich, du bist wirklich sehr schwach."

Sie machten einen Versuch mit Mrs. General, aber er hatte nicht die geringste Erinnerung an sie. Ein beleidigender Verdacht nistete sich in seinem Gehirn ein, daß sie Mrs. Bangham verdrängen wollte und dem Trunk ergeben sei. Er beschuldigte sie dessen in keineswegs gemäßigten Ausdrücken und verlangte so dringend, daß seine Tochter zum Gefängnisaufseher gehen und ihn bitten sollte, sie hinauszuwerfen, daß sie ihm nach dem ersten Mißerfolg niemals wieder vor Augen gebracht wurde.

Ausgenommen, daß er einmal fragte, „ob Tip ausgegangen sei", schien nur die Erinnerung an seine beiden nicht anwesenden Kinder ihn verlassen zu haben. Aber das Kind, das so viel für ihn getan hatte und so wenig dafür belohnt worden war, kam ihm niemals aus dem Sinn. Nicht, daß er sie geschont oder befürchtet hätte, daß sie durch das ermüdende Wachen erschöpft sein könnte; das machte ihm nicht mehr Sorgen, als es ihm gewöhnlich gemacht hatte. Nein, er liebte sie in seiner alten Weise. Sie waren wieder im Gefängnis, und sie sorgte für ihn, und er brauchte sie beständig und konnte sich ohne sie nicht umwenden; und er sagte ihr sogar manchmal, daß er zufrieden sei, um ihretwillen vieles ausgestanden zu haben. Sie ihrerseits beugte sich über sein Bett, hielt ihr stilles Gesicht an das seine gepreßt und hätte gern ihr eigenes Leben hergegeben, um ihn wieder gesund zu machen.

Als er in dieser schmerzlosen Weise zwei oder drei Tage lang immer schwächer geworden war, bemerkte sie, daß er durch das Ticken seiner Uhr – einer prachtvollen goldenen Uhr, die so viel Wesens aus ihrem Ticken machte, als ob nichts anderes als sie und die Zeit ginge – gestört wurde. Sie ließ sie ablaufen; aber er war immer noch unruhig und gab zu verstehen, daß es nicht das wäre, was er wünschte. Schließlich raffte er sich auf und erklärte, er wünsche, daß auf diese Uhr Geld geborgt würde. Er zeigte sich sehr befriedigt, als sie vorgab, sie zu diesem Zweck wegzunehmen, und nahm darauf sein kleines bißchen Wein und Gelee mit einem Genuß zu sich, den er vorher nicht gehabt hatte

Es wurde bald offenbar, daß dies seinem Wunsch entsprach; denn in den nächsten Tagen sandte er seine Manschettenknöpfe und Ringe fort. Er zeigte eine erstaunliche Befriedigung, wenn er sie mit diesen Aufträgen betraute, und schien das für ebensogut zu halten, als wenn er die methodischsten und fürsorglichsten Anordnungen getroffen hätte. Nachdem seine Schmuckstücke oder wenigstens diejenigen, die er um sich herum hatte wahrnehmen können, dahin waren, zogen seine Kleider seine Aufmerksamkeit auf sich; und es ist höchstwahrscheinlich, daß er einige Tage lang durch die Befriedigung, sie Stück für Stück zu einem eingebildeten Pfandleiher zu schicken, am Leben erhalten wurde.

So beugte Klein Dorrit sich zehn Tage lang über seine Kissen, wobei sie ihre Wange an die seine schmiegte. Manchmal war sie so müde, daß sie einige Minuten lang gemeinsam schlummerten. Dann erwachte sie wieder, um sich mit lautlos strömenden Tränen zu erinnern, was da ihr Gesicht berührte, und um über dem geliebten Gesicht auf den Kissen einen tieferen Schatten zu sehen als den Schatten der Marshalsea-Mauer.

Allmählich, allmählich schwanden alle Grundrißlinien des großen Schlosses eine nach der anderen dahin.

Allmählich, allmählich wurde das durchfurchte Gesicht, auf dem sie gezeichnet waren, glatt und rein. Allmählich, allmählich verwischte sich der Widerschein des Gefängnisgitters und des eisernen Zickzacks auf der Mauer. Allmählich, allmählich wurde das Gesicht zu einem viel jüngeren Ebenbild ihres eigenen, als sie es jemals unter dem grauen Haar gesehen hatte, und ging zur ewigen Ruhe.

Zuerst war ihr Onkel ganz außer sich. „Oh, mein Bruder! Oh, William, William! Daß du vor mir dahingegangen bist; daß du allein dahingegangen bist; daß du gegangen bist und ich geblieben bin! Du – mir so weit überlegen, so vornehm, so edel; ich – ein armer unnützer Mensch, der zu nichts gut ist und den niemand vermißt hätte!"

Es war insofern für den Augenblick gut für sie, als sie jemand hatte, an den sie denken und dem sie helfen konnte.

„Onkel, Onkel, lieber Onkel, schone dich, schone mich!"

Der alte Mann war für die letzten Worte nicht taub. Als er begann, sich zusammenzunehmen, geschah es, um sie zu schonen. Er nahm keine Rücksicht auf sich selbst, aber mit aller noch gebliebenen Kraft des ehrlichen Herzens, das so lange erstarrt gewesen war und nun erwachte, um gebrochen zu werden, ehrte er sie und segnete sie.

„O Gott", rief er, bevor sie das Zimmer verließen, während er seine runzligen Hände über ihr faltete. „Du siehst diese Tochter meines lieben toten Bruders! Alles, was ich mit meinen halb blinden und sündigen Augen gesehen habe, hast du klar und deutlich wahrgenommen. Nicht ein Haar an ihrem Kopfe wirst du krümmen. Du wirst sie hier bis zu ihrer letzten Stunde beschirmen. Und ich weiß, du wirst sie dereinst belohnen!"

Sie saßen still und traurig in einem dunklen Zimmer nebenan zusammen, bis es fast Mitternacht war. Bisweilen suchte sein Schmerz wie anfangs Erleichterung in einem Ausbruch; aber abgesehen davon, daß seine geringen Kräfte derartige Aufregungen nicht lange hätten aushalten können, verfehlte er nie, sich ihrer Worte zu erinnern und sich Vorwürfe zu machen und sich zu beruhigen. Die einzige Äußerung, mit der er seinem Schmerz nachgab, war der häufige Ausruf, daß sein Bruder allein dahingegangen sei; daß sie im Anfang ihres Lebens zusammen gewesen, daß sie zusammen ins Unglück geraten seien, daß sie durch die langen Jahre ihrer Armut zusammengehalten hätten, daß sie bis zu diesem Tag zusammengeblieben seien und daß sein Bruder allein, allein dahingegangen sei!

Sie schien traurig und kummervoll. Sie wollte ihn nicht früher als in seinem eigenen Zimmer verlassen, und sie sah ihn sich mit seinen Kleidern aufs Bett legen und deckte ihn zu. Dann sank sie auf ihr eigenes Bett und verfiel in einen tiefen Schlaf. Den Schlaf der Erschöpfung und der Ruhe. Wenn auch nicht vollkommen befreit von einem durchdringenden Bewußtsein der Betrübnis. Schlafe, gute Klein Dorrit, schlafe die Nacht hindurch!

Es war eine Mondnacht; aber der Mond ging spät auf, da er längst im Abnehmen war. Als er hoch und friedlich am Firmament stand, schien er durch halbgeschlossene Jalousien in den feierlichen Raum, wo die Mißgriffe und Irrungen eines Lebens vor kurzem ihr Ende gefunden hatten. Zwei stille Gestalten waren in dem Zimmer; zwei Gestalten, die beide in gleichem Maße stumm und unbeweglich waren, in gleichem Maße durch eine unüberwindliche Entfernung von der wimmelnden Erde und allem, was sie enthält, getrennt, obwohl sie bald in ihr ruhen sollten.

Die eine Gestalt lag auf dem Bett. Die andere, die auf dem Boden kniete, war darüber hingesunken; die Arme leicht und friedlich über die Bettdecke gelegt, das Gesicht herabgebeugt, so daß die Lippen die Hand berührten, über die es sich mit seinem letzten Atemzug gebeugt hatte. Die beiden Brüder waren vor ihrem Vater; weit jenseits der zwielichtigen Meinung der Welt; hoch über ihrer Dunkelheit und Finsternis.

## *20. Kapitel*

Leitet das nächste ein

Die Passagiere des Paketbootes gingen am Hafendamm von Calais an Land. Ein niedrig gelegener Ort war dieses Calais und traurig aussehend, wenn das Meer bei Ebbe seinen Tiefstand erreicht hatte. Die Sandbank vor dem Hafen war gerade mit genug Wasser bedeckt, damit das Boot einlaufen konnte; und nun, während die Wogen flach darüber hinweggingen, sah die Sandbank selbst wie ein träges Seeungeheuer aus, das eben an die Meeresoberfläche gekommen war und dessen Form sich undeutlich zeigte, während es schlafend dalag. Der magere Leuchtturm ganz in Weiß, der so unheimlich am Ufer stand, als wäre er der Geist eines Gebäudes, das einst Farbe und Rundung gehabt hatte, vergoß bittere Tränen nach seiner kürzlichen Bestürmung durch die Wogen. Die langen Reihen elender schwarzer Pfähle, schlammig und naß und vom Wetter mitgenommen, mit Begräbniskränzen von Seetang, mit denen die letzte Flut sie umwunden hatte, hätten einen häßlichen Meeresfriedhof darstellen können. Jeder wogenüberspülte, sturmgepeitschte Gegenstand war so niedrig und so klein unter dem weiten grauen Himmel, in dem Tosen des Windes und der See und vor den gekräuselten Kämmen der Brandung, die sich wütend darauf stürzte, so daß es wunderbar schien, daß es überhaupt noch ein Calais gab und daß seine niedrigen Tore und niedrigen Mauern und niedrigen Dächer und niedrigen Gräben und niedrigen Sandhügel und niedrigen Wälle und flachen Straßen nicht schon längst dem untergrabenden und anstürmenden Meer zum Opfer gefallen waren wie die Burgen, welche die Kinder am Strand errichten.

Nachdem sie zwischen schlammbedeckten Pfählen und Planken ausgeglitten, über nasse Stufen gestolpert und vielen Hindernissen begegnet waren, begannen die Passagiere ihre unbequeme Wanderung längs des Hafendammes, wo alle französischen Vagabunden und eng-

lischen Spitzbuben der Stadt (die halbe Bevölkerung) herumstanden, um sie daran zu hindern, wieder zur Besinnung zu kommen. Nachdem alle Engländer sie genau besichtigt und alle Franzosen sich in einem Handgemenge von dreiviertel Meilen Länge um sie als Beute gerissen hatten, stand es ihnen endlich frei, die Straßen zu betreten und sich, heftig verfolgt, nach verschiedenen Richtungen zu zerstreuen.

Clennam, den mehr als eine Sorge quälte, befand sich unter diesen Verdammten. Nachdem er die hilflosesten seiner Landsleute aus großer Not gerettet hatte, setzte er nun seinen Weg allein fort oder so allein er konnte, während ein eingeborener Herr in einem speckigen Anzug und einer ebensolchen Kappe ihn in einer Entfernung von etwa fünfzig Schritten verfolgte und ihm beständig nachrief: „'allo! 'ören Sie! Sie! 'err! 'ören Sie! Schön 'otel!"

Selbst dieser gastfreundliche Mensch blieb jedoch zurück, und Clennam setzte seinen Weg unbelästigt fort. Die Stadt machte nach dem Aufruhr im Kanal und am Strand einen ruhigen Eindruck, und ihre langweilige Stille war, mit diesen Erlebnissen verglichen, angenehm. Er traf neue Gruppen von Landsleuten, die alle aussahen, als ob sie längst verwelkt und jetzt nur noch Unkraut wären. Auch sahen sie alle aus, als ob sie Tag für Tag in demselben engbegrenzten Umkreis herumlungerten, was ihn stark an das Marshalsea erinnerte. Aber ohne sich mehr um sie zu kümmern als genügte, um diesen Gedanken entstehen zu lassen, suchte er eine bestimmte Hausnummer in einer bestimmten Straße auf, die er im Gedächtnis hatte.

„Dies nannte Pancks", murmelte er zu sich selbst, während er vor einem finsteren Haus stehenblieb, das der Adresse entsprach. „Ich glaube, seine Angabe stimmt und seine Entdeckung unter Mr. Casbys umherliegenden Papieren ist richtig; aber sonst hätte ich kaum geglaubt, daß es dieses Haus sein könnte."

Ein totes Haus mit einer toten Mauer gegenüber und einer toten Tür an der Seite, wo ein hängender Glokkenzug zwei tote Klingellaute von sich gab und ein Türklopfer ein totes flaches Klopfen verursachte, das nicht Tiefe genug zu haben schien, um selbst die rissige Tür zu durchdringen. Jedoch die Tür öffnete sich knarrend mittels einer toten Feder, und er schloß sie hinter sich, während er einen öden Hof betrat, der bald von einer zweiten toten Mauer abgeschlossen wurde, wo der Versuch gemacht worden war, einige Schlinggewächse großzuziehen, die tot waren, und einen kleinen Springbrunnen in einer Grotte anzubringen, der vertrocknet war, und diese Grotte mit einer kleinen Statue zu verzieren, die nicht mehr da war.

Der Eingang zu dem Haus befand sich an der linken Seite und war, wie die äußere Tür, mit zwei gedruckten Zetteln in französischer und englischer Sprache geschmückt, die ankündigten, daß hier möblierte Zimmer zu vermieten seien bei sofortigem Einzug. Eine kräftige, fröhliche Bäuerin, ganz Strümpfe, Unterrock, weiße Haube und Ohrringe, stand hier in einem dunklen Türgang und sagte, ihre schönen Zähne zeigend: „Was wollen der 'err? Su wem?"

Clennam antwortete auf französich und fragte nach der englischen Dame; er wünsche die englische Dame zu sehen.

„Dann treten Sie bitte ein und steigen Sie die Treppe hinauf", erwiderte die Bäuerin ebenfalls auf französisch.

Er tat beides und folgte ihr eine dunkle kahle Treppe empor zu einem Hinterzimmer im ersten Stock. Von hier hatte man einen düsteren Ausblick auf den öden Hof, auf die toten Ranken, den vertrockneten Springbrunnen und auf den Sockel der verschwundenen Statue.

„Monsieur Blandois", sagte Clennam.

„Mit Vergnügen, Monsieur."

Daraufhin zog sich die Frau zurück und überließ ihn der Betrachtung des Zimmers. Es war die Art Zimmer, wie man sie immer in solchen Häusern findet. Kalt, öde und dunkel. Gewachster Boden, der sehr glatt war. Ein Zimmer, nicht groß genug, um darin Schlittschuh zu laufen, doch geeignet, irgendeine andere Beschäftigung bequem auszuführen. Fenster mit rot und weiß gestreiften Vorhängen, eine kleine Strohmatte, ein kleiner runder Tisch mit einem Durcheinander von Beinen darunter, klobige Binsenstühle, zwei große rotsamtene Lehnsessel, die Platz genug boten, um sich unbehaglich darin zu fühlen, ein Schreibtisch, ein Spiegel über dem Kamin in mehreren Stücken, der vorgab, aus einem Stück zu sein, ein Paar geschmacklos prunkende Vasen mit sehr künstlichen Blumen, zwischen ihnen ein griechischer Krieger mit abgenommenem Helm, der dem Genius Frankreichs eine Uhr opferte.

Nach einer Weile öffnete sich die Verbindungstür zu einem anderen Zimmer, und eine Dame trat ein. Sie bezeigte große Überraschung, als sie Clennam sah, und ihr Blick wanderte auf der Suche nach noch jemandem im Zimmer umher.

„Verzeihen Sie, Miss Wade. Ich bin allein."

„Es war nicht Ihr Name, der mir überbracht wurde."

„Nein; ich weiß das. Entschuldigen Sie, ich habe schon erlebt, daß mein Name Sie nicht zu einer Zusammenkunft geneigt macht, und ich wagte es deshalb, den Namen eines Mannes zu erwähnen, den ich suche."

„Bitte", erwiderte sie und bot ihm mit einer so kühnen Bewegung einen Stuhl an, daß er stehen blieb, „welcher Name war es, den Sie angaben?"

„Ich erwähnte den Namen Blandois."

„Blandois?"

„Ein Name, der Ihnen bekannt ist."

„Es ist seltsam", sagte sie, die Brauen runzelnd, „daß Sie immer noch ein unerwünschtes Interesse für mich und meine Angelegenheiten haben, Mr. Clennam. Ich weiß nicht, was Sie beabsichtigen."

„Entschuldigen Sie, Sie kennen den Namen?"

„Was können Sie mit dem Namen zu schaffen haben, was kann ich mit dem Namen zu schaffen haben? Was können Sie damit zu schaffen haben, ob ich irgendeinen Namen kenne oder nicht kenne? Ich kenne viele Namen und habe noch mehr vergessen. Dieser mag der einen

Klasse oder der anderen angehören, oder ich habe ihn vielleicht niemals gehört. Ich wüßte keinen Grund, weshalb ich mich darum selbst befragen oder befragen lassen sollte."

„Wenn Sie mir gestatten wollen", sagte Clennam, „will ich Ihnen meinen Grund sagen, warum ich so nachdrücklich auf der Sache bestehe. Ich gebe zu, daß ich nachdrücklich darauf bestehe, und ich muß Sie bitten, zu verzeihen, wenn ich das tue. Der Grund liegt ganz auf meiner Seite. Ich will durchaus nicht sagen, daß er irgendwie auf Ihrer Seite ist."

„Nun, Sir", erwiderte Sie und wiederhole etwas weniger hochmütig als vorher ihre Einladung, sich zu setzen, der er jetzt folgte, während sie selbst Platz nahm. „Ich bin wenigstens erfreut, zu wissen, daß es sich nicht wieder um eine Sklavin eines Ihrer Freunde handelt, die ich ihrer Freiheit beraubt und entführt habe. Bitte, ich will Ihren Grund anhören."

„Erstens, zur Person, von der wir sprechen", sagte Clennam, „lassen Sie mich bemerken, daß es jene Person ist, die Sie vor einiger Zeit in London getroffen haben. Sie werden sich erinnern, daß Sie ihn am Fluß auf der Adelphi-Terrasse getroffen haben!"

„Sie mischen sich ganz unverantwortlich in meine Angelegenheiten", erwiderte sie und blickte ihn mit finsterem Mißfallen an. „Woher wissen Sie das?"

„Ich bitte Sie, darüber nicht böse zu sein. Durch einen bloßen Zufall."

„Welchen Zufall?"

„Lediglich durch den Zufall einer Begegnung auf der Straße, als Sie sich mit ihm trafen."

„Sprechen Sie von sich selbst oder von einer anderen Person?"

„Von mir selbst. Ich sah es."

„Es war ja auf offener Straße", bemerkte sie nach einigen Augenblicken der Überlegung, in denen ihr Zorn langsam abebbte. „Fünfzig Leute hätten es sehen können. Es hätte nichts bedeutet, wenn es so gewesen wäre."

„Ich lege auch meiner Beobachtung keinerlei Gewicht bei, noch bringe ich (außer als Erklärung dafür, warum ich hierhergekommen bin) meinen gegenwärtigen Besuch oder die Gunst, um die ich zu bitten habe, damit in Verbindung."

„Oh! Sie haben eine Gunst zu erbitten! Es fällt mir auf", das schöne Gesicht blickte ihn bitter an, „daß Ihr Benehmen sanfter geworden ist, Mr. Clennam."

Er begnügte sich damit, durch eine kleine Bewegung zu protestieren, ohne zu widersprechen. Dann erwähnte er Blandois' Verschwinden, von dem sie wahrscheinlich gehört hätte. – Nein. So wahrscheinlich es ihm auch vorkomme, habe sie nichts dergleichen gehört. Er möge sich hier umsehen (sagte sie) und selbst urteilen, ob es wahrscheinlich sei, daß eine Nachricht aus der Öffentlichkeit an das Ohr einer Frau gedrungen sein konnte, die unterdessen, ihr Herz verzehrend, hier eingeschlossen war. Als sie seine Frage hiermit verneint hatte, und das schien ihm auch der Wahrheit zu entsprechen, fragte sie ihn, was er mit Verschwinden meine. Das führte dazu, daß er die Umstände ausführlich erzählte und ihr seinen lebhaften Wunsch ausdrückte, zu erfahren, was in Wirklichkeit aus jenem Mann geworden sei, um den dunklen Verdacht zu zerstreuen, der das Haus seiner Mutter umwölkte. Sie hörte mit offensichtlicher Überraschung und mit mehr Anzeichen von unterdrücktem Interesse zu, als er vorher an ihr bemerkt hatte; dennoch gab sie ihre abweisende, stolze und verschlossene Haltung nicht auf. Als er zu Ende war, sprach sie nur diese Worte:

„Sie haben mir noch nicht gesagt, Sir, was ich damit zu schaffen habe oder welches die Gunst ist. Wollen Sie so gut sein, darauf zu kommen?"

„Ich nehme an", sagte Arthur, unablässig bemüht, ihre kalt zurückweisende Art zu besänftigen, „daß, da Sie in Verbindung – darf ich sagen, vertraulicher Verbindung – mit diesem Mann standen ..."

„Sie können natürlich sagen, was Sie wollen", bemerkte sie; „aber ich bin nicht für Ihre Annahme verantwortlich, Mr. Clennam, noch für die irgend jemandes sonst."

„... da Sie zumindest in persönlicher Verbindung mit ihm standen", sagte Clennam, der seine Behauptung in eine andere Form kleidete, in der Hoffnung, sie weniger anstößig zu machen, „daß Sie mir etwas über sein Vorleben, seine Beschäftigung, seine Gewohnheiten, seinen gewöhnlichen Aufenthaltsort mitteilen können. Mir irgendeinen kleinen Anhaltspunkt geben können, wie ich ihn am besten finden könnte und entweder beibringen oder feststellen kann, was aus ihm geworden ist. Das ist die Gunst, um die ich bitte, und ich bitte darum in einer Verzweiflung, für die Sie hoffentlich einiges Mitgefühl haben. Falls Sie einen Grund haben, mir Bedingungen aufzuerlegen, so würde ich denselben respektieren, ohne zu fragen, was es ist."

„Sie sahen mich zufällig auf der Straße mit dem Mann zusammen", bemerkte sie, nachdem sie sich zu seinem Verdruß offenbar mit ihren eigenen Gedanken über die Sache statt mit seiner Bitte beschäftigt hatte. „Dann kannten Sie den Mann also schon vorher?"

„Nicht vorher – nachher. Ich hatte ihn vorher niemals gesehen, aber ich sah ihn an genau dem Abend, an dem er verschwand, wieder. Genauer gesagt, im Zimmer meiner Mutter. Ich verließ ihn dort. Sie können auf diesem Papier alles lesen, was von ihm bekannt ist."

Er gab ihr einen der gedruckten Handzettel, die sie mit ruhigem und aufmerksamem Gesicht durchlas.

„Das ist mehr, als ich von ihm wußte", sagte sie, als sie ihm das Papier zurückgab.

Auf Clennams Gesicht war seine schwere Enttäuschung, vielleicht sein Unglauben zu lesen; denn sie fügte in demselben unfreundlichen Ton hinzu: „Sie glauben es nicht. Und doch ist es so. Wenn schon von persönlicher Verbindung die Rede ist, so scheint es, daß eine persönliche Verbindung zwischen ihm und Ihrer Mutter bestanden hat. Und doch sagen Sie, Sie glauben ihrer Erklärung, daß sie nicht mehr davon weiß!"

In diesen Worten und diesem sie begleitenden Lächeln lag eine Verdächtigung, die stark genug war, Clennam das Blut ins Gesicht zu treiben.

„Kommen Sie, Sir", sagte sie mit einer grausamen Lust, den Stich zu wiederholen, „ich will so offen zu Ihnen sein, wie Sie es nur wünschen können. Ich will zugeben, daß, wenn ich um meinen Ruf besorgt wäre (was nicht der Fall ist) oder einen guten Namen zu bewahren hätte (was ebenfalls nicht der Fall ist, denn es ist mir vollkommen gleichgültig, ob er für gut oder schlecht gehalten wird), ich mich schwer kompromittiert fühlen würde, wenn ich etwas mit diesem Menschen zu tun gehabt hätte. Und doch hat er meine Schwelle niemals betreten – mit mir hat er niemals bis Mitternacht im Gespräch dagesessen."

Sie rächte sich für ihren alten Groll, indem sie so die Sache gegen ihn wandte. Es lag nicht in ihrem Charakter, ihn zu schonen, und sie fühlte keine Gewissensbisse.

„Daß er ein gemeiner käuflicher Schurke ist, daß ich ihn zuerst in Italien traf (wo ich vor nicht langer Zeit war) und daß ich ihn dort mietete, als das passende Instrument für einen Zweck, den ich gerade verfolgte, habe ich keinen Anlaß, Ihnen vorzuenthalten. Kurz, es beliebte mir, zu meinem Vergnügen – zur Befriedigung eines starken Gefühls – einen Spion zu bezahlen, der mir für Geld Dienste leistete. Ich bezahlte diesen Menschen. Und ich bin gewiß, wenn ich etwas Derartiges gewünscht hätte und wenn ich ihm genug hätte bezahlen können und wenn er es im Dunkeln ohne jede Gefahr hätte tun können, so hätte er jedem beliebigen Menschen das Leben genommen mit ebensowenig Skrupeln, wie er mein Geld nahm. Das ist wenigstens meine Meinung über ihn; und ich sehe, sie ist nicht sehr weit von der Ihrigen entfernt. Die Meinung Ihrer Mutter über ihn, das muß ich wohl annehmen (um Ihrem Beispiel dies und jenes anzunehmen, zu folgen), war weit davon entfernt."

„Meine Mutter, lassen Sie mich daran erinnern", sagte Clennam, „ist zuerst durch eine unglückliche geschäftliche Angelegenheit mit ihm in Verbindung gekommen."

„Es scheint ein unglückliches Geschäft gewesen zu sein, das sie zuletzt in Verbindung mit ihm brachte", erwiderte Miss Wade; „und die Geschäftsstunden bei dieser Angelegenheit waren spät."

„Sie wollen also andeuten", sagte Arthur, der unter diesen kaltblütig versetzten Stichen, deren Gewalt er schon früher empfunden hatte, schmerzlich litt, „daß etwas ..."

„Mr. Clennam", fiel sie ein, „Sie wissen, daß ich nicht in Andeutungen über den Mann spreche. Er ist, das sage ich wieder unverhohlen, ein gemeiner käuflicher Schurke. Ich denke, solch ein Mensch geht dorthin, wo man ihn braucht. Wenn ich ihn nicht gebraucht hätte, hätten Sie ihn und mich nicht beisammen gesehen."

Nach ihrem hartnäckigen Verhalten in diesem dunklen Punkt des Falles, von dem ein halb verborgener Schatten bis in seine eigene Brust fiel, schwieg Clennam betroffen still.

„Ich habe von ihm als einem noch Lebenden gesprochen", fügte sie hinzu, „aber was weiß ich, vielleicht ist er aus dem Wege geräumt worden. Was bedeutet das schon für mich? Ich brauche ihn nicht mehr."

Mit einem schweren Seufzer und einer hoffnungslosen Miene erhob sich Clennam langsam. Sie erhob sich nicht mit ihm, sondern sagte, nachdem sie ihn eine Weile mit einem starren Blick des Verdachts und zornig zusammengepreßten Lippen angesehen hatte: „Er war der bevorzugte Gefährte Ihres lieben Freundes Mr. Gowan, nicht wahr? Weshalb bitten Sie Ihren lieben Freund nicht darum, Ihnen zu helfen?"

Die Erwiderung, daß er kein lieber Freund von ihm sei, drängte sich auf Arthurs Lippen; aber er unterdrückte sie, da er sich an seine alten Kämpfe und Vorsätze erinnerte, und sagte: „Außer, daß er niemals Blandois wiedergesehen hat, seit Blandois nach England gereist ist, weiß Mr. Gowan nichts über ihn. Es war eine zufällige Reisebekanntschaft."

„Eine zufällige Reisebekanntschaft“, wiederholte sie. „Ja, Ihr lieber Freund hat es nötig, sich mit allen Leuten, die er kennenlernt, zu zerstreuen, wenn man bedenkt, was er für eine Frau hat. Ich hasse seine Frau, Sir.“

Der Zorn, mit dem sie das sagte, bei einer Person von solcher Selbstbeherrschung um so auffallender, erregte Clennams Aufmerksamkeit und fesselte ihn an seinen Platz. Er blitzte aus ihren dunklen Augen, während sie ihn anblickten, bebte in ihren Nasenflügeln und machte den Atem heiß, den sie ausstieß; aber ihr Gesicht zeigte eine hochmütige Ruhe, und ihre Haltung war von solch gelassener und stolzer Anmut, als ob sie in einer völlig gleichgültigen Stimmung gewesen wäre.

„Alles, was ich sagen will, Miss Wade“, bemerkte er, „ist, daß Sie keinen Anlaß zu einem Gefühl haben können, das, wie ich glaube, niemand mit Ihnen teilt.“

„Sie können, wenn Sie wollen, Ihren lieben Freund wegen seiner Meinung über diesen Gegenstand befragen“, erwiderte sie.

„Ich bin kaum so intim mit meinem lieben Freund“, sagte Arthur trotz seiner Vorsätze, „als daß es wahrscheinlich wäre, daß ich jemals über diesen Gegenstand mit ihm sprechen werde, Miss Wade.“

„Ich hasse ihn“, erwiderte sie. „Mehr als seine Frau, weil ich einst töricht genug und untreu genug gegen mich selbst war, ihn fast zu lieben. Sie haben mich, Sir, nur bei alltäglichen Gelegenheiten gesehen, wobei Sie mich zweifellos für eine alltägliche Frau gehalten haben, die ein wenig eigenwilliger ist als der Durchschnitt. Sie wissen nicht, was ich unter hassen verstehe, wenn Sie mich nicht besser als so kennen; Sie können nicht wissen, mit welcher Sorgfalt ich mich selbst und die Leute um mich herum studiert habe. Aus diesem Grunde habe ich mich manchmal versucht gefühlt, Ihnen zu erzählen, was mein Leben war – nicht um Ihre Meinung über mich günstig zu stimmen, denn ich lege keinen Wert auf Ihre Meinung, aber damit Sie begreifen können, was ich unter hassen verstehe. Soll ich Ihnen etwas geben, das ich niedergeschrieben und aufbewahrt habe, damit Sie es durchlesen, oder soll ich es zurückbehalten?"

Arthur bat sie, es ihm zu geben. Sie ging an den Schreibtisch, schloß ihn auf und entnahm einer inneren Schublade einige zusammengefaltete Blätter. Sie gab sie ihm ohne jede Versöhnlichkeit und wandte sich kaum an ihn, sondern redete eher, als ob sie zu ihrem Spiegel spräche, um ihren Starrsinn zu rechtfertigen, während sie sagte: „Jetzt können Sie erfahren, was ich unter hassen verstehe! Nichts mehr hierüber. Sir, ob Sie mich zeitweilig und billig in einem leeren Londoner Hause oder in einem Zimmer in Calais untergebracht finden. Sie werden immer Harriet bei mir finden. Sie möchten sie vielleicht sehen, bevor Sie sich verabschieden. – Harriet, komm herein!" Sie rief wieder: „Harriet!"

Auf den zweiten Ruf erschien Harriet, einst Tattycoram.

„Hier ist Mr. Clennam", sagte Miss Wade. „Er ist nicht deinetwegen gekommen; er hat dich aufgegeben. – Ich denke, das haben Sie nunmehr?"

„Da ich weder Autorität noch Einfluß habe – ja", stimmte Clennam zu.

„Nicht auf der Suche nach dir gekommen, wie du siehst; aber doch sucht er jemand. Er braucht jenen Menschen Blandois."

„Mit dem ich Sie auf dem Strand in London sah", bemerkte Arthur.

„Wenn du etwas von ihm weißt, Harriet, ausgenommen, daß er von Venedig kam – was wir alle wissen –, sage es Mr. Clennam offen."

„Ich weiß nichts weiter über ihn", sagte das Mädchen.

„Sind Sie zufrieden?" fragte Miss Wade Arthur.

Er hatte keinen Anlaß, ihnen nicht zu glauben, da das Auftreten des Mädchens so natürlich war, daß es ihn überzeugte, wenn er vorher noch Zweifel gehabt hätte. Er antwortete: „Ich muß anderswo Nachrichten zu bekommen suchen."

Er ging mit diesen Worten noch nicht; aber da er aufgestanden war, bevor das Mädchen eintrat, dachte sie offenbar, daß er gehen wollte. Sie blickte ihn rasch an und sagte:

„Geht es ihnen gut, Sir?"

„Wem?"

Sie hielt inne, nachdem sie fast gesagt hätte „ihnen allen", blickte auf Miss Wade und sagte: „Mr. und Mrs. Meagles."

„Es ging ihnen gut, als ich zum letztenmal von ihnen hörte. Sie sind nicht zu Hause. Nebenbei, gestatten Sie mir die Frage: Ist es möglich, daß Sie dort gesehen worden sind?"

„Wo? Wo, sagt man, soll ich gesehen worden sein?" erwiderte das Mädchen trotzig, mit niedergeschlagenen Augen.

„Als Sie zum Gartentor des Landhauses hereinsahen."

„Nein", sagte Miss Wade, „sie ist niemals dort gewesen."

„Dann täuschen Sie sich", sagte das Mädchen. „Ich bin hingegangen, als wir zuletzt in London waren. Ich bin an einem Nachmittag hingegangen, als Sie mich allein gelassen hatten. Und ich habe hineingesehen."

„Du feiges Mädchen", erwiderte Miss Wade mit unendlicher Verachtung. „Hat all unsere Gemeinschaft, haben all unsere Unterhaltungen, haben all deine alten Klagen keine andere Wirkung?"

„Es war nichts Böses dabei, wenn ich einen Augenblick zum Tor hineinblickte", sagte das Mädchen. „Ich sah an den Fenstern, daß die Familie nicht zu Hause war."

„Weshalb bist du überhaupt an den Ort gegangen?"

„Weil ich ihn sehen wollte, weil ich fühlte, daß ich ihn gern wiedersehen würde."

Während die beiden schönen Gesichter einander anblickten, fühlte Clennam, wie diese beiden Charaktere sich beständig gegenseitig in Stücke reißen mußten.

„Oh", sagte Miss Wade, als sie ihren Blick kalt beherrscht von ihr abwandte, „wenn du den Wunsch hattest, den Ort wiederzusehen, wo du das Leben führtest, aus dem ich dich befreite, weil du herausgefunden hattest, woraus es bestand, so ist es etwas anderes. Aber ist das deine Aufrichtigkeit mir gegenüber? Ist dies deine Treue mir gegenüber? Ist das die Gemeinschaft, die ich mit dir habe? Du bist das Vertrauen nicht wert, das ich in dich gesetzt habe. Du bist die Gunst nicht wert, die ich dir erwiesen habe. Du stehst nicht höher als ein Hund und tätest besser daran, zu den Leuten zurückzugehen, die Schlimmeres an dir verübten, als wenn sie dich gepeitscht hätten."

„Wenn Sie im Beisein eines anderen so von ihnen sprechen, so werden Sie mich dazu bringen, für sie Partei zu ergreifen", sagte das Mädchen.

„Geh zu ihnen zurück", erwiderte Miss Wade böse, „geh zu ihnen zurück."

„Sie wissen sehr gut", erwiderte Harriet ihrerseits böse, „daß ich nicht zu ihnen zurückgehen will. Sie wissen ganz gut, daß ich ihnen entsagt habe und niemals zu ihnen zurückgehen kann, niemals zu ihnen zurück kann, niemals zurück will. Lassen Sie sie also in Frieden, Miss Wade."

„Du ziehst ihren Überfluß deinem weniger üppigen Leben hier vor", erwiderte sie, „du hältst sie hoch und verachtest mich. Was hätte ich anderes erwarten können? Ich hätte es vorher wissen sollen."

„Es ist nicht so", sagte das Mädchen, tief errötend, „und Sie sagen nicht, was Sie meinen. Ich weiß, was Sie meinen. Sie halten mir versteckt vor, daß ich niemand als Sie habe, an den ich mich klammern kann. Und weil ich niemand als Sie habe, so glauben Sie, daß Sie mir nach Gutdünken alles verbieten können und jede Beleidigung auf mich häufen können. Sie, Miss Wade, sind in jeder Beziehung ebenso schlecht, wie die anderen waren. Aber ich will mich nicht ganz zahm und unterwürfig machen lassen. Ich sage noch einmal, daß ich hinging, um das Haus anzusehen, da ich oft gedacht hatte, daß ich es gern noch einmal sehen würde. Ich frage noch einmal, wie es ihnen geht, weil ich sie einst gern hatte und bisweilen dachte, daß sie freundlich zu mir gewesen seien."

Hierauf sagte Clennam, er sei sicher, daß sie immer noch freundlich aufgenommen würde, wenn sie jemals zurückzukehren wünschte.

„Niemals!“ sagte das Mädchen leidenschaftlich. „Ich werde das niemals tun. Niemand weiß dies besser als Miss Wade, obwohl sie mich verhöhnt, weil sie mich von sich selbst abhängig gemacht hat. Ich weiß, daß ich das bin, und ich weiß, daß sie überglücklich ist, wenn sie mir das vorhalten kann!“

„Eine gute Ausrede“, sagte Miss Wade mit nicht weniger bitterem Zorn und Hochmut; „aber zu fadenscheinig, um zu verdecken, was ich deutlich darin sehe! Meine Armut kann nicht mit ihrem Geld wetteifern. Am besten gehe gleich zurück, gehe am besten gleich zurück und mache der Sache ein Ende!“

Arthur Clennam betrachtete die beiden, wie sie in dem dunklen, engen Zimmer in geringer Entfernung voneinander dastanden, wie jede stolz ihren Zorn hegte, jede hartnäckig ihre eigene Brust und die der anderen zerfleischte. Er sprach einige Worte zum Abschied; aber Miss Wade neigte nur den Kopf, und Harriet tat es mit der heuchlerischen Demut einer unterwürfigen Dienerin und Sklavin (aber dabei nicht ohne Trotz), so, als ob sie zu tief stünde, um zu bemerken oder bemerkt zu werden.

Er schritt die dunkle gewundene Treppe in den Hof hinab mit einem deutlichen Gefühl für die Dunkelheit der toten Mauer, der toten Pflanzen, des vertrockneten Springbrunnens und der verschwundenen Statue. Stark mit dem Mißerfolg seiner Bemühungen beschäftigt, den verdächtigen Menschen aufzuspüren, der vermißt war, kehrte er mit demselben Paketboot, das ihn nach Calais gebracht hatte, nach England zurück. Auf dem Wege entfaltete er die Blätter und las darin, was im nächsten Kapitel wiedergegeben ist.

## *21. Kapitel*

### Die Geschichte einer Selbstquälerin

Ich habe das Unglück, nicht dumm zu sein. Schon in einem sehr jugendlichen Alter habe ich entdeckt, was meine Umgebung mir zu verbergen glaubte. Wenn ich mich gewöhnlich hätte täuschen lassen können, anstatt gewöhnlich die Wahrheit zu entdecken, hätte ich so glatt dahinleben können, wie es die meisten Dummköpfe tun.

Meine Kindheit verbrachte ich bei einer Großmutter; das heißt bei einer Dame, die diese Verwandte für mich vorstellte und diese Bezeichnung für sich in Anspruch nahm. Sie hatte kein Recht darauf, aber ich – insoweit ein wenig dumm – hegte keinen Verdacht gegen sie. Sie hatte einige Kinder von ihrer eigenen Familie in ihrem Haus und einige Kinder von anderen Leuten. Alles Mädchen; zehn an der Zahl, mich eingeschlossen. Wir lebten alle zusammen und wurden zusammen erzogen.

Ich muß etwa zwölf Jahre alt gewesen sein, als ich wahrzunehmen begann, wie entschieden diese Mädchen mich begönnerten. Man sagte mir, ich sei eine Waise. Es gab keine zweite Waise unter uns, und ich bemerkte (hier war der erste Nachteil, nicht dumm zu sein), daß sie mit einem beleidigenden Mitleid und mit einem Gefühl der Überlegenheit mir gegenüber freundlich taten. Ich faßte diese Meinung nicht auf den ersten Anschein, ich stellte die Mädchen oft auf die Probe. Ich konnte sie kaum dazu bringen, mit mir zu streiten. Wenn es mir bei einer von ihnen gelang, dann kam sie sicher nach einigen Stunden zu mir und begann eine Versöhnung. Ich stellte sie immer und immer auf die Probe und machte nie die Erfahrung, daß sie darauf gewartet hätten, daß ich begänne. Sie verziehen mir immer in ihrer Eitelkeit und Herablassung. Kleine Abbilder der erwachsenen Leute!

Eine von ihnen war meine erwählte Freundin. Ich liebte dies alberne Ding mit einer Leidenschaft, die sie ebensowenig verdiente, als ich mich ohne Scham daran erinnern kann, obwohl ich damals nur ein Kind war. Sie hatte, was sie einen liebenswürdigen, einen herzlichen Charakter nannten. Sie hatte stets für eine jede von ihnen einen freundlichen Blick und ein Lächeln übrig. Ich glaube, es war nicht eine einzige Seele im Hause, ausgenommen ich selbst, die gewußt hätte, daß sie es absichtlich tat, um mich zu verwunden und zu ärgern.

Trotzdem liebte ich dieses unwürdige Mädchen so, daß mein Leben durch meine Zuneigung zu ihr stürmisch erregt wurde. Ich wurde fortwährend ermahnt und bestraft für das, was man „sie quälen" nannte, mit anderen Worten, weil ich ihr ihre Treulosigkeit vorwarf und sie zum Weinen brachte, indem ich ihr zeigte, daß ich in ihrem Herzen las. Jedoch liebte ich sie treu, und einmal ging ich in den Ferien mit ihr nach Hause.

Sie war zu Hause schlimmer, als sie in der Schule gewesen war. Sie hatte eine Menge Verwandte und Bekannte, und wir hatten Tanzgesellschaften in ihrem Haus und gingen zu Tanzgesellschaften in andere Häuser, und sowohl zu Hause wie draußen folterte sie meine Liebe unerträglich. Ihr Plan war, aller Zuneigung zu gewinnen – und mich so vor Eifersucht wild zu machen. Vertraut und zärtlich mit allen zu sein – und mich so vor Neid auf sie wahnsinnig zu machen. Wenn wir abends in unserem Schlafzimmer allein waren, warf ich ihr ihre Niedrigkeit vor, und dann pflegte sie zu weinen und zu sagen, ich sei grausam, und dann hielt ich sie in meinen Armen bis zum Morgen. Ich liebte sie dann mehr als je und hatte oft das Gefühl, daß ich lieber, als so zu leiden, sie in meinen Armen halten und mich mit ihr in einen Fluß hätte stürzen können – wo ich sie noch immer festhalten würde, wenn wir beide längst tot wären.

Die Sache kam bald zu einem Ende, und ich wurde erlöst. In der Familie gab es eine Tante, die mir nicht gewogen war. Ich zweifle, ob irgend jemand von der Familie mich gern hatte; aber ich wünschte nie, daß sie mich gern haben sollten, da ich ganz und gar in diesem einen Mädchen aufging. Die Tante war eine junge Frau, und sie pflegte mich ernsthaft zu beobachten. Sie war eine unverschämte Frau und blickte mich offen mitleidig an. Nach einer der Nächte, von denen ich gesprochen habe, ging ich vor dem Frühstück in ein Gewächshaus hinunter. Charlotte (meine falsche junge Freundin) war vor mir hinuntergegangen, und ich hörte, wie diese Tante mit ihr über mich sprach, als ich eintrat. Ich blieb, wo ich war, zwischen den Blättern, stehen und horchte.

Die Tante sagte: „Charlotte, Miss Wade quält dich zu Tode, das kann nicht so weitergehen." Ich gebe wörtlich wieder, was ich hörte.

Was antwortete Charlotte nun? Sagte sie etwa: Ich bin diejenige, die sie zu Tode quält, diejenige, die sie foltert, ich bin der Henker, und doch sagt sie mir jede Nacht, daß sie mich zärtlich liebt, obwohl sie weiß, was ich ihr für Leiden zufüge. – Nein, meine erste, denkwürdige Erfahrung war im Einklang mit dem, was ich wußte, und mit allen meinen bisherigen Erfahrungen. Sie begann zu schluchzen und zu weinen (um sich die Sympathie der Tante zu sichern) und sagte: „Liebe Tante, sie hat eine unglückliche Natur, andere Mädchen in der Schule bemühen sich eifrig wie ich, sie zu bessern; wir bemühen uns alle eifrig."

Daraufhin streichelte die Tante sie, als ob sie etwas Edles anstatt etwas Verächtliches und Falsches gesagt hätte, und führte das schändliche Spiel fort, indem sie antwortete: „Aber alles hat seine Grenzen, mein liebes Kind, und ich sehe, daß dieses bedauernswerte, elende Mädchen dir fortwährend mehr nutzlosen Kummer bereitet, als selbst durch ein so gutes Bestreben gerechtfertigt wird."

Das bedauernswerte, elende Mädchen kam aus seinem Versteck hervor, wie Sie sich wohl denken können, und sagte: „Schicken Sie mich nach Hause." Ich sprach kein anderes Wort zu einer von den beiden oder zu jemand aus der Familie außer: „Schicken Sie mich nach Hause, oder ich will Tag und Nacht allein zu Fuß nach Hause gehen!" Als ich nach Hause gekommen war, sagte ich meiner angeblichen Großmutter, daß, wenn ich nicht weggeschickt würde, um meine Erziehung anderswo zu beenden, bevor dieses Mädchen zurückkäme oder bevor eine von den anderen zurückkäme, ich mir eher die Augen ausbrennen als den Anblick ihrer verlogenen Gesichter ertragen würde.

Ich kam dann unter erwachsene Mädchen, und ich fand sie nicht besser. Schöne Worte und schöne Vorspiegelungen; aber ich durchschaute, daß nichts als Selbstüberhebung und Geringschätzung mir gegenüber dahintersteckte. Bevor ich von ihnen schied, erfuhr ich, daß ich keine Großmutter und keine anerkannte Verwandtschaft hatte. Ich beleuchtete mit dieser Aufklärung sowohl meine Vergangenheit wie meine Zukunft. Das erklärte mir viele neue Fälle, in denen die Menschen über mich triumphierten, während sie so taten, als ob sie mich mit Rücksicht behandelten oder mir einen Dienst erwiesen.

Ein Geschäftsmann hatte eine kleine Summe Geldes zur Aufbewahrung für mich. Ich sollte Gouvernante werden. Ich wurde Gouvernante und ging in die Familie eines armen Edelmannes, der zwei Töchter hatte; es waren zwei kleine Kinder, aber die Eltern wünschten, daß sie, wenn möglich, unter derselben Lehrerin aufwachsen sollten. Die Mutter war jung und hübsch. Von Anfang an behandelte sie mich absichtlich mit großer Rücksichtnahme. Ich behielt meinen Unwillen darüber für mich, aber ich wußte ganz gut, daß dies die Art war, in der sie das Bewußtsein genoß, meine Herrin zu sein und ihre Dienerin anders behandeln zu können, wenn es ihr gefiele.

Ich sagte, daß ich meinen Widerwillen für mich behielt, aber dadurch, daß ich nicht willfahrte, zeigte ich ihr, wie ich sie durchschaute. Wenn sie mich drängte, Wein zu nehmen, nahm ich Wasser. Wenn es eine auserlesene Speise bei Tisch gab, schickte sie sie immer mir; aber ich lehnte stets ab und aß von den geringeren Speisen. Diese Zurückweisung ihrer Gönnerschaft war eine scharfe Erwiderung und gab mir das Gefühl der Unabhängigkeit.

Ich hatte die Kinder gern. Sie waren schüchtern, aber im ganzen geneigt, sich mir anzuschließen. Es gab jedoch eine Kinderfrau im Haus, ein rotbäckiges Weib, die eine lästige Art an sich hatte, sich heiter und gut gelaunt zu stellen, und die sie beide gepflegt und ihre Liebe gewonnen hatte, bevor ich sie gesehen hatte. Ich hätte mich fast mit meinem Schicksal abfinden können, wenn dieses Weib nicht gewesen wäre. Die geschickte Hinterlist, mit der sie stets vor den Kindern mit mir wetteiferte, hätte viele an meiner Stelle getäuscht; aber ich durchschaute sie von Anfang an. Unter dem Vorwand, meine Zimmer in Ordnung zu bringen und mich zu bedienen und meine Kleider instand zu halten (was sie alles eifrig tat), war sie niemals abwesend. Die größte ihrer vielen Hinterlisten war, daß sie sich so stellte, als ob sie den Kindern mehr Liebe zu mir einflößen wollte. Sie pflegte sie zu mir zu führen und zu mir zu locken. „Kommt zu der guten Miss Wade, kommt zu der lieben Miss Wade, kommt zu der hübschen Miss Wade. Sie liebt euch sehr. Miss Wade ist eine gescheite Dame, die eine Menge Bücher gelesen hat und euch viel bessere, viel schönere und interessantere Geschichten erzählen kann, als ich weiß. Kommt und hört Miss Wade zu." Wie konnte ich die Aufmerksamkeit der Kinder gewinnen, wenn mein Herz im Zorn über diese plumpen Hinterlisten brannte? Wie konnte ich mich darüber wundern, wenn ich sah, wie sie die unschuldigen Gesichter abwandten und ihre Arme sich um ihren Nacken schlangen anstatt um meinen? Dann pflegte sie zu mir aufzublicken, indem sie die Locken der Kinder wegstrich, und zu sagen: „Sie werden bald zu Ihnen kommen, Miss Wade; sie sind sehr einfach und liebevoll, Madam; seien Sie deshalb nicht niedergeschlagen." – Auf diese Weise über mich zu triumphieren!

Noch etwas anderes tat dieses Weib. Bisweilen, wenn sie sah, daß sie es durch diese Mittel so weit gebracht hatte, daß ich in ein finsteres Brüten verfiel, lenkte sie die Aufmerksamkeit der Kinder darauf und zeigte ihnen den Unterschied zwischen sich und mir. „Still! Der armen Miss Wade ist nicht gut. Macht keinen Lärm, meine lieben Kinder, der Kopf tut ihr weh. Kommt und tröstet sie. Kommt und fragt sie, ob sie sich besser fühlt; kommt und bittet sie, sich hinzulegen. Ich hoffe, Sie haben nichts auf dem Herzen, Madam. Grämen Sie sich nicht, Madam, und seien Sie nicht traurig!"

Es wurde unerträglich. Als meine gnädigste Herrin eines Tages eintrat, während ich allein war und im höchsten Grade fühlte, daß ich es nicht länger ertragen könnte, sagte ich ihr, daß ich gehen müßte. Ich könnte die Gegenwart dieses Weibes Dawes nicht ertragen.

„Miss Wade! Die gute Dawes ist Ihnen ergeben, würde alles für Sie tun!"

Ich wußte vorher, daß sie das sagen würde; ich war ganz darauf vorbereitet. Ich antwortete nur, es komme mir nicht zu, meiner Herrin zu widersprechen. Ich müsse gehen.

„Ich hoffe, Miss Wade", erwiderte sie und nahm dabei den Ton der Überlegenheit an, den sie stets so vorsichtig verhüllt hatte, „daß nichts, was ich jemals gesagt oder getan habe, seit wir zusammen sind, Sie dazu berechtigt, dieses unangenehme Wort Herrin zu gebrauchen. Ich müßte es denn ganz unabsichtlich getan haben. Bitte sagen Sie mir, was es ist."

Ich erwiderte, daß ich keine Klage vorzubringen habe, weder über meine Herrin noch gegenüber meiner Herrin; aber ich müsse gehen.

Sie zögerte einen Augenblick, dann setzte sie sich neben mich und legte ihre Hand auf die meine. Als ob diese Ehre irgendeine Erinnerung auslöschen könnte!

„Miss Wade, ich fürchte, Sie sind unglücklich aus Gründen, auf die ich keinen Einfluß habe."

Ich lächelte, da ich an die Erfahrungen dachte, die das Wort wieder in mir lebendig machten, und sagte: „Ich glaube, ich habe eine unglückliche Natur."

„Das habe ich nicht gesagt."

„Es ist eine bequeme Art, alles zu erklären", sagte ich.

„Das mag sein, aber das habe ich nicht gesagt. Worauf ich zu sprechen kommen möchte, ist etwas ganz anderes. Mein Gatte und ich haben einige Bemerkungen darüber ausgetauscht, als wir mit Schmerz gesehen haben, daß Sie vor uns nicht unbefangen sind."

„Unbefangen? Oh! Sie sind so vornehme Leute, gnädige Frau", sagte ich.

„Ich habe unglücklicherweise ein Wort gebraucht, das in einer Weise gedeutet werden kann – und offenbar gedeutet wird –, die meiner Ansicht ganz entgegengesetzt ist." (Sie hatte meine Antwort nicht erwartet, und sie fühlte sich beschämt.) „Ich meine nur, nicht glücklich bei uns. Es ist schwer, auf das Thema zu sprechen zu kommen, aber vielleicht von einer jungen Frau zur anderen ... kurz, wir haben befürchtet, daß Sie sich über gewisse Familienverhältnisse, an denen niemand unschuldiger sein kann als Sie selbst, Sorgen machen könnten. Wenn dem so ist, so nehmen Sie sie bitte nicht zum Anlaß des Kummers. Mein Gatte, wie wohl bekannt ist, hatte früher eine sehr liebe Schwester, die nicht vor dem Gesetz seine Schwester war, aber die allgemein beliebt und geachtet war ..."

Ich sah sofort, daß sie mich um der Toten willen, wer sie auch war, ins Haus genommen hatten, damit sie diesen Triumph und diese Überlegenheit über mich genießen konnten; ich sah, daß die Kinderfrau in dem Wissen um diese Tatsache eine Ermutigung gefunden hatte, mich in der Weise zu kränken, wie sie es getan hatte, und ich sah in dem Zurückweichen der Kinder vor mir ein unbestimmtes Gefühl, daß ich nicht wie andere Menschen wäre.

Ich verließ dieses Haus am selben Abend.

Nach ein paar kurzen und sehr ähnlichen Erfahrungen, die ich hier nicht wiederzugeben brauche, kam ich in eine andere Familie, wo ich nur einen Zögling hatte: ein Mädchen von fünfzehn Jahren, das die einzige Tochter war. Die Eltern waren ältere Leute: Leute von Rang und Reichtum. Ein Neffe, den sie aufgezogen hatten, war unter vielen anderen ein häufiger Besucher im Hause. Und er begann mir den Hof zu machen. Ich war entschlossen, ihn abzuweisen; denn ich hatte mir vorgenommen, als ich dort hinging, daß niemand mich bemitleiden oder herablassend behandeln sollte. Aber er schrieb mir einen Brief. Das führte dazu, daß wir uns verlobten.

Er war ein Jahr jünger als ich und sah jung aus, selbst wenn man das in Betracht zog. Er war auf Urlaub aus Indien da, wo er einen Posten hatte, der für die nahe Zukunft sehr gute Aussichten bot. In einem halben Jahr sollten wir heiraten und nach Indien gehen. Ich sollte in dem Haus bleiben und in dem Haus heiraten. Niemand hatte etwas gegen den Plan einzuwenden.

Ich kann nicht verschweigen, daß er mich bewunderte, aber wenn ich es verschweigen könnte, würde ich es tun. Eitelkeit hat mit dieser Erklärung nichts zu tun, denn seine Bewunderung ärgerte mich. Er bemühte sich nicht, sie zu verbergen, und erreichte dadurch bei mir, daß ich mich zwischen den reichen Leuten fühlte, als ob er mich wegen meines Äußeren gekauft hätte und seinen Kauf zur Schau stellte, um sich zu rechtfertigen. Sie taxierten mich in ihren Gedanken, wie ich sah, und waren neugierig, festzustellen, was mein voller Wert wäre. Ich beschloß, daß sie es nicht wissen sollten. Ich war in ihrer Gesellschaft unbeweglich und schweigsam und hätte mich lieber von einem von ihnen töten lassen, als daß ich mich bemüht hätte, ihren Beifall zu gewinnen.

Er sagte mir, daß ich mir selbst nicht Gerechtigkeit widerfahren ließe. Ich sagte ihm, genau das Gegenteil sei der Fall. Gerade weil ich gerecht gegen mich selber sei und es bis zum letzten Augenblick bleiben werde, wolle ich mich nicht so weit herabwürdigen, mich um die Gunst eines von ihnen zu bemühen. Er war bekümmert und sogar erschrocken, als ich hinzufügte, daß ich wünschte, er sollte seine Liebe vor ihnen nicht zur Schau tragen; aber er sagte, er wollte sogar die aufrichtigen Äußerungen seiner Liebe meinem Frieden opfern.

Unter diesem Vorwand begann er nun Vergeltung an mir zu üben. Stundenlang hielt er sich fern von mir und sprach mit allen anderen, nur nicht mit mir. Ich habe halbe Abende lang allein und vernachlässigt dagesessen, während er sich mit seiner jungen Cousine, meiner Schülerin, unterhielt. Ich habe während der ganzen Zeit in den Augen der Leute den Gedanken gelesen, die beiden würden besser zueinander passen als er und ich. Ich saß da und erriet ihre Gedanken, bis ich fühlte, daß sein jugendliches Aussehen mich lächerlich machte, und auf mich selbst zornig wurde, daß ich ihn jemals liebte.

Denn ich liebte ihn damals. So unwürdig er dessen auch war und sowenig er an all die Qualen dachte, die es mich kostete – Qualen, die ihn bis an sein Lebensende dankerfüllt ganz und gar hätten an mich fesseln sollen –, liebte ich ihn. Ich ertrug es um seinetwillen, daß seine Cousine ihn vor mir rühmte und sich dabei den Anschein gab, als dächte sie, mir damit eine Freude zu machen, während sie ganz gut wußte, daß es mich erbitterte. Während ich in seiner Gegenwart dasaß, an alle Herabsetzung und Unbill dachte, die mir widerfahren waren, und überlegte, ob ich nicht auf der Stelle das Haus verlassen und ihn niemals wiedersehen sollte – habe ich ihn geliebt.

Seine Tante, meine Gebieterin (wie Sie sich gefälligst erinnern wollen), vermehrte absichtlich und mit Vorbehalt meine Nöte und Plagen. Es war ihre Wonne, darüber zu reden, wie vornehm wir in Indien leben würden und was für ein Haus wir haben würden und was für Gesellschaft wir empfangen würden, wenn er seine Beförderung bekommen hätte. Mein Stolz erhob sich gegen diese schamlose Art, mir vorzuhalten, welch einen Gegensatz mein eheliches Leben zu meiner augenblicklichen abhängigen und untergeordneten Stellung bieten würde. Ich unterdrückte meinen Unwillen, aber ich zeigte ihr, daß ich ihre Absicht gar wohl verstand, und ich vergalt ihr ihre Bosheiten, indem ich Demut heuchelte. Was sie beschreibe, sei sicher zuviel Ehre für mich, pflegte ich zu sagen. Ich hätte Sorgen, daß ich nicht imstande sein würde, einen so großen Wechsel zu ertragen. Sich vorzustellen, daß eine einfache Gouvernante, die Gouvernante ihrer Tochter, eine so hohe Stellung erreiche! Es war ihr peinlich und war ihnen allen peinlich, wenn ich in dieser Weise antwortete. Sie waren sich alle bewußt, daß ich vollkommen verstand, was sie mit ihren Reden sagen wollten.

Es war zu der Zeit, als meine Nöte aufs höchste gestiegen waren und ich meinem Verlobten am meisten wegen seiner Undankbarkeit grollte, sich so wenig um die zahllosen Schmerzen und Qualen zu kümmern, die ich seinetwegen litt, als Ihr lieber Freund, Mr. Gowan, in dem Haus erschien. Er war dort seit langem eng befreundet, war aber auf Reisen gewesen. Er verstand die Dinge auf den ersten Blick, und er verstand mich.

Er war der erste Mensch, welcher mir je in meinem Leben begegnet war, der mich verstand. Er war kaum dreimal in dem Haus gewesen, als ich wußte, daß er jeder Regung meines Geistes folgte. In seiner kühlen, leichten Art ihnen allen gegenüber und der ganzen Angelegenheit gegenüber sah ich das klar. In seinen leicht hingeworfenen Äußerungen der Bewunderung für meinen zukünftigen Gatten, in seiner Begeisterung über meine Verlobung und unsere Aussichten, in seinen Glückwünschen zu unserem zukünftigen Reichtum und seiner Anspielung auf seine Armut – alles in gleichem Maße hohl und spöttisch und voll Ironie – sah ich es klar. Er bewirkte, daß ich immer mehr von Groll erfüllt wurde und immer verächtlicher fühlte, wenn er alles in meiner Umgebung in einem neuen, häßlichen Licht erscheinen ließ, während er so tat, als ob er es zu meiner und seiner eigenen Bewunderung in seinem besten Anblick böte. Er war wie der Tod auf den Totentanzbildern; welche Gestalt er auch immer am Arm faßte, ob es Jugend oder Alter, Schönheit oder Häßlichkeit war, ob er mit ihr tanzte, mit ihr sang, mit ihr spielte oder mit ihr betete, er verwandelte sie zum Gerippe.

Sie werden also verstehen, daß, wenn Ihr lieber Freund mir Komplimente machte, er mir in Wirklichkeit sein Beileid bezeigte; daß, wenn er mich in meinen Nöten zu besänftigen suchte, er jede meiner schmerzenden Wunden bloßlegte; daß, wenn er erklärte, mein treuer Liebhaber, mein treuer Anbeter sei der liebevollste junge Mensch auf der Welt mit dem zärtlichsten Herzen, das jemals schlug, er meine alte Befürchtung wiederaufleben ließ, daß ich lächerlich gemacht würde. Das waren keine guten Dienste, werden Sie vielleicht sagen. Mir waren sie willkommen, weil sie das Echo meines eigenen Denkens waren und das, was ich selbst wußte, bestätigten. Ich begann an dem Umgang mit Ihrem Freund mehr Gefallen zu finden als an jedem anderen.

Als ich wahrnahm (was fast zur selben Zeit der Fall war), daß daraus Eifersucht entstand, gefiel mir dieser Umgang noch besser. Hatte ich nicht Eifersucht durchgemacht, und sollte es Leiden nur für mich geben? Nein. Mochte er die Eifersucht kennenlernen! Ich freute mich darüber, daß ich sie kennenlernte; ich freute mich, daß er sie tief fühlen würde, und ich hoffte, daß es dazu käme. Mehr als das. Er erschien unbedeutend im Vergleich mit Mr. Gowan, der mir auf gleichem Fuße zu begegnen wußte und die elenden Menschen um uns herum zu zergliedern verstand.

Dies ging so fort, bis die Tante, meine Gebieterin, es auf sich nahm, mit mir zu reden. Es sei kaum der Rede wert; sie wisse, ich beabsichtigte nichts damit; aber sie glaube doch, wohl wissend, daß es nicht mehr als dieser Andeutung bedürfe, es würde besser sein, wenn ich mit Mr. Gowan etwas weniger vertraut wäre.

Ich fragte sie, wie sie für das einstehen könnte, was ich beabsichtigte? Sie könne immer dafür einstehen, erwiderte sie, daß ich nichts Böses beabsichtigte. Ich dankte ihr, aber ich sagte, ich würde es vorziehen, für mich selbst und mir selbst gegenüber einzustehen. Ihre übrigen Dienstboten würden ihr wahrscheinlich für gutes Zeugnis dankbar sein, aber ich brauchte keins.

Es folgten weitere Reden, und das veranlaßte mich, sie zu fragen, woher sie wisse, daß sie mir bloß eine Andeutung zu machen brauche, damit ich ohne weiteres gehorche? Tue sie das wegen meiner Geburt oder meiner bezahlten Stellung? Ich hätte mich nicht mit Leib und

Seele verkauft. Sie scheine zu denken, daß ihr vornehmer Neffe auf den Sklavenmarkt gegangen sei und sich ein Weib gekauft habe.

Es würde wahrscheinlich früher oder später sowieso zu dem Ende gekommen sein, zu dem es kam, aber sie brachte es gleich zur Entscheidung. Sie sagte mir mit erheucheltem Mitleid, daß ich eine unglückliche Natur hätte. Bei dieser Wiederholung der alten boshaften Beleidigung hielt ich mich nicht länger zurück, sondern setzte ihr alles auseinander, was ich von ihr gewußt und gesehen hatte, und alles, was ich in meinem Inneren durchgemacht hatte, seit ich in der verächtlichen Lage war, mit ihrem Neffen verlobt zu sein. Ich sagte ihr, daß Mr. Gowan der einzige Trost sei, den ich in meiner Entwürdigung gehabt hätte; daß ich es zu lange ertragen hätte und es zu spät abschüttelte; aber daß ich keinen von ihnen mehr wiedersehen wolle. Und ich habe sie niemals wiedergesehen.

Ihr lieber Freund folgte mir an den Ort, an den ich mich zurückzog, und sprach immer sehr scherzhaft über die Trennung der Verbindung; obwohl ihm auch die guten Leute (in ihrer Art die besten, denen er je begegnet war) leid taten und er bedauerte, daß es nötig sei, Spatzen mit Kanonen zu schießen. Es dauerte nicht lange, als er versicherte, und viel mehr der Wahrheit entsprechend, als ich damals annahm, daß er ein Mädchen von solchen Gaben und solcher Charakterstärke nicht verdiene; aber – na ja!

Ihr lieber Freund amüsierte mich und amüsierte sich selbst, solange es ihm gefiel; und dann erinnerte er mich daran, daß wir beide Weltleute seien, daß wir beide die Menschheit verständen, daß wir beide wüßten, es gebe nichts Derartiges wie Romantik; daß wir beide darauf vorbereitet seien, als vernünftige Leute jeder seinen Weg zu gehen und sein Glück zu suchen, und daß wir beide voraussähen, daß, wenn wir uns jemals wieder träfen, wir uns als die besten Freunde der Welt begegnen würden. So sagte er, und ich widersprach ihm nicht.

Es dauerte nicht lange, da entdeckte ich, daß er seiner

jetzigen Frau den Hof machte und daß man sie auf Reisen geführt hatte, um sie von ihm zu entfernen. Ich haßte sie damals ebensosehr, wie ich sie jetzt hasse, und konnte deshalb natürlich nichts Besseres wünschen, als daß sie ihn heiraten sollte. Aber ich war unwiderstehlich neugierig, sie zu sehen – so neugierig, daß ich fühlte, es war eines der wenigen Interessen, die mir geblieben waren. Ich reiste ein wenig; reiste, bis ich mit ihr und Ihnen zusammentraf. Ihr lieber Freund war Ihnen, glaube ich, damals noch nicht bekannt und hatte Ihnen noch keinen jener hervorragenden Beweise seiner Freundschaft gewährt, die er Ihnen hat zuteil werden lassen.

In dieser Gesellschaft fand ich ein Mädchen, deren Lage in verschiedener Hinsicht der meinigen merkwürdig ähnlich war und in deren Charakter ich mit Anteilnahme und Freude viel von der Empörung gegen aufgeblasene Begönnerung und Selbstsucht, getarnt als Freundlichkeit, Schutz, Menschenliebe und andere schöne Eigenschaften, sah, die ich als in mir selbst liegend beschrieben habe. Ich habe auch oft gehört, daß sie „eine unglückliche Natur" habe. Da ich wohl verstand, was mit der bequemen Phrase gemeint war, und da ich eine Gefährtin brauchte, die wußte, was ich wußte, so dachte ich, ich wolle versuchen, das Mädchen von ihrer Knechtschaft und aus dem Unrecht, das man ihr tat und das sie wohl fühlte, zu befreien. Ich brauche nicht zu erzählen, daß ich Erfolg damit hatte.

Wir sind seitdem zusammen gewesen und haben meine bescheidenen Mittel geteilt.

## *22. Kapitel*

### Wer kommt so spät des Wegs daher?

Arthur Clennam hatte seinen nutzlosen Abstecher nach Calais gemacht, während er von einer Menge dringender Geschäfte überlastet war. Eine bestimmte barbarische Macht mit wertvollen Besitzungen auf der Erdkarte brauchte die Dienste einiger Ingenieure, die rasch in der Erfindung und entschlossen in der Ausführung waren – praktische Männer, die befähigt waren, Menschen und Mittel, die ihr Scharfsinn für nötig hielt, sich aus dem besten Material zu schaffen, das sie vorfanden; und die ebenso kühn und erfolgreich in der Verwendung dieses Materials zu ihren Plänen waren wie im Entwerfen dieser Pläne selbst. Da diese Macht barbarisch war, fiel es ihr nicht ein, ein goßes nationales Ziel in einer Umstandsbehörde zu verstauen, wie kräftiger Wein in einem Keller vor dem Licht verborgen wird, bis sein jugendliches Feuer erloschen ist und die Winzer, die in dem Weinkeller arbeiteten und die Trauben preßten, zu Staub zerfallen sind. Mit charakteristischer Unwissenheit verfuhr sie ganz entschieden und energisch nach dem Prinzip, wie man etwas machen müsse, und zeigte niemals den geringsten Respekt oder die geringste Schonung für die große politische Wissenschaft, wie man etwas nicht machen müsse. Sie hatte sogar eine barbarische Weise, die letztgenannte geheime Kunst totzuschlagen in der Person desjenigen erleuchteten Untertanen, der sie ausübte.

Dementsprechend wurden die Männer, die gebraucht wurden, gesucht und gefunden, was schon an sich selbst ein höchst unzivilisiertes und regelwidriges Verfahren war. Nachdem sie gefunden waren, wurden sie mit großem Vertrauen und großer Ehrerbietung behandelt (was wieder finstere politische Unwissenheit bewies) und wurden eingeladen, sogleich zu kommen und zu tun, was sie zu tun hatten. Kurz, sie wurden als Leute betrachtet, die die Absicht hatten, etwas zu machen, und bei Leuten in Dienst traten, die wünschten, daß etwas gemacht würde.

Daniel Doyce war einer der Erwählten. Man konnte zu der Zeit nicht voraussehen, ob er monate- oder jahrelang abwesend sein würde. Die Vorbereitung für seine Abreise und die gewissenhafte Zusammenstellung aller Einzelheiten und Ergebnisse ihrer gemeinsamen Tätigkeit für ihn hatten innerhalb eines kurzen Zeitraumes eine Arbeit nötig gemacht, die Clennam Tag und Nacht beschäftigt hatte. Er war über den Kanal geeilt, sobald er sich eine kleine Pause hatte gönnen können, und war ebenso schnell zurückgeeilt, um Doyce vor seiner Abreise noch einmal zu sehen.

Arthur zeigte ihm nun mit der größten Sorgfalt den Stand ihrer Gewinne und Verluste, Verantwortlichkeiten und Aussichten. Daniel ging dies alles in seiner geduldigen Art durch und bewunderte alles außerordentlich. Er prüfte die Bücher, als ob sie ein viel geschickterer Mechanismus wären, als er jemals konstruiert hatte, und stand nachher da und blickte sie an, wobei er seinen Hut in die Stirn schob, als ob er in der Betrachtung einer wunderbaren Maschine versunken wäre.

„Es ist alles gut, Clennam, in seiner Regelmäßigkeit und Ordnung. Nichts kann klarer sein. Nichts kann besser sein."

„Ich freue mich, daß Sie zustimmen, Doyce. Was nun die Verwaltung unseres Kapitals während Ihrer Abwesenheit und die Flüssigmachung der Summen, die das Geschäft brauchen wird ..." Sein Partner ließ ihn nicht ausreden.

„Was das betrifft und was alles Sonstige dieser Art betrifft, so steht das bei Ihnen. Sie werden fortfahren, in all diesen Dingen für uns beide zu handeln, wie Sie es bisher getan haben, und mir eine Last abzunehmen, durch deren Abwälzung ich mich sehr erleichtert fühle."

„Obwohl, wie ich Ihnen oft sagte", erwiderte Clennam, „Sie ungerechterweise Ihre geschäftlichen Kenntnisse herabsetzen."

„Vielleicht ist es so", sagte Doyce lächelnd. „Vielleicht auch nicht. Auf jeden Fall habe ich einen Beruf, den ich mehr studiert habe als solche Dinge und für den ich besser passe. Ich habe volles Vertrauen zu meinem Partner, und ich weiß bestimmt, daß er stets das Beste tun wird. Wenn ich ein Vorurteil in bezug auf finanzielle Dinge habe", fuhr Doyce fort und legte seinen schöpferischen Handwerkerdaumen auf den Rockaufschlag seines Partners, „so ist es gegen Spekulationen. Ich glaube nicht, daß ich ein anderes habe. Ich habe dieses Vorurteil wahrscheinlich nur deshalb, weil ich mich niemals mit der Sache gründlich beschäftigt habe."

„Aber Sie sollten es nicht ein Vorurteil nennen", sagte Clennam. „Mein lieber Doyce, es ist der gesündeste Verstand."

„Es freut mich, daß Sie so denken", erwiderte Doyce, während seine grauen Augen freundlich und hell blickten.

„Es trifft sich", sagte Clennam, „daß ich eben jetzt, keine halbe Stunde bevor Sie kamen, dasselbe zu Pancks sagte, der auf einen Augenblick hereingekommen war. Wir stimmten darin überein, daß andere als ganz sichere Anlagen zu suchen eine der gefährlichsten und zugleich eine der häufigsten Torheiten ist, die oft den Namen Laster verdienen."

„Pancks?" sagte Doyce, kippte seinen Hut von hinten nach vorn und nickte mit vertrauensvoller Miene. „Jaja! Das ist ein vorsichtiger Mensch."

„Er ist wirklich ein sehr vorsichtiger Mensch", erwiderte Arthur. „Direkt ein Beispiel an Vorsicht."

Sie schienen beide eine größere Genugtuung über den vorsichtigen Charakter von Mr. Pancks zu empfinden, als nach dem bloßen Wortlaut ihrer Unterhaltung ganz verständlich war.

„Und nun, da Zeit und Flut auf niemand warten", sagte Daniel mit einem Blick auf die Uhr, „mein treuer Partner, und da ich mit Sack und Pack reisefertig bin, so lassen Sie mich ein letztes Wort sagen. Ich möchte, daß Sie mir eine Bitte gewähren."

„Jede Bitte, die Sie aussprechen. Ausgenommen", Clennam war rasch mit seiner Ausnahme bei der Hand, denn er hatte sogleich im Gesicht seines Partners gelesen, was es sein würde, „ausgenommen, daß ich Ihre Erfindung preisgeben soll."

„Das ist die Bitte, und Sie wissen, daß sie das ist", sagte Doyce.

„Dann sage ich nein. Ich sage entschieden nein. Jetzt,

da ich begonnen habe, will ich einen bestimmten Grund, eine verantwortliche Feststellung, etwas in der Art einer wirklichen Antwort aus diesen Leuten herausholen."

„Sie werden sie nicht bekommen", erwiderte Doyce, den Kopf schüttelnd. „Nehmen Sie mein Wort dafür, Sie werden sie niemals bekommen."

„Wenigstens will ich es versuchen", sagte Clennam, „es wird mir keinen Schaden tun, es zu versuchen."

„Ich bin dessen nicht sicher", erwiderte Doyce und legte ihm die Hand überredend auf die Schulter, „es hat mir Schaden getan. Es hat mich alt gemacht, hat mich müde gemacht, hat mich gequält, hat mir die Hoffnung genommen. Es ist für niemand gut, wenn seine Geduld erschöpft wird und er sich ungerecht behandelt glauben muß. Mir kommt es sogar schon jetzt vor, daß das unnütze Warten auf Aufschübe und Ausflüchte auch Sie etwas weniger elastisch gemacht hat, als Sie waren."

„Private Sorgen mögen dies für den Augenblick getan haben, aber keine amtlichen Quälereien. Noch nicht. Ich fühle mich noch nicht verärgert."

„Dann wollen Sie meine Bitte nicht gewähren?"

„Entschieden nicht", sagte Clennam. „Ich würde mich schämen, wenn ich mich so bald von dem Kampfplatz vertreiben ließe, wo ein viel älterer und viel mehr interessierter Mann solange tapfer gekämpft hat."

Da er ihn nicht davon abbringen konnte, erwiderte Daniel Doyce seinen Händedruck, warf einen Abschiedsblick auf das Kontor und ging mit ihm die Treppe hinab. Doyce reiste nach Southampton, um dort die kleine Gesellschaft seiner Reisegenossen zu treffen; ein Wagen stand am Tor, gut ausgerüstet und bepackt, bereit, ihn dort hinzubringen. Die Arbeiter standen am Tor und waren mächtig stolz auf ihn. „Viel Glück, Mr. Doyce!" sagte einer von ihnen. „Wo Sie auch immer hinkommen, werden die Leute finden, daß ein Mann zu ihnen gekommen ist, ein Mann, der sein Werkzeug kennt und den sein Werkzeug kennt. Ein Mann, der etwas will, ein Mann, der etwas kann, und wenn das nicht ein Mann ist, wo ist dann ein Mann!" Diese Stegreifrede eines rauhen Kerls aus dem Hintergrund, bei dem vorher niemand derartige Fähigkeiten vermutet hatte, wurde mit drei lauten Hurras aufgenommen, und der Sprecher wurde für immer eine hervorragende Persönlichkeit. Inmitten der drei lauten Hurras rief Daniel ihnen allen ein herzliches „Lebt wohl, Leute!" zu, und der Wagen verschwand aus dem Gesichtskreis, als ob die Lufterschütterung ihn aus dem Herzbluthof hinausgeschleudert hätte.

Mr. Baptist, ein dankbarer kleiner Mann in einer Vertrauensstellung, stand unter den Arbeitern und hatte so viel zu dem Hurrarufen beigetragen, als ein Fremder konnte. In Wahrheit kann niemand auf der Erde so hurra rufen wie die Engländer; wenn es ihnen Ernst ist, kann einer des anderen Blut und Geist dabei so in Aufruhr bringen, daß man glauben möchte, ihre ganze Geschichte von dem angelsächsischen Alfred an stürme mit allen Standarten im Winde auf einmal heran. Mr. Baptist war gewissermaßen von dem Ansturm fortgewirbelt und holte ganz verwirrt Atem, als Clennam ihm einen Wink gab, ihm die Treppe hinauf zu folgen und die Bücher und Papiere wieder an ihren Platz zu legen.

In der Stille, die auf die Abreise folgte – in jener ersten Leere, die auf jede Trennung folgt und die die große Trennung ankündigt, die immer über der Menschheit hängt –, stand Arthur an seinem Pult und blickte träumerisch auf einen Streifen Sonnenlicht.

Aber seine befreite Aufmerksamkeit kehrte bald zu dem Thema zurück, das in seinen Gedanken den vordersten Platz einnahm, und begann zum hundertstenmal jeden Umstand wieder durchzugehen, der sich ihm in der geheimnisvollen Nacht eingeprägt hatte, als er den Mann in dem Haus seiner Mutter sah. Wiederum stieß ihn der Mann in der krummen Straße an, wiederum verfolgte er den Mann und verlor ihn, wiederum traf er den Mann, wie er im Torbogen stand und das Haus betrachtete, wiederum folgte er dem Mann und stand auf der Schwelle neben ihm.

„Wer kommt so spät des Wegs daher?
Compagnon de la Marjolaine!
Wer kommt so spät des Wegs daher,
so wohlgemut und froh?“

Es war nicht das erstemal, daß er sich an das Kinderlied erinnert hatte, aus dem der Mensch diesen Vers gesummt hatte, als sie nebeneinander standen; aber er war sich so wenig bewußt, ihn hörbar wiederholt zu haben, daß er zusammenfuhr, als er den nächsten Vers hörte:

„Die Blüte aller Ritterschaft,
Compagnon de la Marjolaine!
Die Blüte aller Ritterschaft,
so wohlgemut und froh.“

Cavalletto hatte Worte und Melodie deutlich souffliert, da er glaubte, Clennam habe innegehalten, weil er nicht wußte, wie es weiterging.

„Ah! Sie kennen das Lied, Cavalletto?“

„Beim Bacchus, ja, Sir! Jeder kennt es in Frankreich. Ich habe es oft von den kleinen Kindern singen hören. Das letztemal, als es ich gehört habe“, sagte Mr. Baptist, früher Cavalletto, der gewöhnlich zur Satzkonstruktion seiner Muttersprache zurückkehrte, wenn sein Gedächtnis in die Nähe seiner Heimat zurückkehrte, „war von eine süße kleine Stimme. Eine kleine Stimme, sehr süß, sehr unschuldig. Altro!“

„Das letztemal, da ich es hörte“, erwiderte Arthur, „war es von einer Stimme, die ganz das Gegenteil von hübsch und die ganz das Gegenteil von unschuldig war.“ Er sagte es mehr zu sich als zu seinem Gefährten und fügte zu sich selbst hinzu, indem er die nächsten Worte des Mannes wiederholte: „Zum Teufel, Sir, es entspricht meinem Charakter, ungeduldig zu sein!“

„Eh!“ rief Cavalletto aufs höchste verblüfft, während im Nu alle Farbe aus seinem Gesicht wich.

„Was gibt es?“

„Sir! Sie wissen, wo ich dieses Lied das letztemal gehört habe?“

Mit den ihm eigenen raschen Bewegungen zeichneten seine Hände die Umrisse einer Hakennase, drückten seine Augen nahe zusammen, brachten sein Haar in Unordnung, machten die Oberlippe aufschwellen, um einen dicken Schnurrbart vorzustellen, und warfen das schwere Ende eines eingebildeten Mantels über seine Schulter. Während er das mit einer Schnelligkeit tat, die für jemand, der noch nie einen italienischen Bauern beobachtet hat, unglaublich wäre, ahmte er ein besonderes und finsteres Lächeln nach. Die ganze Veränderung ging über ihn hin wie ein Blitz. In demselben Augenblick stand er blaß und erstaunt vor seinem Herrn.

„Im Namen aller Wunder", sagte Clennam, „was meinen Sie? Kennen Sie einen Mann namens Blandois?"

„Nein!" sagte Mr. Baptist, den Kopf schüttelnd.

„Sie haben jetzt eben einen Mann beschrieben, der dabei war, als Sie dieses Lied hörten, nicht wahr?"

„Ja", sagte Mr. Baptist, fünfzigmal hintereinander mit dem Kopf nickend.

„Und hieß er nicht Blandois?"

„Nein!" sagte Mr. Baptist. „Altro, altro, altro, altro!" Er konnte den Namen gar nicht zurückweisen, während sein Kopf und sein rechter Zeigefinger sich gleichzeitig bewegten.

„Halt!" rief Clennam und breitete den Handzettel auf seinem Pult aus. „War dies der Mann? Sie können verstehen, was ich laut lese?"

„Sehr gut. Vollständig."

„Aber sehen Sie es sich noch an. Kommen Sie her und sehen Sie mir über die Schulter, während ich lese."

Mr. Baptist kam heran, folgte jedem Wort mit raschen Augen, sah und hörte alles mit der größten Ungeduld zu Ende, schlug dann mit beiden Händen flach auf den Zettel, als ob er wütend ein schädliches Tier gefangen hätte, und rief Clennam eifrig zu: „Das ist der Mann! Das ist er!"

„Das ist von viel größerer Wichtigkeit für mich", sagte Clennam in großer Aufregung, „als Sie sich denken. Erzählen Sie mir, wo Sie den Mann gesehen haben."

Mr. Baptist ließ das Papier sehr langsam und sehr niedergeschlagen los, trat zwei oder drei Schritte zurück und erwiderte, die Hände gegeneinanderschlagend, als ob er sie vom Staub säuberte: „In Marsiglia – Marseille."

„Was war er?"

„Ein Gefangener und – altro! Ich glaube ja! – ein ..." Mr. Baptist trat näher heran, um es zu flüstern, „Mörder!"

Clennam fuhr zurück, als ob ihm ein Schlag versetzt worden wäre – in so schrecklichem Licht zeigte das Wort den Verkehr seiner Mutter mit dem Manne. Cavalletto fiel auf die Knie und beschwor ihn mit einem Überschwang an Gesten, anzuhören, was ihn in solch häßliche Gesellschaft gebracht hätte.

Er erzählte ihm vollkommen wahrheitsgetreu, wie es durch einen kleinen Schmuggelhandel gekommen war und wie er nach einiger Zeit aus dem Gefängnis freigelassen worden war und wie er sich darauf von diesem Leben abgekehrt hatte. Wie er in dem Gasthof, genannt „Der Tagesanbruch", in Châlons an der Saône nachts in seinem Bett von demselben Mörder geweckt worden sei, der damals den Namen Lagnier angenommen hatte, obwohl sein Name vorher Rigaud gewesen sei; wie der Mörder vorgeschlagen habe, daß sie ihr Geschick miteinander verbinden sollten; wie ihm der Mörder solche Furcht und solchen Widerwillen eingeflößt habe, daß er bei Tagesanbruch vor ihm geflohen sei, und wie er stets seitdem von der Furcht besessen sei, den Mörder wiederzusehen und von ihm als ein Bekannter begrüßt zu werden. Nachdem er das mit einem Nachdruck auf dem Wort Mörder, der besonders seiner Muttersprache eigen ist und der nicht dazu beitrug, es Clennam weniger furchtbar zu machen, erzählt hatte, sprang er plötzlich auf die Füße, stürzte sich wieder auf den Handzettel und rief mit einer Heftigkeit, die bei einem Menschen nördlicher Herkunft völliger Wahnsinn gewesen wäre: „Seht da, derselbe Mörder! Hier ist er!"

In seiner leidenschaftlichen Erregung vergaß er zuerst

die Tatsache, daß er den Mörder kürzlich in London gesehen hatte. Als er sich daran erinnerte, erweckte er in Clennam die Hoffnung, daß es nach dem Abend des Besuches bei seiner Mutter gewesen sein könnte; aber Cavalletto war sich zu klar über Zeit und Ort, um die Möglichkeit eines Zweifels offenzulassen, daß es früher gewesen war.

„Hören Sie", sagte Clennam sehr ernst. „Dieser Mann ist, wie wir hier gelesen haben, gänzlich verschwunden."

„Damit bin ich sehr zufrieden!" sagte Cavalletto mit frommem Augenaufschlag. „Dem Himmel sei tausend Dank. Verfluchter Mörder!"

„Nicht so", erwiderte Clennam; „denn bis man weitere Nachricht von ihm hat, kann ich keine ruhige Stunde erleben."

„Genug, Wohltäter, das ist etwas ganz anderes. Eine Million Entschuldigungen."

„Nun, Cavalletto", sagte Clennam und drehte ihn sanft am Arm um, so daß sie einander in die Augen blickten, „ich bin sicher, daß Sie für das wenige, was ich imstande war für Sie zu tun, der dankbarste aller Menschen sind."

„Ich schwöre es!" rief der andere.

„Ich weiß es. Wenn Sie diesen Mann finden oder feststellen könnten, was aus ihm geworden ist, oder irgendeine spätere Nachricht über ihn bekommen könnten, würden Sie mir einen Dienst erweisen, der über jedem anderen Dienst steht, den ich in der Welt empfangen könnte, und würden mich (mit viel mehr Recht) Ihnen so dankbar machen, wie Sie es mir sind."

„Ich weiß nicht, wohin blicken", rief der kleine Mann, Arthurs Hand mit Begeisterung küssend. „Ich weiß nicht, wo beginnen. Ich weiß nicht, wohin gehen. Aber Mut! Genug! Es macht nichts! Ich gehe in diesem Augenblick!"

„Kein Wort zu irgend jemand außer mir, Cavalletto."

„Al-tro!" rief Cavalletto und ging mit der größten Eile davon.

## *23. Kapitel*

### Mrs. Affery gibt ein bedingtes Versprechen in bezug auf ihre Träume

Allein geblieben, die ausdrucksvollen Mienen und Gesten Mr. Baptists, alias Giovanni Baptista Cavalletto, noch lebhaft vor Augen, begann Clennam einen langweiligen Tag. Vergebens versuchte er seine Aufmerksamkeit dadurch zu beherrschen, daß er sie auf eine geschäftliche Angelegenheit oder irgend etwas sonst richtete; sie kam immer wieder auf den vorherigen Gedanken zurück und wollte bei keinem anderen bleiben. Als wenn ein Verbrecher, in einem stillstehenden Boot auf einem tiefen, klaren Fluß angekettet, dazu verurteilt wäre, wie viele Meilen Wasser auch an ihm vorbeiflossen, immer den Körper des Mitmenschen, den er ertränkt hatte, unbeweglich und unveränderlich auf dem Grunde liegen zu sehen, nur daß die Strudel ihn breit oder lang machten, seine schrecklichen Umrisse bald ausdehnten, bald zusammenzogen; so sah Arthur unter dem wechselnden Strom der durchscheinenden Gedanken und Phantasien, die verschwanden und von anderen abgelöst wurden, sobald sie aufgetaucht waren, fest und dunkel und nicht von seinem Platz zu bewegen, den einen Gegenstand, von dem er sich mit aller Macht zu befreien suchte und dem er nicht entfliehen konnte.

Die Sicherheit, die er nun hatte, daß Blandois, wie er auch immer richtig heißen mochte, einer der schlimmsten Menschen war, vermehrte seine Befürchtung bedeutend. Selbst wenn das Verschwinden sich morgen aufklären sollte, würde doch die Tatsache, daß seine Mutter mit einem solchen Menschen in Verbindung gestanden hatte, unverändert bleiben. Daß der Verkehr geheim gewesen war und daß sie unterwürfig vor ihm gewesen war und vor ihm Angst gehabt hatte, das, hoffte er, würde niemandem außer ihm selbst bekannt werden. Jedoch, da er es wußte, wie konnte er es von seinen alten unbestimmten Befürchtungen trennen und wie glauben, daß in so einer Verbindung nichts Böses lag?

Ihre Entschlossenheit, die Frage mit ihm nicht zu besprechen, und seine Kenntnis ihres unbezähmbaren Charakters vergrößerten das Gefühl seiner Hilflosigkeit. Es war wie ein bedrückender Traum, zu glauben, daß Schande und Bloßstellung ihr und dem Andenken seines Vaters drohten, und wie durch eine eherne Mauer daran gehindert zu sein, zu Hilfe zu kommen. Das Ziel zu erreichen, mit dem er in sein Vaterland zurückgekehrt war und das er seitdem stets im Auge behalten hatte, hatte seine Mutter mit größter Entschlossenheit selbst vereitelt und gerade zu der Zeit, als er fürchtete, daß es am meisten drängte. All seine Hilfsmittel, Rat, Energie, Tatkraft, Geld, Kredit, waren brachgelegt. Wenn sie die Macht, von der die Sage erzählt, besessen hätte, diejenigen, welche sie anblickte, zu Stein zu verwandeln, so hätte sie ihn nicht ohnmächtiger machen können (so schien es ihm in seiner Verzweiflung) als dann, wenn sie ihm in ihrem düsteren Zimmer ihr hartes Gesicht zuwandte.

Aber das Licht der Entdeckung dieses Tages, das auf diese Erwägungen fiel, weckte ihn zu einem entschiedeneren Vorgehen auf. Im Vertrauen auf die Richtigkeit seines Zieles und von einem Gefühl getrieben, als ob eine drohende Gefahr hereinbräche, beschloß er, wenn seine Mutter in ihrer Unzugänglichkeit beharren würde, einen verzweifelten Appell an Affery zu richten. Wenn sie dazu bewegt werden konnte, zu sprechen und, was an ihr lag, dazu beizutragen, das Geheimnis, das das Haus umgab, zu durchbrechen, konnte er vielleicht die Lähmung abschütteln, deren er sich mit jeder Stunde, die verfloß, mehr bewußt wurde. Dies war das Ergebnis seiner sorgenvollen Überlegungen an diesem Tage, und das war der Entschluß, den er ausführte, als der Tag zu Ende ging.

Seine erste Enttäuschung, als er vor dem Haus ankam, war, die Tür offen und Mr. Flintwinch auf der Schwelle seine Pfeife rauchend zu finden. Wären die

Umstände auch nur so günstig wie gewöhnlich gewesen, so hätte Affery die Tür auf sein Klopfen geöffnet. Da die Umstände ungewöhnlich ungünstig waren, stand die Tür offen, und Mr. Flintwinch rauchte seine Pfeife auf der Schwelle.

„Guten Abend", sagte Arthur.

„Guten Abend", sagte Mr. Flintwinch.

Der Rauch kam in Spiralen aus Mr. Flintwinchs Mund, als ob er durch seinen ganzen verschrobenen Körper zirkuliert und durch seinen verdrehten Hals hervorgekommen wäre, bevor er sich in dem Rauch der schiefen Schornsteine und dem Nebel des gewundenen Flusses auflöste.

„Haben Sie irgendwelche Nachrichten?" fragte Arthur.

„Wir haben keine Nachrichten", sagte Jeremiah.

„Ich meine, von dem fremden Mann", erklärte Arthur.

„Ich meine auch, von dem fremden Mann", sagte Jeremiah.

Er sah so grimmig aus, wie er mit dem Knoten seines Halstuches hinter dem Ohr schief dastand, daß Clennam, nicht zum ersten Male, der Gedanke kam, ob Flintwinch sich in einer eigenen Angelegenheit Blandois' entledigt haben könnte. Ob es sein Geheimnis und seine Sicherheit sein könnten, um die es ginge. Er war klein und gebeugt und vielleicht nicht besonders kräftig; jedoch war er zäh wie ein alter Eibenbaum und so listig wie eine alte Dohle. Wenn so ein Mann von hinten an einen viel jüngeren und kräftigeren Mann herankam, mit dem Willen, ihm erbarmungslos den Garaus zu machen, konnte er sein Vorhaben an diesem einsamen Ort zu einer späten Stunde sicher ausführen.

Während in seinem krankhaft erregten Zustand diese Gedanken über den Hauptgedanken, der immer in Clennams Geist war, hintrieben, stand Mr. Flintwinch, mit verdrehtem Hals und ein Auge geschlossen, da, blickte das gegenüberliegende Haus an und rauchte mit einem bösen Gesichtsausdruck, mehr als ob er versuchte, sein Pfeifenrohr durchzubeißen, als daß er einen Genuß daran hatte. Und doch hatte er in seiner Weise einen Genuß daran.

„Sie werden imstande sein, das nächste Mal, wenn Sie wiederkommen, mein Bild zu malen, Arthur, glaube ich", sagte Mr. Flintwinch trocken, während er sich niederbeugte, um die Asche auszuklopfen.

Ein wenig schuldbewußt und verwirrt bat ihn Arthur um Verzeihung, wenn er ihn unhöflich angestarrt habe. „Aber meine Gedanken beschäftigen sich so viel mit dieser Sache", sagte er, „daß ich mich ganz verliere."

„Hm! Doch sehe ich nicht ein", erwiderte Flintwinch gelasssen, „weshalb gerade Sie sich deshalb beunruhigen sollten, Arthur."

„Nicht?"

„Nein", sagte Mr. Flintwinch sehr kurz und entschieden, fast so, als ob er zur Gattung Hund gehörte und nach Arthurs Hand schnappte.

„Bedeutet es nichts für mich, diese Anschläge hier am Haus zu sehen? Bedeutet es nichts für mich, den Namen und die Wohnung meiner Mutter mit der Öffentlichkeit so in Verbindung gebracht zu sehen?"

„Ich sehe nicht", erwiderte Mr. Flintwinch, sein schwieliges Kinn streichelnd, „wieso es Ihnen viele Sorgen machen müßte. Aber ich will Ihnen sagen, was ich sehe, Arthur", er blickte zu den Fenstern empor, „ich sehe den Schimmer des Feuers und die Kerze im Zimmer Ihrer Mutter!"

„Und was hat das damit zu tun?"

„Nun, Sir, ich lese darin", sagte Mr. Flintwinch und schraubte sich wieder auf ihn zu, „daß, wenn es ratsam ist (wie das Sprichwort sagt), schlafende Hunde in Ruhe zu lassen, es vielleicht ebenso ratsam ist, vermißte Hunde in Ruhe zu lassen. Kümmern Sie sich nicht darum. Sie kommen gewöhnlich früh genug zum Vorschein."

Mr. Flintwinch wandte sich kurz um, als er diese Bemerkung gemacht hatte, und ging in den dunklen Flur hinein. Clennam stand da und folgte ihm mit den

Augen, wie er in dem kleinen Seitenraum das Phosphorfeuerzeug handhabte, es nach drei oder vier Versuchen zum Brennen brachte und die schwach leuchtende Lampe an der Wand entzündete. Während der ganzen Zeit erwog Clennam die Möglichkeit – mehr als ob sie ihm von einer unsichtbaren Hand gezeigt würde, als daß er sie selbst beschwor –, auf welche Weise Mr. Flintwinch diese dunkle Tat getan und ihre Spuren auf einer der dunkel beschatteten Gassen, die um das Haus lagen, entfernt haben könnte.

„Nun, Sir", sagte der mürrische Jeremiah, „ist es Ihnen gefällig, hinaufzugehen?"

„Meine Mutter ist vermutlich allein?"

„Nicht allein", sagte Mr. Flintwinch. „Mr. Casby und seine Tochter sind bei ihr. Sie kamen an, während ich rauchte, und ich blieb zurück, um meine Pfeife auszurauchen."

Das war die zweite Enttäuschung. Arthur machte keine Bemerkung darüber und begab sich in das Zimmer seiner Mutter, wo Mr. Casby und Flora Tee und heiße geröstete Brotschnitten mit Butter und Sardellenpaste zu sich genommen hatten. Die Überreste dieser Delikatessen waren noch nicht entfernt, weder von dem Tisch noch von dem geröteten Gesicht Afferys, die, die Röstgabel noch in der Hand, wie eine Art allegorischer Person aussah, bloß daß sie insofern der gewöhnlichen Sorte derartiger Personen bedeutend überlegen war, als der Sinn ihres Attributes ohne weiteres klar war.

Flora hatte Hut und Schal auf dem Bett mit einer Sorgfalt ausgebreitet, die die Absicht, eine Zeitlang zu bleiben, andeutete. Auch Mr. Casby saß in der Nähe des Kamins, während seine menschenfreundlichen Beulen glänzten, als ob die warme Butter der gerösteten Brotschnitten durch den patriarchalischen Schädel hindurchsickerte, und sein Gesicht so rot war, als ob der Farbstoff der Sardellenpaste sich in dem patriarchalischen Gesicht ausbreitete. Als Clennam das während der üblichen Begrüßung wahrnahm, beschloß er, unverzüglich mit seiner Mutter zu sprechen.

Da sie niemals ihr Zimmer verließ, war es seit langem gebräuchlich, daß die Besucher, die sie persönlich zu sprechen wünschten, sie an ihr Pult rollten; dort pflegte sie dann zu sitzen, gewöhnlich die Rückseite ihres Stuhles dem übrigen Zimmer zugekehrt, während die Person, mit der sie sich unterhielt, in einer Ecke auf einem kleinen Stuhl saß, der immer zu diesem Zweck dort stand. Zwar war es lange her, seit Mutter und Sohn ohne das Beisein einer dritten Person zusammen gesprochen hatten, aber es war für Besucher ein ganz gewöhnliches Vorkommnis, daß Mrs. Clennam unter Entschuldigungen wegen der Unterbrechung gefragt wurde, ob sie in einer geschäftlichen Angelegenheit zu sprechen sei, und daß sie auf ihre bejahende Antwort hin in die beschriebene Stellung gerollt wurde.

Als deshalb Arthur jetzt eine derartige Entschuldigung und eine derartige Bitte vorbrachte, sie an ihr Pult rollte und sich auf den kleinen Stuhl setzte, begann Mrs. Finching noch lauter und schneller zu sprechen und deutete damit taktvoll an, daß sie nichts hören könne, und Mr. Casby streichelte seine langen weißen Locken mit schläfriger Ruhe.

„Mutter, ich habe heute etwas über das Vorleben des Mannes, den ich hier getroffen habe, erfahren, was Sie, wie ich überzeugt bin, nicht wissen können und was Sie, wie ich glaube, wissen müßten."

„Ich weiß nichts von dem Vorleben des Mannes, den du hier gesehen hast, Arthur."

Sie sprach laut. Er hatte seine eigene Stimme gesenkt, aber sie wies dieses vertrauliche Entgegenkommen zurück, wie sie jedes andere Entgegenkommen zurückwies, und sprach in ihrer gewöhnlichen Tonart und mit ihrer gewöhnlichen strengen Stimme.

„Ich habe es nicht auf Umwegen erfahren; die Nachricht ist mir direkt zugekommen."

Sie fragte ihn genauso wie zuvor, ob er gekommen sei, um ihr mitzuteilen, was es war.

„Ich hielt es für richtig, daß Sie es erfahren sollten."

„Und was ist das?"

„Er hat in einem französischen Gefängnis gesessen."

Sie antwortete ruhig: „Ich halte das für sehr wahrscheinlich."

„Aber in einem Gefängnis für Verbrecher, Mutter. Wegen einer Anklage auf Mord."

Sie fuhr bei dem Wort zusammen, und ihre Miene drückte ihr natürliches Entsetzen aus. Jedoch sprach sie immer noch laut, als sie fragte: „Wer hat dir das gesagt?"

„Ein Mann, der mit ihm im Gefängnis zusammen war."

„Das Vorleben jenes Mannes, nehme ich an, war dir nicht bekannt, bevor er das sagte?"

„Nein."

„Obwohl der Mann selbst dir bekannt war?"

„Ja."

„Genau mein Fall und Flintwinchs in bezug auf diesen anderen Mann! Jedoch geht die Übereinstimmung doch wohl nicht so weit, daß dein Gewährsmann durch einen Brief eines Geschäftsfreundes mit dir bekannt wurde, bei dem er Geld deponierte? Wie steht es um diesen Fall der Parallele?"

Arthur hatte keine Wahl, als zu sagen, daß sein Gewährsmann ihm nicht durch eine derartige Beglaubigung oder überhaupt durch eine Beglaubigung bekannt geworden sei. Mrs. Clennams aufmerksamer finsterer Gesichtsausdruck verwandelte sich allmählich in eine Miene strengen Triumphes, und sie erwiderte mit Nachdruck: „Hüte dich also, andere zu verurteilen. Ich sage dir, Arthur, zu deinem Besten, hüte dich, zu verurteilen!"

Ihr Nachdruck lag ebensosehr in den Augen wie in der Betonung ihrer Worte. Sie hielt ihre Augen auf ihn gerichtet, und wenn er beim Betreten des Hauses irgendeine verborgene Hoffnung gehabt hatte, im Geringsten etwas bei ihr zu erreichen, so machte sie diese Hoffnung jetzt durch ihren Blick zunichte.

„Mutter, soll ich nichts tun, um Ihnen zu helfen?"

„Nichts."

„Wollen Sie mir nichts anvertrauen, nichts auftragen,

nichts erklären? Wollen Sie sich nicht mit mir beraten? Wollen Sie mich Ihnen nicht näherkommen lassen?"

„Wie kannst du mich fragen? Du hast dich von meinen Angelegenheiten getrennt. Es war nicht mein Tun. Es war das deinige. Wie kannst du dann vernünftigerweise eine solche Frage an mich richten? Du weißt, daß du mich Flintwinch überlassen hast und daß er deinen Platz einnimmt."

Bei einem Blick auf Jeremiah sah Clennam sogar an seinen Gamaschen, daß seine Aufmerksamkeit scharf auf sie gerichtet war, obwohl er gegen die Wand gelehnt dastand, sein Kinn streichelte und sich den Anschein gab, Flora zuzuhören, während sie in der verwirrendsten Weise über ein Chaos von Gegenständen jagte, in dem Makrelen und Mr. F.s Tante, gut im Schwung, mit Maikäfern und dem Weinhandel vermengt waren.

„Ein Gefangener, in einem französischen Gefängnis, wegen einer Anzeige auf Mord", wiederholte Mrs. Clennam, indem sie das, was ihr Sohn gesagt hatte, noch einmal durchging. „Das ist alles, was du von dem Mitgefangenen weißt?"

„Im wesentlichen alles."

„Und war der Mitgefangene sein Spießgeselle und ebenfalls ein Mörder? Aber er gibt natürlich einen besseren Bericht über sich als über seinen Freund, das braucht man nicht erst zu fragen. Das wird den übrigen Anwesenden hier einen neuen Gesprächsstoff bieten. Casby, Arthur sagt mir . . ."

„Halt, Mutter! Halt!" Er unterbrach sie hastig, denn es war ihm vorher nicht in den Sinn gekommen, daß sie das, was er ihr gesagt hatte, offen verkünden könnte.

„Was denn", sagte sie mit Unwillen. „Was noch?"

„Ich bitte Sie, Mr. Casby – und auch Sie, Mr. Flintwinch –, mir nur noch einen Augenblick mit meiner Mutter zu erlauben . . ."

Er hatte seine Hand auf ihren Stuhl gelegt, sonst hätte sie sich mit dem Fuß vom Boden abgestoßen und herumgedreht. Sie saßen sich noch von Angesicht zu Angesicht gegenüber. Sie blickte ihn an, während er erwog, welches Ergebnis die Veröffentlichung von Cavallettos Entdeckung haben würde, das er nicht beabsichtigt und nicht vorhergesehen hatte, und rasch zu dem Schluß kam, daß es am besten wäre, wenn nicht darüber geredet würde, obwohl er vielleicht durch keinen bestimmteren Grund geleitet war, als daß er für selbstverständlich angenommen hatte, seine Mutter würde die Eröffnung für sich selbst und ihren Partner behalten.

„Was denn?" sagte sie wiederum ungeduldig. „Was ist?"

„Ich habe nicht beabsichtigt, Mutter, daß Sie das wiederholen sollten, was ich Ihnen mitgeteilt habe. Ich denke, Sie wiederholen es besser nicht."

„Machst du das zur Bedingung?"

„Nun ja."

„Bemerke also wohl! Du bist es, der daraus ein Geheimnis macht", sagte sie, die Hand erhebend, „und nicht ich. Du bist es, Arthur, der Zweifel und Verdächtigungen und Bitten um Erklärungen hierherbringt. Und du bist es, Arthur, der Geheimnisse hierherbringt. Was denkst du wohl, was es für mich bedeutet, wo der Mann gewesen ist oder was der Mann gewesen ist? Was kann es für mich bedeuten? Die ganze Welt mag es wissen, wenn sie sich dafür interessiert; es bedeutet nichts für mich. Nun laß mich."

Er gehorchte ihrem befehlenden, aber triumphierenden Blick und brachte ihren Stuhl wieder an den Platz, von dem er ihn weggerollt hatte. Während er das tat, sah er einen Triumph im Gesicht Mr. Flintwinchs, der sicher nicht von Flora inspiriert war.

Diese Wendung seiner Nachricht und seines ganzen Versuches und Planes gegen ihn selbst trug sogar mehr als die Starrheit und Festigkeit seiner Mutter dazu bei, ihn zu überzeugen, daß seine Versuche bei ihr nutzlos waren. Es blieb nichts übrig als der Appell an seine alte Freundin Affery. Aber erst einmal zu dem sehr ungewissen vorbereitenden Stadium zu gelangen, sie überhaupt befragen zu können, schien eine der aussichtslosesten menschlichen Unternehmungen. Sie stand so vollständig unter dem Einfluß der beiden Gescheiten, wurde so systematisch jeweils von einem der beiden scharf im Auge behalten und hatte außerdem eine solche Angst, im Haus umherzugehen, daß jede Gelegenheit, sie allein zu sprechen, unmöglich schien. Außerdem war Mrs. Affery infolge irgendeines Einflusses (es war nicht schwer zu erraten, daß es die durchschlagenden Argumente ihres Herrn und Gebieters waren) so lebhaft überzeugt, wie gewagt es unter allen Umständen sei, irgend etwas zu sagen, daß sie während der ganzen Zeit in einer Ecke geblieben war und sich mit ihrem symbolischen Instrument vor jeder Annäherung geschützt hatte, so daß, als Flora und sogar der flaschengrüne Patriarch selbst einige Worte an sie gerichtet hatten, sie mit ihrer Röstgabel wie eine Stumme die Unterhaltung abgewehrt hatte.

Nach einigen mißglückten Versuchen, Affery zu veranlassen, ihn anzublicken, während sie den Tisch abräumte und das Teegeschirr abwusch, dachte Arthur, daß Flora vielleicht helfen könnte, und flüsterte ihr deshalb zu: „Könnten Sie nicht sagen, daß Sie gern das Haus besichtigen möchten?“

Nun war die arme Flora ständig mehr oder weniger in Erwartung der Zeit, wenn Clennam seine Jugend erneuern und wieder wahnsinnig in sie verliebt sein würde, und sie nahm deshalb die geflüsterte Bitte mit dem größten Entzücken auf, nicht nur weil das Geheimnisvolle sie reizte, sondern weil es den Weg zu einem zärtlichen Zusammentreffen ebnete, bei dem er ihr den Zustand seiner Gefühle eröffnen würde. Sie begann daher sogleich auf das beabsichtigte Ziel hinzuarbeiten.

„Ach du lieber Gott das gute alte Zimmer“, sagte Flora und blickte sich um, „sieht genauso aus wie früher Mrs. Clennam ich bin gerührt es zu sehen und bloß daß es rauchgeschwärzter ist was infolge der Zeit zu erwarten war und was wir alle erwarten müssen und womit wir uns abfinden müssen ob wir wollen oder nicht wie ich es sicherlich selbst habe tun müssen wenn auch nicht gerade rauchgeschwärzter doch furchtbar dicker was dasselbe oder schlimmer ist, an die Tage zu denken als Papa mich hierherzubringen pflegte das klitzekleine Mädchen eine einzige Frostbeule um auf einen Stuhl gesetzt zu werden mit meinen Füßen auf dem Steg und Arthur – bitte entschuldigen Sie mich – Mr. Clennam anzustarren den klitzekleinen Jungen in der schrecklichsten Jacke und Halskrause ehe noch Mr. F. erschien ein dunkler Schatten am Horizont und mir den Hof machte wie das bekannte Gespenst an einem Ort in Deutschland der mit B anfängt ist eine moralische Lektion die lehrt daß alle Pfade im Leben den Pfaden in Nordengland gleich sind wo man Kohlen gräbt und Eisen und alles das macht und die mit Asche bestreut sind!"

Nachdem sie der Unbeständigkeit der menschlichen Existenz einen Seufzer hinterhergeschickt hatte, eilte Flora weiter ihrem Ziel zu.

„Nicht daß jemals", fuhr sie fort, „sein schlimmster Feind sagen konnte es sei ein fröhliches Haus gewesen denn dafür ist es niemals gemacht worden aber immer höchst eindrucksvoll, die zärtliche Erinnerung ruft einen Vorfall in der Jugend wieder zurück bevor noch das Urteil reif als Arthur – alte Gewohnheit – Mr. Clennam mich in eine unbenutzte Küche besonders modrig hinabführte und vorschlug mich da fürs Leben einzuschließen und mich von dem zu ernähren was er von seinen Mahlzeiten erübrigen konnte wenn er in den Ferien zu Hause war und von trockenem Brot wenn in Ungnade was in jener idyllischen Epoche nur zu häufig vorkam, würde es Umstände machen oder zuviel verlangt sein um die Erlaubnis zu bitten diese Erinnerungen wieder aufzufrischen und durch das Haus zu gehen?"

Mrs. Clennam, die mit gezwungener Freundlichkeit Mrs. Finchings Gutherzigkeit, daß sie überhaupt gekommen war, erwiderte, obwohl ihr Besuch (vor Arthurs unerwarteter Ankunft) zweifellos nur ein Akt reiner Gutherzigkeit und für Flora kein Genuß war, gab zu verstehen, daß ihr das ganze Haus offenstehe.

Flora erhob sich und sah Arthur mit der Aufforderung an, sie zu begleiten.

„Gewiß“, sagte er, „und Affery wird uns hoffentlich leuchten.“

Affery war dabei, sich mit den Worten „Verlangen Sie nichts von mir, Arthur“ zu entschuldigen, als Mr. Flintwinch ihr ins Wort fiel: „Weshalb nicht? Affery, was ist mit dir los, Frau? Weshalb nicht, alte Vettel?“ Auf diese tadelnden Worte hin kam sie widerwillig aus ihrer Ecke hervor, gab die Röstgabel in die Hand ihres Gatten und nahm den Leuchter in Empfang, den er ihr mit der anderen reichte.

„Geh voraus, du Närrin!“ sagte Jeremiah. „Gehen Sie hinauf oder hinunter, Mrs. Finching?“

Flora antwortete: „Hinunter.“

„Dann geh voraus hinunter, Affery“, sagte Jeremiah. „Und tu es ordentlich, sonst gleite ich das Geländer hinunter und komme über dich.“

Affery führte die Expedition an; Jeremiah machte den Schluß. Er hatte nicht die Absicht, sie zu verlassen. Clennam, der sich umwandte und sah, daß er ihnen äußerst ruhig und planmäßig in einer Entfernung von drei Stufen folgte, rief leise aus: „Kann man ihn denn gar nicht loswerden?“ Flora beruhigte ihn, indem sie sofort erwiderte: „Nun obwohl nicht ganz schicklich Arthur und eine Sache an die ich vor einem jüngeren Manne oder einem Fremden nicht denken könnte er stört mich nicht wenn Sie es so besonders wünschen und vorausgesetzt daß Sie so gut sein wollen mich nicht zu fest zu fassen.“

Da Arthur nicht das Herz hatte, zu erklären, daß er durchaus nicht das gemeint hatte, legte er seinen stützenden Arm um Floras Taille. „O du meine Güte“, sagte sie. „Sie sind wirklich sehr gehorsam und es ist sicherlich äußerst anständig und schicklich von Ihnen aber doch wenn es Ihnen gleichzeitig gefiele ein bißchen fester zu halten so würde ich es nicht als Zudringlichkeit betrachten.“

In dieser lächerlichen Haltung, die in schreiendem Gegensatz zu den Ängsten und Sorgen, die ihn beschäftigten, stieg Clennam bis zum Untergeschoß des Hauses hinab, wobei er merkte, daß Flora überall, wo es dunkler war als sonst, schwerer wurde, und wo das Haus am hellsten war, sie am leichtesten war. Als sie aus der finsteren Küchenregion, die traurig und verlassen dalag, zurückkehrten, ging Mrs. Affery mit dem Licht in das frühere Zimmer seines Vaters und dann in das alte Speisezimmer, immer vor ihnen her wie ein Gespenst, das nicht einzuholen war, und sie wandte sich weder um, noch antwortete sie, wenn er flüsterte: „Affery! Ich möchte Sie sprechen!"

Im Speisezimmer wandelte Flora ein sentimentaler Wunsch an, in den schrecklichen Schrank zu blicken, der Arthur so oft während seiner Knabenzeit verschlungen hatte – wahrscheinlich, weil er als ein sehr dunkler Schrank günstige Gelegenheit bot, sehr schwer zu sein. Arthur, über den immer mehr die Verzweiflung kam, hatte ihn geöffnet, als an der äußeren Tür ein Klopfen hörbar wurde.

Mrs. Affery warf mit einem unterdrückten Schrei die Schürze über den Kopf.

„Was? Du brauchst wieder eine Dosis!" sagte Mr. Flintwinch. „Du sollst sie kriegen, meine Gute, und zwar eine tüchtige Dosis!"

„Geht inzwischen jemand an die Tür?" fragte Arthur.

„Ich gehe inzwischen an die Tür, Sir", erwiderte der alte Mann so böse, daß es klar wurde, er fühlte, in dieser schwierigen Lage müsse er selbst gehen, obwohl er es vorgezogen hätte, nicht zu gehen. „Bleiben Sie inzwischen stehen, alle! Affery, meine Gute, mache die geringste Bewegung oder sprich ein Wort in deiner Verrücktheit, und ich verdreifache deine Dosis!"

Im Augenblick, als er gegangen war, ließ Arthur Mrs. Finching los, mit einiger Schwierigkeit, weil diese Dame seine Absicht mißverstand und ihre Vorbereitung traf, damit er sie noch fester fassen könnte, statt sie loszulassen.

„Affery, reden Sie jetzt!"

„Rühren Sie mich nicht an, Arthur", rief sie, vor ihm zurückweichend, „kommen Sie mir nicht nahe. Er wird sie sehen. Jeremiah wird Sie sehen. Tun Sie es nicht!"

„Er kann mich nicht sehen“, erwiderte Arthur, der die Tat sogleich seinen Worten folgen ließ, „wenn ich die Kerze ausblase.“

„Er wird Sie hören“, rief Affery.

„Er kann mich nicht hören“, entgegnete Arthur und handelte wieder seinen Worten entsprechend, „wenn ich Sie in diesen schwarzen Schrank hineinziehe und hier spreche. Weshalb verbergen Sie ihr Gesicht?“

„Weil ich mich fürchte, etwas zu sehen.“

„Sie können sich nicht fürchten, etwas in dieser Dunkelheit zu sehen, Affery.“

„Ja, ich fürchte mich. Viel mehr, als wenn es hell wäre.“

„Weshalb fürchten Sie sich?“

„Weil das Haus voller Rätsel und Geheimnisse ist; weil es voller Flüstern und Beratschlagungen ist; weil es voller Geräusche ist. Es gab niemals ein Haus mit so viel Geräuschen. Ich werde an ihnen sterben, wenn Jeremiah mich nicht vorher erwürgt, was er sicherlich tun wird.“

„Ich habe hier niemals irgendwelche Geräusche gehört, die der Rede wert gewesen wären!“

„Ach! Aber Sie würden welche hören, wenn sie in dem Haus wohnten und gezwungen wären, drin herumzugehen“, sagte Affery; „und Sie würden das Gefühl haben, daß sie so sehr der Rede wert sind, daß Sie das Gefühl haben würden, Sie müßten fast zerspringen, weil es Ihnen nicht gestattet ist, davon zu reden. Das ist Jeremiah! Sie werden es dahin bringen, daß er mich tötet.“

„Meine gute Affery, ich erkläre Ihnen feierlich, daß ich das Licht der offenen Tür auf dem Boden des Flurs sehen kann, und das könnten Sie ebenfalls, wenn Sie Ihr Gesicht enthüllen und hinsehen wollten.“

„Ich wage es nicht zu tun“, sagte Affery, „ich wage es niemals, Arthur. Ich bin immer blind, wenn Jeremiah nicht zusieht, und bisweilen sogar, wenn er zusieht.“

„Er kann die Tür nicht schließen, ohne daß ich ihn sehe“, sagte Arthur. „Sie sind so sicher bei mir, als wenn er fünfzig Meilen fort wäre.“

(„Ich wünschte, er wäre es!“ rief Affery.)

„Affery, ich möchte wissen, was hier nicht in Ordnung ist; ich möchte die Geheimnisse dieses Hauses aufgeklärt wissen."

„Ich sage Ihnen, Arthur", unterbrach sie ihn, „Geräusche sind die Geheimnisse, Rascheln und Umherlaufen, Beben und Zittern, Schritte oben und Schritte unten."

„Aber dies sind nicht alle Geheimnisse."

„Ich weiß nicht", sagte Affery. „Fragen Sie mich nichts mehr. Ihre alte Liebste ist nicht weit, und sie ist eine Schwätzerin."

Seine alte Liebste, die in der Tat so nahe war, daß sie sich gerade in einem körperlichen Winkel von fünfundvierzig Grad aufgeregt an ihn lehnte, mischte sich hier ein, um Mrs. Affery mehr ernst als verständlich zu versichern, daß, was sie hier hören würde, nicht weitergetragen, sondern geheimgehalten werden würde, „wenn wegen niemand sonst wegen Arthur – bewußt, aufdringlich zu sein indem zu familiär ausgedrückt – wegen Doyce und Clennam".

„Ich richte eine flehentliche Bitte an Sie, die Sie eine der wenigen angenehmen Erinnerungen aus meiner Kinderzeit sind, um meiner Mutter willen, um Ihres Mannes, um meinetwillen, um unser aller willen. Ich bin gewiß, Sie können mir etwas über das Hierherkommen dieses Mannes sagen, wenn Sie wollen."

„Nun, dann will ich Ihnen sagen, Arthur . . .", erwiderte Affery, „Jeremiah kommt!"

„Nein, er kommt nicht, die Tür ist offen, und er steht draußen und spricht."

„Dann will ich Ihnen sagen", sprach Affery, nachdem sie gelauscht hatte, „daß, als er zum erstenmal hierherkam, er selbst die Geräusche hörte. ‚Was ist das?' sagte er zu mir. ‚Ich weiß nicht, was es ist', sagte ich zu ihm, indem ich mich an ihm festhalte, ‚aber ich habe es immer und immer wieder gehört.' Während ich das sage, steht er da und sieht mich an und zittert am ganzen Leibe, jawohl."

„Ist er oft hierhergekommen?"

„Nur an jenem Abend und an dem letzten Abend."

„Was sahen Sie vor ihm an dem letzten Abend, nachdem ich fort war?"

„Die beiden Gescheiten hatten ihn ganz allein für sich. Jeremiah kam von der Seite auf mich zugetanzt, nachdem ich Sie herausgelassen hatte (er kommt immer von der Seite auf mich zugetanzt, wenn er mir was tun will), und da sagte er zu mir: ‚Nun, Affery', sagte er, ‚ich komme hinter dir her, meine Beste, und bringe dich hinauf.' Damit faßte er mich hinten am Hals und drückte mich, bis ich den Mund aufreißen mußte, und dann stieß er mich vor sich her ins Bett, während er die ganze Zeit zudrückte. Das nennt er mich hinaufbringen, jawohl. Oh, er ist ein schlechter Mensch!"

„Und haben Sie nichts mehr gesehen oder gehört, Affery?"

„Sage ich Ihnen nicht, daß ich ins Bett geschickt worden war! Da kommt er!"

„Ich versichere Ihnen, er ist noch an der Tür. Dieses Flüstern und Beratschlagen, Affery, von dem Sie gesprochen haben, was ist das?"

„Wie soll ich es wissen! Fragen Sie mich nichts über sie, gehen Sie fort!"

„Aber meine liebe Affery, wenn ich nicht Einblick in diese verborgenen Dinge, trotz Ihres Mannes und trotz meiner Mutter, bekommen kann, dann wird Unglück daraus entstehen."

„Fragen Sie mich nichts", wiederholte Affery. „Ich bin schon seit langem im Traum. Gehen Sie fort!"

„Sie haben das schon früher gesagt", erwiderte Arthur. „Sie gebrauchten den selben Ausdruck an jenem Abend an der Tür, als ich Sie fragte, was hier vorgehe. Was meinen Sie damit, daß sie im Traum sind?"

„Ich werde es Ihnen nicht sagen. Gehen Sie fort! Ich würde es Ihnen auch nicht sagen, wenn Sie allein wären, und noch viel weniger, wenn Ihre alte Liebste dabei ist."

Es war ebenso nutzlos für Arthur, zu bitten, wie für Flora, Einspruch zu erheben. Affery, die die ganze Zeit über gezittert und sich gesträubt hatte, hatte nur taube

Ohren für alle Beschwörungen und war bestrebt, sich aus dem Schrank herauszuarbeiten.

„Ich würde eher Jeremiah rufen als noch ein Wort sagen! Ich werde ihn rufen, Arthur, wenn Sie nicht aufhören, mit mir zu sprechen. Hier ist das allerletzte Wort, das ich sage, bevor ich ihn rufe. – Wenn Sie jemals anfangen, die beiden Gescheiten unterzukriegen (Sie sollten es tun, wie ich Ihnen sagte, als Sie damals nach Hause kamen, denn Sie haben nicht lange Jahre hier gelebt, um wie ich eine Todesangst eingejagt zu bekommen), dann kriegen Sie sie vor meinen Augen unter, und dann sagen Sie zu mir: Affery, erzählen Sie Ihre Träume! – Vielleicht werde ich sie dann erzählen!"

Das Schließen der Tür hinderte Arthur an der Erwiderung. Sie glitten auf die Plätze zurück, wo Jeremiah sie verlassen hatte, und Clennam trat vor, als der alte Herr zurückkehrte, und sagte ihm, er habe zufällig die Kerze ausgelöscht. Mr. Flintwinch sah zu, wie er sie an der Lampe in der Halle wieder anzündete, und bewahrte ein tiefes Schweigen über die Person, mit der er gesprochen hatte. Vielleicht brauchte seine Reizbarkeit eine Vergeltung für einen Ärger, den ihm der Besucher bereitet hatte; wie dem auch war, er wurde so böse, als er seine Frau mit der Schürze über dem Kopf sah, daß er auf sie losging und, während er ihre verhüllte Nase zwischen Daumen und Zeigefinger klemmte, die ganze Schraubkraft, die in ihm steckte, in die Drehung, die er ihrer Nase gab, zu legen schien.

Flora, die nun beständig schwer war, erließ Arthur nichts von der Besichtigung des Hauses, bis sie sich sogar auf sein altes Schlafzimmer im Dachgeschoß erstreckt hatte. Seine Gedanken waren bei etwas anderem als bei der Inspektionstour; jedoch bemerkte er dabei, wie er nachher Gelegenheit hatte, sich zu erinnern, daß das Haus ungelüftet und dumpfig war; daß sie Fußspuren im Staub auf den Dielen des oberen Stockwerkes zurückließen; und daß beim Öffnen einer bestimmten Zimmertür sich ein Widerstand bemerkbar machte, der Affery veranlaßte, auszurufen, daß sich jemand drin verstecke, und an diesem Glauben festzuhalten, obwohl dieser Jemand gesucht und nicht entdeckt wurde. Als sie schließlich in das Zimmer seiner Mutter zurückkehrten, fanden sie diese, ihr Gesicht mit der behandschuhten Hand vor dem Feuer schützend, in leisem Gespräch mit dem Patriarchen, der vor dem Feuer stand. Dessen blaue Augen, polierter Kopf und seidene Locken, die sich ihnen zuwandten, als sie eintraten, verliehen seiner Äußerung unschätzbaren Wert und unerschöpfliche Menschenliebe, als er sagte: „So haben Sie sich also das Haus angesehen, das Haus angesehen, das Haus angesehen!"

Dies war kein Juwel von Menschenliebe oder Weisheit an sich, doch er machte es zu einem Muster von beidem, von dem man gern eine Kopie gehabt hätte.

## *24. Kapitel*

### Der Abend eines langen Tages

Der große Mann und die Zierde seines Volkes, Mr. Merdle, setzte seinen glänzenden Lauf fort. Es begann weit und breit anerkannt zu werden, daß jemand, der der Gesellschaft den bewundernswerten Dienst geleistet hatte, so viel Geld aus ihr zu machen, kein einfacher Bürger bleiben könne. Von der Baronetschaft wurde mit Zuversicht gesprochen; auch die Peerwürde wurde häufig erwähnt. Das Gerücht ging, daß Mr. Merdle sein goldenes Gesicht verächtlich von einer Baronetschaft abgewandt habe; daß er zu Lord Decimus offen gesagt habe, daß eine Baronetschaft ihm nicht genüge; daß er gesagt habe: „Nein, Peer oder einfach Merdle." Das hatte, wie berichtet wurde, Lord Decimus so tief in einen Sorgenpfuhl gestürzt, wie eine solche erhabene Persönlichkeit gestürzt werden konnte. Denn die Barnacles, als eine Gruppe für sich in der Schöpfung, hatten die Vorstellung, daß solche Auszeichnungen nur ihnen zukämen und daß, wenn ein Soldat, ein Seemann oder ein Rechtsgelehrter geadelt wurde, sie ihn gewissermaßen durch einen Akt der Herablassung zur Familientür einließen, um sie sofort wieder zu schließen.

Nicht nur (sagte das Gerücht) hatte der sorgenvolle Decimus seinen eigenen erblichen Anteil an dieser Anschauung, sondern er war sich auch mehrerer Barnacle-Ansprüche, die schon auf der Liste standen, bewußt, die mit denen des hervorragendsten Mannes der Zeit in Kollision kamen. Ob es nun recht oder unrecht hatte, das Gerücht war sehr geschäftig; und Lord Decimus gab ihm, während er in erhabenem Nachdenken über die Schwierigkeit war oder vermutet wurde, einige neue Nahrung, als er bei verschiedenen öffentlichen Gelegenheiten einen seiner Elefantentrotts durch einen Dschungel von Satzungetümen unternahm, wobei er Mr. Merdle als „kolossalen Unternehmungsgeist", „den Reichtum Englands", „Elastitizität", „Kredit", „Kapital", „wirtschaftliche Blüte" und allerhand andere Segnungen auf seinem Rüssel dahertrug.

So ruhig mähte die alte Sense weiter, daß volle drei Monate unmerklich dahingegangen waren, seit die beiden englischen Brüder auf dem Fremdenfriedhof in Rom in einem Grabe beigesetzt worden waren. Mr. und Mrs. Sparkler wohnten in ihrem eigenen Haus, einem kleinen Wohnhaus von der Tite-Barnacle-Sorte, einem vollkommenen Triumph der Unbequemlichkeit mit einem ständigen Geruch von der vorgestrigen Suppe und den Wagenpferden, aber außerordentlich teuer, da es genau im Zentrum der bewohnbaren Welt lag. In dieser beneidenswerten Wohnung (und sie erregte tatsächlich den Neid vieler Leute) hatte Mrs. Sparkler beabsichtigt, sogleich zur Niederreißung des Busens zu schreiten, als die aktiven Feindseligkeiten durch die Ankunft des Reisedieners mit der Todesbotschaft aufgeschoben wurden. Mrs. Sparkler, die nicht gefühllos war, hatte sie mit einem heftigen Ausbruch des Schmerzes aufgenommen, der zwölf Stunden gedauert hatte; worauf sie sich aufgerafft hatte, um nach ihrer Trauertoilette zu sehen und jede Vorkehrung zu treffen, daß sie so elegant wie

Mrs. Merdles Trauertoilette sein sollte. Ein Schatten der Trauer war dann (den höflichen Zeitungsberichten zufolge) über mehr als eine vornehme Familie gebreitet, und der Reisediener reiste wieder zurück.

Mr. und Mrs. Sparkler hatten allein gespeist mit ihrem Trauerschatten über sich, und Mrs. Sparkler lag auf einem Sofa im Salon. Es war ein heißer Sommersonntagabend. Das Haus im Zentrum der bewohnbaren Welt, zu allen Zeiten verstopft und dumpf, als ob es einen unheilbaren Schnupfen hätte, war an diesem Abend besonders erstickend. Die Kirchenglocken hatten in dem unmelodischen Echo der Straßen so häßlich wie möglich geklungen, und die erleuchteten Kirchenfenster hatten in der grauen Dämmerung aufgehört, gelbschimmernd zu sein, und waren tiefschwarz erstorben. Mrs. Sparkler, die, auf ihrem Sofa ausgestreckt, über Kästen mit Reseda und anderen Blumen durch ein offenes Fenster die entgegengesetzte Seite der engen Straße betrachtet hatte, wurde des Anblicks müde. Mrs. Sparkler, die durch ein anderes Fenster ihren Gatten, der auf dem Balkon stand, betrachtet hatte, wurde auch dieses Anblicks müde. Mrs. Sparkler, die sich selbst in ihrer Trauerkleidung betrachtete, war sogar dieses Anblicks müde: obwohl natürlich dieses Anblicks nicht so müde wie der anderen beiden.

„Es ist, als ob man in einem Schacht läge", sagte Mrs. Sparkler und änderte ärgerlich ihre Lage. „Lieber Himmel, Edmund, wenn du etwas zu sagen hast, weshalb sagst du es nicht?"

Mr. Sparkler hätte offenherzig erwidern können: Mein Liebling, ich habe nichts zu sagen. – Aber da die Antwort ihm nicht einfiel, begnügte er sich damit, den Balkon zu verlassen und neben dem Sofa seiner Frau stehenzubleiben.

„Du lieber Gott, Edmund", sagte Mrs. Sparkler noch ärgerlicher, „du steckst dir doch Reseda in die Nase! Hör auf, bitte!"

Mr. Sparkler hatte in Geistesabwesenheit – vielleicht in einer buchstäblicheren Geistesabwesenheit, als gewöhnlich unter dem Ausdruck verstanden wird – so eifrig an einem Stengel in seiner Hand gerochen, daß er sich beinahe das fragliche Vergehen hätte zuschulden kommen lassen. Er lächelte und sagte: „Ich bitte um Verzeihung, mein Liebling“ und warf ihn zum Fenster hinaus.

„Du machst mir Kopfschmerzen, wenn du in dieser Stellung bleibst“, sagte Mrs. Sparkler nach einer weiteren Minute, die Augen zu ihm erhoben; „du siehst so unangenehm groß aus in diesem Licht. Setz dich doch hin.“

„Gewiß, mein liebes Kind“, sagte Mr. Sparkler und nahm sich auf der Stelle einen Stuhl.

„Wenn ich nicht wüßte, daß der längste Tag vorüber ist“, sagte Fanny mit einem traurigen Gähnen, „so würde ich sicher sein, daß dies der längste Tag ist. Ich habe niemals einen solchen Tag erlebt.“

„Ist das dein Fächer, mein Herz?“ fragte Mr. Sparkler, während er einen aufhob und ihr überreichte.

„Edmund“, erwiderte seine Frau noch gelangweilter, „stelle keine albernen Fragen, ich bitte dich. Wem soll er denn sonst gehören als mir?“

„Ja, ich dachte mir, es sei der deine“, erwiderte Mr. Sparkler.

„Dann solltest du keine Fragen stellen“, erwiderte Fanny. Nach einer kleinen Weile wandte sie sich auf dem Sofa um und rief aus: „Lieber Gott, es hat niemals einen solch langweiligen Tag gegeben wie heute!“ Wieder nach einer kleinen Weile stand sie langsam auf, ging im Zimmer umher und kam wieder zu dem Sofa zurück.

„Mein Liebling“, sagte Mr. Sparkler, von einem originellen Einfall erleuchtet, „ich glaube, du bist kribbelig.“

„Oh, kribbelig!“ wiederholte Mrs. Sparkler. „Sage das nicht.“

„Mein anbetungswürdiges Mädchen“, rief Mr. Sparkler, „versuche deinen Kampferessig. Ich habe oft gesehen, wie meine Mutter ihn anwendete, und sie wurde dadurch sichtlich erfrischt. Und sie ist, wie du wohl weißt, eine bemerkenswert schöne Frau mit keinem Un ..."

„Du lieber Gott!" rief Fanny aus und fuhr wieder hoch. „Es ist nicht auszuhalten! Das ist der langweiligste Tag, der jemals über der Welt erschienen ist, dessen bin ich sicher."

Mr. Sparkler sah demütig hinter ihr her, während sie im Zimmer hin und her spazierte, und er schien ein wenig furchtsam zu sein. Als sie einige kleine Gegenstände herumgeworfen und an allen drei Fenstern in die dunkelnde Straße hinabgeblickt hatte, kehrte sie zu ihrem Sofa zurück und warf sich zwischen die Kissen.

„Nun, Edmund, komm einmal her! Komm ein wenig näher, weil ich dich mit meinem Fächer berühren möchte, um dir das, was ich dir sagen will, fest einzuprägen. Mehr ist nicht nötig. So bist du nahe genug. Oh, du siehst wirklich sehr groß aus!"

Mr. Sparkler entschuldigte sich wegen dieses Umstandes, brachte vor, daß er nichts dafür könne, und sagte, daß „unsere Jungs", ohne deutlicher zu bezeichnen, wessen Jungs, ihm den Beinamen „Quinbus Flestrin junior" oder „der junge Menschberg" zu geben pflegten.

„Du hättest mir das früher sagen sollen", beklagte sich Fanny.

„Mein Liebling", erwiderte Mr. Sparkler, einigermaßen geschmeichelt, „ich wußte nicht, daß dich das interessieren würde, sonst hätte ich es dir gewiß erzählt."

„Laß gut sein! Um Himmels willen, sprich nicht", sagte Fanny, „ich will selbst sprechen. Edmund, wir dürfen nicht mehr allein bleiben. Ich muß Vorkehrungen dagegen treffen, daß ich jemals wieder in einen solchen Zustand schrecklicher Depression gerate wie heute abend."

„Mein liebes Kind", antwortete Mr. Sparkler, „da du, wie man wohl von dir weiß, eine bemerkenswert schöne Frau mit keinem ..."

„Oh, du *lieber* Gott!" rief Fanny.

Mr. Sparkler geriet durch die Energie dieses Ausrufes, der von einem Auffahren vom Sofa und einem Sich-wieder-Niederwerfen begleitet war, so aus der Fassung, daß einige Minuten verstrichen, bevor er sich imstande fühlte, zur Erklärung zu sagen: „Ich meine, mein liebes Kind, jeder weiß, daß du dazu bestimmt bist, in Gesellschaft zu glänzen."

„Dazu bestimmt, in Gesellschaft zu glänzen", erwiderte Fanny sehr gereizt, „ja, in der Tat. Und was geschieht?" fragte sie und fuhr fort: „Ich habe kaum in gesellschaftlicher Beziehung den Schlag des Todes meines armen lieben Papas und meines armen Onkels überwunden – obwohl ich mir nicht verhehle, daß der letztere eine glückliche Befreiung war, denn wenn man nicht präsentabel ist, dann tut man viel besser daran, zu sterben ..."

„Du sprichst hoffentlich nicht von mir, mein liebes Kind?" unterbrach Mr. Sparkler demütig.

„Edmund, Edmund, du könntest einen Heiligen ungeduldig machen. Spreche ich nicht ausdrücklich von meinem armen Onkel?"

„Du sahst mich so bedeutungsvoll an, mein liebes Mädchen", sagte Mr. Sparkler, „daß ich mich ein wenig unbehaglich fühlte. Ich danke dir, mein Herz."

„Jetzt hast du mich aus dem Konzept gebracht", bemerkte Fanny mit einer resignierten Bewegung ihres Fächers, „und ich täte besser daran, zu Bett zu gehen."

„Tue das nicht, mein Herz", drängte Mr. Sparkler. „Laß dir Zeit."

Fanny ließ sich ziemlich viel Zeit; sie lag eine Weile mit geschlossenen Augen da, die Augenbrauen mit einem hoffnungslosen Ausdruck hochgezogen, als ob sie allen irdischen Angelegenheiten für immer entsagt hätte. Schließlich öffnete sie ohne die geringste Vorankündigung die Augen wieder und begann in einer kurzen scharfen Art von neuem:

„Was geschieht? Gerade zu dem Zeitpunkt, wo ich am meisten in der Gesellschaft glänzen könnte und aus sehr gewichtigen Gründen in der Gesellschaft glänzen möchte, finde ich mich in einer Lage, die es mir bis zu einem gewissen Grade unmöglich macht, in die Gesellschaft zu gehen. Es ist wirklich arg!"

„Mein liebes Kind", sagte Mr. Sparkler, „ich glaube nicht, daß du deshalb zu Hause bleiben mußt."

„Edmund, du lächerlicher Mensch", erwiderte Fanny mit der größten Empörung, „glaubst du, daß eine Frau in der Blüte der Jugend und nicht ganz ohne persönliche Reize sich zu einer solchen Zeit in einen Wettbewerb in bezug auf Figur mit einer Frau einlassen kann, die in jeder anderen Beziehung unter ihr steht? Wenn du etwas Derartiges annimmst, ist deine Torheit grenzenlos."

Mr. Sparkler wandte demütig ein, daß er geglaubt habe, man könne sich damit abfinden.

„Sich damit abfinden!" wiederholte Fanny mit unendlicher Verachtung.

„Für eine kurze Zeit", sagte Mr. Sparkler demütig.

Mrs. Sparkler würdigte den letzten schwachen Einwand keiner Beachtung, sondern erklärte bitter, daß es wirklich zu arg sei und daß es wirklich ausreiche, um einen wünschen zu lassen, man wäre tot!

„Jedoch", sagte sie, als sie sich einigermaßen von ihrem Gefühl der persönlichen Kränkung erholt hatte, „so ärgerlich es ist und so grausam es auch erscheint, muß ich mich doch darein fügen."

„Besonders, da es zu erwarten war", sagte Mr. Sparkler.

„Edmund", erwiderte seine Frau, „wenn du nichts Besseres zu tun hast, als zu versuchen, die Frau zu beleidigen, die dich mit ihrer Hand beehrt hat, wenn sie im Unglück ist, dann, denke ich, solltest lieber du zu Bett gehen!"

Mr. Sparkler war über diese Beschuldigung sehr betrübt und entschuldigte sich in der liebevollsten und aufrichtigsten Weise. Seine Entschuldigung wurde angenommen, aber Mrs. Sparkler ersuchte ihn, auf die andere Seite des Sofas zu gehen und sich im Fenster zwischen den Vorhängen niederzusetzen, damit er ein wenig gedämpft werde.

„Nun, Edmund", sagte sie, streckte ihren Fächer aus und berührte ihren Gatten mit ausgestrecktem Arm damit, „was ich dir sagen wollte, als du wie gewöhnlich anfingst, von langweiligen Dingen zu reden und mich zu ärgern, ist, daß ich mich dagegen sichern werde, daß wir jemals wieder allein sind, und daß, wenn die Umstände mich daran hindern, nach Belieben auszugehen, ich es einrichten muß, immer einige Leute hier zu haben, denn ich kann nicht und will nicht noch einen solchen Tag erleben, wie dieser war."

Mr. Sparklers Ansichten in bezug auf diesen Plan waren, kurz gesagt, daß er keinen Unsinn an sich habe; er fügte hinzu: „Und außerdem, du weißt, daß du wahrscheinlich bald deine Schwester bei dir haben wirst . . ."

„Die liebe Amy!" rief Mrs. Sparkler mit einem liebevollen Seufzer. „Das gute kleine Ding! Amy würde hier jedoch allein nicht genügen."

Mr. Sparkler war im Begriff, fragend „Nein?" zu sagen. Aber er sah sich in Gefahr und sagte es zustimmend. „Nein, o du lieber Gott, nein; sie würde hier allein nicht genügen."

„Nein, Edmund. Denn nicht nur die Tugenden des lieben Kindes sind von jener stillen Art, daß sie einen Kontrast brauchen – Leben und Bewegung um sich herum brauchen, um sie in ihren richtigen Farben hervortreten zu lassen und liebenswert zu machen –, sie wird auch selbst in mehr als einer Beziehung einer Aufmunterung bedürfen."

„So ist es", sagte Mr. Sparkler. „Aufmunterung."

„Bitte sei still, Edmund! Deine Gewohnheit, einen zu unterbrechen, als wenn du das Geringste auf der Welt zu sagen hättest, ist höchst störend. Man muß es dir abgewöhnen. Um auf Amy zurückzukommen – mein armer kleiner Liebling hing mit zärtlicher Liebe an unserem guten Papa und wird seinen Verlust zweifellos sehr bedauern und sich sehr gegrämt haben. Ich habe das selbst getan. Es ist mir furchtbar nahegegangen. Aber Amy wird es wohl ohne Zweifel noch mehr gefühlt haben, weil sie die ganze Zeit über an Ort und Stelle war und auch zuletzt bei dem armen guten Vater war. Ich unglücklicherweise nicht."

Hier hielt Fanny inne, um zu weinen und zu sagen:

„Teurer, teurer, geliebter Papa! Wie wirklich vornehm er war! Welch ein Gegensatz zu dem armen Onkel!“

„Von den Folgen dieser schweren Zeit“, fuhr sie fort, „wird meine gute kleine Maus aufgemuntert werden müssen. Auch von den Folgen der langen Krankenpflege bei Edward; eine Pflege, die noch nicht vorüber ist, die sogar noch einige Zeit länger dauern kann und die uns allen zu schaffen macht, weil dadurch die Angelegenheiten unseres lieben armen Papas nicht endgültig geordnet werden können. Glücklicherweise liegen die Papiere bei seinen Agenten hier versiegelt, wie er sie hinterließ, als er ahnungsvoll nach England kam, so sind die Geschäfte so weit in geordnetem Zustand, daß sie warten können, bis sich mein Bruder Edward in Sizilien genügend erholt hat, um herüberzukommen und sich um die Angelegenheit zu kümmern.“

„Er könnte keine bessere Pflegerin haben, um wieder auf die Beine zu kommen“, wagte Mr. Sparkler zu behaupten.

„Wunderbarerweise kann ich diesmal mit dir übereinstimmen“, erwiderte seine Frau, nachlässig die Augenlider ein wenig in seine Richtung wendend (sie sprach im allgemeinen, als ob sie zu den Möbeln redete), „und kann deine Worte zu meinen eigenen machen. Er könnte keine bessere Pflegerin haben, um wieder auf die Beine zu kommen. Es gibt Zeiten, wo mein liebes Kind einen tätigen Geist ein wenig ungeduldig machen könnte; aber als Pflegerin ist sie die Vollkommenheit selbst. Die gute Amy!“

Mr. Sparkler, den sein kürzlicher Erfolg verwegen gemacht hatte, bemerkte, daß Edward wahrhaftig ein ganz schönes Ding sitzen habe, mein liebes Mädchen.

„Wenn ein ganz schönes Ding sitzen“, erwiderte Mrs. Sparkler, „in deiner Ausdrucksweise krank sein bedeuten soll, dann stimmt es. Wenn das nicht der Fall ist, dann bin ich nicht imstande, die barbarische Sprache zu verstehen, die du an Edwards Schwester richtest. Daß er irgendwo die Malaria bekommen hat, entweder als er Tag und Nacht nach Rom reiste, wo er nach allem doch zu spät ankam, um den lieben armen Papa noch vor seinem Tode zu sehen – oder unter irgendwelchen anderen ungesunden Umständen –, ist nicht zu bezweifeln, wenn du das meinst. Auch daß sein unvorsichtiges Leben ihn allerdings dafür sehr anfällig gemacht hat."

Mr. Sparkler betrachtete es als einen Parallelfall zu dem eines unserer Jungs in Westindien mit Gelbfieber. Mrs. Sparkler schloß wieder ihre Augen und weigerte sich, etwas von unseren Jungs, von Westindien oder dem Gelbfieber wissen zu wollen.

„So wird Amy", fuhr sie fort, als sie ihre Augen wieder geöffnet hatte, „von den Folgen vieler langweiliger und sorgenerfüllter Wochen aufgemuntert werden müssen, und schließlich wird sie von einer niedrigen Neigung abgelenkt werden müssen, die, wie ich sehr wohl weiß, auf dem Grund ihres Herzens liegt. Frage mich nicht, Edmund, was es ist, weil ich es ablehnen müßte, es dir zu sagen."

„Ich habe nicht die Absicht", sagte Mr. Sparkler.

„Ich werde so vieles an meinem süßen Kind zu vervollkommnen haben", fuhr Mrs. Sparkler fort, „und kann sie nicht zu bald in meiner Nähe haben. Liebes gutes kleines Aschenbrödel! Was das Ordnen der Angelegenheit unseres guten Papas angeht, so ist mein Interesse daran nicht sehr selbstsüchtig. Papa hat sich mir gegenüber sehr freigebig erwiesen, als ich heiratete, und ich habe wenig oder nichts zu erwarten. Vorausgesetzt, daß er nicht ein rechtskräftiges Testament hinterlassen hat, in dem er Mrs. General ein Vermächtnis hinterläßt, so bin ich zufrieden. Unser lieber, lieber Papa!"

Sie weinte wiederum, aber Mrs. General war das beste Belebungsmittel. Der Name trieb sie bald dazu, ihre Augen zu trocknen und zu sagen:

„Es ist ein höchst hoffnungsvoller Umstand in Edwards Krankheit, daran denke ich voller Dankbarkeit, und gibt einem das größte Vertrauen, daß sein Verstand nicht geschwächt oder sein Stolz vermindert war – wenigstens bis zur Zeit des Todes unseres armen Vaters –, daß er Mrs. General im Augenblick bezahlte und sie aus dem Haus schickte. Ich lobe ihn dafür. Ich könnte ihm sehr viel verzeihen, da er mit solcher Schnelligkeit genau das getan hat, was ich selbst getan hätte!"

Mrs. Sparkler war noch ganz von ihrer Befriedigung erfüllt, als ein Doppelklopfen an der Tür hörbar wurde. Ein sehr sonderbares Klopfen. Leise, wie um zu vermeiden, Lärm zu machen und Aufmerksamkeit zu erregen. Lang, als wenn die anklopfende Person in Gedanken wäre und vergäße aufzuhören.

„Hallo", sagte Mr. Sparkler. „Wer ist das?"

„Doch nicht Amy und Edward, ohne vorherige Benachrichtigung und ohne Wagen!" sagte Mrs. Sparkler. „Blick einmal hinaus."

Im Zimmer war es dunkel, aber die Straße war heller, weil die Laternen angezündet waren. Mr. Sparklers Kopf, der sich über das Balkongeländer beugte, sah so groß und schwer aus, daß es schien, er müßte das Gleichgewicht verlieren und den Unbekannten unten zu Boden schlagen.

„Es ist ein Mann", sagte Mr. Sparkler, „ich kann nicht sehen, wer – aber halt!"

Daraufhin ging er wieder auf den Balkon hinaus und blickte noch einmal hinunter. Er kam zurück, als unten die Tür geöffnet wurde, und verkündete, daß er glaube, er habe den Hut seines „Alten" erkannt. Er täuschte sich nicht, denn sein „Alter" mit dem Hut in der Hand wurde unmittelbar darauf eingelassen.

„Kerzen!" sagte Mrs. Sparkler mit einem Wort der Entschuldigung wegen der Dunkelheit.

„Es ist hell genug für mich", sagte Mr. Merdle.

Als die Kerzen hereingebracht wurden, sah man Mr. Merdle, an seinen Lippen nagend, an der Tür stehen. „Ich dachte, ich wollte euch einmal besuchen", sagte er, „ich bin jetzt gerade ganz besonders beschäftigt, und da ich zufällig auf einem Spaziergang war, so dachte ich, ich wollte euch einmal besuchen."

Da er im Gesellschaftsanzug war, fragte ihn Fanny, wo er zum Diner eingeladen gewesen sei.

„Nun", sagte Mr. Merdle, „ich bin nirgends zum Diner eingeladen gewesen."

„Natürlich haben Sie gespeist?" sagte Fanny.

„Nun – nein, ich habe nicht gerade gespeist", sagte Mr. Merdle.

Er hatte sich mit der Hand über seine gelbe Stirn gestrichen und nachgedacht, als ob er dessen nicht gewiß wäre. Etwas zu essen wurde vorgeschlagen. „Nein, ich danke", sagte Mr. Merdle, „ich habe keine Lust. Ich sollte mit Mrs. Merdle auswärts speisen. Aber da ich keine Lust dazu hatte, ließ ich Mrs. Merdle allein fahren, gerade als wir den Wagen besteigen wollten, und sagte, daß ich einen Spaziergang machen wollte."

Wolle er Tee oder Kaffee haben? „Nein, danke", sagte Mr. Merdle, „ich war auf einen Augenblick im Klub und habe eine Flasche Wein getrunken."

Zu diesem Zeitpunkt seines Besuches setzte sich Mr. Merdle auf den Stuhl, den Edmund Sparkler ihm angeboten hatte und den er bisher langsam vor sich her gestoßen hatte wie ein schwerfälliger Mensch, der zum erstenmal ein Paar Schlittschuhe anhat und sich nicht entschließen kann, anzufangen. Er legte jetzt seinen Hut auf einen anderen Stuhl neben sich, und während er in ihn hineinblickte, als ob er zwanzig Fuß tief wäre, sagte er wiederum: „Ich dachte, ich wollte euch einmal besuchen."

„Sehr schmeichelhaft für uns", sagte Fanny, „denn Sie sind kein Mann von Besuchen."

„N-ein", erwiderte Mr. Merdle, der sich jetzt unter beiden Ärmelaufschlägen in Gewahrsam nahm, „nein, ich bin kein Mann von Besuchen."

„Dafür haben Sie zuviel zu tun", sagte Fanny. „Da Sie soviel zu tun haben, Mr. Merdle, so ist Appetitverlust eine ernste Sache für Sie, und Sie müssen etwas dagegen tun. Sie dürfen nicht krank sein."

„Oh! Ich bin sehr gesund", erwiderte Mr. Merdle, nachdem er darüber nachgedacht hatte, „ich bin so gesund wie immer, ich bin gesund genug. Ich bin so gesund, wie ich es zu sein wünsche."

Der Meistergeist des Zeitalters, der seiner Gewohnheit treu war, zu jeder Zeit ein Geist zu sein, der sowenig wie möglich zu sagen hatte und große Schwierigkeit, wenn er es sagte, verstummte wiederum. Mr. Sparkler begann sich zu fragen, wie lange der Meistergeist zu bleiben beabsichtigte.

„Ich sprach von dem armen Papa, als Sie eintraten, Sir."

„So? Welch ein Zusammentreffen", sagte Mr. Merdle.

Fanny sah nicht ein, wieso, aber sie fühlte die Pflicht weiterzusprechen. „Ich sagte", fuhr sie fort, „daß die Krankheit meines Bruders eine Verzögerung bei der Prüfung und beim Ordnen von Papas Vermögensangelegenheiten verursacht hat."

„Ja", sagte Mr. Merdle; „ja, es hat eine Verzögerung gegeben."

„Nicht daß dies von irgendwelcher Wichtigkeit wäre."

„Nein", stimmte Mr. Merdle zu, nachdem er das Simswerk des Teils des Zimmers, der in seinem Blickfeld lag, betrachtet hatte, „nicht daß sie von irgendwelcher Wichtigkeit wäre."

„Meine einzige Sorge ist", sagte Fanny, „daß Mrs. General nichts bekommt."

„*Sie* wird nichts bekommen", sagte Mr. Merdle.

Fanny war entzückt, ihn diese Meinung äußern zu hören. Mr. Merdle blickte wiederum in die Tiefen seines Hutes, als ob er dächte, er sehe etwas auf dem Grund, rieb sich das Haar und fügte zu seiner letzten Bemerkung langsam die bestätigenden Worte hinzu: „Lieber Gott, nein. Sie nicht. Nicht wahrscheinlich."

Da das Thema erschöpft schien und Mr. Merdle ebenfalls, fragte Fanny, ob er Mrs. Merdle auf dem Rückweg abholen werde.

„Nein", antwortete er, „ich werde den kürzesten Weg wählen und es Mrs. Merdle überlassen", hier betrachtete er die Handflächen seiner beiden Hände, als ob er sich selber die Zukunft voraussagen wollte, „für sich selbst zu sorgen. Sie wird dazu wohl imstande sein."

„Wahrscheinlich", sagte Fanny.

Es folgte ein langes Schweigen, währenddessen Mrs. Sparkler, wieder auf ihrem Sofa ausgestreckt, die

Augen schloß und die Augenbrauen emporzog, in ihrer früheren Abkehr von allen weltlichen Dingen.

„Aber", sagte Mr. Merdle, „ich halte sowohl mich selbst als euch auf. Ich dachte, ich wollte euch einmal besuchen."

„Sehr erfreut", sagte Fanny.

„So gehe ich also", fügte Mr. Merdle aufstehend hinzu. „Könntet ihr mir ein Federmesser leihen?"

Es sei seltsam, bemerkte Fanny lächelnd, daß sie, die sich selten dazu überwinden konnte, auch nur einen Brief zu schreiben, einem derartig bedeutenden Geschäftsmann wie Mr. Merdle einen solchen Gegenstand leihen sollte.

„Nicht wahr?" stimmte Mr. Merdle zu. „Aber ich brauche eines, und ich weiß, ihr habt einige Hochzeitsgeschenke da, mit Scheren und Pinzetten und ähnlichen Dingen darin. Ihr sollt es morgen zurückbekommen."

„Edmund", sagte Mrs. Sparkler, „öffne (aber sehr vorsichtig, darum bitte ich dich dringend, denn du bist so sehr ungeschickt) das Perlmutterkästchen auf meinem Tischchen dort und gib Mr. Merdle das Perlmutterfedermesser."

„Danke", sagte Mr. Merdle; „aber wenn ihr eins mit einem dunkleren Griff habt, so, denke ich, würde ich das vorziehen."

„Schildpatt?"

„Danke", sagte Mr. Merdle; „ja. Ich denke, ich würde Schildpatt vorziehen."

Edmund bekam dementsprechend Anweisungen, das Schildpattkästchen zu öffnen und Mr. Merdle das Schildpattfedermesser zu geben. Während er das tat, sagte seine Frau gnädig zu dem Meistergeist:

„Ich will Ihnen verzeihen, wenn Sie es mit Tinte beflecken."

„Ich verpflichte mich, es nicht zu tun", sagte Mr. Merdle.

Der hervorragende Besucher streckte dann seinen Rockärmel aus und begrub einen Augenblick lang Mrs. Sparklers Hand darin: Handgelenk, Armband und

alles. Wohin sich seine eigene Hand zurückzog, wurde nicht klar. Aber sie kam Mrs. Sparklers Tastgefühl ebensowenig zum Bewußtsein, als wenn er ein höchst verdienstvoller alter Chelsea-Invalide oder Greenwich-Insasse gewesen wäre.

Völlig überzeugt, während er aus dem Zimmer ging, daß es der längste Tag sei, der jemals schließlich zu einem Ende gekommen war, und daß es niemals eine Frau, nicht ganz ohne persönliche Reize, gegeben habe, die so von idiotischen und schwerfälligen Menschen zermürbt worden war, betrat Fanny den Balkon, um Luft zu schöpfen. Tränen des Ärgers füllten ihre Augen, und sie bewirkten, daß der berühmte Mr. Merdle, während er die Straße hinabging, zu hüpfen, zu tanzen und sich zu drehen schien, als wäre er von Teufeln besessen.

## *25. Kapitel*

### Der Oberbutler tritt von seinem Amt zurück

Das Diner fand bei dem großen Arzt statt. Gerichtsbarkeit war anwesend und außerordentlich lebhaft. Ferdinand Barnacle war anwesend und in seiner liebenswürdigsten Laune. Wenige Seiten des Lebens waren für Arzt verborgen, und er war öfter an den dunkelsten Orten als selbst Bischof. Es gab glänzende Damen in London, die regelrecht in ihn vernarrt waren als den reizendsten Menschen und liebenswürdigsten Mann und die entsetzt gewesen wären, so dicht bei ihm zu sitzen, wenn sie gewußt hätten, auf welchen Anblicken sein gedankenvolles Auge kurz vorher geruht und an welchen Betten und unter welchen Dächern seine ruhige Gestalt gestanden hatte. Aber Arzt war ein ruhiger Mann, der weder in seine eigene Trompete noch in die Trompete anderer Leute blies. Viele wunderbare Dinge sah und hörte er. Und unter vielen unvereinbaren sittlichen Widersprüchen verbrachte er sein Leben; doch blieb sein Mitleid ebenso gleichförmig und beständig wie das des göttlichen Meisters aller Heilkunst. Er ging wie der Regen unter die Gerechten und Ungerechten, tat alles Gute, was er konnte, und verkündete es weder in den Synagogen noch an den Straßenecken.

Wie jeder Mann von großer Menschenkenntnis, sowenig aufdringlich sie auch zur Schau getragen sein mag, notwendigerweise interessant ist, war Arzt ein anziehender Mann. Selbst die verwöhntesten Herren und Damen, die keine Ahnung von seinem Geheimnis hatten und die um mehr Verstand gekommen wären, als sie hatten, wenn er etwa die monströse Unschicklichkeit begangen hätte, ihnen zu sagen: Kommt und seht, was ich sehe, bekannten, daß er anziehend war. Wo er war, war etwas Wirkliches, und ein halbes Gran Wirklichkeit, wie das kleinste Teilchen von irgendwelchen anderen seltenen Naturprodukten, kann einer Unmenge geschmackloser Verdünnungsmittel ein besonderes Aroma verleihen.

Es geschah deshalb, daß bei Arzts kleinen Gesellschaften die Menschen sich immer in ihrem am wenigsten konventionellen Licht zeigten. Die Gäste sagten sich, ob bewußt oder unbewußt: „Hier ist ein Mann, der uns wirklich kennt, wie wir sind, der einige von uns jeden Tag ohne Perücke und Schminke ansieht, der das Irrereden unseres Geistes hört und den unverstellten Ausdruck unseres Gesichtes sieht, wenn wir beide nicht in der Gewalt haben; im Umgang mit ihm können wir uns also gut der Wirklichkeit nähern, denn dieser Mann ist mehr als wir und zu stark für uns." Deshalb zeigten sich Arzts Gäste an seinem runden Tisch in so überraschendem Licht, daß sie fast natürlich waren.

Gerichtsbarkeits Kenntnis dieser Ansammlung von Geschworenen, die man die Menschheit nennt, war so scharf wie ein Rasiermesser, doch ein Rasiermesser ist gewöhnlich kein bequemes Instrument, und Arzts einfaches blankes Seziermesser, obwohl viel weniger scharf, war zu viel mehr Zwecken geeignet. Gerichtsbarkeit wußte alles über die Leichtgläubigkeit und Schurkenhaftigkeit der Menschen; aber Arzt hätte ihm in einer Woche seiner Praxis eine bessere Einsicht in die guten Gefühle ihres Herzens verschaffen können als die Westminster Hall und alle Gerichtsbezirke zusammen in siebzig Jahren. Gerichtsbarkeit hatte immer eine Ahnung davon gehabt und freute sich vielleicht, dieses Gefühl zu hegen (denn wenn die Welt wirklich ein großer Gerichtshof war, so sollte man denken, daß der Tag des Letzten Gerichts gar nicht bald genug erscheinen könnte); und so liebte und respektierte er Arzt ebensosehr wie jeder andere.

Mr. Merdles Ausbleiben ließ einen Banquo-Stuhl an der Tafel frei; aber wenn er dagewesen wäre, dann hätte es nur den Unterschied ausgemacht, daß Banquo auf dem Stuhl gesessen hätte, und infolgedessen war er kein Verlust. Gerichtsbarkeit, der alle möglichen Dinge in der Westminster Hall aufpickte, fast so wie ein Rabe, wenn der ebensoviel seiner Zeit dort verbracht hätte, hatte kürzlich eine große Menge Strohhalme aufgepickt und sie in die Luft geworfen, um zu sehen, in welcher Richtung der Merdle-Wind blies.

Er hatte jetzt eine kleine Unterhaltung darüber mit Mrs. Merdle, wobei er sich natürlich mit seinem Kneifer und seiner Verbeugung für die Geschworenen an diese Dame herangemacht hatte.

„Ein bestimmter Vogel“, sagte Gerichtsbarkeit, und er sah aus, als ob es kein anderer Vogel hätte sein können als eine Elster, „hat kürzlich uns Juristen zugeflüstert, daß die adligen Persönlichkeiten dieses Landes demnächst eine Vermehrung erfahren sollen.“

„Wirklich?“ fragte Mrs. Merdle.

„Ja“, sagte Gerichtsbarkeit. „Hat der Vogel nicht auch in ganz andere Ohren geflüstert als unsere, in lieblichere Ohren?“ Er blickte bedeutungsvoll auf den Ohrring Mrs. Merdles, der ihm am nächsten war.

„Meinen Sie mich?“ fragte Mrs. Merdle.

„Wenn ich sage lieblich“, erwiderte Gerichtsbarkeit, „meine ich immer Sie.“

„Sie meinen niemals irgend etwas, glaube ich“, erwiderte Mrs. Merdle (nicht unangenehm berührt).

„Welch grausame Ungerechtigkeit“, sagte Gerichtsbarkeit, „aber – der Vogel.“

„Ich bin der letzte Mensch in der Welt, der Neuigkeiten vernimmt“, bemerkte Mrs. Merdle und ordnete nachlässig ihr Bollwerk. „Wer ist es?“

„Was für eine ausgezeichnete Zeugin Sie sein würden“, sagte Gerichtsbarkeit. „Keine Jury (wenn wir nicht eine von Blinden zusammenbekommen könnten) könnte Ihnen widerstehen, wenn Sie auch eine noch so schlechte Zeugin wären; aber Sie würden sicher eine gute sein!“

„Weshalb, Sie komischer Mensch?“ fragte ihn Mrs. Merdle lachend.

Gerichtsbarkeit schwang als humoristische Antwort seinen Kneifer drei- oder viermal zwischen sich und dem Busen hin und her und fragte in seinem einschmeichelndsten Ton: „Wie werde ich die eleganteste, vollkommenste und reizendste der Frauen in wenigen Wochen oder vielleicht schon in wenigen Tagen nennen müssen?“

„Hat Ihnen Ihr Vogel nicht gesagt, wie Sie sie nennen sollen?“ antwortete Mrs. Merdle. „Fragen Sie ihn morgen wieder, und sagen Sie mir das nächste Mal, wenn Sie mich treffen, was er Ihnen gesagt hat.“ Das führte zu weiterem Austausch von ähnlichen Scherzreden zwischen den beiden; aber Gerichtsbarkeit konnte bei aller Schlauheit nichts daraus erfahren. Arzt dagegen forschte, als er Mrs. Merdle an ihren Wagen führte und ihr in den Mantel half, mit seiner gewöhnlichen ruhigen Unumwundenheit nach den Symptomen.

„Darf ich fragen“, sagte er, „stimmt das mit Merdle?“

„Mein lieber Doktor“, erwiderte sie, „Sie richten genau die Frage an mich, die an Sie zu richten ich geneigt war.“

„An mich! Weshalb an mich?“

„Bei meiner Ehre, ich glaube, Mr. Merdle hat größeres Vertrauen zu Ihnen als zu irgend jemand sonst.“

„Im Gegenteil, er sagt mir absolut gar nichts, selbst

als Patient. Sie haben natürlich das Gerücht vernommen?“

„Natürlich habe ich das. Sie wissen, wie Mr. Merdle ist; Sie wissen, wie schweigsam und zurückhaltend er ist. Ich versichere Ihnen, ich habe keine Ahnung, ob es irgendwie begründet ist. Ich würde mich freuen, wenn es wahr wäre; weshalb sollte ich das vor Ihnen leugnen! Sie würden es besser wissen, wenn ich es täte!“

„Ganz richtig“, sagte Arzt.

„Aber ob es ganz wahr oder zum Teil wahr oder ganz und gar falsch ist, bin ich gänzlich außerstande zu sagen. Es ist eine höchst absurde Situation; aber Sie kennen Mr. Merdle und sind gewiß nicht überrascht.“

Arzt war nicht überrascht, half ihr in den Wagen und wünschte ihr gute Nacht. Er blieb einen Augenblick an seiner Haustür stehen und blickte gelassen hinter der eleganten Equipage her, während sie davonrollte. Als er wieder hinaufgegangen war, zerstreuten sich die übrigen Gäste bald, und er blieb allein. Da er ein großer Freund aller Art Literatur war (und er beschönigte diese Schwäche niemals), setzte er sich behaglich hin, um zu lesen.

Die Uhr auf seinem Studiertisch zeigte wenige Minuten vor zwölf, als unten die Türglocke gezogen wurde. Als Mann von einfachen Gewohnheiten hatte er seine Dienstboten ins Bett geschickt und mußte jetzt selbst hinuntergehen, um die Tür zu öffnen. Er ging hinunter und fand dort einen Mann ohne Hut und Rock, dessen Hemdsärmel bis dicht zu den Schultern aufgekrempelt waren. Einen Augenblick lang dachte er, der Mann habe an einem Faustkampf teilgenommen; um so mehr, als er sehr aufgeregt und atemlos war. Ein zweiter Blick jedoch zeigte ihm, daß der Mann besonders sauber und daß seine Kleidung außer in der beschriebenen Weise nicht weiter in Unordnung war.

„Ich komme von den Warmbädern, Sir, in der benachbarten Straße.“

„Und was gibt es in den Warmbädern?“

„Wäre es Ihnen gefällig, sofort zu kommen, Sir? Wir fanden das auf dem Tisch.“

Er legte ein Stückchen Papier in die Hände des Arztes. Arzt sah es an und las seinen Namen und die Adresse mit Bleistift geschrieben, nichts weiter. Er blickte die Handschrift genauer an; blickte den Mann an, nahm seinen Hut vom Haken, steckte den Hausschlüssel ein, und sie eilten davon.

Als sie zu den Warmbädern kamen, standen die Leute, die dazugehörten, an der Tür und blickten nach ihnen aus oder liefen die Gänge auf und ab. „Lassen Sie bitte alle Leute zurückbleiben", sagte Arzt zu dem Bademeister; „und führen Sie mich geradewegs an den Ort, mein Freund."

Der Bote eilte durch eine Allee kleiner Räume vor ihm her, wandte sich einem Raum am Ende der Allee zu und blickte zur Tür hinein. Arzt folgte ihm dicht auf den Fersen und blickte ebenfalls zur Tür hinein.

In der gegenüberliegenden Ecke stand eine Badewanne, aus der das Wasser abgelassen war. Mit einigen rasch darübergeworfenen Decken und Tüchern bedeckt, lag der Körper eines plump gebauten Mannes mit einem stumpfsinnigen Kopf und groben, gemeinen Zügen darin wie in einem Sarkophag. Ein Deckenfenster war geöffnet worden, um den Dampf entweichen zu lassen, von dem der Raum angefüllt gewesen war; aber er hing, zu Wassertropfen verdichtet, schwer an den Wänden und schwer auf dem Gesicht und der Gestalt in der Wanne. Der Raum war noch heiß und der Marmor der Wanne noch warm; aber das Gesicht und die Gestalt fühlten sich feuchtkalt an. Der weiße Marmor auf dem Boden der Wanne war mit einem furchtbaren Rot geädert, auf der Leiste an der Seite stand eine leere Opiumflasche, daneben lag ein Federmesser mit Schildpattgriff – befleckt, aber nicht mit Tinte.

„Schnitt durch die Halsader – rascher Tod –, mindestens schon vor einer halben Stunde gestorben." Dieses Echo der Worte des Arztes lief durch die Gänge und die kleinen Räume und durch das ganze Haus, noch während er sich aufrichtete, denn er hatte sich hinabgebeugt, um auf den Boden der Wanne zu fassen, und noch während er seine Hände wusch, wobei das Wasser rotgeädert war wie der Marmor, bevor es eine einheitliche Färbung annahm.

Er richtete seine Augen auf die Kleider auf dem Sofa und auf die Uhr, das Geld und die Brieftasche auf dem Tisch. Ein zusammengefaltetes Papier, halb in die Brieftasche gesteckt und halb daraus hervorragend, zog seine Aufmerksamkeit auf sich. Er sah es an, berührte es, zog es ein wenig mehr hervor, sagte ruhig: „Dies ist an mich adressiert", öffnete es und las.

Er hatte keine Anordnungen zu treffen. Die Leute des Hauses wußten, was zu tun war; die zuständigen Behörden wurden bald herbeigeholt, und sie nahmen in ruhiger, berufsmäßiger Art, ohne das Gesicht oder die Haltung mehr zu ändern als beim Aufziehen einer Uhr, den Toten und was seine Habe gewesen war in ihre Obhut. Arzt war froh, daß er in die Nachtluft hinausgehen konnte – er setzte sich sogar trotz seiner großen Erfahrung für eine kleine Weile auf eine Türschwelle, da er sich übel und schwach fühlte.

Gerichtsbarkeit wohnte in seiner Nähe, und als er an das Haus kam, sah er ein Licht in dem Zimmer, wo, wie er wußte, sein Freund oft bis spät bei der Arbeit saß. Da das Licht niemals da war, wenn Gerichtsbarkeit nicht da war, so gab es ihm die Sicherheit, daß Gerichtsbarkeit noch nicht zu Bett gegangen war. In der Tat hatte diese emsige Biene morgen ein Urteil gegen Zeugenaussage durchzusetzen und benutzte die Nachtstunden dazu, den Herren Geschworenen Fallen zu stellen.

Das Klopfen von Arzt versetzte Gerichtsbarkeit in Erstaunen; aber da er sogleich vermutete, daß jemand gekommen sei, um ihm mitzuteilen, daß er beraubt oder sonstwie übervorteilt werden sollte, kam er rasch und leise herunter.

Er hatte sich den Kopf durch eine Waschung mit kaltem Wasser klar gemacht, als gute Vorbereitung, morgen die Köpfe der Geschworenen mit heißem Wasser waschen zu können, und hatte mit weit offenem Hemdkragen gelesen, damit er die gegnerischen Zeugen um so besser an der Gurgel packen könnte. Deshalb sah er ziemlich wild aus, als er herunterkam. Als er Arzt sah, den er am allerwenigsten von allen Menschen erwartet hatte, sah er noch wilder aus und fragte:

„Was gibt es?"

„Sie fragten mich einmal, was Merdles Leiden sei."

„Merkwürdige Antwort! Ich weiß, daß ich das fragte."

„Ich sagte Ihnen, ich hätte es nicht herausgefunden."

„Ja, ich weiß, daß Sie das antworteten."

„Ich habe es herausgefunden."

„Mein Gott!" sagte Gerichtsbarkeit, der zurückfuhr und seine Hand auf die Brust des anderen fallen ließ. „Und ich ebenfalls! Ich lese es in Ihrem Gesicht."

Sie betraten das nächste Zimmer, wo Arzt ihm den Brief zu lesen gab. Er las ihn ein halbes dutzendmal durch. Er war nicht lang, aber er stellte die größten Ansprüche an seine Aufmerksamkeit. Er konnte nicht genug sein Bedauern ausdrücken, daß er nicht selbst einen Schlüssel hierzu gefunden. Der geringste Schlüssel, sagte er, hätte ihn zum Herrn dieses Falles gemacht, und was für ein Fall wäre das gewesen, und ihm auf den Grund zu gehen!

Arzt hatte es übernommen, die Nachricht in die Harley Street zu bringen. Gerichtsbarkeit konnte nicht sogleich zu den Verlockungen der erleuchtetsten und interessantesten Jury, die er je auf einer Geschworenenbank gesehen, zurückkehren, auf die, wie er seinem gelehrten Kollegen sagen konnte, keine seichte Sophisterei Eindruck machen und keine unglücklich mißbrauchte berufliche Geschicklichkeit und Spitzfindigkeit Einfluß haben konnte (das war die Art, wie er ihnen beikommen wollte); deshalb sagte er, er wolle mitgehen und in der Nähe des Hauses bleiben, während sein Freund drinnen sei. Sie gingen zu Fuß hin, um ihre Selbstbeherrschung an der frischen Luft wiederzuerlangen; und die Schwingen des Tages begannen die Nacht zu verscheuchen, als Arzt an die Tür klopfte.

Ein regenbogenfarbiger Lakai, so sah ihn die Menge, wartete auf seinen Herrn – das heißt, er war in der Küche über zwei Kerzen und einer Zeitung fest eingeschlafen und demonstrierte auf diese Weise die mathematische Unwahrscheinlichkeit, daß ein Haus zufällig in Brand geraten kann. Als dieser Diener geweckt worden war, mußte Arzt noch das Wecken des Oberbutlers abwarten. Schließlich kam dieser edle Herr in einem Flanellschlafrock und Tuchschuhen, aber mit umgebundener Krawatte, jeder Zoll ein Oberbutler, in das Speisezimmer. Es war jetzt Tag. Arzt hatte, während er wartete, die Laden eines Fensters aufgestoßen, damit er das Licht sehen konnte.

„Man muß Mrs. Merdles Mädchen rufen und ihr auftragen, Mrs. Merdle zu wecken und so schonend wie möglich auf meinen Besuch vorzubereiten. Ich habe ihr eine furchtbare Nachricht zu überbringen."

Soweit Arzt zum Oberbutler. Dieser, der eine Kerze in der Hand hielt, rief dem Diener zu, sie wegzustellen. Dann näherte er sich dem Fenster, während er die Nachricht von Arzt betrachtete, genauso wie er die Diners in demselben Zimmer betrachtet hatte.

„Mr. Merdle ist tot."

„Ich möchte mit vierwöchiger Frist kündigen", sagte der Oberbutler.

„Mr. Merdle hat sich das Leben genommen."

„Sir", sagte der Oberbutler, „das ist sehr unangenehm für die Gefühle eines Mannes in meiner Lage, da es geeignet ist, Vorurteile zu erwecken; und ich möchte sofort gehen."

„Wenn Sie schon nicht erschüttert sind, sind Sie dann nicht wenigstens überrascht, Mann?" fragte Arzt entrüstet.

Der Oberbutler erwiderte aufrecht und ruhig mit folgenden denkwürdigen Worten: „Sir, Mr. Merdle war nie ein Gentleman, und keine unfeine Handlung von Mr. Merdle würde mich überraschen. Soll ich Ihnen sonst jemanden schicken, oder soll ich etwas anordnen, bevor ich gehe?"

Als Arzt, nachdem er sich oben seiner Aufgabe entledigt hatte, wieder Gerichtsbarkeit auf der Straße traf, sagte er nicht mehr über seine Zusammenkunft mit Mrs. Merdle, als daß er ihr noch nicht alles gesagt habe, aber daß sie das, was er ihr gesagt, ziemlich ruhig aufgenommen habe.

Gerichtsbarkeit hatte seine Muße auf der Straße benutzt, um eine höchst sinnreiche Menschenfalle zu konstruieren, mit der er alle seine Geschworenen auf einen Schlag fangen konnte; nachdem er mit dieser Sache im Geiste fertig geworden war, konnte er sich unbeschwert der kürzlichen Katastrophe widmen, und sie gingen langsam nach Hause und besprachen sie in jeder Richtung. Bevor sie sich an der Tür von Arzt trennten, blickten sie beide zu dem sonnigen Morgenhimmel empor, zu dem der Rauch von einigen wenigen frühen Feuern und der Atem und die Stimme von einigen wenigen Frühaufstehern friedlich emporstiegen, und warfen dann einen Blick auf die ungeheure Stadt und sagten sich: Wenn all diese Hunderte und Tausende zu Bettlern gemachten Leute, die jetzt noch schliefen, während nur sie beide darüber sprachen, eine Kenntnis von dem Ruin haben könnten, der über sie hereingebrochen, welch ein furchtbarer Schrei gegen eine einzige elende Seele würde dann zum Himmel emporsteigen!

Die Kunde, daß der große Mann tot sei, verbreitete sich mit erstaunlicher Schnelligkeit.

Zuerst war er an allen Krankheiten gestorben, die jemals bekannt waren, und an verschiedenen funkelnagelneuen Krankheiten, die blitzschnell für die Gelegenheit erfunden wurden. Er hatte von Kindheit an heimlich an Wassersucht gelitten, er hatte eine bedeutende Menge Wasser auf der Brust von seinem Großvater geerbt, es war achtzehn Jahre lang an jedem Morgen seines Lebens eine Operation an ihm ausgeführt worden, es waren ihm wichtige Adern im Körper wie Feuerwerk explodiert, er hatte etwas an der Lunge gehabt, er hatte etwas mit dem Herzen gehabt, er hatte etwas im Gehirn gehabt. Fünfhundert Leute, die sich ohne jegliche Kenntnis der ganzen Sache zum Frühstück niedersetzten, waren überzeugt, bevor sie ihr Frühstück beendet hatten, daß sie höchstpersönlich Arzt zu Mr. Merdle hatten sagen hören: „Sie müssen darauf gefaßt sein, eines Tages wie ein Licht zu verlöschen"; und daß sie gehört hatten, wie Mr. Merdle zu Arzt gesagt hatte: „Ein Mensch kann nur einmal sterben."

Ungefähr um elf Uhr vormittags bekam die Theorie, daß er etwas im Gehirn gehabt habe, die Oberhand, und um zwölf Uhr war das Etwas mit Bestimmtheit als „Druck" festgestellt.

Druck war so zufriedenstellend für die öffentliche Meinung, und schien jedem so gut zu gefallen, daß es den ganzen Tag über hätte vorhalten können, wenn nicht Gerichtsbarkeit den wirklichen Sachverhalt um halb zehn Uhr mit ins Gericht gebracht hätte. Das führte dazu, daß man ungefähr um ein Uhr in ganz London zu flüstern begann, Mr. Merdle habe sich das Leben genommen. Druck jedoch, weit davon entfernt, durch diese Entdeckung vernichtet zu werden, wurde beliebter denn je. In jeder Straße gab es ein allgemeines Philosophieren über Druck, alle Leute, die versucht hatten, Geld zu machen, und denen es nicht gelungen war, sagten: „Da sieht man's! Kaum fängt man an, sich auf das Sammeln von Reichtümern zu verlegen, da bekommt man Druck." Die Müßiggänger machten sich die Gelegenheit in ähnlicher Weise zunutze. „Seht", sagten sie, „wohin man durch Arbeit, Arbeit und wieder Arbeit kommt! Man arbeitet in einem fort, man übertreibt es, dann kommt Druck, und es ist um einen geschehen!"

Diese Erwägung machte an vielen Orten großen Eindruck, aber nirgends so viel wie auf die jüngeren Angestellten und Teilhaber, die niemals in der geringsten Gefahr waren, es zu arg zu treiben. Diese erklärten einstimmig und fromm, sie würden diese Warnung hoffentlich ihr Leben lang niemals vergessen und sie würden ihre Lebensweise so einrichten, daß sie Druck vermeiden könnten und als Trost für ihre Freunde viele Jahre lang erhalten blieben.

Aber ungefähr um die Börsenzeit begannen Druck dahinzuschwinden und im Osten, Westen, Norden und

Süden erschreckende Gerüchte im Flüsterton zu zirkulieren. Zuerst waren sie schwach und gingen nicht über einen Zweifel hinaus, ob Mr. Merdles Reichtum sich als so groß erweisen würde, wie vermutet worden war; ob es nicht eine zeitweilige Schwierigkeit geben würde, ihn zu „realisieren“; ob es nicht einmal sogar eine zeitweilige Zahlungsunterbrechung (etwa von einem Monat) von seiten der wunderbaren Bank geben würde. In dem Maße, in dem das Flüstern von Minute zu Minute lauter wurde, wurde es drohender. Er sei aus dem Nichts in die Höhe geschossen, habe kein natürliches Wachstum oder einen Entwicklungsprozeß, den jemand sich erklären konnte, durchgemacht; er sei im Grunde genommen ein niedriger, unwissender Mensch gewesen; er sei ein Mensch mit zu Boden gerichtetem Blick gewesen, und niemand sei jemals imstande gewesen, ihm ins Auge zu sehen; er sei in ganz unerklärlicher Weise von allen möglichen Menschen begünstigt worden; habe niemals eigenes Geld besessen; seine Spekulationen seien äußerst gewagt und sein Aufwand enorm gewesen. Während der Tag sich neigte, griff das Gerücht um sich und wurde immer lauter und inhaltsschwerer. Er habe im Bad einen Brief an seinen Arzt hinterlassen, und der Arzt habe den Brief bekommen, und der Brief werde morgen bei der gerichtlichen Untersuchung vorgezeigt werden, und er werde wie ein Donnerschlag auf die Menge niederfallen, die er betrogen hatte. Zahllose Existenzen jedes Standes und jedes Berufes würden durch seinen Bankrott vernichtet werden. Allen Leuten, die ihr ganzes Leben lang in behaglichen Verhältnissen gelebt hatten, werde kein anderer Ort als das Armenhaus bleiben, um ihr Vertrauen zu ihm zu bereuen; Legionen von Frauen und Kindern würden ihre ganze Zukunft durch die Hand dieses mächtigen Schurken vernichtet sehen. Jeder Teilnehmer an seinen prächtigen Festen habe sich schließlich an der Beraubung zahlloser Heime beteiligt; jeder unterwürfige Anbeter des Reichtums, der dazu geholfen hatte, ihn auf sein Piedestal zu setzen, hätte besser daran getan, geradeheraus den Teufel anzubeten. So schwoll das Gerücht von einer Bestätigung bis zur anderen und von einer Ausgabe der Abendzeitung bis zur anderen immer lauter und lebhafter, als die Nacht kam, zuletzt zu einem solchen Sturm an, daß man hätte glauben können, ein einsamer Wächter auf der Galerie über der Kuppel der St.-Pauls-Kathedrale hätte bemerken müssen, wie die Nachtluft erfüllt war von unzähligen gemurmelten Wiederholungen des Namens Merdle, verbunden mit allen möglichen Verwünschungen.

Denn jetzt wußte man, daß das Leiden des verstorbenen Mr. Merdle einfach Betrug und Raub gewesen war. Er, der ungeschlachte Gegenstand von so weitverbreiteter Schmeichelei, der Gast an der Tafel großer Leute, das Wundertier großer Gesellschaften, der Vernichter der Exklusivität, der Gleichmacher des Stolzes, der Gönner aller Gönner, der mit einem Minister und Lord der Umstandsbehörde feilschte, der Empfänger von mehr Auszeichnungen in zehn oder fünfzehn Jahren, als in England während zweier Jahrhunderte allen friedlichen Wohltätern des Volkes und allen führenden Geistern der Künste und Wissenschaften, trotz des offenkundigen Zeugnisses ihrer Werke, verliehen worden waren; er, das leuchtende Wunder, der neue Stern, dem die gabenbringenden Weisen zu folgen hatten, bis er über einem gewissen Kadaver auf dem Boden einer Badewanne stillstand und verschwand – war einfach der größte Betrüger und der größte Dieb, der je dem Galgen entgangen war.

## *26. Kapitel*

### Sturmernte

Mit dem Geräusch keuchenden Atems und hastiger Schritte vor sich stürzte Mr. Pancks in Arthur Clennams Kontor. Die gerichtliche Untersuchung war vorüber, der Brief war veröffentlicht, die Bank war bankrott, die anderen musterhaften Strohgebäude hatten Feuer gefangen und waren zu Rauch geworden. Das vielbewunderte

Piratenschiff war inmitten einer großen Flotte von Schiffen jeder Geschwindigkeit und Booten jeder Größe in die Luft geflogen; und in der Tiefe war nichts als Ruin; nichts als brennende Schiffskörper, berstende Magazine, von selbst losgegangene Geschütze, die Freunde und Nachbarn in Stücke gerissen hatten, ertrinkende Menschen, die sich an schwimmuntaugliche Sparren anklammerten und jede Minute unterzugehen drohten, erschöpfte Schwimmer, treibende Tote und Haifische.

Die gewohnte peinliche Ordnung im Kontor war zerstört. Ungeöffnete Briefe und ungeordnete Papiere lagen über das Pult verstreut. Inmitten dieser Zeichen von vernichteter Energie und aufgegebener Hoffnung stand der Herr des Kontors müßig an seinem gewohnten Platz, die Arme auf dem Pult gekreuzt und den Kopf darauf niedergebeugt.

Mr. Pancks stürzte herein und blieb stehen. In der nächsten Minute waren Mr. Pancks' Arme auf einem Pult, und Mr. Pancks' Kopf lag darauf; für einige Zeit blieben sie in dieser Stellung unbeweglich und schweigsam, die Breite des kleinen Raumes zwischen sich.

Mr. Pancks war der erste, der den Kopf hob und sprach:

„Ich überredete Sie dazu, Mr. Clennam. Ich weiß es. Sagen Sie, was Sie wollen. Sie können mir nicht mehr sagen, als ich mir selbst sage. Sie können nicht mehr sagen, als ich verdiene."

„O Pancks, Pancks!" erwiderte Clennam. „Sprechen Sie nicht von verdienen. Was verdiene ich selbst!"

„Mehr Glück", sagte Pancks.

„Ich", fuhr Clennam fort, ohne auf ihn zu achten, „der ich meinen Partner ruiniert habe! Pancks, Pancks, ich habe Doyce ruiniert. Den ehrlichen, auf sich selbst gestellten, unermüdlichen alten Mann, der sein ganzes Leben lang schwer gearbeitet hat; den Mann, der gegen so viele Enttäuschungen gekämpft hat und sich dabei ein so gutes und hoffnungsvolles Gemüt bewahrt hat; den Mann, der mir so teuer ist und dem ich so treu und nützlich sein wollte; ich habe ihn ruiniert, habe Scham und Schande über ihn gebracht – habe ihn ruiniert."

Der Schmerz, den ihm dieser Gedanke verursachte, war so erschütternd mit anzusehen, daß sich Mr. Pancks in die Haare fuhr und sie verzweifelt raufte.

„Machen Sie mir Vorwürfe!" rief Pancks. „Machen Sie mir Vorwürfe, Sir, oder ich tue mir etwas an! Sagen Sie du Narr, du Schuft! sagen Sie du Esel, wie konntest du das tun, Bestie, was wolltest du damit! Fassen Sie mich irgendwo, beschimpfen Sie mich!" Während er so sprach, zerraufte Mr. Pancks unablässig sein struppiges Haar mit der größten Unbarmherzigkeit.

„Wenn Sie niemals dieser unheilvollen Manier verfallen wären, Pancks", sagte Clennam mehr mitleidig als vorwurfsvoll, „um wieviel besser wäre das für Sie gewesen und um wieviel besser für mich!"

„Noch einmal, Sir", rief Pancks, vor Reue mit den Zähnen knirschend. „Noch einmal!"

„Wenn Sie niemals diese verfluchten Berechnungen angestellt hätten und die Resultate mit solcher unglückseligen Klarheit herausbekommen hätten", stöhnte Clennam, „um wieviel besser wäre das für Sie gewesen, Pancks, und um wieviel besser für mich!"

„Noch einmal, Sir!" rief Pancks und ließ sein Haar fahren. „Noch einmal und noch einmal!"

Clennam jedoch, der fand, daß er bereits begann, sich zu beruhigen, hatte alles gesagt, was er zu sagen wünschte, und mehr. Er rang die Hände, als er nur hinzufügte: „Blinde Führer der Blinden, Pancks! Blinde Führer der Blinden! Aber Doyce, Doyce, Doyce! Mein schwergeschädigter Partner!"

Das beugte ihm den Kopf wiederum auf sein Pult.

Ihre vorige Stellung und ihr Schweigen wurden wieder zuerst von Pancks durchbrochen.

Nicht zu Bett gewesen, Sir, seit es zuerst ruchbar wurde. Bin hin und her gelaufen, in der Hoffnung, doch noch etwas aus dem Feuer zu retten. Alles umsonst. Alles dahin. Alles verschwunden."

„Ich weiß es nur zu gut", erwiderte Clennam.

Mr. Pancks füllte die Pause mit einem Stöhnen aus, das ihm aus tiefster Seele kam.

„Erst gestern, Pancks", sagte Arthur, „erst gestern, am Montag, hatte ich die feste Absicht, zu verkaufen, zu realisieren und ein Ende damit zu machen!"

„Ich kann dasselbe nicht von mir selbst sagen", erwiderte Pancks. „Obwohl es wunderbar ist, von wie vielen Leuten ich gehört habe, die im Begriff waren, von allen Tagen in den dreihundertfünfundsechzig ausgerechnet gestern zu realisieren, wenn es nicht zu spät gewesen wäre!"

Seine dampfmaschinenartigen Atemstöße, sonst so komisch in ihrer Wirkung, waren tragischer als ebenso viele Seufzer, während er von Kopf bis Fuß in einer so schmutzigen, verschmierten, vernachlässigten Verfassung war, daß er ein genaues Porträt des Unglücks hätte sein können, das wegen des Schmutzes kaum zu erkennen war.

„Mr. Clennam, haben Sie – alles angelegt?" Es kostete ihn große Schwierigkeit, über die Pause von den beiden letzten Worten hinwegzukommen und die Worte selbst hervorzubringen.

„Alles."

Mr. Pancks faßte sich wieder bei seinem struppigen Haar und gab ihm einen solchen Ruck, daß er einige Borsten herausriß. Nachdem er diese mit dem Ausdruck wilden Hasses betrachtet hatte, steckte er sie in die Tasche.

„Ich muß", sagte Clennam, wobei er einige Tränen wegwischte, die ihm still ubers Gesicht rannen, „sogleich die Maßregeln ergreifen, die mir obliegen. Die elende Vergütung, die ich leisten kann, muß ich sofort leisten. Ich muß den Ruf meines unglücklichen Partners wiederherstellen. Ich darf nichts für mich selbst zurückbehalten. Ich muß unseren Gläubigern die Geschäftsführung überlassen, von der ich so schlechten Gebrauch gemacht habe, und ich muß während des Restes meiner Tage so viel von meinem Fehler – oder Verbrechen – abarbeiten, als abgearbeitet werden kann."

„Ist es möglich, Sir, über die gegenwärtigen Schwierigkeiten hinwegzukommen?"

„Ausgeschlosssen. Man kann jetzt über nichts mehr hinwegkommen, Pancks. Je eher das Geschäft in andere Hände übergeht, desto besser. Es sind in dieser Woche Verpflichtungen zu erfüllen, die die Katastrophe in wenigen Tagen herbeiführen würden, selbst wenn ich sie auch einen einzigen Tag aufschieben würde, indem ich, nur mit der geheimen Kenntnis dessen, was ich weiß, noch für diese Zeit das Geschäft weiterführen würde. Die ganze vergangene Nacht habe ich darüber nachgedacht, was ich tun soll; es bleibt nichts weiter übrig, als das Beschlossene auszuführen."

„Nicht Sie ganz allein", sagte Pancks, dessen Gesicht so feucht war, als ob sich sein Dampf ebenso schnell, wie er ihn trübselig von sich blies, in Wasser verwandelte. „Nehmen Sie sich einen Rechtsbeistand."

„Vielleicht sollte ich das tun."

„Nehmen Sie Rugg."

„Es ist nicht viel zu tun. Er wird es ebensogut wie ein anderer tun."

„Soll ich Rugg holen, Mr. Clennam?"

„Wenn Sie die Zeit erübrigen könnten, würde ich Ihnen sehr dankbar dafür sein."

Mr. Pancks setzte im selben Augenblick seinen Hut auf und dampfte davon nach Pentonville. Während der ganzen Zeit seiner Abwesenheit erhob Arthur niemals den Kopf vom Pult, sondern blieb in dieser einen Stellung.

Mr. Pancks brachte seinen Freund und juristischen Berater, Mr. Rugg, mit. Mr. Rugg hatte auf dem Wege hinreichend erkannt, daß Mr. Pancks im Augenblick in einer unvernünftigen Geistesverfassung war, so daß er seine fachmännische Beratung damit begann, diesen Herrn zu bitten, sich zu entfernen. Mr. Pancks gehorchte demütig und unterwürfig.

„Er ist in einer ähnlichen Verfassung, wie meine Tochter war, Sir, als wir den Prozeß wegen gebrochenen Heiratsversprechens Rugg gegen Bawkins, in dem sie die klagende Partei war, begannen“, sagte Mr. Rugg. „Er nimmt ein zu starkes und unmittelbares Interesse an der Sache. Seine Gefühle sind erregt. In unserem Beruf kann man mit erregten Gefühlen nicht vorwärtskommen, Sir.“

Während er seine Handschuhe abstreifte und sie in seinen Hut legte, sah er mit einigen Seitenblicken, daß über seinen Klienten eine große Veränderung gekommen war.

„Ich nehme mit Bedauern wahr, Sir“, sagte Mr. Rugg, „daß Sie sich selbst einer Gefühlserregung überlassen haben. Tun Sie das lieber nicht, tun Sie das lieber nicht. Diese Verluste sind sehr zu bedauern, Sir, aber wir müssen ihnen ins Gesicht blicken.“

„Wenn das Geld, das ich geopfert habe, ganz mein eigenes gewesen wäre“, seufzte Clennam, „so hätte es mich viel weniger getroffen.“

„Wirklich, Sir?“ sagte Mr. Rugg, seine Hände mit fröhlicher Miene reibend. „Sie überraschen mich. Das ist eigenartig, Sir. Ich habe gewöhnlich die Erfahrung gemacht, daß es das eigene Geld ist, um das sich die Leute am meisten sorgen. Ich habe Leute eine große Menge Geld von anderen Leuten verlieren und es sehr gut ertragen sehen, wirklich sehr gut.“

Unter diesen tröstlichen Bemerkungen setzte sich Mr. Rugg auf einen Kontorstuhl am Pult und ging zu den Geschäften über.

„Nun, Mr. Clennam, wollen wir, wenn es Ihnen recht ist, in die Besprechung der Angelegenheit eintreten. Wir wollen einmal den Stand der Sache betrachten. Die Frage ist einfach. Die Frage ist die gewöhnliche, alltägliche, aufrichtige, vernünftige Frage: Was können wir für uns tun? Was können wir für uns tun?“

„Das ist nicht die Frage bei mir, Mr. Rugg“, sagte Arthur. „Sie mißverstehen sie gleich zu Anfang. Die Frage ist, was kann ich für meinen Partner tun, wie kann ich ihm am besten Wiedergutmachung leisten?“

„Ich fürchte, Sir, wissen Sie“, sagte Mr. Rugg überredend, „daß Sie sich immer noch Ihrer Gefühlserregung überlassen. Mir mißfällt der Ausdruck ‚Wiedergutmachung', ausgenommen als Waffe in der Hand des Advokaten. Wollen Sie es mir nicht übelnehmen, wenn ich sage, daß ich es für meine Pflicht halte, Sie davor zu warnen, sich etwa einer Gefühlserregung zu überlassen?"

„Mr. Rugg", sagte Clennam, während er sich zusammennahm, um das durchzuführen, was er beschlossen hatte, und diesen Herrn dadurch überraschte, daß er trotz seiner Verzweiflung fest entschlossen war; „Sie machen auf mich den Eindruck, als ob Sie nicht sehr geneigt wären, das Verfahren anzunehmen, zu dem ich mich entschlossen habe. Sollte Ihre Mißbilligung Sie unlustig machen, die notwendigen Schritte zu unternehmen, so tut es mir leid, und ich muß andere Hilfe suchen. Aber ich will Ihnen gleich sagen, daß es nutzlos ist, mir davon abzuraten."

„Gut, Sir", antwortete Mr. Rugg, die Achseln zukkend. „Gut, Sir. Da die Sache von irgend jemandem getan werden muß, so kann sie auch von mir getan werden. Das war mein Grundsatz in den meisten Fällen."

Clennam teilte daraufhin Mr. Rugg seinen festen Entschluß mit. Er sagte Mr. Rugg, daß sein Partner ein Mann von großer Einfachheit und Aufrichtigkeit sei und daß er bei allem, was er zu tun beabsichtige, sich in erster Linie durch die Kenntnis des Charakters seines Partners und Achtung seiner Gefühle leiten lasse. Er erklärte, daß sein Partner gerade in einem wichtigen Unternehmen abwesend sei und daß es ihm vor allem zukomme, die Schuld für das, was er unvorsichtigerweise getan hatte, öffentlich auf sich zu nehmen und seinen Partner öffentlich von aller Beteiligung an der Verantwortlichkeit freizusprechen, damit die erfolgreiche Durchführung dieses Unternehmens nicht durch den geringsten Verdacht gefährdet werde, der der Ehre und dem Ansehen seines Partners in eineo fremden Land zu Unrecht anhaften könnte. Er erklärte Mr. Rugg, die einzige Sühne, die in seiner Macht lag, um den Namen seines Partners völlig makellos zu erhalten, sei, öffentlich und rückhaltlos zu erklären, daß er, Arthur Clennam, von dieser Firma, auf seine alleinige Verantwortung hin und sogar ausdrücklich gegen die Warnung seines Partners, die Mittel der Firma in den Schwindelunternehmungen angelegt habe, die kürzlich geplatzt waren; daß diese Sühne dem eigenartigen Mann mehr bedeute als vielen anderen Menschen; und deshalb die Sühne, der er sich zuerst zu unterziehen habe. Seine Absicht gehe deshalb dahin, eine Erklärung dieses Inhalts, die er bereits aufgesetzt habe, drucken zu lassen und sie nicht nur an alle Geschäftsverbindungen zu versenden, sondern sie auch in den Zeitungen zu veröffentlichen. Gleichzeitig mit dieser Maßnahme (deren Beschreibung bei Mr. Rugg zahllose Gesichtsgrimassen und große körperliche Unruhe hervorrief) wolle er einen Brief an alle Gläubiger senden, in dem er seinen Partner feierlich entlaste, ihnen die Stillegung der Firma mitteile, bis man ihren Willen erfahren und mit seinem Partner konferieren könne, und sich demütig ihrer Leitung unterwerfe. Wenn infolge ihrer Rücksichtnahme auf die Unschuld seines Partners die Angelegenheiten jemals so geordnet werden könnten, daß das Geschäft mit Nutzen weitergeführt und die gegenwärtige unglückliche Krise überwunden werden könnte, dann solle sein eigener Anteil daran an seinen Partner fallen, als die einzige Wiedergutmachung, die er ihm in Geld für die Not und den Verlust, den er unglücklicherweise über ihn gebracht hatte, leisten könne, und er selbst wolle darum bitten, für das kleinste Gehalt, das für ihn zum Leben ausreiche, dem Geschäft als treuer Angestellter dienen zu dürfen.

Obwohl Mr. Rugg deutlich sah, daß es kein Mittel gab, die Ausführung dieses Planes zu verhindern, verlangten doch sein verzerrtes Gesicht und seine unruhigen Glieder so dringend nach einem beruhigenden Protest, daß er einen erhob. „Ich erlaube mir keinen Einwand, Sir“, sagte er, „ich will über keinen Punkt mit Ihnen streiten. Ich will Ihre Absicht ausführen, Sir; aber mit Protest.“ Mr. Rugg stellte dann nicht ohne Weitschweifigkeit die einzelnen Punkte seines Protestes fest. Sie waren folgende: Die ganze Stadt, ja man könne sagen das ganze Land, sei noch in der ersten wahnsinnigen Erregung über die kürzliche Entdeckung, und der Groll gegen die Opfer werde sehr stark sein, denn diejenigen, die sich nicht hätten verführen lassen, würden sicherlich äußerst wütend auf sie sein, weil sie nicht so weise gewesen waren wie sie selbst; und diejenigen, die sich hätten verführen lassen, würden sicherlich Entschuldigungen und Gründe für sich selbst finden, die ganz offensichtlich anderen Betroffenen ganz und gar nicht zukämen; ganz abgesehen davon, daß jeder einzelne Betroffene sich höchstwahrscheinlich zu seiner größten Empörung einreden würde, er habe sich nur durch das Beispiel aller anderen Betroffenen verleiten lassen. So würde eine Erklärung wie die Clennams, zu einem solchen Zeitpunkt veröffentlicht, ihm sicherlich einen Sturm der Feindseligkeit einbringen und es unmöglich machen, auf Nachsicht bei den Gläubigern oder auf Einmütigkeit unter ihnen zu rechnen, und er wäre als frei stehendes Ziel einem Kreuzfeuer von allen Seiten ausgesetzt, das ihn aus einem halben Dutzend Richtungen zugleich zu Boden werfen könnte.

Auf all dies erwiderte Clennam nur, daß, die Berechtigung des ganzen Protestes zugegeben, nichts darin die Wirkung seiner freiwilligen und öffentlichen Entlastung seines Partners vermindern würde oder könnte. Er bitte Mr. Rugg deshalb ein für allemal, ihm unverzüglich zu helfen, sein Vorhaben durchzuführen. Hierauf machte sich Mr. Rugg an die Arbeit, und Arthur legte, ohne mehr zurückzubehalten als seine Kleider und Bücher und ein wenig bares Geld, sein ganzes Privatguthaben zu dem Vermögen der Firma.

Die Erklärung wurde veröffentlicht, und der Sturm raste furchtbar. Tausende von Menschen starrten wild um sich, um einen Lebenden zu finden, den sie mit Vorwürfen überhäufen könnten; und dieser bemerkenswerte Fall, der die Aufmerksamkeit der Öffentlichkeit auf sich zog, stellte den so sehr verlangten Lebenden auf ein

Schaugerüst. Wenn Leute, die nichts mit dem Fall zu tun hatten, seine Schändlichkeit so lebhaft fühlten, konnte man von Leuten, die Geld dabei verloren haben, kaum erwarten, ihn milde zu beurteilen. Es hagelte Briefe voller Vorwürfe und Beleidigungen von seiten der Gläubiger; und Mr. Rugg, der jeden Tag auf dem hohen Stuhl saß und sie alle las, teilte seinem Klienten nach einer Woche mit, daß er fürchte, es seien Haftbefehle ausgeschrieben.

„Ich muß die Folgen dessen, was ich getan habe, auf mich nehmen", sagte Clennam. „Die Haftbefehle werden mich hier finden."

Am nächsten Morgen, als Clennam an Mrs. Plornishs Laden vorbei in den Herzbluthof einbiegen wollte, erwartete ihn Mrs. Plornish vor der Tür und bat ihn geheimnisvoll, in die „Glückshütte" einzutreten. Dort fand er Mr. Rugg.

„Ich dachte, ich wollte Sie erwarten. Ich würde heute nicht ins Kontor gehen, wenn ich Sie wäre, Sir."

„Weshalb nicht, Mr. Rugg?"

„Es sind, soviel ich weiß, nicht weniger als fünf gekommen."

„Es kann nicht zu bald vorüber sein", sagte Clennam. „Mögen sie mich sogleich holen."

„Ja, aber", sagte Mr. Rugg und stellte sich zwischen ihn und die Tür, „hören Sie ein vernünftiges Wort. Man wird Sie bald genug holen, Mr. Clennam, aber hören Sie ein vernünftiges Wort. Es geschieht fast stets in diesen Fällen, daß sich irgendeine Kleinigkeit vordrängt und sich wichtig macht. Nun finde ich, daß da etwas Unbedeutendes gekommen ist – eine bloße Palace-Court-Sache –, und ich habe Grund, zu glauben, daß daraufhin eine Verhaftung erfolgen kann. Ich würde mich daraufhin nicht verhaften lassen."

„Weshalb nicht?" fragte Clennam.

„Ich würde mich nur auf etwas Ausgewachsenes hin verhaften lassen", gab Mr. Rugg zur Antwort, „man muß den Schein wahren. Als Ihr juristischer Ratgeber würde ich es vorziehen, daß Sie auf Befehl eines der höheren

Gerichtshöfe verhaftet würden, wenn Sie mir diesen Gefallen tun wollen. Es sieht besser aus."

„Mr. Rugg", sagte Arthur niedergeschlagen, „mein einziger Wunsch ist, daß es vorüber sein soll, ich will ins Kontor gehen und es darauf ankommen lassen."

„Noch ein vernünftiges Wort, Sir", rief Mr. Rugg. „Dieses hier ist Vernunft, das andere mag Geschmackssache sein; aber dieses ist wirklich Vernunft. Wenn Sie auf die kleine Sache hin verhaftet würden, Sir, so würden Sie ins Marshalsea kommen. Nun, Sie wissen, wie das Marshalsea ist. Sehr eng. Äußerst begrenzt. Dagegen King's Bench ..." Mr. Rugg machte eine weitreichende Bewegung mit der rechten Hand, wie um Überfluß an Raum zu bezeichnen.

„Ich möchte lieber ins Marshalsea als in irgendein anderes Gefängnis gehen", sagte Clennam.

„Ist das wirklich Ihre Meinung, Sir", erwiderte Mr. Rugg, „dann ist das ebenfalls Geschmackssache, und wir können gehen."

Er war zuerst ein wenig beleidigt, aber er kam bald darüber hinweg. Sie durchquerten den Hof bis an das andere Ende. Die Herzbluter hatten seit seinem Unglück mehr Interesse an Arthur als früher, sie betrachteten ihn nun als einen, der dem Orte treu war und sich hier das Bürgerrecht erworben hatte. Viele von ihnen traten aus den Türen, um ihm hinterherzusehen und zueinander mit großer Salbung zu bemerken, daß ihn „die Sache heruntergebracht" habe. Mrs. Plornish und ihr Vater standen sehr bedrückt und kopfschüttelnd an ihrem Ende des Hofes oben auf den Stufen.

Es war niemand zu sehen, der auf sie wartete, als Mr. Rugg und Arthur im Kontor ankamen, aber ein ältlicher Angehöriger des jüdischen Glaubens, in Rum konserviert, folgte ihnen auf den Fersen und sah durch die Glasscheibe herein, bevor Mr. Rugg einen der neuangekommenen Briefe geöffnet hatte.

„Oh!" sagte Mr. Rugg aufblickend. „Guten Morgen! Kommen Sie herein. – Mr. Clennam, ich glaube, dies ist der Herr, von dem ich gesprochen habe."

Der Herr erklärte, daß der Zweck seines Besuches „ein kleins Geschäftche“ sei, und kam seiner gesetzlichen Bestimmung nach.

„Soll ich Sie begleiten, Mr. Clennam?“ fragte Mr. Rugg höflich, sich die Hände reibend.

„Ich möchte lieber allein gehen, danke. Seien Sie so gut, mir meine Kleider zu senden.“ Mr. Rugg versprach mit einem leichten, heiteren Ton, dies zu tun, und drückte ihm die Hand. Clennam und sein Begleiter gingen daraufhin die Treppe hinunter, bestiegen den ersten Wagen, den sie fanden, und fuhren nach dem alten Tor.

„Durch das je so eintreten zu müssen, der Himmel verzeih mir“, sagte Clennam zu sich selbst, „ich wenig erwartet habe!“

Mr. Chivery versah heute das Schließeramt, und der junge John war im Pförtnerhäuschen, entweder eben abgelöst oder darauf wartend, daß die Reihe des Dienstes an ihn käme. Beide waren erstaunter, da sie sahen, wer der neue Gefangene war, als man von Gefängnisschließern hätte erwarten sollen. Der ältere Mr. Chivery schüttelte ihm verlegen die Hand und sagte: „Ich erinnere mich nicht, wann ich jemals weniger erfreut war, Sie zu sehen.“ Der junge Mr. Chivery, mehr zurückhaltend, schüttelte ihm überhaupt nicht die Hand; er stand da und blickte ihn mit so deutlich bemerkbarer Unentschlossenheit an, daß es sogar Clennam mit seinen schweren Augen und seinem schweren Herzen auffiel. Gleich darauf verschwand der junge John im Gefängnis.

Da Clennam die Gebräuche des Ortes genügend kannte, um zu wissen, daß er erst eine Zeitlang im Pförtnerhäuschen bleiben mußte, setzte er sich auf einen Stuhl in einer Ecke und gab sich den Anschein, mit der Lektüre von Briefen, die er aus der Tasche zog, beschäftigt zu sein. Sie nahmen seine Aufmerksamkeit nicht so sehr in Anspruch, daß er nicht dankbar bemerkt hätte, wie der ältere Mr. Chivery das Pförtnerstübchen frei von Gefangenen hielt; wie er einigen mit seinen Schlüsseln bedeutete, nicht hereinzukommen, wie er anderen durch einen leisen Ellenbogenstoß zu verstehen gab, daß sie hinausgehen sollten, und wie er ihm sein Elend so leicht wie möglich machte.

Arthur saß da, die Augen auf den Boden gerichtet, erinnerte sich der Vergangenheit und brütete über die Gegenwart, ohne von der einen oder anderen eine klare Vorstellung zu bekommen, als er sich an der Schulter berührt fühlte. Es war der junge John, und er sagte: „Sie können jetzt kommen."

Er stand auf und folgte dem jungen John. Als sie das innere Eisentor einige Schritte hinter sich hatten, wandte sich der junge John um und sagte zu ihm: „Sie brauchen ein Zimmer. Ich habe eins für Sie."

„Ich danke Ihnen herzlich."

Der junge John wandte sich wieder zurück und führte ihn zu der alten Tür hinein, die alte Treppe hinauf, in das alte Zimmer. Arthur streckte seine Hand aus. Der junge John sah sie an, sah ihn an – finster –, holte tief Atem, schluckte und sagte: „Ich weiß nicht, ob ich es kann. Nein; ich merke, ich kann es nicht. Aber ich dachte, Sie würden gern dieses Zimmer haben, und hier ist es für Sie."

Das Erstaunen über dieses widerspruchsvolle Betragen wich, als er gegangen war (er ging sofort), den Gefühlen, die das leere Zimmer in Clennams verwundeter Brust erweckte, und den andrängenden Erinnerungen an das eine gute und sanfte Wesen, das es geheiligt hatte. Daß sie bei seinem veränderten Geschick nicht anwesend war, machte den Raum und ihn selbst darin so trostlos und erweckte in ihm eine solche Sehnsucht nach einem Gesicht voller Liebe und Treue, daß er sich weinend gegen die Mauer wandte und aus vollem Herzen aufschluchzte: „O meine Klein Dorrit!"

## *27. Kapitel*

### Der Zögling des Marshalsea

Es war ein sonniger Tag, und das Marshalsea, auf das die heiße Mittagssonne fiel, war ungewöhnlich still. Arthur Clennam sank in einen einsamen Lehnstuhl, der selbst so heruntergekommen war wie irgendein Schuldner im Gefängnis, und überließ sich seinen Gedanken.

In der unnatürlichen Ruhe, die sich einstellte, nachdem er die gefürchtete Verhaftung hinter sich hatte und hierhergekommen war – das erste gefährliche Gefühl, welches das Gefängnis gewöhnlich hervorrief und von dem so viele Menschen auf so vielerlei Wegen in die Tiefen der Entwürdigung und Schande geglitten waren –, konnte er an einige Abschnitte seines Lebens denken, fast als wäre er in eine neue Existenz versetzt. In Anbetracht seines Aufenthaltsortes, des Interesses, das ihn zuerst hierhergeführt hatte, als es ihm freistand, fortzubleiben, und des Gedankens an das sanfte Mädchen, der in gleicher Weise untrennbar von den Mauern und Gittern um ihn herum war wie von den ungreifbaren Erinnerungen seines späteren Lebens, die keine Mauern oder Gitter in Schranken halten konnten, war es nicht merkwürdig, daß alles, was ihm durch den Kopf ging, ihn immer wieder zu Klein Dorrit zurückbrachte. Und doch war es für ihn merkwürdig; nicht wegen der Tatsache selbst; aber weil ihm dadurch zum Bewußtsein gebracht wurde, wie sehr das teure kleine Wesen seine besseren Entschlüsse beeinflußt hatte.

Wir sind uns alle nicht klar, wem oder welchen Umständen wir in dieser Weise verpflichtet sind, bis irgendein auffälliger Stillstand des wirbelnden Lebensrades uns plötzlich die richtige Einsicht bringt. Sie kommt infolge von Krankheit, sie kommt infolge von Kummer, sie kommt infolge des Verlustes eines geliebten Menschen, sie ist eine der häufigsten Wohltaten des Unglücks. Sie kam zu Clennam in seinem Unglück, stark und zart. – ‚Als ich mich zum erstenmal zusammennahm' – dachte er – ‚und etwas wie ein Ziel vor meine müden Augen setzte, wen sah ich vor mir, sich für einen guten Zweck abmühen, ohne Ermutigung, ohne Anerkennung, gegen niedrige Widrigkeiten, die ein Heer von anerkannten Helden und Heldinnen abgeschreckt hätten? Ein schwaches Mädchen! Als ich mich bemühte, meiner verfehlten Liebe Herr zu werden und zu dem Mann, der glücklicher war als ich, edel zu sein, selbst wenn er es niemals wissen oder mich mit einem guten Wort dafür belohnen würde, an wem hatte ich Geduld, Selbstverleumdung, Selbstbeherrschung, barmherzige Beurteilung, den höchsten Edelmut der Gefühle beobachtet? An demselben armen Mädchen! Wenn ich, ein Mann, mit den Vorteilen, den Mitteln, den Fähigkeiten eines Mannes, das Flüstern in meinem Herzen mißachtet hätte, daß, wenn mein Vater gefehlt habe, es meine erste Pflicht sei, den Fehler zu verheimlichen und wiedergutzumachen, welche jugendliche Gestalt mit zarten Füßen, die fast bloß über den feuchten Boden hinschritten, mit zarten Händen, die immer arbeiteten, während ihre leichte Gestalt nur halb vor dem schlechten Wetter geschützt war, hätte vor mir gestanden, um mich zu beschämen? Klein Dorrit. – So gingen seine Gedanken stets, während er allein auf dem verschossenen Stuhl saß. Stets Klein Dorrit. Bis es ihm schien, als habe er jetzt die Vergeltung dafür erfahren, daß er sich von ihr entfernt und geduldet habe, daß etwas zwischen ihn und seine Erinnerung an ihre Tugenden getreten sei.

Seine Tür öffnete sich, und der Kopf des älteren Chivery schob sich ein ganz klein wenig herein, ohne sich ihm zuzuwenden.

„Ich habe meinen Dienst beendet, Mr. Clennam, und gehe jetzt. Kann ich etwas für Sie tun?"

„Vielen Dank, nichts."

„Verzeihen Sie, daß ich die Tür geöffnet habe", sagte Mr. Chivery, „aber ich konnte es nicht dazu bringen, daß Sie mich hörten."

„Haben Sie geklopft?"

„Ein halbes dutzendmal."

Clennam raffte sich auf, bemerkte, daß das Gefängnis aus seinem Mittagsschlaf erwacht war, daß die Insassen in dem schattendunklen Hof umhergingen und daß es spät am Nachmittag war. Er war stundenlang in seinen Gedanken versunken gewesen.

„Ihre Sachen sind gekommen", sagte Mr. Chivery, „und mein Sohn wird sie heraufbringen. Ich hätte sie heraufgeschickt, wenn er nicht gewünscht hätte, sie selbst zu bringen. Er wollte sie durchaus selber bringen, und so konnte ich sie nicht heraufschicken. Mr. Clennam, dürfte ich ein Wort zu Ihnen sagen?"

„Bitte kommen Sie herein", sagte Arthur; denn Mr. Chivery hatte immer noch nur ein ganz klein wenig seinen Kopf zur Tür hereingesteckt, und Mr. Chivery hatte ihm nur ein Ohr zugewendet statt beider Augen. Das war angeborenes Feingefühl von Mr. Chivery, wahre Höflichkeit, obwohl sein Äußeres sehr viel von einem Schließer an sich hatte und nicht das geringste von einem Gentleman.

„Ich danke Ihnen", sagte Mr. Chivery, ohne sich vom Fleck zu rühren, „es hat keinen Zweck, daß ich hereinkomme. Mr. Clennam, achten Sie nicht auf meinen Sohn (wenn Sie so gut sein wollen), wenn Sie ihn irgendwie bei schlechter Laune finden. Mein Sohn hat ein Herz, und sein Herz ist auf dem rechten Fleck. Ich und seine Mutter wissen, wo es zu finden ist, und wir finden es an der richtigen Stelle."

Mit dieser geheimnisvollen Rede entfernte Mr. Chivery sein Ohr und schloß die Tür. Er mochte etwa zehn Minuten gegangen sein, als sein Sohn ihm folgte.

„Hier ist Ihr Handkoffer", sagte er zu Arthur und setzte ihn sorgfältig nieder.

„Das ist sehr freundlich von Ihnen. Es tut mir leid, daß Sie die Mühe damit haben."

Er war gegangen, ehe Clennam die Worte gesprochen hatte; aber er kehrte bald zurück und sagte genau wie vorher: „Hier ist Ihr schwarzer Koffer", den er ebenfalls sorgfältig niedersetzte.

„Ich weiß Ihre Aufmerksamkeit zu schätzen. Ich

hoffe, wir können uns jetzt die Hand schütteln, Mr. John."

Der junge John trat jedoch zurück, während er sein rechtes Handgelenk in einem Ring drehte, den er aus dem linken Daumen und Mittelfinger gemacht hatte, und sagte wie vorher: „Ich weiß nicht, ob ich es kann. Nein; ich merke, ich kann es nicht!" Er stand dann und sah den Gefangenen finster an, obwohl mit einem Ausdruck in den Augen, der wie ständig wachsendes Mitleid aussah.

„Weshalb sind Sie böse auf mich", fragte Clennam, „und doch so bereit, mir diese freundlichen Dienste zu leisten? Es muß irgendein Mißverständnis zwischen uns bestehen. Wenn ich etwas getan habe, was dies hervorgerufen hat, so tut es mir leid."

„Kein Mißverständnis, Sir", erwiderte John und drehte sein Handgelenk in dem Ring hin und her, der dafür ziemlich eng war. „Kein Mißverständnis, Sir, über die Gefühle, mit denen meine Augen Sie jetzt gerade betrachten! Wenn ich Ihnen einigermaßen im Gewicht gleich wäre, Mr. Clennam – was ich nicht bin –, und Sie nicht unter einem Mißgeschick litten – was der Fall ist – und wenn es nicht gegen alle Regeln des Marshalsea wäre – was es ist –, so sind meine Gefühle von der Art, daß sie mich eher dazu reizen würden, mit Ihnen an Ort und Stelle einen Faustkampf auszutragen, als zu allem anderen."

Arthur sah ihn einen Augenblick lang einigermaßen erstaunt und ein klein wenig erzürnt an. „Nun, nun!" sagte er. „Ein Mißverständnis, ein Mißverständnis!" Er wandte sich ab und setzte sich mit einem schweren Seufzer wieder auf den verschossenen Stuhl.

Der junge John folgte ihm mit den Augen und rief nach einer kurzen Pause: „Ich bitte Sie um Verzeihung!"

„Gern gewährt", sagte Clennam mit einer Handbewegung, ohne seinen gesenkten Kopf aufzurichten. „Sagen Sie nichts mehr. Ich bin es nicht wert."

„Diese Möbel, Sir", sagte der junge John mit einer Stimme milder und ruhiger Erklärung, „gehören mir.

Ich vermiete sie gewöhnlich an Parteien ohne Möbel, die das Zimmer bewohnen. Es sind nicht viele, aber sie stehen zu Ihrer Verfügung. Gratis, meine ich. Ich könnte nicht daran denken, sie Ihnen zu irgendwelchen anderen Bedingungen zu überlassen. Sie sollen sie gern umsonst haben."

Arthur hob wieder den Kopf, um ihm zu danken und zu sagen, er könne die Vergünstigung nicht annehmen. John drehte immer noch sein Handgelenk hin und her und kämpfte noch immer mit sich selbst in seiner vorigen unentschlossenen Art.

„Was gibt es zwischen uns?" fragte Arthur.

„Ich weigere mich, es zu sagen, Sir", erwiderte der junge John plötzlich laut und heftig. „Nichts gibt es."

Arthur sah ihn wiederum nach einer Erklärung für sein Benehmen an, aber vergeblich. Nach einer Weile wandte Arthur seinen Kopf wieder weg. Der junge John sagte gleich darauf mit der größten Sanftmut: „Das runde Tischchen, Sir, dort neben Ihrem Ellenbogen, gehörte – Sie wissen, wem. Ich brauche ihn nicht zu nennen – er starb als großer Herr. Ich kaufte es von einem Mann, dem er es geschenkt hat und der nach ihm hier wohnte. Aber der Mann war ihm in keiner Weise gewachsen. Den meisten Menschen würde es schwerfallen, sich zu seiner Höhe zu erheben."

Arthur zog das Tischchen näher zu sich heran, stützte seinen Arm darauf und ließ ihn dort ruhen.

„Vielleicht wissen Sie nicht, Sir", sagte der junge John, „daß ich ihn einmal belästigt habe, als er hier in London war. Im ganzen war er der Ansicht, daß es eine Belästigung war, obwohl er mich freundlicherweise bat, Platz zu nehmen, und sich nach Vater und anderen alten Freunden erkundigte oder wenigstens ganz bescheidenen Bekanntschaften. Er schien mir sehr verändert, und ich erzählte es, als ich nach Hause kam. Ich fragte ihn, ob es Miss Amy gut gehe . . ."

„Und ging es ihr gut?"

„Ich glaubte eigentlich, Sie hätten das gewußt, ohne erst jemanden wie mich fragen zu müssen", erwiderte der junge John, nachdem er, wie es schien, eine große unsichtbare Pille hinuntergeschluckt hatte. „Da Sie nun einmal die Frage an mich richten, so bedaure ich, sie nicht beantworten zu können. Aber die Wahrheit ist, er betrachtete diese Frage als eine Freiheit, die ich mir herausnahm, und wollte wissen, was mich das angehe. In diesem Augenblick wurde ich mir richtig bewußt, daß ich ihn belästigte, wie ich es vorher schon befürchtet hatte. Jedoch sprach er nachher sehr freundlich, sehr freundlich."

Sie schwiegen beide einige Minuten lang, außer daß der junge John etwa in der Mitte der Pause bemerkte: „Er sprach und handelte sehr freundlich."

Es war wiederum der junge John, der das Schweigen mit der Frage brach:

„Wenn die Frage nicht unverschämt ist, wie lange beabsichtigen Sie, Sir, ohne Essen und Trinken zu bleiben?"

„Ich habe noch kein Bedürfnis nach etwas gefühlt", erwiderte Clennam. „Ich habe jetzt keinen Appetit."

„Desto mehr Grund, eine Stärkung zu sich zu nehmen, Sir", drängte der junge John. „Wenn Sie merken, daß Sie hier stundenlang dasitzen, ohne eine Erfrischung zu sich zu nehmen, weil Sie keinen Appetit haben, dann sollten und müßten Sie eine Erfrischung ohne Appetit zu sich nehmen. Ich werde jetzt in meinem Zimmer Tee trinken. Wenn es nicht unverschämt ist, kommen Sie bitte und trinken Sie eine Tasse Tee mit, oder ich kann ein Tablett in zwei Minuten hierherbringen."

Da er fühlte, daß der junge John sich diese Mühe machen würde, wenn er sich weigerte, und da er außerdem das Bestreben hatte, zu zeigen, daß er sowohl der Bitte des älteren Mr. Chivery als auch der Entschuldigung des jüngeren Mr. Chivery eingedenk war, erhob sich Arthur und erklärte seine Bereitwilligkeit, in Mr. Johns Zimmer eine Tasse Tee zu sich zu nehmen. Der junge John schloß die Tür für ihn zu, als sie hinausgingen, ließ den Schlüssel mit großer Geschicklichkeit in Arthurs Tasche gleiten und ging zu seiner eigenen Behausung voraus.

Sie befand sich im Dachgeschoß des Hauses, das dem Tor zunächst war. Es war das Zimmer, zu dem Clennam an dem Tage, als die reich gewordene Familie das Gefängnis für immer verließ, hinaufgeeilt war und wo er Klein Dorrit besinnungslos vom Boden aufgehoben hatte. Er sah voraus, wohin sie gingen, sobald ihre Füße die Treppe berührten. Das Zimmer war insofern verändert, als es jetzt Tapeten hatte und frisch gestrichen und viel behaglicher möbliert war; aber er konnte es sich gerade so in Erinnerung zurückrufen, wie er es mit jenem einzigen Blick gesehen hatte, als er sie vom Boden aufhob und zu ihrem Wagen hinuntertrug.

Der junge John sah ihn fest an, während er an seinen Fingern kaute.

„Ich sehe, Sie erkennen das Zimmer wieder, Mr. Clennam."

„Ich erkenne es sehr wohl wieder, der Himmel segne sie!"

Der junge John hatte den Tee ganz vergessen und fuhr fort, an seinen Fingern zu kauen und seinen Besucher anzublicken, solange sein Besucher fortfuhr, im Zimmer umherzusehen. Schließlich stürzte er sich auf den Teetopf, schüttete stürmisch ein Quantum Tee aus einer Büchse hinein und machte sich nach der gemeinsamen Küche davon, um heißes Wasser aufzufüllen.

Das Zimmer war für Clennam unter den veränderten Umständen seiner Rückkehr in das elende Marshalsea so beredt, es sprach zu ihm so traurig von ihr und daß er sie verloren habe, daß er sich kaum hätte beherrschen können, selbst wenn er nicht allein gewesen wäre. Allein, versuchte er es erst gar nicht. Er legte seine Hand auf die gefühllose Mauer, so zärtlich, als ob sie selbst es wäre, die er berührte, und sprach mit leiser Stimme ihren Namen. Er stand am Fenster, blickte über die Gefängnismauer mit ihren grimmigen Eisenspießen hinweg und hauchte einen Segen durch den Sommerdunst dem fernen Lande zu, wo sie reich und glücklich war.

Der junge John blieb längere Zeit fort, und als er zurückkam, erwies es sich, daß er draußen gewesen war,

denn er brachte frische Butter in einem Kohlblatt, einige dünne Schnitten gekochten Schinken in einem zweiten Kohlblatt und ein Körbchen mit Brunnenkresse und Salat mit. Als dies alles zu seiner Zufriedenheit auf dem Tisch aufgestellt war, setzten sie sich zum Tee nieder.

Clennam versuchte dem Mahl alle Ehre anzutun, aber vergebens. Der Schinken widerte ihn an, das Brot schien zu Sand in seinem Munde zu werden, er konnte sich zu nichts zwingen als zu einer Tasse Tee.

„Essen Sie ein bißchen Grünes", sagte der junge John und hielt ihm den Korb hin.

Er nahm ein wenig Brunnenkresse und versuchte es von neuem, aber das Brot schien zu noch gröberem Sand zu werden als zuvor, und der Schinken (obwohl er an sich ganz gut war) schien einen schwachen Samum von Schinken durch das ganze Marshalsea zu verbreiten.

„Essen Sie noch ein bißchen Grünes, Sir", sagte der junge John und reichte ihm wieder den Korb.

Es kam ihm vor, als ob man einem traurigen gefangenen Vogel grünes Futter in den Käfig reichte, und John hatte so offenbar das Körbchen als eine Handvoll Erfrischung von der drückenden Hitze der Pflastersteine und Mauern des Gefängnisses gekauft, daß Clennam mit einem Lächeln sagte: „Es war sehr freundlich von Ihnen, daran zu denken, dies zwischen die Stäbe zu stecken; aber ich vermag nicht einmal dies heute hinunterzubekommen."

Als ob das Unvermögen ansteckend wäre, stieß der junge John bald seinen eigenen Teller fort und begann das Kohlblatt, in dem der Schinken gewesen war, zusammenzufalten. Als er es in eine Anzahl Schichten, eine über der anderen, zusammengefaltet hatte, bis es ganz klein in seiner Handfläche ruhte, drückte er es zwischen beiden Händen flach und betrachtete Clennam aufmerksam.

„Ich wundere mich", sagte er schließlich und preßte sein grünes Päckchen kräftig, „daß, wenn es Ihnen nicht der Mühe wert ist, sich um Ihrer selbst willen zu schonen, Sie es dann nicht für jemand anderen tun wollen."

„Wirklich", erwiderte Arthur mit einem Seufzer und einem Lächeln, „ich wüßte nicht, für wen."

„Mr. Clennam", sagte John hitzig, „ich bin überrascht, daß ein Herr, der der Aufrichtigkeit fähig ist, deren Sie fähig sind, der niedrigen Handlungsweise fähig ist, mir eine solche Antwort zu geben. Mr. Clennam, ich bin überrascht, daß ein Herr, der fähig ist, selbst ein Herz zu haben, der Herzlosigkeit fähig ist, meines in dieser Art zu behandeln. Ich bin darüber erstaunt, Sir. Wirklich und wahrhaftig, ich bin erstaunt!"

Der junge John war aufgestanden, um seinen letzten Worten besonderen Nachdruck zu geben; jetzt setzte er sich wieder und begann sein grünes Päckchen auf seinem rechten Schenkel hin und her zu rollen, wobei er niemals seine Augen von Clennam abwandte, sondern ihn mit einem festen Blick unwilligen Vorwurfs betrachtete.

„Ich war darüber hinweggekommen, Sir", sagte John, „ich hatte es unterdrückt, wohl wissend, daß es unterdrückt werden mußte, und war zu dem Entschluß gekommen, nicht mehr daran zu denken. Ich hätte meinen Sinn nicht wieder darauf gerichtet, glaube ich, wenn Sie in dieses Gefängnis nicht gebracht worden wären, und in einer wirklich unglücklichen Stunde an diesem Tag!" (In seiner Erregung übernahm der junge John die eindrucksvolle Satzkonstruktion seiner Mutter.) „Als ich Sie heute in der Pförtnerstube zuerst erblickte, mehr als wenn ein Upasbaum ins Gefängnis gebracht worden wäre als ein Schuldgefangener, brach ein solcher Sturm der Gefühle in meinem Innern los, daß in den ersten wenigen Minuten alles davor hinweggefegt wurde und ich mich wie in einem Wirbel befand. Ich habe mich herausgearbeitet, ich habe mich zusammengenommen und mich herausgearbeitet. Wenn dies das letzte Wort wäre, das ich zu sprechen habe: gegen diesen Wirbel habe ich mit der äußersten Anstrengung angekämpft und bin aus ihm herausgekommen. Ich sagte mir, daß, wenn ich mich ungehörig benommen hatte, ich mich entschuldigen müsse, und ich habe mich rückhaltlos entschuldigt. Und jetzt, wo ich so sehr gewünscht habe, zu zeigen, daß ein bestimmter Gedanke fast ein heiliger Gedanke für mich ist und allen anderen vorangeht – jetzt, nach allem, weichen Sie mir aus, wenn ich es Ihnen auch noch so leise andeute, und weisen mich zurück. Denn, Sir", sagte der junge John, „seien Sie nicht so niedrig gesinnt, zu leugnen, daß Sie mir ausweichen und daß Sie mich zurückgewiesen haben!"

Aufs äußerste erstaunt, blickte Arthur ihn an wie jemand, der nicht weiß, was mit ihm vorgeht, und fragte nur: „Was ist es? Was meinen Sie, John?" Aber John, der in jener Verfassung war, in der einer gewissen Sorte Menschen nichts unmöglicher zu sein scheint, als eine Antwort zu geben, sprach blindlings weiter.

„Ich hatte gewiß niemals", erklärte John, „die Verwegenheit, zu denken, daß alles irgendwie anders als verloren wäre. Ich hatte keine Hoffnung – weshalb sollte ich sagen, ich hatte keine, wenn ich jemals eine hatte? –, daß es möglich würde, so beglückt zu werden, nach den Worten, die ausgesprochen worden waren, selbst wenn nicht unüberwindliche Schranken sich aufgetürmt hätten! Aber ist das ein Grund, weshalb ich kein Gedächtnis haben soll, weshalb ich keine Gedanken haben soll, weshalb ich keine geheiligten Stellen haben soll noch irgend etwas?"

„Was können Sie meinen?" rief Arthur.

„Es ist alles recht gut geeignet, darauf herumzutrampeln, Sir", fuhr John mit einem wahren Hagel wilder Worte fort, „wenn ein Mensch sich dazu entschließen kann, sich einer solchen Handlungsweise schuldig zu machen. Es ist alles ganz gut geeignet, darauf herumzutrampeln, aber es ist da. Es mag sein, daß man darauf nicht herumtrampeln könnte, wenn es nicht da wäre. Aber das macht es nicht edel, das macht es nicht anständig, das rechtfertigt nicht, einen Menschen zurückzuweisen, nachdem er gekämpft und sich bemüht hat, aus sich selbst herauszukommen wie ein Schmetterling. Die

Welt mag über einen Schließer höhnen, aber er ist ein Mann – wenn er nicht eine Frau ist, was man unter weiblichen Gefangenen von ihm erwartet."

So lächerlich seine unzusammenhängende Rede auch war, so war doch eine solche Aufrichtigkeit in dem einfachen, gefühlvollen Charakter des jungen John; und sein brennendes Gesicht und seine erregte Stimme und Haltung bewiesen so deutlich, daß er an einer sehr empfindlichen Stelle verwundet worden war, daß Arthur grausam hätte sein müssen, keine Rücksicht darauf zu nehmen. Er wandte seine Gedanken nach dem Ausgangspunkt dieser unbekannten Beleidigung zurück, und unterdessen schnitt der junge John sein grünes Päckchen, das er ziemlich rund gerollt hatte, sorgfältig in drei Teile und legte es auf einen Teller, als ob es eine besondere Delikatesse wäre.

„Es scheint mir ganz gut möglich", sagte Arthur, als er die Unterhaltung rückwärts bis zu der Brunnenkresse und wieder vorwärts in Gedanken noch einmal durchgegangen war, „daß Sie eine Anspielung auf Miss Dorrit gemacht haben."

„Es ist ganz gut möglich", erwiderte John Chivery.

„Ich verstehe es nicht. Ich hoffe, ich bin nicht so unglücklich, in Ihnen den Gedanken zu erregen, daß ich Sie wieder beleidigen möchte, denn ich habe Sie niemals beleidigen wollen, wenn ich sage, ich verstehe es nicht."

„Sir", sagte der junge John, „wollen Sie so falsch sein, zu leugnen, daß Sie wissen und lange gewußt haben, daß ich für Miss Dorrit, ich will nicht so anmaßend sein, es Liebe zu nennen, aber Anbetung und Hingabe gefühlt habe?"

„Wirklich, John, es hat doch nichts mit Falschheit zu tun, wenn ich es weiß; ich begreife nicht, weshalb Sie mich dessen verdächtigen. Hörten Sie jemals von Mrs. Chivery, Ihrer Mutter, daß ich sie einmal besucht habe?"

„Nein, Sir", erwiderte John kurz. „Niemals etwas Derartiges gehört."

„Aber ich habe es getan. Können Sie sich denken weshalb?“

„Nein, Sir“, erwiderte John kurz. „Kann mir nicht denken weshalb.“

„Ich will es Ihnen sagen. Ich wünschte Miss Dorrits Glück zu fördern; und wenn ich hätte annehmen können, daß Miss Dorrit Ihre Zuneigung erwidert . . .“

Der arme John Chivery wurde purpurrot bis über die Ohren. „Miss Dorrit hat das niemals getan, Sir. Ich wünsche ehrlich und aufrichtig zu sein, soweit ich das in meiner bescheidenen Weise kann, und ich würde es verschmähen, einen Augenblick lang vorzugeben, daß sie es jemals tat oder daß sie mich jemals glauben ließ, sie tue es; nein, noch daß es jemals bei kühler Vernunft zu erwarten war, daß sie es tun wollte oder könnte. Sie stand zu jeder Zeit und in jeder Beziehung weit über mir. Wie auch“, fügte der junge John hinzu, „ihre vornehme Familie.“

Seine ritterlichen Gefühle gegen alles, was zu ihr gehörte, machten ihn trotz seiner kleinen Gestalt und seiner ziemlich schwachen Beine und seines sehr dünnen Haares und seiner poetischen Gemütsverfassung so achtungswert, daß ein Goliath, der an seinem Platz gesessen hätte, weniger Anspruch auf Arthurs Rücksichtnahme gehabt hätte.

„Sie sprechen, John“, sagte er mit herzlicher Bewunderung, „wie ein Mann.“

„Nun, Sir“, erwiderte John und fuhr sich mit der Hand über die Augen, „dann wünsche ich, daß Sie dasselbe täten.“

Er war rasch mit dieser unerwarteten Erwiderung bei der Hand, und sie veranlaßte Arthur wiederum, ihn mit einem verwunderten Gesichtsausdruck zu betrachten.

„Das heißt“, sagte John und streckte seine Hand über das Tablett hin aus, „wenn das zu stark war, dann nehme ich's zurück! Aber weshalb nicht, weshalb nicht? Wenn ich zu Ihnen sage, Mr. Clennam, schonen Sie sich für jemand anderes, weshalb nicht offen sein, wenn auch nur gegen einen Schließer? Weshalb habe ich Ihnen das

Zimmer verschafft, das Sie, wie ich wußte, am liebsten würden haben wollen? Weshalb habe ich Ihre Sachen heraufgebracht? Nicht daß ich sie schwer gefunden hätte; ich spreche nicht deshalb davon; weit davon entfernt. Weshalb habe ich mich am Vormittag in der Weise bemüht, wie ich es getan habe? Wegen Ihrer eigenen Verdienste? Nein. Sie sind sehr groß, das bezweifle ich durchaus nicht; aber ich habe es nicht Ihretwegen getan. Die Verdienste einer anderen Person sind da ins Gewicht gefallen. Weshalb sprechen Sie also nicht offen?"

„Aufrichtig, John", sagte Clennam, „Sie sind ein so guter Mensch, und ich habe so große Achtung vor Ihrem Charakter, daß, wenn ich den Anschein erweckt habe, mir der Tatsache weniger bewußt zu sein, als ich es wirklich bin, daß ich die freundlichen Dienste, die Sie mir heute geleistet haben, nur dem Umstand verdanke, daß Miss Dorrit mir als Freund vertraut hat – so gestehe ich, daß es ein Fehler ist, und bitte um Vergebung."

„Oh! Weshalb", wiederholte John mit wiederkehrendem Unmut, „weshalb nicht offen sprechen!"

„Ich erkläre Ihnen", erwiderte Arthur, „daß ich Sie nicht verstehe. Sehen Sie mich an. Bedenken Sie den Kummer, den ich durchzumachen habe. Ist es wahrscheinlich, daß ich zu meinen anderen Selbstvorwürfen noch überflüssigerweise den hinzufügen sollte, daß ich Ihnen gegenüber undankbar oder hinterhältig bin? Ich verstehe Sie nicht."

Der Zweifel in Johns Gesicht wich langsam dem Ausdruck der Unsicherheit. Er stand auf, ging nach hinten bis zum Dachfenster, winkte Arthur, zu ihm zu treten, und betrachtete ihn gedankenvoll.

„Wollen Sie wirklich sagen, daß Sie es nicht wissen?"

„Was, John?"

„O Gott", beschwor der junge Mann mit einem tiefen Atemzug die Eisenspieße auf der Mauer, „er fragt: was!"

Clennam sah auf die Spieße und sah auf John und sah wiederum auf die Spieße und wiederum auf John.

„Er sagt: was! Und was mehr ist", rief der junge John

aus und maß ihn mit trauriger Bestürzung, „er scheint es wirklich zu meinen! Sehen Sie dieses Fenster, Sir?"

„Natürlich sehe ich dieses Fenster."

„Sehen Sie dieses Zimmer?"

„Nun, natürlich sehe ich dieses Zimmer."

„Diese Mauer gegenüber und diesen Hof hier unten? Sie sind alle Zeugen davon gewesen, von Tag zu Tag, von Nacht zu Nacht, von Woche zu Woche, von Monat zu Monat. Denn wie oft habe ich Miss Dorrit hier gesehen, wenn sie mich nicht gesehen hat!"

„Zeugen wovon?" sagte Clennam.

„Von Miss Dorrits Liebe."

„Zu wem?"

„Zu Ihnen!" sagte John und berührte mit dem Handrücken seine Brust und ging rückwärts zu seinem Sessel zurück und setzte sich mit blassem Gesicht hinein, während er die Seitenlehnen festhielt und den Kopf über ihn schüttelte.

Wenn er Clennam einen schweren Schlag versetzt hätte, anstatt ihn leicht zu berühren, so hätte er ihn damit nicht mehr erschüttern können. Er stand verblüfft da, die Augen auf John gerichtet, die Lippen geöffnet, die ab und zu „zu mir!" zu formen schienen, ohne es auszusprechen; seine Arme hingen schlaff herab; sein ganzes Aussehen war das eines Mannes, der aus dem Schlaf geweckt und durch eine Mitteilung, die über sein volles Verständnis hinausgeht, in Erstaunen gesetzt worden ist.

„Zu mir", sagte er schließlich laut.

„Ach!", stöhnte der junge John. „Zu Ihnen!"

Er tat, was er konnte, um sich ein Lächeln abzuquälen, und erwiderte: „Ihre Einbildung. Sie sind vollständig im Irrtum."

„Ich im Irrtum?" sagte der junge John. „Ich vollständig im Irrtum über diesen Gegenstand? Nein, Mr. Clennam, sagen Sie das nicht. Über jeden anderen, wenn Sie wollen, denn ich erhebe keinen Anspruch darauf, ein scharfsinniger Mensch zu sein, und ich bin mir meiner Mängel wohl bewußt. Aber ich im Irrtum über einen

Punkt, der mehr Schmerzen in meiner Brust hervorgerufen hat, als ein Schwarm von Indianerpfeilen hätte verursachen können? Ich im Irrtum über einen Punkt, der mich fast ins Grab gebracht hätte, wie ich bisweilen wünschte, wenn sich das Grab nur mit dem Zigarrenladen und den elterlichen Gefühlen vereinen ließe. Ich im Irrtum über einen Punkt, der mich sogar im gegenwärtigen Moment veranlaßt, ein Tachentuch hervorzuziehen wie ein großes Mädchen, wie die Leute sagen; obwohl ich wirklich nicht weiß, weshalb ein großes Mädchen ein Ausdruck des Vorwurfes ist, denn jedes recht beschaffene männliche Gemüt liebt sie, groß und klein. Sagen Sie mir das nicht, sagen Sie mir das nicht!"

Auf dem Grunde seines Herzens immer noch sehr achtunggebietend, obwohl äußerlich komisch genug, zog der junge John sein Taschentuch hervor ohne Verstellung und Scham, wie man nur einen Menschen mit sehr gutem Charakter sein Taschentuch hervorziehen sehen kann, um sich die Augen zu wischen. Nachdem er sie getrocknet und sich die harmlose Lust, ein wenig zu schluchzen und zu schnüffeln, gegönnt hatte, steckte er es wieder ein.

Die Berührung wirkte immer noch wie ein Schlag auf Arthur, so daß er nicht viele Worte fand, um den Gegenstand abzuschließen. Er versicherte John Chivery, als der sein Taschentuch wieder eingesteckt hatte, daß er seiner Selbstlosigkeit und der Treue seiner Erinnerung an Miss Dorrit alle Ehre antue. Was den Eindruck angehe, von dem er gerade gesprochen habe – hier fiel John ein und sagte: „Kein Eindruck! Gewißheit!" –, was das angehe, so könnten sie vielleicht ein andermal darüber sprechen, wollten aber jetzt nichts mehr darüber sagen. Da er sich niedergeschlagen und müde fühle, so wolle er mit Johns Erlaubnis auf sein Zimmer gehen und an diesem Abend nicht mehr herauskommen. John war einverstanden, und Arthur schlich im Schatten der Mauer in sein Zimmer zurück.

Das Gefühl des Schlages beherrschte ihn noch immer, und als die schmutzige alte Frau gegangen war, die auf der Treppe vor seiner Tür gewartet hatte, um sein Bett zu machen, und die ihm, während sie damit beschäftigt war, zu verstehen gab, daß sie ihre Anweisungen von Mr. Chivery, „nicht dem alten, sondern dem jungen“, bekommen habe, setzte er sich in den verschossenen Lehnstuhl und preßte seinen Kopf zwischen die Hände, als ob er vom Donner gerührt worden wäre. Klein Dorrit ihn lieben! Das war für ihn weit verwirrender als sein Elend.

Man bedenke doch die Unwahrscheinlichkeit. Er war gewohnt gewesen, sie sein Kind und sein liebes Kind zu nennen und ihr Vertrauen dadurch hervorzurufen, daß er den Altersunterschied zwischen ihnen betonte, und von sich selbst als von einem Manne zu sprechen, der auf der Schwelle des Alters stand. Jedoch sie hatte ihn vielleicht nicht für alt gehalten. Etwas erinnerte ihn daran, daß er sich selbst nicht dafür gehalten hatte, bis die Rosen auf dem Fluß davongeschwommen waren.

Er hatte ihre beiden Briefe zwischen anderen Papieren in seinem Koffer, und er nahm sie heraus und las sie. Es schien ein Klang in ihnen zu sein wie der Klang ihrer süßen Stimme. Er berührte sein Ohr mit vielen Tönen der Zärtlichkeit, die der neuen Auslegung wohl entsprechen konnten. Jetzt erst kam ihm die stille Trostlosigkeit ihrer Antwort: „Nein, nein, nein“, die sie ihm an jenem Abend in diesem selben Zimmer gegeben hatte – an jenem Abend, als er die erste Andeutung über die Änderung ihrer Glücksumstände empfangen hatte und als andere Worte zwischen ihnen gewechselt worden waren, an die er sich in seiner Demütigung und als Gefangener erinnern sollte –, in den Sinn.

Man bedenke doch die Unwahrscheinlichkeit.

Aber diese zeigte eine deutliche Neigung, geringer zu werden, wenn man sie bedachte. Es gab noch eine andere und seltsame Frage in seinem Herzen, die gleichzeitig stärker wurde. War in dem Widerstreben, das er empfunden hatte, zu glauben, daß sie jemanden liebte; in seinem Wunsch, in bezug auf diese Frage zur Ruhe zu kommen; in dem undeutlichen Bewußtsein, das er gehabt hatte, daß es eine Art Edelmut sein würde, ihr bei ihrer Liebe zu irgend jemand zu helfen – war in alledem nicht ein unterdrücktes Etwas in seinem Herzen gewesen, das er zurückgedrängt hatte, sobald es sich erhob? Hatte er sich nicht selbst zugeflüstert, daß er niemals denken dürfe, sie könne ihn lieben, daß er sich ihre Dankbarkeit nicht zunutze machen dürfe, daß er seiner Erfahrung als Warnung und Vorwurf eingedenk sein müsse, daß er solch jugendliche Hoffnungen als dahingeschwunden ansehen müsse, wie die tote Tochter seines Freundes dahingeschwunden war, daß er sich beständig sagen müsse, die Zeit sei an ihm vorübergegangen und er sei zu traurig und zu alt?

Er hatte sie geküßt, als sie an dem Tage, an dem sie in so bezeichnender und folgerichtiger Weise vergessen worden war, vom Boden aufgehoben hatte. Ganz so, wie er sie hätte küssen können, wenn sie bei Bewußtsein gewesen wäre? Ohne Unterschied?

Die Dunkelheit fand ihn mit diesen Gedanken beschäftigt. Die Dunkelheit fand auch Mr. und Mrs. Plornish an seine Tür klopfend. Sie brachten einen Korb mit, der mit einer Auswahl aus jenem Warenlager gefüllt war, das so rasch wegging und so langsam bezahlt wurde. Mrs. Plornish war zu Tränen gerührt. Mr. Plornish brummte in seiner philosophischen, aber nicht besonders klaren Art, daß es ein Hinauf gebe, sehen Sie, und ein Hinab. Es sei vergeblich, zu fragen, weshalb Hinauf, weshalb Hinab; es sei nun einmal so. Er habe es als eine Wahrheit behaupten hören, daß so, wie die Welt sich drehe, und das tue sie, selbst an den besten Herrn die Reihe komme, mit dem Kopf nach unten zu stehen, wobei sein Haar verkehrt herum in den Raum, wenn man es so nennen könne, flattere. Nun denn also. Was Mr. Plornish sage, sei: nun denn also. Der Kopf dieses Herrn werde wieder in die Höhe kommen, wenn er an der Reihe sei; das Haupt dieses Herrn anzusehen, wenn es wieder ganz glatt sei, würde ein Vergnügen sein, und nun denn also!

Es ist schon gesagt worden, daß Mrs. Plornish weinte,

da sie nicht philosophisch war. Es kam ferner so, daß Mrs. Plornish verständig war, da sie nicht philosophisch war. Es rührte vielleicht von ihrer milden Stimmung her, von dem Instinkt ihres Geschlechtes, von der den Frauen eigenen raschen Ideenverbindung oder von dem den Frauen eigenen Mangel an Ideenverbindung, aber es kam irgendwie dazu, daß Mrs. Plornishs verständige Rede gerade auf den Gegenstand von Arthurs Nachdenken hinsteuerte.

„Sie werden kaum glauben, Mr. Clennam", sagte Mrs. Plornish, „wie sehr sich Vater fortwährend in seinen Reden mit Ihnen beschäftigt. Es hat ihn ganz krank gemacht. Seine Stimme hat ihm dieses Unglück geraubt. Sie wissen, wie schön Vater singen kann; er konnte keine Note beim Tee für die Kinder hervorbringen, wenn Sie mir glauben wollen, was ich Ihnen sage."

Während sie sprach, schüttelte Mrs. Plornish den Kopf und wischte sich die Augen und sah voller Erinnerungen im Zimmer umher.

„Was Mr. Baptist angeht", fuhr Mrs. Plornish fort, „so kann ich mir nicht denken noch vorstellen, was er tun wird, wenn er es erfährt. Er wäre schon längst hierhergekommen, dessen können Sie sicher sein, aber er ist fort, um einen vertraulichen Auftrag von Ihnen auszuführen. Die Unermüdlichkeit, mit der er diesen Auftrag verfolgt und sich keinen Augenblick Ruhe gönnt – das wirklich", sagte Mrs. Plornish, frei nach italienisch schließend, „wie ich zu ihm sage, tun sehr erstaunen Padrona."

Obwohl nicht eingebildet, fühlte Mrs. Plornish, daß sie diesen toskanischen Satz mit besonderer Eleganz geformt hatte. Mr. Plornish konnte seine Genugtuung über ihre sprachlichen Fähigkeiten nicht verbergen.

„Aber was ich sage, ist, Mr. Clennam", fuhr die gute Frau fort, „es gibt immer etwas, wofür man dankbar sein muß, wie Sie sicherlich selbst zugeben werden. Da wir in diesem Zimmer sprechen, so ist es nicht schwer, sich vorzustellen, was das augenblickliche Etwas ist. Man muß wirklich dafür dankbar sein, daß Miss Dorrit nicht hier ist und es weiß."

Arthur kam es so vor, als ob sie ihn besonders bedeutungsvoll anblickte.

„Man muß wirklich dafür dankbar sein", wiederholte Mrs. Pornish, „daß Miss Dorrit weit weg ist. Man muß hoffen, daß sie nichts davon hören wird; wenn sie hier gewesen wäre und es mit angesehen hätte, Sir, so ist es nicht zu bezweifeln, daß Ihr Anblick – in Unglück und Not – fast zuviel für ihr zärtliches Herz gewesen wäre. Ich könnte mir nichts denken, was Miss Dorrit so schmerzlich rühren würde wie gerade das."

Zweifellos blickte ihn Mrs. Plornish jetzt in ihrer bewegten Teilnahme mit einer Art bebender Herausforderung an.

„Ja", sagte sie, „und es zeigt, wie sehr Vater trotz seines Alters auf alles aufpaßt, daß er heute nachmittag zu mir sagte, was, wie die ‚Glückshütte' weiß, ich weder erfinde noch irgendwie erweitere: ‚Sally, man muß nur froh sein, daß Miss Dorrit nicht an Ort und Stelle ist, um es mit anzusehen', das waren Vaters Worte. Vaters eigene Worte waren: ‚Nur froh sein, Sally, daß Miss Dorrit nicht an Ort und Stelle ist, um es mit anzusehen.' Ich sagte zu ihm: ‚Vater, du hast recht!' Das", schloß Mrs. Plornish mit der Miene einer peinlich genau aussagenden Zeugin vor Gericht, „ist, was zwischen Vater und mir vorgefallen ist, und ich sage Ihnen nichts anderes, als was zwischen mir und Vater vorgefallen ist."

Mr. Plornish, der von lakonischerer Gemütsart war, ergriff diese Gelegenheit, um den Rat anzubringen, daß sie Mr. Clennam jetzt sich selbst überlassen sollte. „Denn, siehst du", sagte Mr. Plornish ernst, „ich weiß, was es heißt, mein Mädel"; eine tiefsinnige Bemerkung, die er mehrmals wiederholte, als ob sie seiner Meinung nach ein großes Geheimnis enthielte. Schließlich ging das würdige Paar Arm in Arm davon.

Klein Dorrit, Klein Dorrit. Wiederum stundenlang, immer Klein Dorrit!

Glücklicherweise, wenn jemals etwas gewesen war, so war es vorüber, und es war besser, daß es vorüber war. Angenommen, sie hätte ihn geliebt und er hätte es gewußt und es sich nicht verwehrt, sie wiederzulieben, welchen Weg würde er sie dann geführt haben – den Weg, der sie an diesen elenden Ort zurückgebracht hätte! Er hätte sich sehr über den Gedanken freuen sollen, daß sie damit fertig war, daß sie verheiratet war oder bald sein würde (unbestimmte Gerüchte über die Pläne ihres Vaters in dieser Beziehung hatten den Herzbluthof zu gleicher Zeit mit der Nachricht von der Heirat ihrer Schwester erreicht) und daß sich das Marshalsea-Tor für immer hinter all diesen verworrenen Möglichkeiten einer vergangenen Zeit geschlossen hatte.

Liebe Klein Dorrit!

Wenn er auf die eigene armselige Geschichte seines Herzens zurückblickte, so war sie der Fluchtpunkt. Jedes Ding in seiner Perspektive führte zu ihrer unschuldigen Gestalt. Er war Tausende von Meilen zu ihr gereist; frühere unruhige Hoffnungen und Zweifel waren vor ihr verschwunden; sie war der Mittelpunkt seines Lebens; sie war das Ziel von allem, was gut und schön darin war; darüber gab es nichts als Wüste und verdunkelten Himmel.

Ebenso unglücklich wie in der ersten Nacht, als er sich innerhalb dieser traurigen Mauern zum Schlaf niederlegte, brachte er die ganze Nacht mit solchen Gedanken zu. Währenddessen lag der junge John in friedlichem Schlummer versunken, nachdem er die folgende monumentale Grabinschrift auf seinem Kopfkissen entworfen hatte:

Fremder!
Respektiere das Grab von
John Chivery jun.,
Der in hohem Alter starb,
Was zu erwähnen unnötig ist.
Er begegnete seinem Nebenbuhler,
Als dieser in Not war,
Und fühlte sich geneigt,
Einen Faustkampf mit ihm auszufechten;
Aber um der Geliebten willen
Unterdrückte er diese bitteren Gefühle und wurde
Edelmütig.

## *28. Kapitel*

### Eine Erscheinung im Marshalsea

Die Meinung der Menschen außerhalb des Gefängnisses war für Clennam ungünstig, während die Zeit verging, und er erwarb sich keine Freunde unter den Menschen drinnen. Zu sehr niedergedrückt, um mit der Herde im Hof zu verkehren, die sich zusammenfand, um ihre Sorgen zu vergessen, zu scheu und zu unglücklich, um an den armseligen Unterhaltungen in der Schenke teilzunehmen, blieb er auf seinem Zimmer und wurde mit Mißtrauen betrachtet. Einige sagten, er sei stolz; einige meinten, er sei mürrisch und zurückhaltend; einige verachteten ihn, weil er ein kleinmütiger Mensch sei, der sich von seinen Schulden niederdrücken lasse. Die gesamten Insassen mieden ihn wegen dieser verschiedenen Anklagepunkte, aber besonders wegen des letzten, der eine Art Verrat am Hause einschloß; und er wurde bald so ausgeprägt einsam, daß er nur im Hofe auf und ab ging, wenn der Abendklub bei seinen Liedern, Trinksprüchen und Ansprachen versammelt und der Hof fast nur den Frauen und Kindern überlassen war.

Die Gefangenschaft begann ihren Einfluß auf ihn auszuüben. Er war sich bewußt, daß er sich dem Müßiggang und schwermütigen Stimmungen hingab. Nach dem, was er von dem Einfluß der Gefangenschaft innerhalb der vier kleinen Wände desselben Zimmers, das er bewohnte, gesehen hatte, bewirkte dieses Bewußtsein, daß er Angst vor sich selbst bekam. Er verbarg sich vor der Beobachtung anderer Menschen und vor seiner eigenen und begann sich sehr merklich zu verändern. Jeder konnte sehen, daß der Schatten der Mauer dunkel auf ihm ruhte.

Eines Tages, als er etwa seit zehn oder zwölf Wochen im Gefängnis war und als er versucht hatte zu lesen und nicht einmal die fingierten Personen des Buches vom Marshalsea hatte trennen können, hielt ein Schritt vor seiner Tür an, und es klopfte. Er stand auf, öffnete, und eine freundliche Stimme redete ihn an: „Guten Tag, Mr. Clennam. Ich hoffe, ich falle Ihnen nicht lästig, wenn ich Sie besuche."

Es war der lebhafte junge Barnacle, Ferdinand. Er hatte eine sehr gutherzige und freundliche Miene, obwohl er im Gegensatz zu dem schmutzigen Gefängnis überwältigend heiter und lebhaft erschien.

„Sie sind überrascht, mich zu sehen, Mr. Clennam", sagte er, während er den Stuhl nahm, den Clennam ihm anbot.

„Ich muß gestehen, daß ich sehr überrascht bin."

„Hoffentlich nicht unangenehm?"

„Durchaus nicht."

„Danke. Aufrichtig", sagte der liebenswürdige junge Barnacle, „es hat mir außerordentlich leid getan, als ich hörte, daß Sie sich zeitweilig hierher zurückziehen mußten, und ich hoffe (natürlich unter uns gesagt), daß unser Amt nichts damit zu tun gehabt hat."

„Ihr Amt?"

„Unsere Umstandsbehörde."

„Ich kann keinen Teil meines Unglücks dieser interessanten Einrichtung zuschreiben."

„Bei meinem Leben", sagte der lebhafte junge Barnacle, „ich freue mich herzlich, das zu wissen, es ist mir direkt eine Erleichterung, das von Ihnen zu hören. Ich hätte so außerordentlich bedauert, wenn unser Amt etwas mit Ihren Schwierigkeiten zu tun gehabt hätte."

Clennam versicherte ihm wiederum, daß er es von der Verantwortung freispräche.

„Das ist recht", sagte Ferdinand. „Ich bin sehr glücklich, das zu hören. Ich fürchtete sehr, daß wir dazu beigetragen haben könnten, Sie zu Boden zu werfen, weil es unzweifelhaft unser Unglück ist, dies hin und wieder zu tun. Wir wollen das nicht tun; aber wenn die Leute stekkenbleiben wollen, nun – dann können wir es nicht ändern."

„Ohne dem, was Sie sagen, unbedingt zuzustimmen",

erwiderte Arthur düster, „bin ich Ihnen für Ihr Interesse an mir sehr dankbar."

„Nein, aber wirklich!" sagte der leichtlebige junge Barnacle. „Unsere Behörde ist die harmloseste, die man sich denken kann. Sie werden sagen, wir sind ein Schnickschnack. Ich will nicht sagen, daß wir das nicht wären; aber alle diese Einrichtungen sollen ein Schnickschnack sein und müssen es sein. Sehen Sie das nicht ein?"

„Ich sehe es nicht ein", sagte Clennam.

„Sie betrachten es nicht von dem richtigen Gesichtspunkt aus, der wesentlich ist. Betrachten Sie unser Amt von dem Gesichtspunkt aus, daß wir nichts weiter von Ihnen verlangen, als uns in Frieden zu lassen, und wir sind ein so prächtiges Amt, wie Sie nur irgendwo eines finden werden."

„Ist Ihre Behörde dazu da, in Frieden gelassen zu werden?" fragte Clennam.

„Sie treffen genau das Richtige", erwiderte Ferdinand. „Sie ist da mit der ausdrücklichen Absicht, daß alles sich selbst überlassen werden soll. Das ist ihre Bedeutung. Dafür ist sie da. Natürlich muß eine gewisse Form aufrechterhalten werden, daß sie für etwas anderes da ist, aber das ist nur eine Formsache. Du lieber Himmel, wir sind nichts als Formsache! Denken Sie daran, welch eine Menge Formalitäten Sie bei uns durchgemacht haben. Und Sie sind niemals dem Ziel irgendwie näher gekommen?"

„Niemals", sagte Clennam.

„Betrachten Sie es von dem richtigen Gesichtspunkt aus, und da haben Sie uns – offiziell und wirksam. Es ist wie beim Kricket. Eine Schar von Außenseitern wirft Bälle nach dem öffentlichen Dienst, und wir halten die Bälle auf."

Clennam fragte, was aus den Werfern werde. Der leichtlebige junge Barnacle erwiderte, daß sie es müde würden, geschlagen würden, gelähmt würden, ihnen das Rückgrat gebrochen werde, daß sie stürben, es aufgäben und sich anderen Spielen zuwandten.

„Und das veranlaßt mich, mir zu gratulieren, daß unser Amt mit Ihrem zeitweiligen Aufenthalt hier nichts zu tun hat. Es hätte sehr leicht daran beteiligt sein können; weil es nicht zu leugnen ist, daß wir bisweilen eine sehr ungünstige Wirkung auf Leute haben, die uns nicht in Frieden lassen wollen. Mr. Clennam, ich rede ganz offen mit Ihnen. Zwischen Ihnen und mir weiß ich, daß ich das kann. Ich habe es getan, als ich Sie zuerst den Irrtum begehen sah, uns nicht in Frieden zu lassen; weil ich sah, daß Sie unerfahren und zuversichtlich waren und – ich hoffe, Sie werden mir den Ausdruck nicht übelnehmen – eine gewisse Einfalt besaßen."

„Durchaus nicht."

„Eine gewisse Einfalt. Deshalb fühlte ich, wie schade es wäre, und ich ging von meinem gewohnten Wege ab, um Ihnen anzudeuten (was wirklich nicht amtlich war, aber ich bin niemals amtlich, wenn ich es vermeiden kann), daß ich mir nicht die Mühe machen würde, wenn ich Sie wäre. Jedoch Sie machten sich die Mühe, und Sie haben sich seitdem die Mühe gemacht. Tun Sie es aber jetzt niemals wieder."

„Es ist nicht wahrscheinlich, daß ich die Gelegenheit haben werde", sagte Clennam.

„O doch! Sie werden hier herauskommen. Jeder kommt hier heraus. Es gibt unzählige Wege, hier herauszukommen. Nur, kommen Sie ja nicht zu uns zurück. Diese Bitte ist der zweite Zweck meines Besuches. Bitte, kommen Sie nicht zu uns zurück. Bei meiner Ehre", sagte Ferdinand in einer sehr freundlichen und vertraulichen Weise. „Ich werde sehr verärgert sein, wenn Sie sich die Vergangenheit nicht zur Warnung nehmen und sich von uns nicht fernhalten."

„Und die Erfindung?" sagte Clennam.

„Guter Freund", erwiderte Ferdinand, „wenn Sie die Freiheit dieser Anrede entschuldigen wollen, niemand will etwas von der Erfindung wissen, und niemand kümmert sich einen Pfifferling darum."

„Niemand in Ihrer Behörde?"

„Noch außerhalb der Behörde. Alle Welt ist nur zu

bereit, jede Erfindung abzulehnen und zu verspotten. Sie haben keine Vorstellung davon, wie viele Leute in Frieden gelassen zu werden wünschen. Sie haben keine Vorstellung davon, wie sehr der Genius des Landes (übersehen Sie die parlamentarische Natur der Phrase, und stoßen Sie sich nicht daran) danach strebt, in Frieden gelassen zu werden. Glauben Sie mir, Mr. Clennam", sagte der lebhafte junge Barnacle in seiner freundlichsten Art, „unser Amt ist kein böser Riese, den man mit allen Kräften angreifen muß, sondern nur eine Windmühle, die, während sie ungeheure Mengen Häcksel mahlt, Ihnen zeigt, aus welcher Richtung der Wind des Landes bläst."

„Wenn ich das glauben könnte, würde es eine trübe Aussicht für uns alle sein."

„Oh! Sagen Sie das nicht!" erwiderte Ferdinand. „Es ist alles in Ordnung. Wir müssen Schnickschnack haben, alle lieben wir Schnickschnack, wir könnten ohne Schnickschnack nicht auskommen. Ein wenig Schnickschnack und ein ausgefahrenes Gleis, und alles geht prachtvoll, wenn Sie es in Frieden lassen."

Nachdem er als das Haupt der emporkommenden Barnacles, die vom Weib geboren waren, dieses Glaubensbekenntnis abgelegt hatte, dem sie unter verschiedenen Schlagworten, die sie gänzlich mißachteten und an die sie niemals glaubten, folgten, stand Ferdinand auf. Nichts konnte einen angenehmeren Eindruck machen oder mit einem taktvolleren Instinkt den Umständen seines Besuches angepaßt sein als sein offenes und höfliches Benehmen.

„Ist es gestattet, zu fragen", sagte er, als Clennam ihm mit einem aufrichtigen Gefühl der Dankbarkeit für seine Offenheit und gute Laune die Hand reichte, „ob es wahr ist, daß unser beklagter verstorbener Merdle die Ursache dieser vorübergehenden Unannehmlichkeit ist?"

„Ich bin einer von den vielen, die er ruiniert hat. Ja."

„Er muß ein außerordentlich gescheiter Kerl gewesen sein", sagte Ferdinand Barnacle.

Arthur, der nicht in der Stimmung war, das Andenken des Toten zu preisen, schwieg.

„Ein vollendeter Schurke natürlich“, sagte Ferdinand, „aber hervorragend gescheit! Man kann nicht umhin, den Kerl zu bewundern. Muß ein großer Meister des Schnickschnacks gewesen sein. Kannte die Menschen so gut. Wurde so ausgezeichnet mit ihnen fertig. Konnte so viel mit ihnen anstellen!“

In seiner leichtlebigen Art war er wirklich von ehrlicher Bewunderung erfüllt.

„Ich hoffe“, sagte Arthur, „daß er und seine Opfer für die Menschen eine Warnung sein werden, nicht noch einmal so viel mit sich anstellen zu lassen.“

„Mein lieber Mr. Clennam“, erwiderte Ferdinand lachend, „haben Sie wirklich eine so grünende Hoffnung? Der nächste, der eine ebenso große Fähigkeit und eine ebenso starke Vorliebe zum Schwindeln hat, wird denselben Erfolg haben. Verzeihen Sie mir, aber ich glaube, Sie haben wirklich keine Vorstellung, wie die menschlichen Bienen auf das Schlagen jedes alten Zinnkessels in Schwärmen herbeifliegen; in dieser Tatsache liegt die ganze Kunst, sie zu regieren. Man muß sie nur glauben machen können, daß der Kessel von edlem Metall gemacht ist; darin liegt die ganze Macht von Männern wie unser beklagter Verstorbener. Zweifellos gibt es hier und da“, sagte Ferdinand höflich, „Ausnahmefälle, wo Leute sich durch das haben täuschen lassen, was ihnen bessere Gründe zu sein schienen; und ich brauche nicht weit zu gehen, um einen solchen Fall zu finden; aber sie heben die Regel nicht auf. Ich hoffe, daß, wenn ich das Vergnügen habe, Sie demnächst zu sehen, diese vorübergehende Wolke dem Sonnenschein gewichen sein wird. Sie brauchen keinen Schritt vor die Tür mitzukommen. Ich kenne den Weg vollkommen. Guten Tag!“

Mit diesen Worten ging der beste und fröhlichste der Barnacles die Treppe hinunter, summte seinen Weg durch das Pförtnerhäuschen, bestieg sein Pferd im Vorderhof und ritt davon, um sich mit einem seiner edlen Verwandten zu treffen, der einiger Eintrichterungen bedurfte, bevor er einigen ungläubigen Emporkömmlingen, die die feinen Herren über ihre Staatsmannskunst interpellieren wollten, triumphierend antworten konnte.

Er mußte beim Fortgehen Mr. Rugg begegnet sein; denn einige Minuten später schien dessen roter Kopf, wie ein ältlicher Phöbus, zur Tür herein.

„Wie geht es Ihnen heute, Sir?“ fragte Mr. Rugg. „Gibt es irgendeine Kleinigkeit, die ich heute für Sie tun kann, Sir?“

„Nein, ich danke Ihnen.“

Mr. Ruggs Freude an verwickelten Angelegenheiten war wie die Freude einer guten Hausfrau am Einsalzen und Einmachen oder die Freude einer Waschfrau an einer großen Wäsche oder die Freude eines Müllfuhrmannes an einem überfließenden Aschenkasten oder jede andere berufliche Freude an einer großen Verwirrung, bei der es viel zu tun gab.

„Ich komme von Zeit zu Zeit immer einmal her, Sir“, sagte Mr. Rugg fröhlich, „um zu sehen, ob sich irgendwelche Leute mit Haftverlängerungsbefehlen am Tor ansammeln. Sie sind ziemlich dicht herangeschneit gekommen, Sir; so dicht, wie wir es erwarten konnten.“

Er sprach von dem Umstand, als ob er ein Anlaß zur Gratulation wäre. Er rieb dabei munter seine Hände und rollte den Kopf ein wenig hin und her.

„So dicht“, wiederholte Mr. Rugg, „wie wir es vernünftigerweise erwarten konnten. Ein richtiger Schauer. Ich belästige Sie jetzt nicht oft, wenn ich einmal hierherkomme, weil ich weiß, daß Sie nicht in der Stimmung sind, Besuche zu empfangen, und daß Sie, wenn Sie mich zu sehen wünschen, im Pförtnerhäuschen Nachricht hinterlassen würden. Aber ich bin fast jeden Tag hier, Sir. Würde dies ein unpassender Zeitpunkt sein, Sir“, fragte Mr. Rugg einschmeichelnd, „eine Bemerkung zu machen?“

„So passend wie jeder andere.“

„Hm! Die öffentliche Meinung Sir“, sagte Mr. Rugg, „hat sich mit Ihnen beschäftigt.“

„Das bezweifle ich nicht.“

„Könnte es nicht ratsam sein, Sir", sagte Mr. Rugg noch einschmeichelnder, „jetzt schließlich der öffentlichen Meinung eine kleine Konzession zu machen? Wir tun das alle in der einen oder anderen Form. Tatsache ist, wir müssen es tun."

„Ich kann mich mit ihr nicht auf einen guten Fuß stellen, Mr. Rugg, und habe keinen Anlaß, zu erwarten, daß es mir jemals gelingen wird."

„Sagen Sie das nicht, Sir, sagen Sie das nicht. Die Kosten der Übersiedlung nach King's Bench sind fast nicht der Rede wert, und wenn allgemein das Gefühl vorherrscht, daß Sie dort sein sollten, nun dann – wirklich . . ."

„Ich dachte, Sie hätten sich darüber beruhigt, Mr. Rugg", sagte Arthur, „daß mein Entschluß, hier zu bleiben, Geschmackssache sei."

„Ganz recht, Sir, ganz recht! Aber ist es guter Geschmack, ist es guter Geschmack? Das ist die Frage." Mr. Rugg überredete so sanft, daß er ganz rührend wirkte. „Ich hätte fast gesagt: Ist es gute Gesinnung? Ihre Angelegenheit ist sehr umfangreich; und Ihr Aufenthalt hier an diesem Orte, wohin ein Mann wegen ein paar Pfund kommen kann, wird als unpassend besprochen. Es ist ungehörig. Ich kann Ihnen nicht sagen, Sir, an wieviel Orten ich davon habe reden hören. Ich habe erst gestern abend Bemerkungen darüber gehört, in einem Hause, wo die, ich würde sagen, falls ich nicht selbst ab und zu dort hinkommen würde, beste juristische Gesellschaft verkehrt – ich hörte dort Bemerkungen darüber, die hören zu müssen ich bedauerte. Ich fühlte mich Ihretwegen verletzt. Wiederum, erst heute vormittag beim Frühstück. Meine Tochter (nur eine Frau, werden Sie sagen, jedoch mit einem Gefühl für diese Dinge und sogar mit ein wenig persönlicher Erfahrung als die Klägerin in Sachen Rugg gegen Bawkins) gab ihrer großen Überraschung Ausdruck. Nun, unter diesen Umständen und in Anbetracht dessen, daß sich niemand von uns ganz über die öffentliche Meinung hinwegsetzen kann, würde eine kleine Konzession an diese Meinung nicht – nun, Sir", erklärte Rugg, „ich will das gewöhnlichste Argument gebrauchen und sagen, liebenswürdig sein?"

Arthurs Gedanken waren wieder einmal zu Klein Dorrit zurückgewandert, und die Frage blieb unbeantwortet.

„Was mich angeht", sagte Mr. Rugg, der hoffte, daß seine Beredsamkeit Arthur wankend gemacht hatte, „so ist es einer meiner Grundsätze, auf mich selbst keine Rücksicht zu nehmen, wenn die Neigungen eines Klienten auf der Waagschale liegen. Aber da ich Ihren rücksichtsvollen und liebenswürdigen Charakter kenne, so will ich wiederholen, daß ich es lieber sähe, wenn Sie in King's Bench wären. Ihr Fall hat Aufsehen erregt; es ist eine Empfehlung, beruflich mit diesem Fall zu tun zu haben; ich würde bei meinen Klienten mehr Ansehen haben, wenn Sie nach King's Bench gingen. Lassen Sie sich dadurch nicht beeinflussen, Sir, ich stelle bloß die Tatsache fest."

So unkonzentriert war die Aufmerksamkeit des Gefangenen durch die Einsamkeit und Niedergeschlagenheit geworden und so sehr war sie es gewohnt, sich nur mit einer schweigsamen Gestalt innerhalb der immer finsteren Mauern zu beschäftigen, daß Clennam eine Art Betäubung abschütteln mußte, bevor er imstande war, Mr. Rugg anzusehen, sich den Faden seiner Rede ins Gedächtnis zurückzurufen und rasch zu sagen: „Mein Entschluß ist unverändert und unveränderlich. Bitte, lassen Sie es dabei bewenden!"

Mr. Rugg erwiderte, ohne zu verbergen, daß er verärgert und gekränkt war: „Oh! Ohne Zweifel, Sir, ich sehe, ich habe meine Grenze überschritten, indem ich Ihnen den Vorschlag machte. Aber wirklich, wenn ich in verschiedenen Gesellschaften und in sehr guter Gesellschaft Bemerkungen darüber höre, daß, wie sehr es sich auch für einen Fremden schicke, es sich doch für den Stolz eines Engländers nicht schicke, im Marshalsea zu bleiben, wenn die glorreichen Freiheiten seiner heimatlichen Insel es zulassen, daß er nach King's Bench geht, so dachte ich, ich dürfe die engen beruflichen Grenzen, die mir gesetzt sind, einmal überschreiten und es zur Sprache bringen. Persönlich", sagte Mr. Rugg, „habe ich keine Meinung zu diesem Gegenstand."

„Das ist recht", erwiderte Arthur.

„Oh! Durchaus keine!" sagte Mr. Rugg. „Wenn ich eine hätte, so würde es mir vor einigen Minuten mißfallen haben, zu sehen, daß einer meiner Klienten von einem Herrn aus vornehmer Familie, der zu Pferde war, an diesem Ort besucht wurde. Aber es war nicht meine Sache. Wenn ich eine hätte, so hätte ich gewünscht, jetzt die Ermächtigung zu haben, gegenüber einem anderen Herrn, einem Herrn von militärischem Aussehen, der augenblicklich im Pförtnerhäuschen wartet, zu erwähnen, daß mein Klient niemals die Absicht gehabt habe, hier zu bleiben, und im Begriff stehe, sich nach einem besseren Aufenthaltsort zu begeben. Doch mein Weg als eine amtliche Maschine liegt klar vor mir; ich habe nichts damit zu tun. Ist es Ihnen gefällig, den Herrn zu empfangen, Sir?"

„Der mich besuchen will, sagten Sie?"

„Ich habe mir diese Freiheit herausgenommen, die nicht zu meinem Beruf gehört, Sir. Da er hörte, daß ich Ihr bestallter Ratgeber bin, so wollte er nicht stören, bevor meine sehr begrenzte Obliegenheit erfüllt sei. Glücklicherweise", sagte Mr. Rugg mit Sarkasmus, „habe ich meine Grenze nicht so weit überschritten, den Herrn nach seinem Namen zu fragen."

„Ich glaube, es bleibt mir nichts weiter übrig, als ihn zu empfangen", seufzte Clennam müde.

„Dann beliebt es Ihnen also, Sir?" erwiderte Rugg. „Bin ich von Ihnen mit dem Auftrag beehrt, das dem Herrn im Fortgehen mitzuteilen? Bin ich es? Ich danke Ihnen, Sir. Ich verabschiede mich."

Unmutig verabschiedete er sich. Der Herr von militärischem Aussehen hatte Clennams Neugier bei seiner jetzigen Geistesverfassung so wenig erweckt, daß er die Erwähnung dieses Besuchers bereits halb vergessen hatte. Die Erinnerung daran war im Begriff, hinter dem dunklen Schleier zu verschwinden, der jetzt fast immer über ihm lag, als ein schwerer Fußtritt auf der Treppe ihn aufrüttelte. Der Tritt schien die Treppe nicht sehr rasch oder willig, aber doch mit einem herausfordernden Geräusch, in dem eine beleidigende Absicht lag, heraufzukommen. Während er einen Augenblick lang auf dem Treppenabsatz vor seiner Tür innehielt, konnte er sich nicht ins Gedächtnis zurückrufen, wo er diesen besonderen Tritt schon einmal gehört hatte, obwohl er ihm bekannt vorkam. Er hatte nur einen Augenblick lang Zeit zur Überlegung. Seine Tür wurde gleich darauf durch einen Stoß geöffnet, und auf der Schwelle stand der vermißte Blandois, der Anlaß vieler Sorgen.

„Salve, Kerkergenosse!“ sagte er. „Sie brauchen mich, wie es scheint. Hier bin ich!“

Bevor Arthur in seinem unwilligen Erstaunen ein Wort an ihn richten konnte, folgte ihm Cavalletto ins Zimmer. Mr. Pancks folgte Cavalletto. Keiner von beiden hatte das Zimmer betreten, seit sein gegenwärtiger Bewohner es in Besitz hatte. Mr. Pancks ging schwer atmend auf das Fenster zu, stellte seinen Hut auf den Boden, richtete mit beiden Händen sein Haar in die Höhe und verschränkte die Arme wie ein Mann, der sich nach einer harten Tagesarbeit eine Pause gönnt. Mr. Baptist setzte sich, ohne je die Augen von seinem gefürchteten früheren Mitgefangenen abzuwenden, behutsam auf den Boden, mit dem Rücken gegen die Tür, umfaßte mit beiden Händen seine Knöchel und nahm auf diese Weise die Haltung wieder ein (abgesehen davon, daß sie jetzt angespannte Wachsamkeit ausdrückte), in der er vor demselben Mann in dem tieferen Schatten eines anderen Gefängnisses an einem heißen Vormittag in Marseille dagesessen hatte.

„Ich habe von diesen zwei Verrückten gehört“, sagte Monsieur Blandois, alias Rigaud, „daß Sie mich brauchen, Kerkergenosse. Hier bin ich!“

Er warf einen verächtlichen Blick auf die Bettstelle, die am Tage hochgeklappt war, lehnte sich mit dem Rücken dagegen, ohne den Hut abzunehmen, und stand in herausfordernder Haltung mit den Händen in den Taschen da.

„Sie böswilliger Schurke!“ sagte Arthur. „Sie haben absichtlich einen furchtbaren Verdacht auf das Haus meiner Mutter gebracht. Weshalb haben Sie das getan? Was trieb Sie zu diesem teuflischen Einfall?“

Monsieur Rigaud blickte ihn einen Augenblick finster an und lachte dann. „Hört diesen edlen Herrn! Vernehme alle Welt diesen Mann der Tugend! Aber nehmen Sie sich in acht. Nehmen Sie sich in acht. Es ist möglich, mein Freund, daß Ihr Eifer ein wenig kompromittierend ist. Beim Kuckuck! Es ist möglich.“

„Signore!“, mischte sich Cavalletto ein, sich ebenfalls an Arthur wendend. „Um zu beginnen, hören Sie mich! Ich bekam den Auftrag von Ihnen, ihn, Rigaud, zu finden, nicht wahr?“

„Das ist wahr.“

„Dementsprechenderweise“, es hätte Mrs. Plornish sehr befriedigt, wenn sie sich hätte davon überzeugen können, daß ein derartiges gelegentliches Verlängern eines Adverbs der Hauptfehler seiner englischen Sprachkenntnisse war, „gehe ich erst zu meinen Landsleuten. Ich frage sie, welche Nachrichten in Londra von neu eingetroffenen Fremden. Dann gehe ich zu den Franzosen. Dann gehe ich zu den Deutschen. Sie geben mir alle Auskunft. Die meisten von uns kennen die anderen gut, und sie geben mir alle Auskunft. Aber – niemand kann mir nichts von ihm, Rigaud, sagen. Fünfzehnmal“, sagte Cavalletto und warf dreimal seine linke Hand mit ausgebreiteten Fingern empor, und zwar so rasch, daß man die Bewegung kaum mit den Augen verfolgen konnte, „frage ich nach ihm an jedem Ort, wo gehen Fremde; und fünfzehnmal“, dieselbe rasche Bewegung, „wissen sie nichts. Aber!“

Bei diesem bedeutungsvollen italienischen Verweilen auf dem „Aber“ kam die Bewegung seines rechten Zeigefingers nach hinten mit ins Spiel; ein ganz klein wenig und sehr vorsichtig.

„Aber! Nach einer langen Zeit, während der ich nicht

imstande war, herauszufinden, daß er hier in Londra ist, erzählt mir jemand von einem Soldaten mit weißem Haar – he? – nicht Haar wie das, welches er trägt – weißes –, der heimlich zurückgezogen an einem bestimmten Ort wohnte. Aber", wieder mit einem Verweilen auf diesem Wort, „welcher bisweilen nach dem Essen ausgeht und dabei raucht. Es ist nötig, wie sie in Italien sagen (und wie sie es dort wissen), Geduld zu haben. Ich habe Geduld. Ich frage, wo ist dieser bestimmte Ort. Der eine glaubt, er ist hier, der andere glaubt, er ist dort. Nun wohl! Er ist nicht hier, er ist nicht dort. Ich suche ganz geduldig. Schließlich finde ich ihn, dann passe ich auf; dann verberge ich mich, bis er ausgeht und dabei raucht. Es ist ein Soldat mit grauem Haar – aber!", ein mehr entschiedenes Verweilen und eine sehr nachdrückliche Bewegung des Zeigefingers nach hinten, „es ist auch dieser Mann, den Sie hier sehen."

Es war augenfällig, daß in seiner alten gewohnheitsmäßigen Unterwerfung gegenüber einem Mann, der sich die Mühe genommen hatte, eine Überlegenheit über ihn geltend zu machen, er selbst jetzt Rigaud eine konfuse Verbeugung machte, nachdem er so auf ihn hingewiesen hatte.

„Nun wohl, Signore!" wandte er sich zum Schluß wiederum an Arthur. „Ich wartete auf eine günstige Gelegenheit. Ich schrieb einige Worte an Signore Panco", Mr. Pancks Gesicht nahm bei dieser Bezeichnung einen neuen Ausdruck an, „zu kommen und zu helfen. Ich zeigte ihn, Rigaud, an seinem Fenster dem Signore Panco, der oft am Tage der Spion war. Ich schlief nachts an der Haustür. Schließlich betraten wir, erst heute, das Haus, und hier sehen Sie ihn! Da er nicht in Gegenwart des berühmten Advokaten", das war Mr. Baptists ehrenvolle Erwähnung von Mr. Rugg, „heraufkommen wollte, warteten wir unten zusammen, und Signore Panco bewachte die Straße."

Am Schluß dieser Erzählung wandte Arthur seine Augen auf das unverschämte und bösartige Gesicht. Als sich ihre Blicke trafen, fiel die Nase über den Schnurrbart hinab, und der Schnurrbart stieg in die Höhe. Als Nase und Schnurrbart wieder an ihren gewohnten Orten waren, schnippte Monsieur Rigaud ein halbes dutzendmal laut mit den Fingern, wobei er sich nach vorn beugte, um Arthur ins Gesicht zu schnippen, als ob er ihm damit Geschosse zuschleuderte.

„Nun, Philosoph", sagte Rigaud, „was wollen Sie von mir?"

„Ich will wissen," erwiderte Arthur, ohne seinen Abscheu zu verbergen, „wie Sie es wagen konnten, den Verdacht des Mordes auf das Haus meiner Mutter zu lenken?"

„Wagen!" rief Rigaud. „Hoho! Hört ihn an! Wagen? Heißt das wagen? Beim Himmel, mein Junge, Sie sind ein wenig unvorsichtig!"

„Ich will, daß dieser Verdacht zerstreut wird", sagte Arthur. „Sie sollen dort hingeführt und öffentlich gesehen werden. Ich will außerdem wissen, was Sie damals dort vorhatten, als ich den brennenden Wunsch empfand, Sie die Treppe hinabzuwerfen. Blicken Sie mich nicht finster an. Mann! Ich habe Sie genügend gesehen, um zu wissen, daß Sie ein Aufschneider und ein Feigling sind. Ich brauche mich von den Einwirkungen dieses elenden Ortes nicht besonders aufzuraffen, um Ihnen eine so offenbare Tatsache zu sagen, die Sie selbst nur zu gut kennen."

Blaß bis an die Lippen, streichelte Rigaud seinen Schnurrbart, während er murmelte: „Beim Himmel, mein Junge, aber Sie kompromittieren ein wenig die gnädige Frau, Ihre achtbare Mutter!", und schien eine Minute unschlüssig, was er tun sollte. Seine Unentschlossenheit war bald vorüber. Er nahm mit prahlerisch drohender Haltung Platz und sagte: „Geben Sie mir eine Flasche Wein. Sie können hier Wein kaufen. Schikken Sie einen Ihrer Verrückten, mir eine Flasche Wein zu bringen. Ich will ohne Wein nicht mit Ihnen reden. Kommen Sie! Ja oder nein?"

„Holen Sie ihm, was er haben will, Cavalletto", sagte Arthur verächtlich und zog das Geld hervor.

„Schmugglervieh", fügte Rigaud hinzu, „bring Portwein! Ich werde nichts trinken als Porto-Porto."

Da jedoch das Schmugglervieh allen Anwesenden mit seinem ausdrucksvollen Finger versicherte, daß er es entschieden ablehne, seinen Posten an der Tür zu verlassen, bot Signore Panco seine Dienste an. Er kehrte bald mit der Flasche Wein zurück, die schon für den Gebrauch geöffnet war, der Sitte des Ortes entsprechend, die in einem Mangel an Korkenziehern unter den Kollegen (in Übereinstimmung mit einem Mangel an vielen anderen Dingen) ihren Grund hatte.

„Verrückter! Ein großes Glas", sagte Rigaud.

Signore Panco stellte ein Wasserglas vor ihn hin, nicht ohne einen sichtbaren Konflikt in seinem Gemüt in bezug auf die Frage, ob er es ihm an den Kopf werfen sollte.

„Haha!" prahlte Rigaud. „Einmal ein Edelmann und immer ein Edelmann. Ein Edelmann von Anfang an und ein Edelmann bis ans Ende. Was zum Teufel! Ein Edelmann muß öffentlich bedient werden! Es gehört zu meinem Charakter, bedient zu werden!"

Er füllte, während er das sagte, das Wasserglas zur Hälfte und trank den Inhalt aus, als er mit seiner Rede fertig war.

„Ha!" mit den Lippen schmatzend. „Kein sehr alter Gefangener, das hier! Ich schließe aus Ihrem Aussehen, tapferer Herr, daß die Gefangenschaft Ihr Blut viel eher zähmen wird, als sie diesen starken Wein milder macht. Sie werden mürbe – verlieren bereits Fleisch und Farbe. Ich grüße Sie!"

Er stürzte wieder ein halbes Glas hinunter, wobei er das Glas vorher und nachher in die Höhe hielt und seine kleine weiße Hand zeigte.

„Nun zum Geschäft", fuhr er fort, „nun zur Unterhaltung. Sie haben mehr Freiheit der Sprache als des Körpers bewiesen, Sir."

„Ich habe die Freiheit gebraucht, Ihnen zu sagen, was Sie selber wissen, nämlich wie Sie sind. Sie wissen selbst, wie wir es alle wissen, daß Sie noch weit schlimmer sind."

„Fügen Sie hinzu, immer ein Edelmann, und es macht nichts aus. Außer in dieser Hinsicht sind wir alle gleich. Zum Beispiel: Sie könnten für Ihr Leben kein Edelmann sein; ich könnte für mein Leben nichts anderes sein. Welch ein gewaltiger Unterschied! Nun wollen wir fortfahren. Worte, Sir, beeinflussen nie den Gang der Karten oder den Lauf der Würfel. Wissen Sie das? Sie wissen es? Ich spiele auch ein Spiel, und Worte haben keine Macht."

Jetzt, da er Cavalletto gegenüberstand und wußte, daß seine Lebensgeschichte bekannt war, ließ er jene dünne Hülle fallen, die er noch getragen hatte, und zeigte sich in voller Schamlosigkeit als der elende Schurke, der er war.

„Nun, mein Sohn", begann er wieder mit einem Schnippen seiner Finger. „Ich spiel mein Spiel zu Ende, trotz der Worte, und – der Teufel soll meine Seele holen! – ich gewinne es. Sie möchten wissen, weshalb ich diesen kleinen Trick gespielt habe, den Sie unterbrochen haben? So mögen Sie denn wissen, daß ich der gnädigen Frau, Ihrer ehrenwerten Mutter, eine Ware zu verkaufen hatte und noch habe, verstehen Sie mich? Noch habe. Ich beschrieb meine kostbare Ware und nannte meinen Preis. In bezug auf den Handel war Ihre bewundernswürdige Mutter ein wenig zu ruhig, zu träge, zu unbeweglich und statuenhaft. Kurz, Ihre bewunderungswürdige Mutter ärgerte mich. Um in meine Position eine Abwechslung zu bringen und um mich zu amüsieren – ha! – ein Edelmann muß sich auf Kosten anderer Leute amüsieren –, faßte ich die glückliche Idee zu verschwinden. Eine Idee, sehen Sie, die ausführen zu können Ihre charaktervolle Mutter und mein Flintwinch glücklich genug gewesen wären. Ah! Pah, pah, pah, blikken Sie mich nicht so von oben herab an! Ich wiederhole es. Glücklich genug, äußerst entzückt und von ganzem Herzen begeistert. Wie stark wollen Sie es?"

Er goß den Bodensatz seines Glases auf die Erde, so daß er fast Cavalletto vollgespritzt hätte. Dies schien seine Aufmerksamkeit wieder auf diesen zu lenken. Er setzte sein Glas nieder und sagte: „Ich werde es nicht füllen. Ha! Ich bin dazu geboren, bedient zu werden. Komm her, Cavalletto, und fülle es!"

Der kleine Mann blickte Clennam an, dessen Augen auf Rigaud gerichtet waren, und da er kein Verbot sah, stand er vom Boden auf und schenkte aus der Flasche in das Glas ein. Während er dies tat, bildete die Mischung aus alter Unterwürfigkeit mit einem gewissen Humor, der Kampf zwischen diesem und einer gewissen in ihm schwelenden Wildheit, die im Augenblick aufflammen konnte (wie der geborene Edelmann zu fühlen schien, denn er behielt ihn vorsichtig im Auge), und das schnelle Verschwinden von alledem in einer gutmütigen, sorglosen, sehr ausgeprägten Neigung, sich wieder auf den Boden zu setzen, eine sehr merkwürdige Charakterzusammensetzung.

„Diese glückliche Idee, tapferer Herr", begann Rigaud, nachdem er getrunken hatte, „war eine glückliche Idee aus mehreren Gründen. Sie amüsierte mich, sie ärgerte Ihre liebe Mama und meinen Flintwinch, sie verursachte Ihnen Todesängste (meine Art, einem Gentleman eine Lektion in Höflichkeit zu geben), und sie brachte allen liebenswürdigen Personen, die an der Sache beteiligt waren, die Überzeugung bei, daß Ihr ergebenster Diener zu fürchten ist. Beim Himmel, zu fürchten! Außerdem hätte sie die gnädige Frau, Ihre Mutter, zur Besinnung bringen können – hätte unter dem drängenden kleinen Verdacht, den Ihre Weisheit erkannt hatte, sie überreden können, in verhüllter Form in den Zeitungen anzuzeigen, daß die Schwierigkeiten in einem bestimmten Kontrakt durch das Erscheinen einer bestimmten wichtigen Partei behoben sein würden. Vielleicht ja, vielleicht nein. Aber das haben Sie unterbrochen. Nun, was sagen Sie? Was wollen Sie?"

Niemals war es Clennam schmerzlicher zum Bewußtsein gekommen, daß er ein Gefangener war, als jetzt, wo er diesen Mann vor sich sah und ihn nicht zum Haus seiner Mutter begleiten konnte. All die unbestimmten Schwierigkeiten und Gefahren, die er jemals gefürchtet

hatte, brachen herein zu der Zeit, wo er weder Hand noch Fuß rühren konnte.

„Vielleicht, mein Freund – Philosoph, Mann der Tugend, Schwachkopf, was Sie wollen –, vielleicht", sagte Rigaud und hielt im Trinken inne, um mit seinem entsetzlichen Lächeln von dem Glas aufzublicken, „hätten Sie besser daran getan, mich in Frieden zu lassen?"

„Nein! Wenigstens", sagte Clennam, „weiß man jetzt, daß Sie am Leben sind und daß Ihnen nichts getan worden ist. Wenigstens können Sie diesen beiden Zeugen nicht entgehen, und sie können Sie jeder Behörde oder Hunderten von Menschen vorführen!"

„Aber Sie werden mich nicht einem vorführen", sagte Rigaud wieder mit einer Miene triumphierender Drohung und schnippte mit den Fingern. „Zum Teufel mit Ihren Zeugen! Zum Teufel mit Ihrem Vorführen! Zum Teufel mit Ihnen selbst! Was? Weiß ich das, was ich weiß, um den Preis? Habe ich meine Ware dafür zum Verkauf? Pah, armer Schuldner! Sie haben meinen kleinen Plan unterbrochen! Mag es denn so sein. Was nun? Was bleibt übrig? Für Sie nichts; für mich alles. Mich vorzuführen! Ist es das, was Sie wollen? Ich will mich selbst vorführen. Nur zu bald! Schmuggler! Gib mir Tinte, Feder und Papier."

Cavalletto stand wieder wie vorher auf und legte ihm das Gewünschte in seiner vorigen Art vor. Rigaud, nachdem er eine Weile mit schurkischem Gesichtsausdruck lächelnd nachgedacht hatte, schrieb und las laut das folgende vor:

„An Mrs. Clennam!
Um Antwort wird gebeten

Marshalsea-Gefängnis,
im Zimmer Ihres Sohnes

Geehrte gnädige Frau!

Ich bin in Verzweiflung, heute von unserem Gefangenen hier (der die Güte gehabt hat, Spione zu benutzen, um mich, der ich aus politischen Gründen in Zurückgezogenheit lebte, zu suchen) zu hören, daß Sie Befürchtungen wegen meiner Sicherheit gehegt haben.

Beruhigen Sie sich, geehrte gnädige Frau. Mir geht es gut, ich bin stark und beständig.

Mit der größten Ungeduld würde ich zu Ihrem Hause eilen, nur sehe ich voraus, daß es unter den Umständen möglich ist, daß Sie über den kleinen Vorschlag, den ich die Ehre hatte Ihnen zu unterbreiten, noch keinen ganz endgültigen Entschluß gefaßt haben. Ich bestimme eine Woche von heute ab für einen letzten endgültigen Besuch meinerseits; dann werden Sie ihn bedingungslos anzunehmen oder zurückzuweisen haben, mit allen Folgen, die sich daraus ergeben.

Ich unterdrücke meinen Wunsch, Sie zu umarmen und diese interessante Angelegenheit zu Ende zu bringen, damit Sie Muße haben mögen, die Einzelheiten zu unserer gegenseitigen vollkommenen Zufriedenheit zu ordnen.

Inzwischen ist es nicht zuviel verlangt (da unser Gefangener meinen Haushalt gestört hat), daß meine Ausgaben für Wohnung und Nahrung in einem Hotel von Ihnen bezahlt werden.

Empfangen Sie, geehrte gnädige Frau, die Versicherung meiner höchsten und ausgezeichnetsten Achtung.

Rigaud Blandois

Tausend freundliche Grüße an meinen lieben Flintwinch. Ich küsse Madame F. die Hand."

Als Rigaud diesen Brief beendet hatte, faltete er ihn zusammen und schleuderte ihn Clennam in hohem Bogen vor die Füße. „Holla, Sie! Da von Vorführen die Rede ist, so lassen Sie jemand diesen Brief an seiner Adresse vorführen und die Antwort hier vorführen."

„Cavalletto, wollen Sie den Brief dieses Menschen besorgen?"

Aber da Cavallettos bedeutungsvoller Finger wieder zu verstehen gab, daß sein Posten an der Tür sei, um Rigaud zu bewachen, jetzt, wo er ihn mit so vieler Mühe gefunden, und daß es sein Posten erfordere, mit dem Rücken gegen die Tür, seine Fußknöchel umschlungen, im Beobachten Rigauds auf dem Boden zu sitzen – erbot sich Signore Panco wiederum, es zu besorgen. Da seine Dienste angenommen wurden, ließ Cavalletto zu, daß die Tür gerade weit genug geöffnet wurde, daß er sich hinauszwängen konnte, und schloß sie hinter ihm sogleich wieder.

„Kommen Sie mir mit einem Finger zu nahe, kommen Sie mir mit einer Beleidigung zu nahe, ziehen Sie meine Überlegenheit in Frage, während ich hier sitze und nach meinem Gefallen meinen Wein trinke", sagte Rigaud, „und ich folge dem Brief und mache meine Gnadenfrist von einer Woche wieder rückgängig. Sie brauchen mich? Hier haben Sie mich! Wie gefalle ich Ihnen?"

„Sie wissen", erwiderte Clennam mit dem bitteren Bewußtsein seiner Hilflosigkeit, „daß ich, als ich Sie suchte, nicht gefangen war."

„Zum Teufel mit Ihnen und Ihrem Gefängnis", erwiderte Rigaud gemächlich, während er aus seiner Tasche einen Behälter mit Tabak und Zigarettenpapier zog und mit seinen flinken Händen einige Zigaretten zum augenblicklichen Gebrauch drehte; „ich kümmere mich um euch beide nicht. Schmuggler! Feuer!"

Wieder stand Cavalletto auf und gab ihm, was er verlangte.

Es war etwas Furchtbares in der lautlosen Geschicklichkeit seiner kalten weißen Hände gewesen, deren Finger sich geschmeidig wie Schlangen umeinanderwanden. Clennam konnte ein inneres Schaudern nicht unterdrücken, als ob er ein Nest voll dieser Tiere gesehen hätte.

„Holla, Vieh!" rief Rigaud mit einem lärmenden, anstachelnden Ruf, als wenn Cavalletto ein italienisches Pferd oder Maultier gewesen wäre. „Nicht wahr? Der höllische alte Kerker war anständig gegen diesen. Es war Würde in den Stangen und Steinen jenes Ortes. Es war ein Gefängnis für Männer. Aber dieses hier? Pah! Ein Hospital für Schwachköpfe!"

Er rauchte seine Zigarette zu Ende, sein häßliches Lächeln so starr auf seinem Gesicht, daß es aussah, als ob er mehr mit seinem herabhängenden Schnabel von Nase rauchte als mit dem Mund, wie eine phantastische Gestalt auf einem unheimlichen Bild. Als er eine zweite Zigarette an dem noch brennenden Ende der ersten angezündet hatte, sagte er zu Clennam:

„Man muß sich in Abwesenheit des Verrückten die Zeit vertreiben. Man muß sich unterhalten. Man kann nicht den ganzen Tag starken Wein trinken, sonst würde ich eine zweite Flasche verlangen. Sie ist hübsch, Sir. Obwohl nicht ganz nach meinem Geschmack, so ist sie doch – Donner und Blitz! – hübsch. Ich beglückwünsche Sie zu Ihrer Bewunderung."

„Ich weiß weder, noch frage ich danach", sagte Clennam, „von wem Sie sprechen."

„Della bella Gowana, Sir, wie sie in Italien sagen. Von der Gowan, der schönen Gowan."

„Von deren Gatten Sie der – Schmarotzer waren, glaube ich?"

„Sir? Schmarotzer? Sie sind unverschämt. Der Freund!"

„Verkaufen Sie alle Ihre Freunde?"

Rigaud nahm die Zigarette aus dem Mund und betrachtete ihn mit einem flüchtigen Ausdruck der Überraschung. Aber er steckte sie wieder zwischen die Lippen, während er kühl antwortete: „Ich verkaufe alles, was einen Preis hat. Wovon leben Ihre Advokaten, Ihre Politiker, Ihre Spekulanten, Ihre Börsianer? Wovon leben Sie? Wie kommen Sie hierher? Haben Sie keinen Freund verkauft? Gnädige Madonna! Ich glaube doch, ja!"

Clennam wandte sich von ihm ab nach dem Fenster und blickte auf die Mauer draußen.

„Wirklich, Sir", sagte Rigaud, „die Gesellschaft verkauft sich selbst und verkauft mich; und ich verkaufe die Gesellschaft. Wie ich bemerke, sind Sie mit einer zweiten Dame bekannt. Ebenfalls hübsch. Ein starker Charakter. Lassen Sie sehen. Wie nennt sie sich? Wade."

Er erhielt keine Antwort, aber er konnte leicht sehen, daß er das Richtige getroffen hatte.

„Ja“, fuhr er fort, „diese hübsche Dame mit starkem Charakter redet mich auf der Straße an, und ich bleibe nicht gefühllos. Ich antworte. Diese hübsche Dame mit starkem Charakter erweist mir die Gunst, mir vertraulich zu sagen: ‚Ich habe meine Neugierde, und ich habe meinen Kummer. Sie sind vielleicht nicht mehr als gewöhnlich ehrenhaft?‘ Ich stelle mich vor: ‚Madame, ein Edelmann von Geburt und ein Edelmann bis zum Tode; aber nicht mehr als gewöhnlich ehrenhaft. Ich verachte eine solch schwächliche Phantasterei.‘ Darauf macht sie mir liebenswürdigerweise ein Kompliment. ‚Der Unterschied zwischen Ihnen und den übrigen ist‘, antwortet sie, ‚daß Sie es sagen.‘ Denn sie kennt die Gesellschaft. Ich nehme ihr Lob galant und höflich auf. Höflichkeit und kleine Galanterien sind von meinem Charakter untrennbar. Sie macht mir dann einen Vorschlag, der im ganzen darauf hinausläuft, daß sie uns oft zusammen gesehen hat; daß es ihr scheint, daß ich vorübergehend die Hauskatze, der Freund der Familie bin; daß ihre Neugier und ihr Kummer in ihr das Verlangen erwecken, zu wissen, wohin die Gowans gehen, wie sie leben, wie die schöne Gowana geliebt wird, wie die schöne Gowana gehätschelt wird und so weiter. Sie ist nicht reich, aber sie bietet mir die und die kleinen Belohnungen für die kleinen Sorgen und Mühen solcher Dienste; und ich willige gnädig ein – alles gnädig zu tun gehört zu meinem Charakter –, sie anzunehmen. O ja! So geht die Welt. So ist sie beschaffen.“

Obwohl Clennam ihm den Rücken zugekehrt hatte, während er sprach, und von da an bis zum Ende der Zusammenkunft in dieser Stellung blieb, hielt Rigaud seine glitzernden Augen, die zu nahe beieinanderlagen, beständig auf ihn gerichtet und sah offenbar an der bloßen Haltung des Kopfes, während er mit prahlerischer Unbekümmertheit Satz für Satz eine Rede vorbrachte, daß er nichts sagte, was Clennam nicht schon wußte.

„Uff! Die schöne Gowana!“ sagte er, während er sich eine dritte Zigarette anzündete, mit einem Laut, als ob sein leichtester Hauch sie hinwegblasen könnte. „Reizend, aber unvorsichtig! Denn es war nicht recht von der schönen Gowana, aus Briefen von ehemaligen Liebhabern in ihrem Schlafzimmer oben auf dem Berg ein Geheimnis zu machen, damit ihr Gatte sie nicht sehen sollte. Nein, nein. Das war nicht recht. Uff! Die Gowana war darin schlecht beraten."

„Ich hoffe sehr", rief Arthur laut, „daß Pancks nicht lange bleiben wird, denn die Gegenwart dieses Mannes verpestet das Zimmer!"

„Ah! Aber er wird hier und überall gedeihen", sagte Rigaud mit einem triumphierenden Blick und einem Schnippen seiner Finger. „Er hat es stets getan; er wird es stets tun!" Seinen Körper auf den drei Stühlen ausgestreckt, die außer dem, auf dem Clennam saß, noch im Zimmer standen, sang er, während er sich auf die Brust schlug, als wäre er der tapfere Held des Liedes:

„Wer kommt so spät des Wegs daher?
Compagnon de la Marjolaine!
Wer kommt so spät des Wegs daher,
so wohlgemut und froh?

Refrain! Sing den Refrain, Vieh! Du konntest ihn einstmals in einem anderen Gefängnis singen. Singe ihn! Oder bei allen gesteinigten Heiligen, ich werde mich beleidigt fühlen und kompromittierende Dinge erzählen; und dann wäre es für gewisse Leute, die noch nicht tot sind, besser, wenn sie zusammen mit ihnen gesteinigt worden wären!

Die Blüte aller Ritterschaft,
Compagnon de la Marjolaine!
Die Blüte aller Ritterschaft,
so wohlgemut und froh."

Teils weil er sich früher gewohnheitsmäßig unterworfen hatte, teils weil es seinem Wohltäter Schaden bringen könnte, wenn er es nicht täte, und teils weil es ihm ebenso recht war, das zu tun wie etwas anderes, stimmte Cavalletto diesmal in den Refrain mit ein. Rigaud lachte und rauchte mit geschlossenen Augen weiter.

Vielleicht verging noch eine Viertelstunde, bevor Mr. Pancks' Schritt auf der Treppe hörbar wurde, aber die Zwischenzeit erschien Clennam unerträglich lang. Sein Schritt war von einem anderen Schritt gefolgt, und als Cavalletto die Tür öffnete, ließ er Mr. Pancks und Mr. Flintwinch ein. Letzterer war kaum sichtbar, als Rigaud schon auf ihn zustürzte und ihn stürmisch umarmte.

„Wie geht es Ihnen, Sir?" fragte Mr. Flintwinch, sobald er sich frei machen konnte, was er ohne viel Umstände zu erreichen sich bemühte. „Ich danke Ihnen, nein; genug davon." Das bezog sich auf eine drohende zweite herzliche Umarmung von seiten seines wiedergefundenen Freundes. „Nun, Arthur. Sie erinnern sich, was ich Ihnen über schlafende und vermißte Hunde sagte. Es hat sich als wahr erwiesen, wie Sie sehen."

Er war nach allem Anschein so unerschütterlich ruhig wie je und nickte streng mit dem Kopf, während er im Zimmer umherblickte.

„Und das ist also das Marshalsea-Schuldgefängnis!" sagte Mr. Flintwinch. „Ha! Sie haben Ihr Vieh auf einen sehr schlechten Markt getrieben, Arthur!"

Wenn Arthur Geduld hatte, so hatte Rigaud keine. Er faßte seinen kleinen Flintwinch mit wilder Scherzhaftigkeit an beiden Rockaufschlägen und rief:

„Zum Teufel mit dem Markt, zum Teufel mit dem Vieh und zum Teufel mit dem Viehtreiber! Los! Geben Sie mir die Antwort auf meinen Brief!"

„Wenn es Ihnen gefällig ist, mich einen Moment loszulassen, Sir", erwiderte Mr. Flintwinch, „will ich erst Mr. Arthur eine kleine Mitteilung aushändigen, die ich für ihn habe."

Er tat es. Sie war in der unsicheren Handschrift seiner Mutter auf einem Stück Papier und bestand bloß aus den folgenden Worten:

Ich denke, es genügt, daß Du Dich selbst ruiniert hast. Laß es dabei bewenden und führe nicht noch mehr Ruin herbei. Jeremiah Flintwinch ist mein Bote und Bevollmächtigter. Deine aufrichtige M. C.

Clennam las das Papier schweigend zweimal durch und riß es dann in Stücke. Rigaud bestieg mittlerweile einen Stuhl und setzte sich auf die Lehne, mit den Füßen auf dem Sitz.

„Nun, schöner Flintwinch", sagte er, nachdem er genau beobachtet hatte, wie Clennam die Mitteilung durchgelesen und vernichtet hatte. „Die Antwort auf meinen Brief?"

„Mrs. Clennam hat nicht geschrieben, Mr. Blandois, da ihre Hände steif sind und sie es für ebenso gut hält, sie mündlich durch mich zu übersenden." Mr. Flintwinch schraubte dies widerwillig und langsam aus sich heraus. „Sie sendet ihre Empfehlungen und sagt, sie wolle im großen ganzen Ihre Forderung nicht unvernünftig nennen und sei einverstanden. Aber ohne der Zusammenkunft, die auf heute über eine Woche festgesetzt ist, vorzugreifen."

Monsieur Rigaud stieg, nachdem er ein lautes Gelächter von sich gegeben hatte, von seinem Thron herab und sagte: „Gut! Ich gehe, ein Hotel zu suchen!" Aber hier fiel sein Auge auf Cavalletto, der immer noch auf seinem Posten war. „Komm, du Vieh", fügte er hinzu. „Ich habe dich gegen meinen Willen zum Gefährten gehabt; jetzt will ich dich gegen deinen haben. Ich sage euch, meine kleinen Würmer, ich bin dazu geboren, bedient zu werden. Ich verlange, daß dieser Schmuggler bis heute über eine Woche mein Diener sein soll."

Als Antwort auf Cavallettos fragenden Blick machte ihm Clennam ein Zeichen zu gehen; aber er fügte laut hinzu: „Wenn Sie sich nicht etwa vor ihm fürchten."

Cavalletto antwortete mit einer sehr nachdrücklichen verneinenden Fingerbewegung: „Nein, Meister, ich fürchte mich nicht vor ihm, wenn ich es nicht mehr geheimlicherweise zu halten brauche, daß er einst mein Kamerad war."

Rigaud nahm von beider Rede keine Notiz, bis er seine letzte Zigarette angezündet hatte und vollständig zum Gehen bereit war.

„Sich vor ihm fürchten“, sagte er dann und blickte alle der Reihe nach an. „Hoho! Meine Kinder, meine Säuglinge, meine Püppchen, ihr fürchtet ihn alle. Ihr gebt ihm seine Flasche Wein hier, ihr gebt ihm Speise und Trank und Wohnung dort; ihr wagt es nicht, ihm mit einem Finger oder einer Beleidigung zu nahe zu kommen. Nein. Es ist sein Charakter, zu triumphieren! Hoho!

Er ist die Blüte aller Ritterschaft,
und er ist immer froh!“

Mit dieser Anpassung des Refrains auf sich selbst stolzierte er aus dem Zimmer, dicht gefolgt von Cavalletto, den er vielleicht deshalb in seinen Dienst gepreßt hatte, weil er ziemlich gut wußte, daß es nicht leicht sein würde, ihn loszuwerden.

Mr. Flintwinch, der sein Kinn gestreichelt und sich auf dem Viehmarkt spöttisch und erhaben umgesehen hatte, nickte Arthur zu und ging. Mr. Pancks, immer noch reuevoll und niedergeschlagen, ging ebenfalls, nachdem er mit großer Aufmerksamkeit einige geheime Anweisungen von Arthur empfangen und zurückgeflüstert hatte, daß er diese Sache bis zu Ende verfolgen werde.

Der Gefangene blieb zurück mit dem Gefühl, daß er verachteter, zurückgestoßener, hilfloser, in jeder Beziehung elender und tiefer gefallen war denn je zuvor.

## *29. Kapitel*

### Eine Bitte im Marshalsea

Verstörte Angst und Reue sind schlechte Gefährten, um mit ihnen eingeschlossen zu sein. Den ganzen Tag brüten und nachts sehr wenig schlafen kann einen Mann nicht gegen das Elend wappnen. Am folgenden Morgen fühlte Clennam, daß es mit seiner Gesundheit abwärtsging, wie es bereits seelisch mit ihm abwärtsgegangen war, und daß die Last, die auf ihm ruhte, ihn zu Boden drückte.

Eine Nacht nach der anderen war er um zwölf oder ein Uhr von seinem elenden Lager aufgestanden und hatte am Fenster gesessen, die trübe brennenden Lampen im Hof betrachtet und nach der ersten blassen Spur des Tages in die Höhe geblickt, Stunden, bevor es möglich war, daß der Himmel sie ihm zeigen konnte. Jetzt konnte er, wenn die Nacht kam, sich nicht einmal dazu bewegen, seine Kleider abzulegen.

Denn eine brennende Unruhe hatte ihn ergriffen, eine marternde Ungeduld gegenüber dem Gefängnis und eine Überzeugung, daß hier sein Herz brechen und er sterben würde, was ihm unbeschreibliche Leiden verursachte. Sein Haß gegen den Ort und seine Furcht davor wurden so stark, daß es ihm Mühe machte, darin zu atmen. Das Gefühl, er ersticke, überwältigte ihn bisweilen so sehr, daß er mit den Händen am Hals und nach Luft schnappend am Fenster stand. Zugleich empfand er eine solche Sehnsucht, andere Luft zu atmen und jenseits der düsteren Mauer in Freiheit zu sein, daß er das Gefühl hatte, als ob die Stärke des Verlangens ihn wahnsinnig machen müßte.

Viele andere Gefangene hatten diesen Zustand vor ihm kennengelernt, dessen Heftigkeit sich allmählich erschöpft hatte, wie es auch bei ihm der Fall war. Es dauerte zwei Nächte und einen Tag, bis es vorüber war. Gelegentlich wurde er wieder davon ergriffen, aber diese Anfälle wurden immer schwächer und kamen in immer größeren Abständen. Ein Gefühl hoffnungsloser Ruhe folgte, und die Mitte der Woche fand ihn in der Niedergeschlagenheit eines schwachen, schleichenden Fiebers.

Da Cavalletto und Pancks fort waren, hatte er keine Besucher zu fürchten außer Mr. und Mrs. Plornish. Seine Sorge in bezug auf dieses würdige Paar war, daß sie nicht zu ihm kommen sollten; denn in dem krankhaften Zustand seiner Nerven suchte er allein zu sein und davon verschont zu bleiben, daß man ihn so verzagt und schwach sähe. Er schrieb Mrs. Plornish einen kurzen

Brief und teilte ihr mit, er sei so gänzlich von seinem Geschäft in Anspruch genommen, daß er sich eine Zeitlang sogar die angenehme Unterbrechung, ihr freundliches Gesicht zu sehen, versagen müsse. Vor dem jungen John, der täglich zu einer bestimmten Stunde, wenn die Schließer abgelöst wurden, zu ihm hineinblickte und fragte, ob er etwas für ihn tun könne, gab er sich immer den Anschein, mit Schreiben beschäftigt zu sein, und antwortete in heiterem Ton verneinend. Der Gegenstand ihrer einzigen langen Unterhaltung war niemals wieder zwischen ihnen berührt worden. Aber während all dieser Stadien seines Unglücks hatte er Clennams Gemüt niemals losgelassen.

Der sechste Tag jener Woche war ein feuchter, heißer, dunstiger Tag. Es schien, als ob die Armut und die Schäbigkeit und der Schmutz des Gefängnisses in der drückenden Atmosphäre wüchsen. Mit schmerzendem Kopf und wundem Herzen hatte Clennam die trostlose Nacht zu Ende gebracht; er lauschte dem Fall der Regentropfen auf das Hofpflaster und dachte an ihren sanfteren Fall auf die ländliche Erde draußen. Ein verwischter Kreis von gelbem Dunst war am Himmel anstelle der Sonne aufgegangen, und er hatte beobachtet, wie er einen Lichtflecken auf die Mauer setzte, gleich einem Fetzen von der Zerlumptheit des Gefängnisses. Er hatte die Tore öffnen und die schlechtbeschuhten Füße, die draußen warteten, hereinschlurfen hören und das Fegen und Pumpen und beginnende Umhergehen, das den Morgen im Gefängnis einleitete. So krank und schwach, daß er mehrmals ausruhen mußte, während er sich wusch, hatte er sich schließlich bis zu seinem Stuhl an das offene Fenster geschleppt. Dort saß er schlummernd, während die alte Frau, die sein Zimmer in Ordnung brachte, ihre Morgenarbeit verrichtete.

Schwindlig von Mangel an Schlaf und Nahrung (da sein Appetit und sogar sein Geschmackssinn ihn verlassen hatten), war er sich zwei- oder dreimal in der Nacht bewußt geworden, daß sein Geist sich verwirrte. Er hatte aus dem warmen Wind Bruchstücke von Melodien und

Liedern herausgehört, von denen er wußte, daß sie nicht existierten. Jetzt, da er vor Erschöpfung zu schlummern begann, hörte er sie wieder; und Stimmen schienen ihn anzureden, und er antwortete und fuhr empor.

Schlummernd und träumend, außerstande, die Zeit zu berechnen, so daß eine Minute eine Stunde und eine Stunde eine Minute hätten sein können, kam ein bleibender Eindruck von einem Garten über ihn – einem Blumengarten mit einem feuchten, warmen Wind, der die Düfte leise bewegte. Es kostete ihn so viel Mühe, seinen Kopf zu erheben, um dem nachzugehen, überhaupt allem nachzugehen, daß der Eindruck bereits alt und ermüdend geworden zu sein schien, als er sich umblickte. Neben der Teetasse auf seinem Tisch sah er einen blühenden Strauß: eine Handvoll der erlesensten und lieblichsten Blumen.

Niemals war ihm etwas so schön erschienen. Er nahm sie und atmete ihren Duft ein, hielt sie an seinen heißen Kopf und legte sie nieder und hielt seine heißen Handflächen daran, wie man kalte Hände an das wärmende Feuer hält. Erst nachdem er sich eine Weile an ihnen erquickt hatte, fiel ihm ein, wer sie wohl geschickt haben könnte; und er öffnete die Tür, um die Frau, die sie hingestellt haben mußte, zu fragen, wie sie in ihre Hände gekommen waren. Aber sie war fort und schien schon seit langem fort zu sein, denn der Tee, den sie für ihn auf dem Tisch zurückgelassen hatte, war kalt. Er versuchte ein wenig davon zu trinken, aber er konnte den Geruch nicht ertragen; so schleppte er sich wieder zu seinem Stuhl neben dem offenen Fenster und stellte die Blumen auf das ihm von früher vertraute runde Tischchen.

Als die erste Schwäche, die die Folge davon war, daß er sich bewegte, ihn verlassen hatte, sank er in seinen früheren Zustand zurück. Eine der Melodien der Nacht klang im Winde, als die Tür seines Zimmers sich auf leichte Berührung hin zu öffnen und nach einer augenblicklichen Pause eine ruhige Gestalt im schwarzen Mantel auf der Schwelle zu stehen schien. Es war ihm, als ob sie den Mantel abstreifte und ihn zu Boden sinken ließ, und dann glaubte er seine Klein Dorrit in ihrem alten abgenutzten Kleid vor sich zu sehen. Sie schien zu zittern und die Hände zusammenzuschlagen und zu lächeln und in Tränen auszubrechen.

Er raffte sich empor und schrie auf. Und dann sah er in dem liebevollen, mitleidigen, bekümmerten lieben Gesicht wie in einem Spiegel, wie verändert er war; und sie kam auf ihn zu; und mit ihren Händen auf seiner Brust, um ihn in seinem Stuhl festzuhalten, und ihre Knie auf dem Boden zu seinen Füßen und ihre Lippen emporgehoben, um ihn zu küssen, und mit ihren ihn benetzenden Tränen, wie der Regen vom Himmel die Blumen benetzt hatte, rief ihn Klein Dorrit, eine lebendige Wirklichkeit, bei seinem Namen.

„O mein bester Freund! Lieber Mr. Clennam, ich möchte Sie nicht weinen sehen! Wenn Sie nicht vor Freude weinen, mich zu sehen. Ich hoffe, daß Sie es tun. Ihr armes Kind ist zurückgekommen!“

So treu, zart und vom Glück unverdorben. In dem Klang ihrer Stimme, in dem Licht ihrer Augen, in der Berührung ihrer Hände so engelsgleich tröstend und treu!

Als er sie umarmte, sagte sie zu ihm: „Man hat mir niemals gesagt, daß Sie krank sind“, und ihren Arm behutsam um seinen Nacken legend, bettete sie seinen Kopf an ihre Brust, legte die Hand auf seinen Kopf und ihre Wange auf diese Hand und hätschelte ihn so liebevoll und Gott weiß so unschuldig, wie sie ihren Vater in diesem Zimmer gehätschelt hatte, als sie noch ein Kind war und all die Aufmerksamkeit selbst nötig gehabt hätte, die sie den anderen zukommen ließ.

Als er sprechen konnte, sagte er: „Ist es möglich, daß Sie zu mir gekommen sind? Und in diesem Kleid?“

„Ich hoffte, Sie würden mich in diesem Kleid lieber sehen als in irgendeinem andern. Ich habe es immer als Erinnerung aufbewahrt; obwohl ich es nicht nötig hatte, erinnert zu werden. Ich bin nicht allein, sehen Sie. Ich habe eine alte Freundin mitgebracht.“

Als er sich umblickte, sah er Maggy in ihrer großen Haube, die sie schon lange nicht mehr getragen hatte, einen Korb am Arm, wie in den vergangenen Tagen, und voll Entzücken kichernd.

„Ich bin erst gestern abend mit meinem Bruder in London angekommen. Ich schickte zu Mrs. Plornish fast so bald, als wir angekommen waren, um Nachricht von Ihnen zu erhalten und Sie wissen zu lassen, daß ich gekommen sei. Haben Sie etwa in der Nacht an mich gedacht? Ich glaube fast, Sie müssen ein wenig an mich gedacht haben. Ich habe so besorgt an Sie gedacht, und es schien mir so lange, bis es Morgen wurde."

„Ich habe an Sie gedacht ..." Er zögerte, wie er sie nennen sollte. Sie bemerkte es im Augenblick.

„Sie haben mich noch nicht bei meinem richtigen Namen genannt. Sie wissen, welches für Sie stets mein richtiger Name ist."

„Ich habe an Sie gedacht, Klein Dorrit, an jedem Tag, in jeder Stunde, in jeder Minute, seitdem ich hier bin."

„Haben Sie das getan? Haben Sie das getan?"

Er sah das helle Entzücken in ihrem Gesicht und die Röte, die darin aufstieg, mit einem Gefühl der Scham. Er, ein gebrochener, bankrotter, kranker, entehrter Gefangener.

„Ich war hier, bevor das Tor geöffnet wurde, aber ich hatte Angst, geradeswegs zu Ihnen zu gehen. Ich hätte Ihnen zuerst mehr geschadet als Gutes getan; denn das Gefängnis war mir so vertraut und doch so fremd, und es rief mir so viele Erinnerungen an meinen armen Vater und auch an Sie zurück, daß es mich anfangs überwältigte. So gingen wir zu Mr. Chivery, bevor wir ans Tor gingen, und er brachte uns hinein und führte uns in Johns Zimmer – mein armes altes Zimmer, Sie wissen –, und wir warteten dort ein wenig. Ich brachte die Blumen an Ihre Tür, aber Sie hörten mich nicht."

Sie sah etwas fraulicher aus als zur Zeit ihrer Abreise von London, und die Berührung der italienischen Sonne zeigte sich in einer gewissen Reife auf ihrem Gesicht. Aber sonst war sie ganz unverändert. Denselben tiefen schüchternen Ernst, den er stets und niemals ohne Bewegung an ihr gesehen hatte, sah er immer noch. Wenn er eine neue Bedeutung hatte, die ihn bis ins tiefste Herz rührte, so lag die Änderung in seiner Auffassung, nicht in ihr.

Sie nahm ihren alten Hut ab, hängte ihn an die alte Stelle und begann lautlos mit Maggys Hilfe sein Zimmer so frisch und so sauber zu machen, wie es gemacht werden konnte, und mit einer angenehm riechenden Essenz zu besprengen. Als das getan war, wurde der Korb, der mit Trauben und anderen Früchten gefüllt war, ausgepackt, und sein ganzer Inhalt wurde ruhig beiseite getan. Als das getan war, sandte ein kurzes Flüstern Maggy davon, um jemand anders den Korb wieder von neuem füllen zu lassen, der auch bald, mit neuen Vorräten versehen, zurückkam, aus denen für den Augenblick ein kühlender Trunk und für später ein gebratenes Huhn und Wein mit Wasser als erstes ausgewählt wurden. Nachdem diese verschiedenen Anordnungen ausgeführt waren, zog sie altes Nähzeug hervor, um ihm einen Vorhang für sein Fenster zu machen, und so fand er, sanft in seinen Stuhl gebettet, Klein Dorrit, mit ihrer Arbeit beschäftigt, neben sich, während eine Stille im Zimmer herrschte, die sich durch das sonst lärmende Gefängnis zu verbreiten schien.

Den stillen Kopf wieder über die Arbeit gebeugt und die flinken Finger wieder geschäftig sich bewegen zu sehen – obwohl sie nicht so in ihrer Arbeit aufging, daß ihre mitleidigen Augen sich nicht oft zu seinem Gesicht erhoben und, wenn sie sich wieder senkten, voller Tränen waren –, so getröstet und gestützt zu sein und zu wissen, daß alle Hingabe dieses großen Gemüts sich in seinem Unglück ihm zuwandte, um seinen unerschöpflichen Reichtum an Güte über ihn auszuschütten, war nicht dazu angetan, Clennams zitternde Stimme und Hand zu beruhigen oder ihn von seiner Schwäche zu heilen. Doch flößte es ihm eine innere Standhaftigkeit ein, die mit seiner Liebe wuchs. Und welche Worte können ausdrücken, wie zärtlich er sie jetzt liebte!

Während sie im Schatten der Mauer Seite an Seite dasaßen, fiel der Schatten wie Licht auf ihn. Sie wollte ihn nicht viel sprechen lassen, und er lag zurückgelehnt in seinem Stuhl und blickte sie an. Bisweilen stand sie auf und reichte ihm das Glas zum Trinken oder glättete die Stelle, auf der sein Kopf lag. Dann nahm sie wieder still ihren Platz ein und beugte sich über ihre Arbeit.

Der Schatten bewegte sich mit der Sonne, aber sie bewegte sich niemals von seiner Seite, außer um ihm Handreichungen zu leisten. Die Sonne ging unter, und sie war noch immer da. Sie hatte jetzt ihre Arbeit beendet, und ihre Hand, die seit dem letzten Dienst, den sie ihm geleistet hatte, zitternd auf der Lehne seines Sessels lag, zögerte noch dort. Er legte seine Hand darauf, und sie umfaßte sie mit einer zitternden Bitte.

„Lieber Mr. Clennam, ich muß Ihnen etwas sagen, bevor ich gehe. Ich habe es von Stunde zu Stunde aufgeschoben, aber ich muß es sagen."

„Ich ebenfalls, liebe Klein Dorrit! Ich habe auch aufgeschoben, was ich sagen muß."

Sie legte unruhig ihre Hand auf seine Lippen, wie um ihn am Weiterreden zu hindern; dann fiel diese zitternd auf ihren vorigen Platz zurück.

„Ich gehe nicht wieder ins Ausland. Mein Bruder wird es tun, aber ich nicht. Er hing immer an mir, und er ist mir jetzt so dankbar – viel zu dankbar, denn es ist nur darum, weil ich während seiner Krankheit bei ihm war –, daß er sagt, es soll mir freistehen, zu bleiben, wo ich will, und zu tun, was ich will. Er wünscht nur, daß ich glücklich bin."

Am Himmel erschien ein einziger heller Stern. Sie blickte zu ihm empor, während sie sprach, als ob es der glühendste Wunsch ihres eigenen Herzens wäre, der über ihr schien.

„Sie werden sicherlich wissen, ohne daß ich es Ihnen sage, daß mein Bruder nach Hause gekommen ist, um nach dem Testament meines lieben Vaters zu forschen und sein Erbe anzutreten. Er sagt, wenn ein Testament da ist, würde ich sicher reich bedacht sein; und wenn keins da ist, werde er mich dazu machen."

Er wollte sprechen; aber sie hob wieder ihre zitternde Hand, und er schwieg.

„Ich brauche kein Geld, ich habe kein Verlangen danach. Es würde für mich ganz nutzlos sein, außer um Ihretwillen. Ich könnte nicht reich sein, während Sie hier sind. Ich wäre immer viel ärmer als arm, solange Sie in Not sind. Wollen Sie mir gestatten, Ihnen alles zu leihen, was ich habe? Wollen Sie mir gestatten, Ihnen alles zu geben? Wollen Sie mir gestatten, Ihnen zu zeigen, daß ich niemals vergessen kann, daß Sie mich beschützten, als dies mein Heim war? Lieber Mr. Clennam, machen Sie mich zum glücklichsten Menschen der Welt, indem Sie ja sagen! Machen Sie mich so glücklich, wie ich sein kann, wenn ich Sie hier lassen muß, indem Sie heute abend nichts sagen und mich mit der Hoffnung davongehen lassen, daß Sie freundlich daran denken werden und daß Sie um meinetwillen – nicht um Ihretwillen, um meinetwillen, um niemanden sonst als um meinetwillen! – mir die größte Freude bereiten wollen, die mir auf Erden beschert sein kann, die Freude, zu wissen, daß ich Ihnen nützlich gewesen bin und ein wenig von meiner großen Dankesschuld abgetragen habe. Ich kann nicht sagen, was ich sagen möchte. Ich kann Sie hier nicht besuchen, wo ich so lange gelebt habe, ich kann nicht daran denken, daß Sie hier sind, wo ich so viel mit angesehen habe, und dabei so ruhig und tröstend sein, wie ich es sollte. Meine Tränen fließen von selbst. Ich kann sie nicht zurückhalten. Aber bitte, bitte, bitte, wenden Sie sich jetzt in Ihrem Kummer nicht von Ihrer Klein Dorrit ab! Bitte, bitte, bitte, ich bitte Sie und flehe Sie mit meinem ganzen bekümmerten Herzen an, mein Freund – mein Lieber! –, nehmen Sie alles, was ich habe, und machen Sie es zum Segen für mich!"

Der Stern hatte bis jetzt ihr Gesicht beschienen, nun neigte er sich auf seine Hand und ihre eigene.

Es war dunkler geworden, als er sie in seiner Umschlingung aufrichtete und ihr leise antwortete:

„Nein, meine liebste Klein Dorrit. Nein, mein Kind. Ich darf nichts von einem solchen Opfer hören. Freiheit und Hoffnung wären zu einem solchen Preis so teuer erkauft, daß ich niemals ihr Gewicht aushalten, niemals den Vorwurf ertragen könnte, sie zu besitzen; mit welcher brennenden Dankbarbeit und Liebe ich das sage, dafür kann ich den Himmel zum Zeugen anrufen!"

„Und doch wollen Sie mich Ihnen in Ihrem Kummer nicht treu sein lassen?"

„Sagen Sie vielmehr, liebste Klein Dorrit, und doch will ich versuchen, Ihnen treu zu sein. Wenn in den vergangenen Tagen, als dies Ihr Heim und dies Ihr Kleid war, ich mich selbst besser verstanden (ich spreche nur von mir selbst) und die Geheimnisse in meiner Brust klarer gelesen hätte; wenn ich in meiner Zurückhaltung und in meinem Mangel an Selbstvertrauen ein Licht wahrgenommen hätte, das ich jetzt deutlich sehe, wo es weit fort ist und meine schwachen Schritte es niemals einholen können; wenn ich damals gewußt und Ihnen gesagt hätte, daß ich Sie liebte und ehrte, nicht als das arme Kind, das ich Sie zu nennen pflegte, sondern als ein Mädchen, dessen treue Hand mich hoch über mich selbst erheben und mich zu einem viel glücklicheren, besseren Menschen machen würde; wenn ich so die Gelegenheit benutzt hätte, die niemals wieder zurückgerufen werden kann – wie wünschte ihn, es getan zu haben, oh, wie wünschte ich nur zu sehr, es getan zu haben! –, und wenn etwas uns damals voneinander ferngehalten hätte, als es mir ein wenig gut ging und als Sie arm waren; dann könnte ich das edle Anerbieten Ihres Vermögens, liebstes Mädchen, mit anderen Worten als mit diesen beantworten und hätte doch immer noch erröten müssen, es zu berühren. Aber wie es ist, darf ich es niemals anrühren, niemals!"

Sie bat ihn mit ihrer kleinen flehenden Hand rührender und ernsthafter, als sie es mit Worten hätte tun können.

„Ich bin tief genug in Schande, meine Klein Dorrit, ich darf nicht so tief sinken und Sie – so teuer, so edel, so gut – mit mir in die Tiefe ziehen. Gott segne Sie, Gott belohne Sie. Es ist vorüber."

Er zog sie in seine Arme, als wäre sie seine Tochter. „Ich war immer um so viel älter, um so viel rauher und um so viel weniger würdig, aber wir müssen beide auch das vergessen, was ich war, und Sie müssen in mir nur den sehen, der ich jetzt bin. Ich drücke diesen Abschiedskuß auf Ihre Wange, mein Kind – die mir näher hätte stehen können, die mir niemals teurer hätte sein können –, ein ruinierter Mann, der weit von Ihnen entfernt ist, der für immer von Ihnen getrennt ist, dessen Bahn zu Ende ist, während die Ihrige gerade erst beginnt. Ich habe nicht den Mut, darum zu bitten, daß Sie mich in meiner Erniedrigung vergessen sollen, aber ich bitte Sie, sich an mich als den zu erinnern, der ich bin."

Die Glocke begann zu läuten, als warnendes Zeichen für Besucher, daß sie gehen müßten. Er nahm ihren Mantel von der Wand und legte ihn ihr zärtlich um.

„Noch ein Wort, meine Klein Dorrit. Es ist ein hartes Wort für mich, aber ein notwendiges. Die Zeit, wo Sie und dieses Gefängnis etwas miteinander gemein hatten, ist längst vorüber. Verstehen Sie?"

„Oh! Sie können mir doch nicht sagen wollen", rief sie bitterlich weinend und hob ihre gefalteten Hände bittend empor, „daß ich niemals wiederkommen darf! Sie werden mich doch nicht so verlassen wollen!"

„Ich würde es sagen, wenn ich es könnte; aber ich habe nicht den Mut, dieses teure Gesicht ganz auszuschließen und alle Hoffnung auf seine Wiederkehr aufzugeben. Aber kommen Sie nicht bald wieder, kommen Sie nicht oft! Dies ist ein befleckter Ort, und ich weiß wohl, daß die Befleckung an mir haftet. Ihr Platz ist an viel besseren und lichteren Orten. Sie sollen hierher nicht zurückblicken, meine Klein Dorrit. Sie sollen auf ganz andere und viel glücklichere Pfade vor sich blikken. Noch einmal, Gott segne Sie! Gott belohne Sie!"

Maggy, die in tiefste Niedergeschlagenheit verfallen war, rief hier aus: „Oh, bring ihn in ein Hospital, bring ihn in ein Hospital, Mutter! Er wird niemals wieder wie früher aussehen, wenn er nicht in ein Hospital gebracht wird. Und dann die kleine Frau, die immer an ihrem Spinnrad saß, sie kann mit der Prinzessin an den Schrank gehen und sagen: ‚Warum hältst du das Huhn hier versteckt?', und dann können sie es herausnehmen und es ihm geben und dann alle glücklich sein."

Die Unterbrechung kam zur rechten Zeit, denn das Läuten der Glocke war fast zu Ende. Nachdem er wiederum zärtlich den Mantel um sie gelegt und ihren Arm durch den seinigen gezogen hatte (obwohl er ohne ihren Besuch fast zu schwach gewesen wäre zu gehen), führte Arthur Klein Dorrit die Treppe hinab. Sie war die letzte Besucherin, die durch das Pförtnerhäuschen hinausging, und das Tor rasselte schwer und hoffnungslos hinter ihr zu.

Mit dem Grabeston, den es in Arthurs Herz erweckte, kehrte das Gefühl seiner Schwäche zurück. Es war ein mühseliger Weg die Treppe zu seinem Zimmer hinauf, und er betrat den dunklen, einsamen Raum in unsäglicher Verzweiflung. Als es fast Mitternacht und alles im Gefängnis schon seit langem still war, kam ein behutsames Knarren die Treppe herauf und ein Schlüssel pochte behutsam an seine Tür. Es war der junge John. Er glitt auf Socken herein und hielt die Tür zu, während er flüsternd sprach.

„Es ist gegen alle Regeln, aber ich kümmere mich darum nicht. Ich war entschlossen, durchzukommen und zu Ihnen zu kommen."

„Was gibt es?"

„Nichts gibt es, Sir. Ich wartete im Hof auf Miss Dorrit, als sie heraustrat. Ich dachte, es wäre Ihnen lieb, wenn jemand sie beschützte."

„Ich danke Ihnen, ich danke Ihnen! Sie haben sie nach Hause begleitet, John?"

„Ich brachte sie bis zu ihrem Hotel. Dasselbe, in dem Mr. Dorrit gewohnt hat. Miss Dorrit ging den ganzen Weg zu Fuß. Sie sprach so freundlich zu mir, daß es mich ganz überwältigte. Weshalb, glauben Sie, ging sie, anstatt zu fahren?"

„Ich weiß nicht, John."

„Um von Ihnen zu sprechen. Sie sagte zu mir: ‚John, Sie sind immer ehrenhaft gewesen, und wenn Sie mir versprechen wollen, daß Sie für ihn sorgen und ihn niemals ohne Hilfe und Trost lassen werden, wenn ich nicht da bin, so werde ich in dieser Beziehung beruhigt sein.' Ich versprach es ihr. Und ich werde zu Ihnen halten", sagte John Chivery, „für immer!"

Clennam streckte sehr gerührt diesem ehrlichen Gemüt seine Hand entgegen.

„Bevor ich sie nehme", sagte John, auf die Hand blikkend, ohne sich von der Tür zu entfernen, „raten Sie, welche Botschaft Miss Dorrit mir aufgetragen hat."

Clennam schüttelte den Kopf.

„‚Sagen Sie ihm'", wiederholte John mit deutlicher, obwohl zitternder Stimme, „‚daß seine Klein Dorrit ihn mit unwandelbarer Liebe grüßen läßt.' Nun ist es ausgerichtet. Bin ich ehrlich gewesen, Sir?"

„Sehr, sehr!"

„Wollen Sie Miss Dorrit sagen, daß ich ehrlich gewesen bin?"

„Das will ich wirklich."

„Hier ist meine Hand", sagte John, „und ich werde für immer zu Ihnen halten!"

Nach einem herzlichen Händedruck verschwand er mit demselben behutsamen Knarren auf der Treppe, schlich ohne Schuhe über das Pflaster des Hofes, schloß das Tor hinter sich zu und ging auf den Vorhof hinaus, wo er seine Schuhe gelassen hatte. Wenn der Weg mit glühenden Pflugscharen gepflastert gewesen wäre, so ist es durchaus nicht unwahrscheinlich, daß John ihn zu demselben Zweck mit derselben Ergebenheit durchquert hätte.

## *30. Kapitel*

### Das Wetter zieht auf

Das Licht des letzten Tages der festgesetzten Woche berührte die Gitterstäbe des Marshalsea-Tores. Die ganze Nacht hindurch, seit das Tor hinter Klein Dorrit zugerasselt war, schwarz, wurden seine eisernen Bänder durch den Glanz der Morgensonne in goldene verwandelt. Denn schräg über die Stadt hin, über das Gewirr ihrer Dächer und durch das offene Maßwerk ihrer Kirchtürme fielen die langen glänzenden Sonnenstrahlen, Gitterstäbe des Gefängnisses dieser niedrigen Welt.

Den ganzen Tag hindurch war das alte Haus im Torweg von Besuchern unbelästigt geblieben. Aber als die Sonne niedrig stand, bogen drei Männer in den Torweg ein und schritten auf das verfallene Haus zu.

Rigaud war der erste und ging rauchend allein. Mr. Baptist war der zweite und trottete dicht hinter ihm her, ohne den Blick von ihm zu lassen. Mr. Pancks war der dritte und trug seinen Hut unter dem Arm, damit sein widerspenstiges Haar volle Freiheit hätte, da es sehr heiß war. Sie hatten an der Türschwelle einander eingeholt.

„Ihr beiden Verrückten!“ sagte Rigaud und drehte sich um. „Geht noch nicht weg!“

„Es ist gar nicht unsere Absicht“, sagte Mr. Pancks. Nachdem er ihm als Dank für diese Antwort einen finsteren Blick zugeworfen hatte, klopfte Rigaud laut. Er hatte getrunken, um sich für die Endrunde seines Spieles vorzubereiten und war ungeduldig, anzufangen. Sein erstes langes, widerhallendes Klopfen war kaum verklungen, als er sich wieder dem Klopfer zuwandte und von neuem begann. Das klang noch nach, als Jeremiah die Tür öffnete und sie alle klirrend die steinerne Vorhalle betraten. Rigaud schob Mr. Flintwinch beiseite und ging geradewegs die Treppe hinauf. Seine beiden Begleiter folgten ihm. Mr. Flintwinch folgte diesen, und so gelangte die ganze Schar in Mrs. Clennams ruhiges

Zimmer. Es war in seinem üblichen Zustand, außer daß eines der Fenster weit offen war und Affery strümpfestopfend auf der altmodischen Fensterbank saß. Die gewohnten Gegenstände lagen auf dem Tischchen; das gewohnte schwache Feuer brannte im Kamin; das Bett war mit dem gewohnten Leichentuch bedeckt; und die Herrin des Ganzen saß auf ihrem schwarzen, bahrenähnlichen Sofa, von ihrem schwarzen, eckigen Kissen gestützt, das wie der Block des Scharfrichters aussah.

Dennoch lag eine unfaßbare Atmosphäre der Vorbereitung über dem Zimmer, als ob es für eine besondere Gelegenheit zurechtgemacht wäre. Woher es kam, daß das Zimmer diesen Eindruck machte – da jeder aus der kleinen Anzahl von Gegenständen an demselben Platz war, an dem er seit Jahren gestanden –, hätte niemand sagen können, ohne aufmerksam die Herrin des Zimmers zu betrachten. Und das auch nur mit einer vorherigen Kenntnis ihres Gesichts. Obwohl ihr unveränderliches schwarzes Kleid in jeder Falte genauso wie früher und ihre unveränderliche Haltung starr gewahrt war, so machte sich doch ein sehr geringes Mehr in der Starrheit ihrer Gesichtszüge und in ihrer finster gerunzelten Stirn so stark bemerkbar, daß es allen Dingen um sie her einen Stempel aufdrückte.

„Wer sind diese Männer?“ sagte sie verwundert, als die beiden Begleiter eintraten. „Was wollen diese Leute hier?“

„Wer diese Männer sind, teure Madame, nicht wahr?“ erwiderte Rigaud. „Wahrhaftig, es sind Freunde Ihres Sohnes, des Gefangenen. Was sie hier wollen, nicht wahr? Beim Teufel, Madame, ich weiß es nicht. Sie werden gut tun, sie selbst zu fragen.“

„Sie wissen, Sie sagten uns an der Tür, daß wir noch nicht gehen sollten“, sagte Pancks.

„Und Sie wissen, Sie sagten mir an der Tür, daß Sie nicht die Absicht hätten zu gehen“, erwiderte Rigaud. „Mit einem Wort, Madame: gestatten Sie mir, zwei Spione des Gefangenen vorzustellen – Verrückte, aber Spione. Wenn Sie wünschen, daß sie während unserer kleinen Unterhaltung hierbleiben sollen, dann sagen Sie es. Es macht mir nichts aus."

„Weshalb sollte ich wünschen, daß sie hierbleiben?" fragte Mrs. Clennam. „Was habe ich mit ihnen zu schaffen?"

„Dann, teuerste Madame", sagte Rigaud, der sich so schwer in einen Lehnsessel warf, daß der alte Raum erbebte, „werden Sie gut daran tun, sie wegzuschicken. Es ist Ihre Sache. Es sind nicht meine Spione, nicht meine Schurken."

„Hören Sie! Sie da, Pancks", sagte Mrs. Clennam, ihn zornig anblickend, „Sie Kommis Casbys! Kümmern Sie sich um die Angelegenheiten Ihres Herrn und um Ihre eigenen. Gehen Sie! Und nehmen Sie diesen anderen Mann mit!"

„Ich danke Ihnen, Madam", erwiderte Mr. Pancks, „ich freue mich, zu sagen, daß ich keinen Grund sehe, weshalb wir beide uns nicht zurückziehen sollten. Wir haben alles getan, was wir für Mr. Clennam zu tun begonnen hatten. Seine beständige Sorge war (und sie wurde immer größer, als er ins Gefängnis kam), daß dieser angenehme Herr hierher an den Ort zurückgebracht werden sollte, von dem er sich davongemacht hatte. Hier ist er – zurückgebracht. Und ich will ihm in sein häßliches Gesicht hinein sagen", fügte Mr. Pancks hinzu, „daß meiner Meinung nach die Welt durchaus nicht ärmer würde, wenn er sich ganz aus ihr davonmachte."

„Ihre Meinung ist nicht verlangt", antwortete Mrs. Clennam. „Gehen Sie!"

„Es tut mir leid, Sie nicht in besserer Gesellschaft zu lassen, Madam", sagte Pancks; „und es tut mir auch leid, daß Mr. Clennam nicht da sein kann. Es ist meine Schuld, daß es so ist."

„Sie meinen, seine eigene", erwiderte sie.

„Nein, ich meine, die meinige, Madam", sagte Pancks, „denn es war mein Unglück, ihn zu einer verderblichen Kapitalanlage zu verleiten." (Mr. Pancks hielt noch immer an dem Wort fest und sagte niemals Spekulation.) „Obwohl ich durch Zahlen beweisen kann", fügte

Mr. Pancks bekümmert hinzu, „daß es eine gute Anlage hätte sein müssen. Ich habe die Kalkulation seit dem Mißerfolg an jedem Tag meines Lebens wieder nachgerechnet, und sie erweist sich – rein als Zahlenfrage betrachtet – triumphierend richtig. Es ist hier nicht der Ort und die Zeit", fuhr Mr. Pancks mit einem sehnsüchtigen Blick in seinen Hut, wo er seine Berechnungen aufbewahrte, fort, „auf die Zahlen einzugehen; aber die Zahlen sind nicht zu bestreiten. Mr. Clennam sollte in diesem Augenblick in einem Zweispänner fahren, und ich sollte drei- bis fünftausend Pfund Vermögen haben." Mr. Pancks strich sein Haar mit einem Ausdruck festen Vertrauens empor, das kaum hätte größer sein können, wenn er den Betrag in der Tasche gehabt hätte. Diese unwiderlegbaren Zahlen hatten ihn jeden Augenblick seiner freien Zeit beschäftigt, seitdem er sein Geld verloren hatte, und waren bestimmt, ihm bis ans Ende seiner Tage Trost zu gewähren. „Jedoch", sagte Mr. Pancks, „genug davon. Altro, alter Junge, Sie haben die Zahlen gesehen, und Sie wissen, was sie ergeben."

Mr. Baptist, der nicht die geringsten mathematischen Fähigkeiten besaß, nickte, während er seine glänzend weißen Zähne zeigte.

Mr. Flintwinch hatte ihn inzwischen angestarrt und sagte nun zu ihm:

„Oh! *Sie* sind es? Mir schien, daß ich mich an Ihr Gesicht erinnerte, aber ich war nicht sicher, bis ich Ihre Zähne sah. Ach! Sicherlich. Es ist der geschäftige Auswanderer", sagte Jeremiah zu Mrs. Clennam, „der an dem Abend, als Arthur und die Plaudertasche hier waren, an die Tür klopfte und der mir einen ganzen Katechismus von Fragen über Mr. Blandois vorlegte."

„Das stimmt", gab Mr. Baptist fröhlich zu. „Und sehen Sie ihn an, Padrone! Ich habe ihn schließlicherweise gefunden."

„Ich hätte nichts dagegen gehabt", erwiderte Mr. Flintwinch, „wenn Sie sich schließlicherweise den Hals gebrochen hätten!"

„Und nun", sagte Mr. Pancks, dessen Auge oft heimlich nach der Fensterbank und dem Strumpf, der dort ausgebessert wurde, gewandert war, „habe ich nur noch ein Wort zu sagen, bevor ich gehe. Wenn Mr. Clennam hier wäre – aber unglücklicherweise, obwohl er mit diesem feinen Herrn so weit fertig geworden ist, daß er ihn wider seinen Willen an diesen Ort zurückgebracht hat, ist er krank und gefangen, krank und gefangen, armer Mann –, wenn er hier wäre", sagte Mr. Pancks, ging einen Schritt seitlich auf die Fensterbank zu und legte seine rechte Hand auf den Strumpf, „so würde er sagen: ‚Affery, erzählen Sie Ihre Träume!'"

Mr. Pancks hielt mit einem geisterhaft warnenden Gesichtsausdruck seinen rechten Zeigefinger zwischen seine Nase und den Strumpf, wandte sich um, dampfte hinaus und nahm Mr. Baptist ins Schlepptau. Man hörte die Haustür sich hinter ihnen schließen, man hörte ihre Schritte über das dumpf widerhallende Pflaster des Hofes gehen, und immer noch hatte keiner der Zurückgebliebenen ein Wort gesprochen. Mrs. Clennam und Jeremiah hatten einen Blick ausgetauscht und hatten dann Affery angeblickt und blickten sie noch an, während diese dasaß und mit großem Fleiß ihren Strumpf stopfte.

„Nun!" sagte Mr. Flintwinch endlich, schraubte sich mit ein paar Windungen auf die Fensterbank zu und rieb die Hände an seinem Rockschoß, als ob er sich vorbereitete, etwas zu tun. „Was zwischen uns zu besprechen ist, sollte am besten ohne weiteren Zeitverlust zu besprechen begonnen werden. – Also, Affery, Weib, mach dich fort!"

In einem Augenblick hatte Affery den Strumpf hingeworfen, fuhr empor, ergriff mit der rechten Hand den Fenstersims, stemmte sich mit ihrem linken Knie auf die Fensterbank und schlug mit der linken Hand um sich, um erwartete Angreifer abzuwehren.

„Nein, ich will nicht, Jeremiah – nein, ich will nicht, nein, ich will nicht! Ich will nicht gehen! Ich will hierbleiben. Ich will alles hören, was ich nicht weiß, und alles sagen, was ich weiß. Ich will es endlich einmal, und wenn ich dafür sterben muß. Ich will es, ich will es, ich will es, ich will es!“

Mr. Flintwinch, der vor Zorn und Erstaunen ganz starr war, befeuchtete die Finger seiner einen Hand an den Lippen, beschrieb langsam einen Kreis mit ihnen auf der Fläche der anderen und fuhr fort, sich mit einem drohenden Grinsen auf seine Frau zuzuschrauben, wobei er einige Worte hervorstieß, von denen in seiner erstickenden Wut nur „eine solche Dosis“ hörbar war.

„Keinen Schritt näher, Jeremiah!“ rief Affery und hörte nicht auf, in die Luft zu schlagen. „Komm mir nicht einen Schritt näher, oder ich alarmiere die Nachbarschaft! Ich werde mich zum Fenster hinauswerfen, ich werde Feuer und Mord rufen! Ich werde die Toten aufwecken! Bleib stehen, wo du bist, oder ich werde laut genug schreien, um die Toten aufzuwecken!“

Die energische Stimme von Mrs. Clennam wiederholte: „Bleiben Sie stehen!“

Jeremiah war bereits stehengeblieben.

„Es bricht herein, Flintwinch. Lassen Sie sie in Frieden. Affery, wendest du dich gegen mich nach diesen vielen Jahren?“

„Ich tue es, wenn es sich gegen Sie wenden heißt, daß ich hören will, was ich nicht weiß, und sagen, was ich weiß. Ich habe nun losgelegt und kann nicht zurück. Ich bin entschlossen, es zu tun. Ich will es tun, ich will es, ich will es! Wenn das heißt, sich gegen Sie wenden, ja, dann wende ich mich gegen euch beide Gescheiten. Ich sagte Arthur, als er nach Hause zurückkehrte, er solle gegen euch auftreten. Ich sagte ihm, daß es kein Grund sei, weil ich mich um mein Leben vor euch fürchte, daß er sich ebenfalls fürchten müsse. Alle möglichen Dinge sind seitdem geschehen, und ich will mich nicht mehr von Jeremiah quälen lassen, noch will ich betäubt und erschreckt werden und nicht mehr an Gott weiß was für Dingen teilnehmen müssen, ich will nicht, ich will nicht! Ich will für Arthur hier stehen, der nichts mehr hat und krank und im Gefängnis ist und nicht für sich selbst hier stehen kann. Ich will es, ich will es, ich will es!"

„Woher weißt du denn, du konfuses Weib", fragte Mrs. Clennam finster, daß du mit dem, was du jetzt tust, Arthur überhaupt einen Dienst erweist?"

„Ich weiß überhaupt nichts mehr", sagte Affery, „und wenn Sie jemals ein wahres Wort in Ihrem Leben gesagt haben, dann ist es, wenn Sie mich ein konfuses Weib nennen, denn ihr beiden Gescheiten habt euer Äußerstes getan, mich dazu zu machen. Ihr habt mich verheiratet, ob es mir recht war oder nicht, und ihr habt fast die ganze Zeit seitdem mein Leben so unerhört mit Träumen und Angst gefüllt. Und was erwartet ihr, daß ich anderes sein soll als ein konfuses Weib? Ihr wolltet mich dazu machen, und ich bin so geworden; aber ich will mich nicht länger unterwerfen, nein, ich will es nicht, ich will es nicht, ich will es nicht!" Sie schlug immer noch in die Luft gegen alle, die sich ihr nähern wollten.

Nachdem sie sich eine Weile schweigend betrachtet hatten, wandte sich Mrs. Clennam an Rigaud: „Sie sehen und hören dieses törichte Geschöpf. Haben Sie etwas dagegen, daß so eine Blödsinnige hierbleibt?"

„Ich, Madame", erwiderte er, „ob ich etwas dagegen habe? Das ist eine Frage, die Sie angeht."

„Ich habe nichts dagegen", sagte sie finster. „Es bleibt nicht viel zu wählen übrig. Flintwinch, es bricht herein."

Mr. Flintwinch antwortete, indem er einen Blick wilder Rache auf seine Frau warf, und schraubte dann, wie um sich daran zu hindern, über sie herzufallen, seine verschränkten Arme in seine Weste hinein. So, mit dem Kinn sehr nahe einem seiner Ellenbogen, stand er in einer Ecke und beobachtete Rigaud in der seltsamsten Haltung. Rigaud seinerseits erhob sich aus seinem Sessel und setzte sich mit baumelnden Beinen auf den Tisch. In dieser bequemen Haltung blickte er in Mrs. Clennams finsteres Gesicht, während sein Schnurrbart in die Höhe stieg und seine Nase herabfiel.

„Madame, ich bin ein Edelmann . . ."

„Von dem ich“, unterbrach sie ihn mit ihrem festen Ton, „recht nachteilige Dinge gehört habe, in Verbindung mit einem französischen Kerker und einer Anklage wegen Mord.“

Er warf ihr mit übertriebener Galanterie einen Handkuß zu.

„Richtig. Ganz zutreffend. Noch dazu an einer Dame! Welche Absurdität! Wie unglaublich! Ich hatte die Ehre, damals einen großen Erfolg davonzutragen. Ich hoffe die Ehre zu haben, auch jetzt einen großen Erfolg davonzutragen. Ich küsse Ihre Hände. Madame, ich bin ein Edelmann (war ich im Begriff zu bemerken), der, wenn er sagt: ‚Ich will diese oder jene Angelegenheit bei der gegenwärtigen Sitzung endgültig abschließen‘, sie auch wirklich endgültig abschließt. Ich verkünde Ihnen, daß wir bei unserer letzten Sitzung über unsere kleine Angelegenheit angelangt sind. Sie erweisen mir die Gunst, zu folgen und zu verstehen?“

Sie hielt ihre Augen mit finsterem Ausdruck auf ihn gerichtet. „Ja.“

„Ferner bin ich ein Edelmann, dem Handelsgeschäfte bloß um des Gewinnes willen unbekannt sind, aber für den Geld als ein Mittel, seinen Neigungen zu leben, stets willkommen ist. Sie erweisen mir die Gunst, zu folgen und zu verstehen?“

„Kaum nötig zu fragen, sollte man meinen, ja.“

„Ferner bin ich ein edler Mensch von sanftestem und liebenswürdigstem Charakter, aber der, wenn man mit ihm spielt, in Zorn gerät. Edle Naturen pflegen unter solchen Umständen in Zorn zu geraten. Ich besitze eine edle Natur. Wenn der Löwe geweckt wird – das heißt, wenn ich in Zorn gerate –, so ist die Befriedigung meines Grolles mir ebenso angenehm wie Geld. Sie erweisen mir immer noch die Gunst, zu folgen und zu verstehen?“

„Ja“, antwortete sie etwas lauter als früher.

„Lassen Sie sich durch mich nicht stören; bitte, bleiben Sie ruhig. Ich habe gesagt, wir sind jetzt bei unserer letzten Zusammenkunft angelangt. Erlauben Sie mir, an die beiden vorigen Sitzungen zu erinnern, die wir gehabt haben."

„Es ist nicht nötig."

„Zum Teufel, Madame", brach er los, „es gefällt mir so! Überdies wird es die Lage klären. Die erste Sitzung war kurz. Ich hatte die Ehre, Ihre Bekanntschaft zu machen – meinen Brief zu überreichen; ich bin ein Industrieritter, Ihnen zu dienen, Madame, aber meine eleganten Manieren hatten mir als Meister der Sprachen einen solchen Erfolg bei Ihren Landsleuten verschafft, die zueinander steif wie Stöcke, aber stets bereit sind, zu einem ausländischen Herrn mit eleganten Manieren entgegenkommender zu werden – und ich hatte die Ehre, einige kleine Dinge in diesem ehrbaren Hause zu beobachten", er blickte lächelnd im Zimmer umher, „deren Kenntnis nötig war, um mich zu versichern und zu überzeugen, daß ich das hervorragende Vergnügen hatte, die Bekanntschaft der Dame zu machen, die ich suchte. Ich erreichte meinen Zweck. Ich gab unserem lieben Flintwinch mein Ehrenwort, daß ich zurückkehren würde. Dann reiste ich rücksichtsvoll ab."

In ihrem Gesicht war weder Zustimmung noch Widerspruch. Stets dasselbe, wenn er stillschwieg und wenn er sprach, zeigte es ihm immer dasselbe aufmerksame Stirnrunzeln und den erwähnten Ausdruck finsterer Bereitschaft für das, was sich ereignen würde.

„Ich sage, ich reiste rücksichtsvoll ab, weil es rücksichtsvoll war, sich zurückzuziehen, ohne eine Dame zu beunruhigen. Geistig rücksichtsvoll zu sein, nicht weniger als physisch, gehört zum Charakter von Rigaud Blandois. Es war auch politisch, da es Sie mit etwas zurückließ, das drohend über Ihnen hing, um mich ein wenig besorgt an einem unbestimmten Tag wiederzuerwarten. Aber Ihr Sklave ist politisch! Beim Himmel, Madame! Nun weiter. An dem unbestimmten Tag habe ich wiederum die Ehre, mich zu Ihrem Hause zu begeben. Ich gebe zu verstehen, daß ich etwas zu verkaufen habe, was, wenn es nicht gekauft wird, Madame, für welche ich die größte Hochachtung habe, kompromittieren würde. Ich erkläre mich ganz allgemein. Ich verlange – ich glaube, es waren tausend Pfund. Stimmt das nicht?"

So zum Reden gezwungen, antwortete sie widerwillig: „Sie verlangten nicht weniger als tausend Pfund."

„Ich verlange jetzt zwei. Das sind die üblen Folgen der Verzögerung. Aber wieder weiter. Wir sind nicht einig; es besteht bei dieser Gelegenheit eine Meinungsverschiedenheit zwischen uns. Ich bin scherzhaft veranlagt; Scherzhaftigkeit gehört zu meinem liebenswürdigen Charakter. Im Scherz tue ich so, als ob ich ermordet und versteckt worden bin, denn es kann für Madame die Hälfte der Summe wert sein, allein von dem Verdacht befreit zu werden, den mein drolliger Einfall erweckt. Der Zufall und Spione mischen sich in meine Scherzhaftigkeit ein und verderben die Frucht, vielleicht – wer weiß? nur Sie und Flintwinch – gerade als sie reif ist. Madame, ich bin hier zum letztenmal. Merken Sie wohl auf meine Worte! Bestimmt zum letztenmal."

Während er mit seinen schlenkernden Absätzen gegen die Unterplatte des Tisches schlug und ihr finsteres Starren mit einem unverschämten Blick erwiderte, begann er einen drohenderen Ton anzuschlagen.

„Pah, warten Sie einmal! Wir wollen Schritt für Schritt vorwärtsgehen. Hier ist meine Hotelrechnung, die der Übereinkunft entsprechend zu bezahlen ist. In fünf Minuten können wir aneinandergeraten sein. Ich will es nicht bis dahin aufschieben, oder Sie werden mich betrügen. Bezahlen Sie! Zählen Sie mir das Geld her!"

„Nehmen Sie ihm die Rechnung aus der Hand und zahlen Sie ihm den Betrag", sagte Mrs. Clennam zu Mr. Flintwinch.

Er warf sie Mr. Flintwinch ins Gesicht, als der alte Mann vortrat, um sie zu nehmen, und streckte seine Hand aus, während er lärmend wiederholte: „Bezahlen Sie sie! Zählen Sie das Geld her! Gutes Geld!" Jeremiah hob die Rechnung auf, sah mit blutunterlaufenen Augen auf die Gesamtsumme, nahm einen kleinen Leinenbeutel aus seiner Tasche und zählte ihm den Betrag in die Hand.

Rigaud ließ das Geld klingen, wog es in der Hand, warf es ein wenig in die Höhe, fing es dann auf und ließ es wiederum klingen.

„Sein Klang ist für den kühnen Rigaud Blandois wie der Geruch frischen Fleisches für den Tiger. Sprechen Sie also, Madame. Wieviel?"

Er wandte sich ihr plötzlich mit einer drohenden Geste der Hand, in der er das Geld hielt, zu, als ob er sie damit schlagen wollte.

„Ich sage Ihnen wiederum, wie ich Ihnen vorher gesagt habe, daß wir hier nicht reich sind, wie Sie von uns glauben, und daß Ihre Forderung übertrieben ist. Ich habe im Augenblick nicht die Mittel, eine solche Forderung zu gewähren, selbst wenn ich noch so sehr die Neigung dazu hätte."

„Wenn!" rief Rigaud. „Hört diese Dame mit ihrem Wenn! Wollen Sie sagen, daß Sie nicht die Neigung haben?"

„Ich sage, was mir beliebt, und nicht, was Ihnen beliebt."

„Sagen Sie es also. In bezug auf die Neigung. Rasch! Kommen Sie zu der Neigung, und ich weiß, was zu tun ist."

Sie war nicht rascher und nicht langsamer als vorher in ihrer Antwort. „Es hat den Anschein, daß Sie in den Besitz von einem Papier – oder von Papieren geraten sind, die wiederzubekommen ich sicherlich geneigt bin."

Rigaud trommelte laut lachend mit seinen Absätzen gegen den Tisch und ließ sein Geld klingen. „Das denke ich wohl! Das glaube ich Ihnen!"

„Das Papier könnte mir eine Summe Geldes wert sein. Ich kann nicht sagen, wie viel oder wie wenig."

„Was zum Teufel!" fragte er wild. „Nicht einmal nach der Gnadenfrist von einer Woche Bedenkzeit?"

„Nein! Ich will aus meinen bescheidenen Mitteln – denn ich sage Ihnen wieder, wir sind hier arm und nicht reich – keinen Preis für eine Macht bieten, deren schlimmste Wirkung ich nicht kenne. Dies ist das drittemal, daß Sie Andeutungen und Drohungen machen. Sie müssen klar und deutlich sprechen, oder Sie können gehen, wohin Sie wollen, und tun, was Sie wollen. Es ist besser, auf einmal in Stücke gerissen zu werden, als eine Maus zu sein, die den Launen einer solchen Katze ausgesetzt ist."

Er blickte sie so scharf aus seinen nahe beieinanderliegenden Augen an, daß sich deren finstere Blicke kreuzten und den gebogenen Nasenrücken noch krummer zu machen schienen. Nachdem er sie lange angestarrt hatte, sagte er, während wieder das teuflische Lächeln über sein Gesicht ging:

„Sie sind eine kühne Frau!"

„Ich bin eine entschlossene Frau."

„Sie sind das stets gewesen. Wie? Sie ist das stets gewesen, ist es nicht so, mein kleiner Flintwinch?"

„Sagen Sie nichts zu ihm, Flintwinch. Es ist seine Sache, hier und jetzt alles zu sagen, was er kann; oder fortzugehen und alles zu tun, was er kann. Sie wissen, daß dies unser Entschluß ist. Überlassen Sie es ihm, danach zu handeln."

Sie wich vor seinem bösen Blick nicht zurück und vermied ihn nicht. Er wandte ihn wieder ihr zu, aber sie blieb fest in der Haltung, die sie einmal angenommen hatte. Er kam vom Tisch herunter, stellte einen Stuhl neben das Sofa, setzte sich auf ihn und stützte einen Arm auf das Sofa, dicht neben dem ihren, den er mit seiner Hand berührte. Ihr Gesicht war unverändert finster, aufmerksam und starr.

„Es ist also Ihr Wille, Madame, daß ich ein Stückchen Familiengeschichte in dieser kleinen Familiengesellschaft erzählen soll", sagte Rigaud mit einem warnenden Spiel seiner geschmeidigen Finger auf ihrem Arm. „Ich bin so etwas wie ein Doktor, lassen Sie mich Ihren Puls fühlen."

Sie duldete es, daß er ihr Handgelenk ergriff. Er hielt es fest und fuhr fort: „Eine Geschichte von einer seltsamen Heirat und einer seltsamen Mutter und einer Rache und einer Unterschlagung. Aber, aber? Dieser Puls schlägt merkwürdig! Es scheint mir, daß er doppelt so schnell wird, während ich ihn fühle. Sind dies die gewöhnlichen Erscheinungen Ihrer Krankheit, Madame?“

Sie entriß ihm ihren gelähmten Arm mit einer Anstrengung, aber in ihrem Gesicht war keine Bewegung. Auf seinem Gesicht lag sein eigentümliches Lächeln.

„Ich habe ein abenteuerliches Leben gelebt, ich bin ein abenteuerlicher Charakter. Ich habe viele Abenteuer gekannt, interessante Leute, liebenswürdige Gesellschaft! Einem von ihnen verdanke ich meine Kenntnisse und meine Beweise – ich wiederhole es, schätzenswerte Dame: Beweise – für die reizende kleine Familiengeschichte, die ich jetzt beginnen werde. Sie werden entzückt sein. Doch, pah! Ich vergesse ganz: eine Geschichte muß eine Überschrift haben. Soll ich sie ‚Die Geschichte eines Hauses‘ nennen? Aber wiederum, pah, es gibt so viele Häuser. Soll ich sie ‚Die Geschichte dieses Hauses‘ nennen?“

Über das Sofa gelehnt, auf zwei Beinen seines Stuhles und seinem linken Ellenbogen balancierend, berührte er mit seiner Hand oft ihren Arm, um seinen Worten Nachdruck zu geben; die Beine gekreuzt, während seine rechte Hand bald sein Haar ordnete, bald seinen Schnurrbart, bald seine Nase strich, bedrohte er sie mit jeder Bewegung; roh, unverschämt, habgierig, grausam und machtbewußt, fuhr er gemächlich in seiner Erzählung fort.

„Kurz, also, ich nenne sie ‚Die Geschichte dieses Hauses‘. Ich beginne. Hier leben, nehmen wir an, ein Onkel und ein Neffe. Der Onkel – ein strenger alter Herr von großer Charakterstärke; der Neffe – stets furchtsam, unterdrückt und verschüchtert.“

Mrs. Affery, die starr aufmerksam auf der Fensterbank saß und auf den zusammengerollten Zipfel ihrer Schürze biß, schrie, am ganzen Körper zitternd, hier auf: „Jeremiah, komm mir nicht zu nahe! Ich habe in meinen Träumen von Arthurs Vater und seinem Onkel gehört. Er spricht von ihnen. Das war vor meiner Zeit;

aber ich habe in meinen Träumen gehört, daß Arthurs Vater ein armer, willenloser, furchtsamer Bursche war, dem in seiner Jugend alles, außer seinem Waisenleben, ausgetrieben worden war, und daß er sogar in der Wahl seiner Frau keine Stimme hatte, sondern daß sein Onkel sie für ihn wählte. Dort sitzt sie! Ich hörte es in meinen Träumen, und du selbst sagtest es zu ihr."

Während Mr. Flintwinch sie mit der Faust bedrohte und während Mrs. Clennam sie anstarrte, warf ihr Rigaud eine Kußhand zu.

„Vollkommen richtig, liebe Madame Flintwinch. Sie sind ein Genie im Träumen."

„Ich brauche Ihr Lob nicht", erwiderte Affery, „ich will mit Ihnen nichts zu tun haben. Aber Jeremiah hat gesagt, es wären Träume, und ich will sie so erzählen." Hier steckte sie wieder ihre Schürze in den Mund, als ob sie jemandem anders den Mund verstopfte, vielleicht Jeremiah, der unablässig Drohungen murmelte, so daß es schien, als ob er vor grimmiger Kälte mit den Zähnen klapperte.

„Unsere geliebte Madame Flintwinch", sagte Rigaud, „die auf einmal eine außerordentliche Beobachtungsgabe und Geisteskraft entwickelt, hat in bewundernswerter Weise recht. Ja. So ist die Geschichte. Monsieur, der Onkel, befiehlt dem Neffen zu heiraten. Monsieur sagt im wesentlichen: ‚Mein Neffe, ich mache dich mit einer Dame von großer Charakterstärke gleich mir selbst bekannt; einer entschlossenen Dame, einer strengen Dame, einer Dame mit einem Willen, der den Schwachen zu Staub zermalmen kann; einer Dame ohne Mitleid, ohne Liebe, unerbittlich, rachsüchtig, kalt wie Stein, aber im Zorn auflodernd wie Feuer.' Ah! Welche Standhaftigkeit! Ah, welche überlegene geistige Kraft! Wahrlich ein stolzer und edler Charakter, den ich mit den vermutlichen Worten Monsieurs, des Onkels, beschreibe. Hahaha! Der Teufel soll mich holen, ich liebe die reizende Dame!"

Mrs. Clennams Gesichtsausdruck hatte sich geändert. Er zeigte eine bemerkenswerte Vertiefung der Farbe.

und die Stirn war noch mehr gerunzelt. „Madame, Madame", sagte Rigaud, der an ihrem Arm fingerte, als ob seine grausame Hand ein Musikinstrument spielte, „ich sehe, ich errege Ihr Interesse, ich sehe, ich erwecke Ihr Mitgefühl. Lassen Sie mich fortfahren."

Er mußte die herabsinkende Nase und den emporsteigenden Schnurrbart jedoch einen Augenblick lang hinter der weißen Hand verbergen, bevor er weiter fortfahren konnte – so sehr genoß er den Eindruck, den er machte.

„Der Neffe, der, wie die kluge Madame Flintwinch bemerkt hat, ein armer Teufel ist, der so verschüchtert und verhungert ist, daß alles außer seinem Waisenleben aus ihm herausgetrieben ist – der Neffe senkt den Kopf und antwortet: ‚Mein Onkel, Sie haben zu befehlen. Tun Sie, was Ihnen beliebt!' Monsieur, der Onkel, tut, was ihm beliebt. Es ist das, was er immer tut. Die glückverheißende Hochzeit findet statt. Die Neuvermählten betreten dieses reizende Haus als ihr Heim; die Dame wird, nehmen wir einmal an, von Flintwinch empfangen. He, alter Intrigant?"

Jeremiah, der die Augen auf seine Herrin gerichtet hielt, gab keine Antwort. Rigaud blickte von dem einen zum anderen, streichelte seine häßliche Nase und gab einen schnalzenden Laut von sich.

„Bald macht die Dame eine ungewöhnliche und aufregende Entdeckung. Voller Zorn, Eifersucht und Rachgier entwirft sie daraufhin – sehen Sie, Madame! – einen Vergeltungsplan, dessen Gewicht sie in raffinierter Weise ihren zu Boden geschmetterten Gatten zwingt sowohl selbst zu tragen als gegen ihre Feindin zu schleudern. Welch überlegene Geisteskraft!"

„Komm mir nicht zu nahe, Jeremiah!" rief die bebende Affery, wobei sie die Schürze wieder aus dem Munde nahm. „Aber es war einer meiner Träume, daß du zu ihr gesagt hast, als du dich mit ihr an einem Winterabend in der Dämmerung strittest – da sitzt sie, und du schaust sie an –, daß sie Arthur, als er nach Hause kam, nicht seinen Vater allein hätte verdächtigen lassen sollen; daß sie immer die Kraft und die Macht gehabt hätte; und daß sie Arthur gegenüber mehr für seinen Vater hätte eintreten sollen. Es war in demselben Traum, daß du zu ihr sagtest, sie wäre nicht ... irgend etwas nicht, aber ich weiß nicht, was, denn sie brach furchtbar los und ließ dich nicht weiterreden. Du kennst den Traum ebensogut wie ich. Als du mit der Kerze in der Hand in die Küche hinabkamst und mir die Schürze vom Kopf zogst. Als du mir sagtest, ich hätte geträumt. Als du nicht an die Geräusche glauben wolltest." Nach diesem Ausbruch stopfte Affery wieder ihre Schürze in den Mund, immer ihre Hand auf dem Fenstersims und ihr Knie auf der Fensterbank, bereit, hinauszuschreien oder hinauszuspringen, wenn ihr Herr und Gebieter sich nähern sollte.

Rigaud hatte kein Wort von alldem verloren.

„Haha!" rief er, zog die Augenbrauen empor, verschränkte die Arme und lehnte sich in seinem Stuhl zurück. „Sicher, Madame Flintwinch ist ein Orakel! Wie sollen wir das Orakel auslegen, Sie und ich und der alte Intrigant? Er sagte, Sie wären nicht ...? Und sie brachen los und ließen ihn nicht weiterreden! Was war es, das Sie nicht waren? Was ist es, das Sie nicht sind? Sagen Sie es also, Madame!"

Unter diesem grausamen Spott atmete sie schwerer, und ihre Lippen zitterten und öffneten sich trotz ihrer äußersten Bemühungen, sie unbeweglich zu halten.

„Kommen Sie also, Madame! Sprechen Sie also! Unser alter Intrigant sagte, Sie seien nicht ... und Sie ließen ihn nicht weiterreden. Er wollte sagen, Sie seien nicht – was? Ich weiß es bereits, aber ich möchte einen kleinen Vertrauensbeweis von Ihnen haben. Nun, also? Sie sind nicht – was?"

Sie versuchte wieder, sich zu beherrschen, stieß aber heftig hervor: „Nicht Arthurs Mutter!"

„Gut", sagte Rigaud. „Sie nehmen Vernunft an."

Während ihre plötzliche Leidenschaft den starren Ausdruck von ihrem Gesicht riß und aus jedem ihrer zerstörten Züge das so lange zurückgedrängte glimmende Feuer hervorbrach, rief sie aus: „Ich will es selbst erzählen! Ich will es nicht von Ihren Lippen und von Ihrer Bosheit beschmutzt hören. Da es offenbart werden muß, so soll es in dem Licht offenbart werden, in dem ich es sah, kein Wort mehr. Hören Sie mich an!"

„Falls Sie nicht eine eigenwilligere und starrsinnigere Frau sind, als selbst ich Sie kenne", mischte sich Mr. Flintwinch ein, „so sollen Sie lieber Mr. Rigaud, Mr. Blandois, Mr. Beelzebub es in seiner eigenen Weise erzählen lassen. Was kommt es darauf an, wenn er doch alles weiß?"

„Er weiß nicht alles."

„Er weiß alles, woran ihm gelegen ist", sagte Mr. Flintwinch hartnäckig.

„Von mir weiß er nichts."

„Was glauben Sie denn, das ihm an Ihnen liegt, Sie eingebildete Frau?" sagte Mr. Flintwinch.

„Ich sage Ihnen, Flintwinch, ich will sprechen. Ich sage Ihnen, da es so weit gekommen ist, will ich es mit eigenem Munde erzählen und alles in meiner Weise wiedergeben. Wie? Habe ich nichts in diesem Zimmer gelitten? Keine Entbehrungen, keine Gefangenschaft, daß ich mich schließlich dazu erniedrigen soll, mich in einem solchen Spiegel wie diesem zu betrachten! Können Sie ihn sehen? Können Sie ihn hören? Auch wenn Ihre Frau hundertmal undankbarer wäre, als sie ist, und wenn ich tausendmal weniger Hoffnung hätte, als ich habe, daß sie schweigen wird, wenn dieser Mann zum Schweigen gebracht worden ist, würde ich es selbst erzählen, ehe ich die Qual ertrüge, es von ihm zu hören."

Rigaud stieß seinen Sessel ein wenig zurück, streckte seine Beine aus und saß ihr mit verschränkten Armen gegenüber.

„Sie wissen nicht, was es bedeutet", fuhr sie fort, an ihn gewandt, „streng und ernst erzogen zu werden. Ich wurde so erzogen. Ich hatte keine leichtfertige Jugend voll sündiger Freude und Vergnügungen. Meine Tage waren von heilsamer Unterdrückung, Strafe und Furcht erfüllt. Die Verdorbenheit unseres Herzens, die Schlechtigkeit unserer Wege, der Fluch, der auf uns lastet, die Schrecken, die uns umgeben – dies waren die Themen meiner Kindheit. Sie bildeten meinen Charakter und erfüllten mich mit meinem Abscheu vor Sünden. Als der alte Mr. Gilbert Clennam meinem Vater seinen verwaisten Neffen zum Gatten für mich vorschlug, stellte mir mein Vater vor, daß seine Erziehung wie die meinige von größter Strenge gewesen sei. Er sagte mir, daß sein Geist eine strenge Zucht durchgemacht habe und er außerdem noch in einem frugalen Haus gelebt habe, dem Genuß und Freude unbekannt waren und wo jeder Tag ein Tag der Mühsal und Arbeit wie der vorhergegangene gewesen sei. Er sagte mir, er sei ein erwachsener Mann gewesen, lange bevor sein Onkel ihn als solchen anerkannt; und von seiner Schulzeit bis zu dieser Stunde sei das Dach seines Onkels für ihn ein Heiligtum gewesen, das ihn vor der Ansteckung durch die Gottlosen und Ausschweifenden bewahrt habe. Als ich ein Jahr nach unserer Heirat herausfand, daß mein Gatte zu der Zeit, als mein Vater von ihm sprach, gegen den Herrn gesündigt und sich an mir vergangen hatte, indem er ein sündiges Geschöpf an meine Stelle gesetzt hatte, sollte ich da zweifeln, daß es mir bestimmt worden war, diese Entdeckung zu machen, und daß es mir bestimmt worden war, die strafende Hand auf dieses Geschöpf der Verdammnis zu legen? Hätte ich in einem Augenblick – nicht das mir angetane Unrecht, was war ich – aber all den Kampf gegen die Sünde, in dem ich aufgezogen worden war, vergessen sollen?“

Sie legte ihre zornbebende Hand auf die Uhr, die auf dem Tisch lag.

„Nein! ‚Vergiß nicht.‘ Die Initialen dieser Worte sind jetzt hier drin und waren damals hier drin. Ich war bestimmt, den alten Brief zu finden, der sich auf sie bezog und aus dem ich ersah, was sie bedeuteten und wer sie angefertigt hatte und weshalb sie angefertigt worden waren und mit seiner Uhr in einem Geheimfach lagen. Ohne diese Bestimmung hätte es keine Entdeckung gegeben. ‚Vergiß nicht.‘ Es sprach zu mir wie eine Stimme aus einer zornigen Wolke. Vergiß nicht die Todsünde, vergiß nicht die dir bestimmte Entdeckung, vergiß nicht das dir bestimmte Leid. Ich vergaß nicht. War es meine Unbill, an die ich mich erinnerte? Die meinige! Ich war nur Dienerin und Werkzeug. Welche Gewalt hätte ich über die beiden haben können, wenn sie nicht mit den Fesseln ihrer Sünde gebunden und mir ausgeliefert gewesen wären!"

Mehr als vierzig Jahre waren seit der Zeit, von der sie sprach, über den grauen Kopf dieser starrsinnigen Frau dahingegangen. Mehr als vierzig Jahre voll Kampf gegen die geheime Stimme, die ihr sagte, daß, wie sie auch ihren rachsüchtigen Haß und Stolz benennen mochte, doch nichts in alle Ewigkeit deren wahre Natur ändern könnte.

Und doch, nachdem diese mehr als vierzig Jahre dahingegangen waren und diese Nemesis gekommen war, die ihr jetzt ins Gesicht starrte, hielt sie immer noch an ihrer alten Sünde fest. Sie kehrte immer noch die Ordnung der Schöpfung um und hauchte einem tönernen Bilde ihres Schöpfers ihren Atem ein. Wahrlich, wahrlich, Reisende haben viele ungeheuerliche Götzenbilder in vielen Ländern gesehen, aber kein menschliches Auge hat jemals ein verwegeneres, gröberes und anstößigeres Abbild des göttlichen Wesens gesehen, als wir staubgeborene Geschöpfe nach unserem eigenen Ebenbild aus unseren eigenen schlechten Leidenschaften formen.

„Als ich ihn zwang, sie mir auszuliefern, und er mir ihren Namen und ihre Wohnung nannte", fuhr sie im Strom ihrer Empörung und Verteidigung fort, „als ich sie anklagte und sie, ihr Gesicht in den Händen verbergend, mir zu Füßen fiel, war es mein Unrecht, das ich ihr vorhielt, waren es meine Vorwürfe, die ich über sie ausschüttete? Die Männer des Altertums, die bestimmt waren, zu ruchlosen Königen zu gehen und sie anzuklagen – waren sie nicht Werkzeuge und Diener? Und hatte nicht auch ich, unwürdig und tief unter ihnen, eine Sünde bloßzustellen? Als sie mir zur Entschuldigung ihre Jugend vorhielt und sein elendes und hartes

Leben (so nannte sie die tugendhafte Erziehung, die er Lügen gestraft hatte) und die entweihte Zeremonie der Heirat, die heimlich zwischen ihnen stattgefunden hatte, und die Schrecken der Not und der Schande, die über sie beide gekommen waren, als ich zuerst dazu bestimmt war, das Werkzeug ihrer Bestrafung zu sein, und die Liebe (denn sie wagte es, das Wort vor mir auszusprechen, während sie zu meinen Füßen lag), mit der sie ihn aufgegeben und mir überlassen hatte, war es da *meine* Feindin, auf die ich meinen Fuß setzte, waren es da die Worte *meines* Zornes, die sie zurückbeben und zittern machten? Nicht mir sei die Kraft zugeschrieben, nicht mir das Erzwingen der Sühne."

Viele Jahre waren gekommen und gegangen, da sie nur noch ihre Finger hatte frei gebrauchen können; aber man konnte beobachten, daß sie bereits mehr als einmal mit der geballten Hand kräftig auf den Tisch geschlagen hatte und daß sie bei diesen Worten ihren ganzen Arm emporhob, als ob das eine gewohnte Handlung für sie wäre.

„Und was war die Buße, die Buße, die ihrem harten Herzen in seiner tiefen Verworfenheit entrungen wurde? Ich rachsüchtig und unerbittlich? Es mag Menschen wie Ihnen so scheinen, die keine Rechtschaffenheit und keine Bestimmung außer der des Satans kennen. Lachen Sie über mich; aber ich will mich zeigen, wie ich mich selber kenne und wie Flintwinch mich kennt, wenn auch nur vor Ihnen und diesem schwachsinnigen Weibe."

„Fügen Sie hinzu, vor sich selbst, Madame", sagte Rigaud. „Ich habe meinen kleinen Verdacht, daß es Madame sehr daran liegt, sich vor sich selbst zu rechtfertigen."

„Das ist falsch. Es ist nicht so. Ich habe kein Bedürfnis danach", sagte sie mit großem Nachdruck und Zorn.

„Wirklich?" erwiderte Rigaud. „Haha!"

„Ich frage, was war die Buße, die Taten, die von ihr verlangt wurden? ‚Sie haben ein Kind, ich habe keins. Sie lieben diesen Knaben, geben Sie ihn mir. Er soll glauben, daß er mein Sohn ist, und er soll von jedermann für meinen Sohn gehalten werden. Um Sie vor Schande zu bewahren, soll sein Vater schwören, Sie niemals wiederzusehen oder mit Ihnen irgendwelche Verbindung zu haben; ebenso um ihn davor zu bewahren, von seinem Onkel enterbt zu werden, und Ihr Kind davor zu bewahren, ein Bettler zu werden, sollen Sie schwören, keinen von beiden jemals wiederzusehen oder irgendwelche Verbindungen mit ihnen zu haben. Wenn Sie das getan und auf Ihre gegenwärtigen Mittel, die von meinem Gatten stammen, verzichtet haben, nehme ich die Sorge für Ihren Unterhalt auf mich. Sie können sich dann an irgendeinen unbekannten Ort zurückziehen und hier, wenn es Ihnen gefällt, von mir unwidersprochen, die Lüge hinterlassen, daß, als Sie aus dem Gedenken aller Menschen, mit Ausnahme des meinigen, entschwanden, Sie einen guten Ruf verdienten.' Das war alles. Sie hatte ihre sündige und schändliche Leidenschaft zu opfern; nichts mehr. Es stand ihr dann frei, die Last ihrer Schuld im verborgenen zu tragen und ihr Herz im verborgenen zu zerfleischen und sich durch solch irdisches Elend (leicht genug für sie, denke ich) von ewiger Verdammnis loszukaufen – wenn sie es konnte. Wenn ich sie auf diese Weise hier bestrafte, eröffnete ich ihr nicht einen Weg im Jenseits? Wenn sie wußte, daß sie von unersättlicher Rache und unlöschbarem Feuer umgeben war, war das meine Rache, mein Feuer? Wenn ich sie damals und später mit den Schrecken bedrohte, die sie umgaben, kamen sie aus meiner Rechten?"

Sie drehte die Uhr auf dem Tisch herum, öffnete sie und blickte mit ungemildertem Gesichtsausdruck auf die gestickten Buchstaben darin.

„Sie vergaßen nicht. Es ist bei solchen Sünden so eingerichtet, daß die Sünder nicht imstande sein sollen zu vergessen. Wenn die Gegenwart Arthurs ein täglicher Vorwurf für seinen Vater war und wenn die Abwesenheit Arthurs eine tägliche Qual für seine Mutter war, so war das der gerechte Wille Jehovas. Mit ebensoviel Recht hätte es mir zur Last gelegt werden können, daß die Stacheln eines erweckten Gewissens sie zum Wahnsinn trieben und daß es der Wille des Lenkers aller Dinge war, daß sie viele Jahre lang so leben sollte. Ich widmete mich der Aufgabe, den sonst von vornherein verurteilten und verlorenen Knaben zu retten, ihm den Ruf einer ehrbaren Abstammung zu geben; ihn in Furcht und Zittern und in einem Leben tätiger Buße für die Sünden aufzuziehen, die schon vor seinem Eintritt in diese verdammte Welt schwer auf seinem Haupt lasteten. War das Grausamkeit? Wurde ich nicht ebenfalls von den Folgen der Sünde heimgesucht, an der ich keinen Anteil hatte? Arthurs Vater und ich lebten mit dem halben Erdkreis zwischen uns nicht weiter voneinander getrennt, als da wir noch zusammen in diesem Haus wohnten. Er starb und schickte diese Uhr mit ihrem ‚Vergiß nicht' an mich zurück. Ich vergesse nicht. Obwohl ich es nicht so lese, wie er es tat. Ich lese darin, daß ich dazu bestimmt war, diese Dinge auszuführen. Ich habe die zwei Buchstaben so gelesen, seit sie bei mir auf dem Tisch liegen, und ich habe sie mit derselben Deutlichkeit so gelesen, als sie Tausende von Meilen entfernt waren."

Als sie mit jener neuen Freiheit im Gebrauch ihrer Hand, von der sie keinerlei Bewußtsein zu haben schien, das Uhrgehäuse in die Hand nahm und ihre Augen darauf richtete, als ob sie ihm trotzig absprach, sie rühren zu können, rief Rigaud mit einem lauten verächtlichen Schnippen seiner Finger: „Kommen Sie, Madame! Die Zeit verfließt, kommen Sie, fromme Dame, es muß sein! Sie können nichts erzählen, was ich nicht weiß. Kommen Sie zu dem gestohlenen Geld, oder ich erzähle! Der Teufel soll mich holen, ich habe genug von Ihrem anderen Gerede gehabt. Kommen Sie endlich auf das gestohlene Geld zu sprechen!"

„Schurke, der Sie sind", antwortete sie, und jetzt umfaßten ihre Hände ihren Kopf. „Durch welch unheilvollen Irrtum Flintwinchs, durch welch Versehen seinerseits, der der einzige Mensch war, der mir in diesen Dingen half und damit betraut war, durch wessen Fähigkeit, die Asche eines verbrannten Papiers zusammenzusetzen,

Sie in den Besitz jenes Kodizills gekommen sind, weiß ich ebensowenig, als auf welche Weise Sie sich die übrige Macht, die Sie hier besitzen, erworben haben ..."

„Und doch", unterbrach sie Rigaud, „und doch ist es mein merkwürdiges Glück, an einem nur mir bekannten bequemen Ort diesen selben kleinen Zusatz zu dem Testament von Monsieur Gilbert Clennam, von einer Dame geschrieben und von derselben Dame und dem alten Intriganten hier bezeugt, in meiner Verwahrung zu haben! Ah pah, alter Intrigant, krumme kleine Marionette! Madame, die Zeit drängt. Wollen Sie beenden, oder soll ich es?"

„Ich!" antwortete sie noch entschiedener, wenn das überhaupt möglich war. „Ich, weil ich es nicht dulden will, daß ich vor mir selbst und anderen in Ihrer furchtbaren Verzerrung erscheine. Sie mit Ihrer Erfahrung von gemeinen ausländischen Kerkern und Galeeren würden das Geld als das hinstellen, was mich trieb. Aber es war nicht das Geld."

„Papperlapapp! Ich lasse für einen Augenblick meine Höflichkeit beiseite und sage: Lügen, Lügen, Lügen. Sie wissen, Sie haben das Dokument unterschlagen und das Geld behalten."

„Nicht um des Geldes willen, Elender!"

Sie machte Bewegungen, als ob sie auffahren wollte, sogar als ob sie sich in ihrer heftigen Erregung auf ihre gelähmten Füße stellen wollte.

„Wenn Gilbert Clennam, angesichts des Todes schwachsinnig geworden und in einer eingebildeten Nachgiebigkeit gegen ein Mädchen befangen, von dem er gehört hatte, daß sein Neffe einst Liebe zu ihr hegte, die er aus ihm herausgetrieben hatte, und daß sie nachher in Melancholie und Zurückgezogenheit dahingesiecht sei – wenn er in diesem Zustand der Schwäche mir, deren Leben sie mit ihrer Sünde verdunkelt hatte und die bestimmt gewesen war, das Geständnis ihrer Ruchlosigkeit aus ihrem eigenen Munde zu vernehmen, ein Vermächtnis diktierte, das ihr als Sühne für vermeintliches unverdientes Leiden zukommen sollte – war da kein Unterschied zwischen meinem Unterdrücken dieser Ungerechtigkeit und bloßer Gier nach Geld – eine Sache, die Sie und Ihre Kerkergenossen von jedem zu stehlen imstande sind?“

„Die Zeit drängt, Madame. Nehmen Sie sich in acht!“

„Wenn dieses Haus vom Dach bis zur Erde brennen würde“, erwiderte sie, „würde ich darin bleiben, um mich dagegen zu verwahren, daß meine gerechten Motive denen von Mördern und Dieben gleichgestellt werden.“

Rigaud schnippte ihr höhnisch mit den Fingern ins Gesicht. „Eintausend Guineen der kleinen Schönheit, die Sie langsam zu Tode gehetzt haben. Eintausend Guineen der jüngsten Tochter, die ihr Beschützer mit fünfzig Jahren haben würde, oder (wenn er keine hätte) der jüngsten Tochter seines Bruders, wenn sie großjährig würde, ‚als der Dank, der wohl am ehesten im Sinne seiner Uneigennützigkeit wäre, für den Schutz, den er einem alleinstehenden jungen Waisenmädchen hatte angedeihen lassen‘. Zweitausend Guineen! Wie? Wollen Sie niemals auf das Geld kommen?“

„Dieser Beschützer“, fuhr sie heftig fort, als er ihr ins Wort fiel.

„Namen! Nennen Sie ihn Mr. Frederick Dorrit, keine Ausflüchte mehr.“

„Dieser Frederick Dorrit war der Anfang von allem. Wenn er nicht ein Musikant gewesen wäre und in den Tagen seiner Jugend und seiner Wohlhabenheit ein müßiges Haus offengehalten hätte, wo Sänger und Musikanten und derartige Kinder des Bösen dem Licht ihren Rücken und der Dunkelheit ihr Gesicht zuwandten, so hätte sie in ihrer niedrigen Stellung bleiben und nicht daraus emporgehoben werden können, um zu Boden geworfen zu werden. Aber nein. Satan fuhr in diesen Frederick Dorrit und flüsterte ihm zu, daß er ein Mann von unschuldigen und lobenswerten Neigungen sei, der gute Taten vollbringe, und daß hier ein armes Mädchen sei, das eine Stimme für Gesang habe. Dann muß er sie unterrichten lassen, dann wird Arthurs Vater, der sich schon seit je auf den rauhen Pfaden der Tugend nach jenen verfluchten Verführungen gesehnt hat, welche die Künste genannt werden, mit ihr bekannt. Und so trägt ein niedriges Waisenmädchen, das zum Singen ausgebildet wird, durch diesen Frederick Dorrit über mich den Sieg davon, und ich werde gedemütigt und betrogen. – Das heißt, nicht ich", fügte sie rasch hinzu, während ihr die Röte ins Gesicht stieg. „Ein größerer als ich. Was bin ich?"

Jeremiah Flintwinch, der sich allmählich auf sie zugeschraubt hatte und der jetzt ganz nahe an ihrem Ellenbogen stand, ohne daß sie es wußte, machte eine besondere Grimasse des Widerspruches, als sie diese Worte sprach, und zupfte außerdem an seinen Gamaschen, als ob derartige Reden wie Widerhaken in seine Beine eindrängen.

„Schließlich", fuhr sie fort, „denn ich bin am Ende dieser Dinge, und ich will nichts mehr davon sagen, und Sie sollen nichts mehr davon sagen, und alles, was übrigbleibt, ist, zu entscheiden, ob die Kenntnis des hier Besprochenen auf uns, die wir hier anwesend sind, beschränkt bleiben kann; schließlich, als ich dieses Papier unter Mitwisserschaft von Arthurs Vater unterdrückte ..."

„Aber nicht mit seiner Zustimmung, wie Sie wissen", sagte Mr. Flintwinch.

„Wer sagt, mit seiner Zustimmung?" Sie fuhr auf, als sie Jeremiah so nahe bei sich fand, und legte den Kopf zurück, während sie ihn mit aufkeimendem Mißtrauen ansah. „Sie standen oft genug zwischen uns, wenn er wollte, daß ich es herausgebe, und ich nicht wollte, und widersprachen mir, wenn ich sagte, mit seiner Zustimmung. Ich sage, als ich dieses Schriftstück unterdrückte, machte ich keinen Versuch, es zu vernichten, sondern bewahrte es bei mir in diesem Hause viele Jahre lang auf. Da der Rest des Vermögens Gilbert Clennams Arthur vermacht war, so hätte ich mir zu jeder Zeit den Anschein geben können, es gefunden zu haben. Aber abgesehen davon, daß ich einen solchen Anschein durch eine direkte Lüge hätte stützen müssen (eine große Verantwortung), so habe ich in all der Zeit, in der ich hier gelitten habe, keinen neuen Anlaß gesehen, das Papier ans Licht zu ziehen. Es war ja die Belohnung der Sünde, das falsche Ergebnis einer Selbsttäuschung. Ich tat, was mir zu tun bestimmt war, und ich habe innerhalb dieser vier Mauern erduldet, was mir zu erdulden bestimmt war. Als das Papier schließlich – wie ich glaubte – in meiner Gegenwart vernichtet wurde, war sie schon lange tot, und ihr Beschützer, Frederick Dorrit, war seit langem verdientermaßen ruiniert und schwachsinnig. Er hatte keine Tochter. Ich hatte die Nichte vorher ausfindig gemacht; und was ich für sie tat, war viel besser für sie als das Geld, von dem sie nichts Gutes gehabt hätte." Sie fügte nach einem Augenblick hinzu, als ob sie die Uhr anredete: „Sie selbst war unschuldig, und ich hätte nicht vergessen, es ihr bei meinem Tode zu hinterlassen"; sie blieb in Betrachtung der Uhr verloren.

„Soll ich Sie an etwas erinnern, würdige Madame?" sagte Rigaud. „Das kleine Papier war in diesem Hause an dem Abend, als unser Freund, der Gefangene – Kerkergenosse meiner Seele –, aus fremden Ländern nach Hause kam. Soll ich Sie noch an etwas anderes erinnern? Der kleine Singvogel, der niemals flügge wurde, wurde lange durch einen Wächter Ihrer Bestimmung, der unserem alten Intriganten hier gut bekannt ist, in einem Käfig gehalten. Wollen wir unseren alten Intriganten darum bitten, uns zu sagen, wann er ihn zum letztenmal sah?"

„Ich kann es sagen!" rief Affery und zog den Schürzenzipfel aus dem Mund. „Ich habe es geträumt als ersten aller meiner Träume. Jeremiah, wenn du mir jetzt zu nahe kommst, so schreie ich, daß man mich bis zur St.-Pauls-Kathedrale hört! Die Person, von der dieser Mann gesprochen hat, war Jeremiahs eigener Zwillingsbruder; und er war damals, als Arthur nach Hause kam, nach Mitternacht hier, und Jeremiah gab ihm mit seiner eigenen Hand dieses Papier zusammen mit ich weiß nicht was für anderen Dingen, und er nahm sie in einem eisernen Kasten mit sich. Hilfe! Hilfe! Mord! Rettet mich vor Jere-mi-ah!"

Mr. Flintwinch war auf sie zugestürzt, aber Rigaud hatte ihn auf halbem Wege in seinen Armen aufgefangen. Nachdem er einen Augenblick lang mit ihm gekämpft hatte, gab Flintwinch es auf und steckte die Hände in die Taschen.

„Wie?" rief Rigaud, während er ihn mit seinen Ellenbogen zurückstieß. „Sie wollen eine Dame überfallen, die ein solches Genie im Träumen ist? Hahaha! Sie wird Ihnen ein Vermögen einbringen, wenn Sie sie öffentlich vorführen. Alles, was sie träumt, erweist sich als wahr. Hahaha! Sie sind ihm so ähnlich, kleiner Flintwinch. Ihm so ähnlich, wie ich ihn in der Schenke ‚Zu den drei Billardtischen' in der kleinen Straße mit den hohen Dächern nahe der Werft zu Antwerpen kennenlernte, als ich zum erstenmal zwischen dem Wirt und ihm den Dolmetscher machte! Ah, was war er für ein tüchtiger Kerl im Rauchen! Ah, in was für einem schönen Junggesellenzimmer wohnte er – möbliert, im fünften Stock, über der Holz- und Kohlenhandlung und der Schneiderwerkstatt und der Tischlerwerkstatt und der Böttcherei –, wo ich oft mit ihm zusammen war und wo er, voll Kognak und Tabak, täglich zwölfmal schlief und einmal einen Anfall hatte, bis er einen Anfall zuviel hatte und zum Himmel emporstieg. Haha! Was kommt es darauf an, wie die Papiere in seinem eisernen Kasten in meinen Besitz gekommen sind? Vielleicht vertraute er sie mir für Sie an, vielleicht war er verschlossen und reizte meine Neugierde, vielleicht unterschlug ich sie. Haha! Was kommt es darauf an, wenn ich sie nur sicher habe, wir nehmen es hier nicht so genau, he, Flintwinch? Wir nehmen es hier nicht so genau, nicht wahr, Madame?"

Mr. Flintwinch hatte sich mit wütenden Gegenstößen seiner Ellenbogen von ihm zurückgezogen und sich in seine Ecke zurückbegeben, wo er jetzt, schwer atmend, mit den Händen in der Tasche dastand und Mrs. Clennams Starren erwiderte.

„Hahaha! Aber was ist das", rief Rigaud, „es scheint,

als ob Sie einander nicht kennten, man erlaube mir, Madame Clennam, die unterschlägt, Monsieur Flintwinch vorzustellen, der intrigiert.“

Mr. Flintwinch nahm eine Hand aus der Tasche, um sein Kinn damit zu reiben, trat einige Schritte in dieser Haltung vor, wobei er Mrs. Clennams Blick immer noch erwiderte, und redete sie folgendermaßen an: „Ich weiß wohl, was Sie damit sagen wollen, daß Sie Ihre Augen so weit gegen mich aufreißen, aber Sie brauchen sich nicht zu bemühen, weil ich mich nicht darum kümmere. Ich habe Ihnen soundso viele Jahre lang gesagt, daß Sie eine der hartnäckigsten und eigensinnigsten Frauen sind. Das sind Sie. Sie nennen sich demütig und sündig, aber Sie sind die anmaßendste Frau Ihres Geschlechts. Das sind Sie. Ich habe Ihnen immer und immer wieder gesagt, wenn wir einen Zank miteinander hatten, daß Sie sich alles unterjochen wollten, aber daß ich mich Ihnen nicht unterwerfen wollte – daß Sie jeden lebendig verschlingen wollten, aber daß ich mich nicht lebendig verschlingen lassen wollte. Weshalb haben Sie das Papier nicht vernichtet, als Sie zum erstenmal Ihre Hand darauf legten? Ich riet es Ihnen; aber nein, es ist nicht Ihre Art, einen Rat anzunehmen. Sie müssen es behalten, natürlich! Vielleicht können Sie es zu einer anderen Zeit ausführen, natürlich! Als ob ich es nicht besser wüßte! Ich kann mir Ihren Stolz vorstellen, wenn er es ausführt, auf die Gefahr hin, verdächtigt zu werden, daß Sie es bei sich behalten hätten. Aber das ist die Art, wie Sie sich selber täuschen. Geradeso, wie Sie sich selber täuschen, wenn Sie vorbringen, daß Sie alles dies nicht deshalb getan haben, weil sie eine harte Frau sind, ganz Hochmut und Haß und Machtgier und Unversöhnlichkeit, sondern weil Sie eine Dienerin und ein Werkzeug und dazu bestimmt waren, es zu tun. Wer sind Sie, daß Sie bestimmt sein sollen, es zu tun? Sie mögen mir Ihre Religion vorhalten, aber mir machen Sie damit nichts weis. Und um Ihnen die ganze Wahrheit zu sagen, wenn ich schon einmal dabei bin“, sagte Mr. Flintwinch, verschränkte die Arme und wurde zur Verkörperung zornigen Starrsinns, „es hat mich schwer geärgert – vierzig Jahre lang schwer geärgert, daß Sie selbst mir gegenüber, der ich es doch besser weiß, eine solch erhabene Haltung bewahrt haben, einfach mit der Absicht, mich herabzudrücken. Ich bewundere Sie sehr; Sie sind eine Frau von starkem Verstand und großem Talent; aber der stärkste Verstand und das größte Talent können einen Mann nicht vierzig Jahre lang ärgern, ohne ihn böse zu machen. Deshalb mache ich mir nichts daraus, wenn Sie mich so anblicken. Jetzt komme ich zu dem Papier, und hören Sie wohl, was ich sage! Sie verbergen es irgendwo, und Sie behalten es für sich – irgendwo. Sie sind damals noch eine gesunde Frau, und wenn Sie dieses Papier haben wollen, so können Sie es sich holen. Aber merken Sie wohl auf. Es kommt eine Zeit, wo Sie zu dem geworden sind, was Sie jetzt sind, und dann, wenn Sie dieses Papier haben wollen, können Sie es nicht holen. So liegt es jahrelang in seinem Versteck. Schließlich, als wir Arthur jeden Tag zurückerwarteten und als jeder Tag ihn nach Hause bringen kann und es unmöglich ist, zu sagen, wo überall er im Haus herumstöbern wird, empfehle ich Ihnen fünftausendmal, wenn Sie es nicht holen können, es mich holen zu lassen, damit es ins Feuer geworfen wird. Aber nein – niemand als Sie weiß, wo es ist, und das ist Macht; und legen Sie sich auch noch so bescheidene Bezeichnungen zu, ich nenne Sie einen weiblichen Luzifer in Ihrer Gier nach Macht! Eines Sonntagsabends kommt Arthur nach Hause. Er ist kaum zehn Minuten in diesem Zimmer, als er von der Uhr seines Vaters zu sprechen anfängt. Sie wissen ganz gut, daß das ‚Vergiß nicht' zu der Zeit, als sein Vater Ihnen die Uhr schickte, nur bedeuten konnte, da der Rest der Geschichte damals längst vorüber war, ‚Vergiß nicht die Unterschlagung. Mache sie wieder gut!' Arthurs Auftreten hat Sie ein wenig in Schrecken versetzt, und das Papier soll endlich verbrannt werden. So sagen Sie mir endlich, bevor diese alte Schindmähre und Jesabel", Mr. Flintwinch grinste seine Frau an, „Sie zu Bett gebracht hat, wo Sie das Papier versteckt haben, unter den alten Geschäftsbüchern im Keller, wo Arthur selbst schon am nächsten Morgen herumstöberte. Aber es darf an einem Sonntagabend nicht verbrannt werden. Auf keinen Fall. Sie sind strenggläubig, das sind Sie; wir müssen bis nach zwölf warten, bis es Montag geworden ist. Nun, all das heißt mich lebend verschlingen und ärgert mich; so ein wenig übellaunig und nicht so strenggläubig wie Sie selbst, sehe ich mir das Dokument vor zwölf Uhr an, um mein Gedächtnis in bezug auf sein Aussehen aufzufrischen – falte eines der vielen alten gelben Papiere, die ihm gleich sind, zusammen –, und nachher, als es Montagmorgen geworden ist und ich im Licht Ihrer Lampe von Ihnen, die auf diesem Bett liegt, aus zu diesem Kamin zu gehen habe, mache ich einen kleinen Tausch wie ein Taschenspieler und verbrenne dementsprechend. Mein Bruder Ephraim, der Irrenwärter (ich wünschte, er hätte sich selbst in einer Zwangsjacke zu halten gehabt), hatte seit dem Ende der langjährigen Beschäftigung, die er von Ihnen bekommen hatte, viele Beschäftigungen gehabt, aber es war ihm nicht gut genug. Seine Frau starb (nicht, daß das viel bedeutet hätte, meine hätte statt ihrer sterben können, und ich wäre froh gewesen), er spekulierte ohne Erfolg in Verrückten, er zog sich Unannehmlichkeiten zu, weil er einen Patienten zu stark geröstet hatte, um ihn zur Vernunft zu bringen, und er geriet in Schulden. Er war im Begriff, sich davonzumachen mit dem, was er hatte zusammenscharren können, und einer Kleinigkeit von mir. Er war in jener Nacht hier, um auf die Flut zu warten: kurz, er war im Begriff, nach Antwerpen zu gehen, wo (ich fürchte, Sie werden entsetzt sein, wenn ich sage: Er sei verdammt!) er die Bekanntschaft dieses Herrn machte. Er hatte einen weiten Weg gemacht und war, wie ich damals glaubte, nur schläfrig; aber ich glaube jetzt, er war betrunken. Als Arthurs Mutter unter seiner und seiner Frau Obhut war, hatte sie in einem fort geschrieben – meistens Bekenntnisse an Sie und Bitten um Verzeihung. Mein Bruder hatte mir bisweilen Stöße von diesen Blättern übergeben. Ich dachte, ich könnte sie ebensowohl für mich behalten, anstatt daß sie auch lebendig verschlungen würden. So bewahrte ich sie in einem Kasten auf und las sie durch, wenn ich gerade Lust dazu hatte. Überzeugt, daß es ratsam war, das Papier aus dem Haus zu schaffen, als Arthur es betrat, steckte ich es in denselben Kasten und verschloß das Ganze mit zwei Schlössern und übergab es meinem Bruder, damit er es mitnehmen und bei sich behalten sollte, bis ich darüber schreiben würde. Ich schrieb ihm darüber und bekam niemals eine Antwort. Ich konnte die Sache nicht verstehen, bis dieser Herr uns mit seinem ersten Besuch beehrte. Natürlich begann ich dann den Zusammenhang zu ahnen, und ich brauche sein Wort nicht dafür, um jetzt zu verstehen, wie er zu seinem Wissen kam, aus meinen Papieren und Ihrem Papier und meines Bruders Kognak- und Tabakgeschwätz (ich wünschte, er wäre daran erstickt). Nun habe ich nur noch eins zu sagen, Sie eisenköpfige Frau, und das ist, daß ich noch zu keiner endgültigen Entscheidung gekommen bin, ob ich Ihnen jemals wegen des Kodizills irgendwelche Unannehmlichkeiten hätte bereiten wollen. Ich glaube nicht; wohl aber, daß ich mich damit zufriedengegeben hätte, zu wissen, daß ich Sie überwältigt hatte und daß ich Macht über Sie hatte. Unter den gegenwärtigen Verhältnissen habe ich Ihnen bis morgen abend keine Erklärung mehr zu geben. So können Sie ebensogut", sagte Mr. Flintwinch und beendete seine Rede mit einer schraubenden Bewegung, „Ihre Augen gegen jemand anders aufreißen, denn es hat keinen Zweck, sie gegen mich aufzureißen."

Sie wandte langsam ihre Augen ab, als er geendet hatte, und ließ die Stirn in die Hand sinken. Ihre andere Hand stemmte sich schwer auf den Tisch, und wieder war die merkwürdige Bewegung an ihr bemerkbar, als ob sie aufstehen wollte.

„Dieser Kasten kann niemals anderswo den Preis bringen, den er hier bringen kann", sagte sie. „Dieses Wissen kann Ihnen niemals so bezahlt werden, wenn Sie es jemand anderem verkaufen als mir. Aber ich habe augenblicklich nicht die Möglichkeit, die Summe aufzubringen, die Sie verlangt haben. Ich bin nicht reich. Wieviel wollen Sie jetzt nehmen und wieviel zu einer anderen Zeit, und wie kann ich Ihres Schweigens sicher sein?"

„Mein Engel", sagte Rigaud, „ich habe gesagt, was ich nehmen will, und die Zeit drängt. Bevor ich hierher kam, habe ich einer anderen Person Abschriften von den wichtigsten dieser Papiere anvertraut. Zögern Sie so lange, bis das Marshalsea-Tor für die Nacht geschlossen ist, und es wird zu spät sein, zu verhandeln. Der Gefangene wird sie gelesen haben."

Sie führte wieder beide Hände an den Kopf, stieß einen lauten Ausruf hervor und stellte sich auf die Füße. Sie schwankte einen Augenblick, als ob sie fallen würde, dann stand sie fest.

„Was wollen Sie damit sagen. Was wollen Sie damit sagen, Mann?"

Vor ihrer geisterhaften Gestalt, die so lange der aufrechten Haltung ungewohnt war und so starr dastand, wich Rigaud zurück und dämpfte seine Stimme. Es war für alle drei fast, als ob eine Tote auferstanden wäre.

„Miss Dorrit", antwortete Rigaud, „die kleine Nichte von Monsieur Frederick, die ich im Ausland kennengelernt habe, ist dem Gefangenen ergeben. Miss Dorrit, die kleine Nichte von Monsieur Frederick, pflegt in diesem Augenblick den Gefangenen, der krank ist. Für sie habe ich mit eigener Hand, auf meinem Weg hierher, ein Päckchen im Gefängnis hinterlassen mit einem Begleitbrief, in dem steht, sie solle es ‚um seinetwillen' – sie ist bereit, alles um seinetwillen zu tun – aufbewahren und das Siegel nicht aufbrechen, wenn es ihr heute abend vor der Stunde des Torschlusses abverlangt werden sollte; wenn es ihr aber vor dem Läuten der Gefängnisglocke nicht abverlangt würde, so solle sie es ihm geben; und es enthalte eine zweite Abschrift für sie selbst, die er ihr zu geben habe. Was? Ich traue mich nicht unter euch, jetzt, wo wir so weit gekommen sind, ohne meinem Geheimnis ein zweites Leben zu geben. Und was das betrifft, daß es mir anderswo nicht den Preis bringen wird, den es hier bringt, sagen Sie, Madame, haben Sie den Preis festgestellt, den die kleine Nichte – um seinetwillen – geben wird, um es zu vertuschen? Noch einmal, die Zeit drängt. Wenn das Päckchen vor dem Läuten der Glocke heute abend nicht zurückverlangt wird, dann können Sie nicht kaufen. Ich verkaufe dann der kleinen Nichte!“

Abermals der Kampf und die Anstrengungen in ihr, und sie lief auf einen Schrank zu, riß die Tür auf, nahm einen Schal heraus und warf ihn über den Kopf. Affery, die ihr mit Entsetzen zugesehen hatte, lief in der Mitte des Zimmers auf sie zu, ergriff ihr Kleid und fiel auf die Knie vor ihr. „Nein, nein, nein! Was tun Sie? Wohin gehen Sie? Sie sind eine furchtbare Frau, aber ich habe nichts gegen Sie. Ich kann dem armen Arthur jetzt nichts Gutes tun, soviel ich sehe; und Sie brauchen keine Angst vor mir zu haben, ich werde Ihr Geheimnis bewahren. Gehen Sie nicht aus dem Haus, Sie werden auf der Straße tot umfallen, versprechen Sie mir nur, daß, wenn es das arme Ding ist, das hier verborgen wird, Sie mich für sie sorgen und ihre Pflegerin sein lassen werden. Versprechen Sie mir nur das, und Sie brauchen keine Angst vor mir zu haben.“

Mrs. Clennam stand mitten in ihren hastigen Bewegungen einen Augenblick still und sagte in bitterem Erstaunen: „Hier verborgen? Sie ist seit zwanzig Jahren oder länger tot, frage Flintwinch – ihn frage. Sie können dir beide sagen, daß sie starb, als Arthur ins Ausland ging.“

„Desto schlimmer“, sagte Affery mit einem Schauder, „denn dann geht sie im Hause um. Wer sonst raschelt darin umher und gibt Zeichen, indem er so behutsam Sand fallen läßt? Wer sonst kommt und geht und zieht lange krumme Striche über die Wand, wenn wir alle zu Bett sind? Wer sonst hält manchmal die Tür zu? Aber gehen Sie nicht aus dem Haus! Herrin, Sie werden auf der Straße sterben!“

Ihre Herrin befreite nur ihr Kleid aus den beschwörenden Händen, sagte zu Rigaud: „Warten Sie hier, bis ich zurückkomme!“ und lief aus dem Zimmer.

Sie sahen vom Fenster aus, wie sie wild durch den Hof und zum Tor hinauslief.

Einige Augenblicke lang standen sie reglos da. Affery war die erste, die sich bewegte, und sie lief händeringend hinter ihrer Herrin her. Nach ihr zog sich Jeremiah Flintwinch, die eine Hand in der Tasche und mit der anderen sein Kinn reibend, langsam auf die Tür zurück und schraubte sich in seiner schweigsamen Art wortlos hinaus. Rigaud, allein gelassen, machte es sich auf der Fensterbank des offenen Fensters in der alten Haltung wie im Kerker in Marseille bequem. Er legte seine Zigaretten und sein Feuerzeug neben sich hin und begann zu rauchen.

„Äh! Fast so düster wie der höllische alte Kerker. Wärmer, aber fast ebenso finster. Warten, bis sie zurückkommt? Ja, sicherlich; aber wohin ist sie gegangen, und wie lange wird sie bleiben? Gleichviel! Rigaud Lagnier Blandois, mein lieber Kerl, du wirst dein Geld bekommen. Du wirst reich werden. Du hast als Edelmann gelebt; du wirst als Edelmann sterben. Du triumphierst, mein Junge; aber es ist dein Charakter zu triumphieren. Äh!“

In der Stunde seines Triumphes stieg sein Schnurrbart in die Höhe, und seine Nase fiel herab, während er einen großen Balken über seinem Kopf besonders zufrieden beäugte.

## *31. Kapitel*

### Das Wetter bricht los

Die Sonne war untergegangen, und die staubigen Straßen lagen in trübem Zwielicht da, als die Gestalt, die für sie schon so lange ungewohnt war, durch sie dahineilte. In der unmittelbaren Umgebung des alten Hauses erregte sie wenig Aufmerksamkeit, denn es kamen nur wenige Leute vorbei, die sie sehen konnten;

aber als sie die winkligen Straßen vom Fluß zur London-Bridge durchschritten hatte und in die große Hauptstraße eingebogen war, wurde sie immer mehr von Staunen umgeben. Von entschlossenem und wildem Aussehen, raschen Fußes und doch schwach und unsicher, von auffälliger Kleidung mit ihren schwarzen Gewändern und ihrem eilig übergeworfenen Kopftuch, hager und von unirdischer Blässe, eilte sie vorwärts, ohne sich um die Menge zu kümmern, wie eine Schlafwandlerin. Durch all das deutlich von der Menge geschieden, zog die Gestalt aller Augen mehr auf sich, als wenn sie auf einem Schaugerüst gestanden hätte. Spaziergänger blickten sie aufmerksam an; einige Leute, die an ihr vorüberkamen, verlangsamten ihren Schritt und wandten sich nach ihr um; Gruppen von Leuten, die im Gespräch beieinanderstanden, machten sich flüsternd auf die gespenstische Frau aufmerksam, die daherkam; und die Gestalt schien bei ihrem eiligen Vorwärtsschreiten einen Wirbel zu erzeugen und die Müßigsten und Neugierigsten nach sich zu ziehen.

Ihr schwindelte von dem lärmenden Einbruch dieser Menge starrender Gesichter in ihre jahrelange Zurückgezogenheit, von der verwirrenden Empfindung, an der freien Luft zu sein, und der noch verwirrenderen Empfindung, auf den Füßen zu stehen, von der unerwarteten Veränderung an Gegenständen, an die sie sich halb erinnerte, und der fehlenden Ähnlichkeit zwischen den Bildern, die sie in ihrer Phantasie oft von dem Leben entworfen hatte, von dem sie ausgeschlossen war, und dem überwältigenden Ansturm der Wirklichkeit, und sie setzte ihren Weg fort, als ob sie mehr von verwirrenden Gedanken als von Menschen umgeben wäre. Aber als sie die London-Bridge überschritten hatte und eine Weile geradeaus gegangen war, erinnerte sie sich, daß sie sich nach der Richtung erkundigen müsse; und erst jetzt, als sie stehenblieb und umherblickte, um zu suchen, an wen sie sich mit ihrer Frage wenden könnte, sah sie sich von einem Kreis starrender Gesichter umgeben.

„Weshalb umringen Sie mich?“ fragte sie zitternd.

Niemand von denen, die ihr zunächst standen, antwortete. Aber aus dem äußersten Kreis erhob sich ein schriller Ruf: „Weil Sie verrückt sind.“

„Ich bin so vernünftig wie irgend jemand hier. Ich möchte nach dem Marshalsea-Gefängnis.“

Der schrille äußere Kreis erwiderte wiederum: „Da sieht man ja am besten, daß Sie verrückt sind, es liegt doch gerade vor Ihnen!“

Ein kleiner, sanfter, ruhiger junger Mann drängte sich zu ihr vor, während auf diese Antwort lärmende Zurufe folgten, und sagte: „War es das Marshalsea, wohin Sie wollten? Ich gehe beruflich dorthin. Kommen Sie mit mir.“

Sie stützte ihre Hand auf seinen Arm, und er führte sie über die Straße, während die Menge, durch die Aussicht, sie gleich zu verlieren, ziemlich enttäuscht, sich um die beiden drängte und eine Überführung nach Bedlam vorschlug. Nach einem kurzen Durcheinander in dem äußeren Hof öffnete sich das Tor des Gefängnisses und schloß sich hinter ihnen wieder. In dem Pförtnerstübchen, das durch den Gegensatz zu dem Lärm draußen ein Ort der Zuflucht und des Friedens zu sein schien, kämpfte eine gelbe Lampe bereits mit den Gefängnisschatten.

„Nun, John“, fragte der Schließer, der sie einließ. „Was gibt es?“

„Nichts, Vater; diese Dame wußte nur den Weg nicht und wurde von den Jungens belästigt. Wen wünschen Sie zu sprechen, Madam?“

„Miss Dorrit. Ist sie hier?“

Der junge Mann bekam größeres Interesse an der Sache. „Ja, sie ist hier. Wie ist bitte Ihr Name?“

„Mrs. Clennam.“

„Mr. Clennams Mutter?“ fragte der junge Mann.

Sie preßte die Lippen zusammen und zögerte. „Ja. Es ist am besten, wenn ihr gesagt wird, daß es seine Mutter ist.“

„Sie müssen wissen“, sagte der junge Mann, „da die

Familie des Gefängnisaufsehers augenblicklich auf dem Lande ist, hat der Gefängnisaufseher Miss Dorrit ein Zimmer in seinem Haus überlassen, damit sie es nach Belieben benutzen kann. Möchten Sie dort hinaufgehen und mich Miss Dorrit holen lassen?"

Sie nickte zustimmend, und er schloß eine Tür auf und führte sie über eine Seitentreppe in eine Wohnung hinauf. Er ließ sie in ein dunkles Zimmer eintreten und verschwand. Von dem Zimmer konnte man in den dunkelnden Gefängnishof hinabblicken, in dem die Gefangenen hin und her schlenderten, aus den Fenstern sahen, sich mit Besuchern, die fortgingen, unterhielten und im allgemeinen diesen Sommerabend ihrer Gefangenschaft ausfüllten, so gut sie es eben konnten. Die Luft war schwer und heiß, die Schwüle des Ortes bedrückend, und von draußen drangen die Geräusche des freien Lebens herein wie die quälende Erinnerung an solche Dinge bei Kopf- und Herzschmerzen. Sie stand verwirrt am Fenster und blickte in dieses Gefängnis gewissermaßen aus ihrem eigenen andersartigen Gefängnis hinab, als einige sanfte Worte der Überraschung sie auffahren ließen und Klein Dorrit vor ihr stand.

„Ist es möglich, Mrs. Clennam, daß Sie so glücklich gesund geworden sind, um . . ."

Klein Dorrit hielt inne, denn in dem Gesicht, das Mrs. Clennam ihr zuwandte, lag weder Glück noch Gesundheit.

„Dies ist nicht Gesundheit; es ist nicht Kraft; ich weiß nicht, was es ist." Mit einer erregten Bewegung ihrer Hand schob sie das alles beiseite. „Es ist Ihnen ein Päckchen übergeben worden, das Sie Arthur aushändigen sollten, wenn es nicht, bevor dieser Ort heute abend verschlossen wird, verlangt würde."

„Ja."

„Ich verlange es."

Klein Dorrit zog es aus ihrer Brust hervor und legte es in ihre Hand, die ausgestreckt blieb, nachdem sie es in Empfang genommen hatte.

„Haben Sie eine Ahnung von seinem Inhalt?"

Erschrocken, daß sie da war – mit dieser neuen Fähigkeit der Bewegung, die, wie sie selbst sagte, nicht Kraft war und unwirklich schien, als ob ein Bild oder eine Statue belebt worden wäre –, antwortete Klein Dorrit: „Nein."

„Lesen Sie es."

Klein Dorrit nahm das Päckchen aus der immer noch ausgestreckten Hand und erbrach das Siegel. Mrs. Clennam gab ihr darauf das innere Päckchen, das an sie adressiert war, und behielt das andere in der Hand. Die Schatten der Mauer und der Gebäude des Gefängnisses, die das Zimmer selbst am Mittag düster machten, machten es, außer am Fenster, zu dunkel, um lesen zu können, während die Dämmerung rasch hereinbrach. Am Fenster, wo noch ein wenig Licht von dem hellen Sommerabend war, stand Klein Dorrit und las. Nach einem gebrochenen Ausruf des Erstaunens und Schreckens las sie schweigend weiter. Als sie zu Ende war, wandte sie sich um, und ihre frühere Herrin beugte sich vor ihr.

„Sie wissen jetzt, was ich getan habe."

„Ich glaube, ja; ich fürchte, ja; obgleich ich so verwirrt und so von Mitleid erfüllt bin, daß ich nicht imstande war, alles, was ich gelesen habe, zu verstehen", sagte Klein Dorrit zitternd.

„Ich will Ihnen wiedergeben, was ich Ihnen vorenthalten habe. Verzeihen Sie mir. Können Sie mir verzeihen?"

„Ich kann es, und der Himmel weiß, ich tue es! Küssen Sie mein Kleid nicht und knien Sie nicht vor mir; Sie sind zu alt, um vor mir zu knien; ich verzeihe Ihnen gern aufrichtig ohne das."

„Ich habe noch um mehr zu bitten."

„Nicht in dieser Stellung", sagte Klein Dorrit. „Es ist unnatürlich, Ihr graues Haar sich vor mir beugen zu sehen, bitte, stehen Sie auf, lassen Sie mich Ihnen helfen." Damit hob sie sie auf und stand da, ein wenig vor ihr zurückgewichen, aber den ernsten Blick auf sie gewandt.

„Die große Bitte, die ich an Sie richte (ich habe noch eine andere, die mit ihr in Zusammenhang steht), die große Wohltat, um die ich Ihr barmherziges sanftes Herz anflehe, ist, daß Sie Arthur bis zu meinem Tode nichts hiervon sagen werden. Wenn Sie glauben, nachdem Sie Zeit zur Überlegung gehabt haben, daß es für ihn gut sein kann, es zu wissen, solange ich noch am Leben bin, dann sagen Sie es ihm. Aber Sie werden das nicht glauben; und wollen Sie in diesem Fall verprechen, mich zu schonen, bis ich tot bin?"

„Ich bin so betrübt, und was ich gelesen habe, hat meine Gedanken so in Verwirrung gebracht", erwiderte Klein Dorrit, „daß ich Ihnen kaum eine feste Antwort geben kann. Wenn ich ganz sicher wäre, daß es für Mr. Clennam nicht gut sein wird, es zu wissen . . ."

„Ich weiß, Sie sind ihm ergeben und werden zuerst an ihn denken. Es ist recht, daß Sie zuerst an ihn denken. Ich bitte Sie darum, aber wenn Sie es in Betracht gezogen haben und immer noch der Ansicht sind, daß Sie mich für die kurze Zeit, die ich noch auf Erden weilen werde, schonen können, wollen Sie es dann tun?"

„Ich will es."

„Gott segne Sie!"

Sie stand im Schatten, so daß sie Klein Dorrit, die im Licht stand, nur wie ein Schemen erschien; aber der Klang ihrer Stimme, als sie diese drei dankbaren Worte äußerte, war zugleich inbrünstig und gebrochen vor Rührung, die ihren erstarrten Augen so ungewohnt war wie die Bewegung ihren erstarrten Gliedern.

„Sie werden sich vielleicht wundern", sagte sie in einem stärkeren Ton, „daß ich es besser ertragen kann, von Ihnen, der ich unrecht getan habe, verkannt zu werden als von dem Sohn meiner Feindin, die mir unrecht getan hat. – Denn sie hat mir unrecht getan! Sie hat nicht nur schwer gegen den Herrn gesündigt, sondern sie hat mir unrecht getan. Was Arthurs Vater mir war, dazu hat sie ihn gemacht. Von unserm Hochzeitstage an war ich sein Schrecken, und dazu hat sie mich gemacht. Ich war die Geißel von beiden, und dafür war sie der Anlaß. Sie lieben Arthur (ich kann das Erröten Ihres Gesichtes sehen; möge es die Morgenröte glücklicherer

Tage für euch beide sein!), und Sie werden bereits gedacht haben, daß er so barmherzig und gut ist wie Sie und weshalb ich mich dann nicht ebensogut ihm anvertraue wie Ihnen, haben Sie das nicht gedacht?"

„Kein Gedanke kann meinem Herzen ganz fremd sein", sagte Klein Dorrit, „der dem Wissen entspringt, daß Mr. Clennam stets barmherzig, edel und gut sein wird."

„Ich zweifle nicht daran. Und doch ist Arthur auf der ganzen Welt der Mensch, vor dem ich dies am meisten verbergen möchte, solange ich auf ihr weile. Ich hielt meine unterdrückende und züchtigende Hand in den Tagen seiner ersten Erinnerung über ihn, als er noch ein Knabe war. Ich war streng zu ihm, da ich wußte, daß die Sünden der Väter an den Kindern heimgesucht werden und daß seit seiner Geburt der Zorn Gottes auf ihm lastete. Ich habe mit ihm und seinem Vater zusammengesessen und gesehen, wie die Schwäche seines Vaters sich danach sehnte, weich zu ihm zu werden; und ich habe das zurückgedrängt, damit das Kind durch ein unterdrücktes und hartes Leben seine Erlösung erreichte. Ich habe gesehen, wie er mit seiner Mutter Gesicht von seinen kleinen Büchern voller Furcht zu mir aufschaute und mich mit dem Wesen seiner Mutter milder zu stimmen suchte, das mich verhärtete."

Das Zurückweichen ihrer Zuhörerin ließ sie im Fluß ihrer Rede, die sie mit einem Ton finsterer Rückerinnerung von sich gab, für einen Augenblick innehalten.

„Zu seinem Besten. Nicht um das mir widerfahrene Unrecht zu rächen. Was war ich, und was war der Wert davon vor dem Fluch des Himmels! Ich habe dieses Kind aufwachsen sehen, er konnte nicht fromm sein wie die Erwählten (die Sünde seiner Mutter lag dafür zu schwer auf ihm), aber doch tugendhaft und aufrichtig und unterwürfig gegen mich. Er liebte mich niemals, wie ich einstmals fast hoffte, daß er es tun könnte – so schwach sind wir, und so sehr streiten die verdorbenen Zuneigungen unseres Fleisches gegen die uns anvertrauten Aufgaben. Aber er respektierte mich stets und ordnete sich mir pflichtgemäß unter. Er tut es bis zu dieser Stunde. Mit einer Leere in seinem Herzen, deren Grund er nie verstanden hat, hat er sich von mir abgewandt und ist seine eigene Straße gegangen; aber selbst das hat er mit Rücksicht und Ehrerbietung getan. Dies war sein Verhältnis zu mir. Das Verhältnis, in dem Sie zu mir gestanden haben, war viel oberflächlicher und dauerte viel kürzere Zeit. Als Sie, mit Ihrer Nadel beschäftigt, in meinem Zimmer saßen, haben Sie Furcht vor mir gehabt, aber Sie haben geglaubt, daß ich Ihnen eine Wohltat erwies; Sie sind jetzt besser unterrichtet und wissen, daß ich Ihnen ein Unrecht angetan habe. Wenn Sie die Sache und die Motive, aus denen heraus ich gehandelt habe, mißdeuteten und mißverstanden, so wäre das leichter zu ertragen, als wenn er es täte. Ich möchte um keinen denkbaren irdischen Preis, daß er mich in einem Augenblick, wenn auch noch so blind, aus der Stellung herabwirft, die ich sein ganzes Leben lang vor ihm eingenommen habe, und in mir etwas sieht, was er nicht mehr respektieren kann und für entdeckt und bloßgestellt hält. Möge er es tun, falls es getan werden muß, wenn ich nicht mehr da bin, um es zu sehen. Lassen Sie mich niemals fühlen, solange ich noch am Leben bin, daß ich vor seinem Angesicht sterbe und gänzlich vor ihm vergehe wie jemand, der vom Blitz getroffen oder von einem Erdbeben verschlungen wird."

Ihr verletzter Stolz, der sie innerlich noch beherrschte, und ihre alten Leidenschaften schmerzten sie sehr, während sie so sprach. Nicht am wenigsten dann, als sie hinzufügte: „Selbst jetzt sehe ich, wie Sie vor mir zurückweichen, als wäre ich grausam gewesen."

Klein Dorrit konnte dem nicht widersprechen. Sie versuchte es zu verbergen, aber sie wich mit Schrecken vor den Gefühlen zurück, die so leidenschaftlich gebrannt und so lange gedauert hatten. Sie sah durch die Beschönigung und erkannte sie, wie sie wirklich waren.

„Ich habe getan", sagte Mrs. Clennam, „was mir zu tun gegeben war. Ich habe mich gegen Schlechtes gewandt und nicht gegen Gutes. Ich war ein Werkzeug der

Strenge gegen die Sünde. Sind nicht zu allen Zeiten bloße Sünder wie ich selbst beauftragt worden, sie niederzuwerfen?"

„Zu allen Zeiten?" wiederholte Klein Dorrit.

„Selbst wenn mein eigenes Unrecht mir das wichtigste gewesen wäre und meine eigene Rache mich getrieben hätte, hätte es keine Rechtfertigung für mich gegeben? Keine in den alten Zeiten, wo die Unschuldigen mit den Schuldigen zugrunde gingen, tausend gegen einen? Wo der Zorn dessen, der die Ungerechten haßte, nicht einmal im Blut erlosch und doch Gnade fand?"

„Oh, Mrs. Clennam, Mrs. Clennam", sagte Klein Dorrit, „Zorn und Erbarmungslosigkeit sind schlechte Tröster und schlechte Führer für Sie und für mich. Ich habe mein Leben in diesem armen Gefängnis zugebracht und habe nur sehr mangelhaften Unterricht genossen; aber lassen Sie mich Sie anflehen, an spätere und bessere Tage zu denken. Lassen Sie sich nur von dem Heiler der Kranken leiten, dem Auferwecker der Toten, dem Freund aller, die bekümmert und verlassen waren, dem geduldigen Meister, der Tränen des Mitleids für unsere Schwächen vergoß. Wir können nicht anders als auf dem rechten Wege sein, wenn wir alles übrige beiseite lassen und alles im Gedenken an ihn tun. Es gibt keine Rache und kein Leiden als Strafe in seinem Leben, dessen bin ich sicher. Es kann keine Verwirrung geben, wenn man ihm folgt und keine anderen Fußtapfen sucht, dessen bin ich gewiß!"

In dem gedämpften Licht des Fensters, den Blick von dem Schauplatz ihrer frühen Leiden zu dem leuchtenden Himmel emporgehoben, stand sie nicht in stärkerem Gegensatz zu der schwarzen Gestalt als das Leben und die Lehre, denen sie folgte, zu der Lebensgeschichte dieser Gestalt. Diese senkte wieder das Haupt und sagte kein Wort. So blieb sie, bis das erste warnende Zeichen der Glocke erklang.

„Hören Sie?" rief Mrs. Clennam zusammenfahrend. „Ich sagte, ich hätte noch eine andere Bitte. Es ist eine, die keinen Aufschub duldet. Der Mann, der Ihnen diese

Päckchen hat übergeben lassen und der die Beweise in der Hand hat, wartet jetzt in meinem Haus, um sich kaufen zu lassen. Ich kann dies nur dadurch vor Arthur verbergen, daß ich ihn kaufe. Er verlangt eine große Summe; mehr, als ich beschaffen kann, um ihn zu bezahlen, ohne Zeit zu haben. Er weigert sich, seine Forderung herabzusetzen, und droht mir, daß, wenn er bei mir keinen Erfolg hat, er zu Ihnen gehen wird. Wollen Sie mit mir zurückkommen und ihm zeigen, daß Sie es bereits wissen, wollen Sie mit mir zurückkommen und versuchen, ihn zu überreden? Wollen Sie kommen und mir gegen ihn helfen? Schlagen Sie mir nicht ab, worum ich in Arthurs Namen bitte, obwohl ich es nicht um Arthurs willen zu bitten wage!"

Klein Dorrit fügte sich bereitwillig. Sie schlüpfte für einige Augenblicke ins Gefängnis, kam zurück und erklärte sich bereit zu gehen. Sie gingen unter Vermeidung des Pförtnerhäuschens auf einer anderen Treppe hinunter, kamen in den Vorderhof, der jetzt ganz still und verlassen dalag, und gewannen die Straße.

Es war einer jener Sommerabende, an denen es keine größere Dunkelheit als eine lange Dämmerung gibt. Die Straße und die Brücke waren in ihrer ganzen Ausdehnung deutlich zu sehen, und der Himmel war klar und heiter. Menschen saßen und standen an den Türen, spielten mit Kindern und genossen den Abend; viele gingen spazieren, um Luft zu schöpfen; die Unruhe und Hast des Tages war fast vorüber, und wenige außer ihnen waren in Eile. Als sie über die Brücke gingen, sahen die klaren Türme der vielen Kirchen aus, als ob sie aus der Dunkelheit, die sie gewöhnlich umgab, hervorgetreten und viel näher gekommen wären. Der Rauch, der in den Himmel emporstieg, hatte seine schmutzige Farbe verloren und einen hellen Schimmer angenommen. Der Glanz des Sonnenunterganges war noch nicht von den langen leichten Wolkenschichten verschwunden, die friedlich am Horizont lagerten. Von einem glühenden Zentrum aus ergossen sich große Lichtstrahlen über die ganze Länge und Breite des ruhigen Firmamentes mitten unter die frühen Sterne wie Zeichen des segensreichen neuen Friedensbundes, der die Dornenkrone in einen Glorienschein verwandelte.

Jetzt, da sie nicht allein und es dunkler war, eilte Mrs. Clennam, weniger auffällig an Klein Dorrits Seite, unbelästigt dahin. Sie verließen die große Hauptstraße an der Ecke, an der sie sie betreten hatte, und verfolgten ihren Weg die schweigenden einsamen Nebenstraßen hinab. Ihre Füße waren am Tor, als plötzlich ein donnerähnliches Getöse erklang.

„Was war das! Wir wollen schnell hinein", rief Mrs. Clennam. Sie waren im Torweg. Klein Dorrit hielt sie mit einem durchdringenden Schrei zurück.

In einem flüchtigen Augenblick stand das alte Haus vor ihnen mit dem Mann, der rauchend im Fenster lag; noch ein donnerähnliches Getöse, und es erhob sich, blähte sich nach außen auf, brach an fünfzig Stellen auseinander und fiel zusammen. Von dem Getöse betäubt und von dem Staub erstickt und geblendet, verbargen sie ihr Gesicht in den Händen und standen wie festgewurzelt da. Die Staubwand, die zwischen ihnen und dem ruhigen Himmel dahintrieb, teilte sich für einen Augenblick und ließ sie die Sterne sehen. Als sie, wild um Hilfe rufend, emporblickten, sahen sie, wie die Masse der Schornsteine, die noch allein wie ein Turm in einem Wirbelsturm aufrecht stand, schwankte, brach und auf den Trümmerhaufen niederstürzte, als ob jeder niederfallende Stein den zerschmetterten Elenden noch tiefer begraben wollte.

Durch die umherfliegenden Rußteilchen so geschwärzt, daß sie nicht zu erkennen waren, liefen sie laut schreiend aus dem Torweg auf die Straße zurück. Dort fiel Mrs. Clennam auf die Steine nieder, und niemals mehr von dieser Stunde an konnte sie auch nur einen Finger bewegen oder war imstande, auch nur ein einziges Wort zu sprechen. Mehr als drei Jahre lang saß sie noch in ihrem Rollstuhl, blickte aufmerksam auf ihre Umgebung und schien zu verstehen, was gesprochen wurde; aber das strenge Schweigen, das sie solange bewahrt hatte, war ihr nun für immer auferlegt, und abgesehen davon, daß sie ihre Augen bewegen und schwache bejahende oder verneinende Zeichen mit dem Kopf machen konnte, lebte und starb sie wie eine Statue.

Affery war im Gefängnis gewesen, um nach ihnen zu sehen, und hatte sie aus einiger Entfernung auf der Brücke erblickt. Sie kam herbeigelaufen, um ihre alte Herrin in die Arme zu schließen, sie zu betreuen. Das Geheimnis der Geräusche war jetzt aufgeklärt; Affery hatte stets in der Beobachtung der Tatsachen recht gehabt wie bedeutendere Menschen, aber in den Theorien, die sie sich dazu bildete, stets unrecht.

Als sich der Staub verzogen hatte und der Sommerabend wieder ruhig war, erfüllte ein Gedränge von Menschen die ganze Umgebung, und es bildeten sich Abteilungen, die abwechselnd unter den Trümmern gruben. Es seien hundert Menschen zur Zeit des Einsturzes im Haus gewesen, es seien fünfzig gewesen, es seien fünfzehn gewesen, es seien zwei gewesen. Das Gerücht setzte die Anzahl schließlich auf zwei fest: der Fremde und Mr. Flintwinch.

Die Grabenden gruben die kurze Nacht hindurch bei flackerndem Gaslicht und auf einer Ebene mit der früh aufgehenden Sonne und tiefer unter ihr, als sie zum Zenit emporstieg, und schräg gegen sie, als sie hinabstieg, und wieder auf einer Ebene mit ihr, als sie schied. Das eifrige Graben und Schaufeln und Hinwegschaffen auf Wagen, auf Karren und in Körben ging ohne Unterlaß Tag und Nacht fort; aber es war zum zweitenmal Abend geworden, als sie den schmutzigen Klumpen fanden, der der Fremde gewesen war, bevor sein Kopf von dem großen Balken über ihm wie Glas in Atome zerschmettert worden war.

Jedoch war man immer noch nicht auf Flintwinch gestoßen; so ging das eifrige Graben und Schaufeln und Fortschaffen ohne Unterlaß Tag und Nacht weiter. Es verbreitete sich das Gerücht, daß das alte Haus ganz besonders starke Kellergewölbe besessen hatte (was auch richtig war) und daß Flintwinch im entscheidenden

Augenblick in einem Keller gewesen war oder Zeit gehabt hatte, sich in einen zu retten, und daß er unter dem starken Gewölbe in Sicherheit war, und sogar, daß man gehört hatte, wie er mit hohler, unterirdischer, erstickter Stimme: „Hier bin ich!" gerufen hatte. Am entgegengesetzten Ende der Stadt wußte man sogar, daß die Ausgrabenden es fertiggebracht hatten, durch eine Röhre mit ihm in Verbindung zu treten, und daß er sowohl Suppe wie Branntwein durch diesen Kanal empfangen und mit bewunderungswürdiger Standhaftigkeit gesagt hatte, er sei wohlauf, meine Burschen, mit Ausnahme seines Schlüsselbeins. Aber das Graben und Schaufeln und Hinwegschaffen ging ohne Unterlaß weiter, bis die Trümmer alle ausgegraben und die Keller dem Licht geöffnet waren; und doch war kein Flintwinch, lebend oder tot, wohlauf oder verletzt, durch Picke oder Spaten zutage gefördert worden.

Man begann festzustellen, daß Flintwinch zur Zeit des Einsturzes nicht im Hause gewesen war, und man begann dann festzustellen, daß er anderswo ziemlich beschäftigt gewesen war und Papiere in so viel Geld, als er im Augenblick für sie haben konnte, verwandelte und seine Berechtigung, für die Firma Geschäfte zu tätigen, zu seinem eigenen Vorteil benutzt hatte. Affery, die sich erinnerte, daß der Gescheite gesagt hatte, er werde sich nach Verlauf von vierundzwanzig Stunden weiter erklären, entschied bei sich, daß sein Davonlaufen innerhalb dieser Zeit mit allem, was er bekommen konnte, den Inhalt der versprochenen Erklärung bildete; aber sie ließ keinen Ton verlauten, dem Himmel dankbar, daß sie ihn losgeworden war. Da es ein vernünftiger Schluß zu sein schien, daß ein Mann, der niemals begraben worden war, auch nicht ausgegraben werden konnte, gaben ihn die Grabenden auf, als ihre Aufgabe beendet war, und gruben nicht bis in die Tiefe der Erde nach ihm.

Dies wurde von sehr vielen Leuten übel aufgenommen, die hartnäckig glaubten, daß Flintwinch irgendwo unter den geologischen Formationen Londons lag. Ihr Glaube wurde auch nicht durch wiederholte Nachrichten erschüttert, die im Laufe der Zeit herüberkamen, daß ein alter Mann, der den Knoten seines Halstuches unter einem Ohr trug und von dem man ganz gut wußte, daß er Engländer war, mit den Holländern an den Ufern der Kanäle im Haag und in den Trinkstuben Amsterdams unter dem Titel und dem Namen Mynheer van Flyntevynge verkehrte.

## *32. Kapitel*

### Die Erzählung nähert sich dem Ende

Da Arthur fortgesetzt sehr krank im Marshalsea lag und Mr. Rugg keine lichte Stelle am juristischen Himmel entdecken konnte, die ihm Hoffnung auf seine Freilassung gewährte, so litt Mr. Pancks furchtbar unter Selbstvorwürfen. Wären nicht diese unfehlbaren Zahlen gewesen, die bewiesen, daß Arthur, statt im Gefängnis zu schmachten, jetzt in einem Zweispänner hätte fahren und daß Mr. Pancks, statt auf sein Gehalt als Angestellter beschränkt zu sein, drei- bis fünftausend Pfund eigenes Vermögen zu seiner unmittelbaren Verfügung hätte haben müssen, so hätte sich dieser unglückliche Mathematiker wahrscheinlich ins Bett gelegt und wäre dort noch einer von den vielen Unbekannten gewesen, die als ein letztes Opfer für die Größe des dahingegangenen Mr. Merdle ihr Gesicht der Wand zugekehrt hatten und gestorben waren. Lediglich durch seine unbestreitbaren Kalkulationen aufrechterhalten, führte Mr. Pancks ein unglückliches und unruhiges Leben, indem er beständig seine Zahlen im Hut mit sich herumtrug und sie nicht nur selbst bei jeder möglichen Gelegenheit durchging, sondern jedes menschliche Wesen, dessen er habhaft werden konnte, bat, sie mit durchzugehen und zu sehen, wie klar der Fall sei. Drunten im Herzbluthof gab es kaum einen Einwohner von einiger Bedeutung, dem Mr. Pancks nicht seine Berechnung vorgeführt hätte, und da Zahlen ansteckend sind, so brach eine Art von Rechenmasern an diesem Ort aus, unter deren Einfluß der ganze Hof wirr im Kopfe wurde.

Je unruhiger Mr. Pancks' Gemütszustand wurde, desto ungeduldiger wurde er in bezug auf den Patriarchen. Bei ihren letzten Konferenzen hatte sein Schnauben einen gereizten Klang angenommen, der nichts Gutes für den Patriarchen verhieß. Gleicherweise hatte Mr. Pancks bei verschiedenen Gelegenheiten die Patriarchenbeulen genauer in Augenschein genommen, als man mit der Tatsache vereinbaren konnte, daß er kein Maler oder Perückenmacher auf der Suche nach einem lebenden Modell war.

Er dampfte jedoch aus seinem kleinen Hinterdock hervor und wieder dorthin zurück, je nachdem der Patriarch ihn brauchte oder nicht brauchte, und die Geschäfte waren ihren gewohnten Gang weitergegangen. Der Herzbluthof war zu den regelmäßigen Zeiten von Mr. Pancks gepflügt und von Mr. Casby abgeerntet worden; Mr. Pancks' Anteil war alle Plage und aller Schmutz des Geschäftes, Mr. Casbys Anteil war aller Gewinn, aller ätherischer Dunst und aller Mondschein; und wie dieser menschenfreundlich strahlende Herr an den Sonnabendabenden zu sagen pflegte, wenn er seine fetten Daumen, nachdem die Wochenbilanz gezogen war, drehte, „alles ist für alle Teile – alle Teile – zufriedenstellend gewesen – zufriedenstellend, Sir, für alle Teile".

Das Dock des Schleppdampfers Pancks hatte ein Bleidach, das, in dem glühend heißen Sonnenschein bratend, das Wasserfahrzeug wahrscheinlich erhitzt hatte. Wie dem auch sei, an einem glühenden Sonnabendabend kam der Schlepper auf den Anruf des schwerfälligen flaschengrünen Schiffs augenblicklich in höchst erhitztem Zustand aus dem Dock heraus.

„Mr. Pancks", war die Bemerkung des Patriarchen, „Sie sind im Rückstand – Sie sind im Rückstand, Sir."

„Was wollen Sie damit sagen?" war die Erwiderung.

Der Zustand des Patriarchen, stets ein Zustand der Ruhe und Gelassenheit, war an diesem Abend so besonders friedlich, daß er etwas Herausforderndes hatte. Jeder andere Sterbliche war heiß; aber der Patriarch war vollkommen kühl. Jeder war durstig, und der Patriarch trank. Ein Duft von Zitronen umgab ihn; und er hatte sich einen Trank aus goldenem Sherry bereitet, der in einem großen Glas schimmerte, als tränke er den Abendsonnenschein. Das war schlimm, aber doch nicht das schlimmste.

Das schlimmste war, daß er mit seinen großen blauen Augen und seinem polierten Kopf und seinem langen weißen Haar und seinen lang ausgestreckten, flaschengrünen Beinen, die in seinen bequem gekreuzten Pantoffeln endeten, ein strahlendes Aussehen hatte, als ob er in seiner umfassenden Menschenliebe den Trank für die ganze Menschheit bereitet hätte, während er selbst nichts brauchte als die Milch seiner Menschenliebe.

Weshalb Mr. Pancks fragte: „Was wollen Sie damit sagen?“ und sein Haar in höchst unheilverkündender Weise mit beiden Händen in die Höhe strich.

„Ich will sagen, Mr. Pancks, daß Sie schärfer mit den Leuten umgehen müssen, schärfer mit den Leuten – viel schärfer mit den Leuten, Sir. Sie pressen sie nicht. Sie pressen sie nicht. Ihre Eingänge sind nicht befriedigend. Sie müssen sie pressen, Sir, oder unsere Verbindung wird ferner nicht so zufriedenstellend sein, wie ich wünschen möchte, daß sie für alle Teile ist. Für alle Teile.“

„Presse ich sie denn nicht?“ erwiderte Mr. Pancks. „Wofür bin ich sonst da?“

„Sie sind für nichts weiter da, Mr. Pancks. Sie sind dazu da, Ihre Pflicht zu tun, aber Sie tun Ihre Pflicht nicht. Sie werden bezahlt, um zu pressen, und Sie müssen pressen, um sich bezahlt zu machen.“ Der Patriarch war selbst durch diese witzige Wendung nach Dr. Johnson, die er nicht im geringsten erwartet oder beabsichtigt hatte, so überrascht, daß er laut auflachte und mit großer Selbstzufriedenheit, während er die Daumen drehte und seinem Jugendbildnis zunickte, wiederholte: „Bezahlt, um zu pressen, und müssen pressen, um sich bezahlt zu machen.“

„Oh!“ sagte Pancks. „Sonst noch etwas?“

„Ja, Sir, ja, Sir, noch etwas. Sie werden gefälligst den Hof noch einmal pressen, Mr. Pancks, gleich Montag früh.“

„Oh“, sagte Mr. Pancks, „ist das nicht zu früh? Ich habe ihn heute trockengepreßt.“

„Unsinn, Sir, lange nicht genug – lange nicht genug.“

„Oh“, sagte Pancks und sah ihm zu, wie er menschenfreundlich einen kräftigen Schluck von seiner Mischung nahm. „Sonst noch etwas?“

„Ja, Sir, ja, Sir, noch etwas. Ich bin durchaus nicht zufrieden mit meiner Tochter, Mr. Pancks, durchaus nicht zufrieden. Abgesehen davon, daß sie viel zu oft Mrs. Clennam besucht, Mrs. Clennam, die gerade jetzt nicht in Verhältnissen ist, die – zufriedenstellend für alle Teile sind, geht sie sogar, Mr. Pancks, wenn ich nicht ganz falsch unterrichtet bin, ins Gefängnis, um sich nach Mr. Clennam zu erkundigen. Ins Gefängnis.“

„Er ist bettlägerig, wie Sie wissen“, sagte Pancks. „Vielleicht ist es eine gute Tat.“

„Ach, dummes Zeug, Mr. Pancks. Sie hat nichts damit zu schaffen – nichts damit zu schaffen. Ich kann es nicht zugeben. Mag er seine Schulden bezahlen und herauskommen – herauskommen; seine Schulden bezahlen und herauskommen.“

Obwohl Mr. Pancks' Haar wie dicker Draht in die Höhe stand, stieß er sie mit beiden Händen noch einmal in senkrechte Richtung und lächelte seinen Eigentümer in höchst grauenhafter Weise an.

„Sie werden gefälligst meiner Tochter sagen, Mr. Pancks, daß ich das nicht zugeben kann – nicht zugeben kann“, sagte der Patriarch freundlich.

„Oh!“ sagte Pancks. „Können Sie es ihr nicht selbst sagen?“

„Nein, Sir, nein; Sie werden bezahlt, um es zu sagen“, der tölpelhafte alte Dummkopf konnte der Versuchung, es noch einmal zu probieren, nicht widerstehen, „und Sie müssen es sagen, um sich bezahlt zu machen.“

„Oh“, sagte Pancks. „Sonst noch etwas?“

„Ja, Sir. Es scheint mir, Mr. Pancks, daß Sie selbst zu oft dort hingehen. Ich empfehle Ihnen, Mr. Pancks, sich sowohl Ihre eigenen Verluste wie auch die Verluste anderer Leute aus dem Kopf zu schlagen und auf Ihre Pflicht zu achten, Ihre Pflicht zu achten."

Mr. Pancks nahm diese Empfehlung mit einem so ungewöhnlich plötzlichen kurzen und lauten Hervorstoßen der Silbe „Oh!" auf, daß selbst der schwerfällige Patriarch seine blauen Augen mit etwas wie Eile auf ihn richtete. Mr. Pancks fügte mit einem entsprechend starken Blasen hinzu: „Sonst noch etwas?"

„Jetzt nicht, Sir. Jetzt nicht. Ich will", sagte der Patriarch, trank seine Mischung aus und stand mit freundlicher Miene auf, „einen kleinen Spaziergang machen – einen kleinen Spaziergang machen. Vielleicht werde ich Sie hier finden, wenn ich zurückkomme. Wenn nicht, Sir, Pflicht, Pflicht; pressen Sie, pressen Sie, pressen Sie am Montag – pressen Sie am Montag!"

Während Mr. Pancks nach einem abermaligen Haarsträuben dem Patriarchen zusah, wie er seinen breitrandigen Hut aufsetzte, schien in ihm im Augenblick Unentschlossenheit mit einem Gefühl der Kränkung zu kämpfen. Er war auch erhitzter als zuvor und atmete schwerer. Aber er ließ Mr. Casby hinausgehen, ohne irgendeine weitere Bemerkung zu machen, und sah ihm dann durch die kleinen grünen Jalousien nach. „Ich dachte es mir", bemerkte er. „Ich wußte, wohin du gehst. Gut!" Er dampfte dann in sein Dock zurück, brachte es sorgfältig in Ordnung, nahm seinen Hut herab, sah sich rings in dem Dock um, sagte „Adieu" und dampfte auf eigene Rechnung von dannen. Er steuerte geradewegs auf Mrs. Plornishs Ende vom Herzbluthof zu und kam dort erhitzter denn je oben auf den Stufen an.

Oben auf den Stufen widerstand er Mrs. Plornishs Einladungen, hereinzukommen und Vater in der „Glückshütte" Gesellschaft zu leisten – die zu seiner Erleichterung nicht so dringend ausgesprochen wurden wie an allen anderen Abenden, denn es war gerade Sonnabend, wo die Kundschaft, die das Geschäft so tapfer mit allem außer Geld unterstützte, reichlich bestellte –, oben auf den Stufen blieb Mr. Pancks stehen, bis er des Patriarchen, der den Hof immer durch den anderen Eingang betrat, ansichtig wurde, wie er, strahlend und von Bittstellern umgeben, langsam vorwärts kam. Da stieg Mr. Pancks die Stufen hinab und fuhr mit Volldampf auf ihn los.

Der Patriarch, der mit seinem gewöhnlichen menschenfreundlichen Ausdruck herankam, war überrascht, Mr. Pancks zu sehen, aber er nahm an, daß er sich zu einem sofortigen Pressen veranlaßt gefühlt hätte, anstatt diese Operation auf Montag zu verschieben. Die Bewohner des Hofes waren über das Zusammentreffen erstaunt, denn die beiden Mächte waren, soweit der älteste Herzbluter zurückdenken konnte, noch niemals zusammen dort gesehen worden. Aber sie wurden von unaussprechlicher Verblüffung überwältigt, als Mr. Pancks an den ehrwürdigsten aller Männer dicht herantrat, vor der flaschengrünen Weste stehenblieb, aus seinem rechten Daumen und Zeigefinger einen Gewehrabzug machte, diesen an den breiten Rand des breitkrempigen Hutes legte und ihn mit außerordentlicher Geschicklichkeit und Präzision von dem polierten Kopf herunterschoß, als wäre er eine große Murmel.

Nachdem er sich diese kleine Freiheit mit der Person des Patriarchen erlaubt hatte, erweckte Mr. Pancks das weitere Erstaunen und die Neugierde der Herzbluter, indem er mit weithin hörbarer Stimme sagte: „Jetzt, Sie zuckersüßer Schwindler, gedenke ich mit Ihnen abzurechnen!“

Mr. Pancks und der Patriarch waren im Augenblick der Mittelpunkt einer dichten Menschenmenge, die ganz Auge und Ohr war. Fenster wurden geöffnet, und auf den Türschwellen drängten sich die Leute.

„Was geben Sie vor zu sein?“ sagte Mr. Pancks. „Was ist Ihr moralisches Spiel? Was spielen Sie für eine Rolle? Worauf haben Sie es abgesehen? Menschenfreundlichkeit, nicht wahr? Sie und menschenfreundlich!“ Hier zielte Mr. Pancks offenbar ohne die Absicht, ihn zu treffen, sondern nur, um sein Gemüt zu erleichtern und seine überschüssige Kraft in gesunder Übung auszugeben, einen Schlag nach dem beuligen Kopf, vor dem der beulige Kopf sich duckte.

Diese merkwürdige Handlung wurde zu der stets wachsenden Bewunderung der Zuschauer am Ende jedes Absatzes von Mr. Pancks' Rede wiederholt.

„Ich bin aus Ihrem Dienst ausgeschieden", sagte Pancks, „damit ich Ihnen sagen kann, was Sie sind. Sie sind einer von der Sorte von Schwindlern, welche die schlimmste von allen ist, die man treffen kann. Als einer, der unter beiden gelitten hat, weiß ich nicht, ob mir nicht die Merdle-Gattung lieber wäre als die Ihrige. Sie sind ein versteckter Quäler, ein Blutsauger durch Vertretung, ein Schinder, Presser und Würger durch andere. Sie sind ein philanthropischer Heuchler. Sie sind ein schäbiger Betrüger!" (Die Wiederholung der Handlung an dieser Stelle wurde mit lautem Gelächter aufgenommen.) „Fragen Sie diese guten Leute, wer hier der harte Mann ist. Ich glaube, sie werden Ihnen sagen, Pancks."

Dies wurde durch Rufe wie „Gewiß!" und „Hört!" bestätigt.

„Aber ich sage euch, ihr guten Leute – Casby! Dieser Haufen Güte, dieser Klumpen Liebe, dieser flaschengrüne Lächler – er ist euer Peiniger!" sagte Pancks. „Wenn ihr den Mann sehen wollt, der euch lebendig die Haut abziehen möchte – hier steht er! Sucht ihn nicht in mir mit dreißig Schilling die Woche, sondern sucht ihn in Casby mit ich weiß nicht wieviel im Jahr!"

„Gut!" riefen mehrere Stimmen. „Hört Mr. Pancks!"

„Hört Mr. Pancks?" rief dieser Herr (nachdem er die beliebte Handlung wiederholt hatte). „Ja, das sollte ich meinen! Es ist endlich Zeit, Mr. Pancks zu hören. Mr. Pancks ist heute abend in den Hof gekommen mit der Absicht, daß ihr ihn hören sollt. Pancks ist nur die Drehorgel. Aber dort steht der Orgeldreher!"

Die Zuhörer wären wie ein Mann, Weib und Kind zu Mr. Pancks übergegangen, wenn nicht die langen grauen Locken und der breitkrempige Hut gewesen wären.

„Hier ist die Feder“, sagte Pancks, „die die Walze in Bewegung setzt. Und es gibt bloß eine Melodie, und sie heißt: Pressen, Pressen, Pressen! Hier steht der Eigentümer, und hier steht sein Sklave. Ihr guten Leute, wenn er heute abend so sanft durch den Hof geschwebt kommt wie ein langsam gehender menschenfreundlicher Brummkreisel und wenn ihr euch um ihn drängt mit euren Klagen über den Sklaven, dann wißt ihr nicht, was für ein Betrüger der Eigentümer ist! Was haltet ihr davon, daß er sich heute abend absichtlich zeigt, damit am Montag aller Tadel auf mich fällt? Was haltet ihr davon, daß er mir gerade heute abend die Hölle heiß gemacht hat, weil ich euch nicht genug presse? Was haltet ihr davon, daß ich im gegenwärtigen Augenblick besonderen Befehl habe, euch am Montag trockenzupressen?“

Die Antwort bestand aus einem gemurmelten „Schande“ und „Schäbig“.

„Schäbig?“ schnob Pancks. „Ja, das sollte ich meinen! Die Sorte, zu der euer Casby gehört, ist die schäbigste von allen. Sie treiben ihre Sklaven dazu, um einen elenden Lohn zu tun, was sie selbst zu tun sich schämen und fürchten und nicht zu tun vorgeben, aber was sie getan haben wollen, und sie geben einem nicht eher Ruhe, als bis es unbedingt getan ist! Verleiten euch dazu, in ihren Sklaven die schlechten Menschen zu sehen und sie selbst für gut zu halten! Wahrlich, der verkommenste Gauner in dieser ganzen Stadt, der sich unter falschen Vorspiegelungen achtzehn Pence erschwindelt, ist nicht halb solch ein Gauner wie dieses Schild ‚Zum Casbykopf‘ hier!“

Rufe von: „Das ist wahr!“ und: „Das ist er auch nicht!“

„Und seht, was ihr außerdem von diesen Leuten habt“, sagte Pancks, „seht, was ihr noch von diesen teuren Brummkreiseln habt, die sich so behend zwischen euch drehen, daß ihr keine Vorstellung von dem Muster habt, das auf ihnen gemalt ist, oder dem kleinen Fenster, das an ihnen angebracht ist! Ich möchte eure Aufmerksamkeit einen Augenblick auf mich selbst lenken. Ich bin keine angenehme Art von Mensch, ich weiß das sehr gut."

Die Zuhörer waren über diesen Punkt geteilter Meinung. Die Unnachgiebigeren unter ihnen riefen: „Nein, das sind Sie nicht", und die Höflicheren: „Doch, das sind Sie."

„Ich bin im allgemeinen", sagte Mr. Pancks, „ein trokkener, unangenehmer, trübseliger Schufter und Sklave. Das ist euer ergebener Diener. Da habt ihr sein Porträt, in Lebensgröße von ihm selbst gemalt und euch gezeigt. Ähnlichkeit garantiert! Aber was kann ein Mensch sein mit solch einem Menschen wie diesem hier als Eigentümer? Was kann man von ihm erwarten? Hat jemals einer von euch erlebt, daß gebratenes Hammelfleisch mit Kapernsauce in einer Kokosnuß wächst?"

Keiner der Herzbluter hatte das je, das ging klar aus ihrer lebhaften Erwiderung hervor.

„Und ebensowenig", sagte Mr. Pancks, „werdet ihr in Sklaven, wie ich bin, unter Eigentümern, wie dieser ist, angenehme Eigenschaften finden. Ich bin von Jugend an ein Sklave gewesen. Was war mein Leben? Sich plagen und sich schinden, sich plagen und sich schinden. Das Rad drehen, das Rad drehen! Ich war mir selbst kein angenehmer Mensch, und es war nicht wahrscheinlich, daß ich für sonst jemand ein angenehmer Mensch war. Wenn ich nach zehn Jahren um einen Schilling die Woche weniger nützlich wäre, so würde dieser Schwindler mir einen Schilling die Woche weniger geben; wenn er jemand, der ebenso nützlich ist wie ich, um einen Sixpence billiger haben könnte, würde er ihn an meiner Stelle um einen Sixpence billiger einstellen. Angebot und Nachfrage ganz einfach! Feste Geschäftsprinzipien! Es ist ein wunderbar schönes Schild, dieses Schild ‚Zum Casbykopf'", sagte Mr. Pancks und betrachtete ihn mit allem andern als Bewunderung; „aber der wirkliche Name des Hauses ist ‚Zum Heuchler'. Sein Wahlspruch ist: Der Sklave soll sich ranhalten. Ist einer der anwesenden Herren“, unterbrach sich Mr. Pancks und blickte sich um, mit der englischen Grammatik bekannt?“

Der Herzbluthof scheute sich, auf die Bekanntschaft Anspruch zu erheben.

„Es kommt nicht darauf an“, sagte Mr. Pancks. „Ich möchte nur bemerken, daß die Aufgabe, die dieser Eigentümer mir gesetzt hat, war, niemals abzulassen, das Präsens des Imperativs des Zeitwortes ‚sich ranhalten‘ zu konjugieren. Halte du dich ran! Halte er sich ran! Halten wir uns ran! Haltet euch ran! Sie sollen sich ranhalten! Da habt ihr euren menschenfreundlichen Patriarchen Casby, und da habt ihr seine goldene Regel. Er ist außerordentlich erhebend anzusehen, und ich bin das durchaus nicht. Er ist so süß wie Honig, und ich bin so schal wie Grabenwasser. Er bereitet das Pech, und ich hantiere damit, und es bleibt an mir kleben. Nun“, sagte Mr. Pancks und trat wieder dicht an seinen ehemaligen Eigentümer heran, von dem er ein wenig weggetreten war, damit ihn der Hof besser betrachten könnte, „da ich nicht gewohnt bin, in der Öffentlichkeit zu sprechen, und da ich in Anbetracht aller Umstände eine ziemlich lange Rede gehalten habe, so werde ich meine Bemerkungen dadurch abschließen, daß ich Sie ersuche, sich von hier fortzumachen.“

Der Letzte der Patriarchen war von dem Angriff so überrascht und brauchte so viel Zeit, um eine Idee zu fassen, und so viel mehr Zeit, um sie hin und her zu wenden, daß er kein Wort zu erwidern wußte. Er schien darüber nachzudenken, wie er sich auf irgendeine patriarchalische Weise aus seiner schwierigen Lage befreien könnte, als Mr. Pancks ihm wiederum plötzlich den Abzug an den Hut legte und ihn wieder mit seiner früheren Geschicklichkeit herunterschoß. Beim vorigen Mal hatten einige der Herzbluter ihn diensteifrig aufgehoben und seinem Eigentümer übergeben; aber Mr. Pancks hatte jetzt solchen Eindruck auf seine Zuhörerschaft gemacht, daß sich der Patriarch umdrehen und selbst danach bücken mußte.

Rasch wie der Blitz zog Mr. Pancks, der seit einigen

Augenblicken die rechte Hand in seiner Rocktasche hielt, eine Schere hervor, stürzte sich auf den Patriarchen, der ihm den Rücken zuwandte, und schnitt die geheiligten Locken ab, die auf seine Schultern niederflossen. In einem Anfall von Wut und Schnelligkeit riß Mr. Pancks darauf dem Patriarchen den breitkrempigen Hut aus der Hand, verschnitt ihn zu einer regelrechten Bratpfanne und stülpte ihn dem Patriarchen auf den Kopf.

Vor dem grauenhaften Ergebnis dieser verwegenen Handlung wich Mr. Pancks selbst entsetzt zurück. Ein kahlhäuptiger, glotzäugiger, dickköpfiger, schwerfälliger Mensch stand da und starrte ihn an, nicht im geringsten eindrucksvoll, nicht im geringsten ehrwürdig, offenbar aus der Erde hervorgeschossen, um zu fragen, was aus Casby geworden sei. Nachdem er dieses Phantom in schweigendem Entsetzen einige Augenblicke lang angestarrt hatte, warf Mr. Pancks die Schere hin und lief davon, um sich irgendwo vor den Folgen des Verbrechens zu verstecken. Mr. Pancks hielt es für ratsam, sich sehr eilig zu entfernen, obwohl er von nichts verfolgt wurde als dem widerhallenden Klang des Gelächters im Herzbluthof, das weithin zu hören war.

## *33. Kapitel*

### Dem Ende näher

Die Veränderungen im Zimmer eines Fieberkranken sind langsam und schwankend, aber die Veränderungen in der fieberhaften Welt sind rasch und unabänderlich.

Es war Klein Dorrits Schicksal, beide Arten von Veränderungen erleben zu müssen. Die Marshalsea-Mauern umfingen sie wieder während eines Teiles jeden Tages als ihr Kind mit ihrem Schatten, während sie für Clennam dachte, für ihn arbeitete, ihn pflegte und ihn nur verließ, um ihm auch dann noch ihre äußerste Liebe und Sorge angedeihen zu lassen. Andererseits machte auch das Leben außerhalb des Tores dringende Ansprüche an sie geltend, und sie kam ihnen mit unermüdlicher Geduld nach. Da war Fanny, stolz, kapriziös, launenhaft, weiter fortgeschritten in jenem Zustand, in dem es ihr unmöglich war, in Gesellschaft zu gehen, der sie an dem Abend des Schildpattmessers geärgert hatte, entschlossen, stets Trost zu brauchen, entschlossen, sich nicht trösten zu lassen, entschlossen, tief gekränkt zu sein, und entschlossen, daß niemand es wagen sollte, sie dafür zu halten. Da war ihr Bruder, ein schwacher, eingebildeter, dem Trunk ergebener, junger Greis, von Kopf bis Fuß zitternd und mit so undeutlicher Sprache, als ob etwas von dem Geld, auf das er stolz war, in seinen Mund geraten und nicht herauszubekommen wäre, unfähig, in irgendeiner Handlung seines Lebens allein zu gehen, und die Schwester begönnernd, die er egoistisch liebte (er hatte immer dieses negative Verdienst gehabt, der zum Unglück bestimmte und schlecht behandelte Tip!), weil er es duldete, daß sie ihn führte. Da war Mrs. Merdle in duftiger Trauertoilette – deren ursprüngliche Haube vielleicht in einem Anfall von Schmerz in Stücke gerissen worden, aber jetzt durch einen sehr eleganten Artikel aus Paris ersetzt worden war –, die Fuß an Fuß mit Fanny kämpfte und ihr mit ihrem verödeten Busen zu jeder Stunde des Tages Trotz bot. Da war Mr. Sparkler, der nicht wußte, wie er den Frieden zwischen ihnen halten sollte, aber demütig zu der Meinung neigte, daß sie nichts Besseres tun könnten, als zuzugeben, daß sie beide bemerkenswert schöne Frauen seien und daß an ihnen beiden kein Unsinn sei – auf welche sanfte Empfehlung hin sie sich darin vereinigten, schrecklich über ihn herzufallen. Da war ferner Mrs. General, aus fremden Landen nach Hause gekommen, die an jedem zweiten Tag einen Prünellen-und-Prisma-Brief übersandte, der um Empfehlungen für diesen oder jenen vakanten Posten bat. Von dieser hervorragenden Dame soll zum Schluß bemerkt sein, daß es sicherlich niemals eine Dame gab, von deren ungewöhnlicher Eignung für jeden vakanten Posten auf der Erde so viele Leute (wie ihre warmen Empfehlungen zeigten) so vollkommen überzeugt waren – und die so unglücklich war, einen so großen Kreis glühender und hervorragender Bewunderer zu haben, die jedoch niemals irgendeine Verwendung für sie fanden.

Nach dem ersten Krach beim Tode des hervorragenden Mr. Merdle waren viele bedeutende Persönlichkeiten unfähig gewesen, zu entscheiden, ob sie Mrs. Merdle links liegenlassen oder trösten sollten. Da es jedoch zu ihrer eigenen Rechtfertigung wesentlich zu sein schien, daß sie einräumen sollten, sie sei grausam betrogen worden, so räumten sie dies gnädig ein und fuhren fort, sie zu kennen. Es ergab sich daraus, daß Mrs. Merdle, als eine Dame von Eleganz und Vornehmheit, die der Täuschung durch einen ordinären Barbaren zum Opfer gefallen war (denn Mr. Merdle hatte sich als solcher entpuppt in dem Augenblick, als man seine Taschen leer gefunden hatte), durch ihre Klasse um ihrer Klasse willen tätig unterstützt werden mußte. Sie erwiderte diese Treue, indem sie zu verstehen gab, daß sie gegen den verbrecherischen Schatten des Verstorbenen sogar mehr erzürnt war als jeder andere; so ging sie im ganzen aus ihrem Feuerofen als weise Frau hervor und gedieh vortrefflich.

Mr. Sparklers Lordschaft war glücklicherweise eines jener Regale, auf denen ein Mann für Lebenszeit weggestellt gilt, falls es nicht etwa einen Anlaß gab, ihn mit dem Barnacle-Kran zu einer einträglicheren Höhe emporzuheben. Dieser patriotische Diener stand dementsprechend zu seiner Fahne und war ein vollkommener Nelson darin, sie nicht übergeben zu wollen und an den Mast zu nageln. Aus den Erträgnissen seiner Tapferkeit rüsteten sich Mrs. Sparkler und Mrs. Merdle, die verschiedene Stockwerke des vornehmen kleinen Tempels der Unbequemlichkeit bewohnten, dem der Geruch nach der vorgestrigen Suppe und nach Kutschpferden so beständig anhaftete wie der Tod dem Menschen, um in der Arena der Gesellschaft als geschworene Rivalinnen ihren Kampf auszufechten. Und Klein Dorrit, die die

Entwicklung all dieser Dinge mit ansah, konnte nicht umhin, sich sorgenvoll zu fragen, in welch rückwärtigen Winkel des vornehmen Hauses Fannys Kinder wohl dereinst gestoßen werden würden und wer sich dieser noch ungeborenen kleinen Opfer annehmen würde.

Da Arthur viel zu krank war, als daß man mit ihm über Dinge, die Anlaß zu Aufregungen oder Sorgen gaben, hätte sprechen können, und da seine Genesung sehr davon abhing, daß man seine Schwäche durch vollkommene Ruhe schonte, so war Klein Dorrits einzige Stütze während dieser schweren Zeit Mr. Meagles. Er war noch im Ausland, aber sie hatte ihm durch seine Tochter unmittelbar nach ihrem ersten Besuch bei Arthur im Marshalsea und seitdem noch öfter geschrieben und hatte ihm ihre Sorgen über die Punkte, die ihr am meisten am Herzen lagen, und ganz besonders über einen Punkt anvertraut. Auf diesen einen Punkt war die fortgesetzte Abwesenheit Mr. Meagles' an Stelle seiner tröstlichen Gegenwart im Marshalsea zurückzuführen.

Ohne den genauen Inhalt der Dokumente, die Rigaud in die Hände gefallen waren, anzugeben, hatte Klein Dorrit diese Geschichte in großen Umrissen Mr. Meagles anvertraut und ihm auch Rigauds Schicksal berichtet. Die alten vorsichtigen Gewohnheiten der Waage und Schaufel ließen Mr. Meagles sofort sehen, wie richtig es war, der Originalpapiere habhaft zu werden; weshalb er in seiner Antwort an Klein Dorrit deren Interesse an diesem Punkt nachdrücklich billigte und hinzufügte, daß er nicht nach England zurückkehren würde, „ohne einen Versuch zu machen, sie aufzustöbern“.

Inzwischen war Mr. Henry Gowan zu dem Entschluß gekommen, daß es ihm angenehmer wäre, die Meagles nicht zu kennen. Er war so rücksichtsvoll, seiner Frau in dieser Beziehung keine Befehle zu geben; aber er sagte zu Mr. Meagles, daß es ihm scheine, sie könnten sich persönlich nicht so gut miteinander stellen, und daß er denke, es wäre gut, wenn sie – in aller Höflichkeit und ohne Szenen oder derartiges zu machen – übereinkämen, daß sie beide die besten Menschen der Welt seien, aber jeder am besten für sich bliebe. Der arme Mr. Meagles, der bereits fühlte, daß er das Glück seiner Tochter nicht förderte, wenn er ständig in ihrer Gegenwart herabgesetzt wurde, sagte: „Gut, Henry! Sie sind der Gatte meiner Pet. Es ist der Lauf der Natur, daß Sie mich verdrängt haben; wenn Sie es wünschen, dann gut." Diese Ordnung der Dinge schloß den zufälligen Vorteil ein, den Henry Gowan nicht vorhergesehen hatte, daß sowohl Mr. wie Mrs. Meagles ihrer Tochter gegenüber, jetzt, wo sie nur noch mit ihr und ihrem kleinen Kind verkehrten, freigebiger waren als zuvor und daß sein stolzer Geist sich besser mit Geld versorgt sah, ohne sich in der erniedrigenden Notwendigkeit zu befinden, von seiner Herkunft zu wissen.

Es war natürlich, daß Mr. Meagles zu einer solchen Zeit eine Gelegenheit, sich zu beschäftigen, mit großem Eifer ergriff. Er wußte von seiner Tochter, in welchen Städten Rigaud vor einiger Zeit gewesen war und welche Hotels er dort bewohnt hatte. Die Beschäftigung, die er sich vornahm, war, diese Hotels mit aller Vorsicht und Eile aufzusuchen und, wenn er fand, daß der Mensch irgendwo eine unbezahlte Rechnung und einen Kasten oder ein Paket zurückgelassen hatte, diese Rechnung zu bezahlen und diesen Kasten oder dieses Paket mit sich zu nehmen.

Ohne andere Begleitung als Mutter machte sich Mr. Meagles auf seine Pilgerfahrt und erlebte eine Anzahl Abenteuer. Nicht die geringste seiner Schwierigkeiten war, daß er niemals verstand, was zu ihm gesagt wurde, und daß er seine Erkundigungen unter Leuten vornahm, die niemals verstanden, was er zu ihnen sagte. Trotz alledem hielt Mr. Meagles mit einem unerschütterlichen Vertrauen, daß die englische Sprache irgendwie die Muttersprache der ganzen Welt sei und daß die Leute nur zu dumm seien, es zu wissen, lange Ansprachen an Gasthofbesitzer, machte ihnen laute Auseinandersetzungen der kompliziertesten Art und wies Antworten in der Muttersprache der Leute, mit denen er sich unterhielt, unbedingt zurück mit der Behauptung, daß sie „lauter Unsinn“ seien. Bisweilen wurden Dolmetscher herbeigerufen, die Mr. Meagles in solch idiomatischen Redewendungen ansprach, daß sie augenblicklich zerstört wurden und sprachlos dastanden – was die Dinge noch verschlimmerte.

Wenn man jedoch die Bilanz des Ganzen zieht, so ist es zweifelhaft, ob er viel dabei verlor; denn obwohl er kein hinterlassenes Eigentum fand, fand er so viele Schulden und unangenehme Erinnerungen in Verbindung mit dem Eigennamen, der das einzige Wort war, das er verständlich machen konnte, daß er fast überall mit beleidigenden Anklagen überhäuft wurde. An nicht weniger als vier Stellen wurde die Polizei herbeigerufen und Mr. Meagles ihr als Industrieritter, Nichtsnutz und Dieb denunziert, welche schmähenden Ausdrücke er alle mit der besten Laune ertrug (da er keine Ahnung hatte, was sie bedeuteten); und er wurde in der schändlichsten Art zu Dampfbooten und Postkutschen eskortiert, damit man ihn los wurde, während er die ganze Zeit über mit Mutter am Arm weiterredete, der gutgelaunte und redselige Brite, der er war.

Aber in seiner eigenen Sprache und in seinem Kopf war Mr. Meagles ein klarer, scharfsinniger und beharrlicher Mann. Als er sich auf seiner Pilgerfahrt nach Paris „durchgearbeitet“ hatte, wie er es nannte, ohne bis jetzt irgendeinen Erfolg gehabt zu haben, war er doch nicht entmutigt. „Je näher England ich ihm folge, siehst du, Mutter“, argumentierte Mr. Meagles, „desto näher komme ich aller Wahrscheinlichkeit nach den Papieren, ob ich sie nun finde oder nicht, weil es nur vernünftig ist, zu schließen, daß er sie irgendwo deponiert hat, wo sie vor Leuten drüben in England sicher und ihm doch leicht erreichbar sind, siehst du wohl?“

In Paris fand Mr. Meagles einen Brief von Klein Dorrit, der dort auf ihn wartete. Darin teilte sie ihm mit, daß sie imstande gewesen war, einige Minuten mit Mr. Clennam über diesen Mann, der nicht mehr da war, zu reden;

sie habe Mr. Clennam gesagt, daß sein Freund Mr. Meagles, der auf der Reise zu ihm sei, ein Interesse daran habe, womöglich etwas über den Mann festzustellen, und er habe sie daraufhin gebeten, Mr. Meagles mitzuteilen, daß er Miss Wade, die damals in der und der Straße in Calais wohnte, bekannt gewesen sei. „Oho!" sagte Mr. Meagles.

Nach so kurzer Zeit, als es in den Tagen der Postkutsche möglich war, läutete Mr. Meagles die mißtönende Glocke an dem verfallenen Tor, es öffnete sich knarrend, und die Bäuerin stand in dem dunklen Türgang und sagte: „Was wollen der 'err? Zu wem?" In Anerkennung dieser Ansprache sagte Mr. Meagles zu sich selbst, daß in diesen Leuten von Calais einige Vernunft steckte und daß sie wirklich zu wissen schienen, was andere Leute und sie selbst wollten, und erwiderte: „Miss Wade, meine Beste." Er wurde darauf vor Miss Wade geführt.

„Es ist einige Zeit her, seitdem wir uns gesehen haben", sagte Mr. Meagles, sich räuspernd; „ich hoffe, es ist Ihnen gut gegangen, Miss Wade."

Ohne zu hoffen, daß es ihm oder sonst jemand gut gegangen war, fragte ihn Miss Wade, welchem Umstand sie die Ehre verdanke, ihn wiederzusehen.

Mr. Meagles sah sich inzwischen im ganzen Zimmer um, ohne irgend etwas, das einem Kasten ähnlich gewesen wäre, zu entdecken.

„Die Wahrheit ist, Miss Wade", sagte Mr. Meagles in einem freundlichen, zutunlichen, um nicht zu sagen schmeichelnden Ton, „es ist möglich, daß Sie imstande sind, ein Licht auf eine kleine Angelegenheit zu werfen, die im Augenblick dunkel ist. Irgendwelche vergangene Unannehmlichkeiten zwischen uns sind vergangen, hoffe ich. Können jetzt nicht mehr geändert werden. Sie erinnern sich an meine Tochter? Die Zeit vergeht so schnell. Sie ist Mutter!"

In seiner Unschuld hätte Mr. Meagles kein unglücklicheres Thema anschlagen können. Er wartete auf einen Ausdruck der Teilnahme, aber er wartete vergebens.

„Das ist nicht die Sache, von der Sie zu sprechen wünschen", sagte sie nach einem kalten Schweigen.

„Nein, nein", erwiderte Mr. Meagles. „Nein. Ich dachte nur, Ihre Freundlichkeit könnte . . ."

„Ich glaube, Sie müßten wissen", unterbrach sie ihn mit einem Lächeln, „daß mit meiner Freundlichkeit nicht zu rechnen ist."

„Sagen Sie das nicht", sagte Mr. Meagles; „Sie tun sich selbst unrecht. Jedoch, um auf die Sache zu kommen." Denn er fühlte, daß er nichts gewonnen hatte, wenn er sich ihr durch Umschweife zu nähern suchte. „Ich habe von meinem Freund Clennam gehört, der, wie Sie mit Bedauern vernehmen werden, sehr krank war und es noch ist . . ."

Er wartete wiederum, und wiederum schwieg sie.

„. . . daß Sie einen gewissen Blandois kannten, der kürzlich in London bei einem Unfall ums Leben gekommen ist. Nun, mißverstehen Sie mich nicht! Ich weiß, sie kannten ihn nur oberflächlich", sagte Mr. Meagles und umging damit geschickt eine zornige Unterbrechung, die er kommen sah. „Ich bin mir dessen wohl bewußt. Sie kannten ihn nur oberflächlich, ich weiß es. Aber die Frage ist", Mr. Meagles' Stimme wurde hier wieder freundlich, „hat er, als er zuletzt nach England reiste, einen Kasten mit Papieren oder ein Bündel Papiere oder die einen oder die anderen Papiere in dem einen oder anderen Behälter – kurz, irgendwelche Papiere – bei Ihnen hinterlassen und Sie gebeten, ihm zu gestatten, sie auf eine kurze Zeit hierzulassen, bis er sie wieder verlange?"

„Die Frage ist?" wiederholte sie. „Wessen Frage ist es?"

„Die meine", sagte Mr. Meagles. „Und nicht nur die meine, sondern auch die Frage Clennams und die Frage anderer Leute. Nun bin ich sicher", fuhr Mr. Meagles fort, dessen Herz vor lauter Pet überfloß, „da Sie meiner Tochter gegenüber keine unfreundlichen Gefühle hegen können, das ist unmöglich. Nun, es ist auch ihre Frage; da es eine ist, an der eine gute Freundin von ihr sehr interessiert ist. So bin ich also hier, um offen zu sagen, daß dies die Frage ist, und um mich zu erkundigen: Hat er etwas hinterlassen?"

„Auf mein Wort", erwiderte sie, „ich scheine eine Zielscheibe für die Fragen aller Menschen zu sein, die etwas von einem Mann wußten, den ich einmal in meinem Leben mietete, bezahlte und wegschickte!"

„Aber nicht doch", wandte Mr. Meagles ein, „nicht doch! Werden Sie nicht böse, weil es die einfachste Frage von der Welt ist und an jeden gerichtet werden könnte. Die Dokumente, von denen ich spreche, gehörten nicht ihm, waren auf unrechte Weise in seine Hände gekommen, könnten eines Tages einer unschuldigen Person, die sie aufbewahrt, Unannehmlichkeiten verursachen und werden von den Leuten gesucht, denen sie wirklich gehören. Er berührte Calais, als er nach London reiste, und es gab Gründe für ihn, weshalb er sie damals nicht mit sich genommen haben dürfte, aber wünschte, sie schnell wieder zur Hand zu haben und sie nicht Leuten seiner eigenen Art anzuvertrauen. Hat er sie hiergelassen? Ich erkläre, daß, wenn ich wüßte, wie ich es vermeiden könnte, Ihren Unwillen zu erregen, ich mir jede Mühe geben würde, es zu tun. Ich stelle die Frage persönlich, aber es liegt nichts Persönliches darin, ich könnte sie jedem beliebigen Menschen stellen; ich habe sie schon vielen Menschen gestellt. Hat er irgend etwas hiergelassen, Miss Wade?"

„Nein."

„Dann wissen Sie also unglücklicherweise nichts von ihnen, Miss Wade?"

„Ich weiß nichts von ihnen. Ich habe Ihre unbegreifliche Frage nun beantwortet. Er hat sie nicht hiergelassen, und ich weiß nichts von ihnen."

„Nun gut", sagte Mr. Meagles und stand auf, „es tut mir leid; das ist erledigt; und ich hoffe, es hat weiter keinen Schaden getan. – Tattycoram geht es gut, Miss Wade?"

„Ob es Harriet gut geht? O ja!"

„Ich habe wieder Anstoß erregt", sagte Mr. Meagles,

so zurechtgewiesen. „Es scheint, ich kann es hier nicht vermeiden, Anstoß zu erregen. Vielleicht, wenn ich es besser überlegt hätte, hätte ich ihr niemals den komischen Namen gegeben. Aber wenn man gut und scherzhaft mit Kindern sein will, so denkt man nicht groß darüber nach. Ihr alter Freund hinterläßt einen schönen Gruß für sie, Miss Wade, wenn Sie es für gut halten, es ihr auszurichten."

Sie sagte nichts in bezug darauf, und Mr. Meagles trug sein ehrliches Gesicht aus dem düsteren Zimmer fort, wo es wie eine Sonne schien, und trug es zu dem Hotel, wo er Mrs. Meagles gelassen hatte und wo er den Bericht: „Geschlagen, Mutter; kein Erfolg!" erstattete. Er trug es sodann auf das Londoner Paketboot, das abends abfuhr, und sodann ins Marshalsea. Der treue John hatte Dienst, als Vater und Mutter Meagles gegen Abend am Tor erschienen. Miss Dorrit sei gerade nicht da, sagte er; aber sie sei vormittags dagewesen und komme abends spät. Mr. Clennam gehe es langsam besser, und Maggy und Mrs. Plornish und Mr. Baptist pflegten ihn abwechselnd. Miss Dorrit werde sicherlich am Abend vor dem Läuten der Glocke zurückkommen. Sie könnten in dem Zimmer oben, das der Aufseher ihr überlassen habe, auf sie warten, wenn sie wollten. Da er fürchtete, daß es für Arthur schädlich sein könnte, ihn ohne Vorbereitung zu sehen, nahm Mr. Meagles das Anerbieten an, und sie blieben in dem Zimmer zurück, durch dessen vergitterte Fenster sie ins Gefängnis hinabblickten.

Die enge Fläche des Gefängnisses machte einen solchen Eindruck auf Mrs. Meagles, daß sie zu weinen begann, und einen solchen Eindruck auf Mr. Meagles, daß er begann, nach Atem zu ringen. Er ging keuchend im Zimmer auf und ab und verschlimmerte seinen Zustand noch, indem er sich heftig mit dem Taschentuch fächelte, als die Tür sich plötzlich öffnete und er sich umdrehte.

„Wie? Du lieber Gott", sagte Mr. Meagles, „das ist nicht Miss Dorrit! Sieh her, Mutter! Tattycoram!"

Niemand anders. Und in den Armen hielt Tattycoram einen eisernen Kasten von etwa zwei Quadratfuß. Einen solchen Kasten hatte Affery Flintwinch in ihrem ersten Traum gesehen, wie er in tiefster Nacht unter Doppelgängers Arm aus dem Hause ging. Diesen setzte Tattycoram auf den Boden vor die Füße ihres früheren Herrn; neben diesen fiel Tattycoram auf die Knie, und auf diesen schlug sie mit den Händen, während sie halb jubelnd und halb verzweifelnd, halb lachend und halb weinend rief:

„Verzeihung, lieber Herr, nehmen Sie mich wieder auf, liebe Herrin, hier ist es!"

„Tatty!" rief Mr. Meagles aus.

„Was Sie suchten!" sagte Tattycoram. „Hier ist es! Sie hatte mich in das Zimmer nebenan gesteckt, damit ich Sie nicht sehen sollte. Ich hörte, wie Sie danach fragten, ich hörte sie sagen, daß sie es nicht hätte, ich war dabei, als er es zurückließ, und ich nahm es zur Schlafenszeit und trug es fort. Hier ist es!"

„Aber mein Mädchen", rief Mr. Meagles noch atemloser als zuvor, „wie bist du herübergekommen?"

„Ich kam in demselben Boot wie Sie. Ich saß eingehüllt am anderen Ende. Als Sie am Hafen eine Droschke nahmen, nahm ich ebenfalls eine Droschke und folgte Ihnen hierher. Sie hätte es niemals herausgegeben, nachdem Sie ihr gesagt hatten, daß es gebraucht würde; sie hätte es eher ins Meer versenkt oder verbrannt. Aber hier ist es!"

Welche glühende Begeisterung sprach aus dem „Hier ist es!" des Mädchens.

„Sie wollte niemals, daß er es zurückließe, das muß ich für sie sagen; aber er hat es zurückgelassen, und ich weiß wohl, daß, nach dem, was Sie gesagt haben, und nachdem sie es verleugnet hat, sie es niemals hergegeben hätte. Aber hier ist es! Lieber Herr, liebe Herrin, nehmen Sie mich wieder auf und geben Sie mir den lieben alten Namen wieder! Lassen Sie das für mich bitten. Hier ist es!"

Vater und Mutter Meagles verdienten ihren Namen

niemals besser, als da sie das hitzköpfige Findelkind wieder unter ihren Schutz nahmen.

„Oh! Ich bin so elend gewesen“, rief Tattycoram, jetzt unter viel heftigeren Tränen als zuvor; immer so unglücklich und so von Reue gequält! Ich hatte Angst vor ihr, vom ersten Mal an, da ich sie sah. Ich wußte, daß sie eine Macht über mich hatte, weil sie das, was schlecht in mir war, so gut verstand. Es war ein Wahnsinn in mir, und sie konnte ihn hervorrufen, sooft sie wollte. Ich glaubte immer, wenn ich in diesem Zustand war, daß die Menschen wegen meiner Herkunft alle gegen mich wären; und je freundlicher sie zu mir waren, desto mehr war ich auf sie erbittert. Ich redete mir ein, daß sie über mich triumphierten und daß sie mich neidisch auf sich machen wollten, während ich weiß – während ich sogar damals wußte, wenn ich es wollte –, daß sie niemals an etwas Derartiges gedacht haben. Und meine schöne junge Herrin nicht so glücklich, wie sie hätte sein sollen, und ich von ihr gegangen! Für was für ein elendes Geschöpf muß sie mich halten! Aber Sie werden ein gutes Wort für mich bei ihr einlegen und sie bitten, ebenso zu verzeihen wie Sie beide? Denn ich bin nicht mehr so schlecht, wie ich war“, sagte Tattycoram bittend; „ich bin schlecht genug, aber wirklich nicht mehr so schlecht, wie ich war. Ich habe Miss Wade die ganze Zeit über vor mir gehabt, als ob es mein eigenes erwachsenes Selbst gewesen wäre – wie sie alles zum Schlechten auslegte und alles Gute in Böses verdrehte. Ich habe sie die ganze Zeit vor mir gehabt, wie sie kein größeres Vergnügen kannte, als mich ebenso elend, mißtrauisch und selbstquälerisch zu machen, wie sie selbst ist. Nicht daß sie viel zu tun hatte, um das zu tun“, rief Tattycoram, und der Schmerz brach noch einmal hervor, „denn ich war so schlecht, wie jemand nur sein konnte. Ich will nur sagen, daß ich nach dem, was ich durchgemacht habe, hoffe, ich werde niemals wieder ganz so schlecht sein, und daß ich mich ganz langsam bessern werde. Ich werde mir sehr große Mühe geben. Ich will nicht bei fünfundzwanzig stehenbleiben, Sir. Ich werde bis fünfundzwanzigmalhundert, bis fünfundzwanzigtausend zählen!"

Wieder öffnete sich die Tür, und Tattycoram schwieg still, und Klein Dorrit kam herein, und Mr. Meagles zeigte mit Stolz und Freude den Kasten vor, und ihr stilles Gesicht leuchtete vor Dank, Glück und Freude. Das Geheimnis war jetzt sicher! Sie konnte ihm ihren eigenen Anteil daran verschweigen; er sollte nie von ihrem Verlust erfahren; später einmal sollte er alles erfahren, was ihn anging; aber er sollte niemals von dem etwas zu wissen bekommen, was nur sie betraf. Das war alles vorüber, alles vergeben, alles vergessen.

„Nun, meine liebe Miss Dorrit", sagte Mr. Meagles, „ich bin ein Geschäftsmann – oder war es wenigstens. Und ich werde sofort in dieser Eigenschaft meine Dispositionen treffen. Ist es ratsam, daß ich Arthur noch heute abend besuche?"

„Ich glaube nicht, heute abend. Ich will auf sein Zimmer gehen und sehen, wie es ihm geht. Aber ich denke, es wird besser sein, ihn heute abend nicht zu besuchen."

„Ich bin ganz Ihrer Meinung, liebes Kind", sagte Meagles, „und deshalb bin ich nicht weiter in seine Nähe gekommen als bis in dieses finstere Zimmer. Dann werde ich ihn wahrscheinlich für eine kurze Zeit nicht sehen. Aber ich werde erklären, was ich meine, wenn Sie zurückkommen."

Sie ging aus dem Zimmer. Mr. Meagles, der durch das Fenster blickte, sah sie aus dem Pförtnerstübchen unter ihm in den Gefängnishof hinausgehen. Er sagte sanft:

„Tattycoram, komm für einen Augenblick zu mir, mein gutes Mädchen."

„Du siehst diese junge Dame, die eben hier war – diese kleine, ruhige, zarte Gestalt, wie sie dort entlanggeht, Tatty? Sieh hin. Die Leute geben ihr den Weg frei, um sie vorbeigehen zu lassen. Die Männer – sieh die armen schäbigen Kerle – ziehen den Hut ganz höflich vor ihr, und jetzt schlüpft sie in diese Tür hinein. Siehst du sie, Tattycoram?"

„Ja, Sir."

„Ich habe erzählen hören, Tatty, daß sie einst regelrecht das Kind dieses Ortes genannt wurde. Sie ist hier geboren und lebte hier viele Jahre lang. Ich kann hier nicht atmen. Ein trauriger Ort, um darin geboren zu werden und aufzuwachsen, Tattycoram?"

„Ja, wahrhaftig, Sir!"

„Hätte sie beständig an sich selbst gedacht und sich die Überzeugung beigebracht, daß jedermann ihr diesen Ort nachtrug, ihn gegen sie wandte und ihn ihr zu fühlen gab, so hätte sie ein qualvolles und wahrscheinlich nutzloses Leben geführt. Und doch habe ich erzählen hören, Tattycoram, daß ihre Jugend voll tätiger Entsagung, Güte und edler Nützlichkeit gewesen ist. Soll ich dir erklären, worauf meiner Meinung nach ihre Augen, die du eben hier gesehen hast, stets geblickt haben, um diesen Ausdruck zu bekommen?"

„Ja, bitte, Sir."

„Auf die Pflicht, Tattycoram. Beginne sie früh und tue sie gut; und es gibt keinen Umstand in bezug auf Herkunft und Lebensstellung, der dann bei dem Allmächtigen oder bei uns selbst gegen uns sprechen kann."

Sie blieben am Fenster stehen, während Mutter zu ihnen trat und die Gefangenen bemitleidete, bis sie Amy zurückkommen sahen. Sie trat bald ins Zimmer und empfahl, daß Arthur, den sie ruhig und friedlich verlassen hatte, an diesem Abend nicht besucht werden sollte.

„Gut", sagte Mr. Meagles. „Ich bezweifle nicht, daß das am besten ist. Ich werde meine Grüße also in Ihre Hände legen, meine süße Pflegerin, und ich weiß wohl, daß sie in keinen besseren sein könnten. Ich reise morgen früh wieder ab."

Klein Dorrit fragte ihn überrascht, wohin.

„Mein liebes Kind", sagte Mr. Meagles. „Ich kann nicht leben, ohne zu atmen. Dieser Ort hat mir den Atem genommen, und ich werde ihn nicht eher wiederbekommen, bis Arthur aus diesem Ort heraus ist."

„Wieso ist das ein Grund, morgen früh wieder abzureisen?"

„Sie werden es verstehen, Sie sollen es verstehen. Heute abend bleiben wir drei in einem Hotel in der City. Morgen früh werden Mutter und Tattycoram nach Twickenham gehen, wo Mrs. Tickit in der Gesellschaft Doktor Buchans am Fenster sitzen und sie für ein Gespensterpaar halten wird; und ich gehe wieder ins Ausland, um Doyce zu holen. Wir müssen Dan hier haben. Ich sage Ihnen, mein Herz, es hat keinen Zweck, zu schreiben und auf dies und das bedingt zu rechnen, während weite Entfernungen zwischen uns liegen. Wir müssen Doyce hier haben. Morgen in aller Herrgottsfrühe widme ich mich der Aufgabe, Doyce hierherzubringen. Es macht mir nichts aus, zu gehen und ihn aufzusuchen. Ich bin ein erfahrener Reisender, und alle fremden Sprachen und Gebräuche sind einerlei für mich – ich verstehe niemals etwas davon. Daher kann ich in keine Verlegenheit kommen. Ich muß unverzüglich gehen, das ist klar; denn ich kann nicht leben, ohne frei zu atmen, und ich kann nicht frei atmen, bis Arthur aus diesem Marshalsea heraus ist. Ich ersticke im gegenwärtigen Augenblick und habe kaum Atem genug, um soviel zu sagen und diesen kostbaren Kasten für Sie die Treppe hinabzutragen."

Sie traten auf die Straße, als die Glocke zu läuten begann; Mr. Meagles trug den Kasten. Klein Dorrit hatte keinen Wagen da, was ihn ziemlich überraschte. Er rief eine Droschke für sie herbei, und sie bestieg sie, und er setzte den Kasten neben sie hin, als sie Platz genommen hatte. In ihrer Freude und Dankbarkeit küßte sie ihm die Hand.

„Ich mag das nicht, mein liebes Kind", sagte Mr. Meagles. „Es ist gegen meinen Gerechtigkeitssinn, daß Sie mir Ehre erweisen sollen – am Marshalsea-Tor."

Sie beugte sich nach vorn und küßte ihm die Wangen.

„Sie erinnern mich an die Tage . . .", sagte Mr. Meagles, plötzlich traurig, „aber sie liebt ihn sehr und verbirgt seine Fehler und glaubt, daß niemand sie sieht. Und er ist wirklich aus einer sehr vornehmen Familie!"

Es war der einzige Trost über den Verlust seiner Tochter, der ihm geblieben war. Und wenn er sich soviel wie möglich daran hielt, wer konnte ihn tadeln?

## *34. Kapitel*

### Das Ende

An einem heiteren Herbsttage saß der Marshalsea-Gefangene, noch schwach, aber im übrigen wiederhergestellt, in seinem Zimmer und lauschte einer Stimme, die ihm vorlas. An einem heiteren Herbsttag, als die goldenen Felder abgeerntet und wieder gepflügt waren, als die Sommerfrüchte gereift und dahin waren, als die grünen Reihen des Hopfens von den emsigen Erntern niedergelegt worden waren, als die Äpfel in den Obstgärten rötlichbraun waren und die Beeren der Eberesche purpurn aus dem gelb werdenden Laub hervorleuchteten. Schon merkte man in den Wäldern den nahenden Winter an ungewohnten Lichtungen zwischen den Zweigen, durch die man die Landschaft in klaren, scharfen Umrissen sah, frei von dem Hauch der schläfrigen Sommerluft, der auf ihr gelegen hatte wie der Hauch auf einer Pflaume. Vom Ufer aus sah man das Meer nicht länger in der Hitze schlafend daliegen, seine tausend funkelnden Augen waren geöffnet, und seine ganze Weite war in freudiger Bewegung, von dem kalten Sand am Strande bis zu den kleinen Segeln am Horizont, die davontrieben wie vom Herbst gefärbte Blätter, die von den Bäumen herabgefallen waren.

Unveränderlich und unfruchtbar, mit unbeteiligtem Blick im starren, ausgemergelten Gesicht voller Armut und Sorge auf alle Jahreszeiten, war das Gefängnis von all diesen Schönheiten gänzlich unberührt. Mochte blühen, was da wollte, seine Steine und Gitter brachten unverändert stets dieselbe tote Frucht. Und doch hörte

Clennam, während er der Stimme lauschte, die ihm vorlas, alles darin, was die große Natur tat; hörte darin all die einlullenden Lieder, die sie den Menschen singt. An keiner anderen Mutter Knie als dem ihrigen hatte er jemals in seiner Jugend freudige Zukunftshoffnungen gehegt, spielerische Phantasievorstellungen gehabt, die Früchte von Liebe und Demut, die in den Keimen der jugendlichen Einbildungskraft verborgen liegen, geahnt; über die vor rauhen Winden schützenden Eichen, deren starke Wurzeln den Eicheln in der Kinderstube entkeimen. Aber in der Stimme, die ihm vorlas, klang ihm die Erinnerung, einstmals ein solches Gefühl empfunden zu haben, und das Echo aller noch so leisen barmherzigen und liebevollen Worte, die er je im Leben vernommen hatte.

Als die Stimme verstummte, legte er die Hand über die Augen und flüsterte, daß das Licht zu stark sei.

Klein Dorrit legte das Buch hin und stand still auf, um den Fenstervorhang vorzuziehen. Maggy saß, mit einer Näharbeit beschäftigt, an ihrem alten Platz. Nachdem das Licht gedämpft war, rückte Klein Dorrit ihren Stuhl näher an seine Seite.

„Dies wird nun bald vorüber sein, lieber Mr. Clennam. Nicht nur sind die Briefe von Mr. Doyce an Sie voll Freundschaft und Ermutigung, sondern Mr. Rugg sagt, seine Briefe an ihn seien so voll Hilfe, und alle zeigten (jetzt, wo das bißchen Aufregung vorüber ist) so viel Rücksicht und sprächen so gut von Ihnen, daß es jetzt bald vorüber sein wird."

„Liebstes Mädchen. Teuerstes Herz. Mein guter Engel!"

„Sie loben mich viel zu sehr. Und doch ist es ein solches Glück für mich, Sie so sprechen zu hören und – zu sehen", sagte Klein Dorrit, den Blick zu ihm erhoben, „wie tief Sie es empfinden, daß ich Sie nicht bitten kann, nicht so zu sprechen."

Er führte ihre Hand an die Lippen.

„Sie sind viele, viele Male hiergewesen, ohne daß ich Sie gesehen habe, Klein Dorrit?"

„Ja, ich war bisweilen hier, ohne ins Zimmer einzutreten."

„Sehr oft?"

„Ziemlich oft", sagte Klein Dorrit schüchtern.

„Jeden Tag?"

„Ich glaube", sagte Klein Dorrit nach einem Zögern, „daß ich wenigstens zweimal jeden Tag hier war."

Er hätte die kleine zarte Hand, nachdem er sie wiederum inbrünstig geküßt hatte, freigeben können, aber sie schien mit einem ganz leichten Verweilen da, wo sie lag, darum zu bitten, daß er sie bei sich behielt. Er nahm sie in seine Hände, und sie lag sanft auf seiner Brust.

„Liebe Klein Dorrit, es ist nicht allein meine Gefangenschaft, die bald vorüber sein wird. Dieses Opfer, das Sie mir bringen, muß auch ein Ende haben. Wir müssen lernen, uns wieder zu trennen und unsere verschiedenen Wege zu gehen, die so weit auseinanderliegen. Sie haben nicht vergessen, was wir gesprochen haben, als Sie zuerst hierher kamen?"

„O nein, ich habe es nicht vergessen. Aber etwas ist ... Sie fühlen sich heute ganz kräftig, nicht wahr?"

„Ganz kräftig."

Die Hand, die er festhielt, bewegte sich ein wenig näher auf sein Gesicht zu.

„Fühlen Sie sich kräftig genug, um zu erfahren, welch großer Reichtum mir zugefallen ist?"

„Ich werde sehr froh sein, wenn Sie es mir sagen. Kein Reichtum kann zu groß oder zu gut für Klein Dorrit sein."

„Ich habe ungeduldig darauf gewartet, es Ihnen zu sagen. Ich habe mich gesehnt und gesehnt, es Ihnen zu sagen. Sie wollen ihn ganz bestimmt nicht annehmen?"

„Niemals!"

„Und Sie wollen ganz bestimmt nicht die Hälfte davon annehmen?"

„Niemals, liebe Klein Dorrit!"

Während sie ihn schweigend betrachtete, war ein Ausdruck in ihrem liebevollen Gesicht, den er nicht ganz verstehen konnte; ein Ausdruck, als ob sie im nächsten

Augenblick in Tränen ausbrechen könnte und doch stolz und glücklich sei.

„Sie werden mit Bedauern hören, was ich Ihnen über Fanny zu erzählen habe. Die arme Fanny hat alles verloren. Es bleibt ihr nichts als das Einkommen ihres Mannes. Alles, was Papa ihr mitgegeben hat, als sie sich verheiratete, ist verlorengegangen, wie Ihr Geld verlorengegangen ist. Es war in denselben Händen, und es ist alles dahin."

Arthur war mehr ergriffen als überrascht, es zu hören. „Ich hatte gehofft, es würde nicht so schlimm sein", sagte er; „aber ich hatte einen schweren Verlust für sie befürchtet, da ich die Beziehung zwischen ihrem Gatten und dem Bankrotteur kannte."

„Ja. Es ist alles dahin. Fanny tut mir leid; die arme Fanny tut mir sehr, sehr leid. Mein armer Bruder ebenfalls!"

„Hatte er Geld in denselben Händen?"

„Ja! Und es ist alles dahin. – Wieviel, glauben Sie, daß mein eigenes Vermögen beträgt?"

Als Arthur, von einer neuen Befürchtung befallen, sie fragend anblickte, zog sie ihre Hand zurück und legte ihr Gesicht an die Stelle, wo sie geruht hatte.

„Ich habe nichts in der Welt. Ich bin ebenso arm wie damals, als ich hier lebte. Als Papa in England weilte, vertraute er alles, was er hatte, denselben Händen an, und es ist alles verloren. O mein Teuerster und Bester, wollen Sie jetzt ganz bestimmt mein Vermögen nicht mit mir teilen?"

Von seinen Armen umschlossen, an sein Herz gedrückt, mit seinen Mannestränen auf ihrer Wange, legte sie ihre zarte Hand um seinen Hals und umfaßte ihn auch mit der anderen.

„Um uns nie wieder zu trennen, mein geliebter Arthur; niemals wieder bis zum Tode! Ich bin vorher niemals reich gewesen, ich bin vorher niemals stolz gewesen, ich bin vorher niemals glücklich gewesen. Ich bin reich, weil du mich nimmst, ich bin stolz, weil du auf mich verzichten wolltest, ich bin glücklich, weil ich mit dir in diesem Gefängnis bin, wie ich glücklich sein würde, mit dir hierher zurückzukommen, wenn es der Wille Gottes sein sollte, und dich mit all meiner Liebe und Treue zu trösten und dir zu dienen. Ich bin überall dein! Ich liebe dich von Herzen! Ich möchte lieber mein Leben hier mit dir verbringen und täglich ausgehen, um unser Brot zu verdienen, als das größte Vermögen besitzen, das es je gegeben hat, und die größte Dame sein, die je geehrt wurde. Oh, wenn mein armer Vater nur wüßte, wie selig mein Herz endlich ist, in diesem Zimmer, wo er so viele Jahre gelitten hat."

Maggy hatte natürlich von Anfang an gestarrt und hatte sich natürlich bereits seit langem die Augen ausgeweint. Maggy war jetzt so außer sich vor Freude, daß sie, nachdem sie ihr Mütterchen mit aller Macht umarmt hatte, eilig die Treppe hinunterpolterte, um jemand zu finden, dem sie ihre Freude mitteilen könnte. Wen sonst mußte Maggy treffen als Flora und Mr. F.s Tante, die gerade in diesem Augenblick ankamen? Und wen sonst mußte Klein Dorrit als eine Folge dieses Zusammentreffens ihrer harrend finden, als sie, gute zwei oder drei Stunden später, Arthur verließ?

Floras Augen waren ein wenig gerötet, und sie schien ziemlich niedergeschlagen. Mr. F.s Tante war so steif, daß es schien, sie könnte durch kein anderes Mittel als einen gewaltigen mechanischen Druck wieder gebogen werden. Ihr Hut thronte in furchterweckender Weise auf ihrem Hinterkopf, und ihre versteinerte Handtasche war so starr, als ob sie durch das Gorgonenhaupt versteinert worden wäre und es in diesem Augenblick in sich berge. Mit diesen imponierenden Attributen saß Mr. F.s Tante in aller Öffentlichkeit auf den Stufen der Amtswohnung des Aufsehers und war während der fraglichen zwei oder drei Stunden großer Anziehungspunkt für die jüngeren Einwohner des Stadtteils gewesen; da sie mit der Spitze ihres Schirmes zeitweise deren humoristische Einfälle abwehren mußte, hatte sie sich beträchtlich erhitzt.

„Ich bin mir schmerzlich bewußt, Miss Dorrit, wirklich“, sagte Flora, „daß einer jungen Dame die durch Reichtum so hoch über mir steht und von der besten Gesellschaft so hofiert und umschmeichelt ist vorzuschlagen sich irgendwohin zu begeben stets zudringlich erscheinen muß selbst wenn es nicht ein Pastetenladen ist weit unter Ihrer jetzigen Sphäre und ein Hinterzimmer obwohl ein höflicher Mann aber wenn ich um Arthurs willen kann nicht davon loskommen viel unschicklicher jetzt als jemals früher Doyce und Clennam eine letzte Bemerkung zu machen wünsche eine letzte Erklärung zu geben wünsche dann wird vielleicht Ihre Güte unter dem Vorwand von drei Nieren den bescheidenen Ort der Unterhaltung entschuldigen.“

Klein Dorrit legte diese ziemlich dunkle Rede richtig aus und erwiderte, daß sie Flora ganz zur Verfügung stehe. Flora ging demzufolge über die Straße zu dem fraglichen Pastetenladen voraus, während Mr. F.s Tante hinterdreinstelzte und sich mit einer Hartnäckigkeit, die einer besseren Sache würdig gewesen wäre, in die Gefahr brachte, überfahren zu werden.

Als die „drei Nieren“, die der Unterhaltung als Vorwand dienen sollten, auf drei Zinnschüsselchen vor sie hingesetzt worden waren, jede Niere mit einem Loch versehen, in das der höfliche Mann aus einer Kanne heiße Bratensauce goß, als ob er drei Lampen füllte, zog Flora ihr Taschentuch hervor.

„Wenn die schönen Träume der Phantasie“, begann sie, „jemals ausgemalt haben daß wenn Arthur – kann es nicht lassen bitte entschuldigen Sie mich – der Freiheit wiedergegeben wäre sogar eine Pastete soweit entfernt von locker wie diese und so arm an Nieren daß sie in dieser Beziehung wie gehackte Muskatnuß ist nicht unwillkommen gewesen wäre wenn von treuer Hand dargeboten so sind solche Visionen für immer entflohen und alles ist ausgelöscht aber da ich wohl merke daß zarte Beziehungen in Aussicht stehen so möchte ich mir zu sagen erlauben daß ich beiden von Herzen das Beste wünsche und keinem von beiden Vorwürfe mache nicht im geringsten, es mag niederdrückend sein zu wissen daß bevor die Hand der Zeit mich viel weniger schlank als früher und furchtbar rot auf die geringste Anstrengung hin gemacht hat besonders nach dem Essen ich weiß wohl wo es wie ein Ausschlag aussieht es hätte sein können und durch das Dazwischentreten der Eltern nicht gewesen ist und geistige Erstarrung folgte bis Mr. F. den Schlüssel des Geheimnisses hielt dennoch möchte ich keinem von beiden etwas nachtragen und ich wünsche beiden von Herzen das Beste."

Klein Dorrit nahm ihre Hand und dankte ihr für alle ihre Güte.

„Nennen Sie es nicht Güte", erwiderte Flora und gab ihr einen ehrlichen Kuß, „denn Sie waren immer das beste und liebste kleine Wesen das je existierte wenn ich mir die Freiheit nehmen darf und sogar in bezug auf Geld eine Ersparnis da Sie das Gewissen selber waren obwohl ich hinzufügen muß viel angenehmer als das meinige jemals für mich war denn obwohl ich hoffe nicht mehr belastet als anderer Leute habe ich es doch stets viel eher bereit gefunden einen unruhig als ruhig zu machen und offenbar hatte es ein größeres Vergnügen daran aber ich schweife ab, einer Hoffnung möchte ich Ausdruck geben bevor die letzte Szene kommt und die ist daß ich um der alten Zeiten und der alten Liebe willen hoffe daß Arthur erfahren wird daß ich ihn in seinem Unglück nicht verlassen habe daß ich beständig hin und her ging um zu fragen ob ich etwas für ihn tun könnte und daß ich stundenlang in dem Pastetenladen gesessen habe wo sie mir sehr freundlich ein Glas mit etwas Warmem aus dem Hotel geholt haben und wirklich sehr wohlschmeckend um ihm ohne sein Wissen über die Straße hin Gesellschaft zu leisten."

Flora hatte jetzt wirklich Tränen in den Augen, und sie ließen sie sehr vorteilhaft aussehen.

„Darüber hinaus", sagte Flora, „bitte ich Sie dringend als das liebste Wesen das je existierte wenn Sie wieder die Vertraulichkeit einer Frau die sich in ganz anderen Kreisen bewegt entschuldigen wollen Arthur zu verstehen zu geben daß ich nach allem nicht weiß ob es nicht alles

Unsinn zwischen uns war obwohl angenehm zu jener Zeit und auch qualvoll und sicherlich hat Mr. F. eine Veränderung verursacht und nachdem einmal der Zauber gebrochen war konnte nicht erwartet werden daß sich noch etwas ereignen würde ohne ihn von neuem zu weben was verschiedene Umstände sich vereint haben zu verhindern von denen vielleicht nicht der am wenigsten wirksame war daß es nicht sein sollte, ich kann nicht sagen daß wenn es Arthur gepaßt hätte und es damals wirklich zustande gekommen wäre ich nicht sehr glücklich gewesen wäre da ich von lebhaftem Wesen bin und zu Hause melancholisch werde wo Papa zweifellos der langweiligste aller Männer ist und sich nicht gebessert hat seit er durch die Hand des Aufrührers zu etwas zurechtgestutzt worden ist desgleichen ich noch nicht in meinem Leben gesehen habe aber Eifersucht liegt nicht in meinem Charakter noch Nachträglichkeit obwohl viele Fehler."

Ohne imstande gewesen zu sein, Mrs. Finching durch dieses Labyrinth genau zu folgen, verstand Klein Dorrit doch im ganzen seinen Sinn und nahm von Herzen gern den Auftrag an.

„Die verfallene Kapelle meine Liebe", sagte Flora mit großem Genuß, „ist nun zusammengestürzt die Säule ist zerbröckelt und die Pyramide steht verkehrt auf ihrem wie heißt es doch gleich nennen Sie es nicht Taumel nennen Sie es nicht Schwäche nennen Sie es nicht Torheit ich muß mich jetzt in Zurückgezogenheit begeben und darf nicht mehr auf die Asche vergangener Freuden blicken sondern nachdem ich mir die weitere Freiheit genommen habe für die Pasteten zu bezahlen die den bescheidenen Vorwand für unsere Unterhaltung gebildet haben will ich jetzt für immer adieu sagen!"

Mr. F.s Tante, die ihre Pastete überaus feierlich gegessen hatte und die, seitdem sie in aller Öffentlichkeit auf den Stufen des Aufsehers gesessen hatte, einen finsteren Plan in ihrer Seele ausgebrütet hatte, ergriff jetzt die Gelegenheit, die folgende sibyllinische Ansprache an die Hinterbliebene ihres verstorbenen Neffen zu richten:

„Bring ihn her, und ich werd ihn zum Fenster 'rausschmeißen!"

Flora versuchte vergebens, die vortreffliche Dame zu beruhigen, indem sie erklärte, daß sie zum Essen nach Hause gehen wollten. Mr. F.s Tante beharrte dabei, zu antworten: „Bring ihn her, bring ihn her, und ich werde ihn zum Fenster 'rausschmeißen!" Nachdem sie diese Forderung unzählige Male wiederholt hatte, wobei sie Klein Dorrit unverwandt herausfordernd anstarrte, verschränkte Mr. F.s Tante die Arme und setzte sich in einem Winkel des Pastetenladens hin, wo sie sich standhaft weigerte, ihren Platz zu verlassen, bis „er hergebracht" worden wäre und sich sein Schicksal, zum Fenster „rausgeschmissen" zu werden, erfüllt hätte.

In dieser Situation teilte Flora Klein Dorrit mit, daß sie Mr. F.s Tante schon seit Wochen nicht so lebhaft und charaktervoll gesehen habe; daß es nötig sein würde, „vielleicht stundenlang" dazubleiben, bis die unerbittliche alte Dame besänftigt werden könnte, und daß sie am besten allein mit ihr fertig werden könnte. Sie trennten sich deshalb aufs herzlichste und mit den freundschaftlichsten Gefühlen auf beiden Seiten.

Da Mr. F.s Tante wie eine grimmige Festung standhielt und Flora die Notwendigkeit einer Erfrischung zu fühlen begann, wurde ein Bote in das Hotel nach dem bereits erwähnten Glas mit etwas Warmem geschickt, das später noch einmal gefüllt wurde. Mit Hilfe seines Inhalts, einer Zeitung und einiger auserlesener Pasteten verbrachte Flora den Rest des Tages in äußerst guter Laune; obwohl sie gelegentlich durch die Folgen eines Gerüchts gestört wurde, das unter der leichtgläubigen Jugend der Nachbarschaft die Runde machte, des Inhalts, daß sich eine alte Dame dem Pastetenbäcker zur Verarbeitung verkauft habe und augenblicklich im Pastetenladen sitze und sich weigere, den Vertrag zu erfüllen. Dies zog so viel Jugend beiderlei Geschlechts herbei und verursachte, als der Abend herabzusinken begann, so viele Störungen im Geschäft, daß der Ladeninhaber in seinen Vorschlägen, Mr. F.s Tante solle hinweggeführt werden, sehr dringend wurde. Ein Fuhrwerk wurde demzufolge an die Tür geholt, das zu besteigen die vereinten Anstrengungen des Ladeninhabers und Floras diese bemerkenswerte Frau schließlich veranlassen konnten; jedoch nicht, ohne daß sie selbst dann ihren Kopf zum Fenster hinausstreckte und verlangte, daß er zu dem schon erwähnten Zweck „hergebracht“ würde. Da man diesmal bemerkte, daß sie finstere Blicke nach dem Marshalsea warf, vermutete man, daß diese bewundernswert beharrliche Dame unter „ihm“ Arthur Clennam verstand. Dies ist jedoch bloße Vermutung; wer die Person war, die zur Befriedigung des Gemüts von Mr. F.s Tante hätte hergebracht werden sollen und niemals hergebracht wurde, wird man niemals mit Bestimmtheit wissen.

Die Herbsttage folgten einander, und Klein Dorrit kam jetzt niemals ins Marshalsea und verließ es, ohne ihn gesehen zu haben. Nein, nein, nein.

Eines Vormittags, als Arthur auf den Schritt der leichten Füße horchte, die jeden Morgen beschwingt zu seinem Herzen emporstiegen und das himmlische Licht einer neuen Liebe in das Zimmer brachten, wo die alte Liebe so hart gearbeitet und so treu gewesen war; eines Vormittags, als er lauschte, hörte er sie kommen, aber nicht allein.

„Liebster Arthur“, sagte ihre glückliche Stimme außerhalb der Tür, „ich habe jemand hier. Darf ich jemand hineinbringen?“

Es hatte ihm nach den Schritten geschienen, als ob zwei mit ihr gekommen wären. Er antwortete „Ja“, und sie trat mit Mr. Meagles ein. Sonnengebräunt und blühend sah Mr. Meagles aus, und er öffnete seine Arme und schloß Arthur in sie wie ein sonnengebräunter und blühender Vater.

„Jetzt ist mir wieder wohl“, sagte Mr. Meagles nach einigen Minuten. „Jetzt ist es vorüber. Arthur, mein lieber Junge, gestehen Sie sofort, daß Sie mich schon früher erwartet haben.“

„Allerdings“, sagte Arthur; „aber Amy sagte mir ...“

„Klein Dorrit. Niemals einen anderen Namen.“ (Sie war es, die ihm das zuflüsterte.)

„Aber meine Klein Dorrit sagte mir, daß ich, ohne eine weitere Erklärung zu verlangen, Sie nicht erwarten sollte, bis ich Sie sehe.“

„Und nun sehen Sie mich, mein Junge“, sagte Mr. Meagles und schüttelte ihm kräftig die Hand; „und nun sollen Sie jede Erklärung haben. Tatsache ist, ich war bereits hier – ich kam geradeswegs zu Ihnen von den Allonsern und Marchonsern, sonst würde ich mich schämen, Ihnen heute ins Gesicht zu sehen –, aber Sie waren damals nicht in gesellschaftsfähiger Verfassung, und ich mußte wieder fort, um Doyce abzufangen.“

„Armer Doyce“, seufzte Arthur.

„Legen Sie ihm keine Bezeichnungen zu, die er nicht verdient“, sagte Mr. Meagles. „Er ist nicht arm; ihm geht es gut genug. Doyce ist ein wunderbarer Kerl da drüben. Ich versichere Ihnen, er macht dort seine Sache glänzend. Er ist auf die Füße gefallen, dieser Dan. Wo sie die Dinge nicht gemacht haben wollen und einen Mann suchen, der sie nicht macht, da liegt dieser Mann am Boden; aber wo sie die Dinge gemacht haben wollen und einen Mann suchen, der sie macht, da steht dieser Mann auf seinen Beinen. Sie werden keine Gelegenheit mehr haben, die Umstandsbehörde jemals wieder zu belästigen. Lassen Sie mich Ihnen sagen, daß Dan ohne sie zum Ziel gekommen ist!“

„Welche Last nehmen Sie mir vom Herzen!“ rief Arthur. „Welches Glück verschaffen Sie mir damit!“

„Glück?“ erwiderte Mr. Meagles. „Reden Sie nicht vom Glück, bis Sie Dan sehen. Ich versichere Ihnen, Dan leitet Werke da drüben und führt Arbeiten aus, bei deren Anblick Ihnen die Haare zu Berge stehen werden. Er ist jetzt kein öffentlicher Verbrecher, beileibe nicht! Er ist medailliert und bebändert und besternt und bekreuzt, und ich weiß nicht, was alles, wie ein geborener Edelmann. Aber wir dürfen hier nicht davon sprechen.“

„Weshalb nicht?“

„Bei Gott!" sagte Mr. Meagles, sehr ernsthaft den Kopf schüttelnd. „Er muß all diese Dinge unter Schloß und Riegel verbergen, wenn er hierherkommt. Das geht hier nicht. In dieser Hinsicht ist Britannia eine Britannia in der Krippe – will selbst dann ihren Kindern Auszeichnungen nicht gewähren und nicht erlauben, daß man sie zeigt, wenn sie von anderen Ländern gewährt werden. Nein, nein!" sagte Mr. Meagles, wieder den Kopf schüttelnd. „Das geht hier nicht!"

„Wenn Sie mir (außer um Doyces willen) zweimal soviel gebracht hätten, wie ich verloren habe", rief Arthur, „so hätten Sie mir damit nicht so viel Freude gemacht wie mit dieser Nachricht."

„Natürlich, natürlich!" stimmte Mr. Meagles zu. „Natürlich weiß ich das, mein guter Junge, und deshalb bin ich auch gleich damit herausgeplatzt. Nun, um wieder auf das Abfangen Doyces zurückzukommen. Ich habe Doyce abgefangen. Stieß auf ihn unter einer Menge dieser schmutzigen braunen Lumpen in viel zu großen Frauennachthauben, die sich Araber und alle möglichen sonderbaren Rassen nennen. Sie kennen sie! Nun gut! Er kam geradeswegs zu mir, und ich ging geradeswegs zu ihm, und so kamen wir zusammen zurück."

„Doyce in England?" rief Arthur aus.

„Da haben wir's!" sagte Mr. Meagles und breitete die Arme aus. „Ich bin der ungeschickteste Mensch der Welt in solchen Sachen. Ich weiß nicht, was ich getan hätte, wenn ich in der Diplomatie gewesen wäre – das Richtige vielleicht! Kurz und gut, Arthur, wir sind beide seit vierzehn Tagen in England. Und wenn Sie weiter fragen, wo Doyce in diesem Augenblick ist, dann ist meine Antwort einfach: Er ist hier! Und nun kann ich endlich wieder atmen!"

Doyce stürzte hinter der Tür hervor, ergriff Arthur an beiden Händen und sagte das übrige für sich selbst.

„Ich habe nur drei Punkte zu erwähnen, mein lieber Clennam", sagte Doyce und modellierte sie einzeln mit seinem beweglichen Daumen auf seiner inneren Handfläche, „und sie sind bald abgemacht. Erstens: Kein

Wort mehr von Ihnen über die Vergangenheit! Es hat ein Irrtum in Ihren Berechnungen vorgelegen. Ich weiß, wie das ist. Es zieht die ganze Maschine in Mitleidenschaft, und das Ergebnis ist ein Mißerfolg. Sie werden durch den Mißerfolg lernen und ihn das nächste Mal vermeiden. Mir ist ähnliches bei der Konstruktion oft passiert. Jeder Mißerfolg lehrt einen Menschen etwas, wenn er lernen will; und Sie sind zu gescheit, um von diesem Mißerfolg nicht zu lernen. Soviel für das erste. Zweitens: Ich habe es bedauert, daß Sie es sich so sehr zu Herzen genommen und sich so schwere Vorwürfe gemacht haben; ich reiste Tag und Nacht nach Hause, um mit der Hilfe unseres Freundes die Dinge in Ordnung zu bringen, als ich auf unseren Freund stieß, wie er Ihnen erzählt hat. Drittens: Wir beide kamen überein, daß, nach dem, was Sie durchgemacht haben, nach Ihrem Kummer und nach Ihrer Krankheit, es eine angenehme Überraschung sein würde, wenn wir uns so lange ruhig verhielten, bis alles ohne Ihr Wissen vollkommen geordnet sei, und dann kämen und sagten, daß alle Angelegenheiten glatt seien, daß alles in Ordnung sei, daß das Geschäft Sie nötiger habe denn je und daß eine neue und glückverheißende Bahn vor Ihnen und mir als Partner liege. Das ist das dritte. Aber Sie wissen, wir ziehen immer die Reibung mit in Rechnung, und so habe ich noch Platz gelassen, um zu schließen: Mein lieber Clennam, ich habe das vollste Vertrauen zu Ihnen; es liegt an Ihnen, mir ebenso nützlich zu sein, wie es an mir lag oder gelegen hat, Ihnen nützlich zu sein; Ihr alter Platz erwartet Sie und braucht Sie sehr nötig; es gibt nichts, was Sie noch eine halbe Stunde länger hier zurückhalten könnte."

Es folgte ein Schweigen, das nicht gebrochen wurde, bis Arthur, ihnen den Rücken zugewandt, eine Zeitlang am Fenster gestanden hatte und bis seine kleine Braut zu ihm gegangen war und neben ihm gestanden hatte.

„Ich habe vorhin eine Bemerkung gemacht", sagte Doyce dann, „die, wie ich zu glauben geneigt bin, unrichtig war. Ich sagte, es gäbe nichts, was Sie hier noch eine halbe Stunde länger zurückhalten könnte, Clennam. Irre ich mich, wenn ich annehme, daß Sie lieber erst morgen früh von hier scheiden möchten? Habe ich erraten, ohne sehr scharfsinnig zu sein, wohin Sie aus diesen Mauern und aus diesem Zimmer direkt gehen möchten?"

„Sie haben es erraten", erwiderte Arthur. „Es ist unser Herzenswunsch."

„Sehr gut!" sagte Doyce. „Wenn diese junge Dame mir also die Ehre antun will, mich für vierundzwanzig Stunden als ihren Brautvater anzusehen, und jetzt mit mir eine Fahrt in die Nähe der St.-Pauls-Kathedrale machen will, so weiß ich wahrscheinlich, was wir dort holen wollen."

Klein Dorrit und er gingen bald darauf zusammen davon, während Mr. Meagles zurückblieb, um mit seinem Freund ein Wort zu sprechen.

„Ich denke, Arthur, Sie werden Mutter und mich morgen vormittag nicht brauchen, und wir wollen zu Hause bleiben. Es könnte Mutter auf Gedanken über Pet bringen; sie ist eine weichherzige Frau. Sie bleibt am besten im Landhaus, und ich will ebenfalls dort bleiben und ihr Gesellschaft leisten."

Damit schieden sie vorläufig. Und der Tag ging zu Ende, und die Nacht ging zu Ende, und der Morgen kam, und Klein Dorrit, einfach gekleidet wie gewöhnlich und niemand bei ihr als Maggy, kam mit dem Sonnenschein ins Gefängnis. Das armselige Zimmer war ein glückliches Zimmer an diesem Morgen. Wo in der Welt gab es ein Zimmer so voll ruhiger Freude!

„Mein liebes Herz", sagte Arthur, „weshalb macht Maggy Feuer an? Wir werden gleich gehen."

„Ich bat sie, es zu tun. Mir ist eine solch merkwürdige Laune gekommen. Ich möchte, daß du etwas für mich verbrennst."

„Was?"

„Nur dieses zusammengefaltete Papier. Wenn du es so, wie es ist, mit eigener Faust ins Feuer werfen willst, dann wird meine Laune befriedigt sein."

„Abergläubisch, liebste Klein Dorrit? Ist es ein Zauber?“

„Es ist alles, was du willst, Liebster“, antwortete sie, mit leuchtenden Augen lachend und auf Zehenspitzen, um ihn zu küssen, „wenn du mir nur meinen Willen tust, sobald das Feuer aufflammt.“

So standen sie also wartend vor dem Kamin: Clennam hatte den Arm um sie geschlungen, und das Feuer spiegelte sich, wie es das an diesem Ort oft getan hatte, in Klein Dorrits Augen wider.

„Brennt es jetzt stark genug?“ fragte Arthur.

„Jetzt brennt es stark genug“, sagte Klein Dorrit.

„Muß man irgendwelche Worte zu dem Zauber sprechen?“ fragte Arthur, während er das Papier über die Flamme hielt.

„Du kannst sagen (wenn du nichts dagegen hast): ‚Ich liebe dich!‘“ erwiderte Klein Dorrit.

So sagte er, und das Papier verbrannte.

Sie gingen sehr still durch den Hof; denn es war niemand da, obwohl viele Köpfe verstohlen aus den Fenstern blickten. Nur ein altvertrautes Gesicht war im Pförtnerstübchen. Als sie beide es angeredet und viele freundliche Worte gesprochen hatten, wandte sich Klein Dorrit beim Davongehen noch ein letztes Mal mit ausgestreckter Hand um und sagte: „Leben Sie wohl, guter John! Ich hoffe, Sie werden sehr glücklich sein, lieber John!“

Dann schritten sie die Stufen der benachbarten St.-Georgs-Kirche hinauf und zum Altar hinan, wo Daniel Doyce in seiner Eigenschaft als Brautvater ihrer harrte. Und dort stand Klein Dorrits alter Freund, der ihr das Begräbnisregister als Kopfkissen gegeben hatte, voll Bewunderung, daß sie schließlich zu ihm zurückkam, um getraut zu werden.

Und sie wurden getraut, während die Sonne sie durch die gemalte Gestalt unseres Erlösers auf dem Fenster beschien. Und sie gingen, um sich ins Heiratsregister einzutragen, in denselben Raum, wo Klein Dorrit nach ihrer Gesellschaft geschlafen hatte. Und dort blickte

Mr. Pancks (bestimmt, erster Angestellter bei Doyce & Clennam und später Teilhaber der Firma zu sein), aus dem Aufrührer in einen friedlichen Freund verwandelt, zur Tür hinein, um den Vorgang mit anzusehen, Flora galant an einem Arm und Maggy an dem anderen, während sich im Hintergrund John Chivery und der Vater und andere Schließer drängten, die auf einen Augenblick das elterliche Marshalsea um seines glücklichen Kindes willen verlassen hatten. Noch zeigte Flora nicht die geringsten Spuren der Zurückgezogenheit, trotz ihrer kürzlichen Erklärung, sondern war im Gegenteil wunderbar elegant und hatte den größten Genuß an den Zeremonien, obwohl sie sehr aufgeregt war.

Klein Dorrits alter Freund hielt das Tintenfaß, während sie ihren Namen schrieb, und der Gehilfe hielt inne, während er dem guten Geistlichen den Talar abnahm, und alle Zeugen sahen mit besonderem Interesse zu. „Denn, sehen Sie", sagte Klein Dorrits alter Freund, „diese junge Dame ist eine unserer Merkwürdigkeiten und ist nun zu dem dritten Band unserer Register gekommen. Ihre Geburt steht in dem, was ich den ersten Band nenne; sie hat auf diesem Boden hier geschlafen, mit ihrem hübschen Kopf auf dem, was ich den zweiten Band nenne; und sie schreibt nun ihren kleinen Namen als junge Frau in das, was ich den dritten Band nenne."

Sie traten alle beiseite, als die Eintragung vollzogen war, und Klein Dorrit und ihr Gatte traten allein aus der Kirche. Sie blieben einen Augenblick auf den Stufen des Portals stehen, blickten auf die Straße, die frisch in den hellen Strahlen der Herbstmorgensonne dalag, und gingen dann hinab.

Gingen hinab in ein bescheidenes Leben der Nützlichkeit und des Glücks. Gingen hinab, um im Laufe der Zeit Fannys vernachlässigten Kindern nicht weniger als ihren eigenen elterliche Liebe angedeihen zu lassen, damit diese Dame unablässig weiter in Gesellschaft gehen konnte. Gingen hinab, damit sie einige wenige Jahre eine zärtliche Pflegerin und Freundin für Tip sein konnte, die niemals durch die großen Ansprüche, die er

an sie stellte, ungeduldig wurde, als Belohnung für die großen Reichtümer, die er ihr gegeben hätte, wenn er sie gehabt hätte, und beide schlossen liebevoll ihre Augen vor dem Marshalsea und all seinen verdorbenen Früchten. Sie gingen still hinab in die lärmenden Straßen, untrennbar und glücklich; und wie sie durch Sonnenschein und Schatten dahinschritten, liefen um sie herum die Krakeeler und die Gierigen und die Anmaßenden und die Mürrischen und die Eitlen hin und her und erregten sich und erbosten sich und vollführten ihren gewohnten Lärm.

## *Nachbemerkung*

In den Romanen und Erzählungen der dreißiger und vierziger Jahre des 19. Jahrhunderts wandten englische Schriftsteller ihr Augenmerk in auffallender Weise sozialen Fragen zu. Insbesondere schilderten sie die Lage der unteren und untersten Volksschichten. Offen wurde dargelegt, was die industrielle Revolution mit sich gebracht hatte – Elend und Ausbeutung der Kinder prangern Charles Dickens (1812–1870) in „Oliver Twist" (1837/38) und Francis Trollope in „Michael Armstrong, der Fabrikjunge" (1840) an. Das bittere, trostlose Leben junger Mädchen in Armut zeigen Elizabeth Cleghorn Gaskell in „Mary Barton, eine Erzählung aus Manchester" (1848) und Charlotte Brontë in „Jane Eyre" (1847). Bestürzt sahen Dickens, Elizabeth Gaskell und Benjamin Disraeli die sich stetig vertiefende Kluft zwischen Reichen und Armen. Sie schildern die Not der arbeitenden Klasse einerseits und den Wohlstand der Bourgeoisie und Aristokratie andererseits, ohne indessen in diesen Klassen historisch-objektiv wirksame, ökonomisch determinierte Kräfte zu erkennen.

In den fünfziger Jahren, nach der enttäuschenden, geschichtlich bedingten Niederlage der Massen, die um die Verwirklichung der in der „Volkscharta" niedergelegten demokratischen Rechte kämpften, hatte sich die literarische Szene verändert. Dickens' Romane dieser Periode beschreiben einen tief verabscheuungswürdigen sozialen, politischen und moralischen Status quo, der fast resignierend konstatiert wird. William Makepeace Thackeray, dessen Roman „Jahrmarkt der Eitelkeit" (1848) wegen seiner bissigen Kritik am Adel Aufsehen erregt hatte, wandte sich nun vornehmlich Generationsproblemen zu. George Eliot und George Meredith legten in „Adam Bede". (1859) beziehungsweise „Richard Feverels Prüfung" (1859) das Schwergewicht auf die psychologische Charakterschilderung. Die englischen Romane der fünfziger Jahre sind düster, psychologisch komplizierter und konfliktreicher als die Romane vor der Jahrhundertmitte. Zu ihnen gehört auch Charles Dickens' „Klein Dorrit".

Wie üblich publizierte Dickens diesen Roman in monatlichen Fortsetzungen, und zwar in der eigenen, im Jahre 1850 gegründeten Zeitschrift „Household Words", in der er auch schon „Bleak House" (1852/53) und „Harte Zeiten" (1854) veröffentlicht hatte. Am 1. Dezember 1855 erschien das erste Heft des Romans, im April 1857 das letzte. Die erste vollständige englische Ausgabe erfolgte als Copyright Edition im damals schon über die Grenzen Deutschlands hinaus bekannten Leipziger Verlag Bernhard Tauchnitz, der die bis Mitte des Jahres 1856 in den „Household Words" erschienenen Kapitel in zwei Bänden zusammenfaßte und 1857 die zweite Hälfte als dritten und vierten Band herausbrachte. Die Illustrationen schuf Hablot Knight Browne (1815–1882), der unter dem Pseudonym „Phiz" bereits „Die Pickwickier" (1836/37), „Nicholas Nickleby" (1838/39) und „David Copperfield" (1849) bebildert hatte. Den Roman widmete der Dichter dem befreundeten Maler Clarkson Stanfield (1793–1867), der für ein von Dickens inszeniertes Bühnenstück im Londoner Drury Lane Theater einen Vorhang mit bunten Motiven bemalt hatte.

Der Roman wurde ein voller Erfolg. „Ich bin außer mir vor Freude", schrieb Dickens nach Erscheinen des ersten Heftes. Am Neujahrstage 1856 waren bereits 35000 Exemplare des zweiten Heftes verkauft. Die erste deutsche Übersetzung (von Julius Seybt) kam bereits wenige Monate danach heraus (2 Bände, 1856 und 1857).

Ursprünglich sollte der neue Roman nicht „Klein Dorrit", sondern „Nobody's Fault" (Niemandes Schuld) heißen. Tatsächlich waren schon vier Hefte im Manuskript fertig, und die Drucklegung der ersten Nummer stand unmittelbar bevor, als Dickens den Titel änderte.

Eine Erklärung für die erste Titelversion – Anklänge daran finden sich noch in Kapitelüberschriften mit dem Wort „Niemand" – gibt beispielsweise ein Artikel, den Dickens am 30. August 1856 in den „Household Words" veröffentlichte. Dieser trug die Überschrift „Nobody, Somebody, an Everybody" (Niemand, jemand und jedermann). Hier stellt Dickens nachdrücklich fest, daß „Niemand" für Großbritanniens innen- und außenpolitisches Versagen verantwortlich ist, daß es „Niemandes" Schuld ist, wenn bourgeoise Privatinteressen die Politik der Regierung entscheidend beeinflussen, und daß „Niemand" etwas dafür kann, wenn das englische Volk seinen öffentlichen Angelegenheiten entfremdet wird. „Niemandes Schuld", schrieb Dickens unter Bezugnahme auf „Klein Dorrit" in einem Brief, „verkörpert Idee und Plan sozialer Kritik, die durch die Darstellung der Gesellschaft, der Umstandsbehörde und der Gestalt des Mr. Gowan verwirklicht wird." Eine Erklärung für den Titel „Niemandes Schuld" gibt auch ein von Dickens an die englischen Arbeiter gerichteter Aufsatz vom Oktober 1854, wo der Verfasser auf den riesigen Schutthaufen von regierungsamtlicher Unordnung, Mißwirtschaft, Unfähigkeit und Korruption hinweist, unter dem das Volk erstickt. Im vorangegangenen Roman „Harte Zeiten" hatte Dickens das englische Parlament einen „nationalen Aschehaufen" genannt, und an anderer Stelle kennzeichnete er es in Form eines französischen Wortspiels als „Haus des Parler und Mentir" – Haus des Schwatzens und Lügens. Noch deutlicher wurde Dickens mit einer Artikelreihe unter dem Namen „The Thousand and One Humbugs" (Die 1001 Nichtsnutze), wo der Herrscher Abbadeen von Parmarstoon, dem „Drehenden Wetterhahn", vertrieben wird. Die politische Anspielung wird erkennbar, wenn man weiß, daß das unfähige Kabinett des Lord Aberdeen (1784–1860) im Jahre 1855 durch das noch nichtsnutzigere Intrigantenministerium des Viscount Palmerston (1784–1865) abgelöst wurde.

Der ursprünglich beabsichtigte Titel des Romans erklärt sich aber vor allem aus der Tatsache, daß Charles Dickens seit Beginn der fünfziger Jahre das englische Staatswesen unverhohlen kritisch und skeptisch betrachtete. Im Roman „Bleak House" hatte er in Gestalt des Kanzleigerichtshofes ein auf das System der britischen Jurisprudenz gemünztes Symbol geschaffen. In „Niemandes Schuld" wollte er mit der von der Familie der Barnacles (engl.: Rankenfußkrebse) beherrschten Umstandsbehörde das gesamte Regierungs- und Verwaltungssystem treffen. Dickens' drei Romane der fünfziger Jahre sind Ausdruck eines Pessimismus, den der Autor bis zum Lebensende nicht überwand und der seine Grundlage im englischen Leben dieser Jahre hatte.

Die fünfziger Jahre des 19. Jahrhunderts waren in England durch einen wirtschaftlichen Aufschwung und eine starke Konzentration der Produktion gekennzeichnet. Die Außenpolitik verfolgte koloniale Eroberung. Das kapitalistische England beschritt allmählich den Weg zum Imperialismus. In der Innenpolitik schien die Ruhe wiederhergestellt zu sein; die Chartistenkämpfe waren beendet, da die relative Prosperität dem proletarischen Kampf zunächst den Boden entzog. Indessen verstärkten sich die Widersprüche in der Gesellschaft. Das englische Staatswesen offenbarte ernste Mißstände, und Charles Dickens verlieh seiner Empörung über das aristokratisch-bourgeoise Regierungs- und Verwaltungssystem wiederholt Ausdruck. Er lehnte gleichermaßen Whigs und Tories ab – er lehnte alle ab, die England regierten und verwalteten. Er verspottete die Selbstsicherheit der Aristokratie in den öffentlichen Ämtern und beklagte die Leiden der unteren Schichten. Mißmutig sah er, daß sein Land in den Händen von Leuten lag, wie er sie im Roman „Bleak House" in der Gestalt des Adligen Dedlock und in der Regierungsbeamtengruppe der Boodles und Buffys, in „Harte Zeiten" in dem Vertreter des „Freihandels" Gradgrind und in dem Malthus-Anhänger Bounderby und schon vorher im Roman „Dombey & Sohn“ (1846/48) in der Figur des eisigen, überheblichen Bourgeois Paul Dombey dargestellt hatte. Im Oktober 1855 teilte Dickens seinem Freund, dem damals in London sehr bekannten und beliebten Schauspieler William Charles Macready, mit, daß er jede politische Hoffnung und Zuversicht verloren habe, und knapp zwei Jahre später schrieb er an einen anderen Bekannten, daß er politisch verzweifle.

Dickens' politische Kritik und Skepsis fanden in Briefen, Artikeln in der Zeitschrift „Household Words“ sowie in den Romanen selbst ihren Niederschlag. In „Klein Dorrit“ wird ein wesentlicher Problem- und Gedankenkomplex von dieser Kritik geprägt. „Niemandes Schuld“ bedeutet bitter ironisch, daß Verantwortungslosigkeit, Schluderei und labyrinthisch verschlungene Bürokratie in Regierung und Verwaltung herrschten: „Niemandes Schuld“ heißt aber auch, daß die Regierungen aus Hohlköpfen und Nullen bestanden, aus Niemanden. Aus unserer heutigen Sicht möchten wir noch hinzufügen, daß „Niemandes Schuld“ zugleich die Verdinglichung der menschlichen Beziehungen bezeichnet, die Tatsache, daß das Geld als unpersönliche Macht Denken, Fühlen und Handeln der Menschen bestimmte.

„Klein Dorrit“ bringt des Autors persönliche Grundstimmung zum Ausdruck, seine Ahnung von einer allumfassenden sozialen und politischen Krise, die sich in der Krise der englischen Krimarmee 1854, in Kabinettsskandalen und im Niedergang des Freihandels symptomatisch äußerte. Persönliche Konflikte, wachsende Ruhelosigkeit und die pessimistische Stimmung vertieften das Krisenbewußtsein. Die Atmosphäre des Romans „Klein Dorrit“ entspricht Dickens' Lebensgefühl in den fünfziger Jahren, wenn auch die Romanhandlung selbst in die zwanziger Jahre des 19. Jahrhunderts gelegt ist.

Wie Dickens' Kritik im vorliegenden Roman aufgenommen wurde, beweisen eine Reihe von Rezensionen politischen Charakters, die im Jahre 1857 in größeren englischen Zeitungen und Magazinen veröffentlicht wurden. Sein sozialpolitisches Engagement wurde nicht besonders wohlwollend quittiert. Man hoffte, Dickens werde sich bald wieder engerer literarischer Thematik zuwenden. Genau besehen war „Klein Dorrit" indessen durchaus kein sozialer Problemroman im Stile der vierziger Jahre und schon gar kein politischer Traktatroman in der Art der Werke von Charles Kingsley oder Benjamin Disraeli. Mit Vorbedacht wählte Dickens als endgültigen Titel „Klein Dorrit" und zeigte damit an, daß er in erster Linie ein Menschenschicksal zu schildern beabsichtigte. Tatsächlich bilden Leben und Leiden der zweiundzwanzigjährigen Amy Dorrit den Kern des Buches. Der verruchten und verrotteten Kumpanei der Barnacles, Stiltstalkings, Merdles und ihrer Lakaien stehen Menschen wie Klein Dorrit und Arthur Clennam gegenüber, die durch ihr Denken und Tun die Hoffnung des Autors auf moralische Vervollkommnung der Menschen veranschaulichen. Klein Dorrit erinnert an das Mädchen Nelly aus dem Roman „Der Raritätenladen" (1840/41). Der wesentliche Unterschied zwischen den beiden Mädchengestalten liegt aber darin, daß Klein Dorrit in einen weiteren Wirklichkeitszusammenhang gestellt ist, der nicht nur ein breiteres Panorama, sondern auch ein schärferes Bild der Zeit gibt. Wohl lebt auch die Gestalt der Amy Dorrit nahezu ausschließlich durch ihre Herzensgüte, Opferbereitschaft und Tugend, doch gibt es in ihrer Umgebung nicht nur gute Menschen auf der einen Seite und Bösewichte auf der anderen – wie es im „Raritätenladen" noch eindeutig der Fall war –, sondern auch Menschen voller Widersprüche. „Klein Dorrit" und noch stärker „Die großen Erwartungen" (1860/61) sowie „Unser gemeinsamer Freund" (1864/65) widerspiegeln weitaus kompliziertere Verhältnisse als Dickens' frühere Romane. Zwar bleiben wir auch mit „Klein Dorrit" in einer „Dickensschen" Welt mit tausend Details, mit verzwickter, abenteuerlich-intrigenreicher Handlung, mit schrulligen, oft noch einseitig auf gute oder schlechte Eigenschaften zugespitzten Personen und mit einem utopisch-friedvollen Romanausgang – doch ist diese Welt unübersichtlicher und konfliktreicher, in sich widerspruchsvoller und tragischer geworden.

Die Handlung ist kompliziert. Dickens führt den Leser in ein Labyrinth von Intrigen. Im Vergleich zu dem straff gegliederten Roman „Harte Zeiten“ scheint auf den ersten Blick bei „Klein Dorrit“ der ordnende Gedanke in der Struktur zu fehlen. Thematik, Symbolik und Handlungsentwicklung bilden jedoch eine Einheit, allerdings eine widersprüchliche und nicht immer organische. Zur Thematik hatte Dickens sich vor Beginn seiner Arbeit folgendermaßen geäußert: „. . . ich habe vor allem im Sinne, die Familie Dorrit mit Reichtum zu überhäufen. Ihre Lage würde sehr merkwürdig sein.“ Drehpunkt der Handlung ist der rasche soziale Aufstieg der Familie Dorrit durch eine unerwartete große Erbschaft. Edward Dorrit, der fünfundzwanzig Jahre lang in Schuldhaft im Londoner Marshalsea-Gefängnis gesessen hat, wird durch die Erbschaft frei und kann sich von nun an in den obersten Gesellschaftskreisen bewegen. Doch dieser Aufstieg bringt den moralischen und seelischen Verfall mit sich. Echtes menschliches Glück gibt es in der englischen Oberklasse nicht, dafür aber in reichlichem Maße Intrigen, Mißgunst, Neid, Heuchelei und vor allem Geld- und Geltungsgier. Geld regiert Hirne und Herzen der Barnacles und nun auch der Dorrits. Geld befreit Edward Dorrit und seine Angehörigen aus dem Schuldturm, Geld läßt ihn im Stile eines Gentleman über die Alpen nach Italien reisen, Geld verschafft ihm die Gunst der Reichsten, Geld zerrüttet aber auch sein Hirn und zerstört seine Seele, bis er schließlich, wahnsinnig geworden, in den Armen seiner Tochter Amy stirbt. Die Welt der Oberklasse ist, wie Klein Dorrit bedrückt empfindet, nur „eine höhere Art Marshalsea“.

Nicht oft hat Dickens seine Ideen so hartnäckig in einem Roman verfolgt und sie zugleich durch so viele Beispiele veranschaulicht. Fast alle Vorgänge und Personen in „Klein Dorrit“ sind irgendwie mit den Themen „Streben nach Reichtum und Wohlstand“ und „Die charakterzerstörende Macht des Geldes“ verknüpft. Die thematische Aussage konzentriert sich im Gefängnis-Symbol. Das Wirken der ebenfalls zugleich als Symbol fungierenden Umstandsbehörde verstärkt die Gefängnis-Atmosphäre. Ähnlich dem Kanzleigerichtshof in „Bleak House“ überschattet dieses Amt das Leben vieler Menschen.

Edward Dorrit, der „Vater des Marshalsea“, erinnert in mancher Hinsicht an Wilkins Micawber in „David Copperfield“; allerdings hat Dorrit alles Liebenswürdig-Komische Micawbers eingebüßt und verdient in seiner jämmerlichen Vornehmheit eher Verachtung als Mitleid. In ihm werden Züge von Dickens' Vater John lebendig, der wegen Zahlungsunfähigkeit die Monate Februar bis Mai 1824 im Marshalsea zubrachte, bis er eine unvorhergesehene Erbschaft machte. Auch der Bankier Merdle – der Name basiert auf dem französischen Wort merde (Exkrement, Dreck) – erweckt kaum menschliche Sympathien. Diese Gestalt ist teilweise nach lebenden Vorbildern gezeichnet. Das deutlichste mag wohl der Bankier, Spekulant, Aktieninhaber, Parlamentarier und Betrüger John Sadleir (1818–1856) gewesen sein, der sich nach dem Bankrott seiner irischen Tipperary-Bank die Kehle durchschnitt. Wirtschafts- und Finanzkrisen waren im England der fünfziger Jahre nichts Neues mehr. Schon 1847/48 hatte eine Geldkrise Tausende um ihre Ersparnisse gebracht. Den ersten infolge einer ausgedehnten Finanz- und Handelskrise gescheiterten englischen Bankier hatte übrigens bereits 1830 Theodore Hook in seinem Roman „Maxwell“ gezeichnet.

Zutiefst widerwärtig wirkt „Mr. Rigaud, Mr. Blandois, Mr. Beelzebub“, eine Art theatralischer Urbösewicht. Interessant ist die von einem englischen Literarhistoriker geäußerte Vermutung, Blandois sei möglicherweise eine Karrikatur auf den von Dickens verabscheuten Napoleon III.

Auf der moralischen Debet-Seite stehen weiterhin der

Verwalter des Geschäftshauses Clennam, Flintwinch, der Hausbesitzer Casby, die dogmatische Gesellschaftsdame Mrs. General und nicht zuletzt die ganze Meute der Barnacles und Stiltstalkings mit samt ihrem Anhang.

Die moralische Habet-Seite bestimmen Klein Dorrit, Arthur Clennam, Daniel Doyce und die Bewohner vom Herzbluthof. Klein Dorrit, das „Kind des Marshalsea", ist eine charakteristische Dickenssche Frauengestalt. Selbstlos, „aus der Fülle ihres redlichen Herzens" sorgt sie für alle Angehörigen, von denen sie nur ausgebeutet wird; sie kann nicht anders als gut sein. Nelly im „Raritätenladen", Kate in „Nicholas Nickleby" und Sissy Jupe in „Harte Zeiten" sind ihre literarischen Geschwister. Auch in den Werken von Charlotte Brontë, Elizabeth Gaskell und George Eliot leben solche Mädchen- und Frauengestalten, die als Kontrastfiguren der Welt des Geldes und der Herzlosigkeit gegenüberstehen.

Eine Vorstudie zu der Gestalt des Daniel Doyce finden wir in Dickens' literarischer Skizze „Die Geschichte eines armen Mannes vom Patent", die schon im Herbst 1850 in den „Household Words" erschien. Züge der biederen, wohltätigen Geschäftsleute wie der Cheerybles aus „Nicholas Nickleby" erblicken wir an ihm und an Arthur Clennam. In ihnen stellt Dickens Vertreter des englischen Bürgertums dar, die mit ihren guten Eigenschaften ein moralisches Gegengewicht zur herrschenden Bourgeoisie bilden. Noch in den fünfziger Jahren glaubte Dickens, daß man durch eine moralische Besserung die Zustände in England verändern könnte. Nicht die Klassenfrage war für ihn entscheidend, sondern die moralische Integrität. Daher erscheinen auch die Bewohner des Elendsviertels Herzbluthof, besonders die Plornishes, nicht als klassenbewußte Arbeiter, sondern als arme Menschen, die zwar hoffen, daß ihre Not einmal endet, die jedoch nicht revolutionär gestimmt sind.

Grob gesehen, lassen sich in „Klein Dorrit" zwei zentrale Handlungslinien erkennen, die vage beginnen, unzählige Male von anderen Linien durchbrochen und gekreuzt werden, bis sie endlich verschmelzen: Klein Dorrits Weg und die Geschichte Arthur Clennams. Beide Figuren nähern sich allmählich einander, wobei aber jede unaufhörlich auf oft abenteuerliche Weise mit anderen Personen in Beziehung gesetzt wird. Im Unterschied zu Dickens' frühen Werken herrscht in „Klein Dorrit" wie schon in „Bleak House" eine besondere Quantifizierung von Personen und Ereignissen. Dickens akkumuliert unaufhörlich Handlungsfaktoren und Figuren-Relationen, unbesorgt, ob der Leser die Übersicht behalten kann. Mit einigen gekonnten, routinierten Hieben zerschlägt der Autor schließlich das Knotengewirr – Edward Dorrit stirbt, das Haus Clennam stürzt ein, Merdle begeht Selbstmord – und offeriert seine Lösung: Klein Dorrit und Arthur Clennam heiraten. Dickens erreicht in „Klein Dorrit" bei weitem nicht eine so tiefe psychologische Durchdringung und eine so dynamisch-dialektische Darstellung von Ereignissen, wie wir sie später in Thomas Hardys „Herzen in Aufruhr" (1896) und in Samuel Butlers „Der Weg allen Fleisches" (1903) finden. Doch hat er die naivere Erzählweise seiner frühen Romane im Stile von „Das Leben und die Abenteuer des ..." überwunden. Der in „Nicholas Nickleby" noch bestimmende lineare Handlungsverlauf ist in „Klein Dorrit" fast verschwunden.

Dickens ist mit diesem Roman wie schon mit „Bleak House" und erst recht mit dem späteren umfangreichen Werk „Unser gemeinsamer Freund" an den Grenzen seiner quantitativen Methode angelangt. „Klein Dorrit" scheint anzudeuten, daß mit den Dickensschen Gestaltungsmitteln das Leben in der beginnenden zweiten Hälfte des 19. Jahrhunderts nicht mehr ganz adäquat erfaßt werden konnte. Henry Fielding (1707–1754) und Tobias Smollett (1721–1777) vermochten in ihren Romanen noch die gesamte englische Gesellschaft im Stadium des aufblühenden Kapitalismus darzustellen, ohne daß das Geschehen unübersichtlich wurde. Ein Jahrhundert später aber war die bürgerliche Ordnung in England so vielschichtig und konfliktreich geworden, daß sich die Schriftsteller besonders nach der Jahrhundertmitte immer mehr der Gestaltung nur noch bestimmter Bereiche, zumeist des persönlichen Lebens ihrer Gestalten, zuwandten. Dickens hingegen versuchte weiterhin, durch Einbeziehung aller von ihm bis ins Detail beobachteten Lebensvorgänge ein totales, wahrheitsgemäßes Bild zu geben. Der Eindruck des Panoramas entsteht bei „Klein Dorrit" und anderen Romanen dadurch, daß Dickens unaufhörlich interessante Einzelheiten aufgreift und den Leser in ständiger Erwartung neuer, überraschender Details hält. Die Nachteile einer solchen Quantifizierung – Unübersichtlichkeit, Wichtiges und Nebensächliches werden vermengt – werden teilweise durch die verwendeten Symbole aufgehoben, die gleichsam als Magnetfelder jeweils Hunderte von umherschwirrenden Einzelheiten anziehen und ordnen.

Am Schluß des Romans steht die in allen Dickensschen Werken anklingende Utopie persönlicher, ungetrübter Freude und Erfüllung inmitten einer menschenfeindlichen Umwelt. Dickens erhofft für Klein Dorrit und Arthur Clennam ein bescheidenes Leben der Nützlichkeit und des Glückes. Das private Glück wird nur wenigen zuteil – es muß noch Wunschbild bleiben, denn Dickens weiß, daß die Menschen des zeitgenössischen Englands alle auf irgendeine Art Gefangene sind, Gefangene der Gesellschaft, des Geldes, des Geschäfts, der Armut, des religiösen Wahns, traumatisch-neurotischer Vorstellungen oder verbrecherischer Gedanken. Befreien kann sich seiner Ansicht nach nur, wer Gutes tut. Der enttäuschte, skeptische ehemalige Radikale Dikkens sah eine Besserung der Zustände nur durch die moralische Vervollkommnung jedes einzelnen, die auch zum Glück aller führen soll. Das ist die Hoffnung des bürgerlichen Humanisten Dickens, der schrieb: „Durch die Literatur habe ich gelebt ... In meinem Wirkungsbereich habe ich versucht, schwerwiegende soziale Mißstände zu erkennen und zu lindern."

*Georg Seehase*

## *Anmerkungen*

21 *Lord Mayor* – In einigen britischen Großstädten Titel des Oberbürgermeisters. Der Lord Mayor von London genießt in der City einige traditionelle Vorrechte gegenüber der Krone.

32 *Reise durch den Kontinent* – Zur Ausbildung des vornehmen jungen Engländers gehörte eine Reise durch Frankreich über die Schweiz oder Deutschland nach Italien.

68 *Eustace* – John Chetwode Eustace (1762–1815), irischer Geistlicher und Altertumsforscher; er verfaßte neben anderen Werken „A Tour Through Italy" (Eine Reise durch Italien, 1813).
*Rialto* – Brücke über den Canale Grande in Venedig.

92 *Bravo* – gedungener Mörder.
*professore mio* – (ital.) mein Lehrmeister.
*cattivo soggetto mio* – (ital.) mein gefährliches Subjekt.

93 *Corpo di San Marco* – (ital.) Beim Leib des heiligen Markus.

106 *wie der Sohn der Venus ... aus dem Wasser empor* – Nach der griechischen Sage ging die Göttin der Liebe und Schönheit Aphrodite (lat. Name Venus) aus dem Schaume der Meereswellen hervor.

108 *Triton* – In der griechischen Sage ein Meerdämon.

116 *Maecenas* – Gajus Cilnius Maecenas (um 69–8 v. u. Z.), römischer Ritter; er wurde als Förderer der Dichter (Horaz, Virgil u. a.) sprichwörtlich.

148 *Adelphi* – Häuserkomplex in London in der Nähe des Themseufers.

188 *Whittington* – Richard Whittington (gest. 1423), Lord Mayor von London.

190 *in banco* – (ital.) auf der Bank.

193 *Hauptmann Macheath* – Gestalt aus „The Beggar's Opera" (Die Bettleroper, 1728) des englischen Dichters John Gay (1685–1732), einem Stück, das die Korruption der englischen Gesellschaft geißelte und gleichzeitig eine Parodie auf die herkömmliche italienische Nummernoper war. Die Musik arrangierte nach englischer Volksmusik und Gassenhauern der

deutsch-englische Komponist Johann Christoph Pepusch (1667–1750). Die angeführten Stellen stammen aus dem dritten Akt.

194 *auf der verkehrten Seite* – Nach einem alten parlamentarischen Brauch verließen die Abgeordneten den Sitzungssaal bei einer öffentlichen Abstimmung, um ihn jeweils durch die „Ja“- oder die „Nein“-Tür wieder zu betreten.

195 *Dr. Johnson* – Dr. Samuel Johnson (1709–1784), englischer Schriftsteller und Lexikograph, einer der einflußreichsten Gelehrten seiner Zeit.

197 *Eton-Birnen ... Parlaments-Peers* – Dieser Wortwitz beruht auf dem ähnlichen Klang der Worte pear (engl. Birne) und Peer (Angehöriger des britischen Hochadels mit erblichem Sitz im Oberhaus).

219 *rincontrato* – (ital.) wiederbegegnet.

256 *Milton* – John Milton (1608–1674), englischer puritanischer, bürgerlich revolutionärer Dichter, Verfasser des Epos „Paradiese Lost“ (Das verlorene Paradies, 1667).

*Bacon* – Francis Bacon, Baron Verulam, Viscount St. Albans (1561–1626), englischer Staatsmann und Philosoph, Stammvater des englischen Materialismus.

*Newton* – Isaac Newton (1642–1727), englischer Mathematiker und Naturwissenschaftler, Entdecker der Gravitationsgesetze.

*Watt* – James Watt (1736–1819), englischer Physiker.

262 *Belisarius* – (gest. 565), Feldherr des byzantinischen Kaisers Justinian I. Nach vielen kriegerischen Erfolgen fiel er durch Intrigen in Ungnade und wurde eingekerkert. Später erzählte man, er sei auf Justinians Befehl geblendet worden und habe bis zu seinem Tod gebettelt.

*Romulus* – Sagenhafter Gründer Roms.

*Myrmidonen* – Nach der griechischen Sage von Zeus in Menschen verwandelte Ameisen, die er seinem Sohn Aiakos, dem König der unbewohnten Insel Aegina, als Einwohner gab; sie waren bekannt wegen ihres Fleißes und ihrer Tüchtigkeit.

*die Wölfin auf dem Kapitol* – Auf dem kapitolinischen Berg, dem kleinsten der sieben Hügel Roms, auf dem sich die Burg des alten Roms und die Tempel verschiedener Götter befanden, steht eine Plastik der legendären Wölfin mit den Gründern Roms, Romulus und Remus, die sie gesäugt haben soll.

263 *Soldatenkaiser* – Von der zweiten Hälfte des 1. Jahrhunderts an maßten sich die römischen Heerführer immer größere Macht an und beriefen oft den Kaiser. Häufig gab es mehrere rivalisie-

rende Kaiser, da die einzelnen Legionen verschiedene Kandidaten ernannten.

263 *Vesta* – Altitalienische Göttin des Herdfeuers.

267 *Ghul* – Im arabischen Volksglauben ein leichenfressender Dämon.

294 *Miss Biffin* – Sarah Biffin (1784–1850), englische Miniaturmalerin; sie wurde ohne Gliedmaßen geboren und malte mit dem Mund.

302 *le Brun* – Charles le Brun (1619–1690), französischer Maler und Verfasser kunsttheoretischer Schriften; er schrieb u. a. „Traité sur la physiognomie“ (Abhandlung über die Physiognomie, 1667).

306 *wie die Goten* – Unter Alarich eroberten die Westgoten im Jahre 408 nach einer Belagerung Rom und plünderten es aus.

376 *das bekannte Gespenst* – Gemeint ist das sogenannte Brockengespenst, eine im Gebirge vorkommende meteorologische Erscheinung, bei der von der tiefstehenden Sonne Schattenbilder von Menschen, Gebäuden u. ä. auf Wolken und Nebelwände geworfen werden.

401 *Chelsea-Invalide* – Insasse des in Chelsea, einem südwestlichen Stadtteil von London, gelegenen Hospitals für Kriegsinvaliden.

*Greenwich-Insasse* – Bewohner des ehemaligen Hospitals für Invaliden der Marine in Greenwich bei London.

403 *Westminster Hall* – Ehemals Sitz des obersten englischen Gerichtshofes.

*Banquo-Stuhl* – In Shakespeares Tragödie „Macbeth“ erscheint dem Titelhelden der Geist des ermordeten Banquo beim Gastmahl und setzt sich auf einen Stuhl, auf dem Macbeth gerade Platz nehmen will.

423 *King's Bench* – Im King's-Bench-Gefängnis in Southwark, einem Londoner Stadtteil südlich der Themse, saßen Schuldner und Verbrecher, die durch den King's Bench, den ehemaligen Obersten Gerichtshof, verurteilt worden waren.

436 *Upasbaum* – Tropisches Gewächs, aus dem die Malayen Pfeilgift gewinnen.

459 *Londra* – Italienischer Name Londons.

516 *Jesabel* – In der Bibel Gestalt eines gottlosen bösen Weibes.

523 *Bedlam* – Londoner Irrenanstalt.

536 *Wendung nach Dr. Johnson* – Samuel Johnson (vgl. Anmerkung zu S. 187) sagte in einem Prolog bei der Eröffnung des Londoner Drury-Lane-Theaters von den Künstlern: „Wir, die wir leben, um zu gefallen, müssen gefallen, um zu leben.“

546 *Nelson* – Horatio, Viscount Nelson (1758–1805), englischer Admiral.

570 *Britannia in der Krippe* – Anspielung auf eine Fabel, in der der Hund in der Krippe liegt und das Pferd nicht das Heu fressen läßt, das er selbst nicht fressen kann.

## *Inhalt*

### Zweites Buch: Reichtum

1. Kapitel: Reisegefährten . . . . . . . . . . . 7
2. Kapitel: Mrs. General . . . . . . . . . . . 30
3. Kapitel: Auf dem Wege . . . . . . . . . . . 36
4. Kapitel: Ein Brief von Klein Dorrit . . . . . . 59
5. Kapitel: Irgendwo ist etwas nicht in Ordnung . . . 64
6. Kapitel: Irgendwo ist etwas in Ordnung . . . . . 85
7. Kapitel: Meistens Prünellen und Prisma . . . . . 110
8. Kapitel: Die Witwe Gowan wird daran erinnert, daß es niemals gut geht . . . . . . . . . 125
9. Kapitel: Erscheinen und Verschwinden . . . . . 141
10. Kapitel: Mrs. Flintwinchs Träume werden häufiger . 165
11. Kapitel: Ein Brief von Klein Dorrit . . . . . . . 177
12. Kapitel: In dem eine große patriotische Konferenz abgehalten wird . . . . . . . . . . . 185
13. Kapitel: Eine Epidemie grassiert . . . . . . . . 208
14. Kapitel: Beratung . . . . . . . . . . . . . 231
15. Kapitel: Kein Grund oder Hindernis, weshalb diese beiden nicht vereinigt werden sollten . . . 246
16. Kapitel: Fortschritte . . . . . . . . . . . . 267
17. Kapitel: Vermißt . . . . . . . . . . . . . 277
18. Kapitel: Ein Luftschloß . . . . . . . . . . . 293
19. Kapitel: Die Erstürmung des Luftschlosses . . . . 304
20. Kapitel: Leitet das nächste ein . . . . . . . . . 328
21. Kapitel: Die Geschichte einer Selbstquälerin . . . 344
22. Kapitel: Wer kommt so spät des Wegs daher? . . . 356
23. Kapitel: Mrs. Affery gibt ein bedingtes Versprechen in bezug auf ihre Träume . . . . . . . 366
24. Kapitel: Der Abend eines langen Tages . . . . . 385

25. Kapitel: Der Oberbutler tritt von seinem Amt zurück 401
26. Kapitel: Sturmernte . . . . . . . . . . . . 413
27. Kapitel: Der Zögling des Marshalsea . . . . . . . 426
28. Kapitel: Eine Erscheinung im Marshalsea . . . . . 448
29. Kapitel: Eine Bitte im Marshalsea . . . . . . . . 475
30. Kapitel: Das Wetter zieht auf . . . . . . . . . . 488
31. Kapitel: Das Wetter bricht los . . . . . . . . . 521
32. Kapitel: Die Erzählung nähert sich dem Ende . . . 534
33. Kapitel: Dem Ende näher . . . . . . . . . . . 544
34. Kapitel: Das Ende . . . . . . . . . . . . . . 559

Nachbemerkung . . . . . . . . . . . . . . 578
Anmerkungen . . . . . . . . . . . . . . . 589